ULRIKE ANNA BLEIER

SPUKHAFTE FERNWIRKUNG

Zum Buch

Eine kaum überschaubare Menge Figuren tritt in Ulrike Anna Bleiers Roman auf, sie agieren miteinander und oft auch aneinander vorbei. Ihre Wege kreuzen sich oder driften auseinander wie Parallelen auf einer gekrümmten Fläche. Am liebsten halten sie sich in Einkaufszentren, auf Autobahnen oder in Krankenhäusern auf und sind vor allem mit dem Alltag beschäftigt. Erzählerin ist dabei die Welt selbst. Sie hat keine Hauptfigur und keine Hierarchie der Ereignisse.

Ulrike Anna Bleier hat ein völlig neues Konzept des Erzählens und Lesens entwickelt. Sie verzichtet auf ein einheitliches dramaturgisches Gerüst. Die Ereignisse erscheinen zufällig und beeinflussen sich doch gegenseitig. Das Erzählen in kurzen Episoden, das Ulrike Anna Bleier bereits in ihren beiden Vorgängerromanen praktiziert hat, wird in „Spukhafte Fernwirkung" auf die Spitze getrieben. Die Anordnung der Texte folgt keiner starren Chronologie, sondern Konzepten wie Livetickern, Kilometerangaben, Jahreszahlen oder Blutdruckwerten. Wie lose Teile in einem Einkaufsbeutel stehen die einzelnen Episoden in einem Zusammenhang – oder auch nicht. Den Leser:innen ist es selbst überlassen, die vielen Verbindungen zu entdecken und die Fäden miteinander zu verknüpfen.

Ulrike Anna Bleier

SPUKHAFTE FERNWIRKUNG

Roman

edition lichtung

Kunststiftung
NRW

Stadt Köln
Kulturamt

literaturhaus
köln

Die Arbeit an diesem Buch wurde gefördert durch die Kunststiftung NRW und das Dieter-Wellershoff-Stipendium der Stadt Köln mit dem Literaturhaus Köln.

Dieses Werk wurde außerdem gefördert mit dem Aufenthaltsstipendium „Literatur in Québec" des Bayerischen Staatsministeriums für Wissenschaft und Kunst in Kooperation mit dem Oberpfälzer Künstlerhaus.

Ein Dank gilt auch dem Goethe-Institut Prag und der Franz-Edelmaier-Residenz für Literatur und Menschenrechte für die Unterstützung.

1. Auflage 2022

94234 Viechtach Bahnhofsplatz 2a
www.lichtung-verlag.de

Umschlagfoto: Ulrike Anna Bleier
Herstellung: Friedrich Pustet GmbH & Co. KG, Regensburg
ISBN 978-3-941306-52-3

Man ist den anderen gleich und doch allein.
Annie Ernaux

Zwischen wird nie wieder das Gleiche sein.
Karen Barad

MIT DER ZEIT

09:03 Uhr

Konfi-Angst

Jeden Tag um neun beginnt die Themenkonferenz. Irma setzt sich ganz hinten hin. Der Konferenzraum ist der stickigste Raum im Haus, aber auch der einzige, der zur Verfügung steht, alle anderen Konferenzräume sind seit Jahresbeginn weitervermietet, an einen Caterer, ein Start-Up und eine Fernbuszentrale.

Was steht heute an, fragt Valentina. Warum werde, denkt Irma, ich bloß diese, und schaut aus dem Fenster, Konfi-Angst nicht los. Sie schaut auf das Einkaufszentrum gegenüber und auf die Birke, die ganz alleine in einer Einrahmung auf dem gepflasterten Platz steht. Arbeitsverweigerung zum Beispiel ist, denkt Irma, möglich – Konfiverweigerung dagegen! Das gibt es noch nicht einmal als Wort. Hoffentlich merkt niemand, dass Irma zu nichts nutze ist außer zu Anwesenheit. Gleich spricht mich jemand an, Susana zum Beispiel, vor Susana hat sie am meisten Angst; aber Susana ist heute gar nicht da, und erschrocken, fast gewaltsam dreht Irma ihren Kopf wieder zurück zur Konfi, weg vom Fenster, weg von der Birke, weg vom Gedanken, und da ist die Themenkonferenz schon um und sie hat wieder kein einziges Wort gesagt.

Zumindest keins, das gehört worden ist. Manchmal sagt Irma schon etwas, zum Beispiel, wenn eh alle durcheinanderreden, dann sagt sie auch etwas, oft etwas von dem, was sie am Morgen gedacht hat, meistens irgendeine Idee, die sie gleich nach dem Aufwachen hatte, aber das geht natürlich unter, manchmal geht das auf eine Weise unter, dass alle verwirrt auf Irma blicken, weil ihr Satz mit ihrer Idee noch nicht zu Ende gesprochen war, während die Sätze der anderen schon verklungen sind. Könnten wir doch, wär doch wichtig, hören die anderen dann noch und schauen, und Irma könnte jetzt, an dieser Stelle, den ganzen Satz mit der ganzen Idee wiederholen, aber sie zieht die Schultern ein und schämt sich, für die eingezogenen Schultern. Aber nicht nur deswegen, sondern auch ganz allgemein. Die anderen kennen das irgendwie von sich selbst, wissen aber auch nichts Genaues darüber, sie gehen jetzt erst einmal frühstücken und Irma geht auch frühstücken.

09:06 Uhr

Asbest

Olga ist zurück. Mit ihrem großen blauen Koffer steht sie am Busbahnhof und schaut in ihrer App nach, welchen Bus sie nehmen muss. Es ist die Linie 22. Sie versucht sich an die Stadt zu erinnern, aber sie erinnert sich kaum. Eigentlich gar nicht. Nur die breite Straße, die die Innenstadt wie eine Achse in zwei Hälften schneidet, kommt ihr bekannt vor, denn breite Straßen, die eine Stadt wie eine Achse durchschneiden, gibt es überall. Olga steigt in den Niedrigflurbus ein, sie stemmt ihren Koffer hoch, er ist ganz schön schwer. Während der Fahrt zieht er Richtung Tür wie ein aufgeregter kleiner Hund. Als eine Fahrkartenkontrolleurin kommt, zeigt Olga ihre Fahrkarte in der App, die sie noch während der Zugfahrt installiert hat. Die Frau nickt ihr freundlich zu und geht weiter. Olga fühlt so etwas wie Stolz, als ob sie einen Test mit Bravour bestanden hätte. Eine Station nach dem Europazentrum steigt sie aus. Sie erinnert sich vage an das Einkaufszentrum, das damals, als sie die Stadt verließ, wegen Asbest geschlossen wurde. Da in der Nähe wohnt sie jetzt.

09:20 Uhr

Zusage

Gleich nach der Konferenz hat Louise den Vertrag unterschrieben, es ist der erste Vertrag ihres Lebens, den sie unterschreibt, es fühlt sich komisch an, auf einmal hat sie eine Verbindung zu einem Gegenüber, das keine Person ist, sondern ein Gebilde, und sie weiß nichts über das Gebilde. Es wird vertreten von jemandem, den sie nicht kennt und der gar nicht weiß, dass es sie gibt, so wie die meisten Menschen nicht wissen, dass es Louise gibt, nur dass sie mit den meisten Menschen keinen Vertrag geschlossen hat. Den Praktikumsplatz hat Leni ihr besorgt, ich frag mal meine Mutter, hatte Leni gesagt, und einen Tag später:

Wir geben dich als meine Cousine aus, die Sache geht klar. Noch nie zuvor in ihrem Leben war Louise eine Cousine, ihre Familie besteht aus Generationen von Einzelkindern. Cousins und Cousinen machen um diese Familie einen Bogen wie der Teufel ums Weihwasser. Es fühlte sich einen Tag lang an, als gehöre sie nun zur Familie, nur dass sie nicht mit Nachnamen Sollinger heißt, sondern anders, ist aber kein Problem, als Cousine kein Problem. Vieles ist kein Problem, wenn man Cousine ist. Und tatsächlich hatte sie schon bald ein Vorstellungsgespräch bei Valentina, die fahrig und unkonzentriert wirkte und überhaupt kein Interesse zu haben schien an Louise, aber am nächsten Tag kam die Zusage und heute ist es genau zwei Wochen her, dass sie im Team ist. Und seitdem hat sie jeden Morgen das Gefühl, dass sie gleich wieder entlassen wird, weil sie immer noch nicht den Vertrag unterschrieben hat. Sie hätte es Leni sagen können, aber irgendwie geht das auch nicht. Aber jetzt ist ja alles gut. Vertrag ist Vertrag. Louise ist Cousine.

09:20 Uhr

Puppen

Der Wecker klingelt, es ist das Smartphone von Sandro, das auf dem Boden liegt; Sandro lässt sich jeden Tag von Daniel Johnston wecken. *Listen up and I'll tell a story / About an artist growing old / Some would try for fame and glory / Others aren't so bold.* Kein Wunder, hat Sandros Schwester gesagt, als sie zuletzt an Weihnachten zusammen in einem Zimmer übernachten mussten, weil Mama das ehemalige Kinderzimmer mit ihren hässlichen Puppen vollgestellt hatte und keiner mit diesen Zombies in einem Raum schlafen wollte.

Kein Wunder, wenn du jeden Morgen mit diesem Song aufwachst. Sandro hat das so stehen lassen. Es wäre müßig gewesen, ihr zu erklären, dass er ohne diesen Song morgens nicht aufstehen kann; dass das Einzige, was Sandro am Leben hält, der Trost ist, dass es anderen genauso geht wie ihm. *We don't really like what you do / We don't think anyone ever will / It's a problem that you have / And this problem made you ill.* Diese anderen, das sind weder seine Schwester noch seine Mutter noch die hässlichen Puppen im Kinderzimmer. Es sind Menschen, die auf etwas warten, stur und vergeblich. Sandro hat das unbestimmte Gefühl, dass er zu diesen Menschen gehört.

Heute muss Sandro nicht aufstehen, denn er hat zwei Tage frei. Er schaltet das Handy aus und schaut auf das Licht, das durch den staubigen Vorhang in sein Zimmer fällt. Vielleicht fällt gar nicht das Licht in sein Zimmer, sondern Staub, der so tut, als sei er aus Licht. Sandro hört, wie der Nachbar sein Fahrrad durchs Treppenhaus trägt und dabei mehrmals am Geländer anstößt. Ping, ping.

09:34 Uhr

Carrerabahn

In der Kantine gibt es heute frischen Apfel-Quark zum Frühstück. An der Kasse steht die neue Praktikantin, die mit der seltsamen Frisur. Die blonden Haare sind in streng geflochtenen Zöpfen um ihren Kopf gewunden und akribisch mit silbernen Haarnadeln festgeklammert. Irma muss an die Carrerabahn denken, die sie einmal zu Weihnachten bekommen hat. Was ist eigentlich aus der geworden?

09:48 Uhr

Dornenschloss

Der Rechner fährt hoch und bis alle Programme gestartet sind, starrt Marius Irma an, die mit dem Kopf fast im Monitor steckt und überhaupt wie ein Gespenst aussieht. Beziehungsweise, eigentlich kann kein Mensch wie ein Gespenst aussehen, weil das ist ja gerade das Interessante an einem Gespenst, dass man es nicht sehen kann. Und wenn man es sehen könnte, sähe es nicht aus wie ein Gespenst, sondern wie etwas, das es gar nicht gibt.

Vielleicht, denkt Marius, während sein Rechner ihm anbietet, ein paar Systemupdates zu erledigen, was Marius allerdings ablehnt, denn das letzte Mal musste er in der IT anrufen und es dauerte eine halbe Stunde, bis alles wieder funktionierte. Warum, hatte Marius gefragt, schalten Sie die Updates nicht einfach auf automatisch? Darum, hatten sie in der IT gesagt. Was bedeutete, dass sie es auch nicht wussten. Vielleicht denken wir uns das alles sowieso nur aus, IT und Updates und Automatisierung, vielleicht ist alles nur ausgedacht und die Welt steht eigentlich still, denkt Marius, wie in diesem Märchen mit dem Dornenschloss, und in Wirklichkeit passiert alles nur in unseren Gedanken, nur leider werden wir manchmal aufgeweckt und müssen dann eingreifen ins Geschehen, Kinder zeugen oder Krieg führen oder Systemupdates zustimmen, nur sind wir alle viel zu müde, um herausfinden, wofür das gut sein soll. Wachsein kostet ja im Grunde unglaublich viel Kraft.

09:59 Uhr
Arbeitsplatz
Wie immer, wenn Patricia vor dem Gebäude in der Hilbertstraße steht, hat sie einen kurzen Augenblick lang das seltsame Gefühl, sie würde gleich nach Hause geschickt werden. Es tut uns leid, aber alle Schreibtische sind schon besetzt, Sie hätten früher kommen müssen. Es ist kurz vor zehn und Patricias Arbeitszeit beginnt um zehn, sie betritt rechtzeitig das Gebäude und hält ihre Chipkarte an den elektrischen Türöffner, der gleichzeitig ihre Ankunftszeit registriert und in der Datenbank des Personalbüros speichert. Und wie üblich hält niemand sie auf, sie kann ungehindert in den gläsernen Aufzug steigen, die 4 drücken, das butterweiche Schließen der Türen und die Fahrt in den vierten Stock genießen, die einen schönen Blick auf das Einkaufszentrum, die neuapostolische Kirche und eine frisch sanierte Wohnsiedlung erlaubt. Patricia steigt aus dem Lift und bewundert wie jeden Morgen den langen Flur aus Glas, Beton und Holz. Guten Morgen, junge Frau, sagt eine tiefe Stimme direkt hinter ihr, Patricia erschrickt, die tiefe Stimme lacht, als habe jemand, der sehr gutmütig ist, vielleicht sogar zu gutmütig, einen Witz gemacht. Die tiefe Stimme biegt ab, das Lachen

verliert sich in einem Nebengang. Patricias Schreibtisch ist so leer, wie sie ihn gestern Nachmittag um eine Minute vor fünf verlassen hat. Hallo Arbeitsplatz, sagt Patricia. Hallo Patricia, sagt der Arbeitsplatz.

10:01 Uhr

Satelliten

Das Start-up läuft so gut, dass Frederic schon darüber nachdenkt, weitere Räume anzumieten, jeden Morgen dreht er seine Runde durch den vierten Stock und schaut in die Gänge und grüßt alle gut gelaunt, alle sollen so fröhlich sein wie er. Es muss kein großer Raum sein und er muss auch nicht direkt neben dem angemieteten 6-Zi-Büro liegen, wozu gibts das Internet und die Kantine und außerdem haben Menschen Beine, wenn sie von A nach B möchten, oder einen Rollstuhl, einen Scooter oder ein Rollerboard, auf denen Menschen sich wie Satelliten durch das Gebäude bewegen, Frederic liebt Satelliten, sie sind eigenständig und doch Teil des Ganzen, die Satelliten haben sein Start-Up groß gemacht und werden es noch größer machen, es war die beste Idee überhaupt, überhaupt hat Frederic die besten Ideen, gut dass er eine Förderung für sein Start-Up bekommen hat, die gute Idee allein reicht nämlich nicht aus. Man braucht auch Mittel, um sie umzusetzen. Und man muss expandieren, so früh wie möglich und so zukunftssicher wie möglich, das sagt ja schon der Name Start-up. Guten Morgen, sagt Frederic und schüttelt seine langen Haare, die ihm frisch gewaschen auf den Rücken fallen, guten Morgen allerseits, und die Satellitenkonferenz kann beginnen.

10:06 Uhr

Die Schusters

Irma hat ihre Taschentücher zuhause vergessen auf dem Nachtkästchen, wo auch noch der Traum von Emma und Erwin Schuster und von einer Tigerschwanz-Fichte herumliegt. Irma träumt seit Neuestem ständig von Fichten, dabei hasst sie Fichten, sie sind die Prinzessinnen unter den Nadelbäumen, ein Windhauch fegt sie um und dann stirbt das ganze Ökosystem um sie herum.

Aber die Schusters liebt sie. Seit sie in der untersten Schublade des Nachtkästchens die Meldebestätigung von 1946 gefunden hat, denkt Irma ständig an die beiden. Vor allem, wenn ihr die Nase läuft, die Taschentücher aber neben dem Bett liegen geblieben sind. Sie zieht die Nase hoch, aber immer nur ein bisschen. Dennoch schaut Susana ständig zu ihr herüber, Irma tut, als würde sie es nicht merken. Soll sie sich etwa dafür entschuldigen, dass sie einen allergischen Schnupfen hat? Sie versucht ja eh schon, den Rotz leise und diskret hochzuziehen, sie könnte es auch in einem Schwung machen, aber das, denkt Irma, tut man eben nicht. Und wenn ich etwas, denkt Irma, um sich abzulenken, Richtiges schreibe, zum Beispiel über Emma und Erwin Schuster, anstatt diesen Scheiß in der Online-Redaktion? Einen, denkt sie und schnüffelt, Entwicklungsroman, wer erfindet eigentlich so ein Wort? Aus Rache, denkt Irma, an dem Wort Entwicklungsroman schreibe ich einen Anti-Entwicklungsroman. Auf jeder siebten Seite käme das Wort Entwicklung vor. Entwicklung hört sich an wie sieben wegen der ähnlichen Vokale, es sind, denkt Irma, die Vokale, sie beherrschen die Welt, und merkt gar nicht, wie Valentina schon seit ein paar bedeutungsschwangeren Sekunden vor ihr steht und fragt, ob sie schon angerufen hat bei der Polizei, und Irma fragt, wieso Polizei. Sie spürt, wie sich eine kleine mit Schleim gefüllte Blase an ihrem linken Nasenloch bildet, während sie die letzte Silbe verschluckt. Valentina seufzt nur und geht wieder. Aber nicht weit, nur zum Nebentisch, sie beugt sich zu Susana und die nickt und greift zum Hörer und Valentina geht wieder in ihr Büro zurück und in dem Augenblick sieht Irma die Schlagzeile, die sie heute noch gar nicht gelesen hat, weil sie immer die Schlagzeilen der anderen Zeitungen als Erstes liest. Weil sie immer denkt, dass die etwas Besseres auf ihrer Seite stehen haben. Eine Razzia bei irgendwelchen Spackos auf dem Lande, mit Waffen aus dem Zweiten Weltkrieg.

10:19 Uhr

Kleines Tier

Immer ist Irma mit ihren Gedanken irgendwo, aber nicht bei der Arbeit. Das nervt. Valentina macht das aggressiv. Valentina hasst es, aggressiv zu sein. So kann sie nicht arbeiten, sie verdirbt sich ja den ganzen Tag. Love it, leave it or change it. Kann sie gleich mit change it anfangen. Sie überlegt, was sie an Irma so aggressiv macht. Und wieso Irma so zerstreut ist. Valentina muss ehrlich zugeben, dass sie in Irmas Situation wahrscheinlich auch zerstreut wäre, geboren und aufgewachsen in irgendeiner Kleinstadt, deren Name Valentina absolut nichts sagt (noch nicht einmal ob Süden, Norden, Osten oder Westen), Vater unbekannt, eine Schwester. Abitur, Studium und alles, normal. Freie Mitarbeiterin als Honorarkraft, auch normal. Valentina muss sich jedoch eingestehen, dass sie selbst es sehr viel besser getroffen hat als Irma und sie deshalb ruhig ein bisschen verständnisvoller sein könnte. Valentina hat: Urlaubsanspruch, Krankengeldanspruch, Arbeitslosengeldanspruch. Außerdem Aufstiegschancen und Gewinnbeteiligung. Auch die Rente ist soweit gesichert. Eigentlich der beste Job der Welt, sagt Valentina halblaut vor sich hin. Sie atmet tief ein und tief aus und fühlt, wie das Mindsetting seine Wirkung tut. Und dann ist da plötzlich noch etwas anderes, denn kaum hat sie den Satz gesagt, trippelt er durch ihren Körper wie ein kleines Tier. Er löst etwas aus. So ein seltsames Gefühl, als ob sie gleich weinen müsste, aber sie wüsste gar nicht, warum. Und dann passiert es, plötzlich stimmt der Satz, auch wenn er kurz vorher nicht gestimmt hat. Ihre Aggressionen sind wie weggeblasen. Hammer.

10:22 Uhr

Stromboli

Die PR-Beauftragte der Polizei hat mit Susana zusammen Abitur gemacht, sie freut sich über ihren Anruf und gibt bereitwillig Auskunft über den Waffenfund aus dem Zweiten Weltkrieg. Sobald wir mehr über die Hintermänner wissen, rufe ich dich an, Susana. Jedesmal wenn sie mit Susana telefoniert, denkt die PR-Beauftragte der Polizei daran, wie Susana im Biologieunterricht der 11. Klasse von ihrer Geburt erzählt hat. Wie ihre Mutter, die zum Zeitpunkt von Susanas Geburt nicht älter als sechzehn war, sie in einer stürmischen Nacht, Windstärke 9, auf die Welt gebracht hat. Die PR-Beauftragte der Polizei denkt noch heute daran, wie der Wind über Susanas Mutter, die nackt in der Hocke sitzt und presst und schreit, hinwegbraust, als Kulisse eine schwarze Felsenlandschaft, ein bisschen wie die Insel Stromboli, auf der die Beauftragte letztes Jahr im Juni war. Und dann ist sie da: Susana, zwischen den vor Schweiß glänzenden Oberschenkeln der Mutter, die der Wind trocknet. Deshalb ist Susana auch die geworden, die sie geworden ist, leidenschaftlich und pragmatisch, denkt die Beauftragte. Sie telefoniert gerne mit ihr.

10:24 Uhr

Ohrläppchen

Auch Susana denkt an ihre Mutter, während sie mit der PR-Beauftragten der Polizei über die Waffen aus dem Zweiten Weltkrieg spricht. Wie sie da sitzt und mit der Polizei telefoniert und über Waffen aus dem Zweiten Weltkrieg spricht, wenn ihre Mutter sie so sehen könnte. Susana nimmt ihr rechtes Ohrläppchen zwischen Zeigefinger und Daumen. Mit der linken hält sie den Telefonhörer, sie ist Linkshänderin. Ihre Mutter war ebenfalls Linkshänderin. Sie war eine so wundervolle Mutter und ein wundervoller Mensch und gleichzeitig war sie wie eine Schwester, und bis heute hat Susana nicht begreifen können, dass es nicht alle Menschen so gut mit anderen meinen wie ihre Mutter und auch sie selbst mit anderen; und das stimmt wirklich, es gibt diese Menschen, die es gut meinen mit anderen, und wenn alle so wären, dann würden es alle gut miteinander meinen und die Welt wäre eine andere. Dann würde kein Mensch Waffen aus dem Zweiten Weltkrieg brauchen. Die PR-Beauftragte der Polizei sagt, sobald wir mehr über die Hintermänner wissen, rufe ich dich an, Susana. Jedes Mal wenn Susana mit ihr telefoniert, nimmt sie sich vor, endlich nachzuschauen, wie die PR-Beauftragte mit

Vornamen heißt. Nadine? Oder Melanie? Oder vielleicht doch Jennifer? Aber kaum hat sie aufgelegt, vergisst sie es wieder.

10:28 Uhr

Keine Nachricht

Kann es sein, dass Louises Handy kaputt ist? Es ist schon ziemlich alt, drei Jahre mindestens. Mama kauft ihr nie etwas Neues, kein Geld, sagt sie. Louises Freundinnen bekommen, seit sie zwölf sind, alle paar Monate das neueste Modell, zum Geburtstag, zu Weihnachen oder einfach so. Leni zum Beispiel hat sogar zwei Telefone, eins für die Familie, eins für alles andere. Louise schaut auf ihr Handy und hasst es. Keine Nachricht von Leni. Sie muss dringend Karriere machen.

10:37 Uhr

Unkraut

Manchmal würde Valentina am liebsten alles hinschmeißen und nur noch kochen, exotisches Zeug, aber auch ganz einfache Sachen, mit Wildkräutern, Kohl und Unkraut zum Beispiel. Sie träumt sogar vom eigenen Restaurant, wo sie einen Geschäftsführer für den ganzen Verwaltungskram einstellen würde, und sie müsste sich nur noch um die Küche kümmern. Kochen und kochen. Und einkaufen, einkaufen ist auch wichtig. Aber dafür müsste sie ihren Job aufgeben und ins kalte Wasser springen. Und das weiß sie auch, dass einen gut bezahlten Job zu haben besser ist als pleite zu gehen und keinen Job zu haben, weil der Geschäftsführer Mist gebaut hat, zum Beispiel, oder den Gästen das Unkraut nicht schmeckt. Und dann ein Minderwertigkeitsgefühl zu entwickeln, Valentina hatte noch nie keinen Job und noch nie eine Pleite und will auch gar nicht wissen, wie das ist.

10:38 Uhr

Frenchpress

Zum Glück kann Marius heute früher Schluss machen, er hat einen halben Tag Urlaub genommen, weil seine Mutter zu Besuch ist. Obwohl seine Mutter nichts Unvernünftiges anstellt, ist er irgendwie misstrauisch ihr gegenüber. Er kann gar nicht sagen, was es ist, aber sie wirkt auf ihn irgendwie unberechenbar, das war schon immer so. Seine Mutter ist nicht wie andere Mütter, und Marius hat sich daran gewöhnt, er hatte 23 Jahre lang Zeit, sich daran zu gewöhnen. Sie übernachtet auf einer Luftmatratze in seiner Küche, die Luftmatratze hat sie selbst mitgebracht. Am Morgen hat sie noch geschlafen, Marius hat eine Kanne Kaffee in der Frenchpress zubereitet, nach dem Duschen hat er sich eine Tasse eingeschenkt und ist wieder in sein Schlafzimmer gegangen. Seine Mutter ist nicht wach geworden, das kommt ihm noch immer etwas komisch vor. Sie hätte zumindest kurz die Augen öffnen und guten Morgen, ich bin noch müde, sagen können. Aber nichts. Sie tat einfach so, als schliefe sie. Oder sie schlief wirklich. Bevor er ging, hat Marius den restlichen Kaffee in eine Warmhaltekanne gefüllt, die er extra für ihren Besuch gekauft hat.

10:39 Uhr

Taschentücher

Warum kriegen die anderen, denkt Irma, alles und ich kriege nichts mit. Es ist ja nicht so, dass ich langsamer oder bin ich vielleicht doch. Bin ich nicht manchmal schneller, viel, denkt Irma, schneller. Und im Sachenschreiben, denkt Irma, bin ich auch. Gut, vielleicht bin ich wirklich langsamer. Aber dafür stimmt dann auch alles. Punkte und die Kommas, richtige Formulierungen. Keine Sätze wie *13 Jahre lang arbeitete er bei einer britischem Unternehmen, ohne sein Geheimnis jemals Preis gegeben.* Hat Marius neulich oder war es sogar Susana. Aber bei der heißt es immer nur, kann ja mal passieren. Ja, kann ja mal. Findet Irma nicht, findet sie nicht, dass die Leser das überlesen, vielleicht überlesen sie es, gut, aber ein Teil von ihnen liest es mit und denkt, es sei richtig.

Einmal sagt Marius, was wolltest du eigentlich sagen heute morgen, wieso was, sagt Irma, und Marius, vorhin in der Konfi, meine ich, ich meine, hattest du einen Vorschlag, war nicht, sagt

Irma dann, so wichtig, und Marius schaut sie komisch an, von der Seite her, und Irma registriert es, aber tut so, als habe sie es nicht, auch für sich selber hakt sie es ab, und auch das registriert sie. Als sie vom Klo zurückkommt auf ihren Platz im Großraumbüro, liegt eine Packung Taschentücher neben ihrer Tastatur. Einfach so. Irma schaut schnell zu Susana rüber, aber die reagiert nicht oder tut vielleicht auch nur so, als würde sie nicht reagieren, wie Irma vorhin noch bei Marius. Vielleicht reagiert sie heimlich, nahezu unbemerkt, vielleicht steigt ihr Blutdruck ganz leicht an, während ihre Augenwinkel und ihre Nervenenden Irmas fragenden Blick registrieren, vielleicht muss sie den Impuls unterdrücken, diesen fragenden Blick zu erwidern. Irma ist sich fast sicher, dass Susana nahezu unbemerkt reagiert, aber das heißt noch nicht, dass auch die Taschentücher von ihr sind. Oder es war Marius, was mir ja eh viel, denkt Irma, lieber wäre. Sie nimmt sich vor, ihn zu fragen, aber dann vergisst sie es.

10:40 Uhr

Mulmig

Noch immer keine Whatsapp von Leni. Louise schaut zum siebten Mal innerhalb von zwei Minuten auf ihr Handy. Langsam wird ihr doch etwas mulmig zumute. Heute!, hat Leni geschrieben und dahinter ein Emoji gesetzt. Einen Kreis aus Mittelfinger und Daumen.

11:03 Uhr

Das Gute

Menschlichkeit zum Beispiel, denkt Valentina und zupft eines der Rucolablätter, das am Rand schon ein bisschen gelblich ist, aus der Tupperschüssel. Menschlichkeit ist der Grund, warum Valentina sich ihren Beruf damals ausgesucht hat: weil sie etwas vermitteln wollte. Etwas Gutes vermitteln, vielleicht das Gute überhaupt. Wie es Generationen vor ihr vermittelt haben. Zum Beispiel die Verlagsgründerin. Eine Frau! Der Mann kam bei einem Flugzeugunglück um und ließ sie mit fünf Kindern und dem Verlag zurück. Er hinterließ sie. Sie suchte sich einen erfahrenen Zeitungsmacher, den sie später heiratete, und führte mit ihm die Zeitung durch so manche Krise.

Gerade als Frau, denkt Valentina, hat man ja die Chance, auch die mütterlichen Anteile auszuleben, Männer haben halt keine mütterlichen Seiten, also können sie sie auch nicht ausleben. Sie sollten sich dann aber wenigstens auf ihre väterlichen Seiten besinnen, sonst gewöhnt man sich an die Kälte, die in bestimmten Etagen herrscht, und trägt sie mit ins eigene Leben hinein, und wird selbst kalt und einsam und verbittert. Und das wirkt sich aus!

Valentina denkt gleich an Mr. Mchay, aber gleichzeitig verbietet sie es sich, in diesem Zusammenhang an Mr. Mchay zu denken, das ist despektierlich, und wenn sie die despektierlichen Gedanken erst einmal zulässt, da schiebt sie lieber gleich einen Riegel vor. Mr. Mchay, denkt sie, ist kein schlechter Mensch. Basta. Er kann seine Gefühle nicht zeigen, was aber nicht heißt, dass er keine hat. Man muss fair bleiben, denkt Valentina. Der Rucola ist fast alle, und Valentina schließt den Deckel der Tupperbox, jetzt hat sie erst richtig Hunger bekommen, deshalb überlegt sie, ob sie sich später in der Kantine noch eine Nachspeise holen soll. 200 Kalorien mehr oder was so eine Nachspeise hat, kann sie sich eigentlich leisten, zumal sie nach der Arbeit noch zum Workout will, aber wenn sie das erstmal einreißen lässt.

11:09 Uhr

Parallelen

Um viertel nach elf öffnet die Kantine erneut, damit sich die, die nicht zu Mittag essen werden, mit Wurstbroten, Veggiesnacks und Süßigkeiten eindecken können. Es gibt sogar Ovomaltine, Patricia liebt Ovomaltine, denn es ist das einzige Getränk, das explizit für Menschen wie sie hergestellt wurde: für geistig und körperlich Erschöpfte. Überhaupt mag sie Instantpulver, überhaupt alles, was aus Pulver besteht, denn Pulver ist nichts als eine ins Unendliche tendierende Anzahl an Partikeln, und nichts anderes als ein Partikel aus einer ins Unendliche tendierenden Anzahl ebensolcher ist auch Patricia, und sie ist es gerne, sie hat kein Interesse daran, sich als Individuum zu behaupten. Je mehr Partikel, desto fauler kann jedes einzelne sein. Für den Job in der Umschau hat sie sich nur deshalb beworben, weil die Adresse Hilbertstraße lautete, und ein bisschen hatte sie beim Bewerbungsgespräch darauf gehofft, eine unendliche Anzahl an Bewerbern anzutreffen, aber dann war sie die Einzige. Und tatsächlich ist sie auch die Einzige, die in der Kantine Ovomaltine kauft, an manchen Tagen sogar zwei, und im Dezember, wo Patricias Zuckerbedarf höher als gewöhnlich ist, bis zu vier am Tag. Am Ende jeden Monats verkauft die Kantine an die 20 bis 30 Ovomaltinen, zu viel, um das Produkt endgültig aus dem Sortiment zu nehmen. Nur im Juli, wenn Patricia ihre Familie in Guadalupe besucht, kauft niemand Ovomaltine, und seit Patricia in der Hilbertstraße arbeitet, stolpert der Controller der Kantine jedes Jahr im Juli über die Null in der Tabelle der Abverkäufe von Ovomaltine und empfiehlt, das Produkt wegen des niedrigen Kaufniveaus auszusortieren.

11:13 Uhr

Sam's Kiosk

Olgas neue Wohnung ist klein, auch der Balkon ist klein. Das stört sie ein bisschen, andererseits muss sie sich ja weder Wohnung noch Balkon mit irgendjemandem teilen. Dennoch, als sie an Oldenburg denkt, an ihre große Sonnenterrasse mit der Kakteensammlung, kommen ihr die Tränen. Ich suche mir besser einen Job, ich muss jetzt mein eigenes Leben leben. Sie geht nochmal runter zu Sam's Kiosk, den sie auf dem Weg zur neuen Wohnung gesehen hat, und kauft sich eine Zeitung. Der Internetanschluss funktioniert noch nicht und vom Lesen auf dem Handy tun ihr die Augen weh. Sie schaltet das Radio ein.

11:17 Uhr

Dritte Person

Ich könnte, denkt Irma, während sie eine Pressemitteilung der Polizei über einen Wohnwagendiebstahl copypastet, ja mal versuchen, mich in der dritten Person zu sehen, und die Person, in der ich mich jetzt denke, denkt dasselbe und fragt sich, ob sie dann andere Dinge herausfinden würde, als ich sie herausfinden würde. Irma zum Beispiel würde herausfinden, dass sie immer anfangen muss, mit den anderen gleichzeitig zu sprechen, aber ein bisschen später anfangen, und das, was sie als Letztes sagt, ist das, was die anderen hören, nicht das, was sie am Anfang sagt, und nicht das, was sie in der Mitte sagt, nur der Schluss, auf den kommt, denkt Irma, es an. Und sagt deshalb nur noch Schlussworte. Aber ist das nicht letztlich doch auch nur, und außerdem schaut Susana schon wieder, oder sollte ich, wenn ich an Susana denke, ich sagen.

Viele denken ja, was in der Zeitung steht, muss richtig sein. Vor allem muss es verständlich sein, hat Valentina gesagt, wir schreiben nicht für eine akademische Zeitung, Irma, die Leser interessiert nicht im Einzelnen, welche Länder zu Südosteuropa gehören. Wir sollten uns hüten, die Leser zu belehren, das mag niemand, sich belehren zu lassen.

Irma hat Valentinas Stimme noch, mit diesem freundlichen, ruhigen Ton, im Ohr, aber immer vibriert da etwas, Irma weiß nicht, ob das schon vorher in ihrem Ohr war.

11:24 Uhr

Tanzen

Margit klingelt bei den Nachbarn und fragt, ob sie das Handy mal ausleihen darf, sie müsse ihrer Tochter dringend eine SMS schreiben, aber ihr Handy sei tot, irgendein Systemupdate habe ihm den Rest gegeben. Klar, sagt Herr Bozkurt, meine Frau ist nicht da, aber warten Sie, und er verschwindet kurz im Wohnzimmer und taucht aus einem anderen Zimmer im Flur wieder auf und reicht Margit das Handy, nehmen Sie das Handy doch mit und bringen Sie es gleich wieder. Danke, sagt Margit, das ist nett. Sie geht in ihre Wohnung zurück, sie weiß nicht, was sie schreiben soll, nur dass sie es sich nicht gefallen lassen kann, dass Louise sie einfach geblockt hat, auf Whatsapp, telefonisch, auf Facebook entfreundet und auf Instagram auch. Für dich, hat Louise gesagt, ist alles immer nur dunkel und düster und mich ziehst du hinein in deine negativen Gedankenstrudel. Und jetzt willst du mir auch noch das Tanzen verbieten. Ich will dir doch nichts verbieten, sagte Margit, aber was hat bitte das Tanzen mit Blondsein zu tun? Soll ich mich jetzt dafür schämen, dass ich blond bin, hat Louise geantwortet, und in ihrem Blick war etwas, das Margit aus der Bahn geworfen hat.

11:25 Uhr
Hyperaktiv
Ich könnte einen, denkt Irma, Anti-Entwicklungsroman schreiben über eine fiktive Figur, die aus sagen wir Österreich stammt, sie plant einen Amoklauf, mutiert dann aber aufgrund einer spektakulären äußeren Wende zum Gegenteil ihrer selbst. Was ist das Gegenteil von, denkt Irma, Amokläuferin? Am Anfang ist sie hyperaktiv, stört und zerstört jegliches System, aber dann denken die Dinge sich selbst zu Ende, und die Amokfigur wird immer mehr an den Rand des Geschehens gedrängt und zerfällt schließlich wie ein kraftlos gewordenes Hadron. Was sie aber in Gang gesetzt hat, ist nicht, denkt Irma, mehr kontrollierbar. Aber wie sie Emma und Erwin Schuster einbauen soll, weiß sie auch nicht.

11:39 Uhr
Schilddrüsenüberfunktion
Valentina hat endlich den Praktikumsvertrag mit Louise unterschrieben. Sie schiebt es schon den ganzen Monat hinaus, nie im Leben hätte sie so jemanden freiwillig eingestellt, sie passt überhaupt nicht ins Team mit ihrer Trachtenfrisur und ihren Augen, die aussehen, als würden sie gleich aus der Fassung kullern, wahrscheinlich Schilddrüsenüberfunktion, und jedes Mal, wenn Valentina ihr auf dem Flur oder auf dem Klo oder sonstwo begegnet, möchte sie sie am liebsten schütteln und sagen, mein Gott, jetzt geh doch mal zum Arzt.

Aber erstens macht sie so etwas nicht und zweitens hat Mr. Mchay sie vorgeschlagen, und Mr. Mchay schlägt nur Leute vor, die er kennt oder die jemand kennen, die er selbst gut kennt, wenn nicht sogar sehr gut, wahrscheinlich ist sie irgendwie verwandt mit ihm, auch wenn Valentina sich das nicht vorstellen kann, weil diese Louise nicht wie jemand wirkt, der im Umfeld eines Mr. Mchays aufgewachsen ist. Wahrscheinlich ist Mr. Mchay mit Louises Großtante zur Schule gegangen, irgendwann in der Mitte des letzten Jahrtausends, oder er hat ihren Vater überfahren oder steht sonstwie in der Schuld ihrer Familie.

12:11 Uhr

Buspanne

Margit hat es so satt, darüber nachzudenken, inwiefern sie schuld an der ganzen Scheiße ist. Dass Louise nicht so geworden ist, wie sie, Margit, sich das vorgestellt hat beziehungsweise sich nicht vorgestellt hat, sie hatte ja gar keine Vorstellung, sie hat einfach darauf vertraut, dass aus Louise eine ganz wunderbare, kluge, schöne und lustige junge Frau werden wird, die eine Mutter ohne Zögern lieben und annehmen kann. Da kein Vater anwesend war, konnte Louise gar nicht werden wie er. Und dennoch ist sie geworden wie er, obwohl Louise gar nicht wissen konnte, wie ihr Vater war oder ist, falls er noch lebt. Margit hat sich nicht für Louises Vater interessiert und nun rächt sich Louise, indem sie sich nicht für Margit und ihre mütterlichen Bedürfnisse interessiert beziehungsweise kann es vielleicht sein, dass sich Louises Vater an ihr rächt und Louise nur das Medium ist? Aber wofür sollte er sich rächen? Dass sie ihm Unterhaltszahlungen und Sorgepflicht erspart hat? Sie würde zu gern wissen, ob Louise Kontakt zu ihrem Vater hat, vielleicht sogar unter seinen Einfluss geraten ist, aber wenn sie Louise darauf anspricht, muss sie mit ihr über den Vater reden und das ist unangenehm. Das war bisher immer unangenehm, schon als Louise ein Kind war. Ich habe deinen Vater nur ganz kurz gekannt, wir haben uns verpasst, hat sie Louise erzählt, als sie klein war, und als Louise zehn war, fragte sie, wie verpasst? Naja, verpasst, wir waren verabredet, aber ich kam zu spät, weil der Bus eine Panne hatte. Als ich eine halbe Stunde zu spät zur Verabredung kam, war er nicht mehr da und ich habe ihn nie wieder gesehen. Wir könnten ihn suchen lassen, hatte Louise vorgeschlagen, als sie zwölf war. Aber Margit wusste seinen Nachnamen nicht. Mit vierzehn war Louise klar, dass ihre Mutter sie anlog, aber sie konnte es ihr nicht beweisen. Eigentlich ging es ab da nur noch um zwei Dinge: den Beweis und den Gegenbeweis.

12:32 Uhr
Kreislauf der Liebe
Susana trifft sich mit Karlo zum Essen, wie immer treffen sie sich in der kleinen Spaghetteria im Einkaufszentrum gegenüber, sie kann sich nicht vorstellen, mit Karlo woanders zu essen, und auch Karlo kann es sich nicht vorstellen. Ihre Mutter und Karlo haben sich getrennt, als Susana noch ganz klein war, sie hat ihn immer Karlo genannt, nie Papa, nur anderen gegenüber hat sie ihn Mein Papa genannt.

Sie liebt Karlo, wie sie Mama liebt, und Karlo liebt sie, wie ihre Mutter sie liebt, nur Mama und Karlo lieben sich nicht mehr. Doch der Kreislauf der Liebe hat eigene Wege gefunden und wie bei einem verstopften Gefäß selbstständig eine Umleitung hergestellt. Immer hat Karlo sich zuverlässig um Susana gekümmert, hat sie vom Kindergarten und von der Schule abgeholt, an den Wochenenden sind sie in den Zoo, ins Kindertheater, ins Schwimmbad und später ins Museum gegangen, weil Susana sich schon immer gerne Bilder angeschaut hat, und Karlo ist mitgegangen und hat gelernt, wie man sich Bilder im Museum anschaut; er hat sogar an Workshops teilgenommen, in denen Kunst vermittelt wurde, um Susana mit Rat zur Seite stehen zu können. Warum ist das Haus schief, warum wächst der Frau ein Bügeleisen aus der Schulter, warum ist das Pferd blau, warum steht alles auf dem Kopf. Karlo weiß so etwas auch nicht, aber er hat sich immer Mühe gegeben, sich dieses Wissen anzueignen, auch wenn Susana seine Antworten oft etwas unzureichend fand. Aber er war nunmal ihr Vater, also fand sie sich damit ab. Mittlerweile geht sie lieber allein ins Museum, und Karlo atmet auf – was er allerdings nie zugeben würde. Lass uns mal wieder ins Museum gehen, sagt Karlo, nachdem sie beide ihre Lieblingsspaghetti bestellt haben, nämlich Spaghetti Diavolo, und Susana sagt, ja gerne, und schaut ihn irgendwie streng an, aber Karlo weiß nicht, ob er sich das nicht nur einbildet. Auch Susanas Mutter hat ihn manchmal eingeschüchtert.

12:44 Uhr
Kantine
Valentina will gerade in die Kantine gehen, als das Telefon klingelt. Mr. Mchay. Sie schafft es nicht, den Anruf zu ignorieren. Auch wenn er nicht im Raum ist, ist er stärker als sie.

12:45 Uhr
Erdloch
Patricia aus der IT holt sich die letzte Portion Apfelquark und fragt sich, ob es irgendeinen Menschen am anderen Ende des Universums gibt, der den Quark, den sie im Begriff ist zu essen, gerade hergestellt hat. Sie nennt ihre Komplementär-Person Ahri Shiwon, wie sie schon immer ihre Alter Egos Ahri Shiwon genannt hat, sie hat keine Ahnung, warum. Das andere Ende des Universums stellt Patricia sich vor, wie sie sich Nordkorea vorstellt. Nordkorea zählt weltweit zu den zwanzig Ländern mit der größten Produktion von Äpfeln. Ohne Apfelbäume würde der nordkoreanische Boden eines Tages wegrutschen und ein riesiges schwarzes Loch würde das ganze Land mit einem einzigen Bissen verschlucken.

12:48 Uhr
Cheerleader
Leni hat noch immer nichts von sich hören lassen. Stattdessen poppt auf Louises Display eine Mitteilung auf, dass eine unbekannte Nummer eine SMS gesendet hat. Die unbekannte

Nummer entpuppt sich als Margit, deren Nummer Louise geblockt hat, wahrscheinlich hat sie sich das Handy der Nachbarn ausgeliehen und ist sich besonders clever vorgekommen. Seit dem Streit letzte Woche haben die beiden kein Wort mehr miteinander geredet. Dabei hat Louise nur versucht, ehrlich zu sein. Ich muss dir was sagen, Mama, hat sie das Gespräch begonnen, aber flipp bitte nicht gleich aus. Hast du etwas angestellt? Nein, nein, keine Panik. Na dann, sag schon. Also, begann Louise, ich geh doch mittwochs immer zum Ballett, Mama, das weißt du doch. Ja, und, fragte Margit, und dass sie doch nichts gegen Ballett habe, das sei gut für den Körper und für die Figur, obwohl sie damit nicht sagen wolle, aber weil Louise doch selbst findet. Louise findet vor allem, das geht Mama überhaupt nichts an, sie ist ja selbst nicht die Schlankste. Also, sagte Louise, eigentlich ist es gar kein richtiges Ballett. So, sagte Margit, was ist es denn? Wir sind eher so … – Ja? – Also, wir sind eher so Cheerleader. Ach? Ja. Für welchen Verein denn? Also, für keinen Verein. Louise musste lachen. Also, BBM bedeutet Bund blonder Mädchen, sagte Louise.

Erwartungsgemäß sackte Mama regelrecht in sich zusammen. Als sei das Ende der Welt erreicht. Sag mal, spinnst du jetzt komplett, flüsterte sie, das ist doch nicht dein Ernst. Mama, du hast versprochen, nicht gleich auszuflippen. Ich habe gar nichts versprochen, sagte Margit.

13:09 Uhr

Milch

Patricia stellt sich vor, wie genau in dem Moment, in dem sie den letzten Löffel Apfel-Quark aus dem Schälchen kratzt, Ahri Shiwon, ihr Alter Ego in Nordkorea, damit beginnt, aus einem mehrere Meter hohen Kessel Milch in riesige Zentrifugen zu leiten, um die Milch in Molke und Käsemasse zu trennen. Aus der käsigen Masse entsteht Quark, die frische Molke wird in Tüten abgefüllt und tags darauf an nordkoreanische Kinder in der Unterrichtspause verteilt.

Der Apfel-Quark schmeckt wie selbstgemacht, aber vielleicht liegt es auch nur daran, dass Patricia so einen Hunger hat. Sie hat seit gestern Nachmittag nichts mehr gegessen.

13:09 Uhr

Das wahre Leben

Marius schaut immer wieder in Irmas Richtung, aber sie hat kein einziges Mal hochgesehen, noch nicht einmal die Tempotaschentücher hat sie bisher angefasst. Stattdessen kann er sehen, wie sie immer wieder die Nase hochzieht, er findet das irgendwie süß und auch ein bisschen cool, das Bauarbeitermäßige an ihr, und tatsächlich hat sie ihm damals, nach der Weihnachtsfeier, erzählt, dass ihr Vater ein Bauarbeiter, der bei einem Unfall mit einem Mofa ums Leben gekommen war, war. Ihr Vater sei ihr, sagte Irma, großes Vorbild. Das hat Marius beeindruckt, nicht nur Irma, sondern auch der Vater, auch wenn er ihn im wahren Leben nie kennenlernen würde. Aber das wahre Leben, glaubt Marius sowieso, besteht ja eh darin, dass wir uns das alles nur vorstellen und durch ein blödes Versehen haben wir eines Tages angefangen, in einer Art Dauerwachzustand alles durcheinanderzubringen: zu viel Sex und zu viel Krieg. Wenn wir aber das wahre Leben, in dem wir uns alles nur vorstellen, leben würden, dann bräuchten wir viel, viel weniger Kraft, hat Marius nach der Weihnachsfeier zu Irma gesagt, wir hätten weniger Sorgen, wir würden viel langsamer altern, wir könnten locker 200 Jahre alt werden. Schon jetzt weiß man, dass Menschen, die keine harte körperliche Arbeit verrichten, die sich nur mit Schönem umgeben und weniger Streit und Stress im Leben haben, deutlich älter werden als die, die gestresst sind, da gibt es, sagte Marius, eine Studie aus Liverpool.

Wir bräuchten, sagte Marius, weniger zu essen, weniger Kalorien, vielleicht nur so 320, und entsprechend wenig würden wir essen, was darmschonend wäre, und für ungesundes Essen hätte sowieso keiner was übrig, wäre ja viel zu stressig. Es gäbe auch kaum Umweltverschmutzung, wenig Verkehr und Verkehrstote, selten Arbeitsunfälle, selten Gewalt, natürlich gäbe es das alles schon, sagte Marius, weil wir ja keine anderen, keine perfekteren Menschen wären, aber wir würden uns das alles eben nur vorstellen. Wir könnte uns sogar selbst ermorden und dennoch weiterleben, hatte Marius gesagt, während er neben Irma lag, in Irmas Bett, und sie sah ihm beim Sprechen zu und wusste gleich, dass ihr Vater damit nicht einverstanden gewesen wäre. 320 Kalorien am Tag sind lachhaft.

13:11 Uhr
Sekunden
Der Mann, der am Busbahnhof zusammengebrochen ist, hat seinen Absturz schon lange hinter sich. Seitdem lebt er von einer Minute zur anderen, von einer Sekunde zur anderen. Jede Sekunde, die er sich selbst nicht spürt, ist eine gute Sekunde.

13:12 Uhr
Truth und Beauty
Weil Susana gleich wieder zurück in die Redaktion muss, verzichten sie auf den Nachtisch. Susana hat ihre Serviette voll mit seltsamen Hieroglyphen gemalt und sagt, du Karlo, ich überlege zu kündigen und nochmal zu studieren, Kunst oder so. Wie findest du das? Karlo findet das gut. Kunst, warum nicht. Du bist schuld, sagt Susana und lächelt, wenn du nicht immer mit mir ins Museum gegangen wärst. Karlo wäre zwar lieber ins Naturkundemuseum gegangen oder ins Museum für Quantenphysik und hätte Susana erklärt, was ein Upquark und ein Downquark ist, was Anti-Farben sind oder die wahre Bedeutung von Truth und Beauty. Aber das sagt er nicht. Susana war damals zu klein und wollte lieber ein Eis. Sie hat ihm null zugehört, wenn er damit anfing. Nur bei den Antifarben horchte sie kurz auf. Vielleicht hat Karlo es auch nicht richtig erklärt. Truth und Beauty könnten schließlich auch Pferdenamen sein. Wie soll man etwas erklären, was man selbst nicht verstanden hat?

13:17 Uhr
Yasmin
Diesmal öffnet Frau Bozkurt die Tür, hallo Yasmin, sagt Margit, ich wollte dir dein Handy zurückgeben, aber da reißt Herr Bozkurt es ihr schon aus der Hand. Sie hat es gefunden, ruft er. Komm doch kurz rein, sagt Yasmin, ach, ich würde ja gerne, sagt Margit, ich muss leider zum Bus. Haben Sie vielen Dank, sagt sie zu Herrn Bozkurt, und Yasmin sagt, aber nein, wir danken dir, ich bin so froh, dass du es gefunden hast, und Margit sagt, einen schönen Tag noch, bis bald!

13:38 Uhr
Utopie
Marius schreibt die Übergabe für die Nachmittagsschicht und fährt den Rechner runter, und als er vom Bildschirm hochschaut, sieht er, wie Irma zu ihm herüberschaut, und es wird ihm ganz warm und er muss sich konzentrieren, dass er nicht gleich total geil wird. Ich will aber, hat Irma an dem Morgen nach der Weihnachtsfeier gesagt, leben, richtig leben, auch wenn es Verkehrstote und Arbeitsunfälle gibt, ich will keine, sagte Irma, zweihundert Jahre lang im Bett liegen und mir alles vorstellen und außerdem, ich will nochmal, und legte sich auf Marius, ficken, und Marius dachte an Irmas Vater, der Bauarbeiter war und ihr Vorbild. Später wollte Marius weiter von seiner Utopie erzählen und setzte sich auf den Heizkörper in Irmas Schlafzimmer und bemerkte zu spät, wie sich die Hitze in seinen Hintern und Oberschenkel grub, er schrie und Irma versuchte ernst zu bleiben, als sie die roten Striemen an Marius' Hintern sah, an seinem weißen behaarten Männerhintern, der gar nicht so recht zu ihm passt, zu seiner zierlichen Statur, dem bartlosen Gesicht und der zarten Haut auf Bauch, Brust, Schultern.

Marius denkt noch immer daran, mindestens einmal am Tag, eigentlich öfter, und die Verbrennung an seinem Hintern ist noch zu sehen als rosafarbener Strich, der wie eine Bügelfalte aussieht – eine Formulierung, die Irma gefallen würde, denkt Marius, aber es hat sich keine Gelegenheit mehr ergeben, ich kann ja, denkt Marius, in der Mittagspause nicht Guten Appetit, Irma, und übrigens, die Brandnarbe, du weißt schon, die sieht jetzt aus wie eine Bügelfalte sagen. Jetzt muss er aber wirklich los, er winkt Irma beim Rausgehen zu und sie verzieht den Mund zu einem kleinen Lächeln.

14:30 Uhr
50.000 Kalorien
Die Kantine schließt und die übriggebliebenen Nachspeisen landen im Müll. Ein Müllcontainer beinhaltet geschätzt 50.000 Kalorien. Diese 50.000 Kalorien fehlen der Welt, auch wenn man das nicht eins zu eins so rechnen kann, aber andererseits kann man es doch so rechnen.

14:15 Uhr
Blumen
Marius' Mutter liegt noch immer auf der selbstmitgebrachten Luftmatratze in der Küche. Sie öffnet die Augen und lächelt. Auf dem Schreibtisch steht ein Weizenglas, in dem ein Strauß Kornblumen steckt. Die Kaffeekanne steht umgedreht auf der Spüle. Na, fragt Marius, was hast du gemacht? Gelesen, sagt die Mutter. Auf dem Teppich ist ein großer heller Fleck und als Marius genauer hinsieht, ist es nur die Sonne.

14:23 Uhr
Wurstbrot
Der Mann hat einen Arm um den Mülleimer geschlungen, als wolle er ihn umarmen wie einen alten Kumpel, er liegt reglos mit geschlossenen Augen, beziehungsweise er liegt gar nicht, sondern hängt vielmehr, weil der Abstand zwischen Mülleimer und Boden zu groß ist für die Proportionen dieses Mannes. Cornelia sieht, wie der Mann halb verrenkt in der Luft hängt, und denkt, das muss doch wehtun, der klemmt sich die Blutzufuhr ab, so wie der Arm da gequetscht wird, weil zwei entgegengesetzte Kräfte an

ihm wirken, die Masse des Mülleimers zieht nach oben und das Gewicht des Mannes drückt nach unten; und auch an Cornelia wirkt jetzt eine Kraft, die bewirkt, dass sie sich für ihre nutzlose Neugierde schämt. Sie versucht, kein weiteres Mal hinzuschauen, denn das weiß Cornelia auch, dass sie dem Mann eigentlich helfen müsste, sich aus dieser unwürdigen Position zu befreien, aber sie weiß nicht, wie sie das anstellen soll. Auch die anderen Wartenden wissen es nicht, auch sie werfen verstohlene Blicke, auch sie fragen sich, weil sie nicht wissen, was sie sonst denken sollen, ob die Blutzirkulation nicht abgeschnitten wird, wenn man den Arm so verdreht um einen Mülleimer geschlungen hat, während der restliche Körper über dem Boden hängt. Cornelia sieht, wie eine Frau mit rosa Haaren den Mann mustert, deshalb wagt auch sie einen zweiten Blick. Der Stoff der Hose zwischen den Beinen des Mannes färbt sich dunkel, als würde man Tinte in ein Aquarium gießen.

Zwei Servicekräfte der Verkehrsbetriebe haben den Mann entdeckt und wecken ihn, der Mann schlägt die Augen auf und hat sofort die traurigsten Augen der Welt, alle Umstehenden sehen in diese Augen und möchten sofort weinen, aber sie weinen nicht. Dem Mann läuft etwas aus der Nase, es ist kein Blut, vielleicht lösen sich seine Gedanken auf, denkt Cornelia, vielleicht die Gedanken, die er bräuchte, um irgendwie aus dieser Situation herauszukommen. Oder die Gedanken verabschieden sich, weil es einfach keinen Weg mehr gibt. Eine Frau hat ihr Wurstbrot in den Mund gesteckt und vergisst, was sie damit machen wollte; mit dem Brot zwischen den Zähnen starrt sie den Mann an, der aufgestanden ist und in den nahenden Bus einsteigen möchte. Die Servicekräfte winken bedauernd ab, eine Fahrt in diesem Zustand ist nicht möglich, brauchen Sie Hilfe, sollen wir einen Arzt holen, aber der Mann weiß nicht, was Arzt ist, er deutet auf den Bus, er möchte mit diesem Bus fahren. Alle Fahrgäste steigen ein, der Mann nicht, er kann erstens sich kaum bewegen, weil er zu schwach auf den Beinen ist, zweitens halten ihn die Servicekräfte fest. Cornelia hat einen Moment lang gewartet, bis sie eingestiegen ist, sie wollte sich vergewissern, ob die Servicekräfte ok mit dem Mann umgehen, zumindest solange, bis der Bus kommt. Die Frau mit den rosa Haaren putzt sich die Nase.

14:28 Uhr

Glenfarclas 105

Frederic geht zum gefühlt hundertsten Mal am Kaschmirladen vorbei, er hat ausnahmsweise Lust, sich etwas zu kaufen, eine Krawatte zum Beispiel, aber er unterdrückt den Kaufwunsch, denn Krawatten wird es sowieso nicht mehr lange geben, es ist eine aussterbende Textilgattung, in seiner Masterarbeit hat Frederic genau das berechnet, den Lorentz-Attraktor von Krawatten, im Einzelnen wäre es zu schwierig, das zu kolportieren, aber die Krawatte stirbt aus, hat er heute noch zu seinen Mitarbeitern gesagt, er sagt das Wort kolportieren überhaupt sehr gerne, warum, weiß er nicht, es wärmt seinen Rücken wie ein Glenfarclas 105. Er geht durch das Einkaufszentrum, ohne etwas zu kaufen, er geht den Weg, den er immer geht, erst eine Schleife durch Flur A, C und D im Erdgeschoss, dann mit der Rolltreppe in den ersten Stock, von dort aus biegt er in Flur E und geht eine Schleife durch E, F und B, und diese Schleife verhält sich rechtwinklig zur ersten Schleife und am Ende geht er noch eine dritte Schleife, nämlich am Eiscafé Diana vorbei, durchs Parkhaus und von dort im Treppenhaus A wieder zurück in sein Büro. Er weiß, dass seine Mitarbeiter denken, er sei zwanghaft, aber auf diesen Gängen hat er immer die besten Ideen, warum sollte er etwas dagegen tun. Solange er seine Bahnen geht, ist er in Sicherheit.

14:32 Uhr

Sonderangebote

Olga liest die Stellenangebote, das Radio dudelt vor sich hin. I'm in the army now, das hat ihr Mann immer gehört, als sie jung waren, sie beide, er liebte diese Band, wie hieß sie nochmal? Sonderangebote Europazentrum, Stellenangebote Europazentrum, liest sie. In einer Zeitung ist alles so nah beieinander, denkt Olga.

Im Radio berichten sie von einer Schießerei in der Hilbertstraße. Krass, sagt Olga in die Anonymität ihrer neuen Wohnung hinein; irgendwie absurd, krass zu sagen, aber Olga weiß nicht, was sie sonst sagen soll. Es hat zum Glück niemand gehört.

14:35 Uhr

Strategiepapier

Valentina hat mittlerweile dermaßen Hunger, aber die Kantine hat jetzt eh zu und sie muss sich auf die Mitarbeitergespräche vorbereiten, Mr. Mchay hat gefragt, wie ihre Strategie ist. Valentina hat keine Strategie, es war ihr nicht klar, dass sie eine benötigt, wozu auch? Sie war bis vor einer halben Stunde der Meinung, dass Ehrlichkeit die halbe Miete ist. Mr. Mchay ist anderer Meinung, er denkt in anderen Kategorien. Er möchte ein Strategiepapier. Valentina ist noch mitten am Formulieren, als das Telefon klingelt, Susana ist dran, komm mal rüber, Valentina. Was ist denn jetzt schon wieder, fragt Valentina, und Susana sagt: Amoklauf.

14:45 Uhr

Einkaufszentrum

Jemand von euch muss rüber ins Einkaufszentrum, sagt Valentina in der Sonderkonfi, die Spätschicht ist noch nicht da, so lange können wir nicht warten. Susana macht den Ticker. Wo ist denn Marius? Hat sich doch freigenommen, wegen seiner Mutter, sagt Sandro, ach ja, sagt Valentina, ausgerechnet heute!

Im Raum ist es noch stickiger als am Vormittag. Wahrscheinlich ist es eh ein Fehlalarm, sagt Sandro. Alle schauen ihn an, er registriert das sehr wohl, versteht aber nicht, ob das gut ist oder eher nicht so gut.

Irma, was ist mit dir, fragt Valentina, einer plötzlichen Eingebung folgend, und Irma erschrickt dermaßen, dass sie niesen muss. Vor dem Fenster steht die Birke und Birken sind Irmas Lieblingsbäume, eigentlich, wenn nur die blöde, denkt Irma, Allergie nicht wäre. Der Platz vor dem Einkaufszentrum ist leer. Er war noch nie leer. Es gab noch nie, sagt Sandro, einen Amoklauf, der an einem so heißen Tag stattgefunden hätte, ich hab das mal eben recherchiert, ich habe hier, sagt Sandro, sämtliche Amokläufe der letzten Jahre und Jahrzehnte, ein einziger fand im August statt, das war in Hungerford, Großbritannien, 1987, und zwei in den USA, der in Austin 1966, das war der Typ mit dem Hirntumor, und noch ein anderer, an einem 12. Juli 1970 in Kalifornien, aber da ist nicht viel passiert, nur ein Toter, und das war eh der Vater vom Täter. Irma hat ihre Nase geputzt, wenn ich, denkt Irma, mich jetzt trauen würde, ich mach es zu sagen und es einfach zu machen, aber da hebt Louise ihre Hand, ja, Louise, sagt Valentina, ich würde es machen, sagt Louise, äh, sagt Valentina und überlegt, wie sie es verhindern kann. Kommt nicht in Frage, sagt Valentina, doch, bitte, sagt Louise, was ist denn dabei, es ist für mich genauso gefährlich wie für jeden anderen. Außerdem sichert die Polizei doch eh alles ab. Das erste Mal, seit sie Sandro kennt, hofft Valentina, dass er recht behält.

14:32 Uhr

Intersport

Nicos erste Erinnerung an das Einkaufszentrum ist, dass er an der Hand seiner Mutter über den Flur A geht, dass alles gleich aussieht, aber nur auf den ersten Blick. In einem Geschäft gibt es Fleisch, im anderen Kleidung, es gibt Läden mit Büchern, mit Süßigkeiten, mit Lampen, mit Fahrrädern, mit Plüschtieren, es gibt Autos und Lokomotiven, in die man sich hineinsetzen kann, einen Elefanten, auf dem er gerne reiten würde, aber es kostet etwas, das geht nicht. Die Hand seiner Mutter hält ihn fest, er staunt, er empfindet Ehrfurcht, er ist dankbar, er weiß nicht genau, wofür. Außer Fleisch und ein Paar billigen Schuhen bei Intersport kaufen sie nichts, noch nicht einmal ein Eis bekommt er. Als er älter ist, kauft seine Mutter ihm Geodreiecke, Turnsachen und neue Jeans. Er geht jetzt nicht mehr an ihrer Hand, sondern trottet neben ihr her. Seine Mutter hat einen erstaunlich schnellen Gang, er würde lieber langsamer gehen. Nur ein einziges Mal hat sie ihm teure Adidas gekauft, das war im Sommer bevor er in die Realschule kam. Wenn er am Grab seiner Mutter steht, fühlt er nichts, nur wenn er an dem Sportgeschäft vorbeigeht, spürt er wieder ihre schweigsame Hand.

Meistens waren sie zuhause.

Gerade hat er sich mit seinem Vater im Eiscafé Diana getroffen, der Vater ist alt geworden, seine Haare sind schlohweiß, er schimpft auf die Jugend, auf die Ausländer und auf die Ärzte, er schlurft seinen Kaffee aus, dann geht er wieder, ohne ein einziges Mal gefragt zu haben, wie es Nico geht. Da Nico es nicht anders kennt, fällt ihm das nicht weiter auf. Er bleibt noch ein bisschen sitzen, dann steht er auf, geht zu Intersport und schaut sich verschiedene Sporttrikots an, Nike, Puma, Saucony, Adidas. Er nimmt zehn Trikots mit in die Kabine, obwohl nur drei erlaubt sind. Aber noch nie hat ihn jemand daran gehindert oder auch nur darauf angesprochen. Nach dem vierten Trikot schaut er auf sein Handy, das gepiepst hat.

14:26 Uhr

Elit Damenmode

Kader hat beschlossen, in die Türkei zu gehen, sie will einfach mal was anderes machen. Vor allem jetzt, wo Yalcin verschwunden ist und Dogan und sie sich trennen, sie hat einfach keinen Bock mehr, sie will endlich was Vernünftiges machen. In Corum werden Leute in der Verwaltung gesucht, die Englisch, Deutsch und Türkisch sprechen. Auf der Internetseite der Stadt sind die Frauen mit Kopftuch abgebildet. Andererseits, ihre Schwägerin Halide trägt auch kein Kopftuch. Weißt du was, sagt Halide am Telefon, wegen uns musst du keinen Hidschab anziehen, hier sagt keiner was. Kader ist sich da nicht so sicher, seit dem Kindergarten heißt es, hier sagt keiner was, und dann sagt immer irgendeiner was.

Die Verkäuferin trägt einen roten Tschador und ist sowas von perfekt geschminkt. Kader kommt sich fast nackt vor. Für den Anfang empfiehlt die Verkäuferin einen Hidschab aus Lycra. Das ist Stretch-Material, sagt die Verkäuferin, einfach nur drüberziehen und fertig. Kader probiert acht verschiedene Modelle an, Baumwolle, Lycra, mit Kinnbedeckung und ohne. Die Bushiva ist vom Stoff her am angenehmsten. Kader muss lachen, als sie sich im Spiegel sieht. Sie sieht ein bisschen aus wie das Aschenbrödel in *Drei Haselnüsse für Aschenbrödel,* als sie mit dem Prinzen tanzt und nicht erkannt werden möchte. Kader denkt darüber nach, wie es wäre, wenn sie ebenfalls nicht mehr erkannt würde. Wenn sie quasi unsichtbar wäre. Aber in Corum kennt sie eh keiner, und wenn, dann würde man sie schon am Gang erkennen. Sie hinkt nämlich ein bisschen. Der Hidschab, den sie schließlich kauft, ist blau, von silbernen Fäden durchzogen, es ist der einzige, der nicht kratzt. Sie lässt ihn gleich an. Kader ist froh, dass die Verkäuferin keine komischen Fragen gestellt oder Bemerkungen gemacht hat. Sie hat noch nicht einmal steht dir gut oder so etwas gesagt. Als Kader aus dem Laden kommt, spuckt ein Mann vor ihr auf den Boden und schaut sie herausfordernd an. Du tickst wohl nicht ganz sauber, sagt Kader. Da wird der Mann plötzlich unsicher und dreht sich weg und rempelt ein Mädchen an, das wie eine Comicfigur aussieht. Kader sagt, hey Leni, aber das Mädchen hat es eilig und geht wortlos weiter.

14:27 Uhr

Lacky-X

Die Buchhandlung ist fast leer. Im vorderen Teil liegen Zeitschriften, Ratgeber und Mangas aus, in der Mitte neben den Schulbüchern gibt es eine mit rotem Leder bezogene Sitzecke, in der man Hörbücher hören und ausgemusterte CDs für 2 Euro kaufen kann. Dort sitzt eine Kundin und liest ein Buch über Verschränkung, Zufall und Überlagerung. Bei den Klassikern halten sich zwei weitere Personen auf. Die Kundin auf der Sitzecke hebt plötzlich den Kopf und schaut irritiert. Als müsste sie sich versichern, in welcher Zeit sie sich befindet – in der innerhalb oder außerhalb ihres Gehirns. Keiner kann ihre Frage beantworten, die beiden anderen sind still versunken in ihre Bücher, von denen sie nicht wissen, ob sie sie kaufen werden. Die Bücher müssen eine Entscheidung treffen.

14:10 Uhr
Zeisingplatz
Edithe sieht eine junge Frau mit einem kleinen Hund auf dem Arm Richtung Einkaufszentrum gehen. Der Hund hat gelbe Augen, es geht etwas Vergebliches von ihm aus. Seine Ohren sind nach vorne ausgerichtet und gespitzt, sie sehen aus wie die Umkehrprismen eines Periskops. An der Ampel vor dem Zeisingplatz springt er plötzlich aus den Armen der Frau und läuft bellend davon. Sie ruft etwas und rennt hinterher.

14:34 Uhr
Flur D
Clara Kalkofens Leben ist durchstrukturiert wie das einer Soldatin, von morgens 6 Uhr, wenn sie aufsteht, bis abends 22.45 Uhr, wenn sie das Licht ihrer Nachttischlampe löscht. Sie ist froh, dass ihr Leben in geordneten Bahnen verläuft. Sie hört die Schritte der anderen, sie hört ihre eigenen Schritte. Keiner schert aus, wozu auch?

Clara mag keine Überraschungen. Überraschungen sind als Geschenke getarnte Lebensverschlechterungen, wie die Betriebsfeiern in der Firma, in der sie arbeitet. Das Essen zahlt die Firma, die Getränke muss jeder selbst bezahlen. Die Anwesenheit der Mitarbeiterinnen und Mitarbeiter wird erwartet, Clara geht jedes Mal hin, nicht hingehen würde sie überfordern. Sie trinkt ein Mineralwasser und schaut den anderen zu, wie sie sich mit schlechtem Wein betrinken, um den Geschmack des Essens zu vertreiben, auf das sie sowieso gerne verzichtet hätten. Clara Kalkofen bestellt sich einen Bauernsalat, da kann man nicht viel falsch machen. Als Nachspeise einen Espresso. Die Wahl ihrer Speisen wird ihr als die ihr typische Bescheidenheit ausgelegt. Ihr Chef hat ihr anerkennend zugenickt.

14:33 Uhr

Tiefkühlabteilung

Gary möchte keinen Spinat, er mag die Farbe Grün nicht. Torben mag zwar Grün, aber nur helles Grün wie bei Zuckerschoten. Dafür isst Torben keine Tomaten, obwohl er Rot mag, Gary jedoch wäre mit Tomaten einverstanden. Carol schlägt den beiden gelbe und rote Paprika und karottenfarbene Karotten vor, und in dem Moment, in dem sie karottenfarbene Karotten zu Ende gesagt hat, nimmt sie etwas Seltsames wahr, etwas, das sie noch nie wahrgenommen hat. Gary sagt, Mama, was ist das, und Torben sagt, was denn?, nimmt aber vorsorglich ihre Hand und Carol sagt, ich weiß nicht, es ist nichts.

14:29 Uhr

Flur C

Sie haben sich neue Schuhe gekauft, zum Joggen, Basketball, Fußball, sogar zum Volleyball, seit sie in der Schulmannschaft sind und Profischuhe brauchen, nicht den Quatsch vom Lidl. Sie waren bei Rossmann, um ihren Vorrat an Zahnpasta, Reisezahnpasta, Haargummis, Toilettenpapier, Make-Up-Entferner, Enthaarungsmittel und Babytücher aufzufüllen, sie waren beim Kaufhof, wo sie nichts kauften, sie wollten nur mal schauen, weil es Kaufhof vielleicht nicht mehr lange gibt. Tatsächlich sind sie nicht sicher, ob es Kaufhof überhaupt noch gibt, heißt der Laden jetzt eigentlich anders, seit dieser Fusion, Karhof vielleicht oder Kaufstadt? Kaufstadt gefällt ihnen am besten, es ist wie eine richtige Stadt, in der die Waren wohnen und die Menschen nur zu Besuch sind, komisch, dass ihnen das nicht früher aufgefallen ist. Es ist sogar eine Stadt mit einer eigenen Historie, wie Dubrovnik oder Fürth. Sie denken daran, wie es war, als Kaufhof noch Horten hieß oder Hertie und sie als Jugendliche manchmal stundenlang Aufzug gefahren sind, weil das der einzige Ort war, der sich bewegte, zumindest kam es ihnen so vor. Im ersten Stock stiegen die Frauen aus, im zweiten die Männer, im dritten die Eltern mit Kindern. Im vierten die Omis und Opis, um im Selbstbedienungsrestaurant essen zu gehen. Dort saßen sie dann, neben sich ihre Handtaschen und Herrentaschen und die Tüten aus den verschiedenen Stockwerken und dann der Blick über die Stadt vom vierten Stock aus: wunderschön!

14:29 Uhr
Bank
In der Mittagspause geht Mathilda gerne ins Einkaufszentrum, nur ausgerechnet heute hat sie ihren Geldbeutel in der anderen Tasche vergessen, in der schwarzen, während sie heute morgen Lust auf die weiße Tasche gehabt hat, die mit den Haiapplikationen, die hat sie sich letztes Jahr gekauft, das war noch das Geld vom Erbe. Es war im Grunde die letzte Investition, dann war alles futsch, naja was solls. Sie streicht über die Haifischapplikation und setzt sich auf eine Bank und schaut in den Himmel und findet, dass es heute sehr leise ist, als hätte irgendwer die Welt angehalten. Weder scheint die Sonne noch regnet es. Noch nicht einmal die Krähen sind zu hören. Und wenig Spaziergänger, eigentlich gar keine. Mathilda schaut sich um. Niemand. Nur auf der anderen Seite, kurz vor dem Waldstück, läuft ganz allein ein kleiner Hund, er sieht aus, als würde er über irgendetwas nachdenken.

14:20 Uhr
Deli
Schon immer hat Heiner B. gerne nach den letzten Dingen gefragt, in letzter Zeit ist es zu einer Art Manie geworden, aber zu einer Manie, die ihn belustigt. Sie gibt ihm das Gefühl, ein wenig über den Dingen zu stehen. Als er jung war, dachte er oft über die ersten Male nach: Wow, zum ersten Mal geknutscht, eine Pizza gegessen, einen Audi TT gefahren. Irgendwie schön war das. Wenn man jung ist, möchte man die Zeit spüren. Er weiß nicht, wann sich das geändert hat. Ob es ein bestimmter Tag in seinem Leben war, an dem die Zeit eine andere Richtung genommen hat. Wer weiß, ob dies nicht die letzte Zigarette in meinem ganzen Leben ist, hat Heiner B. zum Beispiel oft gedacht, lange bevor er wirklich mit dem Rauchen aufgehört hat. Oder

im Deutschen Theater in Berlin: ob dieser Hamlet der letzte Theaterbesuch in meinem Leben ist. Immerhin, es war der letzte zusammen mit seiner Mutter. Nach den letzten Dingen zu fragen, ist zu einer Art Denksport für Heiner B. geworden oder vielmehr Fantasiesport, wie seine letzte Freundin Melissa angemerkt hat. Das Wort Fantasiesport hat ihm gefallen, erstens die Idee, dass Fantasie etwas ist, was man trainieren muss, zweitens Melissa selbst, eine wunderschöne Blondine mit durchtrainierten Waden und leichtem Bauchansatz, Mitte 40, die er in einem Aufzug kennengelernt hat. Sie wird wohl seine letzte Geliebte gewesen sein, was ihm an einem der vielen Abende bewusst geworden ist, an denen er auf sie gewartet hat. Nun ja, es gibt Schlimmeres, als mit einer Flasche neapolitanischem Limoncello am warmen Kamin zu sitzen und auf eine reizende Frau zu warten. Damit hat er sich getröstet. Er hat es nicht gewagt, nach dem Grund ihres ständigen Zuspätkommens zu fragen, er wollte sie und sich selbst nicht in Verlegenheit bringen. Die Erkenntnis über den letzten Sex in seinem Leben hätte er ihr gerne mitgeteilt, aber sie verschwand ohne ein Wort des Abschieds und er akzeptierte ihren Entschluss.

Als Heiner B. das Einkaufszentrum betritt, genauer gesagt die Deli-Abteilung im Untergeschoss, weiß er nicht, dass seine letzten zehn Minuten angebrochen sind; er verbringt sie in ein Gespräch mit der Auszubildenden vertieft über die Zubereitung des perfekten Currys.

14:35 Uhr

dm

Wenn Lars einkaufen geht, läuft meistens irgendetwas schief. Es ärgert ihn, dass die Geschäfte ständig ihr Produktangebot ändern. Es verletzt ihn. Er empfindet es als ungerecht, als würde man ihm etwas vorenthalten aus irgendwelchen prinzipiellen Gründen, die er nicht versteht und nicht verstehen kann. Zum Glück hat er schon sechs von acht Punkten auf seiner Liste abgearbeitet, nur einen Artikel hat er partout nicht finden können: das Shampoo, mit dem er sich seit Jahren die Haare wäscht, Power Grau for

Men, er mag die Farben der Shampooflasche, ein dunkles Grün, ein helles Grau, er mag den Geruch des Shampoos, er mag die Art, wie die Shampooflasche in seiner Hand liegt, wenn er mit nassen Haaren unter der Dusche steht.

Am öftesten sind es die Drogeriemärkte, die bestimmte Marken aus dem Sortiment nehmen, vielleicht sind es aber auch die Hersteller selbst, die ihre Sorten ändern. Warum sie das tun, weiß er nicht. Das weiß keiner. Möglichkeit 1 wäre, dass sich zu wenige andere Käufer für diesen Artikel interessieren, Möglichkeit 2: bestimmte Inhaltsstoffe sind verboten worden, zu teuer oder nicht mehr verfügbar, Möglichkeit 3: Änderungen in der Sortimentsstrategie, *Kunden, die Power Grau for Men kaufen, würden auch Whitesilver Men kaufen.* Bevor Lars über Möglichkeit 4 nachdenken kann, fliegt eine sehr laute Mücke an seinem Ohr vorbei, und noch im Flug sticht die Mücke in die Außenleiste seiner Ohrmuschel, Helix genannt.

14:40 Uhr

Beine

Seit 11 Uhr sitzt Silvana vor dem Einkaufszentrum, vor sich eine silberne Keksdose ohne Etikett, wenn die Sonne scheint, glitzert die Keksdose in der Sonne, wenn die Sonne nicht scheint, glitzert sie nicht. In der Keksdose sind genau 4,50 Euro, das weiß Silvana, weil sie vor einer halben Stunde gezählt hat und seitdem ist nichts mehr passiert. Doch, es ist etwas passiert, aber weil Silvana nicht aufblicken darf, spürt sie nur, dass etwas anders ist als sonst. Dass immer mehr Leute aus dem Gebäude kommen und niemand hineingeht. Das gabs noch nie. Und deshalb blickt Silvana jetzt doch vorsichtig auf. Die Leute sehen irgendwie verstört aus, obwohl Silvana nicht sagen kann, wie sie sonst aussehen, sie schaut sie ja nicht an, ihre Welt besteht aus Schuhen und Beinen. Sie sieht, wie eine Frau zittert, als wäre sie ein Baum im Wind, und einen Mann weinen, als habe er noch nie geweint, er weint ein ungeübtes Weinen. Silvana möchte jetzt auch gerne weg, aber wie, wenn sie keine Beine hat?

14:37 Uhr

Forzieri

Kaschmir duftet nach Weichheit und fühlt sich überhaupt geil an, wie ein Duft sich anfühlen würde, wenn man Düfte fühlen würde, und in Herrn Müllers Beruf weiß man Düfte zu schätzen, auch wenn das keiner zugibt.

Für Herrn Müller ist Kaschmir alles, wonach Herr Müller sich sehnt, ohne dass er benennen könnte, was er ersehnt. Aber genau das macht ja Kaschmir aus, findet er. Herr Müller trägt sogar Krawatten aus Kaschmir, allerdings gibt es nur sehr wenige Läden, in denen man Kaschmirkrawatten kaufen kann. Verkäuferinnen und Verkäufer runzeln gern die Stirn und versuchen, möglichst nicht verächtlich zu klingen, wenn sie sagen: Eine Krawatte aus Kaschmir? Sie meinen eine Krawatte mit Kaschmirmuster! Deshalb bestellt er seine Krawatten entweder im Internet oder er gönnt sich einen Besuch bei Forzieri im Einkaufszentrum, wenn er in der Nähe zu tun hat. Herr Müller würde es sicherlich gut finden, an seinem Todestag zufällig eine schwarze Kaschmirkrawatte getragen zu haben, mehr oder weniger zufällig, trotzdem ist nicht davon auszugehen, dass er etwas ahnt, als er die Krawatte anprobiert und nicht mehr dazu kommt, sie an der Kasse einpacken zu lassen.

14:36 Uhr

Lacky-X

Sie sehen erst auf von ihren Büchern, als sie die Schüsse hören. Sie blicken sich um und sehen zwei andere, die sich ebenfalls umblicken.

14:36 Uhr

Flur D

Clara Kalkofen wird angeschossen, wie Soldaten in einem Krieg angeschossen werden, in den sie geschickt wurden, ohne vorher gefragt worden zu sein.

14:36 Uhr
Tiefkühlabteilung
Es knallt dreimal, so laut, so nah, dass Torben vor Schreck weiß wird und Gary flüstert: Ist das ein Cowboy? Carol hat keine Zeit zum Nachdenken, sie öffnet die Tiefkühltruhe und sagt, los rein, nein, sagt Torben, und Carol zischt ihn an, doch und zwar sofort. Beide Kinder klettern in die Tiefkühltruhe, in dem gefrorenes Gemüse, vor allem Erbsen und Mangold, liegen, Carol zieht die Schiebevorrichtung zu und sieht den beiden durch das Glas hindurch in die Augen und legt den Zeigefinger vor den Mund. Sie klettert in die Truhe nebenan und beginnt augenblicklich zu frieren.

14:36 Uhr
Temma
Sie sind auf dem Weg zu Temma im Untergeschoss, er hat erst kürzlich eröffnet, viele Artikel ganz schön teuer, teurer als bei Aldi oder Edeka, vielleicht auch überteuert. Aber halt auch von deutlich besserer Qualität, und irgendwie herrscht eine andere Atmosphäre als im Normalo-Supermarkt, man ist unter sich, gleichzeitig hat man das Gefühl, das Tor zur Welt öffnet sich, es wird eine Verbindung zu einer übergeordneten Instanz hergestellt, die andere Supermärkte nicht herstellen. Vielleicht zeigt sich diese Instanz in nicht allen, aber doch in einigen Artikeln. Zum Beispiel, dass man Zimtstangen kaufen kann oder Kurkuma-Wurzeln oder gelbe Zucchini oder Pilze aus Griechenland, handgetrocknet in der Abendsonne der kretischen Messara-Ebene.

Sie haben den Einkaufskorb schon fast voll, sind schon fast an der Kasse, flanieren durch die Gänge, in denen es Biokekse, Fairtrade-Kaffee, Menstruationstassen und T-Shirts aus Biobaumwolle gibt, sie stehen an der Gemüsetheke und schnuppern, befühlen und betasten Äpfel (Gala), Möhren, Lauch und Zwiebeln und Gurken, sie wissen nicht, ob sie lieber ökologisch angebauten Merlot aus dem Friaul, aus Südfrankreich oder von der Mosel kaufen sollen, stellen Flaschen zurück ins Regal, die sie dann doch wieder in den Einkaufswagen legen, sie überlegen, wie so oft, ob es sich wirklich lohnt, elf Euro mehr für die luftgetrocknete Biosalami aus Ungarn auszugeben, merken aber schon beim Nachdenken darüber, dass sie sich einfach wohler fühlen bio statt nicht-bio einzukaufen, das muss ein gutes Jahr her sein, dass sie beim Aldi waren, oder beim Lidl, sie schauen kurz auf ihr Handy, ob jemand angerufen hat, ob sie abends zum Kino verabredet sind oder nur so, weil sie eben manchmal auf ihr Handy schauen, sie denken nichts Böses, als sie das Martinshorn hören, was sich aber schnell ändert, als sie sehen, wie ein Pulk aus Menschen den Flur entlangläuft, nein, rennt, und ihr Gesichtsausdruck verheißt nichts Gutes.

14:37 Uhr
Lacky-X
Dit war aber keine Spielzeugpistole, ruft eine der Personen in der Buchhandlung, sie hat in einem Krimi geschmökert, den sie ihrer Freundin vielleicht zum Geburtstag schenken möchte. Mit Schusswaffen kennt sie sich aus, in ihrer Jugend war sie Schützenkönigin. Sie sagt es in Richtung eines gut aussehenden Mannes, eines Germanistikprofessors aus Aachen, der allerdings nicht zu denen gehört, die schnell in Panik geraten. Entsprechend unschlüssig, um nicht zu sagen mäßig interessiert, reagiert er. In seiner Welt fallen keine Schüsse, weder in Büchern noch privat. Erst als die junge Frau, eine Studentin der Astrophysik mit einer riesengroßen schwarzen Tasche voller Bücher über der Schulter, so etwas wie In Deckung zischt und hinter die Sitzecke sprintet, tun die beiden anderen es ihr nach.

14:38 Uhr
Flur D
Als Clara Kalkofen den Schuss hört, der sie zu Fall bringt, ist sie nicht überrascht. Später wird sie sich genau das am öftesten fragen: Warum sie nicht überrascht war. Sie liegt auf dem harten Terraplanboden in Flur D im ersten Stock zwischen Body Shop

und dm und stützt sich mit den Armen auf, um aufzustehen. Ihre Beine verweigern die Mithilfe. Einfach so. Bitte, sagt Clara. Sie sagt es nicht wehleidig, eher streng. Doch die Beine reagieren nicht. Einen Moment lang fragt Clara Kalkofen sich, ob sie überhaupt Beine hat. Sie schaut an sich selbst entlang, ein Gedanke geht ihr durch den Kopf, den sie nicht festhalten kann. Er spaziert durch sie hindurch wie ein Gespenst. Sie versucht sich daran zu erinnern, wie es war, als sie noch eine Verbindung zu den Beinen hatte. Sie starrt auf ihre Schuhe, es sind dunkelgrüne Lederstiefeletten, die sie vor zwei Monaten bei Salamander gekauft hat. Die Schuhe haben 89,90 Euro gekostet, sie waren heruntergesetzt, weil Salamander umbauen und vorher möglichst viele Produkte verkaufen wollte. Die Verkäuferin hatte ihr erklärt, dass Lagerware für das Unternehmen teurer sei als heruntergesetzte Artikel. Clara Kalkofen denkt über das Wort Lagerware nach und spürt ihre Beine nicht und weiß nicht, ob sie ihre Beine je gespürt hat.

14:44 Uhr
Intersport
Nico sieht das Popup mit der Schlagzeile *Amoklauf im Europazentrum,* er weiß nicht, was er machen soll, er zieht die Beine hoch, wie früher auf der Schultoilette, damit von außen niemand sehen kann, dass da einer sitzt. Er kauert auf der kleinen Bank in der Umkleide, jemand hat einen Socken vergessen, er hebt ihn auf und fällt fast von der Bank, er schreibt an Serkan, scheiße man, was soll ich machen, hier ist ein Scheißamoklauf. Krass, Mann. Wo bist du, Alter? Im Europa. Beim Intersport. Scheiße, Mann. Ruf die Bullen an. WTF, liest du keine Nachrichten? Er verlinkt die News und stellt das Handy auf lautlos. Er wartet auf Antwort. Nichts. Er hört das Surren der Klimaanlage, sonst nichts. Offenbar ist dieser Teil des Gebäudes schon evakuiert. Wieso hat er nichts mitbekommen?

Er lugt hinter dem Vorhang hervor, er könnte fliehen, andererseits: der Laden ist leer, die Attentäter werden nicht in einem leeren Laden rumballern. Er zieht den Vorhang so weit wie möglich auf, damit die Kabine von außen leer aussieht. Wenn er sich auf die Bank stellt und durch den Vorhang schaut, kann er sehen, wenn sich jemand nähert. Dann springt er dem Angreifer mit voller Wucht ins Gesicht. Er wird um sein Leben kämpfen.

14:51 Uhr

Eiscafé Diana

So, denkt Gülsen, während sie sich unter der Spüle im Eiscafé Diana krümmt. So. Sie weiß, dass sie das nicht lange durchhalten kann, so gekrümmt zu stehen, aber sie traut sich nicht, eine andere Position einzunehmen. Sie hat eine Frau gesehen mit einem Gewehr in der Hand und einem kalten Blick, Gülsen ist sich nicht sicher, ob dieser Blick sie, Gülsen, wahrgenommen hat, wie sie sich bückt und unter die Spüle schiebt, oder ob die Frau mit dem Gewehr nur noch das große Ganze sieht.

In Gülsens Ohren rauscht es, als würde Wasser von der Spüle in den Abfluss fließen, ein schmutziger Schwall an Geräuschen, die in Gülsen nichts auslösen. Und dazwischen dieses So, das ist das Schlimmste. Das So macht es unmöglich herauszufiltern, ob da noch andere Geräusche sind, im Eiscafé oder im Gang, etwas, das auf die Anwesenheit der Frau schließen lässt. Das Eiscafé ist ganz aus Glas, Gülsens Knie wackeln, ihre Rücken schmerzt, etwas drückt in ihr Fleisch, oberhalb der rechten Niere.

15:14 Uhr

Visuals of London

Maria Hann ist die Leiterin der Bereitschaftspolizei, sie ist die erste Einsatzleiterin im A-Dienst, vor anderthalb Jahren ging ihre Berufung durch die Presse, auch überregional und im Radio. Maria Hann hat seitdem keinen einzigen Fehler gemacht, wo andere schon zig Fehler gemacht hatten oder vielmehr hätten, doch da bei ihren Vorgängern nie jemand mitgezählt hat, kann auch keiner sagen, so oder so viele Fehler wurden damals gemacht. Bei Maria Hann wird dagegen mitgezählt, der Polizeipräsident zählt mit, der Bürgermeister, die Chefredaktion, der Mann von Maria Hann.

Und ihre Mutter. Bisher hat Maria tatsächlich keinen einzigen Fehler gemacht, so die übereinstimmende Meinung. Mutter ist stolz auf sie. Nur Inger, ihre Tochter, findet es blöd, sie wird von den Klassenkameradinnen nicht zum Kiffen mitgenommen, vom Klauen ganz zu schweigen. Klar, wenn deine Mutter bei der Polizei ein hohes Tier ist, da kannst du betteln, wie du willst, und versprechen, was du willst. Bisher zumindest. Heute aber ist endlich der Tag, an dem Inger das erste Mal unter Beobachtung von Elisa und Gordon ein Make-up der Marke Givenchy (25 Euro), einen Lippenstift von Burberry (13 Euro) und eine Face Fabric Foundation von Armani für schlappe 43 Euro (Elisa) mitgehen lassen soll. Sie soll sich verdammt nochmal die Hände schmutzig machen (Gordon), während Gordon und Elisa die Tat filmen werden, um einen Beweis gegen Inger in der Hand zu haben, für alle Fälle und auch für später. Aber Inger ist das jetzt auch schon egal.

15:37 Uhr
Poliklinik
Andreas Sollinger hat eigentlich gar keine Zeit, geht aber, als er die Registerarie aus dem Don Giovanni vernimmt, aus Versehen ans Telefon. Das ist seine Lieblingsarie, die da aus dem Handy kommt. Im Display steht Gudrun, das ist seine Frau. Wer hat bloß diesen Klingelton eingestellt? Oper digital, ein absolutes No-Go.

Andreas, du musst, beginnt ihr Satz, wie immer eigentlich, und wie immer muss er ihr Recht geben, und nachdem er aufgelegt hat, ruft er gleich Mr. Mchay an. Andreas, du hast etwas gut bei mir, der Satz steht seit zwanzig Jahren in seinem Vorratsschrank mit lebensrettenden Sätzen, es ist nicht der einzige Satz dort, aber der einzige von einem Chefredakteur.

Nie wieder hatte er einen Patienten, der eine solche Angst vor dem Zahnarzt hatte wie Mr. Mchay, und auch die Vollnarkose konnte ihm nur verabreicht werden, nachdem er ihm ein Glas Wasser, versetzt mit starken Beruhigungsmitteln, zum Trinken gegeben hatte. Die Wurzelbehandlung selbst war ein Klacks und Mr. Mchays Dankbarkeit für alle Zeiten gesichert.

Danach ging es rasant voran für ihn: Oberarzt in der Poliklinik, Leitender Oberarzt, Direktor, Geschäftsführender Direktor, Geschäftsführer und Ärztlicher Direktor des Klinikums. Er fragt sich schon lange nicht mehr, warum sich das Glücksrad Tag für Tag zu seinen Gunsten dreht, er nimmt es einfach hin, es muss etwas mit ihm und seinen Fähigkeiten zu tun haben, womit sonst, an Gott glaubt er nicht, und Schicksal ist etwas für Leute, die das Horoskop in Fernsehzeitschriften lesen.

14:47 Uhr

Eiscafé Diana

Gülsen ist sich ganz sicher, dass diese Frau einen guten Grund hat. Sie kann sich nicht vorstellen, dass sie grundlos sterben soll.

15:05 Uhr

Einkaufszentrum

Lars scannt sein Gehirn nach brauchbarem Material über außereuropäische Insekten, der Sensor findet ein paar vage Andeutungen über japanische Buschmoskitos und Malariafliegen, er geht ein paar Schritte weiter, während er sich ans Ohr fasst und etwas Feuchtes spürt, und noch bevor er das Blut sieht, weiß er, dass es Blut ist. Heiner B. plaudert mit der Auszubildenden, sie hat lange Beine und hohe Wangenknochen, genau sein Typ, früher, da hätte er, aber heute ist er mit einem Gespräch über ausgefallene Kochrezepte voll und ganz zufrieden, er macht ihr Komplimente für ihre kreativen Ideen und ihre Beratungskompetenz und überlegt, wie er das Gespräch in die Länge ziehen könnte, bevor er, von mehreren Kugeln durchlöchert, sofort stirbt. Die Auszubildende überlebt wie durch ein Wunder unverletzt. Sie heißt Mahira. Keiner möchte allein sterben. Innerhalb weniger Sekunden ist die Gefahr real geworden, als sei sie aus den Büchern gekrochen und hätte sich autogen materialisiert; selbst dem Germanistikprofessor aus Aachen ist jetzt angst und bang und er schwitzt zwischen den Augenbrauen. Dicht gedrängt kauern sie hinter dem Sofa und hören sich gegenseitig atmen, als sich leise Schritte nähern.

Die Physikstudentin sagt später aus, die Schritte hätten sich so federleicht angehört, wie die eines Kindes, das nichts Böses im Schilde führe. Das sei auch der Grund gewesen, warum sie es gewagt habe, hinter der Sitzecke hervorzulugen. Der Germanistikprofessor fühlt sich an die schweren Schritte seines Vaters erinnert, der ihn morgens immer geweckt hat, bevor er zur Arbeit in die Fabrik fuhr. Nur die Schützenkönigin wird keine Aussagen zu den Schritten machen. Ihr Herz klopft wild, ihre Lage war noch nie so ernst, und ihre einzige Hoffnung ist, dass es schnell gehen wird. Irgendetwas passiert mit Nicos Körpertemperatur, aber er könnte nicht sagen, was. Keine Ahnung, was ihm zuerst klar wird, als er sie auf die Kabine zugehen sieht: dass er sie kennt oder dass das die Attentäterin sein muss. Ganz lässig wirkt sie, als wolle sie nur ein bisschen shoppen gehen. Ein bisschen Spaß haben. Sie sieht weder wütend noch kalt noch irgendwie fanatisch aus. Nur dass sie über der Jeansjacke einen Gurt mit der Maschinenpistole trägt und dass das kein Scherz und keine Verkleidung ist und sein Herzschlag einen Moment lang aussetzt. Ihr Name fällt ihm nicht ein. Er kennt sie aber, gut kennt er sie, ziemlich gut. Letztes Jahr, ungefähr zur selben Zeit. Er erinnert sich an eine Narbe. Über dem Bauchnabel. Er versucht sich daran zu erinnern, wie sich die Narbe anfühlte. Oder der Nabel. Aber da ist nichts, kein Gefühl, keine Erinnerung. Er steht hinter dem Vorhang auf der Bank, sie kann ihn nicht sehen. Unmöglich kann sie ihn sehen. Durch die engen Maschen des Vorhangs verfolgt er, wie sie geradewegs auf die Kabine zugeht. Kurz bevor er losspringen will, checkt er, dass sie nicht ihn, sondern ihr Spiegelbild sieht. Sie bleibt stehen, er hört sie atmen. Ihr Atem ist ihm nicht unsympathisch. Maria Hann hat selbstverständlich eine Standortüberwachung vom Handy ihrer Tochter eingerichtet. Inger ist nur 58 Meter von ihr entfernt. In einem Laden, der Visuals of London heißt. Keine Ahnung, was das sein soll. Aber Maria Hann, die gerade noch das Signal zum Abbruch der Aktion geben wollte, weil es einfach zu gefährlich ist, ihre Leute da reinzuschicken, gibt den Befehl: Alles durchkämmen, alle rausholen, die noch drinnen sind! Absurd, denkt Gülsen, aber wenn sie schon sterben muss, dann lieber durch die Hand einer Frau, am liebsten würde sie gar nicht getötet werden, aber auf keinen Fall von einem Mann, es ist eine Frau, denkt Gülsen, eine Frau, die einen Grund hat, während der Schweiß ihr in Strömen über den Nacken und entlang der Achseln rinnt, während die Muskeln in ihren Oberschenkeln sich dem Moment widersetzen, in dem sie zusammenbricht und ihr Herz aufhört zu zittern. Als sie die Schüsse hören, wissen sie nicht wohin. Auf keinen Fall in den Aufzug, denken sie, denn bei Feuer und Katastrophen sind Aufzüge tabu, das weiß jedes Kind. Sie lassen den Einkaufskorb Einkaufskorb sein und den Einkauf Einkauf und schließen sich der rennenden Masse an. Nur raus hier, raus! An der Rolltreppe liegen zwei Personen mit verdrehten Körpern und verdrehten Augen, oh Gott, denken sie, und dass jetzt nicht die Zeit sei, oh Gott zu denken. Man darf sich jetzt nicht aufhalten lassen. Sie denken, während ihr Atem heiß in der Brust brennt, so sehen also Tote aus, ich habe einen gesehen, nein, zwei, immer ist irgendwann das erste Mal und das ist mein erstes Mal und hoffentlich nicht mein letztes. Irgendwas muss man ja denken, während man vor einem Unglück wegrennt, zum Glück wissen sie zunächst gar nicht, was genau das Unglück ist. Wichtig ist jetzt erst einmal nur, in Sicherheit zu sein, oft ist drinnen mehr Sicherheit als draußen, aber heute nicht, im Gegenteil! Sie hat auf ihn geschossen. Einfach so. Wenn sie ihn getroffen hätte, wäre er jetzt tot. Sie hat ihn nicht getroffen, sie hat nicht einmal nachgesehen, ob sie ihn getroffen hat. Er hat sich auf den Boden geworfen und gewartet, ob sie zurückkommt, er ist aufgestanden und in die Richtung gelaufen, aus der er gekommen ist, er weiß nicht mehr, wo der Ausgang ist, er muss im Kreis gelaufen sein, denn er kommt zweimal an einem alten Mann vorbei, der auf dem Boden liegt und ihn aus bösen Augen ansieht, er hebt die Hand, als wolle er winken. Wanja widersteht der Versuchung, dem Mann die Hand zu reichen, er ist sich sicher, dass dieser Mann nichts anderes als eine Fata Morgana ist, weil er, Wanja, irgendwie unter Schock stehen muss, er kommt zum zweiten Mal an einer Fensterscheibe vorbei, die ein Loch hat, um das Loch herum Spinnweben aus Glas, er läuft eine Rolltreppe hinunter, die außer Betrieb ist, er sieht das Schild Ausgang, darunter das Schild Toiletten, er hört Stimmen, die er nicht zuordnen kann, er hört Geräusche, die er ebenfalls nicht zuordnen kann, er läuft Richtung Ausgang, er ist jetzt fest konzentriert auf das Schild Ausgang, er läuft auf den Ausgang zu, er weiß nicht, ob er es schaffen wird, aber am Ende ist es ganz einfach und als ihm jemand eine Decke umlegt, fängt er an zu weinen und er weiß nicht, wann er damit aufhören kann.

15:11 Uhr

Kind regards

Im Radio läuft noch immer der Amoklauf. Olga hat sich etwas zu essen gemacht, eine Dosensuppe, die sie noch zuhause in Oldenburg in der Speisekammer gefunden hat, Ablaufdatum 2017, aber wird ja nicht schlecht. Sie hat ein paar Stellenangebote angekreuzt, alle im Einkaufszentrum, wo ja nicht jeden Tag ein Amoklauf stattfinden wird. Die Wahrscheinlichkeit, dass an einem Ort zweimal ein Amoklauf stattfindet, ist auf jeden Fall noch geringer als die Wahrscheinlichkeit, dass er irgendwo einmal stattfindet. Ist ja auch irgendwie logisch, oder? Die meisten Jobangebote sind Arbeitsplätze in Teilzeit oder Minijobs und richten sich an Menschen, die mit Du angesprochen werden und statt Aufzählungszeichen Hashtags benutzen. Olga ist von ihren Kindern mehrmals täglich im Nutzen von Hashtags unterrichtet worden, sie kennt sich entsprechend aus und wundert sich nicht. Sie will allerdings kein Brand Ambassador werden, dennoch weckt ein Unternehmen, das Visuals of London heißt, ihr Interesse. Sie nimmt an, dass es sich um eine Kondommarke handelt, weil ihr erstens der Name irgendwie bekannt vorkommt und zweitens das Unternehmen Visuals of London nicht so recht zu erkennen gibt, um welche Produkte es sich handelt, die sie im Rahmen ihres Jobs als Brand Ambassador verkaufen soll. *Wir betreiben bereits fünf City Stores und verwöhnen unsere*

Kunden mit den kleinen Freuden des Lebens. Das Mysteriöse an der Beschreibung gefällt Olga. Kleine Freuden des Lebens spielt sich irgendwo zwischen Schokoladenpralinen und Bondagesex ab. Sie schreibt einen halbseitigen Brief an das Unternehmen, in dem sie darauf hinweist, dass sie gerade umgezogen ist und aktuell noch über kein W-Lan verfügt, aber vorhat, ihre E-Mails regelmäßig abzurufen, sie duzt die Ansprechpartnerin und unterschreibt mit Kind regards, Olga.

15:08 Uhr
Zeisingplatz
Silke wird von einem jungen Sanitäter behandelt, unter dem vorne geöffneten Anorak trägt er eine Rettungssanitäter-Uniform, aus der schöne Haare sprießen. Silke starrt auf die Haare, ihr Blick scannt jedes einzelne, und wie in einer Endlosschleife denkt sie darüber nach, ob die Person, die neben ihr auf einer Trage liegt, besser behandelt wird als sie selbst. Eine Dame mit modisch geschnittenen kurzen weißen Haaren. Alles glänzt an ihr. Und wie sie sich ausdrückt. Sie strahlt eine natürliche Autorität aus, während Silke einfach nur Aua, scheiße, was ist mit meinem Bein, warum tun Sie nichts dagegen? sagen kann.

15:31 Uhr
Flur B
Name, Adresse, Alter, Personalausweis, sagt die Polizistin und Leni sagt ihren Namen, Adresse und ihr Alter und fragt, kann ich meine Mutter anrufen. Einen Moment noch, sagt die Polizistin. Die Handschellen nimmt sie nicht ab. Personalausweis, fragt sie noch einmal, im Rucksack, sagt Leni. Ein zweiter Polizist hat sich blaue Handschuhe angezogen und untersucht die Walther, von der ein Geruch ausgeht, der Leni an die Garage ihres Großvaters erinnert; der Großvater schraubte Tag für Tag an seinem Cadillac, unterbrach seine Arbeit nur zum Essen und zum Befehle geben, bis er eines Tages nicht wie üblich auf die Minute genau um 12.15 Uhr zum Lunch erschien. Da lag er schon seit zwei Stun-

den neben dem Cadillac, die rostige Ölkanne war umgefallen, der Garagenboden schwarz von dickflüssigem Liquid Molli, das die Großmutter im ersten Moment für Blut hielt. Leni hat noch immer ihr Schreien im Ohr, sie schrie und schrie, und Leni versteckte sich im Pferdestall, noch heute glaubt ein Teil von ihr, der Großvater sei umgebracht worden, noch heute tauscht sie Blicke mit der Großmutter, die ihre Vermutung bestätigen. Aus Großvaters Garage hat sie auch die Handgranate, die der Polizist jetzt mit den Nitrilhandschuhen vorsichtig aus Lenis Rucksack holt, einen Moment lang denkt Leni, auch der Polizist würde anfangen zu schreien und nicht mehr aufhören. Die Polizistin spricht in ihr Funkgerät, dann nehmen sie Leni in ihre Mitte. Leni wird in einen Polizeiwagen verfrachtet, der in einer Armada von Einsatzfahrzeugen steht, die Polizistin überprüft Lenis Angaben, noch keine 21 und der Nachname kommt ihr irgendwie bekannt vor.

15:10 Uhr

Zeisingplatz

Es ist leider eine Notsituation, sagt Silkes Sanitäter mit ausgesuchter Höflichkeit, während der andere Sanitäter, den Silke nur von hinten sehen kann, der Respekt gebietenden Dame das Prinzip der Triage erklärt und dass es nicht lange dauern wird, bis die Notärztin sich intensiv um sie kümmern wird. Ach, junger Mann, sagt die Dame und lächelt bis unter die randlose Brille, Sie machen das schon. Gibt es denn sehr viele Verletzte?, fragt sie, und Silke fragt sofort auch, wie viele Verletzte gibt es, und erhält zur Antwort, mehr als eine.

15:48 Uhr

Rossmann

Lars weiß nicht, was diese Frau eigentlich von ihm will, und beschließt erst einmal gar nichts zu sagen. Einerseits sieht sie ganz nett aus: In der Hand hält sie einen Schreibblock, auf dem in strenger Schrift Notizen in Spiegelstrichen stehen, sie hat ein freundliches Lächeln und neugierige Augen; ihr Haar ist zu einem geflochtenen Kranz am Hinterkopf zusammengefasst, wie auf Bildern seiner Mutter, auf denen sie sehr jung war, lange bevor Lars auf die Welt kam. Lars kann die Fragen der Reporterin ebenso wenig beantworten wie die seiner Mutter: Wie gehts dir, was hast du erlebt, brauchst du etwas? Erst als sie ihn fragt, was er eigentlich einkaufen wollte, ist er in der Lage zu sprechen, und am Schluss ist er froh darüber. Die Reporterin weiß nämlich, wo es das Shampoo gibt. Ihr Freund benutzt dasselbe. Sie sagt dasselbe, aber das glaubt Lars kaum, dass der Freund dasselbe benutzt, also murmelt er das gleiche und sie lacht, ja genau das gleiche. Er sieht ihr hinterher, wie sie zu einem der Sanitäter geht, er sieht den Sanitäter nicken und sie an der Schulter berühren. Auf der anderen Seite der Straße, die die Stadt wie eine Achse teilt, halten mehrere Busse hintereinander, spucken vereinzelte Menschen aus, die schüchtern Richtung Einkaufszentrum blicken. Lars überquert den großen Parkplatz und steigt am anderen Ende in einen Bus ein, es ist die 104. Vier Haltestellen weiter steigt er aus und geht zu Rossmann. Hier ist alles wie immer. Nur als er an der Kasse steht, sieht er in der Deckenkamera einen Mann mit einem weißen Verband am Kopf. Erst beim Rausgehen wird ihm klar, dass er das war.

15:06-15:39 Uhr

Krankenhaus

Ein Gefühl von Sensation breitet sich in Nico aus. Ein Gefühl von großer Sensation. Er hat. Wahrscheinlich. Mit einem Mädchen gefickt, das in der Lage ist, Menschen umzubringen. Das ist so. Krass. Serkan erzählt er später, er habe sie durch den Vorhang hindurch erkannt und beinahe wäre er aus dem Schutz der Kabine getreten und hätte Hallo gesagt, so vertraut war sie ihm. Hallo, ähh … ich weiß nicht mehr, wie du heißt. Serkan lacht, beide lachen. Alter, es wird bestimmt eine Belohnung ausgesetzt auf die …, sagt Serkan, Serkan will eigentlich noch Schlampe sagen, aber er sagt es nicht, er weiß nicht warum. Nico geht nicht zur Polizei. Er hat keinen Bock auf Stress mit den Bullen. Außerdem weiß er ihren Namen nicht mehr. Wanja weiß nicht, wann er das letzte Mal geweint hat. Auch wenn er lange darüber nachdenken würde, keine Ahnung. Einmal, aber das ist schon ewig her, hat er geweint, weil sein Banknachbar sein Mäppchen aus dem Fenster geworfen hatte, es ging um ein Mädchen, weil es irgendwie immer um ein Mädchen ging. Jens. Der Junge hieß Jens. Wie das Mädchen hieß, weiß Wanja nicht mehr, aber dass er Jens ausgelacht hat und dass das gemein von ihm war. Wann immer Carol sich später die Szene in der Tiefkühlabteilung vergegenwärtigt, wird sie vor allem daran denken, dass die Kinder aus Angst vor ihr und nicht vor dem Cowboy in die Truhe geklettert sind. Mathilda liest auf dem Nachrichtenportal, dass beim Amoklauf auch ein Hund getötet worden ist. Sie fragt sich, ob es derselbe Hund war, den sie gesehen hat, oder ein anderer. Dieser kleine Hund, der weggelaufen ist, der vielleicht etwas geahnt hat. Sie hat einmal gehört, dass Hunde die Zeit am Geruch erkennen können. Abgestorbene Körperzellen riechen anders als solche, die voll im Saft stehen. Sie erneuern sich in einem bestimmten Rhythmus; selbst etwas so Chaotisches wie die Zeit ist diesem Rhythmus unterworfen. Wovor nur ist der Hund weggelaufen? Vor seinen eigenen Körperzellen? Frederic wird nie in Erfahrung bringen, ob er dem Amokläufer gar nicht begegnet ist oder ihn nur nicht wahrgenommen hat. Manchmal ist Ignoranz die beste Verteidigung, manchmal auch nicht. Es ist aussichtslos, darüber Berechnungen anzustellen, denn die Anzahl der Möglichkeiten ist eine unendliche Folge unbekannter Konstanten. Am Ende wird Silke mit dem Tod kämpfen und nochmal mit einem blauen Auge davonkommen, wie der Stationsarzt sagen wird, der bei Silke das diffuse Gefühl hat, es sei irgendwie auch ihre eigene Schuld. Die weißhaarige Dame, die nur einen leichten Streifschuss erlitten hat, wird am Abend von ihrem Schwiegersohn aus dem Krankenhaus abgeholt. Glücklicherweise geht es ihr am Samstag wieder so gut, dass sie den Theaterbesuch im Residenz nicht, wie zunächst befürchtet, absagen müssen. Premiere. Der Oberbürgermeister wird höchstpersönlich anwesend sein. Und ihr gute Besserung wünschen, wegen dem zerschossenen Arm, der in einer Schiene steckt. Und Silke bekommt, als sie nach einem Monat endlich nach Hause entlassen wird, immerhin von der Nachbarin einen selbstgebackenen Kuchen überreicht, und die Kinder haben aufgeräumt und die Küche mit einer Girlande geschmückt und der Mann hat einen Urlaub nach Tirol gebucht. Silke wäre zwar lieber an die Ostsee gefahren, aber was solls. Hauptsache überlebt!

17:26 Drama im Europazentrum – Unser Liveticker zum Amoklauf

EUROPA steht auf einem Werbetransparent vor dem Europazentrum. Auf dem Gelände ist keine Menschenseele zu sehen.

Terrorattacke im Europazentrum: Unbekannte schießen im Einkaufszentrum Europa auf Menschen – offenbar willkürlich. Die Bevölkerung wird dringend gebeten, sich vom Tatort fernzuhalten und das Einkaufszentrum nicht zu betreten. Verfolgen Sie die aktuelle Lage im News-Ticker umschau.de

17:25 Wir beenden den Liveticker an dieser Stelle.

Eine Zusammenfassung der Ereignisse inklusive aller bisher bekannten Zahlen und Fakten finden Sie hier:
Terror im Europazentrum Was wir wissen und was wir nicht wissen

Dieser Artikel könnte Sie auch interessieren:
Amoklauf Liveschaltung zur Pressekonferenz
Kommentar Wie der Terror im Europazentrum unsere Stadt für immer verändert hat
Pumpguns, Maschinenpistolen, Mehrlader Die Mordwaffen der Attentäter und Amokläufer
Antiterroreinheit GSG9 Wie die Ausbildung unserer Elitesoldaten abläuft

17:10 Polizeisprecher Jaromir Glasmann kündigt eine Pressekonferenz gegen 17.30 Uhr an. Dann werden alle bisherigen Erkenntnisse zusammengefasst. Die Polizei bittet um Mithilfe aus der Bevölkerung: Wer heute oder in den letzten Tagen und Wochen etwas Verdächtiges bemerkt hat, möge sich umgehend im Kriminalkommissariat 1 melden. Es wurde die *Soko Europazentrum* gegründet, die den Hinweisen nachgehen wird. Der Verbund der Einzelhändler im Einkaufszentrum hat angekündigt, eine Belohnung für Hinweise auszusetzen, die zur Ergreifung der Täter führt. Die Höhe der Belohnung wird noch bekanntgegeben.

16:52 In der Buchhandlung Lacky-X wurden drei weitere Schwerverletzte gefunden. Sie hatten sich hinter den Bücherschränken verschanzt. Eine Frau wurde mit dem Rettungshubschrauber nach München geflogen. Eine Kugel hat knapp ihr Herz verfehlt und ihre Wirbelsäule verletzt. Ein weiteres Opfer sagte aus, es habe nur einen einzelnen Täter gesehen, der wild um sich geschossen habe.

16:35 Noch immer durchkämmen mit kugelsicheren Schutzwesten und Helmen geschützte Einsatzkräfte das Gebäude auf der Suche nach den Tätern. Die verschiedenen Geschäfte und dahinterliegenden Büros bieten eine Menge Verstecke.

16:25 Es sind bisher insgesamt elf Tote zu beklagen. Die Polizei spricht von mutmaßlichen Erschießungen. Ein älterer Mann sei regelrecht durchlöchert worden von den Kugeln, berichtet der Einsatzleiter.

16:21 Auf den Sozialen Medien berichten mehrere Zeugen übereinstimmend, dass der zweite Täter eine Frau war. Alter: 25-30 Jahre alt, hellbraune glatte Haare, schlank, keine Auffälligkeiten im Aussehen. Ob es sich hierbei um die festgenommene junge Frau handelt, ist unklar. Die Polizei äußert sich mit Verweis auf die laufenden Untersuchungen nicht zur Person.

16:13 Feuerwehr, Notärzte und Sanitäter untersuchen das gesamte Gebäude nach weiteren Opfern. Aus einer Kühltruhe konnte eine Mutter mit zwei Kindern (5, 8 Jahre alt) befreit werden. Alle drei sind stark unterkühlt, ansonsten jedoch unverletzt.

16:08 Louise Breitenbach berichtet, dass das gesamte Gebäude nun in der Gewalt der Polizei sei. Es kann aber nicht ausgeschlossen werden, dass sich noch weitere Täter auf dem Gelände befinden.

16:05 Louise Breitenbachs Porträt über die Terroropfer aus dem Europazentrum ist online.

Dieser Artikel könnte Sie auch interessieren:
Terror im Europazentrum Wie uns die Flucht vor den Attentätern gelang

15:50 Laut einer soeben veröffentlichten Pressemitteilung hat die Polizei die Situation weitgehend unter Kontrolle. Weite Teile des Geländes sind akribisch durchkämmt worden. Es konnten bisher keine Verdächtigen festgemacht werden. Augenzeugenberichte, dass sich mehrere Tote im Gebäude befinden sollen, sind bisher weder von der Polizei noch von der Feuerwehr bestätigt worden.

15:48 Louise Breitenbach spricht zur Stunde mit weiteren Menschen, denen die Flucht vor dem Terrorkommando gelungen ist.

15:46 Der tote Attentäter konnte noch nicht identifiziert werden. Es soll sich um einen 60 Jahre alten Mann noch ungeklärter Nationalität handeln. Er war mit Jeans, einem karierten Hemd, einer Lederjacke und Arbeitsschuhen bekleidet. Skurril: Der Tote soll bunte Wandersocken getragen haben, außerdem eine schwarze Krawatte aus Kaschmir. Verschiedene Zeugen berichten, am Tatort eine mit einer Pistole bewaffnete Frau gesehen zu haben. Es könnte sich um die bereits festgenommene Verdächtige handeln.

15:45 Die Ereignisse überschlagen sich: Die Polizei konnte eine junge Frau festnehmen, die im Besitz einer Handgranate aus dem Zweiten Weltkrieg war. Zur Zeit klärt ein Sprengstoffexperte, ob es sich um eine funktionierende Granate mit Sprengladung oder bloß um eine Attrappe handelt. Die Frau wird derzeit von der Polizei verhört.

15:44 Zwei Frauen aus der Gruppe der Geflüchteten, die ihren Namen nicht in der Zeitung lesen möchten, geben erste Eindrücke wider. Zwei Männer seien vorbeigegangen und hätten sich in einer fremden Sprache miteinander unterhalten, erklärte Anny G. (31). Die beiden hätten sie glücklicherweise nicht bemerkt, da sie und ihre Freundin sich unter einer Ladentheke versteckt hielten. In einem Regal, ergänzt ihre Freundin Monique Z. Und, sagt Anny G. leise, dass die Männer gelacht hätten.

15:37 Laut Polizei versuchen Eliteeinheiten das Einkaufszentrum von verschiedenen Seiten einzukreisen. Eine detailliertere Schilderung der Einsatzstrategie ist derzeit nicht möglich, da nicht ausgeschlossen werden kann, dass die Terroristen von weiteren Komplizen mit Informationen versorgt werden.

15:35 Der erste Rettungshubschrauber ist auf dem Parkdeck gelandet. Zwei Verletzte konnten auf einer Trage aus dem Gebäude gebracht werden. Sie sind offenbar nicht lebensgefährlich verletzt und werden in einem der Rettungswagen behandelt. Eine weitere verletzte Person konnte das Gebäude selbstständig verlassen. Sie wurde von einem Streifschuss am Oberarm erwischt, wie Louise Breitenbach in Erfahrung bringen konnte.

15:33 Immer mehr Menschen können aus dem Europazentrum flüchten, teils einzeln, teils in Gruppen. Unsere Reporterin Louise

Breitenbach hat am Ausgang West soeben etwa zehn Personen beobachtet, die im Laufschritt aus dem Gebäude kamen. Ein junger Mann sei weinend zusammengebrochen, nachdem er den rettenden Parkplatz erreicht habe, berichtet sie.

15:31 Mehrere Schüsse sind gefallen! Eine Salve aus kurz nacheinander abgegebenen Schüssen ist aus dem mittlerweile abgesperrten Gebäude zu hören. Das berichtet unsere Mitarbeiterin Louise Breitenbach: Wie heftige Peitschenhiebe habe sich das angehört. Ob die Schüsse von Polizei oder Attentätern abgegeben wurden, ist unklar.

15:28 Politiker aller Parteien haben sich zur Tat geäußert und den Opfern und ihren Angehörigen ihr Mitgefühl ausgesprochen.

Dieser Artikel könnte Sie auch interessieren:
Wut und Mitgefühl Stimmen zum Amoklauf im Europazentrum

15:23 Sanitäter und Feuerwehrleute haben sich zusammen mit einer Notärztin auf den Weg in den von der Polizei abgeschirmten Gebäudeteil gemacht. Sie suchen nach Verletzten oder weiteren Menschen, die sich dort versteckt haben könnten.

15:21 Mittlerweile ist unsere Mitarbeiterin Louise Breitenbach am Einkaufszentrum eingetroffen und berichtet live von den Geschehnissen vor Ort.

15:17 Aktuell sind es rund 150 Menschen, die sich in Sicherheit bringen konnten. Es befinden sich aber noch viele Verletzte in den Geschäften des Einkaufszentrums. Die Polizei konnte bisher nur einen kleinen Teil unter Kontrolle bringen. Dazu gehört der Kaufhof, dm und Bäckerei Besing im Erdgeschoss sowie Intersport im 1. Stock.

15:14 Während der Schießerei konnten weitere 35 Menschen aus dem Gebäude fliehen. Sie kamen aus dem Bereich, in dem sich Kaufhof, dm und Intersport befinden. Alle Personen sind unverletzt und werden von Psychologen und einem Seelsorger der St.-Anna-Gemeinde betreut.

15:10 Die Polizei dementiert, dass es im Einkaufszentrum eine Explosion gegeben habe. Bei dem Gefecht mit den Tätern seien zwei Beamte schwer verletzt worden. Sie wurden ins Krankenhaus der Hedwigianer eingeliefert. Es sei den Einsatzkräften noch nicht gelungen, die Männer zu fassen, erklärt Polizeisprecher Jaromir Glasmann die Lage. Zudem sei noch immer nicht klar, wie viele Täter sich auf dem Gelände befinden.

15:04 Die Polizei meldet, dass einer der Attentäter erschossen aufgefunden wurde. Er war unbewaffnet. In seiner linken Hand lag die Maske, die er sich selbst heruntergerissen haben muss. Offenbar wurde er von seinen Komplizen gerichtet. Möglicherweise wollte er aufgeben und hat damit die Moral der Gruppe gefährdet.

Dieser Artikel könnte Sie auch interessieren:
Interview mit Verhaltenspsychologen Wenn Täter sich selbst richten

15:02 Die Polizei konnte mehrere Personen, die sich in einer Kundentoilette eingeschlossen hatten, befreien. Die völlig verängstigen Menschen waren bisher nicht in der Lage, Angaben zu den Tätern zu machen. Viele haben auf den Sozialen Netzwerken gelesen, dass es einen Amoklauf gab. Sind in die Toilette geflüchtet, postet Zola_Kellermann. Auf den Bildern mit ihrer Freundin Sahra_XX sieht man Zola_Kellermann die Todesangst, die sie ausgestanden haben muss, noch an. Auch Sahra_XX wirkt auf dem Foto geradezu verstört. Im Hintergrund sieht man die Krankenwagen auf dem Zeisingplatz. Insgesamt sieben Personen, sechs davon Frauen, konnten gerettet werden. Sie werden derzeit notärztlich betreut.

15:00 Augenzeugen berichten auf Twitter, dass es sich bei den Amokläufern um zwei oder drei Männer handelt. Über Nationalität und Aussehen ist nichts bekannt, da die Männer Masken tragen. Sie sind mit sogenannten Pumpguns (Mehrladewaffen) bewaffnet. Auch von einer Machete ist die Rede.

14:57 Die Schießerei im Europazentrum geht weiter. Offenbar sind die Polizisten auf die Täter gestoßen und liefern sich ein Gefecht. Auch eine Explosion war zu hören.

14:56 Eine Armada aus Rettungs- und Notarztwagen steht vor dem Einkaufszentrum, um Verletzte, womöglich auch Schwerverletzte, erstzuversorgen. Das Parkdeck in der 3. Etage wird von abgestellten Pkw geräumt, um für zwei Hubschrauber eine Landefläche zu schaffen. Ein Rettungshubschrauber kreist bereits über dem Gelände und wird in Kürze auf dem Parkdeck 3 landen.

14:53 Mehrere Personen sind in Panik aus dem Gebäude geströmt. Die Polizei hat das Einkaufszentrum umstellt. Eine Eliteeinheit, die auch auf Terroranschläge spezialisiert ist, dringt nun in das Europazentrum ein, um die Menschen aus dem Gebäude herauszuholen und die Täter zu stellen.

14:51 Auf Twitter wird berichtet, dass mindestens ein Mensch durch die Angriffe getötet worden sein soll. Die Polizei ersucht alle Besucher des Einkaufszentrums, die sich noch im Gebäude aufhalten, sich an einem sicheren Ort zu verstecken oder zu versuchen, ins Freie zu gelangen. Es ist allerhöchste Vorsicht geboten. Der oder die Täter sind schwer bewaffnet. Wo genau sie sich befinden, ist unklar.

Was bisher geschah:
Um 14.40 Uhr erreichten uns mehrere Meldungen, dass es im Einkaufszentrum Europa zu einer Schießerei gekommen sei. Die Polizei bestätigte die Nachricht und schickte mehrere

Mannschaftswagen zum Einkaufszentrum. Auch Notarzt und Feuerwehr sind unterwegs. Ein Hubschrauber zum Transport möglicher Schwerverletzter ist angefordert. Polizisten versuchen derzeit, das Gebäude zu evakuieren. Die Bevölkerung wird dringend gebeten, sich vom Tatort fernzuhalten und das Einkaufszentrum nicht zu betreten.

RESET

[a=10, b=28, c=8/3]

Keksdose

Beine, nichts als Beine, die aus Oberschenkeln und Unterschenkeln bestehen, mit Füßen dran, mit Schuhen und Stiefeln, und von den Beinen sieht Silvana vor allem die Hosenbeine und wenn das Wetter gut ist, wie heute, nackte Beine oder Beine in Strumpfhosen. Behaarte nackte Beine, unbehaarte Beine, Beine in Strumpfhosen. Alles paarweise. Überhaupt tritt das meiste, was man im Leben zu sehen bekommt, paarweise auf, das meiste würde ohne doppelt gar nicht existieren, gar nicht funktionieren oder nicht richtig funktionieren. Silvana fragt sich, warum das so ist, weiß aber keine Antwort. Jeden Tag fragt sie sich das und jeden Tag weiß sie keine Antwort, und als nächstes fragt sie sich, wie es wäre, selbst Beine zu haben, richtige Beine mit Knien und Unterschenkeln, und als drittes fragt sie sich, was sie ihren Beinen anziehen würde. Keine Jeans, Jeans hat jeder, Silvana mag Röcke und Pumps und nackte Beine und sie mag außerdem weite Hosen, die um die Beine schlenkern, und wenn der Wind etwas kräftiger weht, blähen sich die Hosenbeine um die Beine und es sieht aus wie ein Anfang, und wenn noch mehr Wind zwischen Beine und Hosenbeine blasen würde, würden sie den Körper leichter machen und die Körper würden aufsteigen und Silvana könnte die Sohlen der Schuhe und der Stiefel sehen. Ohne Beine kann man nicht fliegen, denkt Silvana und lächelt zwei graue Anzugsbeine an, die jeden Tag vorbeikommen und jeden Tag wirft eine zu den Beinen gehörige Hand mit blonden Haaren auf dem Knöchel ein 50-Cent-Stück in die Keksdose, die vor ihr steht, und sagt danke. Danke wofür?

[1b · 0,5t = 0,5 bt]

Kaufpreis

Evi hat sich ein Brautkleid gekauft. Es ist weiß, hat eine Schleppe und Applikationen. Als die Verkäuferin sie auf die Applikationen hinweist, denkt Evi an Aprikosen und dass sie mit jemandem schlafen möchte. Sie kauft das Kleid und lässt es gleich an und setzt sich auf eine Bank am Busbahnhof. Der Bus hatte einen Unfall und kommt erst in einer halben Stunde. Eine Frau zieht einen Rollkoffer hinter sich her und wirft Evi einen Blick zu, der etwas in ihrem Zwischengehirn durcheinanderbringt. Ihr ist kalt und sie hat Hunger, sie bringt das Kleid zurück und bekommt den vollen Kaufpreis erstattet.

[24a]

Dialektik des Konsums

Vom Zeisingplatz aus sieht man es kaum. Der Haupteingang des Europazentrums ist in der Hilbertstraße, doch niemand geht von der Hilbertraße aus ins Einkaufszentrum, alle gehen durch den unscheinbaren Nebeneingang am Zeisingplatz. Erwin Schuster hat es gebaut. Natürlich hat er es nicht gebaut. Er hat den Bau geleitet. Eigentlich hat er den Bau gar nicht geleitet. Seine Frau Emmy hat ihn geleitet, aber damals wollte niemand eine Frau, die einen Bau leiten kann, als Bauleiterin haben. Es hätte sonst was passieren können. Emmy Schuster hat Architektur studiert und sogar einmal ein halbes Jahr bei Victor Gruen gearbeitet, während Erwin in Philosophie promovierte. Emmy hatte großen Spaß dabei, den Bau zu leiten, und Erwin hatte großen Spaß daran, Emmys Medium zu sein. Sie waren wahnsinnig emanzipiert, die beiden.

Emmy stand, nachdem das Einkaufszentrum am Zeisingplatz fertig war und es keine weiteren Aufträge gab, weil sämtliche Einkaufszentren in etwa zur selben Zeit gebaut wurden und deshalb auch fast gleichzeitig fertig waren, in der Küche und kochte ausgefallene Sachen. Internationale Küche kannte man damals noch nicht. Nur Emmy und Erwin Schuster kannten sie. Emmy buk auch Cremetorten und Bananenkuchen, die aussahen wie Häuser, Straßenzüge oder öffentliche Gebäude mit Parks. Ihre Spezialität blieben aber Einkaufszentren. Erwin Schuster schrieb an einem Werk, das *Die Dialektik des Konsums* hieß. Eines Tages war Emmy tot. Sekundentod. Sie hat immer gesagt, wenn überhaupt, dann Sekundentod. Ab da hatte Erwin keine Lust mehr zu schreiben. Er hatte auch keine Lust mehr über irgendetwas nachzudenken, weder über Dialektik noch über Konsum. Die restlichen Jahre seines Lebens verbringt er mit einer Flasche Cognac in der Hand in einem Armsessel seiner Wohnung in der Hornstraße. Diese Straße, an dessen Ende Birken stehen, hat nur sieben Hausnummern, die von Erwin und Emma Schuster ist die drei.

[d = 50 – 12; x < ∞]

Kaffeekapselgeschäft

Die Struktur der Zeit nennt man deterministisches Chaos, denn man kann die Zeit zwar vorhersehen, also ihre Struktur, aber nicht, wie diese Struktur genau aussieht, also wie die Bahnen der Zeit genau verlaufen, sagt Frederic, und die Mitarbeiter nicken und schenken sich ein Glas Wasser ein oder einen Kaffee, nur dass der Kaffee nicht besonders schmeckt, es ist Kapselkaffee mit Whiskeygeschmack aus dem Kaffeekapselgeschäft im Einkaufszentrum. Frederic schaut aus dem Fenster, heute kann man leider nicht weiter schauen als bis zum Wäldchen, das Lasslingen vom Fluss trennt, Frederic findet diese Diesigkeit irgendwie anstrengend. Man kann aber sagen, fährt er fort, dass die Bahnen der Zeit in bestimmten Kurven verlaufen. Beispielsweise kann man sagen, ein Mensch hat eine bestimmte Lebenserwartung, denn er hat eine Disposition für bestimmte Krankheiten, so und so gesund gelebt und wohnt in einem wohlhabenden Viertel. Oder seine Wahrscheinlichkeit, ein Kind zu bekommen, ist aufgrund seiner biologischen, sexuellen und sozialen Disposition wahrscheinlicher oder unwahrscheinlicher, man kann sagen, es wird Sommer, Herbst, Frühling, Winter werden, aber wie kalt und wie viel Regen und Sturm und Tornados und wann und was sie verursachen, das kann man eben nicht genau sagen. Und wie viel Hochwasser, sagt Sahra, die an einer Wasserphobie leidet. Genau, sagt Frederic und riecht Sahras Parfüm, zumindest wird ihm der Geruch ihres Parfüms in diesem Augenblick bewusst. Wenn man zurückgehen würde, wie bei einer Zeitreise, könnte man ein einzelnes Ereignis punktuell verändern, aber man wüsste ja nicht, was das diesem veränderten Ereignis folgende Ereignis gewesen wäre, das man dann eigentlich auch hätte verändern müssen, um nicht nur ein Ereignis, sondern vielleicht eine ganze Reihe von Ereignissen zu verändern, und man wüsste nicht, was diesen veränderten Ereignissen nachfolgen würde, ob es nicht vielleicht noch schlimmer kommen würde. Sagen wir, sagt Frederic, jemand hätte Hitler umgebracht, das ist ja ein Gedankenspiel, das immer wieder gerne durchgespielt wird, wer weiß, ob danach der Nationalsozialismus wirklich zu Ende gewesen wäre oder nicht am Ende noch brutaler, noch grauenhafter geworden wäre, sagt Frederic und Sahra sieht jetzt noch unglücklicher aus. Wobei man sich das ja gar nicht vorzustellen vermag, weswegen das ein schlechtes Beispiel ist, fügt er schnell hinzu. Bei Sahra weiß man nie, er überlegt schon länger, ihr zu kündigen. Aber vielleicht kann man sich vorstellen, dass er nicht nur zwölf Jahre, sondern fünfzig Jahre gedauert hätte, sagt Frederic, und Wanja meldet sich wie in der Schule und sagt, Stephen Hawking hat nachgewiesen, dass Wurmlöcher instabil sind und dass ihr Zusammenbruch nur mit exotischer Materie zu verhindern ist, und Frederic weiß, dass Wanja das bei Wikipedia gelesen hat, weil er selbst es hineingeschrieben hat, und irgendwie ist er gerührt, auch wenn Wanja sich mal wieder nur einschleimen möchte.

[x ≠ 1 ≠ 2]

Kordröcke

Silvana hat keine Erinnerung daran, ob sie jemals Beine hatte, ob sie jemals Unterschenkel hatte und Knie und Oberschenkel, die bis zum Knie gingen. Es gibt ein böses Gerücht, aber sie weiß nicht, ob das Gerücht an sich böse ist oder ob es böse gemeint ist. Die Oberschenkel glänzen in der Sonne. Silvana mag die Sonne, allerdings geben die Leute mehr, wenn es regnet. Sie geben mehr, dafür seltener. Da kommt die Frau mit den Kordröcken, sie wirft ihr jedes Mal eine Münze in die Keksdose; egal wie das Wetter ist, sie trägt nur Kordröcke, Kordröcke in allen Farben, blau, grün, lila, orange, sogar rosa. Silvana liebt diese Kordröcke, sie liebt überhaupt Röcke, weil Röcke nicht paarweise auftreten, Röcke sind ein Ding und nicht zwei Dinge. God bless you, sagt Silvana zu der Hand, die Hand ist oben dunkel und innen hell. Kaum hat sich der heute weinrote Kordrock entfernt, fallen erste Regentropfen und der Wind fegt eine Papiertüte über das Pflaster.

[h = 0]

Babykänguru

Seit sie den Amoklauf überlebt hat, kann Carol endlich schlafen. Kaum liegt sie im Bett, zieht sie die Decke bis zum Kinn, zack, ist sie weg. Kein unruhiges Hin- und Herwälzen, keine gestörten REM-Phasen mehr. Keine Albträume mehr, in denen sie von Hochhäusern erschlagen wird, begleitet von infernalischem Sprechgesang. Sie schläft, als sei sie tot. Ausgerechnet sie, die nie schlafen konnte. Schon als Kind hatte sie beim Einschlafen Angst vor dem Aufwachen, und schlief sie endlich, wachte sie auf und hatte Angst vor dem Einschlafen, Nacht für Nacht.

Es war die halbe Stunde in der Tiefkühltruhe, die alles verändert hat. Sie erzählt es niemandem, weil es ihr peinlich ist. Es ist ein Unding, dass sie ausgerechnet jetzt, wo sie allen Grund für Schlaflosigkeit hätte, schlafen kann wie ein Babykänguru. Sie wusste gar nicht, wie wunderbar schlafen ist. Nur dass jetzt alle auf sie einreden, eine Therapie solle sie machen, Traumatherapie, Gesprächstherapie, wenigstens zur Seelsorge könntest du gehen, hat Jim gesagt. Aber sie braucht keine Therapie, es geht ihr besser als je zuvor.

[a + 10 = Ü40 (+)]

Zigaretten

Frühschicht bedeutet, um halb fünf aufstehen, die Augen verklebt, in die Küche taumeln, ins Bad gehen, eine Zigarette am Küchenfenster rauchen, die Tasse Kaffee auf den Sims stellen. Nichts macht den Morgen trauriger und gleichzeitig erträglicher als Kaffee und Nikotin. Auch wenn Sandro tagsüber nicht raucht, weil er die Gesellschaft der anderen Raucher im Innenhof der Hilbertstraße nicht erträgt, diese eine Morgenzigarette muss sein. Er wird sie auch noch in zehn Jahren rauchen, wenn Zigaretten längst verboten sind. Die Krähen schlafen noch, eine getigerte Katze sitzt vor der Haustür gegenüber und schaut gelangweilt auf die leere Straße. Das Licht der Wandlampe im Flur flackert. Es ist noch nichts passiert in der Stadt, erst wenn der Desk der Onlineredaktion besetzt ist, erwacht die Welt zum Leben.

[$ggT(F_1; F_{1+1})=1$]

Beschwerdemanagement

Was Menschen miteinander verbindet, ist nicht Emotion, sondern Information, und Information ist durchlässig, sie hat keine feste Form, sie ist inform. Im Moment ihrer Entstehung ist sie schon eine andere und im Moment ihrer Vermittlung ist sie wieder eine andere und im Moment ihres Verstehens ebenfalls; und so weiter. Und immer passt sofort alles zusammen, als wäre es Eintopf, und immer passt sofort nichts zusammen, als wäre es Eintopf. Der Vorläufer von Informationseintopf ist der Einzelhandel, das Werfen von Produkten aller Art auf den Markt, von Produkten, die alle gleich sind und dennnoch ist jedes einzelne Produkt unterscheidbar von den anderen, weil es eben Materie ist und haptisch. Information ist auch Materie, aber eben nicht haptisch. Information ist Gleichzeitigkeit, und warum ist Gleichzeitigkeit wichtig, weil sie den Tod relativiert. Das war in etwa das, was Patricia im Vorstellungsgespräch gesagt hat, und Valentina hat es sich gemerkt, weil es irgendwie poetisch war, und konnte auch die Geschäftsführung davon überzeugen, dass jemand, der sich für den philosophischen Background seiner Arbeit so interessiert wie diese Patricia und auch so daran interessiert ist sich auszudrücken, sehr wahrscheinlich auch daran interessiert ist, mit anderen Menschen aus anderen Abteilungen zu kommunizieren, und dass man mit diesem Schachzug langfristig sogar eine Stelle im abteilungsübergreifenden Beschwerdemanagement, dessen zentraler Schauplatz leider und schon seit Jahren, eigentlich von Anfang an, die IT ist, abbauen könne. Es werde Zeit, dass die IT im richtigen Leben ankommt, sagte Valentina, dass sie sozusagen haptisch wird, und Mr. Mchay warf ihr einen anerkennenden Blick zu, der sich auf die Wandlampe 30 Zentimeter über ihr fokussierte.

[10 sec]
@sandrontwitter
All der ungreifbare Raum um dich besteht aus Straßen, die du nicht als solche erkennen kannst. Straßen muss der Mensch nicht bauen.

[√2 + 2]
Sokak kızı
Noch bevor sie die Tür ihres Ladens aufschließt, streichelt Pelin die getigerte Katze, die es sich dort gemütlich gemacht hat. Sie streichelt sie ausgiebig, sie lassen sich Zeit, die beiden. Aber, ehrlich gesagt, mag Pelin überhaupt keine Katzen, und schon gar nicht die Streunerinnen, die es immer wieder mal ins Einkaufszentrum schaffen und in den Fluren herumschleichen. Bis vor ein paar Monaten hat Pelin sie ohne Umstände verscheucht. Sie hatte keine Lust auf Katzenhaare, die sich in ihrem Laden ausbreiten und sich in den feinen Nasenhärchen allergischer Kundinnen verfangen, die dann woanders einkaufen.

Seit dem Amoklauf hat sich manches verändert. Die Freundschaft mit der Katze ist das einzig Positive. Als Pelin sich endlich wieder ins Einkaufszentrum traut, wobei traut das falsche Wort ist, eigentlich wäre sie lieber zuhause geblieben, eigentlich wäre sie am liebsten für immer zuhause geblieben, liegt da die Katze, direkt vor der Ladentüre. Sie kennt Pelins Abneigung gegen Katzen offenbar nicht, denn sie öffnet nur kurz die Augen, verändert die Position ihrer Pfoten und schläft weiter. Alles in Ordnung, Pelin, sagt die Katze. Keine Gefahr weit und breit. Pelin bückt sich zu ihr hinunter, und noch bevor ihre Hand das Fell berührt hat, fängt die Katze an zu schnurren. Seitdem sind sie Freundinnen. Pelin nennt sie sokak kızı, Straßenmädchen. Sokak kızı liegt jeden Morgen vor Elit Damenmoden und wenn sie Pelins Schritte hört, dreht sie sich auf den Rücken und wirft den Motor an.

$[x < \tfrac{1}{2} y \cdot N]$

Fußgängerzone

Wenn Valentina sich jetzt manchmal erinnert, an früher, als sie jung war, vielleicht siebzehn, also mehr als die Hälfte jünger als jetzt, denkt sie daran, wie sie durch Fußgängerzonen ging und von einem seltsamen Gefühl der Liebe überwältigt wurde. Sie liebte diese Menschen dafür, dass sie Menschen waren, für nichts weniger. Menschen, die sie nicht kannte, die sich nicht einmal für sie interessierten und die im Grunde dasselbe von ihr erwarteten: sich nicht für sie zu interessieren. Das war kaum auszuhalten, sie wollte am liebsten mit jedem, mit allen sprechen, wer sind Sie, woher kommen Sie? Was machst du, was bedeutet dieser Blick, wohin gehst du, dass du dich so konzentrieren musst. Wer hat dich verletzt, dass du so traurig aussiehst. Wer bist du, dass du lachst, wovor hast du Angst, leben deine Eltern noch, wie fühlt sich Sex für dich an.

Vor allem die Sache mit dem Sex interessiert Valentina, seit sie denken kann beziehungsweise seit sie sexuell denken kann. Also mit dem Körper denken kann, aber nicht nur, natürlich nicht! Aber seit sie an Sex denkt, ist ihr klar geworden, wie unfassbar viele verschiedene Möglichkeiten es eigentlich gibt, ein Mensch zu sein. Und was für ein Zufall, ausgerechnet der Mensch geworden zu sein, der sie geworden ist. Warum ist Valentina Valentina geworden und nicht die Frau mit den verwaschenen Augen, der Mann mit dem *Beauty is in the eye of the beer holder*-T-Shirt oder die Bettlerin auf dem Rollerskate? Ist Valentina Valentina geworden, damit sie irgendwann sterben und eine andere sein wird? Oder gibt es sie jetzt schon in allen möglichen Variationen und sie weiß es nur nicht. Vielleicht ist sie Massenware, die in unendlich vielen Galaxien an gasförmigen Kleiderbügeln hängt, und weiß nur nichts davon. Ist sie ihre eigene Stückware? Oder ist Valentina einfach nur Valentina und sonst nichts?

Erst seit sie Journalistin geworden ist, ist es ein bisschen besser geworden, nur durch Fußgängerzonen kann sie noch immer nicht gehen, ohne überwältigt zu sein.

[BU = MZF3]

PW Store

Die Pumpgun – ein Schlüssel der besonderen Art: Die Mehrzweckflinte MZF3 zählt zu den Vorderschaft-Repetierflinten, auch als Pumpgun oder Schrotflinte bekannt. In der Bundeswehr wird die MZF3 ausschließlich von spezialisierten Kräften zum Öffnen von verschlossenen Türen eingesetzt. Bildunterschrift: *Einsatzkräfte der Fallschirmjäger nutzen die Pumpgun Remington 870 im Häuserkampf.*

[√N · √N = N]

Treffpunkt

Noch nie hat sich jemand unter dem grünen Schild getroffen, auf dem vier weiße Männchen abgebildet sind und vier weiße Pfeile, die auf die Männchen zeigen. Zumindest hat Mathilda dort noch nie jemanden warten gesehen. Auch der Gutschein-Automat daneben wird nie genutzt. *Schenken Sie Freude, kaufen Sie einen Gutschein,* steht in goldenen Buchstaben auf dem Automaten. Doch nie will jemand Freude schenken und einen Gutschein kaufen. Außer Mathilda, die, immer wenn sie daran vorbeigeht, Lust bekommt, Freude zu schenken, nur muss der Gutschein dann ja eingelöst werden und das ist kompliziert. Außerdem weiß sie nicht, wem sie die Freude schenken möchte. Ihrer Mutter sicher nicht und der Opa ist tot und ihre Freundinnen würden denken, sie sei nicht ganz dicht. Sie müsste sich selbst etwas kaufen, und zwar etwas, das genau so viel kostet, wie der Gutschein wert ist. Doch die wenigsten Sachen, die man im Einkaufszentrum kaufen kann, sind genau 20 oder 50 Euro wert. Eigentlich nichts. Mathilda hat keine Lust, ein Minusgeschäft zu machen. Mit Geld spielt man nicht – außer am Spielautomaten, an denen der Opa immer gespielt hat, als Mathilda noch ein Kind war. Manchmal fuhr sie mit ihrer Mutter ins Einkaufszentrum, um den Opa vom Automaten wegzuholen. Der Automat klingelte in hellen und fröhlichen Tönen, und helle und fröhliche Farben blinkten überall auf dem Automaten, dennoch wirkte er irgendwie bedrohlich. Als spräche er eine Geheimsprache, die nur er und der Opa verstanden. Da war eine ungreifbare Verbindung zwischen den beiden, die anderen verschlossen blieb, auch Mathilda und ihrer Mutter. Im Auto weinte der Opa, und Mathildas Mutter weinte auch. Mathilda verstand nichts und doch sehr viel. Und eines Tages wurden sämtliche Spielautomaten im Einkaufszentrum abgebaut, denn es war ein neues Gesetz in Kraft getreten. Endlich, sagte Mathildas Mutter. Zwei Monate nach dem Gesetz starb Mathildas Großvater und Mathilda musste ein schwarzes Kleid auf der Beerdigung tragen und eine Strumpfhose, die kratzte, und weil es regnete, wurde die Strumpfhose nass. Nie wird Mathilda dieses Gefühl von Trostlosigkeit auf ihrer Haut vergessen.

$[\vec{V} = \begin{smallmatrix}2\\2\\1\end{smallmatrix}]$

Kaktus

Heute vor zwei Jahren war die Beförderung. Nie hätte Valentina damit gerechnet. Mr. Mchay war in der Regel freundlich, aber uninteressiert an ihr. Da kann man mal sehen, sagte Rudi, ihr Mann, als Valentina ihn anrief. Vor Freude war sie heiser. Da kann man mal sehen. Er war noch verblüffter als Valentina selbst.

Gleichzeitig weiß Valentina natürlich, dass sie durchaus damit gerechnet hat, im Grunde arbeitet sie seit Jahren darauf hin. Kann man da was werden bei der Zeitung?, hat Manfred, Rudis Vater, sie einmal gefragt. Ja klar, hat Valentina geantwortet, was denn, na zum Beispiel Ressortleiterin. Es klang wie ein Wort aus einer anderen Sprache, und der Schwiegervater fragte nicht weiter nach. Ich weise aber daraufhin, dass es viel Verwaltungsarbeit ist, viel Verantwortung, die Sie auch für Ihre Kollegen übernehmen, hat

Mr. Mchay gesagt, natürlich, hat Valentina gesagt. Er hat sie mit seinem klaren Augen kurz angesehen, es war mehr ein Streifen, Mr. Mchay sieht niemandem länger als eine Zehntel Sekunde direkt in die Augen, er schaut immer knapp an ihr vorbei, als wäre hinter ihr ein lustiger Affe oder ein Baum, der gerade umfällt und seine Aufmerksamkeit auf sich zieht.

Und tatsächlich steht hinter dem Besucherstuhl ein Kaktus, der nie gegossen wird; der nicht wächst, aber auch nicht eingeht. Mr. Mchay muss den Kaktus auswendig kennen, jede einzelne Nadel muss ihm vertraut sein, so oft, wie er ihn allein in den zwei Jahren angeschaut hat, in denen Valentina Ressortleiterin ist.

[1:0 = 1]
Milchschaum
Ein neues Geschäft hat eröffnet. Man kann Kinderspielzeug, Kinderklamotten und Kinderbücher kaufen, die Kinder dürfen alles ausprobieren. Man kann einen Kaffee trinken und dem Kind winken, während man feinen Milchschaum rührt. Der Kellner ist sehr nett, er hat viel Verständnis. Wenn nur alle Männer so wären. Er ist meistens der einzige Mann im Laden. Andere Männer arbeiten im Büro, und Väter arbeiten sowieso viel. Im Schaufenster hängt ein Frosch mit einem grünen Mund und einer roten Hose. Auch in blau-gelb erhältlich, steht auf einem Schild. In der ersten Woche verirren sich Kunden in das neue Geschäft, die auf der Suche nach dem alten Geschäft sind. Die Inhaberin ist gestorben, sagt der Kellner bedauernd. Ach so, sagen die Kunden. Manche bleiben und schauen den Kindern beim Einkaufen zu.

['''']
Regenhose
Es regnet und Silvana sitzt unter dem Schirm, und eigentlich ist das ganz schön, mit dem Schirm schräg über dem Kopf den Regentropfen zuzuschauen. Wie sie sich mutig von den Streben des Schirms an die Spitzen gleiten lassen, um von dort aus in die Tiefe zu stürzen. Es tut auch den Augen gut, nicht immer nur auf

den Boden zu schauen. Nur dass der Boden um Silvana herum vom Regen nass wird, das ist sehr ungemütlich. Obwohl Silvana auf dem Skateboard sitzt, gibt der Boden Feuchtigkeit und Kälte an sie ab. Die Feuchtigkeit und Kälte muss ja irgendwo hin und es ist nur Silvana da. Morgen hat sie wieder Blasenentzündung. Einmal hat eine Frau ihr eine Marken-Regenhose von Schöffel neben die Keksdose gelegt. Die hat Jakub am nächsten Tag bei Ebay versteigert.

$[\vec{F}_{Zp} + \vec{F}_{Zf} = \vec{0}]$

Funke

Heute ist einer der Tage, an denen Irma wieder an die Formeln denken muss, und das fühlt sich jedes Mal an, als würde gleich ein Bus in sie hineinfahren und sie auslöschen. So selten wie möglich denkt Irma an die Formeln, nur dass heute so ein Tag ist, und sie denkt daran, wie ihre Mutter die Formeln über ihrem Bett angebracht hat, an der Wand neben ihrem Bett, weil sie der Meinung war, die Formeln und ihr Inhalt und ihr Verstehen würden über Nacht auf Irma überspringen wie der Funke ein Genie anspringt, ob, denkt Irma, das Genie möchte oder nicht. Nur dass Irma kein Genie war und mit den Formeln nichts anfangen konnte, obwohl die Mutter ihr oft aus Formelbüchern vorlas. Statt der Kleinen Raupe Nimmersatt gab es Euklidische Algorithmen, Fibonacci-Zahlen, den Lorentz-Attraktor, n-Tupeln, Bellsches Raumschiffparadoxon, Lichtdispersion, Pythonprogramme zum Einschlafen. Bis heute hat Irma Einschlafprobleme. Das Einzige, was Irma sich je merken konnte, war, dass die Schwerkraft und die Fliehkraft eine Symbiose bildeten, dass ohne beides kein Leben möglich wäre, sie mochte die Fliehkraft ein bisschen lieber als die Schwerkraft, weil Fliehen und Fliegen in Irmas Leben eine wichtigere Rolle spielten als Haften und Bleiben, aber das liegt nicht in Irmas Charakter begründet, sondern in ihrer Familiengeschichte, und weil Irma sich immer wünschte, dass die Fliehkraft auch Krisa packen würde und sie wieder gehen könnte, wenn nur das Verhältnis von Schwerkraft und Fliehkraft ein anderes wäre in Krisa. Das ideale Maß an Schwer- und, sagt Irma, Fliehkraft ist ein Kettenkarussell, du fliegst frei und wild durch die Luft und bist dennoch verbunden, und Krisa sagte immer, wie du und ich, du bist die Fliehkraft und ich die Schwerkraft und selbst wenn du in der Gegend herumfliegst, bist du doch mit mir verbunden.

[1, 2, 3, 5, 8]

Hotel Savoy

Das Einkaufszentrum heißt Europazentrum, es könnte aber auch Hotel Savoy heißen, nur dass im Hotel Savoy die Reichen unten wohnen und die Armen oben. Im Europazentrum dagegen kaufen oben die Reichen und unten die Armen ein, und in der Mitte kann man Kaffee für dreifünfzig aus bunten Kapseln trinken.

Wer ein Auto oder ein Fahrrad hat, kommt mit dem Auto oder mit dem Fahrrad, alle anderen fahren mit dem Bus, der im Sommer zu kalt und im Winter zu warm ist, sie husten den ganzen Sommer über und im Winter bekommen sie die Grippe, sie tragen Turnschuhe und Rucksäcke und in den Armen tragen sie Kinder, Hunde und Möbelstücke, sie bieten anderen ihre Plätze an. Wer geben kann, ist reich, sagen sie sich, und wenn es nur ein Platz in der Linie 104 ist. Sie lächeln zwischen zwei Hustenanfällen und selbstgedrehten Zigaretten, sie sind Eltern, nicht von hier, dunkelhäutig oder sehr blass. Sie färben sich die Haare, aber es hilft nichts, im Sommer ist es kalt und im Winter zu warm in den Turnschuhen und mit den Kindern, Hunden oder Möbelstücken auf den Armen.

Im Europazentrum gibt es einen Raum, gleich im ersten Stock neben der Rolltreppe, dort setzen sie ihre Kinder ab. Die Kinder klettern auf kleine Autos oder Kutschen, Motorräder oder Hubschrauber, die Hello Kiddy und Fancy Racing heißen. Hello Kiddy, sagen die Kinder, und Fancy Racing, sie sagen es auf Englisch und die Eltern seufzen und werfen einen Euro in einen Automaten und bekommen dafür Token, zu denen sie Token sagen, die Kinder werfen den Token in einen Schlitz und schon brummt es unter ihrem Hintern, sie fahren zwanzig Zentimeter vorwärts und dreißig Zentimeter rückwärts. Hello Kiddy, Fancy Racing, sagen die Kinder und pressen ihre Oberschenkel gegen das bunte Metall, die Eltern werfen weitere Token in die Schlitze, die Kinder winken, endlich geht es voran, das kann man nicht früh genug lernen, dass man immer in Bewegung bleiben muss. Wiederholung macht den Meister. Ein Token kostet 1 Euro, drei Token kosten 2, acht 5 und dreizehn kosten 8. Die Kinder winken und fahren, die Eltern haben ein paar Minuten Ruhe, 1 Euro pro Fahrt, das kann sich jeder leisten, dem das Glück der Kinder etwas wert ist.

[$3 \cdot x \geq \infty$]

Die WM

Den, denkt Irma, Amoklauf könnte man doch eigentlich wiederholen, vielleicht sogar wöchentlich. Nichts hat in den letzten drei Monaten mehr Klicks gebracht, nicht einmal die WM.

[$R = x \cdot 100$]

Mitarbeitergespräch

Valentinas Handy blinkt und vibriert und zeigt neben der Uhrzeit Mitarbeitergespräch an, in zehn Minuten. Als sie vor ein paar Monaten den Job übernommen hat, hat sie sich immer akribisch darauf vorbereitet, genau überlegt, was sie sagen soll und wie sie es sagen soll, aber das weiß sie mittlerweile auch, dass es leider egal ist, wie sie es sagt und was sie genau sagt und ob es dazu Tee mit Plätzchen gibt oder gar nichts oder ein Glas Wasser mit einer Packung Taschentüchern, allerdings muss sie sich immer noch total beherrschen, nicht so einen Unsinn wie Nimm es nicht so schwer zu sagen. So tief wird Valentina nie sinken, dass sie in so einer Situation Nimm es nicht so schwer sagen würde, das wäre gelinde gesagt unverschämt, zu jemandem, der gar nicht anders kann, als es schwer zu nehmen. Und dennoch drängt alles in ihr, diesen Satz zu sagen und eine augenblickliche Wirkung damit zu erzielen, wie schön es wäre, wenn jemand den Rat beherzigen würde, und kaum, dass sie sagte Nimm es nicht so schwer, sofort damit aufhören würde, es schwer zu nehmen. Aber Valentina hat nicht Germanistik studiert, um nicht zu wissen, dass Nimm es nicht so schwer eine Aufforderung ist und kein gut gemeinter Rat und deshalb unterdrückt sie ihr eigenes Bedürfnis aus Rücksicht auf die Gefühle ihres Gegenübers. Stattdessen sagt sie Es hat nichts mit dir zu tun, weil das einfach wichtig ist, dass die Leute es nicht persönlich nehmen, obwohl Valentina natürlich weiß, dass sie es doch persönlich nehmen, weil sie gar nicht anders können. Deshalb ist es wichtig, klarzustellen, dass es gar nicht ums Persönliche geht, dass im Grunde niemand persönlich gemeint ist, auch sie selbst nicht, dass sich diese Dinge wie von selbst entscheiden. Dass der Grund dieser nennen wir sie mal Entscheidungen Rendite heißt, sagt sie natürlich nicht, auch wenn man das ruhig einmal sagen könnte, es hilft ja nichts, dieses Drumherumgerede.

[ρ = U+03C1]

Filterkaffee

Herzlich willkommen, Clara Kalkofen, steht auf dem Schild am Eintritt des Start-Ups, denn heute ist Clara zu Besuch, um mit Frederic darüber zu sprechen, wie es nun weitergeht. Sie sitzt im Rollstuhl, aber sie sieht gut aus, gut siehst du aus, Clara, ich bin so froh, sagt Frederic. Danke, sagt Clara leise. Sie versucht nicht zu weinen, aber sie weint trotzdem, und Frederic legt seine Hand einen Moment lang auf ihren Arm und sagt, ich habe Kaffee gekocht, Filterkaffee, weil du den am liebsten magst, und Clara weint noch mehr. Danke, sagt sie und schneuzt sich. Frederic wartet ein bisschen, bis sie wieder sprechen kann. Heute ist der Himmel ganz blau, nur ein paar milchfarbene Schleierwolken ziehen über die Stadt, man kann fast bis zum Fluss sehen.

Clara kann fürs Erste nicht zurückkehren ins Büro, sie muss erst in Reha. Oh, sagt Frederic. Tut mir leid, Frederic, sagt Clara. Gerade jetzt, sagt Frederic, er versucht, nicht schlecht gelaunt oder bekümmert auszusehen, aber er sieht beides, schlecht gelaunt und bekümmert aus, das kann sogar Clara sehen, obwohl sie noch etwas verschwommen sieht, wegen der vielen Tränen. Beide trinken von ihrem Kaffee. Und wann kommst du wieder? Wahrscheinlich erst in einem halben Jahr, sagt Clara und fügt, weil sie weiß, dass Frederic nicht weiß, wie er danach fragen soll, hinzu, es ist eine Inkomplette Querschnittlähmung und es sind zum Glück auch nur die Beine betroffen. Frederic sagt nichts und Clara sagt noch, die Kugel ging hier rein, und zeigt auf die Leiste, und da wieder raus, und dreht sich ein bisschen, damit Frederic sieht, wie sie auf den Rücken in Höhe der Nieren deutet. Sie trägt einen weißen Pullover, sie trägt oft diesen weißen Pullover, und dazu am liebsten beige Hosen oder auch diese cremefarbenen Blusen, das mag Frederic an ihr, dass sie nicht so hip aussieht wie die anderen Mitarbeiter, dass sie eigentlich eher spießig ist, und wahrscheinlich ist sie deshalb so gut, weil sie so spießig ist und gar nicht auf die Idee kommt, eigensinnige Ideen zu verwirklichen. Sie hat ein unglaubliches mathematisches Verständnis und eine unfassbar hohe Konzentrationsfähigkeit, sie sitzt sechs Stunden ohne zu essen vor dem Bildschirm und füttert die Analysetools mit Daten und sie sieht immer, wenn irgendetwas schief läuft, wenn irgendetwas nicht stimmt, es ist fast so, als würde Clara synchron zum Evaluationsprogramm die Daten analysieren, die die Satelliten aus dem All schicken. Ab und zu trinkt sie einen Schluck Wasser. Das Programm sagt Missernten voraus und gute Erträge an jedem Ort der Welt, nur wenn es die falschen Daten hat, analysiert es auch die falschen Ernten. Manchmal ist es nur ein Zahlendreher und schon steigen die Preise und ein ganzer Landstrich hungert. Manchmal auch verhungert. Es heißt Paraplegie, sagt Clara, wenn nur die Beine betroffen sind, es liegt dann in der Regel eine Schädigung im Bereich der BWS- und/oder LWs vor. Bei mir ist es die Lendenwirbelsäule. In einem halben Jahr also, sagt Frederic. Vielleicht früher, sagt Clara. Ich werde jemand einstellen müssen, sagt Frederic. Natürlich nur auf Honorarbasis, bis du wieder da bist.

Clara sieht ihn erschrocken an. Und da wird Frederic bewusst, dass sie gar nicht weiß, wie gut sie ist.

[1988 | 1992]

Gerade sitzen

Lars fährt jeden Tag mehrmals die Hilbertstraße zum Einkaufszentrum hinauf und hinunter. Er achtet darauf, sehr gerade zu sitzen. So hat er es gelernt, als er ein Kind war: Gerade! Gerade sitzen! Wenn er nicht gerade saß, hat er sich gleich eine gefangen. Die Ohrfeige sitzt noch immer in seinem Gesicht, wer genau hinschaut, kann sie sehen, zum Beispiel, wenn Lars mit seinem Fahrrad an der Ampel steht. Sie sitzt rechts, berührt ein bisschen die Ohrmuschel und oben grenzt sie an den Tränensack unter dem Auge. Der Tränensack kam erst später dazu, die Ohrfeige ist deutlich länger da. Irgendwann blieb sie einfach in seinem Gesicht. Selbst als sein Vater starb, machte sie keine Anstalten zu verschwinden. Lars weiß gar nicht mehr genau, in welchem Jahr das war, mit seinem Vater. Vielleicht 1988. Oder 1992. War er da schon auf dem Gymnasium? Die Zeit vergeht seitdem immer schneller, da kann er soviel Fahrrad fahren, wie er will, er holt sie nicht mehr ein.

[Schutztier]

1368

Als Valentina nach der Besprechung bei Mr. Mchay wieder zurück in ihr Büro geht, rechnet sie aus, wie oft Mr. Mchay den Kaktus in den letzten zwei Jahren angeschaut haben muss. An 261 Tagen im Jahr – 365 minus zweimal die Woche minus 33 Tage wegen Urlaub – mindestens drei Mal täglich, macht 228 mal drei mal zwei sind 1368. Kopfrechnen hat Valentina beim letzten Führungskräfte-Coaching gelernt. Gegen die Beklemmung und das Herzklopfen, gegen Schwindelkeit und das Gefühl, der Situation nicht gewachsen zu sein, gibt es verschiedene Methoden. Tief atmen, das Gesicht massieren, an ein Schutztier denken, Kopfrechnen. Valentina hat sich für Kopfrechnen entschieden, erstens weil es ihr am wenigsten esoterisch erschien, zweitens weil sie fand, dass es sich positiv auf ihre Beziehung zu Zahlen auswirken könnte.

In einem Monat schon sollen die ersten freien Mitarbeiter entlassen werden, fangen Sie mit den unfähigsten an, hat Mr. Mchay gesagt, danach kommen die, die noch studieren, dann die ohne Familie, dann die mit den besten Jobchancen – aber nehmen Sie um Himmels willen nicht alle Guten, die brauchen wir noch. Ihren Job hat Valentina sich ehrlich gesagt schon ein bisschen anders vorgestellt. Kreativer irgendwie. Andererseits gehören die unangenehmen Seiten halt auch dazu. Besser sie entlässt die Leute als irgendein empathieloser Depp wie der Vogel oder die Schmitz.

[c = λ · f]
Wellen
Es ist Mittag und Silvana spürt wieder, wie dieses Etwas sie im Visier hat, ein Etwas, das kein Mensch und auch keine Sache ist, kein Wesen und auch kein Gott. Vielleicht ist es so etwas wie eine Welle, eine Welle aus Strahlen, die mit ihrem Körper kollidieren, so wie das Licht mit der Schwerkraft kollidiert, nur dass Silvana nicht weiß, ob das normal ist oder ob das nur bei ihr so ist. Es ist auch nicht immer, nur an manchen Tagen, vielleicht ist es immer, aber nur an manchen Tagen ist es ihr bewusst. Sie sitzt dann ganz still und wartet darauf, was die Welle macht, aber die Welle macht eigentlicht nichts, sie ist nur da, sonst nichts. Das Licht bricht, wenn es auf Silvana trifft, und breitet sich sogar in den dunklen Schattenräumen unter dem Skateboard aus. Und wenn die Welle weg ist, ist die Welt eine andere, Silvana sieht plötzlich nicht nur die Schuhe und Hosen und Leggins und Röcke, sie sieht auch ihre Geschwindigkeiten, mit der sie sich bewegen, aber nicht nur die Geschwindigkeiten, mit der sie sich auf Silvana zu- und von ihr wegbewegen, sondern auch die Geschwindigkeiten, in der sie sich aufeinander zu- und voneinander wegbewegen, und mit den Entfernungen ist es genauso,

plötzlich sind nicht nur die Menschen und ihre Kleidung farbig, sondern auch der Abstand zwischen ihnen. Es ist ein Schauspiel, das Silvana mit großer Freude und mit genauso großer Angst herbeisehnt wie fürchtet. Sie weiß nicht, was es bedeutet und wohin es führt, ob es überhaupt irgendwohin führt. Vielleicht führt es nirgendwohin. Vielleicht, denkt Silvana, ist eines Tages nur noch ein weißer Fleck zu sehen, der ich war.

[t = 60-5 = ∩]

Ahnenreihe

Es ist nicht normal, sagt Jim, wie du dich verhältst. Als sei nichts gewesen. Weil sie es Jim versprochen hat, geht Carol zum Therapeuten.

Hatten Sie Todesangst, fragt der Therapeut, und Carol kommt es so vor, als lauere er auf etwas. Der Therapeut jedoch lauert auf nichts, er ist ein guter Therapeut, der zuhört, was von seinem Gegenüber gesagt wird, nicht mehr und nicht weniger. Nicht mehr als sonst auch, sagt sie. Sie sagt nicht, dass die echte Todesangst weniger schlimm ist als die Panikattacken vor dem Einschlafen. Der Therapeut ist nicht nur Therapeut, sondern auch Arzt und verschreibt ihr ein Beruhigungsmittel, ein leichtes, einen Monat lang konsequent einnehmen, sagt er, bis Sie ihren Körper wieder ans Schlafen gewöhnt haben. Carol kommt es vor, als habe etwas Zukünftiges in ihr sich selbst überholt. Das Zukünftige wirkt überrascht und schaut sich selbst konsterniert hinterher. Das fühlt sich ziemlich super an. Keinem Menschen kann sie das erzählen, auch dem Therapeuten nicht, der eigentlich ganz nett ist, aber Carol mag es eigentlich, ein Geheimnis zu haben, das unteilbar ist. Und es ist auch schön, mit dem Therapeuten ein Geheimnis nicht zu teilen.

Damit er sie aber nicht für unkooperativ hält, erzählt sie, wie sie in der Kühltruhe bei Rewe saß, direkt auf dem Tiefkühlspinat, und wie sie gefroren hat und um ihre Kinder bangte, die sie zu den Erbsen und dem Mangold genötigt hat, wie sie durch die Trennwand der Tiefkühlbox hindurch spürte, dass die beiden immer müder wurden, wie sie hoffte, dass sie sich gegenseitig wärmten, sich in den Armen hielten, einander zugewandt, mit den Händen im Gesicht, wie damals auf dem Ultraschallbild. Der Arzt nickt. Plötzlich, sagt sie, sei ihr etwas klar geworden. Sie hält inne. Der Arzt nickt wieder. Dass es doch ganz tröstlich ist zu sterben, sagt Carol. Was, wenn wir nicht stürben? Wenn nicht nur wir nicht stürben, sondern noch nie ein Mensch, der einmal auf der Welt war, gestorben wäre, und das wären neben unseren Kindern und Männern und Geschwistern und Eltern und unseren eventuell noch lebenden Großeltern und Großtanten und Großonkeln auch unsere Urgroßeltern und Ururgroßeltern, sämtliche Urgroßtanten und Ururgroßtanten und Ururgroßonkel, Urgroßonkel sowie alle Cousins und Cousinen, Schwippschwager und Schwippschwägerinnen, Neffen und Nichten sämtlicher Generationen. Und neben unserer kompletten Ahnenreihe nicht nur die komplette Ahnenreihe unserer Nachbarn, sondern auch die unserer Nachbarn zwei Häuser weiter und auch die der drei Häuser weiter, vier Häuser und so weiter. Die Ahnung, nie wieder aus den Worten herauszufinden, erfüllt Carol mit einem angenehmen Schauder. Sie fühlt sich lebendig wie schon lange nicht mehr. Als sei sie allein auf der Welt und das Einzige, was zählt, ist, dass sie lebt. Nur sie und die Kinder, niemand sonst. Der Arzt schaut sie neutral an, vielleicht ein bisschen zu neutral. Die ganze Straße, sagt Carol, die ganze Stadt, alle Städte, alle Länder, alle Ahnen aller Menschen und auch die Ahnen dieser Ahnen. Kein Mensch hätte mehr Platz auf dieser Welt. Wie könnten wir schlafen, arbeiten, spazieren gehen, Zeitung lesen, Minigolf spielen, wenn ständig diese Menschen an uns klebten. Und dieser Gestank! Dann fällt ihr Blick auf den Wecker, der die Uhrzeit auf ein Stück Wand oberhalb der Tür projiziert, in einem diskreten Blauton, das sieht schön aus. Es ist schon fünf Minuten vor vier. Die Zeit ist um, sagt Carol. Der Therapeut lächelt. Sie verabreden einen neuen Termin.

$[C_p \cdot 10.650 - (+4) = x]$

Krähen

Mathilda geht in der Mittagspause zu Peek & Cloppenburg und kauft zwei T-Shirts. Sie braucht diese T-Shirts nicht und sie will sie auch nicht kaufen, aber die T-Shirts sind stärker als sie. Erst letzte Woche hat sie ein Oberteil gekauft, von dem sie bereits an der Kasse wusste, dass sie es nicht tragen wird, außer bei Familienfesten. Das Oberteil war eine blaue Bluse mit einer glitzernden Motivblume, von kleinen Strass-Steinchen geformt. Grässlich! Aber Mathilda fehlt einfach die Kraft, den Fehlkauf zurückzugeben.

Was Mathilda nicht versteht: Einmal hat sie 2000 Euro im Lotto gewonnen, kurz darauf eine Gehaltserhöhung bekommen und dazu noch die 8650 Euro, die Onkel Reimer, den sie nicht mochte, ihr vererbt hat, wahrscheinlich, weil er nicht wusste, wem er es sonst vererben sollte. Ausgerechnet in dieser Zeit also, in der sie genug Geld gehabt hätte, um auch unvernünftige Ausgaben zu tätigen, war sie besonders sparsam, sie kaufte Zahnpasta, Brot, Salat, Äpfel, einen BH und einen Regenschirm für 4 Euro. Sie ernährte sich sogar gesünder und aß weniger, sie hat überhaupt nicht mehr ans Essen gedacht und auch nicht an T-Shirts, Blusen, Schuhe, Taschen, Junkfood oder ein neues Handy. In der Mittagspause saß sie manchmal eine halbe Stunde lang auf einer Bank, von der aus sie eine Krähe beobachtete, und Hunde, die auf der Wiese vor dem Einkaufszentrum ihr Geschäft verrichteten. Manchmal musste sie lachen, die Hunde sahen so menschlich aus beim Kacken. Wie sie gedankenverloren auf die Wiese starrten, vollkommen konzentriert auf den Akt der Entleerung.

$[F(x) = 1/0]$

Frösche

Valentina hat sich schon vor langer Zeit einmal geschworen, niemals verbittert zu sein, obwohl ihr klar ist, dass manchmal auch eine feste Hand nötig ist; für sie als Führungskraft ist es nicht einfach, zu unterscheiden, wer zum Beispiel klare Ansagen braucht, wer bemuttert werden will und wer in Ruhe gelassen werden muss. Die Leute sind sehr unterschiedlich, da braucht man ein Gespür dafür. Valentina hat das Gespür. So wie manche unterwegs sind, so viel können die in ihrem Leben gar nicht falsch machen, dass aus denen nichts wird, eigentlich sieht sie das schon auf den ersten Blick. Alles, was sie anfangen, geht gut aus, jede Tür geht auf, wie beim Adventskalender, und es ist immer Schokolade drin. Und bei den anderen genau das Gegenteil, denen schenkt keiner was, und wenn doch, dann ist die Schokolade vom letzten Jahr und am Ende haben sie Bauchweh.

Dass manche nie aufgeben, denkt Valentina. Sie denkt dabei an niemand bestimmten, nur so generell. An die, die ständig Überstunden machen, unbezahlt, natürlich, die sogar im Urlaub arbeiten. Die noch nie eine Gehaltserhöhung bekommen haben, aber dennoch nie aufgeben und immer hoffen, dass sie noch etwas reißen werden, und alle sehen schon lange, dass das nie der Fall sein wird. Die wie Frösche, die in die Milchkanne gefallen sind, strampeln und strampeln und fest daran glauben, dass die Milch zu Butter wird, nur wissen wir alle, dass das zwar rein physikalisch möglich ist, aber kein Frosch dieser Welt hat diese Ausdauer. Und wenn er sie hätte, dann würde ihn genau in dem Moment die Kraft verlassen, wenn die Milch anfängt zu stocken.

[ax + by = c ; a,b,c € Z)
Visitenkarte

Irma denkt schon lange darüber nach, etwas wirklich Destruktives zu machen, aber nach dem Gespräch mit Valentina, bitte, ihr, hat sie sich gesagt, wollt es ja nicht anders, will sie ihren Plan in die Tat umzusetzen. Sicher macht es auch Spaß, Pläne zu haben und sie nicht umzusetzen, Pläne um ihrer selbst willen zu haben und nicht weil sie etwas bringen sollen, niemand weiß das besser als Irma, sie hat ihre mentalen Schubladen voll von solchen Plänen. Ich habe gute, hat sie zu Valentina gesagt, Ideen, und Valentina hat sie angelächelt, als wäre sie ihre Patentante, und gesagt, das ist doch schön, Irma, daraus lässt sich bestimmt etwas machen. Irma weiß nicht genau, was Valentina damit gemeint haben könnte, ob sie es ernst gemeint hat oder nicht. Gestern um 16 Uhr war der Termin bei Valentina. Irma hat sich irgendwie darauf gefreut, hatte gehofft, dass Valentina sie irgendwie erkannt hat, endlich, aber Valentina hat nur erkannt, dass Irma die Nächste sein wird, die das Team verlassen muss, weil es eben nicht mehr genug Arbeit geben wird für alle, wir konnten das System weiter automatisieren, sagte Valentina, und das ist toll, weil wir damit Arbeitsplätze schützen können. Und was ist mit meinem Arbeitsplatz, hat Irma gesagt, sie hat sich gewundert, dass sie überhaupt etwas herausgebracht hat, und nicht gewusst, wofür sie sich mehr schämen soll, für ihr bisheriges Schweigen oder für ihr plötzliches Sprechen. Valentina jedenfalls hat sie vollkommen verdattert angesehen. Wahrscheinlich hat sie mich noch, denkt Irma, nie sprechen gehört, aber sie hat mich ja auch noch nie gefragt. Valentina hat sie dann aber noch ganz lieb angesehen und gesagt, Irma, du bist noch sehr jung, und diese Arbeit ist keine richtige Arbeit, es ist eine Arbeit für eine Maschine, und deshalb wird diese Arbeit in Zukunft auch eine Maschine übernehmen. Menschen, und vor allem junge, gut ausgebildete Menschen wie du sollten diese Arbeit nicht tun. Du solltest dir einen Job suchen, der wirklich deinen Fähigkeiten entspricht. Ich bin ja nicht deine Mutter, aber wenn ich deine Mutter wäre, sagt Valentina, würde ich dir verbieten, einen Job zu machen, den eine Maschine besser erledigen kann. Meine, denkt Irma, Mutter. Entschuldige bitte, wenn ich dir zu nahe getreten bin, Irma, sagt Valentina. Und da sagt Irma dann eben: Ich habe gute Ideen. Und Valentina lächelt und sagt, na siehst du, das ist doch schön, daraus lässt sich bestimmt etwas machen. Und dann hat Valentina ihr eine Visitenkarte gegeben, mit einem verschwörerischem Gesichtsausdruck, und hat gesagt, hier, ruf doch die Agentur mal an, das ist eine Freundin von mir, schöne Grüße. Danke, sagt Irma, danke, Valentina. Und als sie schon an der Tür ist, sagt Valentina,

Irma, und Irma dreht sich um, und Valentina sagt, aber nicht weitersagen, und zwinkert ihr zu.

[$\vec{FZp} + \vec{FZf} = \vec{0}$]

Tiefgarage

Sisi mag Lars und Lars mag Sisi, nur dass Sisi ständig darüber nachdenkt, wer wen lieber mag, sie Lars oder Lars sie, und Lars überhaupt nicht darüber nachdenkt, wozu auch, wenn Sisi ihn nicht mag, wird er es schon irgendwie merken. Was Lars an Sisi wirklich fasziniert, sind ihre Sommersprossen, die sich bewegen und aufblitzen, während sie selbst sich bewegt und aufblitzt wie ein Kettenkarussell, sie blinkt und blitzt und macht Geräusche und dreht sich im Kreis und winkt ihm zu und Lars schaut auf die tausend kleinen Lichter, die aus Sisi leuchten.

Was schaut er mich immer so komisch an, denkt Sisi, die Lars am liebsten unter die Haut schauen möchte, nur dass es da dunkel ist wie in einer Tiefgarage.

Ist es mehr als eine Bekanntschaft oder weniger, denkt Sisi, während Lars ein Glas Leitungswasser bestellt, warm oder kalt, fragt die Bedienung, eher kalt, sagt Lars, und die Bedienung schaut über den Rand ihrer Brille wie immer bei schwierigen Gästen und fragt, wie viel Grad denn eher kalt sei und wie viel eher warm, und Lars sagt, 20 Grad, und denkt an den letzten Urlaub im März auf Kreta, wo das Wasser 17 Grad hatte und zu kalt zum Schwimmen war, aber trinken wäre kein Problem gewesen. Sisi lacht. Ihre Sommersprossen tanzen Pogo und Lars denkt, er sei witzig gewesen, nur dass Sisis Lachen ein verzweifeltes war.

[3 = 0]

Springbrunnen

Seit Marius alleine lebt, geht er am liebsten im Einkaufszentrum shoppen, er mag das Anonyme dort, das Unpersönliche, und dass es im Einkaufszentrum nur ums Einkaufen geht, um nichts anderes.

Als Kind dagegen hat er es gehasst, das weiß er noch: die trockene Luft, die lieblosen Cafés, die künstlichen Blumen, die vielen Leute, die blass durch die Gänge irrten, der Springbrunnen, der alles nur noch schlimmer machte. Das Parkhaus auf fünf Ebenen. Einmal musste er mit seinen Eltern eine geschlagene Stunde darin herumirren, weil sie das Auto nicht mehr fanden, er bekam Bauchweh und seine Ohren fühlten sich heiß an. Die Eltern stritten sich: Nie kannst du dir etwas merken, sagte seine Mutter. Immer verlässt du dich auf mich und denkst nur an die Scheißbücher, die du dir noch unbedingt kaufen musst, sagte der Vater, als hätten wir nicht schon genug davon. Man kann nicht genug Bücher haben, das ist ein Oxymoron, sagte die Mutter, aus reiner Provokation, weil der Vater sich nicht nur Parkplätze, sondern auch Fremdwörter nicht merken konnte, und darauf sagte der Vater nichts mehr und die Mutter schwieg auch und Marius hatte noch mehr Bauchweh, das auch auf der Rückfahrt nicht verging, obwohl die Eltern wieder vorsichtig miteinander redeten. Und kurz bevor sie zuhause waren, machte die Mutter einen Witz und der Vater lächelte; wenn auch etwas schief.

[4€70Cent]

Mundwinkel

Silvana würde gerne wissen, ob Körper und Geist unabhängig voneinander existieren, aber um das herauszubekommen, müsste sie sich intensiv mit anderen Menschen unterhalten, die sich ebenfalls diese Fragen stellen, nur kann sie die kurze Zeit, in der jemand ein paar Münzen in die Keksdose wirft, nicht als Unterhaltung werten, noch nicht einmal als Anfang einer Unterhaltung. Nur einmal kam ein junger Mann in Gestalt einer karierten Stoffhose, er beugte sich zu ihr herunter, sodass sie nicht anders konnte, als in sein Gesicht zu sehen, er hatte einen großen Mund und zwei tiefe Falten, die sich kunstvoll um die Lippen bogen, der große Mund fragte, ob er sie ein paar Tage begleiten dürfe, für einen Film, Fernsehen, sagte der große Mund, do you understand, und Silvana sagte tak und dyakuju und der

Mann ging weg und kam mit einer Kamera wieder und filmte Silvanas Oberschenkel, die in der Sonne glänzten, er filmte auch das Skateboard, dem er einen Schubs gab, sodass es in die Mitte der Fußgängerzone rollte und beinahe eine ältere weißblonde Dame touchierte, die aber freundlich lächelte, weil der Mann so sympathisch aussah. Nur Silvana schämte sich, weil die Räder des Skateboards eierten, weil die eiernden Räder die ganze Schäbigkeit des Skateboards offenbarten, aber der große Mund des sympathischen jungen Mannes sagte don't mind und filmte die Keksdose, die auch in der Sonne glänzte, er stellte Silvana ein paar Fragen, wie oft sie hier sitze und wie lange und warum, und sie antwortete ungefähr das, was Jakub ihr gesagt hatte zu sagen, wenn jemand sie fragte. Der Mann lachte viel und gab sich Mühe, von Silvana gemocht zu werden, er hatte Kaffee und sogar Kuchen mitgebracht, den Silvana aber nicht aß, und sie war kurz davor, den Mann zu mögen. Sie hätte ihm gerne beim nächsten Mal von den Wellen erzählt, sie hätte mit den Händen Wellenbewegungen gemacht, das ist nicht schwer. Und dann hätten ihre Hände die Wellen mit einem Ruck weggewischt, und der Mann hätte verstanden, was sie sagen wollte. Nur dass sie ihn nie wieder gesehen hat und auch den Film hat sie nie gesehen, den einzigen Film, in dem sie und ihre Oberschenkel und das Skateboard und die Keksdose mitgespielt hätten.

[A:s]

Muttermilch

Die Frösche haben null Timing und null Gefühl dafür, ob etwas erfolgversprechend ist oder ob sie auf einem toten Pferd sitzen. Intuition gleich Null, woher auch, das muss man schon als Kind gelernt haben, mit der Muttermilch eingesogen, das merkt man gleich, wenn einer nicht gestillt worden ist und es ihn deshalb zur Milch hinzieht. Deshalb sitzen die Frösche immer auf den toten Pferden und strengen sich wie verrückt an und die Prinzen und Prinzessinnen sitzen im Ferrari und verstehen nicht, wieso die Frösche auf den toten Pferden sitzen und sich abstrampeln.

Bei Valentina war es immer so, dass sie sich angestrengt hat und dann ist etwas dabei herausgekommen. Wenn sie sich nicht angestrengt hat, ist eben nichts dabei herausgekommen. Deshalb findet sie zu den Fröschen keinen richtigen Zugang. Trotzdem versucht sie, empathisch zu sein und sich vorzustellen, wie es ist, wenn nichts, was man anfasst, funktioniert; was wiederum bei Valentina nicht funktioniert, sie kann es sich einfach nicht vorstellen. Sollen sie sich doch mehr anstrengen, denkt sie, und wenn sie das denkt, schämt sie sich, und wenn sie sich schämt, bekommt sie einen komischen Gesichtsausdruck, sie hat das mal bei einem Videotraining gesehen, wie ihr das Lächeln, von dem sie dachte, dass es empathisch ist, verrutscht ist, wie es ganz schief geworden ist. Dieses schiefe, erbärmliche Lächeln drängt sich ihr auf, so wie andere Leute rot werden und es nicht abstellen können. Es fühlt sich an, als würde Valentina nur noch aus diesem schiefen Lächeln bestehen, als würde sie oben links in ihrem eigenen Mundwinkel anfangen und unten links wieder aufhören und beide Mundwinkel sind schon ganz eingetrocknet.

[$T'_0 = T / \gamma$]

Gespenster

Olga macht sich auf den Weg ins Europazentrum. An der Fußgängerampel wartet sie ewig, Autos, Lkw, Motorräder und Linienbusse auf der vierspurigen Autostraße rauschen vorbei wie bei einem Kettenkarussell, nur dass diese Straße in keinem Kreisverkehr mündet und die Fahrzeuge immer andere Fahrzeuge sind, alle sehen gleich aus, aber keins ähnelt dem anderen. Olga fragt sich, ob die Ampel kaputt ist, die Ampel für die Autos wie für die Fußgänger, denn auch ein Überqueren bei Rot ist vollkommen unmöglich, da der Strom der Autos nicht versiegen will; wie auf einem Fließband transportiert der Asphalt Fahrzeug auf Fahrzeug in der immer gleichen Geschwindigkeit. Sie sieht die unbeweglichen Gesichter im Profil, sind sie wirklich oder sind es Gespenster? Die letzten zwanzig Jahre ihres Lebens erscheinen ihr plötzlich wie aus einem anderen Jahrhundert. Dann springt die Ampel doch noch auf Grün, sie überquert die Straße, eine rechtsabbiegende Mercedesfahrerin hält mit quietschenden Reifen an und hupt wütend und als Olga einen verstohlenen Blick in die Windschutzscheibe wirft, schaut das Gesicht mit starrer Miene an ihr vorbei.

$[S_0 \cdot S_{0+1} \cdot S_{1+2} \cdot S_{2+3} \cdot \ldots\ S_{N+(N+1)}]$
Ewigkeit
Nach der Spätschicht geht Sandro nicht nach Hause, sondern trinkt etwas in der Bar gegenüber, die Die Bar heißt, und schaut sich die Mädchen an. Er ist zu müde, um eine anzusprechen. *Die die Zeit hätten, sehen nicht die Dinge, die gewaltigen Gegenüberstellungen, die Tragik,* hat er neulich getwittert. *Die das aber sehen, sind selber mittendrin und haben keine Zeit.* Noch vor ein paar Monaten war es irgendwie cool, nach einer Doppelschicht in Die Bar zu gehen und sofort mit Whiskey anzufangen. Da hatte er noch was zu erzählen. Aber jetzt ist es eh immer dasselbe. Banal. Bedeutungslos. Nach zwei bis drei Gläsern geht er nach Hause, schläft ein, schläft traumlos, bis halb fünf, aufstehen, duschen, Kaffee trinken, die Bahn kommt um halb sechs, pünktlich. Manchmal stellt er sich vor, dass die Abendsonne die Morgensonne wäre und die Morgensonne die Abendsonne. Manchmal hat er einen ganzen Tag frei. Den verbringt er meist vor dem Fernseher und im Internet gleichzeitig. Wenn er Frühschicht hat, zockt er vor dem Schlafengehen noch ein bisschen. Internetpoker. Gewinnt er, hört er sofort wieder auf. Am Nachmittag läuft er von der Redaktion zur Bahn, die Schulkinder kommen vom Hort oder, keine Ahnung, fahren zur Nachhilfe oder zum Gitarrenunterricht, so wie er selbst vor ein paar Jahren. So lange ist das alles ja noch gar nicht her. Und irgendwie trotzdem eine Ewigkeit.

$[s = v \cdot t]$
Spaghettibar
Adrian hat sich verliebt. Roxanne bringt ihm bei, wie man küsst und wie man eine Frau streichelt. Auch schenkt man einer Frau

Blumen und repariert ihren Motorroller. Adrian wusste vieles nicht, bevor er sich in Roxanne verliebt hat. Seit einiger Zeit leidet Roxanne an Panikattacken, sie darf nicht allein gelassen werden. Während der Arbeit sind die Kollegen da. Nach der Arbeit ist Adrian da. Manchmal schleicht er sich nachts aus dem Haus, um in der Spaghettibar ein Bier zu trinken. Einmal ist er mit einer Fremden mitgegangen, einfach so. Plötzlich rief Roxanne an, sie weinte wie ein Kind. Sie hat ihm leid getan. Er hat seine Hose wieder angezogen und ist nach Hause gegangen.

[Cmaj7]

Das andere Land

Olga schlendert durch das Einkaufszentrum, vielleicht ist ja hier ihr neuer Arbeitsplatz, kann sie schon mal schauen, wie es da so ist. Obwohl das Neonlicht zu hell ist, die Luft zu trocken und Olga fröstelt, ist sie auch ein bisschen fasziniert. Vor allem wegen der Geräusche. Ein wabernder Soundteppich aus Stimmen, Schritten, Räuspern, Seufzen, Rufen, Rascheln, die hohen Decken, der Hall auf den Treppen und in den Fluren, kleine Plätze und Läden, Aufzüge und Rolltreppen, die nach oben fahren, nach unten fahren. Olga ist jetzt auf Flur D, ohne zu wissen, dass sie auf Flur D ist, sie könnte genauso gut auf Flur A oder auf Flur F sein. Nur wenige Laute sind einzelnen Personen zuzuordnen, das Kinderweinen kommt aus der Drogerie, aus der eine Mutter in Jeans und Mantel einen Buggy schiebt. Ich habe dir doch gesagt, es gibt sie nur noch in Blau, muss eine der beiden jungen Frauen gesagt haben, die Olga soeben überholt haben. Das Einkaufszentrum ist wie ein eigenes Land, ein Land im Land, das sich in jeder Stadt wiederholt. In Oldenburg war Olga nie in einem Einkaufszentrum, doch es beruhigt sie zu wissen, dass dort das gleiche Land existiert wie hier. Im Grunde könnte sie auf Flur D sogar ihren Kindern begegnen. Wahrscheinlich würden sie sich nicht einmal wundern. Sie geht am Schnellrestaurant Laurenz vorbei, eine Tasse quietscht, Teller werden auf Tischen abgestellt und klappern, Glas klirrt und Ärmel reiben auf den Tischoberflächen. Es gibt frischen Spargel. Ein Stuhl rückt, Tüten rascheln. Vielen Dank für Ihren Besuch, auf Wiedersehn.

[5G]

Schlaf der Gerechten

Lars hat sich wie wild auf diesen Tag gefreut. Er hat die Nacht zuvor kaum schlafen können und der Vormittag wollte gar nicht vergehen. Am Nachmittag hat er sich eine Wokpfanne gekauft, vielleicht kocht er ja in Zukunft öfter. Ein Kochbuch gab es gratis dazu. Zur verabredeten Zeit setzt er sich in den Biergarten. Kurz darauf kommt seine Verabredung herein, sie sieht attraktiv und gesund aus. Sie setzt sich an einen Tisch und bestellt eine Johannisbeerschorle. Groß oder klein?, fragt der Kellner. Groß, sagt sie und lächelt, entspannt, dennoch merkt man ihr die Vorfreude an. Auch der Kellner merkt ihr die Vorfreude an, da ist Lars sich sicher. Sie tippt in ihr Handy, blickt sich gut gelaunt um. Es sind wenig Leute da, die meisten sitzen allein oder zu zweit an ihrem Tisch. Ganz hinten diskutieren drei junge Frauen über eine politische Aktion, die sie offenbar planen. Der Kellner stellt der Frau eine Johannisbeerschorle hin. Vielen Dank, sagt sie. Lars nippt an seiner Tasse Tee. Er sieht ihr vom Nebentisch aus zu, wie sie versucht, nicht auf ihr Handy zu schauen. Und wie sie von Minute zu Minute nervöser wird. Ihre Wangen röten sich. Nach einer dreiviertel Stunde Warten ist sie ganz klein, als ob sie sich für irgendetwas schämte. Dann ruft sie den Kellner, sie möchte zahlen, ihre Stimme ist leise, sie hat den Schwung verloren. Einmal streift ihr Blick Lars, er lächelt fast unmerklich, sie schaut schnell wieder weg.

Die Nacht darauf schläft er gut, er sinkt hinab in den Schlaf der Gerechten.

[TT = 20 €]

Made in England

Mathilda hat es getan. Sie hat sich einen Gutschein gekauft. Heute vor 8 Jahren Todestag Opa, schreibt ihre Mutter, als

Mathilda gerade im Einkaufszentrum ist und am grünen Treffpunkt-Schild vorbeigeht. Sie bleibt stehen und liest die Whatsapp ihrer Mutter und denkt, was solls, und geht zum Automaten. Der Automat funkelt golden. Auf dem Display kann Mathilda wählen zwischen verschiedenen Gutscheinen, 10 Euro, 20 Euro, 50 Euro. Sie kann mit EC-Karte, Kreditkarte, Geldscheinen und Münzen zahlen. Mathilda zahlt per EC-Karte, das gibt ihr das Gefühl, eigentlich gar kein Geld auszugeben. Höflich spuckt der Automat den Gutschein aus und einen Beleg, dass der Gutschein bezahlt wurde, und zwar per EC-Karte. Mathilda ist ein bisschen enttäuscht, mindestens hätte sie ein triumphierendes Geklingel erwartet. Mathilda steckt den Gutschein in ihre Tasche und da das Einkaufszentrum in zehn Minuten zumacht, geht sie in den Laden gegenüber dem Automaten, es ist ein Teeladen. Tatsächlich ist das Erste, was Mathilda in dem Laden sieht, eine Teetasse, die genau 20 Euro kostet. Das erscheint ihr wie ein Zeichen, und sie liebt die Tasse sofort. Es ist, als ob Opa höchstpersönlich die Tasse für sie bereitgestellt habe. China made in England, steht auf einem kleinen goldumrahmten Aufkleber, und das findet Mathilda irgendwie süß. Die Verkäuferin packt die Tasse in eine bunt beschriftete Tassenschachtel, auf der in großen Buchstaben *Thementasse* steht, und sagt, viel Spaß mit der Tasse.

[H^2O]
Waden
Im Eiscafé Diana bestellt Olga einen Eisbecher, der Spaghetti Eis Baby heißt, die Bedienung runzelt ein wenig die Stirn, Olga ist ja wohl kein Baby, also was soll das mit dem Eis für Babys, sagt ihr Blick. Nachdem sie die Bestellung aufgenommen hat, entschließt sie sich doch zu einem Lächeln, kann ihr ja auch egal sein. Olga sieht ihr hinterher, wie sie zum nächsten Tisch geht. Was darf ich Ihnen bringen? Ein Wasser Nulldrei dazu, gerne. Sie hat echte Kellnerinnenwaden, die Olga irgendwie an Oldenburg erinnern. Und plötzlich hat Olga das Gefühl, dem Spaghetti-Eis

Baby einfach nicht gewachsen zu sein, sie steht auf und geht, solange die Bedienung mit dem Rücken zu ihr steht.

[[1;7]={x ∈ R | 1 ≤ x ≤ 7}]

Mutter

Sokak kıkı hat es gut getroffen. Mittlerweile kann sie bei Elit Damenmoden ein- und ausgehen, wie es ihr gefällt. Sie darf sogar im Schaufenster liegen, auf einem unfassbar weichen Tuch, das Sokak kıkı an irgendetwas erinnert, das mit ihrer Mutter zu tun hat. Ihre Mutter ist schon tot, aber das weiß Sokak kıkı nicht. Sie weiß noch nicht einmal, was Mutter überhaupt ist. Sie weiß nur, dass sie das Tuch im Schaufenster von Elit Damenmoden liebt und dass dort ihr liebster Schlafplatz ist. An manchen Tagen aber schläft sie bei Krawatten Engholm. Aber nur, um es sich nicht mit dem Inhaber zu verscherzen. Bei Krawatten Engholm gibt es diesen unglücklichen Mann, der sie noch nicht einmal streichelt. Aber er verjagt sie auch nicht. Man muss unabhängig bleiben.

[h=182,5]

Almosen

Irma kommt um zehn nach, schon wieder zu spät, um acht fängt die Spätschicht an und Sandro wirft ihr so einen Blick zu, der eine Botschaft vermitteln soll, die weder Sandro noch Irma erkennen können. *Das Unglück allein ist nicht das ganze Unglück. Die Frage ist, wie man es besteht. Nur wenn man es schlecht besteht, wird es ein ganzes Unglück,* hat Sandro neulich auf seinem depperten Twitteraccount geschrieben, den Irma aus lauter Gehässigkeit abonniert hat, sie liest die Tweets, um sie scheiße zu finden. Man braucht ja diese Einträge nur mal bei Google zu suchen, dann weiß man, dass die nicht vom Sandro sind, man weiß es auch so, man braucht nur einen einzigen Satz anzuschauen und dann den Sandro in persona und dann weiß man es, Irma jedenfalls, sofort.

Irma hat gleich gestern noch bei dieser Agentur angerufen, bei Valentinas Freundin, die Genevieve heißt, aber die hat sie abgewimmelt. Sie solle in einem halben Jahr nochmal anrufen, sie könne nicht alle arbeitslosen Journalisten beschäftigen, so leid es ihr tue. Es war so demütigend, als habe Irma um ein Almosen gebettelt, wie die Penner vor dem Einkaufszentrum, die aus dem Nichts auftauchen und ihr eine über und über verdreckte Hand entgegenstrecken, einen Euro bitte, ich habe heute noch nichts gegessen. Ich auch nicht, sagt Irma und zwängt sich vorbei und fragt sich bitter, warum sie dem Mann nicht einfach einen Euro geben kann und gut is, aber ihr Ekel vor seinen ungewaschenen Händen ist stärker, als würde der Euro, den sie in diese ungewaschene Hand legt, rückwirkend sie selbst infizieren, mit was auch immer. Und nun hat sie selbst ihre ungewaschene Hand einer ihr vollkommen fremden Person namens Genevieve entgegengestreckt, die sich wiederum von Irma nicht infizieren lassen will, ob mit oder ohne Visitenkarte von Valentina.

[FC ∞ 1:r²]

Podestaußentreppe

Das Einkaufszentrum schließt. Die Kunden sollen nach Hause gehen und morgen um acht wiederkommen. Beim Rausgehen entdeckt Olga durch die Glasfassade das benachbarte Hochhaus, das sie von ihrer neuen Wohnung aus ebenfalls sehen kann, nur von der anderen Seite. Die gegenläufige Podestaußentreppe ist ihr noch nicht aufgefallen. Diese Treppenarchitektur ist äußerst selten und Olga ist gleich ganz vernarrt in sie, sofern man das über die Beziehung zu einer Treppe sagen kann. An einer Seite ist sie jeweils am Haus befestigt, zur anderen Seite hin führt sie auf Betonpodeste, die in der Luft schweben, was die Treppe gleichzeitig schwer und leicht aussehen lässt. Auf das graue Waschbeton hat jemand das Wort radioactivity gesprayt. Morgen, denkt Olga, schaue ich mir die Treppe mal aus der Nähe an. In dem Moment aber verfängt sich eine Hummel in Olgas Haaren und Olga schreit auf.

[$LP_{2,2}$]

Tauben

Die Abendsonne schickt ihre letzten Strahlen auf Silvanas Oberschenkel und auf die Keksdose, in die Münzen geworfen werden. Als würde sie dafür belohnt werden, dass sie keine Unterschenkel hat. Und im Grunde, denkt Silvana, stimmt das auch. Jeder wird für etwas belohnt und jeder wird für etwas bestraft. Man weiß nur nicht, wofür. Sie schaut den Tauben zu, die mit schnellen Schritten hin- und hertrippeln, manchmal hat sie Angst, sie könnten in ihrer Gier das wenige Geld aufpicken, das in die Keksdose gefallen ist. Aber dann beruhigt sie sich. Die Welle ist Vergangenheit, sie fragt sich, wann die nächste kommen wird. Ob sie wieder kommen wird oder ob es das letzte Mal war. Anfangs dachte sie, die Welle habe mit der Sonne zu tun, es sei vielleicht eine Spiegelung des Lichts. Doch die Welle kommt und geht, unabhängig vom Licht. Am Abend kommt Jakub und leert die Dose aus. Anfangs hatte sie Angst vor ihm, Angst, dass er sie schlägt, wenn sie zu wenig erbettelt hat, doch er schlägt sie nie. Einmal hat er ihr erzählt, dass er in einer blauen Höhle wohnt. Sein Leben habe erst begonnen, als er die blaue Höhle entdeckt hat. Silvana weiß nicht, was er ihr damit sagen wollte. Weiß er von der Welle?

[C2H2OH]

Achsen

Mathilda packt die Tasse aus und komischerweise fällt ihr erst jetzt auf, dass die Tasse außer dem abziehbaren Aufkleber mit der Schrift China made in England allerhand Zeichen, Zeichnungen und Beschriftungen aufweist. Die Beschriftungen sind in Englisch. Mathilda war nicht gerade gut in Englisch. Meistens zwischen drei und vier. Eher vier. Ein Zeichen erkennt sie sofort, das steht für Atomkraft. Das kennt jeder. Ein anderes Zeichen sieht aus wie Kinderspielzeug aus Scharnieren und Stiften, die man ineinanderstecken kann. Ethanol steht unter dem Zeichen. Chemie fand Mathilda ganz ok, da konnte man einfach auswendig lernen, was in der nächsten Stunde abgefragt wurde. Mathilda nimmt die Tasse vorsichtig in die Hand, sie fühlt sich gut an, edel und robust gleichzeitig, elegant und praktisch, Chinaporzellan eben. Sie dreht sie einmal komplett um ihre Längsachse, bis sie beim Carbon Atom stehen bleibt. Das Carbon Atom ist im Durchmesser fast dreiviertel so groß wie die Tasse hoch und sieht aus wie ein Mandala, nur nicht ganz so dicht. Die Achsen sind eher lose ineinander verschwungen. Das Carbon Atom hat sechs Protonen, sechs Neutronen und sechs Elektronen in zwei Atomhüllen. Das Thema der Tasse lautet The Atom. Mathilda weiß nicht, was sie sagen soll und nickt der Tasse respektvoll zu. Sie hat noch Erdbeertee vom Netto, den hat sie im November letzten Jahres gekauft, weil sie vor Weihnachten gerne Tee trinkt. Jetzt ist zwar Sommer, aber egal. Eine Thementasse ohne Tee ist wie. Ja wie. Ein Kohlenstoffatom ohne Elektron zum Beispiel.

[9, 37 & 38]

Die komische Oper

Sie treffen sich im Foyer des neuen Opernhauses, das haben sie vorher ausgemacht, Sisi trinkt einen Prosecco, Lars hat ein Wasser bestellt, mit Kohlensäure; die Getränke werden von zwei Studenten verkauft, die besser gekleidet sind als fast alle anderen Besucher. Lars überlegt, ob die Getränke verkaufenden Studenten eventuell zum Ensemble gehören, vielleicht gehört der Getränkeverkauf bereits zur Inszenierung, vielleicht ist es eine sehr moderne und zeitgemäße Inszenierung, und jeden Moment wartet Lars darauf, dass die Studenten die Arme ausbreiten und anfangen zu singen.

Lars, es ist an der Zeit, uns zu duzen, sagt Sisi, es ist ja langsam lächerlich, dass wir Sie sagen, und Lars schaut sie verdutzt an, es war ihm gar nicht klar, dass sie sich siezten, Sisi und er; wenn er an sie denkt, denkt er an sie immer als Sisi, und auch ihre Sommersprossen duzt er bereits in Gedanken, aber als Sisi ihm nun vertraulich zuprosten möchte, sagt er aus einer Laune heraus, ich weiß nicht, ich fände es besser, wir blieben beim Sie.

In diesem Augenblick, in dem er zu seiner und auch zu Sisis Überraschung diesen so gut wie unwiderruflichen Satz sagt, spürt er einen lustvollen kleinen Widerstand in sich, der zufrieden die Arme verschränkt.

Sisi zieht ihre ausgestreckte Hand, an der sich das noch fast volle Glas mit dem Prosecco befindet, mit dem sie mit Lars auf das Du anstoßen wollte, hektisch zurück und stürzt den Prosecco in einem Zug hinunter. Ahhhh, sagt sie, als habe der Dialog über das Du und das Sie gar nicht stattgefunden. Und schon ertönt der angenehme Gong, dass es gleich losgeht mit der Oper, und zwei Fremde gehen Seite an Seite die Treppe hinauf und finden auf Anhieb die Plätze 37 und 38 im Rang 9 und schon ertönt der erste Paukenschlag, es ist der Beginn einer komischen Oper von Jacques Offenbach. Die hastig geleerten Gläser stehen allein mit vielen anderen leeren und halb ausgetrunkenen Gläsern im Foyer, die gut gekleideten Studenten sammeln sie ein und räumen sie in Spülmaschinen von AEG.

[D : b]

Ankle Boots

Kurz bevor die Geschäfte schließen, kommt ein Paar weißer Ankle Boots vorbei, die Ankle Boots bleiben stehen und sagen etwas zu Silvana; und wenn die Schuhe sprechen, darf Silvana aufsehen, es wäre sonst unhöflich, also sieht sie nach oben; nur steht die Person genau in der Abendsonne und Silvana muss die Augen zusammenkneifen. Entschuldigen Sie, dürfte ich sie vielleicht fotografieren? Silvana zuckt mit den Schultern und lässt den Kopf unentschlossen hin- und herwiegen, sie sagt nicht nein, sie sagt nicht ja, die Ankle Boots halten ihr einen Zehneuroschein hin und Silvana schüttelt jetzt schamvoll den Kopf, denn Fotografieren kostet 20 Euro, und am Ende bekommt sie 20 Euro und der Mann mit dem Gesicht in der Sonne und den weißen Ankle Boots bekommt das Foto. Silvana schaut wieder auf den Boden, da sagt der Mann huhu und Silvana lächelt in die Kamera. God bless you, sagt Silvana zu dem Zwanzigeuroschein und der Zwanzigeuroschein mit dem Gesicht in der Sonne und den weißen Ankle Boots sagt, thank you very much. Er sagt nicht, god bless you, too, Silvana muss noch lange darüber nachdenken, warum ihr guter Wunsch nicht erwidert worden ist.

$[H_M \cdot 2 \triangleq xl]$

Augenzeugen

Marius muss noch Brot und Käse kaufen; seit der Geschichte mit dem Amoklauf ist ihm das Einkaufszentrum unheimlich geworden, kaum betritt er den Westeingang, muss er sich geradezu zwanghaft die Schießerei vorstellen, die sich hier vor ein paar Monaten ereignet hat. Ein bisschen besser ist es, wenn er vom Zeisingplatz her kommt, keine Ahnung warum. Nicht auszudenken, wenn seine Mutter an jenem Tag eine halbe Stunde früher eingekauft hätte, dann wäre sie jetzt tot oder schwer verletzt oder traumatisiert, für den Rest ihres Lebens. Und hätte Marius an diesem Tag länger arbeiten müssen, hätte er vielleicht sogar gesehen, wie sie da liegt, zusammengerollt hinter einem Regal oder die Arme ausgebreitet in einer Blutlache, regungslos mit der Handfläche nach oben. Marius mag die Hände seiner Mutter, sie sind kräftig und gleichzeitig strahlen sie eine gewisse Eleganz aus. Das kommt vielleicht vom vielen Lesen.

$[A = 1x, I = 1y]$

Charaktere

Operation, denkt Irma, Operation Samstagsticker. Bald wird Irma ihren Plan umsetzen, sie wird es tun, noch in diesem Monat. Sonst wird sie ihr ganzes Leben lang bereuen, dass sie es nicht getan hat, und in der Mittelmäßigkeit versinken, in der sie im Grunde schon versunken ist, nur dass sie dann noch mehr versinken wird. Aber wenn sie es jetzt durchzieht, wird sie wenigstens diese eine Sache haben, die ihre Selbstachtung retten wird.

Die einzige Person, mit der man so eine Sache durchziehen kann, ist der, denkt Irma, Sandro, nur muss sie es ihm so vorschlagen, als wäre es seine eigene Idee gewesen, weil solche

Charaktere mögen nur sich und sich selbst mögen sie nur durch ihre Ideen, die nicht ihre eigenen sind, und das sagt schon sehr viel, findet Irma, aus.

[d: = 27.000 m]

Urknall

Zwei Teilchenstrahlen, die Hadrone genannt werden und entweder Protonen oder Ionen sind, werden durch einen Tunnel in entgegengesetzte Richtungen geschleudert, wo sie mit voller Wucht aufeinanderprallen. Und warum? Weil man so die Bedingungen für den Urknall herstellt. Den Zustand des Urknalls kann man herstellen! Einfach so! Das ändert alles, das ändert wahrscheinlich alles, denkt Mathilda und kocht sich noch eine Tasse Erdbeertee, und das obwohl noch immer nicht November ist, und starrt auf die neu erworbene Thementasse The Atom. Und sie fragt sich das erste Mal in ihrem Leben, ob das Wissen, wie das Universum entstanden ist, etwas daran ändert, wie das Leben ist. Sie glaubt, ja. Hadron, was für ein Wort. Es gibt kein Wort, das so ähnlich ist. Für das Hadron wurde extra eine Maschine gebaut, die große Hadron-Kollisions-Maschine. Mathilda muss unbedingt in dieses CERN und sich das anschauen. Wahnsinn. Im Internet steht, dass man das CERN jederzeit besuchen kann. Und auf Youtube schaut sich Mathilda jetzt erstmal an, wie es zur Entdeckung des Higgs-Teilchens kam. Zum Higgs-Boson, auch so ein Wort.

[2! = 1 · 2]

Nussallergie

Sandro sitzt schon am Desk, hinter den beiden Desktops, die wie die Außenspiegel einer Schminkkommode leicht nach innen geklappt sind, nur dass sich Sandro nicht in ihnen spiegeln kann. Generell fällt es Sandro schwer, sich überhaupt in irgendetwas zu spiegeln, eigentlich hat er keine Ahnung, wie er aussieht, weder innerlich noch äußerlich, und er weiß auch nicht, wie die anderen ihn sehen, und wie er selbst sich sieht, weiß er eigentlich auch nicht.

Wenn überhaupt, denkt er sich irgendetwas über sich selbst aus, zum Beispiel, dass es nur noch eine Frage der Zeit sein kann, bis Mr. Mchay ihm einen Job anbietet, einen festen Job als Redakteur oder wenigstens ein schlecht bezahltes Volontariat, wie er dem Jolli neulich auch eins angeboten hat, der hatte aber schon was, irgendwo in Niedersachsen oder Hessen, bei einer anderen Zeitung, der hatte schon unterschrieben, und manche tratschten schon, dass Mr. Mchay das aus purem Zynismus getan habe, dem Jolli ein Volontariat anzubieten, nachdem er woanders unterschrieben hatte, weil ja jeder wusste, dass der Jolli nur darauf gewartet hatte. Seine unterwürfigen Blicke in den Konferenzen waren fast schon obszön gewesen und in der Kantine wollte keiner mehr neben ihm sitzen, weil er eine einzige unausgesprochene Erwartung war.

Erst als der Jolli sich dann groß mit Kuchen und Erdbeertorte verabschiedet hat, sind alle gekommen; selbstgebacken?, hat Sibylle Lambardini, die Sekretärin von Mr. Mchay, gefragt, klar, hat der Jolli gesagt, aber, wie sich herausstellte, nicht von seiner Freundin und auch nicht von seiner Mutter und auch nicht von der Mutter der Freundin, sondern von ihm selbst selbstgebacken. Alle haben ihn gelobt, obwohl der Kuchen so naja geschmeckt hat, vielleicht haben sie ihn auch gar nicht für den Kuchen gelobt, sondern dafür, dass er gegangen ist, nach Hessen oder Niedersachsen, auf jeden Fall ein gutes Stück weg. Der Sandro hat keinen Kuchen gegessen, weil er eine Nussallergie hat, dafür einen Orangensaft getrunken, besser gesagt, einen Orangennektar von Aldi, der süß geschmeckt hat, aber nicht nach Orangen, sondern nach irgendetwas Undefinierbarem.

[6 €, 74 Cent]

Quark und Gurken

Cornelia ist durchströmt von einem warmen Gefühl der Empathie. Ihre Wangen glühen. Seit Wochen friert sie, heute ist ihr warm. Den ganzen Tag denkt sie an den Mann am Busbahnhof. Man muss mehr tun für diese Menschen. Wir müssen überhaupt mehr tun für die anderen, für unsere Mitmenschen. Unsere Mitmenschen sind wir selbst, es ist ja ein großer Zufall, dass wir die sind, die wir zu sein glauben. Wer weiß, was mit uns passiert, wenn wir nicht mehr die sind, die wir jetzt sind. Wenn wir dann die anderen sind, die wir potentiell auch schon jetzt sein könnten. Oder die wir schon mal waren, wer weiß. Im Grunde sind wir ja nicht nur die, die wir sind, wir sind auch alle anderen, und wenn das, was Zufall und Potential ausmachen, zum Beispiel 87 Prozent betragen würden und somit ausschlaggebend wären – es hat ja noch niemand berechnet, also kennt man das prozentuale Verhältnis einfach nicht und ist auf Mutmaßungen angewiesen –, dann sind wir deutlich mehr die anderen, als wir wir selbst sind. Wir und alle sind die anderen. Wir sind nicht solitär. Cornelia steigt Hornstraße aus und geht den Rest zu Fuß nach Hause. Sie braucht jetzt frische Luft. Sie kauft bei Rewe Quark und Gurken, das Wechselgeld steckt sie in die Jackentasche, um es parat zu haben. Ab sofort wird sie immer Kleingeld in der Tasche haben. Nicht weil sie denkt, dass gute Taten auf sie zurückfallen könnten, irgendwann an einem ominösen Tag des Jüngsten Gerichts. Quatsch, ein Jüngstes Gericht, so etwas gibt es nicht. Es gibt nur die Welt und uns. Ohne Spiegel und Schnickschnack. Und wenn wir alle sind, dann sind wir auch die Bettlerin am Zeisingplatz, und zwar deshalb, weil wir sie sein könnten. Cornelia ist fassungslos. Hat sie etwa die Weltformel gefunden?

[1:40.000.000]
Onlinesolitär
Es ist womöglich gar nicht so schwer, eine Hadron-Kollisions-Maschine zu bauen. Gut, es sieht schwer aus. Aber wenn man weiß, wie es geht. Und es sieht schön aus, wie die Hadrone kollidieren und wie Elektronen freigesetzt werden, die dann zu Masse werden. Hat sie das eigentlich in der Schule gelernt? Mathilda glaubt nicht, sie erinnert sich zumindest nicht. Wieso steht etwas so Wesentliches auf einer Tasse, die man einfach

so um fünf vor acht im Europaeinkaufszentrum kaufen kann, und nicht auf dem Lehrplan jeder Schule? Dass diese Tasse im Teeladen stand, an dem Mathilda vorbeigegangen ist, nachdem sie einen Gutschein am Gutscheinautomaten gekauft hat, ist im Grunde auch ein Prozess, der durch kinetische Energie und Masse entstanden ist. Wahrscheinlichkeit 1:40 Millionen, dass genau diese Tasse jetzt bei ihr auf dem Küchentisch steht. Die Antwort ist eigentlich immer 1:40 Millionen, das ist irgendwie beruhigend und aufregend gleichzeitig. Sowohl die Tasse, der Teeladen als auch Mathilda sind ein Teil des Ganzen, bestehend aus Teilen des Ganzen. So aufgehoben im Universum hat Mathilda sich noch nie in ihrem Leben gefühlt. Selbst, als sie mit Linus zusammen war, nicht. Da eigentlich gar nicht. Die Wahrscheinlichkeit, mit Linus zusammenzukommen, war übrigens auch 1:40 Millionen. Mathilda denkt darüber nach, was aus dem Zusammenprall mit Linus entstanden ist. Nichts, an das sie sich erinnern könnte. Aber wer weiß. Irgendetwas ist entstanden und aus diesem Etwas ist wieder etwas anderes entstanden. Und wenn es nur eine Information war, die mit einer anderen Information kollidiert ist. Der Erdbeertee ist alle. Mathilda ist so aufgeregt, dass sie keine Lust hat, ins Bett zu gehen. Sie macht sich einen Kaffee und spielt die ganze Nacht Onlinesolitär.

$\{m1 + m2\ [(\vec{V})\vec{V}]\}$

Zwischenüberschriften

Das Interview mit der Schlafforscherin hat Irma schon vor einiger Zeit, als sie nicht schlafen konnte, geschrieben, es gibt diese Schlafforscherin wirklich, nur das Interview, das weiß aber nur Irma, dass es das nicht gibt. Aber es hat sie inspiriert. Die Schlafforscherin hat sie inspiriert, denn am Morgen, nachdem sie das fiktive Interview aufgeschrieben hat, ist sie mit einer neuen Idee aufgewacht. Offenbar sind in der Nacht mehrere Informationen in ihrem Gehirn kollidiert und so ist Ideenmasse entstanden. Nur dass sie jetzt jemanden braucht, der ihr dabei hilft, diese

Ideenmasse zurück in die Welt zu bringen und daraus eine neue Information herzustellen.

Wie kann ich ihn soweit, denkt Irma, bringen, und Sandro denkt, sie schaut mich so erwartungsvoll an, will sie etwas. Sandro findet Irma dermaßen unsympathisch, warum weiß er gar nicht genau, und am schlimmsten findet er, wie Irma immer voll und ganz in dieser Arbeit für Dummies aufgeht: Meldung kopieren, in das Artikelfeld einfügen, Bilder vom Fotoarchiv ins Fotofeld ziehen, die Spalte mit der Überschrift, Dachzeile, Bildunterschrift ausfüllen, die SEO nicht vergessen, die ist ganz ganz wichtig, sagt Valentinas Stimme noch immer in Sandros und auch in Irmas Ohr, obwohl die Schulung schon über ein Jahr her ist, und auch die Zwischenüberschriften nicht vergessen, bitte vergesst die Zwischenüberschriften nicht! Dafür, denkt Sandro, muss ich nicht Politikwisschenschaften studiert haben, und im Nebenfach Germanistik.

[3 · 3 · 3 · 3 · 3 · 3 · 3 · 3 · 3 · 3 · 3 · 3 · 3 : 13]

Eilmeldung

Was studierst du eigentlich, Irma, fragt Sandro und schaut schräg an Irmas Bildschirmen vorbei in Irmas Gesicht, das ungesund leuchtet. Irgendwas müssen sie ja in den nächsten sieben Stunden miteinander reden, aber kaum hat er sie ausgesprochen, bereut er die Frage, weil er plötzlich Angst hat, Irma könnte irgendetwas Schnippisches sagen, vielleicht ist ihr die Frage zu privat, was weiß ich, und überhaupt, jetzt weiß er auch, was mit ihr nicht stimmt, sie ist irgendwie unberechenbar, so ein Mensch, dem man alles zutraut, und das findet er bei Mädchen unangenehm, er weiß gar nicht warum. Natürlich macht er keine Unterschiede zwischen Männern und Mädchen, aber in dem Punkt halt schon, und in puncto Aussehen natürlich auch, ist ja logisch. In puncto Aussehen ist sie Durchschnitt.

Irma antwortet nicht, sondern kriecht noch tiefer in den Bildschirm hinein, liest eine Eilmeldung vor, die gerade über die Agenturen eingetrudelt ist. Sollen wir das auch eilen, was meinst du, Sandro?, fragt sie, ja mach mal, sagt Sandro, der sich ärgert, dass sie seine Frage ignoriert hat, und Irma ärgert sich, weil Sandro so gönnerhaft ja mach mal sagt, diese Haltung, als sei er der Chef, dabei weiß jeder, wie sehr Mr. Mchay ihn verachtet, einmal hat er in der Konfi öffentlich die Nase gerümpft, als Sandro einen seiner bescheuerten Vorschläge machte, und so einer spielt sich auf, als sei er der Chef und sie die, denkt Irma, Praktikantin, und deshalb sagt sie das, was sie schon immer mal sagen wollte, Jura und Architektur, bin gerade fertig geworden, und Sandro öffnet erstaunt den Mund und schließt ihn wieder. Und dann dauert es eine halbe Minute, bis er betont lässig fragt, aha, und wie gehts weiter? Vielleicht, sagt Irma, mach ich meinen, und denkt, eigentlich keine schlechte Idee, den könnt ich wirklich machen, Doktor irgendwann noch.

[420sec · xa]

Werbungskosten

Sabrina ist gerade erst aus dem Urlaub zurück. Sie war in Kasachstan, wollte einfach mal wissen, wie es da aussieht. Sie war schon überall, als Tourismusmanagerin kann sie ihre Reisen als Werbungskosten absetzen. Das Private ist beruflich und das Berufliche ist privat. Nur sieht es nach ein paar Tagen überall gleich aus, dann möchte sie wieder nach Hause. Sie ist froh, wenn sie sich im eigenen Badezimmer mit ihrer elektrischen Zahnbürste die Zähne putzen kann, sie massiert sie ausgiebig, auch das Zahnfleisch und die Innenseiten, und als die zwei Minuten um sind, hängt sie zwei weitere Minuten dran.

[1658 kJ / 393 kcal à 100g]

Fritt Orange

Cynthia hat den ganzen Tag schon ein seltsames Gefühl und nach der Tagesschau wird ihr plötzlich klar, dass sie dieses Gefühl eigentlich schon immer hatte, seltsam nur, dass es ihr jetzt plötzlich auffällt. Es ist, als würde sie um Punkt acht die Tagesschau einschalten und sähe plötzlich ein absurdes Detail im Hintergrund der Sprecherin oder im Vordergrund oder wo auch immer, das aber schon immer auf eine Weise da war, dass es nicht auffällt, und auf einmal siehst du es und weißt, dass es schon die ganze Zeit da war. Cynthia drückt auf den Ausknopf ihrer Fernbedienung und bleibt mit ihren Gedanken und dem seltsamen Gefühl zurück in der Stille ihres Wohnzimmers.

Sie schaltet den Fernseher wieder ein, aber das seltsame Gefühl verschwindet nicht. Es folgt eine Serie mit fröhlichen Nonnen, auf einem anderen Sender wird ein Mädchen gefoltert, Cynthia zappt weiter, schaut in Gesichter, auf Leichen, auf uralte Bäume, auf Delphine, Aliens und Privatdetektive, auf Menschen, die etwas erklären, zum Beispiel, wie ein elektrischer Stuhl funktioniert. Sie steht auf und geht in die Küche und holt sich eine Packung Fritt Orange. Das Gefühl mag schon immer da gewesen sein, nur warum nimmt sie es erst jetzt wahr? Vielleicht ist es gerade dabei, sich von ihrer, Cynthias, Person zu lösen. Sonst würde sie es vielleicht gar nicht erkennen können. Erst dadurch, dass es dabei ist zu verschwinden, wird es sichtbar. Cynthia schaut auf die leeren Verpackungen, aus denen sie die Fritts Orange gewickelt hat, zwei Fritts hat sie schon gegessen, ohne es wirklich registriert zu haben, es sind noch vier übrig, aber sie kann unmöglich sechs Fritts Orange essen, davon wird ihr schlecht. Während sie Nummer drei auspackt, überlegt sie, ob ihre psychische Konsistenz dabei ist, sich zu verändern, sodass das seltsame Gefühl nicht mehr an ihr haften kann. Und das der Grund ist, dass sie es überhaupt wahrnimmt. Weil sich etwas von ihr loslöst. Als würde man die Tagesschau erst in dem Moment wahrnehmen, in dem sie abgesetzt wird.

[(B1-A1) / ABS(A1) · 100]

Elefanten

Was Louise nicht geschrieben hat, ist, dass nur Leute getötet wurden, die sich im F-Flügel befanden, egal auf welchem Stockwerk. Die meisten im Untergeschoss, nachdem oder bevor sie Lebensmittel eingekauft haben. Einer im Krawattengeschäft, eine Frau im gläsernen Eiscafé. Anderc bei Netto und im Ein-Euro-Shop, bei Saturn und bei KiK. Im Kinderparadies im ersten Stock ist ein kleiner Junge angeschossen worden. Er saß auf einem grünen Elefanten.

[Z(30 < 1)]

Nimbus

Was für ein Thema, wird Sandro später fragen, er hat eine Zeitlang gebraucht, um auf diese Frage zu kommen. Nie hätte er gedacht, dass Irma ein Mensch ist, der einen Doktortitel haben könnte. Doktoren sind für ihn Leute wie Ludwig Hohl. Obwohl der ja streng genommen kein Doktor ist, er hatte nicht einmal Abitur, er hatte nur den Nimbus eines Doktors. Nimbus, denkt Sandro mehrmals hintereinander. Er mag das Wort. Es hat etwas von einem Baum: vom Verschwiegenen und Zeitlosen eines Baumes.

Was Sandro nicht weiß, weil er da eine Blackbox hat, ist, dass er jemand ist, der sein Gegenüber sofort ungeduldig macht, ohne dass dieses Gegenüber erklären könnte, wie er diese Ungeduld auslöst, vielleicht ist es das Zögerliche an ihm, das nicht verbergen kann, dass es etwas verbirgt, dass in Sandro etwas verborgen ist, von dem er vielleicht selbst nichts weiß. Oder es sind seine Augen, seine schnellen Blicke, die Bestätigung suchen und gleichzeitig auf diese Bestätigung pfeifen. Ruhig, Sandro, ruhig, mach doch mal langsamer.

[> 43 olf]

Duftbäume

Liebe Olga, wir würden dich gerne persönlich kennenlernen, schreibt Laura von Visuals of London und bestellt sie für nächste Woche ins Personalbüro. Oh toll, sagt Olga zur E-Mail von Laura und schaut sich die Internetseite des Unternehmens an. Tatsächlich führt Visuals of London Kondome, aber auch Parfüm, Anti-Age-Gesichtsserum, Duftbäume, alles, was stinkt, denkt Olga. Aber man kann es ja mal versuchen. Liebe Laura, schreibt sie. Oder ist das doch zu familiär? Sie geht nochmal auf die Internetseite des Unternehmens, man muss ja wissen, in welchem Ton dort kommuniziert wird. Unter jedem Produkt findet Olga Bewertungen, meistens wurde mit vier oder fünf Sternen bewertet. Manchmal stehen auch Kommentare unter den Produkten. Unter einem Haarspray schreibt zum Beispiel Anna S.: *Kaufe dieses Spray schon länger. Dieser Duft hebt meine Stimmung.* Oder Channa Syed, 27: *Ich habe es meiner Schwiegermutter geschenkt, Treffer, versenkt!* Und Clara Kalkofen meint: *Die Philosophie dahinter spricht mich an.* Die Kommentare können ebenfalls bewertet werden. Olga bewertet den ersten Kommentar als nicht hilfreich, den und zweiten und dritten dagegen als hilfreich; der Hinweis auf die Philosophie erinnert sie daran, dass sie sich mit dem Thema Unternehmensphilosophie auseinandersetzen sollte. Sie gibt *Philosophie* in das Suchfeld ein. Zwei Treffer: einmal in der Rubrik *Über uns,* einmal in *Kundenversprechen.*

[num = 1/320]
Ausbeutbar
Der Sandro, denkt Irma, ist einer, der nicht aufhören kann, der sich solange hineinsteigert, bis er tot umfällt, und dass sie nicht versteht, warum sie dem den Job nicht geben, der ist doch ausbeutbar. Wie, denkt Irma, ich, ich bin auch ausbeutbar, und denkt ausbeutelbar, als wäre das dasselbe, und sieht sich plötzlich selbst als Koalabär durch das Büro tapsen und Sandro sieht sie als Känguru von Schreibtisch zu Schreibtisch hüpfen. Was würdest du sagen, haben männliche Kängurus Beutel, Sandro, oder nicht? Keine Beutel, natürlich, sagt Sandro. Irma googelt Beuteltiere und findet heraus, dass es 320 verschiedene Arten davon gibt. Wusstest du, dass, fragt Irma, die kleinsten neugeborenen Säugetiere der Welt Rüsselbeutler heißen? Wieso, fragt Sandro. Wovon redet die? Aber Irma kann gerade nicht antworten, durch die Redaktion zieht eine Herde Opossums, Mausopossums, Wombats, Tasmanische Teufel und Beutelratten. Treffer, sagt Irma und schaut einem Numbat hinterher, der das Büro durch eine Seitentür wieder verlässt. Dafür haben weibliche Kängurus zwei Gebärmütter.

[1 GE/m^3=0]

Apfelkuchen

Marius' ehemaliges Zimmer unterm Dach verwandelt sich immer mehr in eine Bibliothek. Kurz nach Weihnachten letztes Jahr hat sich sein Vater in einen Mann verliebt und ist von zuhause ausgezogen und Marius' Mutter hat seitdem noch mehr Bücher gekauft. Als er seine Mutter am Wochenende besucht, liegt die Luftmatratze, die sie bei ihrem Besuch im Mai dabei hatte, neben dem Schreibtisch. Was liest du gerade, fragt Marius. Ach, nichts Besonderes, sagt die Mutter verlegen, etwas über Gespenster. Du liest Gespenstergeschichten? Ja, so ungefähr, sagt sie und lacht. Sie sieht glücklich aus. Sie hat einen Apfelkuchen gebacken, er schmeckt sehr gut. Früher hat die Mutter seltener gebacken und wenn, dann schmeckte es nicht besonders. Bio, fragt Marius und zeigt auf die Äpfel. Nein, Netto, sagt die Mutter und lacht wieder.

[2/0]

Unisex

Zola Kellermann, 32: *Ist das ein Unisex-Produkt? Ich rieche wie ein Mann.*

[$2n!/k_s$]

Nebelschwaden

Möchtest du was vom Kiosk, fragt Sandro, und Irma sagt, zu seiner Überraschung, ja, gerne, also wenn du mir einen Kaffee oder warte lieber einen Tee mitbringen würdest, welche Sorte, fragt Sandro. Pfefferminz, sagt Irma. Und wenn es keinen Pfefferminztee gibt, fragt Sandro, Pfefferminz gibts eigentlich, sagt Irma, immer, aber wenn nicht, dann doch einen Kaffee. Du kannst mir eigentlich auch gleich einen Kaffee mitbringen, es ist egal, und eine Käsesemmel wäre auch super, und falls sie keinen Käse, sagt Irma, haben, dann eine Eiersemmel, nur halt bitte nichts mit Fleisch oder Wurst drauf. Ah, sagt Sandro, Vegetarierin. Eigentlich nicht, ich mag halt nur keinen, sagt Irma, Tiergeschmack, außer Eier, die schmecken nicht nach Tier. Ok, sagt Sandro und denkt, komisch, ist mir noch nie aufgefallen, aber es stimmt, Eier schmecken eigentlich eher nach Pflanzen als nach Tieren.

Sandro läuft zum Zeisingplatz, durch den Regen, denn es hat mittlerweile zu nieseln angefangen und er hat keinen Schirm mit, noch nicht einmal eine Jacke mit Kapuze, und er hasst es, nass zu werden auf dem Kopf. Er gehört zu den Menschen, die sofort krank werden, wenn sie mit nassen Haaren herumlaufen, weshalb er eine für einen Mann ungewöhnliche Föhnfrisur trägt. Irma sieht Sandro durchs Fenster Richtung Zeisingplatz stapfen. Sein Kopf sieht aus, als sei er in Nebelschwaden gehüllt.

[100/0 · 50/50]

Higgs-Teilchen

Mathilda sitzt seit ungefähr zwei Stunden in ihrer Küche und spielt Onlinesolitär und während sie in der ersten Stunde kein einziges Spiel gewonnen hat, gewinnt sie seit ungefähr 20 Minuten jedes. In den übrigen 40 Minuten hat mal Onlinesolitär gewonnen, mal Mathilda. Man kann es spielen mit dreimal geben oder mit einmal geben, aber Mathilda bevorzugt einmal geben. Man kann so schön nachdenken, während die Karten verteilt werden. Man kann sich in Trance versetzen, man spielt Karten und ist gleichzeitig wo ganz anders. Mathilda wüsste gerne, wie hoch die Wahrscheinlichkeit ist, ein Onlinesolitärspiel zu gewinnen. Aber sie hat keine Ahnung, wie man das ausrechnet. Sie könnte dem Mann schreiben, der auf Youtube die Sache mit dem Higgs-Teilchen erklärt. Er sieht sympathisch aus. So ernst und sensibel und gleichzeitig blitzt da etwas in seinen Augen. Der Mann heißt Ahri Shiwon, der Name wird einmal kurz eingeblendet im zweiten Teil des Erklärvideos. Ahri Shiwon wohnt sicherlich in Genf, nicht weit entfernt von seiner Arbeitsstelle. Wieso sollte er woanders wohnen? Jeder normale Mensch würde versuchen, in die Nähe seiner Arbeitsstätte zu ziehen, vor allem, wenn er es sich leisten kann. Mathilda weiß zwar nicht viel, aber das weiß sie, dass Ahri Shiwon sich das leisten kann. Und deshalb gibt Mathilda zwischen zwei gewonnenen Solitärspielen

Ahri Shiwon, Atomphysiker, Genf bei Google ein. Leider nichts. Vielleicht fährt Mathilda einfach mal dahin.

[16/08/58]

Madonna

Das Zimmer unterm Dach hat Marius geliebt. Er lag Nachmittage lang auf dem Bett und schaute durch das Fenster der Dachschräge hinaus in den Himmel. Sah manchmal einen Kondensstreifen und manchmal eine Schwalbe. Sah den Wolken zu und manchmal stundenlang ins unbewegliche Blau des Himmels. Er dachte an die Mädchen, in die er verliebt war, oder an Matheaufgaben oder daran, was er sich zum nächsten Geburtstag wünschte. Was er sich überhaupt wünschte. Für die Zukunft und so. Was er einmal werden wollte. Darüber schlief er meistens ein. Als er zuhause auszog, war es kein wirklicher Auszug. Er nahm nur ein paar Möbel mit, den Schreibtisch, das Sofa, zwei Stühle, die Kommode, in der er Sportsachen, Unterwäsche, Socken und Bettwäsche aufbewahrte. Den Rest ließ er in dem Zimmer unterm Dach. Seinem Zimmer, zumindest dachte er das. Seine Mutter sah das offenbar anders.

Marius findet, er sei behütet aufgewachsen, aber nicht so behütet, dass es nervig für ihn gewesen wäre. Seine Eltern waren viel zu unambitioniert, um zu nerven. Es gab allerdings eine Zeit, da hat Marius ihnen genau das vorgeworfen, und wenn er ehrlich ist, wirft er es ihnen noch immer vor: dass sie nichts wollen, nichts verlangen, nie etwas von ihm erwartet haben, weder sollte er Anwalt noch Arzt werden, weder Politiker noch Rockstar, Atomphysiker oder Pilot. Sie haben ihn nicht dazu angehalten, ein Musikinstrument zu lernen oder vor der Einschulung zu lesen, zu rechnen oder wenigstens etwas Schönes zu malen. Seine Mutter hat ihn als durchschnittliches Kind zur Welt gebracht und an dieser Durchschnittlichkeit wird sich nie wieder etwas ändern, das weiß Marius. Und irgendwie macht es ihn unglücklich, nicht, weil er unbedingt besser sein möchte als die anderen, sondern weil er noch nicht einmal die Möglichkeit dazu hat. Um ein anderer zu werden als der, als der du auf die Welt gekommen bist, musst du einen starken Impuls verspüren, dieser andere zu werden. Wie Madonna oder Michael Jackson, denkt Marius, er denkt es vor allem dann, wenn er Irma als sein Gegenüber imaginiert, dann führt er lange Gespräche mit ihr und versucht ihr zu erklären, warum er so unbesonders ist. Irgendwie muss er ja rechtfertigen, warum er sie mit seiner Liebe belästigt, was er natürlich real nie tun würde, nur in seinen Tagträumen, und die Gespräche betreffen im Grunde nur die projizierte Irma, nicht die reale. Kennst du dieses Lied, Irma. She don't belong to mediocrity. Genau das meine ich.

$[H^2 \triangle C_2H_6O]$

Wunderbar

Dieses leichte Körperspray besteht aus einer Kombination aus aromatischen und belebenden Inhaltsstoffen wie Eukalyptus und Rosmarin. Es wirkt wunderbar erfrischend und versprüht einen vitalisierenden und anregenden Duft. Ihre Haut und Ihr Haar fühlen sich augenblicklich erfrischt an. Das Spray lässt sich auch auf Bettwäsche oder anderen Textilien anwenden.

[N1 + N2 => 4Hz; N1 + N2 < 8 Hz]

Interview: Der Apfelbaum-Traum (1)

Als Traumforscherin analysieren Sie nicht nur die Träume Ihrer Patient:innen, sondern Sie sind mittels einer neurowissenschaftlichen Technik auch in der Lage, in deren Träume einzudringen. Wie funktioniert das?

Zunächst einmal möchte ich klarstellen, dass wir – meine Kollegen und ich – nicht eindringen in die Träume anderer Menschen. Das Wort suggeriert, wir würden uns unerlaubt in das Traumbewusstsein anderer Menschen einschalten und dieses womöglich manipulieren. Das ist eine uralte Angst des Menschen, ein anderes Bewusstsein könnte die Herrschaft übernehmen, während wir schlafen. Aber dies ist ganz und gar nicht der Fall. Was wir machen, wir finden einen Zugang zum Traumbewusstsein unserer Proband:innen – wir nennen sie Proband:innen, nicht Patient:innen – und hören zu. Wir hören einfach nur zu. Es ist nicht möglich, das Bewusstsein anderer Menschen zu verändern, und es ist auch nicht erstrebenswert.

Wie funktioniert das, dieses Zuhören?

Wir nennen es Zuhören, aber im Grunde ist es eine Art Mitschreiben. Sehen Sie, das Verfahren, die Gehirnströme eines Menschen aufzuzeichnen, ist nichts Neues. Wir nutzen es beispielsweise, um Epilepsie heilen zu können oder um diagnostische Aussagen treffen zu können, die eine medizinische Behandlung möglich machen. Wir haben dieses Verfahren nun verfeinert, indem wir nicht nur die Gehirnströme als lineare Struktur aufzeichnen, sondern auch den Kontext dieser Bewegungen erfassen.

Also mit anderen Worten, Sie zeichnen nicht nur den Gedankenfluss, sondern auch die Landschaft auf, durch die der Fluss fließt. Kann man das so sagen?

Das ist eine ziemlich gute Beschreibung dessen, was wir tun. Wir nennen es das Skalieren der Traumumgebung. Das Skalieren ist oft aussagekräftiger als die Beschreibung des Traums durch die Proband:innen selbst, da es anhand von realen Zahlen und Fakten und einer wissenschaftlich erprobten Aufzeichnung geschieht und nicht von der Erinnerungsfähigheit und auch nicht von der Sprachfertigkeit der Proband:innen abhängt. Die Traumumgebung erschließt sich uns, wenn wir die Anatomie und die physischen Vorgänge unserer Proband:innen auswerten – und zwar immer im Kontext der Gehirnströme.

Wie müssen wir uns das vorstellen, können Sie ein Beispiel nennen?

Das ist gar nicht so einfach. Denn wir können diese Vorgänge leider nicht anhand konventioneller Denkstrukturen, mit denen wir aufgrund jahrelangen Trainings ausgestattet sind, vollständig erfassen. Unser Bewusstsein ist sozusagen nicht kultiviert genug. Deshalb nehme ich nun ein sehr simples Beispiel, das jede:r kennt: den Apfelbaum-Traum. Sie haben Lust auf einen Apfel, steigen auf einen Apfelbaum und fallen herunter. Davon wachen Sie auf und stellen fest, dass Sie aus dem Bett gefallen sind.

Das hat wohl jeder von uns schon geträumt. Wie stellen Sie nun fest, dass Ihr:e Proband:in das geträumt hat?

Es ist weniger eine Feststellung als eine Übersetzung von Daten. So wie ich Sätze und ihre Bedeutung von einer Sprache in die andere übersetzen kann – vorausgesetzt, ich spreche beide Sprachen – so kann ich auch skalierte Daten in wahrscheinliche Informationen übersetzen. Wir nennen das Stochäen. Beispielsweise könnten die skalierten Daten uns den Hinweis geben, ein:e Proband:in leide unter Vitaminmangel. Aus der Anorexie-Forschung wissen wir, dass schon wer unter leichtem Vitaminmangel leidet, vom Essen träumt, meist von Fleisch, egal, ob Sie im richtigen Leben Vegetarier oder gar Veganer sind. Wenn Sie träumen, dass Sie eine Person oder ein Tier verfolgen, könnte dies auf Mangelernährung hindeuten. Diese Information gilt nun tatsächlich in beide Richtungen. Wer unter Mangelernährung leidet – selbst wenn dieser Mangel noch gar keine Konsequenzen hat oder auch nicht haben wird, weil es sich beispielsweise um eine sporadische Mangelernährung handelt –, träumt wiederum von Fleisch oder von der Jagd. Nun darf man aber nicht den Fehler machen, von einer einzigen Information auf einen konkreten Trauminhalt zu schließen. Es bedarf einer ganzen Menge an skalierten Daten, um eine Struktur zu erkennen, die ein konkretes, aus diesen Stochäen bestehendes Informationsmuster ergibt.

Im Zweifel gilt es, einzelne solcher Umgebungsindizien über eine Blut-Untersuchung zu verifizieren. Ein weiteres Indiz wäre die Bewegung des Körpers beim Hinausfallen aus dem Bett. Indem wir nahezu vierzigtausend Daten ausgewertet haben, können wir mittels einer eigens von meinem Institut entwickelten Software relativ sichere Aussagen über das Bewusstsein einer Person anhand ihrer Gehirnströme treffen, die wiederum in unterschiedliche Arten von Wellenbewegungen unterteilt sind. Was unser Beispiel angeht, können wir anhand dieser Stochäen zu 99,4 Prozent sagen: Es handelt sich um den sogenannten Apfelbaum-Traum.

Dieser Artikel könnte Sie auch interessieren:
Krieg, Tiere, Sex: Was diese Traummotive bedeuten

[$\Delta x \cdot \Delta p \geq h/4 \cdot \pi$]
Fritt Orange
Auf Arte läuft ein Film über Florence Foster Jenkins, die sehr schräg singt, aber Cynthia ist heute falsch lieber als richtig, zumal sich in ihrer Speiseröhre erste Anzeichen von Übelkeit breitmachen. Nur noch ein Fritt ist übrig und Cynthia trägt es schnell in die Küche und wirft es hinter einen Stapel Teller im Geschirrschrank.

Sollte sie nicht froh sein, dass das seltsame Gefühl, das offenbar schon immer da war, sich von ihr entfernt, vielleicht eines Tages sogar bedeutungslos wird? Aber wie kann sie froh sein, wenn etwas, das zu ihr gehört, sich von ihr entfernt?

Schließlich ist das seltsame Gefühl ihr vertraut, vertraut wie der böse alte Mann, der am Ende der Straße wohnt und immer, wenn er sie sieht, ausspuckt und schimpft. Sie muss etwas verbrochen haben, was nur der böse alte Mann erkannt hat. Vielleicht ist er nur deshalb ein böser alter Mann geworden, wegen diesem Etwas.

Vor ein paar Tagen hat sie gehört, dass er gestorben ist. Sie wird ihn vermissen, immerhin hat er sie wahrgenommen, sie wird vermissen, dass er sie wahrgenommen hat. Es gab eine Beziehung zwischen ihm und ihr, wenn auch eine schlechte. Andererseits findet sie es auch schön, dass niemand ausspucken wird, wenn er sie sieht. Cynthia beschließt auf die Beerdigung des bösen alten Mannes zu gehen. Sie nimmt sich den Mittwochvormittag frei und kauft sich extra für die Beerdigung eine Hose aus Baumwolle, schwarz und schlicht. Sie kostet 110 Euro.

Sie vergisst das letzte Fritt Orange hinter ihrem Stapel Teller, es liegt noch immer da.

[#ffd700]

Teheran

Der Regen wird immer heftiger, Sandro läuft die restlichen Meter und bringt sich unter dem Kioskdach in Sicherheit. Er beugt den Kopf nach unten, schüttelt die nassen Haare und spürt die Tropfen an seiner Nase und den Wangen. Flüssigkeit läuft in sein Auge, er kneift es kurz zusammen und wischt sich mit dem Zeigefinger über die Lider. Er öffnet die Tür und betritt den Verkaufsraum, der in warmes Gelb getaucht ist, nicht so grell wie beim Rewe. Deshalb geht er hier so gerne hin und weil er den Typen so gerne mag, einen Iraner, der manchmal im Laden raucht, einmal haben sie zusammen geraucht und der Iraner hat von Teheran erzählt. Dass die Berge höher und die Autobahnen breiter sind als hier in Deutschland. Sandro hat gleich überlegt, ob er über den Iraner eine Geschichte schreiben soll, eine Reportage. Sam heißt er. Aber Sam wollte nicht. Ist nicht interessant, meinte er. Doch, sagte Sandro, aber Sam winkte nur ab.

Guten Abend, mein Freund, wie gehts, sagt Sam zur Begrüßung, und noch bevor Sandro antworten kann, reicht er ihm ein Handtuch über die Verkaufstheke. Es riecht nach Männerkopfhaut und Schuppen, aber egal, besser als krankwerden. Hast du Pfefferminztee. Klaro, sagt Sam. Zwei Pfefferminz und eine Käse- und eine Eiersemmel. Mach ich dir. Als Sandro mit den beiden Getränken in den Händen und der Tüte mit den Semmeln unterm Arm über die Straße geht, kommen ihm zwei Männer entgegen. Sie haben gegen den Regen die Kapuzen über die Köpfe gezogen, aber auch das hilft kaum, saugt sich ja alles voll, die Baumwolle, denkt Sandro und freut sich schon aufs Warme. Er freut sich sogar, dass er Irma den gewünschten Pfefferminztee mitbringen kann. Als er am Fenster der Redaktion vorbeigeht, sieht er, wie sie etwas in ihr Handy sagt, das sie vor den sprechenden Mund hält. Es scheint wichtig zu sein.

[#ff0000]
Vetiver
Der Signaturduft dieser Kollektion ist ebenso sensibel wie selbstbewusst – gemacht für Männer, die Erfolg neu definieren. Fruchtig-spritzige Kopfnoten aus Zitrusfrüchten treffen auf die Süße von Zimt und einen betont männlichen Fond aus Sandelholz und Vetiver. Das Set enthält neben dem Eau de Toilette (50 ml) ein auf den Duft abgestimmtes Deodorant Spray (150 ml).

[PK380]
Walther
Unter ihrer Jacke zieht Louise eine Pistole hervor, die in ihrem Hosenbund steckt. Es ist eine Walther PK380, die Backup-Waffe eines Polizisten, der manchmal bei den BBM-Treffen dabei war. Sie lag auf dem Schränkchen im Flur, unter dem Waschbecken. Offenbar hat Walther, der tatsächlich wie seine eigene Pistole heißt, sie nach dem Toilettengang und dem anschließendem Händewaschen dort liegen gelassen. Louise hat sie, ohne nachzudenken, sofort eingesteckt und in einem Komposthaufen hinter dem Haus versteckt. Als das Fehlen der Walther auffiel, wurden alle durchsucht, doch die Waffe blieb unauffindbar. Es war nicht schwer, kurz vor Abfahrt nochmal zurückzukehren und die Pistole zu holen. Walther, den Besitzer, hat sie seit damals nicht mehr gesehen. Niemand hat Walther seit damals mehr gesehen.

Louise hat sich, als sie die Situation immer und immer wieder durchspielte, vorgestellt, dass es sie Überwindung kosten würde, die Waffe gegen Leni zu richten. Dass ihre Hand zittern würde, dass sie Zweifel haben würde.

Wir sind doch Freundinnen, sagt Leni.

Wir waren Freundinnen, erwidert Louise, und zu ihrem Erstaunen ist ihre Stimme ganz fest, fast gelassen. Sie spricht langsam und in ihrer normalen Tonhöhe. Als würde sie seit Jahren mit Todgeweihten sprechen.

Dinge ändern sich, sagt sie.

Leni weint. Louise hat Leni noch nie weinen gesehen, aha, denkt sie. Aha. Dass Leni so schnell aufgeben würde, überrascht sie. Vielleicht, wenn Leni früher eine andere Seite gezeigt hätte, vielleicht hätte alles anders kommen können.

$\{[-H_2C\text{-}CH_2]_n\}$

Tante Hedi

Petra ist viel allein. Jeden Abend und am Wochenende denkt sie über ihre Kindheit nach. Zum Beispiel ist sie jahrelang einmal die Woche für Tante Hedi einkaufen gegangen. Dass Tante Hedi es schwer hatte, wussten alle in der Familie. Auch in der Nachbarschaft munkelte man über sie und ihr Kind, das keinen Vater hatte. Zumindest offiziell nicht. Jedenfalls, mit dem Kind stimmt irgendetwas nicht, das ist klar, auch Petra.

Die Tante hat ihr immer dieselbe Plastiktüte zum Einkaufen gegeben. Einmal ist Petra an einem Strauch hängen geblieben, da hat die Tüte einen Riss bekommen. Die Tante hat nicht geschimpft, aber sie hat den Riss mit einem Flicken versehen. Einem Flicken aus Plastik, den sie aus einer anderen Tüte ausgeschnitten hat.

Wenn Petra morgens ihren Kaffee nicht ausgetrunken hat, stellt sie die halbe Tasse kalten Kaffee abends in die Mikrowelle. Sie denkt ständig über einen bestimmten Satz von Tante Hedi nach, der Satz ist aber so kompliziert, dass sie ihn nicht mehr formulieren kann. Sie glaubt, wenn sie ihn eines Tages versteht, wird sie vielleicht sterben müssen.

$[1^2 3_4 5^6]$

Déjà-Vu

Einmal Pfefferminztee, sagt Sandro und stellt den Pappbecher vor Irma auf den Tisch. Die an einer Stelle etwas aufgeweichte

Tüte mit den Semmeln legt er auf den Tisch. Irma schneuzt sich. Sie sieht aus, als habe sie geweint. Hat sie geweint, denkt Sandro und hat ein Déjà-Vu, er stellt etwas auf den Tisch, Irma putzt sich die Nase und Sandro denkt, hat sie geweint, aber woher kommt nur das Déjà-Vu, er kennt Irma ja kaum, er war noch nie mit ihr im Spätdienst, auch noch nie beim Wochenenddienst, wo man auch nur zu zweit ist, eigentlich, denkt Sandro, ist Irma bisher immer da, wo ich nicht gewesen bin, tagsüber sitzt sie meistens auf der anderen Seite des Achtertisches, direkt am Flur, wo alle vorbeilaufen, die vorbeilaufen, als wolle sie möglichst nah am Ausgang sitzen, wie Leute, die Flugangst haben, im Flieger immer am Gang und nie am Fenster sitzen, was ja albern ist, im Ernstfall ist es doch scheißegal, wo du sitzt. Er selbst sitzt am liebsten am Fenster, nur sitzt da meistens schon Nick und der arbeitet schon seit 1994 in der Redaktion und hat deshalb die meisten Rechte, unausgesprochen natürlich, denn im Großraumbüro sind alle gleich, flache Hierarchien und so, und eigentlich hat keiner ein Recht auf irgendetwas. Nur Valentina hat ihr eigenes Büro und Mr. Mchay natürlich und der Chefreporter, den Sandro aber noch nie zu Gesicht bekommen hat, weil der meistens unterwegs ist oder, wenn er im Haus ist, ausschließlich bei Mr. Mchay im Büro sitzt und mit ihm irgendetwas aushandelt.

[Z / b – f]

Geisterfleck

Die Frau im Kordrock ist da, und sie wirft heute nicht nur wie sonst üblich zwei Euro in Silvanas Keksdose, sondern kniet plötzlich vor ihr auf Augenhöhe und lächelt und hält ihr eine Zeitung entgegen. Du bist in der Zeitung, sagt sie und deutet auf ein Foto, auf dem Silvana zu sehen ist. It's you! Silvana weiß nicht genau, warum sich die Frau so über das Foto freut, sie strahlt jedenfalls über das ganze Gesicht, und als Silvana nicht reagiert, weil sie nicht weiß, wie sie reagieren soll, legt sie die Zeitung vor Silvana auf den Boden. God bless you, sagt Silvana, you too, sagt die Frau und bewegt sich in einem Schwung wieder aus der Hocke heraus in den Stand, sie hat sehr schöne Knie, die sehr gut zu dem blauen Kordrock passen, den sie heute trägt. Silvana schaut wieder auf den Boden, aber sie schaut gar nicht auf den Boden, sondern auf das Foto in der Zeitung, sie schaut sich selbst an, wie sie lächelt, als der Mann huhu sagt. So sehe ich aus, wenn jemand huhu sagt, denkt Silvana. Und dann entdeckt sie noch etwas anderes. Einen ovalen weißen Fleck, der sich vor ihr platziert hat, er sieht aus wie eine Schlaufe aus Licht, er schillert. Silvanas Herz beginnt wie verrückt zu klopfen. Das Etwas aus Licht, das manchmal in ihrer Nähe ist, es ist in der Zeitung abgebildet. Mit ihr zusammen. Also muss die Welle an diesem Tag da gewesen sein, Silvana versucht sich zu erinnern, ob sie, nachdem die weißen Ankle Boots wieder weg war, die Geschwindigkeiten erkennen konnte, mit der die weißen Ankle Boots sich von ihr wegbewegten und auf andere Schuhe und Beine zubewegten, und ob sie noch weiß, ob die Abstände Farben hatten und welche Farben. Aber sie weiß es nicht mehr. Vielleicht orange, am ehesten orange. Silvana hofft, dass es orange war. Sie weiß nur noch, dass sie sich von den 20 Euro etwas gekauft hat, das sie nie jemandem zeigen wird, sie wird es wie einen Schatz hüten.

[13 h 57 min]

Glasuntersetzer

Ihren Urlaub verbringt Mathilda normalerweise damit, sich neue Klamotten zu kaufen oder ein Glasuntersetzer-Set von Glawich. Aber diesmal bucht sie ein Zugticket nach Genf. Sie will da mal hin. Nicht nur wegen Ahri Shiwon, eher so generell. Sie kennt niemanden, der schon mal in Genf war. Genf ist in der Schweiz, das ist noch nicht einmal in der EU. Mathilda hat noch nie ein Zugticket online gekauft. Sie ist noch nie irgendwohin gefahren, gut, sie ist mit Linus mal auf die Kanarischen Inseln geflogen, das mit dem Flug hat Linus organisiert und Mathildas Arbeitskollegin Clara hat sie zum Flughafen gefahren. Ach, die arme Clara, Mathilda sollte sie unbedingt mal wieder besuchen. Sie liegt noch immer im Krankenhaus. Sie kann noch immer nicht ihr Bein bewegen. Wie soll man ein Bein bewegen, das man nicht spürt. Vielleicht sollte Clara einfach so tun, als würde sie ihr Bein spüren. Vielleicht wäre das die Lösung. Vielleicht sind Claras Bein und Clara nur zwei Photonen, die sich getrennt haben und nun einmal rund ums Universum fliegen müssen, bevor sie wieder bei Clara enden. Vielleicht entsteht aus ihrer neuerlichen Begegnung eine neue Clara, denkt Mathilda. Neuerlich, hat sie gerade wirklich neuerlich gedacht? Sie hat noch nie neuerlich gedacht. Mathilda bucht ein Hin- und Rückfahrticket nach Genf. Keine Ahnung, wo sie übernachten wird. Irgendwo wird es schon ein Zimmer geben.

[Lesezeit: 10 sec]
Geschwister
Keanu Kellermann, 32: *Ist das ein Unisex-Produkt? Ich rieche wie meine eigene Schwester.*

[DNGRS]
242 Euro
Die Männer haben das Kiosk betreten, einer zieht eine P8, der andere einen Totschläger. Der Kioskbesitzer sieht den Totschläger und kann nichts anderes denken als das Wort, er denkt Totschläger, und Totschläger erzeugt ein düsteres Echo in seinem Körper, im Knie, in der Brust, im Ohr. Die P8 macht ihm weniger Angst, es ist eine halbautomatische Pistole, sie steht in jedem Produktmagazin. Das Geld, sagt der mit der P8. Der Kioskbesitzer öffnet die Geldschublade und gibt dem Mann alle Scheine inklusive eines Post-its, auf dem der Kontostand von Nachmittag, 15 Uhr, notiert ist. Die Münzen auch, sagt der mit dem Totschläger. Der Kioskbesitzer zittert so, dass ihm die Schublade beim Herausziehen aus den Händen gleitet. Die Münzen landen laut auf dem Boden. Ein Zwei-Euro-Stück rollt auf den Mann mit dem Totschläger zu. Er hebt es auf und steckt es in die Hosentasche. Er trägt eine schwarze Jogginghose mit der Aufschrift DNGRS in weißen Druckbuchstaben. Dann flüchten sie. Sie erbeuten 242 Euro. Sie werden nie gefasst.

[299.792.458 ms]

Anna Karenina

Amina steht am Bahnhof und schaut auf die Uhr. Wie Anna Karenina vor 150 Jahren. Man muss wissen, wann man verloren hat, denkt Amina, Anna Karenina hat es gewusst, das hat ihre Größe ausgemacht. Und dass sie alles versucht hat, was möglich war, nur dass nicht sehr viel möglich war. Sich selbst das Leben nehmen, bevor es die anderen tun, ist das Einzige, was sie in so einer Situation noch machen kann. Sie und Anna Karenina.

Der Zug am anderen Gleis ist längst abgefahren, da steht Amina noch immer am Bahnsteig und schaut. Die Bahnhofsuhr winkt ihr zu, Amina winkt nicht zurück.

[< 299.792.458 ms]

Schnelle Lieferung

Produkt erwartungsgemäß wie gewünscht, Qualität, sehr schnelle Lieferung, einwandfrei. Mehr Service geht nicht.

[y ≡ -780 nm]

Lichtdiaspora

Sandro zieht seine nasse Jacke aus und setzt sich hin und Irma sieht ihn aus glasigen Augen an. Hast du eigentlich dein Gespräch mit, fragt sie dann, Valentina schon gehabt? Nächsten Mittwoch, sagt Sandro, ich hatte vorher keine Zeit. Mal schauen, sagt Sandro, was die von mir will. Er grinst dabei, als wisse er bereits etwas, das noch geheim ist. Irma merkt, wie ein hässlicher Ärger in ihr hochkriecht, sie weiß aber nicht, ob auf Sandro, der offenbar tatsächlich, denkt Irma, annimmt, dass die ihm eine Stelle anbieten, so doof kann er doch nicht sein, und allein dafür findet sie ihn noch abstoßender. Fast tut er ihr, wie er da sitzt, leid. Oder ob es noch immer die gleiche Wut auf Valentina ist, die es schafft, in allen von, denkt Irma, uns diese Erwartungen zu wecken, obwohl wir es besser wissen müssten, nein, nicht müssten, wir wissen es besser, aber laufen ihr dennoch hinterher wie die Hündchen.

Irma putzt sich noch einmal die Nase und sagt, was Valentina am Vortag zu ihr gesagt hat, beim Gespräch, dass keine die Arbeit einer Maschine machen solle, wenn sie meine Mutter wäre, würde, sagt Irma, sie mir verbieten, diese Arbeit zu tun, hat Valentina gesagt. Welche Arbeit, fragt Sandro, der nicht richtig zugehört hat und einen Moment lang denkt, Irma spreche tatsächlich von ihrer Mutter. Na das, was wir hier, sagt Irma. Echt, fragt Sandro, das hat sie gesagt, klar hat sie das gesagt, ich habe es mir nicht, sagt Irma, ausgedacht. Sandro merkt, dass er niesen muss, aber nicht niesen kann. Ins Licht schauen, du musst ins Licht schauen, hat sein Vater immer gesagt, aber Sandro findet in der Redaktion kein Licht, in das er schauen könnte, außer den Neonröhren, die an der Decke befestigt sind. Nur will Sandro nicht in Neonröhren schauen, lieber würde er in grelles Sonnenlicht schauen. Aber erstens ist es draußen schon dunkel, zweitens regnet es. Voll die Lichtdiaspora, denkt Sandro und fragt Irma, ob sie vielleicht ein Taschentuch für ihn hat.

[- 43935]

deguns.net

Die Ruger MKIV 22/45 LT 22LR Red ist eine halbautomatische Maschinenpistole. Sie eignet sich für gezieltes Einzelfeuer. Die Ruger ist eine Selbstladepistole mit verriegeltem und gepuffertem Verschlusssystem. Griffstück und Magazin sind aus hochwertigen Verbundwerkstoffen gefertigt. Ins Magazin passen 10+1 Patronen.

Der Magazinhalter ist beidseitig bedienbar. Die Ruger lässt sich zur Reinigung und Pflege ohne Werkzeug in ihre Hauptbaugruppen zerlegen. Es gibt sie auch in Schwarz.

[6 mag]

Sternenhimmel

Gibt es wirklich Menschen, die ihre Freizeit damit verbringen, gezielt Kommentare unter Produkte im Internet zu schreiben?, denkt Olga. Du kaufst ein Produkt für 40 Euro, machst zum

Dank dafür Werbung und fühlst dich gut dabei. Wir damals, wir hätten ein Theaterstück daraus gemacht.

Andererseits auch wieder schön. Der Welt etwas mitteilen zu können und dafür Anerkennung zu bekommen. Zu wissen, dass deine Meinung von anderen gelesen wird. Wahrscheinlich von deutlich mehr Menschen als in dein Theaterstück gehen würden. Und dann noch in einem schönen Layout, mit Namen versehen, Altersangabe (freiwillig), Angabe des Geschlechts (freiwillig), Angabe des Wohnortes (freiwillig). Mit sehr viel Platz drumherum. Man hat das Gefühl, dem Unternehmen sind die Kommentare genauso wichtig wie das Produkt selbst. Jeder Kommentar ein Planet im Sonnensystem der Visuals of London-Elemente, der in seiner eigenen Umlaufbahn kreist. Olga hat jetzt auch Lust bekommen, einen Kommentar zu schreiben. Aber dafür muss sie erst etwas kaufen.

[$M \approx 2{,}23 \cdot 10^{25}$ kg]

Ergebnis

Das wichtigste Erkennungsmerkmal des Higgs-Teilchens ist laut Ahri Shiwon, dass sein Ergebnis zwei Photonen sind, die sich in exakt entgegengesetzter Richtung bewegen. Daran und nur daran erkenne man das Higgs, dass da, wo gerade das Higgs noch war, plötzlich zwei Photonen sind. Mathilda überlegt, ob sie etwas kennt, dessen Ergebnis aus zwei anderen Elementen besteht. Wenn ein Kind seine eigenen Eltern gebären würde, die sich nach seiner Geburt sofort trennen würden, das wäre so etwas. Zum Beispiel. Nur gäbe es dann kein Kind mehr.

[$n_O = 23 + V_O$]

Mörtel

Hedi ist 59, sie hat ein Kind von ihrem Vater, das ist jetzt auch schon fast 30. Es ist ein Junge und heißt Oliver. Oliver wohnt noch zuhause, man kann ihn nicht alleine wohnen lassen. Hedi hat ein schlechtes Gewissen, weil ihr Sohn anders ist als die anderen, weiß aber, dass sie keins haben müsste. Sie weiß es, weil sie es weiß, aber auch weil andere es ihr gesagt haben. Aber irgendwie macht es das nur noch schlimmer, findet Hedi. Wenn sie wenigstens ein schlechtes Gewissen haben könnte. Hedi spricht nicht viel, weil sie nicht weiß, was sie sagen soll, und wenn sie spricht, ist ihre Stimme rau und erinnert an Mörtel. Sie könnte mit dieser Stimme Lieder singen, die würden vielleicht sogar im Radio gespielt werden. Hedi nimmt Psychopharmaka, an Singen ist nicht zu denken. Der Vater wohnt auch noch zuhause. Er ist geistig nicht mehr klar, ist ja schon alt. Was machen deine Männer, fragt die Nachbarin manchmal, wenn sie zusammen zum Bäcker gehen. Es ist ihr irgendwie unangenehm, wenn die Nachbarin das sagt. Hedi möchte ihrem Vater gerne verzeihen, das wäre für das Kind eigentlich besser, findet sie. Aber es gibt noch keine Medikamente, die ihr dabei helfen könnten.

[₪ = 80 km/h]

Wüste

Ich werde immer sofort krank, wenn ich nasse Haare habe, sagt Sandro und schneuzt sich, dann föhn, sagt Irma, sie dir doch unter dem Händetrockner auf der Toilette, und Sandro starrt sie an, als habe sie etwas vollkommen Absurdes gesagt. Doch dann steht er auf und geht zur Toilette und hält den Kopf unter den Händetrockner von Dyson, der sofort anspringt. Er spürt den Windstrom auf seinen Haaren und im Nacken wie eine warme Hand, die ihm die Haare im Spaß verwuschelt. Als Kind ist er einmal mit dem Vater nach Marokko gefahren, mit dem Lastwagen, das war, als seine Mutter schon so krank war, der Vater musste ihn mitnehmen, sie wussten nicht, wohin sonst mit ihm. Er denkt selten daran, aber jetzt fällt ihm die heiße Luft ein, die in die Kabine geströmt war, wenn er das Fenster aufmachte, und an den Schweiß des Vaters, an die behaarten Oberschenkel und an die dunklen Flecken seines karierten Hemdes. Das lange Sitzen im Lkw, das Warten, dass man ankommt, und man kommt nie an. Das ist die Wüste, hat der Vater gesagt.

Und als Sandro zurück ins Großraumbüro kommt, ist er tatsächlich ein anderer, zumindest, was seine Frisur angeht, die Haare stehen ihm auf der einen Seite zu Berge und von der anderen Seite sieht seine Frisur aus, als wäre ein Lkw in eine Düne gefahren, Irma muss lachen, als sie ihn so sieht, und Sandro denkt, dass sie ihn anlächelt, und lächelt zurück und da lächelt Irma auch zurück. Sie gibt ihm noch ein Taschentuch und Sandro sagt danke und schneuzt sich.

[8.650 €]
Kanaren
Mathilda erzählt niemandem, dass sie nach Genf fährt. Auch nicht ihrer Mutter, vor allem nicht ihrer Mutter. Und was hast du so vor in nächster Zeit? Das fragt die Mama immer, aber egal, was sie fragt, es geht eigentlich um etwas anderes. Eigentlich fragt sie: Und was machst du so mit meinem ganzen Geld? Sie hat ihr nicht verziehen, dass Onkel Reimer sein Vermögen ausgerechnet Mathilda vererbt hat; dabei wusste er noch nicht einmal, wie man ihren Namen richtig schreibt. Mattilde, stand im Testament. Mathildas Mutter, die Moni heißt, hat daraufhin erwägt, das Testament anzufechten. Es ist ihr Geld, sie hat es dem Vater geliehen, und als Dank hat er sie enterbt und alles dem Bruder überschrieben, auch das Haus, nur gehörte das sowieso der Bank. Aber der Anwalt hat ihr schon damals von der Anfechtung des väterlichen Testaments abgeraten, die Schenkung ist länger als zehn Jahre her, das war von langer Hand geplant. Aber das macht die Sache doch noch verwerflicher, sagte Moni, aber niemand versteht, was an einem Gesetz verwerflich sein soll. Das Gesetz selbst, sagt Moni, und daran hat sich nichts geändert. Mathilda erbt das Geld, das Moni dem Vater gegeben hat, der sie enterbt hat und alles dem Bruder vererbt hat. Und auch Mathilda gibt Moni nichts ab, soll sie sich über das Gesetz erheben? Das Gesetz hat schließlich sie zur Erbin bestimmt. Außerdem hat Mathilda ihren Stolz. Die eigene Mutter gönnt ihr das Erbe nicht. Dabei sind es gerade einmal 8.650 Euro nach Abzug von Reimers Schulden.

Dennoch besucht Mathilda ihre Mutter ab und zu. Ist eben Familie. Man kann es sich nicht aussuchen und die Wahrscheinlichkeit, dass man mit der Familie, in die man geboren ist, zufrieden ist, ist sicherlich gering. Kann sie gleich Ahri Shiwon fragen, wenn sie ihn in Genf trifft. Natürlich ist Mathilda klar, dass das nicht mehr als eine Träumerei ist, mit dem CERN und Ahri Shiwon. Aber jetzt hat sie sich die Reise in den Kopf gesetzt und sie ist ehrlich gesagt froh, dass sie sich überhaupt mal wieder etwas in den Kopf gesetzt hat. Ein Ziel zu haben ist nicht schlecht. Vielleicht erhöht es die Wahrscheinlichkeit auf mehr Zufriedenheit.

Und was hast du so vor, in nächster Zeit, fragt Moni und steckt sich eine Zigarette an. Mathilda zuckt die Achseln, weiß nicht. Vielleicht fahre ich in den Urlaub. Auf die Kanaren oder so. Moni sagt nichts, sie zieht an der Zigarette und atmet tief ein.

[$\sum \geq$ 20.15 Uhr]

Partys

Erika schaut sich gerne Werbefilme im Fernsehen an, es sind kurze kleine Geschichten, wie jeder sie erleben könnte, aber eben nicht erlebt, das ist der Unterschied. Die Werbefilme sind so ähnlich wie die Vorabendfilme, nur kürzer. Die Vorabendfilme handeln von Menschen und was sie miteinander erleben, die Dinge, die sie besitzen, spielen eine Nebenrolle. Dann kommt die Werbung und die Dinge spielen plötzlich die Hauptrolle und es geht darum, was die Menschen und die Dinge miteinander erleben. Manchmal führen sie auch nur ein kurzes, aber prägnantes Gespräch. Dann geht der Vorabendfilm weiter. In manchen Programmen gehen die Dinge gegen acht Uhr schlafen, in anderen dürfen sie die ganze Nacht aufbleiben. Oder vielleicht gehen sie gar nicht schlafen, sondern wechseln einfach in einen anderen Sender, wo sie Partys feiern. Erika fragt sich, ob die Dinge vielleicht sogar arbeiten und sich manchmal nach Ruhe sehnen. Oder nach Freundschaft. Dann schläft sie meistens ein und träumt von Dingen, die es nicht gibt.

[125 GeV/c2]

Higgs-Feld

Ahri Shiwon hat auf Youtube gesagt, das Higgs-Feld sei in etwa so: Wo normalerweise Leute einzeln in einem Raum stehen oder sitzen, zum Beispiel im Bürgeramt oder beim Arzt, da stehen sie im Higgs-Feld plötzlich alle beisammen, weil irgendetwas ihre Aufmerksamkeit erregt hat. Zum Beispiel weil einer ein seltenes Tier gefunden hat, das alle anschauen wollen. Ein Hadron, denkt Mathilda, einer hat ein Hadron gefunden, und alle wollen es sehen. Weil diese Energie eine Bindungsmasse ist.

[N.N.]

Centermanagement

Olga tippt *Laura* auf der Suchseite von Visuals of London ein, Laura, das hört sich so nach Praktikantin an, aber wer weiß, wenn das ein amerikanisches Unternehmen ist, wo sich alle nur mit Vornamen anreden, aber es ist kein amerikanisches Unternehmen, es ist aus Krefeld, und Laura heißt mit vollem Namen Laura Touré und ist Personalleiterin. Wahrscheinlich fällt sie in Ohnmacht, wenn sie sieht, dass ich keine 20 bin. Aber was solls. Liebe Laura, schreibt Olga, vielen Dank für die Einladung, ich freue mich auf unser Gespräch. Mit freundlichem Gruß, Olga, schreibt Olga und überlegt, ob sie den Nachnamen dazuschreiben soll, aber der steht ja in ihrer Mailadresse. Olga surft noch ein bisschen rum und auf einmal sieht sie ihn. Oder vielmehr: Sie liest seinen Namen. Centermanagement. Ihr Ansprechpartner: Hagen Bert.

BAHNEN

Kilometer 0

N(t)=N0·(1+p)t

Denise hat keine andere Wahl, sie muss in den Bus einsteigen und hoffen, dass es nicht so schlimm wird. Zur Sicherheit hat sie einen Flyer von den Lichtheilern dabei, den kann sie im Bus verteilen, wenn sie merkt, dass es sie nicht mehr auf dem Sitz hält, wenn sie merkt, dass es losgeht, dass sie die Kontrolle verliert. Die Lichtheiler könnten die Rettung sein, nicht nur, was Denise angeht, sondern was alle angeht, denn Denise ist alle und alle sind Denise. Denise ist klar, dass es keinen Unterschied gibt zwischen ihr und den anderen, dass alle vom selben Geist durchdrungen sind und dass es gilt, diesen Geist zu reinigen. Deshalb ist jedes Lebewesen, das leidet, mit Denise verbunden, sie leidet dann auch, und jedes Lebewesen, das glücklich und zufrieden ist, ist auch mit Denise verbunden, sie ist dann auch glücklich, und genauso ist es mit den Lebewesen, die so mittel zufrieden sind. Denise ist ein Medium, und wenn Denise ein Medium ist, dann sind alle ein Medium, das liegt eigentlich auf der Hand, Denise kann eins und eins zusammenzählen, sie kann multiplizieren, dividieren, Wurzel ziehen, sie kann sogar exponentielles Wachstum errechnen, denn wenn einer mal damit angefangen hat, etwas zu sein, dann sind es am Ende alle.

Leider ist es nicht leicht, andere Menschen von der exponentiellen Wirkweise der Lichtheiler zu überzeugen, weswegen Denise nicht lange mit anderen Menschen in einem Raum sein kann, ohne zu spüren, wie es diesen Menschen geht, ohne jeden einzelnen von ihnen wahrzunehmen. Die Folgen dieser Wahrnehmung bestehen darin, dass Denise mit diesen Menschen in Kontakt treten möchte, um herzustellen, was für sie bereits Realität ist, nämlich mit jedem einzelnen von ihnen in Kontakt zu kommen. Je mehr Kontakt, desto mehr geht von ihr auf die Menschen über, und von diesen Menschen wiederum auf weitere, mit denen sie Kontakt haben. Manche dieser Menschen werden dann selbst zu Lichtheilern, das ist natürlich ideal.

Kilometer 90

Staub

Die ersten 50 Kilometer schweigen sie, dann sagt Leni, ich war es nicht, und Louise sagt nichts. Louise wartet, bis Leni sagt, das musst du mir glauben, wie in einem Netflix-Dialog, aber Leni sagt nichts mehr. Der Satz Ich war es nicht füllt das Innere des Wagens aus, er liegt jetzt wie feiner Staub auf dem Leder und dem Lenkrad, auf den Armaturen und der Innenverschalung, selbst auf dem Tuner, der jetzt durch die fröhliche Stimme eines Moderators verkünden lässt, dass die Autobahnen glücklicherweise frei sind, man aber dennoch vorsichtig fahren solle. Louise hat noch vor einer halben Stunde fest vorgehabt, Leni von ihrem Traum zu erzählen, es sollte eine Warnung sein, eine Warnung vor irgendetwas, aber jetzt, in der konkreten Situation weiß Louise nicht mehr, vor was sie Leni warnen und warum sie diesen bescheuerten Traum überhaupt erzählen sollte, was das für einen Sinn macht, jetzt, wo Leni nach Neuseeland fliegt. Um dort ihren Bachelor zu machen, schließlich ist es egal, wo man Internationales Marketing studiert, er gilt überall, ihre Eltern haben gesagt, es ist besser so, besser für Leni, besser für die Eltern.

Kilometer 153

Kieferorthopäde

Die Jungs möchten endlich das geheimnisvolle Gefängnis sehen, dass mitten im Meer auf einer Insel schwimmt. Die Fahrkarten für die Schifftour hat Stella im Internet gekauft, mit 10 Prozent Onlinerabatt. Emilio kann nicht mit, er ist Kieferorthopäde und muss arbeiten. Fahr du allein mit den Kindern. Mir wird am Meer sowieso immer schlecht.

Sie fahren über Nacht, das ist für die Kinder angenehmer, aber eigentlich ist es für sie selbst angenehmer, sie liebt die Einsamkeit der Nacht, sie hängt beim Fahren ihren Gedanken nach, sie liebt die französischen Raststätten, die durch eine Brücke mit der Gegenfahrbahn verbunden sind und auf die sie sich schon freut. Bevor sie Mutter wurde, hat sie Design studiert, in Metz. Ihre Liebe zu den Raststätten war so groß, dass sie darüber ihre Diplomarbeit geschrieben hat. *Sur les autoroutes françaises.* Sie weiß gar nicht mehr, welche Note sie bekommen hat, sie war schon schwanger von Emilio, er wollte heiraten, sie sagte ja und vergaß das Leben, das sie ohne Mann und Kinder geführt hatte, vergaß das Studium, vergaß die Raststätten. Die Vergangenheit ist ein fernes Land. Und sie vermisst es nicht, das ferne Land, die Kinder geben allem einen Sinn, auch den Momenten des Grübelns. Ohne Kinder würde ihr Leben ausschließlich aus Grübeln bestehen. Und aus Raststätten. Stella fährt lässige 140 km/h, mit der rechten Hand lenkt sie und an der linken knippelt sie mit dem Zeigefinger an der Nagelhaut ihres Daumens herum. Es sieht nach Regen aus.

Kilometer 2

Autobahnbrücke

Bruno träumt, seit er ein Jugendlicher ist, davon, einmal eine Mutprobe zu bestehen. Eine Mutprobe kann man sich nicht selbst aussuchen, die Mutprobe sucht dich aus, sie bietet sich dir an wie eine schöne Frau mit langen Haaren und langen Beinen, besser gesagt: langen, nackten, gespreizten Beinen. Bruno ist 37, als sich ihm die Mutprobe endlich anbietet. Er ist betrunken, sie haben sich am Steinbruch getroffen, haben über früher gesprochen und wo sie sich mit welchem Mädchen wo verkrochen hatten, sie haben Bier und Feigling getrunken. Über den Baumkronen ist bereits ein hellgrauer Streifen zu sehen. Sie stehen auf der Autobahnbrücke und schauen hinunter. Ein Porsche zischt unter der Brücke durch. Cool, sagt Bruno. Einfach geil. Traust du dich, auf die andere Straßenseite zu laufen, sagt sein Kumpel Jan, er hat eine Lücke zwischen den Vorderzähnen, bei ihm sieht alles so leicht aus, ja, mach schon, sagt Andi, und Bruno zögert, weil er in der Begeisterung von Andi schon das Nachlassen dieser Begeisterung hören kann.

Doch dann erkennt er, dass es genau die Mutprobe ist, von der er seit Jugendtagen träumt, die mit den langen Haaren und den gespreizten Beinen. Ok, I'm gonna do it, sagt er. Seine Kumpels johlen und klatschen sich ab. But only one way, sagt Bruno, only one way, I tell you. Wenn Bruno betrunken ist, spricht er gerne Englisch. Neulich hat er sogar gelesen, dass Betrunkene besser in Fremdsprachen sind als Nüchterne.

Kilometer 47
Die Grube Carl
Ihre Augen öffnen sich und blinzeln in ein blauschwarzes Muster, es ist das Sitzpolster eines ICEs, von dort aus fällt ihr Blick auf den Fußboden, sie nimmt ein sanftes Rütteln und Schaukeln wahr, versteht, dass sie sich in einem Zug befindet, und wird von dieser Erkenntnis in die Sitzposition gezogen wie eine Marionette im Marionettentheater. Sie hat einen metallischen Geschmack im Mund, zusammen mit vielen anderen Geschmacksrichtungen, die sie nicht identifizieren kann. Sie stellt fest, dass ihre Strumpfhose zerrissen ist, über dem rechten Knie, und schwarz wie die Brikett-Kohle, die ihr Großvater noch 1982 aus der Grube Carl geschaufelt hat, ist der weiße Stoff über dem anderen Knie. Ihre Tasche, die mit den Pailletten, ist weg. Die Tasche war ihr ganzer Stolz, nun ist ihr ganzer Stolz weg. Es war so schön, über die Pailletten zu streichen, die von Weiß in Silber wechselten, und wieder zurückzustreichen, von Silber in Weiß, stundenlang hat sie über die Pailletten streichen können, es war einfach ein schönes Gefühl. Die Pailletten hatten die Form eines Hais. Ein Hai! Wenn sie über die Pailletten strich, hörte sie immer, wie jemand ganz leise, ganz fern *Der Hai ist tot, der Hai ist tot* summt. Und wieder von vorn: Der Hai ist tot, der Hai ist tot. Als würde irgendwo in ihrem Kopf eine Spieluhr aufgezogen.

Amina stemmt sich gegen das Lied in ihrem Kopf und jetzt spürt sie erst, wie müde sie ist. Und nicht nur dem Hai, auch neben ihrem Schneidezahn oben links fehlt etwas. Es ist der Eckzahn. Sie fährt ein ums andere Mal mit der Zunge über die Lücke, das Zahnfleisch tut weh und fühlt sich geschwollen an, deshalb der metallische Geschmack im Mund, ein kurzer Moment des Erinnerns, wie sie in etwas Fleischiges beißt, und schon ist die

Erinnerung wieder weg. Amina denkt C13, der Zahn heißt C13, im Grunde können die gesamten Vorgänge der letzten Nacht auf die Bezeichnung C13f heruntergebrochen werden. Scheiße, sagt Amina, es kommt ihr vor, als habe es sich angehört wie Cheiße, was aber nicht stimmt. Doch sie steigert sich nun auch sprachlich in die Panik hinein, die das Fehlen ihres C13 in ihr auslöst.

Kilometer 12

N(t)=N0·(1+p)t

Kaum ist der Bus in Freiburg losgefahren, sind fast alle Fahrgäste eingeschlafen außer Denise; Denise schläft nicht gerne, und schon gar nicht in Gesellschaft. Sie hat aber Verständnis für ihre Mitreisenden, und sie hat auch dafür Verständnis, dass, wer schläft, keinen Kontakt zu seinen Mitfahrern haben möchte. Dafür haben sicher auch die Lichtheiler Verständnis, auch wenn die Lichtheiler immer wieder predigen, dass die Zeit langsam knapp wird, um die Menschen zu informieren. Denise fasst in ihren Rucksack und fühlt die beruhigende Kraft der Flyer, die sie später verteilen wird, spätestens zehn Kilometer vor Heidelberg, bevor die Ersten wieder aussteigen werden. Sie darf nur nicht einschlafen, wie es ihr neulich auf der Fahrt von Saarbrücken nach München passiert ist. Es waren nur noch wenige Passagiere im Bus gewesen, als sie wach wurde, mit Kopfschmerzen und wahnsinnigem Durst, als hätte sie literweise Alkohol getrunken, doch sie hat nicht getrunken, sie trinkt schon lange nicht mehr.

Kilometer 0

Tankstelle

Jade möchte nach Hause. Sie möchte schlafen. Den Job bei der Tankstelle hat ihr ein Freund ihrer Mutter vermittelt und sie muss jetzt auch mal etwas durchhalten. Sie darf nicht immer gleich aufgeben, bei der ersten Schwierigkeit. Das muss Jade lernen, kein Mensch weiß das besser als sie selbst. Der Benzinpreis steigt unerbittlich. Ihr Arbeitsplatz ist zukunftssicher, es besteht keine Hoffnung auf Entlassung.

Seit gestern Abend hält sie schon die Tankstelle durch. Hält den Geruch von Benzin und Klimaanlage, Automatenkaffee, nassen Haaren und heißgemachten Wienern aus. Am schlimmsten findet Jade, wie Ledergeldbörsen riechen, nachdem sie mit den immer gleichen Bewegungen aus den Gesäßtaschen gezogen werden. Das ist so intim, manchmal wird Jade richtig übel davon. Am schlimmsten roch der Typ, der für 90 Euro getankt und mit einem Hunderter bezahlt hat. Behalt den Rest, sagte er.

Die meisten Kunden sehen müde aus, egal zu welcher Tageszeit. Wenn Jade unter ihren dunkel geschminkten Augen seufzt, lächeln sie. Sie denken dann, dass Jade ein bisschen auch wegen ihnen geseufzt hat. Noch sechs Stunden! Jade ist froh, dass zuhause keiner wartet, der sie am Schlafen hindert.

Kilometer 178

Im Rückspiegel

Einmal sieht sie auf einem Feld ein Reh, das in der frühen Morgenluft stehen geblieben ist, dann ist das Reh wieder weg und Stella spürt ein kurzes schmerzhaftes Ziehen im Bauch, vielleicht kündigen sich ihre Tage an, vielleicht ist es aber auch die Sehnsucht nach dem Reh. Stella versucht sich an die Diplomarbeit zu erinnern, worum es bei den Raststätten überhaupt ging, sie weiß es nicht mehr, wie lange ist es her, Julian ist jetzt 8, ungefähr neun Jahre also. Irgendwas mit Nicht-Orten und Zwischenorten, Interimsorten, ephemeren Orten. Ein Ort selbst kann nicht flüchtig sein, aber die Perspektive auf ihn kann es sein. Oder ist es sein Belag, denkt Stella, dass der ephemer ist wie harter Boden, der sich im Laufe eines Tages erwärmt. Der Gedanke fühlt sich an wie ein Satz, den sie vor langer Zeit einmal gelesen hat. Aber sie hat ihn nicht gelesen, er stammt von ihr selbst, nur hat er sich selbstständig gemacht, losgelöst wie ein Tropfen aus einer dichten Wolke. Ein langgezogenes Hupen jault plötzlich hinter ihr auf, Stella fährt zusammen, im Rückspiegel sieht sie, wie ein Mensch über die Autobahn läuft und beinahe von dem Lkw erwischt wird, der ein paar Meter hinter ihr fährt und einen gefährlichen Moment lang ins Schlingern gerät. Sie spürt ihr Herz gegen den Brustkorb hämmern, mein Gott, sagt sie laut, sie hält das Lenkrad mit beiden Händen fest.

Mama, was ist denn?, fragt Julian verschlafen, Stella wirft einen Blick in den Rückspiegel und schaut, ob auch der Kleine aufgewacht ist.

Es ist nichts, schlaf weiter, sagt sie, sie sagt es zu den Kindern und sie sagt es zu ihrem Herz, es kommt ihr vor, als würde es anders klopfen als vorher, nicht nur schneller, sondern auch in einem anderen Takt, als habe es den Sender gewechselt. Stella ist vom Gas gegangen und fährt jetzt 80, als könne die Person jederzeit wieder aus dem Nichts auftauchen und über die Fahrbahn laufen, und der Lkw hinter ihr setzt zum Überholen an.

Kilometer 44

Zehn-Finger-System

In Zolas Abteil ist es ziemlich leer, beim Einsteigen ist sie an einer Frau vorbeigegangen, die schlief; eine andere las und sah überhaupt aus wie ein sehr leiser Mensch. Und ein paar Reihen weiter sitzt jemand, von dem sie nur den dunkelbraunen Haarschopf über der Kopflehne sehen kann und der, kaum ist der Zug losgefahren, sehr schnell im Zehn-Finger-System auf einer Tastatur zu tippen beginnt, und Zola überlegt, ob das schon dem Prinzip des Ruheabteils zuwiderläuft, aber sie glaubt eher nicht. Außerdem hört es sich angenehm rhythmisch an, und zusammen mit dem diskreten Schnurren des Zuges entsteht ein irgendwie anheimelnder Sound, der sie an Sahra erinnert, die in einem ähnlichen Tempo schreibt. Manchmal hört Zola das sanfte Klackern der Tasten, wenn sie noch im Bett liegt und Sahra die Tür zum Arbeitszimmer nicht geschlossen hat, und es hört sich an, als ob Sahra sich in eine andere Zeitzone geschrieben habe. Und sie gleichzeitig da und nicht da ist. Ehrlich gesagt mag Zola ihre Anwesenheit so am liebsten, überhaupt jede Anwesenheit anderer Menschen: ohne Krach oder irgendwelche Gerüche. Gerüche sind das Schlimmste. Nur dass Sahra nicht einmal annähernd versteht, wie man ein Problem mit Gerüchen haben kann, und Zola es egal ist, ob sie es versteht, sie muss es nicht verstehen, sie muss es einfach nur respektieren.

Hypersensibiliät äußert sich durch eine empfindliche Wahrnehmungsveranlagung, liest Zola in dem Artikel, den Sahra ihr hingelegt hat; gestern Abend haben sie nur das Allernotwendigste gesprochen, und als sie heute früh ihren Kaffee trank, war Sahra schon im Arbeitszimmer, und auf dem Küchentisch lag der Artikel. Hypersensible nehmen Reize stärker wahr als andere Menschen und verarbeiten sie auch anders. Sie brauchen länger, um sie zu verarbeiten, es kommt zur Überstimulation. Zola schaut sich im Abteil um, als wolle sie etwas ausprobieren, das schlafende Mädchen auf dem Vierersitz hat eine zerrissene weiße Strumpfhose, aber Zola ist es egal. Sie spürt nichts. Vielleicht ist sie doch nicht hypersensibel.

Kilometer 6
Zeitschrift
Hinter dem Lkw zieht langsam ein Bus vorbei und Stella sieht an einem der Fenster das verstörte Gesicht einer jungen Frau, die eine Zeitschrift in der Hand hält.

Kilometer 35
Teneriffa
Jetzt gehts los, jetzt gehts los. Mathilda fährt tatsächlich nach Genf. Wieso denn Genf, ich dachte, nach Teneriffa, hat ihre Mutter gesagt und sich eine Zigarette angezündet. Da gibt es einen See, hat Mathilda gesagt. Und das CERN. Aber die Mutter hat noch nicht einmal gefragt, was das CERN ist. Egal, Mathilda steigt in den Zug, der 14 Minuten Verspätung hat, und findet sofort ihren Platz im Wagen 11, Platz 35, Fenster. Der Abstellplatz für den Koffer ist gleich gegenüber, ihre Tasche verstaut sie in der Ablage über ihr. Mathilda setzt sich hin und der Zug fährt los und die Leute im Zug sind entspannt. Keiner sagt etwas, alle sind mit sich beschäftigt. Mathilda hat irgendwie Lust, mit jemandem ins

Gespräch zu kommen, sie ist so aufgeregt, die Aufregung will aus ihr heraus. Sie will geteilt werden. Sie will zwei Photonen werden. Aber da sieht sie die Silence-Banderole entlang der Wagonwände. Stille also. Silence könnte, findet Mathilda, auch Silikon heißen. Sie mag den Gedanken, er fühlt sich gut an. In Mathilda ist jetzt eine schöne Silikonstille, sie lehnt sich zurück, sie seufzt, aber so, dass es keiner hört, aber dann fängt plötzlich der Typ hinter ihr laut zu quatschen an, und Mathilda wird wütend. Immer musst du alles kaputt machen, hat ihre Mutter immer gesagt.

Vielleicht ist das jetzt die Quittung. Vielleicht ist das ein Gesetz, dass immer irgendjemand alles kaputt machen muss, vielleicht so wie Mathilda früher immer alles kaputt gemacht hat. Vielleicht wäre es auf Teneriffa doch besser gewesen.

Kilometer 197

Fensterplatz

Der Bus ist bis auf den letzten Platz besetzt, neben Denise sitzt jetzt ein Mann im Blaumann, er ist in Heidelberg zugestiegen und hat den Fensterplatz schräg gegenüber ergattert und sie hat sich schnell neben ihn gesetzt, weil es voll wurde und sie Angst hatte, dass sich irgendwer auf den freien Platz neben sie setzen würde, jemand, der die ganze Fahrt über in sein Telefon labern oder sich unterhalten will, aber nicht über die Weltheilung, sondern über das Wetter oder über komische Alltagsthemen, für die sie keine Geduld hat, und der Typ im Blaumann sieht aus, als würde er in keine der Kategorien fallen. Intuition.

Er stellt sich ihr mit Handschlag vor, er heißt Deniz und will nach Nürnberg und fragt sie, ob sie lieber am Fenster sitzen möchte, Denise winkt ab, nein danke, sehr nett. Wenn es dir nichts ausmacht, sagt sie dann plötzlich doch, sie hat es sich anders überlegt. Deniz sieht sie überrascht an, murmelt etwas und steht auf, um die Plätze zu tauschen, und Denise steht auch auf und lässt ihn auf den Flur treten und rutscht selbst auf den Fensterplatz und Deniz macht es sich auf dem Gangplatz bequem. Er liest Zeitung, mit dem Ellbogen berührt er Denises Arm, weil er die Zeitung ausgebreitet hält, was eine Herausforderung im Bus ist. Denise merkt, wie sich in ihr etwas zusammenbraut, sie kommt sich ausgeliefert vor, sie ist eingekesselt vom Busfenster und von Deniz' Körper, was, wenn sie plötzlich aufs Klo muss oder ihren Tampon wechseln, sie atmet tief ein und tief aus und tief ein und tief aus und sie merkt, wie ihr immer schwindliger wird, wie ihr die Luft ausgeht, wie sie immer schwächer wird, sie hört die Zeitung rascheln, spürt Deniz' Ellbogen an ihrem Arm, der Bus überholt einen Lkw, es fängt an zu regnen, sie weiß nicht, wie sie weniger tief atmen könnte, sie weiß, sie muss flacher atmen, damit sie nicht hyperventiliert, aber sie weiß nicht, wie flacher atmen geht, wie man das macht. Denise, sagt Deniz und schaut sie an, Denise, hörst du mich, ist alles in Ordnung, fragt er besorgt, und da erst kann Denise aufhören, so fanatisch ein- und auszuatmen und sie atmet weniger fanatisch ein und aus und kann sogar sagen, während des Atmens, geht schon wieder, vielen Dank, Deniz.

Kilometer 391

Brasilien

Rosi fährt und André döst und manchmal gibt er so kleine Geräusche von sich, undefinierbare Geräusche, und Rosi grinst dann vor sich hin und ab und zu schaut sie hinüber zu ihm, weil sie sich noch immer nicht vorstellen kann, dass ein erwachsener Mann solche Laute von sich gibt. Was, wenn es gar nicht André ist, der die Geräusche macht, das wäre ein schöner Schreck. Aber es ist André, Rosi überprüft es von Zeit zu Zeit und lächelt doof vor Glück vor sich hin.

Ein Drittel der Fahrt ist schon geschafft, nach der Pause wechseln sie und dann mal schauen, wie lange Klein-Frida durchhält. Seit Frida da ist, fahren sie nicht mehr so weit weg in den Urlaub, am liebsten nach Polen, Tschechien, Ungarn. Ist viel billiger da. Und außerdem: Den Rest der Welt kennen sie ja schon. Sie waren in Thailand, Neuseeland, Japan, Israel, Marokko, in Südeuropa sowieso, dort eigentlich überall, sogar in Andorra. Ein Roadtrip durch die USA war ihr allererster Urlaub zusammen, einen ganzen Monat mit dem Auto von West nach Ost. Da wussten sie, dass es passt mit ihnen. Danach haben sie halb Südamerika abgeklappert, aber mit Kind ist das einfach zu gefährlich. Brasilien ist eines der gefährlichsten Länder der Welt. Und überhaupt, Südamerika ist irgendwie verdorben. Bandenkriege, Diktaturen, Wirtschaftskrisen. Wo viel Armut herrscht, wird man als Tourist schnell zum Opfer.

Kilometer 48

Thriller

Normalerweise ist Linus mit dem Auto unterwegs, aber die Werkstatt hat gestern Abend angerufen, einer der Mechaniker hatte einen Blinddarmdurchbruch, es verzögere sich deshalb mit dem Auto, und Linus wünschte Gute Besserung, und noch während er Besserung sagte, musste die Werkstatt schon aufgelegt haben, die Leitung war plötzlich tot. Er fährt mit dem Bus zum Bahnhof und steigt in den erstbesten ICE nach Bremerhaven ein. Der ICE heißt Martin Luther, ein komischer Name für einen Zug. Wer denkt sich sowas aus? Und wozu? Das Abteil ist nur halbvoll, Linus setzt sich an einen Vierertisch und versucht zu schlafen. Zwei Sitze weiter tippt eine Frau wie eine Irre in ihren Laptop, entweder schreibt sie eine Abschiedsmail oder einen Thriller, anders kann Linus sich nicht erklären, warum jemand wie bekloppt Buchstaben in einen Laptop hämmert. Wie man überhaupt so schnell denken kann und noch schneller schreiben. Im Auto hört er normalerweise Radio, aber in der Bahn kann man kein Radio hören, es ist überhaupt ziemlich langweilig.

Kilometer 9

Baustelle

Wie jeden Morgen ist Edithe mit der U4 zum Hauptbahnhof gefahren, läuft die Treppe hoch, einen langen Gang entlang, und überquert einen kleinen Platz, am Eingang des Einkaufszentrums sitzt schon in aller Herrgottsfrüh eine Bettlerin, die dermaßen jung ist. Gibt es ein Mindestalter für Betteln? Wetter online hat für heute Regen angekündigt, noch ist es zwar bedeckt, aber trocken. Edithe wirft fünfzig Cent in die Keksdose, die vor der Frau steht. Die Frau sagt Thank you und God bless you. Das sagt sie erst in letzter Zeit, God bless you. Einmal hat sie dyakuju gesagt, das heißt Danke. Edithe hat es gegoogelt, weil ihr der Sound des Wortes gefallen hat. Seitdem hofft sie immer, die Frau würde noch einmal dyakuju sagen. Aber sie sagt entweder thank you oder, seit Neuestem, God bless you oder beides. An einem Stand kauft Edithe frisch gepressten Karotten-Orangen-Rharbarbersaft, der ihr nicht schmeckt, aber sie mag die kreischend bunten Strohhalme und das Gefühl, etwas Gesundes zu sich zu nehmen. Der dunkelorange-farbene Saft rinnt dickflüssig durch Edithes Speiseröhre; während der Magen sich noch etwas wehrt, sind ihre Augen jetzt scharf gestellt, und Edithe läuft die restlichen 300 Meter zu Fuß zu ihrem Arbeitsplatz, vorbei an der Baustelle und dem Lkw, der zum Beladen hälftig auf dem Bürgersteig steht, um den Autoverkehr nicht zu behindern. Neulich ist ein siebenjähriges Mädchen von einem Lastwagen angefahren worden, es war allein unterwegs zur Schule, der Lastwagen rollte über ihren rechten Fuß, der Fuß ist hinüber, die Zeitung schrieb Glück im Unglück. Seitdem passt Edithe noch besser auf an der Baustelle und auch sonst. Heimlich ist sie aber ein Fan von großen Fahrzeugen, von Bussen, Sattelschleppern, Baggern, Kippern.

Kilometer 67

Carla Bruni

Gunnar freut sich schon beim Aufstehen auf seinen Porsche. Es ist das einzige Vergnügen, das er sich leistet. Er hat studiert, er war sehr fleißig, weil er es zu etwas bringen wollte. Und er wollte es zu etwas bringen, weil er selbst es wollte und nicht seine Eltern, die Gunnar lieben, wie er ist. Gunnar will aber gar nicht geliebt werden, egal, wie er ist. Er will geliebt werden als Gunnar, der es zu etwas gebracht hat, nämlich unter anderem zu einem Porsche. In Gunnars Zeugnissen steht Disziplin und Ausdauer. Seine

Eltern sagen, Gunnar, wir würden dich auch lieben ohne das. Dann zuckt Gunnar die Achseln, die Zuneigung seiner Eltern ist ihm ehrlich gesagt ein bisschen peinlich.

Gunnar öffnet das Garagentor mit dem elektrischen Garagenöffner, das in letzter Zeit so komisch ruckelt. Muss er mal im Internet googlen, was das sein kann. Der Porsche wartet schon auf ihn. Der Porsche wartet immer auf ihn. Manchmal möchte er ihm ein Stück Zucker geben. Gunnar hört am liebsten Carla Bruni, wenn er die 67 Kilometer zur Arbeit fährt. Carla Bruni und der Porsche sind seine Personal Trainer, bevor er sich wieder konzentrieren muss.

Kilometer 0
Schatten
Das Handy blinkt blau für die Signalnachricht und grün für Whatsapp, das Sirren eines Pfeils zeigt eine SMS an, das muss Krisa sein, niemand nutzt heute noch SMS. Aber Irma liegt im Bett und liest *Eine Liebe von Swann* als Graphic Novel und sagt jedes Mal Jetzt nicht zum Handy. Die Graphic Novel ist so toll gezeichnet, und zum erstem Mal in ihrem Leben fällt Irma auf, dass Personen Schatten werfen und dass auch Gegenstände Schatten werfen und dass man diese Schatten malen kann. Schatten sind so, denkt Irma, etwas wie Gespenster. Es gibt sie wirklich. Dann klingelt das Festnetztelefon. Irma steht auf und holt auch das Festnetztelefon ins Bett, auf der Fensterscheibe sieht sie ein paar Regentropfen sitzen, die ins Zimmer starren.

Der Mama gehts, sagt Krisa am anderen Ende, schlecht, hast du Zeit, ich will nicht alleine hin. Krisa hat die ganze Nacht nicht geschlafen, kein Auge zugetan, kein einziges. Wie denn schlecht, psychisch, fragt Irma, oder physisch. Physisch, wir sollten bald, fährt Krisa fort, hinfahren, nicht, dass sie uns noch stirbt. Soll, denkt Irma, sie sterben, aber sagt es nicht, na gut, und sie hört Krisa am anderen Ende atmen, weiß aber nicht, ob das gut oder schlecht ist, wenn man jemanden atmen hört, es, denkt sie später, als sie eine Packung Quark öffnet, ist ein bisschen wie mit den Schatten.

Kilometer 0
Tirol
Klaus hat den Wagen abgeholt und Silke hat die Wohnung geputzt, damit Oma und Opa es schön haben. Sie passen auf die Kinder auf, während Silke und Klaus in den Urlaub fahren. Nach Tirol. Seit Tagen liegt ein Hitze-Gewitter in der Luft, aber Klaus hat vorsorglich die Winterreifen aufziehen lassen, manchmal schneit es in den Alpen schon im September, sicher ist sicher. Noch ein Unglück würde Silke nicht verkraften, sie ist überhaupt sehr dünnhäutig geworden seit der Sache im Einkaufszentrum. Immer wieder fängt sie damit an, Klaus weiß dann gar nicht, was er sagen soll. Wäre doch am besten, alles einfach zu vergessen. Aber Silke kann nicht vergessen, zumindest nicht, solange sie zuhause sind. Klaus setzt ganz auf Tirol. Als Kind war er mal da, es war sein schönster Urlaub. Und diesen schönsten Urlaub, den soll jetzt auch Silke dort verbringen.

Kilometer 75
Stauende
Irma hat ein Cambio-Car gemietet, Krisa kommt mit dem Zug aus der Schweiz. Sobald sie das Raststätten-Schild 5 Kilometer sieht, denkt Irma an Weihnachten 2002. Oder war es 2001? Schon am Nachmittag hatte es zu schneien begonnen. Dicke Flocken legten sich auf Bäume und Wiesen, auf den Asphalt, auf die Autos, und sogar auf den Scheibenwischer, als seien sie sich des Ernstes der Lage nicht bewusst. Es schneit, sagte Mama und drehte sich um zu Krisa, als sei Irma gar nicht da, schau, sagte Krisa, bitte nach vorne, zum Glück sagte sie es rechtzeitig, denn eine Sekunde später wäre Mama ins Stauende gedonnert. Der Wagen rutschte auf dem schneenassen Asphalt und kam einen Millimeter vor einem roten Mercedes zum Stehen. Nichts passiert, sagte Mama. Irma war so übel geworden, dass sie noch ein paar Stunden später das Brennen im Hals spürte.

Kilometer 122

Ruheabteil

Linus' Handy klingelt, es ist sein thailändischer Vermieter, etwas ist mit der Wohnung, er versteht aber nicht genau, was, was entweder an seinem oder am Englisch des Vermieters liegt oder an beiden. What I am supposed to do now?, sagt er, und der Vermieter sagt etwas, das mit einer dritten Person zu tun hat, entweder ein Fremder wohnt jetzt in der Wohnung oder Linus soll in eine andere Wohnung einziehen. What do you mean, ruft er ins Telefon, denn der Vermieter redet einfach weiter, und hello, excuse me, ruft er ins Telefon und spürt etwas auf seiner Schulter, entschuldigen Sie, sagt eine Frau, die dicht hinter ihm steht, und deutet auf die Seitenwand des Wagons, nur versteht er nicht, was sie meint, what do you mean, sagt er noch einmal. Ruheabteil, sagt sie, Silence! Ihre Augenbrauen ziehen sich gefährlich zusammen, und ohne eine weitere Reaktion abzuwarten, dreht sie sich um und geht zurück auf ihren Platz. Please, send me an email, sagt Linus zum Vermieter, das ist eh das Beste. Er legt auf. Er schaut sich die Banderole genauer an, die längs der Fensterfront des Wagons angebracht ist und mit verschiedenen Zeichen gesprenkelt ist: nicht telefonieren, nicht sprechen, keine Handytöne.

Linus stellt das Handy auf leise und verstaut es in seiner Tasche, dann versucht er wieder einzuschlafen. Die Frau mit dem Laptop ist offenbar ausgestiegen, nur noch das schnurrende Geräusch des Zuges ist zu hören.

Kilometer 12

Bernstein

Wie wars bei dir heute, fragt Sabrina, sie sitzt im Flughafenbus und freut sich auf ihren Balkon. Nett, sagt Nevis, er arbeitet auch am Flughafen in der Abfertigung, manchmal treffen sie sich im Bus, wenn sie zur Arbeit oder wieder nach Hause fahren. Heute war so ein kleiner Hund bei mir, der flog nach Neuseeland, sagt Nevis und lacht. Ich hab den kurz abgetastet unter dem Halsband und da ist der total ausgeflippt, hat mit dem Schwanz gewedelt, ist an mir hochgesprungen, als wär der noch nie angefasst worden. Wahnsinnig schöne Augen hatte der. So ein strahlendes Gelb hab ich noch nie gesehen. Sabrina lächelt. Man nennt das bernsteinfarben, aber sie sagt es nicht, ist ja nicht so wichtig. Der wollte gar nicht mehr weg von mir, sagt Nevis. Ihm ist heute ganz froh zumute, leicht und frei fühlt es sich in seinem Brustkorb an. Als hätte jemand durchgekehrt und ein Fenster aufgemacht.

Kilometer 5
Autobahnraststätte
Zu Holgers Aufgaben gehört das Auffüllen der Getränkeautomaten, Brötchen schmieren und belegen, das Auffüllen der Süßigkeiten- und Obstkörbe mit unterschiedlichem Obst (Äpfel, Birnen, Bananen, Trauben und je nach Saison Kirschen, Erdbeeren, Kiwis), den Theken- und Selbstbedienungsbereich sauber halten, Tische wischen und nicht abgeräumte Tabletts in die Tablettwagen stellen, kassieren, abrechnen und auf Sonderangebote und Rabatte hinweisen, Kunden helfen, die im SB-Bereich Unterstützung benötigen. Es gibt Tage, da wischt Holger am liebsten Tische ab und räumt liegengebliebene und mit Müll beladene Tabletts ab. Je dreckiger die Tische und Tabletts, desto befriedigender die getane Arbeit. Manche Gäste sind richtige Schweine, vor allem Familien benehmen sich wie die Ferkel im Walde, wie Mewa, seine Vorgesetzte, nicht müde wird zu schimpfen. Holger fühlt sich irgendwie gut, wenn er den Dreck der Ferkel im Walde beseitigt hat. Nie hätte er sich vorstellen können, dass er diese Arbeit überhaupt verrichten könnte. Als Mewa ihn vor ein paar Monaten in die verschiedenen Arbeitsbereiche einführte, hat er nicht nur einmal das Gesicht verzogen. Ist das ein Problem für Sie?, hat sie ihn schließlich gefragt, mit spitzer Miene. Nein, nein. Nein, hat er versichert. Die erste Zeit stand er unter Beobachtung, was das Saubermachen anging. Aber jetzt wäre er am liebsten Hausfrau von Beruf, so gerne, wie Holger Tische wischt und Geschirr abräumt.

Kilometer 17

Fernbusbahnhof

Am Fernbusbahnhof zwischen Mannheimer und Stuttgarter Straße ist Edithes Arbeitsplatz, umsäumt von Baustellen und leerstehenden Geschäftsgebäuden; eine temporäre Zone, um die ein unsichtbarer Zaun gezogen ist, Edithe kann den Zaun problemlos sehen, auch andere Menschen können den unsichtbaren Zaun sehen, sie gehen ungehindert in die Zone hinein und ungehindert heraus, sie sind danach nicht mehr dieselben, sie steigen in die Busse ein, die sie aus der Zone bringen, sie steigen aus Bussen aus, die sie in die Zone gebracht haben, auch die Busse sind nach ihrem Stopp nicht mehr dieselben.

Edithe bewohnt die temporäre Zone mehr als sie ihre kleine Wohnung im Westen der Stadt bewohnt, mit den Busfahrern ist sie durch ein seltsames Band verknüpft, die Busfahrer sind die Satelliten, die mit dem Raum irgendetwas machen, was genau, weiß keiner. Nur dass Satelliten in den Raum nicht eindringen, die Busse aber schon, und dass aus Satelliten Kometen werden können, und wer sie sieht, weiß, dass sie jederzeit verglühen können, überall.

Kilometer 222

Beifahrersitz

Auf dem Beifahrersitz hast, denkt Irma, du wenigstens noch eine Zehntel Chance zu entkommen, wenn Mama wieder einen Unfall baut. Sie stellte sich immer vor, dass sie früh genug, um sich hinausfallen zu lassen, die Beifahrertüre aufreißen würde, sich zusammenrollen zu einer Kugel, wie sie es beim Judo gelernt hat. Sie sah sich schon eine Böschung hinunterstürzen, spürte Gras und Steine unter sich, sie lag, während sie dachte, sie sei tot, aber sie war nicht tot. Sie stellte sich vor, wie ihr zweiter Gedanke Krisa gilt und ihr dritter Mama. Manchmal überlebte nur Krisa, manchmal beide, meistens keine von beiden, aber Irma würde erst viel später weinen können vor Trauer und Schmerz. Irma hat die Situation mehrere tausend Mal in Gedanken durchgespielt, sie war sich meistens sicher, dass sie es schaffen könnte, nur ein paar Mal starb sie selbst.

An der Autobahnraststätte fährt Irma raus, weil ihr Handy ständig piepst und sie es auf lautlos stellen möchte. Alle Parkplätze sind von Bussen, Lkw und Pkw belegt. Irma hält auf einem Behindertenparkplatz und checkt ihr Handy. Wann bist du, fragt Krisa, bei Mama. Bin erst in, schreibt Irma, Siegburg, dauert noch.

Kilometer 623
Baggersee
Barak steht im Stau, sie öffnet das Fenster, mit dem Regen ist die Luftfeuchtigkeit weiter angestiegen. Sie ist froh, dass sie auf der äußeren Spur steht und in die Ferne schauen kann. Ein Baggersee zwischen den Bäumen. Die Wolken spiegeln sich auf der Wasseroberfläche. Würde sie auf der Mittelspur stehen, könnte sie nur die anderen Autofahrer sehen, die meisten halten den Kopf gesenkt und starren auf ihr Handy oder schauen hinter halb geöffneten Scheiben aus dem Fenster, mit diesen Gesichtern, die aussehen wie Gesichter in Autozeitschriften.

Die beiden Kinder aus dem Wagen hinter Barak spielen Fangen und laufen seit einer gefühlten halben Stunde um den weißen Polo herum, ihre Mutter sitzt hinter dem Steuer, unbeweglich, wahrscheinlich hat sie die Augen geschlossen. Manche bekommen vom Autofahren Augenweh. In einiger Entfernung stehen zwei Männer auf dem Standstreifen, einer kotzt und ein anderer lacht, sie kann nicht erkennen, ob er über den kotzenden Mann oder über etwas anderes lacht. Vielleicht weiß der Mann es selbst nicht. Vielleicht, denkt Barak, als es endlich weitergeht, als der Kleinlaster vor ihr und der weiße Polo hinter ihr den Motor starten, vielleicht kann einer so aussehen, als ob er lacht, dabei weint er.

Kilometer 98

Fensterplatz

Ein älterer Herr steht vor Boris und fragt schüchtern, ob er reserviert habe, denn wenn nicht, würde er gerne seinen Platz einnehmen. Er beugt sich zu ihm und deutet mit dem Zeigefinger auf die Angaben in seinem Ticket: Sitz 44, Gangplatz, Wagen 3. Der Mann hat perfekt manikürte Hände, auf seinen Fingernägeln ist durchsichtiger Lack aufgetragen. Boris bringt es nicht übers Herz, sich querzustellen, obwohl er weiß, dass er es könnte, außerdem ist er kurz davor, die Sachbearbeiterin der Rentenversicherung im Fall Überlin zu überzeugen, einen Moment bitte, sagt er, sowohl zu dem Herren als auch zur Sachbearbeiterin am Telefon, er holt seine Jacke vom Haken, greift nach seinem Rollkoffer, in der Hand immer noch das Telefon, und zieht in den nächsten Wagen um.

Kilometer 234

Autobahnraststätte

Nach der Pinkelpause an der Autobahnraststätte sind alle wach und Denise hat sich beim Wiedereinsteigen an die Vordertür gestellt und allen einsteigenden Passagieren einen Flyer in die Hand gedrückt. Fast alle haben danke gesagt, nach dem ersten Stopp sind die Leute gut gelaunt, weil sie auf dem Klo waren, etwas gegessen haben oder eine Zigarette rauchen konnten, das hat Denise bei den Lichtheilern gelernt. Wir fahren jetzt weiter, sagt der Busfahrer durchs Mikrofon, er hat eine sehr tiefe Stimme und rollt das R.

Auch Deniz gähnt ein paar Mal herzhaft und lächelt Denise sehr freundlich an. Wo fährst du hin, fragt Deniz. Denise ist einen Moment lang verblüfft über die Frage, wann hat sie zum letzten Mal jemand gefragt.

Denise ist richtig aufgeregt. Ich bin … ich fahre …, sagt sie. Ich bin in Freiburg eingestiegen, sagt sie. Weiß ich doch, sagt Deniz und lacht. Ach ja stimmt. Ich fahre nach Warschau. Echt? Ich war noch nie in Polen. Was machst du dort?

Es ist ein bisschen kompliziert. Ich fahre zu einem Workshop, wir … Wir versuchen die Welt zu retten. Wir versuchen, das Gute über die Welt zu bringen und das Schlechte auszumerzen. Wow, sagt Deniz. Aber vieles ist geheim, ich darf nicht darüber sprechen. Leider, fügt Denise hinzu.

Kilometer 3
Sanitäranlagen
Holger wird langsam unruhig, weil er das Tablett von Tisch 11 wegräumen möchte und diese Person, eine Frau, schon fast eine halbe Stunde lang am selben Platz sitzt, eine halbe Stunde ist normalerweise nichts, das weiß Holger auch, aber für den Betrieb in einer Autobahnraststätte ist das lang. Weder war sie in dieser halben Stunde auf dem Klo noch hat sie etwas gegessen; nur ein Glas Wasser steht vor ihr auf dem Tisch. Sie starrt, seit sie hier ist, ununterbrochen die Leute an, die in immer größeren Scharen die Raststätte betreten, viele gehen gleich zu den Sanitäranlagen durch, um den Sanifair-Bon einlösen zu können. Die Frau hat auch ihn kurz an- und dann an ihm vorbeigesehen, lange genug aber, dass er auf sie aufmerksam geworden ist. Er hat gleich erkannt, dass sie nur herumsitzen möchte, aber das kann sie im Auto auch, herumsitzen, wegen des Staus kommen immer mehr Gäste und immer mehr Gäste brauchen immer mehr Plätze und Tische und diese Tische müssen sauber und die Plätze müssen leer sein. Holger gibt sich so etwas wie einen Ruck und geht zu Tisch 11, stellt sich vor die Frau, er schwitzt unter den Achseln, Sie müssen jetzt weiterfahren, sagt er und seine Stimme hört sich gut an, Sie dürfen nicht so lange hier sitzen ohne zu konsumieren. Seine Stimme hat nicht gezittert. Aber ich konsumiere, sagt die Frau, doch, und deutet auf den Rest Mineralwasser in ihrem Glas, aber Holger schüttelt den Kopf, als wolle er sagen, netter Versuch. Ich möchte gerne mit, sagt sie, als Holger nicht weggeht, dem Geschäftsführer sprechen. Ist heute nicht da, sagt Holger. Die Frau bleibt gelassen und fragt nach der stellvertretenden Geschäftsführung. Schweißtropfen quetschen sich jetzt

an Holgers Brustbehaarung vorbei, um irgendwie an die frische Luft zu kommen; wie er diese Brusthaare hasst. Er wird die Angelegenheit mit Mewa besprechen, ist schließlich nicht seine Verantwortung, wie diese Kundin sich benimmt, und als er sich mit sehr ernstem Blick zum Gehen umdreht, quietscht es unter einer seiner beiden Sohlen.

Kilometer 168

Akustik

Sie hat dem Typ jetzt schon zweimal gesagt, er solle aufhören zu telefonieren, das sei ein Ruheabteil. Ru-he, sagte sie besonders laut und deutlich, als bestünde Hoffnung, dass der Mann die Bedeutung des Wortes auf diese Weise endlich erfassen und verstehen würde; auch wenn das natürlich absurd ist. Die ganze Situation ist absurd. Warum gibt es ein Ruheabteil, wenn es egal ist, ob alle ruhig sind, hat Zola den Schaffner gefragt. Der zuckt die Achseln. Können Sie dem Mann nicht verbieten, so laut zu sprechen? Leider nicht, sagt der Schaffner und lässt sich die Fahrkarten zeigen. Aber kurz darauf passiert etwas Seltsames. Plötzlich ertönt die Stimme des telefonierenden Mannes ein zweites Mal, aber von woanders her und in einer irgendwie verzerrten Akustik. Der Mann übertönt sich selbst, sozusagen. Er sagt jetzt, wenn auch scheppernd, haargenau das, was er vor 30 Sekunden schon einmal gesagt hat. Zola denkt einen Moment lang, ihre Hypersensibilität habe ihr einen Streich gespielt. Dann wird ihr klar, dass die zweite Stimme real ist. Am liebsten würde sie Sahra anrufen, um sich für den Artikel zu bedanken und ihr zu erzählen, was hier gerade mit ihr passiert.

Kilometer 259

Zweizimmerwohnung

Und du?, fragt Denise. Das ist eine lange Geschichte. Es dauert noch, bis wir in Frankfurt sind, sagt Denise.

Also gut, Deniz ist aus Fürth, geboren in Erzurun, das ist in Ostanatolien. Früher hieß die Stadt Karin. Echt Karin, fragt

Denise, wie Ka-rin? Genau, sagt Deniz. Sie müssen beide kichern. Mit fünfzehn Jahren ist Deniz nach Deutschland gekommen und gleich ein Jahr später verheiratet worden mit Yasmin. Yasmin war vierzehneinhalb. Ein Jahr lang sind sie umeinander herumgeschlichen wie zwei Raubtiere, die man in einen Käfig gesperrt hat, in der Erwartung, dass sie sich gegenseitig zerfleischen. Aber sie waren beide in friedlicher Absicht gekommen, nur wurde Yasmin von friedlicher Absicht nicht schwanger und Deniz' Mutter und Yasmins Vater begannen, den Druck zu erhöhen. Deniz' Vater hielt sich raus. Das müsst ihr selber wissen, sagte er. Yasmins Mutter lag mit Krebs im Krankenhaus, sie hatte schon die Hochzeit nicht verhindern können, sie wurde täglich schwächer. Und Yasmins Vater wurde immer ungeduldiger.

Denise wäre es lieber, Deniz würde jetzt nicht mehr weitererzählen, irgendwie ist klar, dass gleich etwas Schreckliches in Deniz' Vergangenheit passieren würde, Denise spürt es, je mehr Deniz erzählt, und Deniz spürt, dass Denise nicht mehr zuhören möchte, aber er möchte es eben gerne erzählen. Denise weiß nicht, wie sie es ihm sagen soll, sie sitzt immer noch auf dem Fensterplatz, ihr Mund ist trocken, auf der Gegenfahrbahn ist seit mehreren Kilometern Stau, Leute haben ihre Autos am Standstreifen abgestellt und die Türen geöffnet. Eine Familie hat sogar einen Grill ausgepackt.

Kilometer 409

Flughafen

Endlich Urlaub. Mewa ist am Flughafen ausgestiegen. Sie ist ziemlich früh dran, aber zum Glück kann sie den Koffer schon aufgeben. Sie kauft sich einen Kaffee, kostet 4 Euro, schmeckt irgendwie nach Ovomaltine. Gibt es Ovomaltine überhaupt noch? Sie geht nach draußen und schaut sich um. Schaut den Rauchern zu, die auf ihr Handy starren. Vor der Drehtür halten die Taxifahrer an, lassen Fahrgäste aussteigen, hieven Koffer aus Kofferräumen, kassieren Geld, lassen neue Gäste einsteigen, mit und ohne Gepäck. Männer in schwarzen Anzügen ziehen schwarze und silbern glänzende Koffer hinter sich her. Zwei Frauen stehen unter einem großen Regenschirm und lachen. Ein Porsche fährt die Straße entlang, vor jedem Hubbel, den er überquert, lässt er den Motor aufheulen. Es ist ein Panamera S-Hybrid. So einen Porsche hätte Mewa auch gern. Oder einen Audi TT. Aber erstens sind sie unpraktisch und zweitens: Wer kann sich so einen Panamera schon leisten? Der kostet locker 250 Tausend. Mewa lächelt dem Porsche hinterher wie einem sympathischen Raubtier.

Kilometer 141
Bordbistro
Sie muss eingeschlafen sein, und als Mathilda aufwacht, muss sie aufs Klo, sie will aufstehen und aufs Klo, als sie bemerkt, dass sie ja nicht zuhause ist und dass sie gar nicht weiß, wo das Klo ist. Sie ist ja auf dem Weg nach Genf. Genau. In Mathilda macht sich ein Gefühl von Glück und Freiheit breit, das sie tief einatmen lässt. Und genauso tief ausatmen lässt. Sie schaut aus dem Fenster, in einer Irrsinnsgeschwindigkeit fliegen Bäume, Wiesen, Kühe und ein Dorf an ihr vorbei. Ist sie schon in der Schweiz? Sie erinnert sich, wie sie beim Einsteigen diese digitale Anzeige gesehen hat, die Ort, Geschwindigkeit und Verspätung anzeigt. Da kann sie ja mal schauen. Ein Kaffee wäre auch nicht schlecht. Das Bordbistro ist in Wagen 12, was für ein Glück, das ist der nächste Wagen. Sie steht auf und will Richtung Klo, aber da sitzt – ein paar Sitzreihen vor ihr – plötzlich Linus. Er ist es wirklich. Sie erkennt ihn an seinen seltsamen Haaren, an dem komischen Wirbel am Hinterkopf, und sie erkennt ihn an der Art, wie er seinen Arm neben dem Sitz baumeln lässt. Was macht er hier? Linus ist wirklich der letzte Mensch, den Mathilda treffen möchte und mit dem sie die Geschwindigkeit, in der der ICE sich bewegt, teilen möchte. Aber wenn sie zum Klo will und danach ins Bordbistro, muss sie wohl oder übel an ihm vorbei. Und sie muss jetzt wirklich dringend aufs Klo. Vielleicht erkennt

er mich nicht, denkt Mathilda. Vielleicht ist er es doch nicht. Sie denkt an die beiden Photonen, die aus dem Higgsteilchen entstehen. Vielleicht ist es nicht Linus, sondern sein Komplementärphoton. Vielleicht schlafe ich noch, denkt Mathilda und geht am Komplementärphoton vorbei, und nichts passiert, nur dass das Mathildaphoton sich ungefähr einen halben Stundenkilometer schneller bewegt als das Komplementärphoton, zumindest auf dem Weg zur Bordtoilette.

Kilometer 0
Ameisenbär
Irma trinkt ihr Wasser aus, sie geht durch den Tankstellen-Shop Richtung Ausgang, an einem pinkfarbenen Riesenameisenbär vorbei, über dessen Kopf ein Schild befestigt ist: Hallo Kinder, darf ich mit euch spielen? Immer mehr Menschen strömen ihr entgegen, sie haben nasse Haare und in der Hand Schirme, Männer-, Frauen- und Kinderschirme, die eine durchsichtige Spur auf dem Boden hinterlassen. Irma schaut, als sie das Rasthaus durch ein gläsernes Treppenhaus verlässt, hinunter auf die Autobahn. Ein Wagen reiht sich dicht an den anderen, dazwischen Lkw und Busse. Auf beiden Spuren herrscht Stillstand, nur zwei Motorradfahrer schlängeln sich an den wartenden Fahrzeugen vorbei. Am Horizont fährt ein Zug durch eine gelbe Landschaft, Ginster, oder was blüht, denkt Irma, gelb. Der Zug hat eine weiße Schnauze, spitz wie ein Ameisenbär, nur will der Zug nicht spielen.

Kilometer 4
Nicht freiwillig
Amina ist wieder wach und merkt gleich, dass irgendetwas nicht stimmt. Sie sieht es an den Blicken der Leute, dass etwas im Gange ist, manche grinsen, andere schütteln den Kopf. Der Mann, der ihr schräg gegenüber auf der anderen Seite der Tischgruppe sitzt, quengelt in sein Handy: Aber wenn ich Ihnen doch sage, sagt der Mann, der Mann ist privat krankenversichert. Nein, privat. Nicht freiwillig, privat.

Aber wenn ich Ihnen doch sage, der Mann ist privat krankenversichert, sagt der Mann, nein, privat. Nicht freiwillig, privat. Amina starrt ihn an und jetzt weiß sie, was nicht stimmt, der Mann sagt ja gar nichts, dennoch ist seine Stimme zu hören, nur dass sie plötzlich aus einer anderen Richtung kommt. Nicht freiwillig, privat, sagt der Mann beziehungsweise seine Stimme, die aus einer anderen Richtung kommt. Hä, denkt Amina, wie kann es sein, dass zwei Leute im selben Abteil genau dasselbe sagen mit derselben Stimme. Vielleicht telefonieren da Zwillinge, die gar nicht wissen, dass sie im selben Zug im selben Abteil sitzen. Aber wenn ich Ihnen doch sage, sagt der Mann, er sagt es wirklich, er hat die Lippen bewegt, während seine Hand das Handy umklammert. Aber andererseits, warum sollten Zwillinge dasselbe sagen? Unwahrscheinlich, dass sie mit anderen Zwillingen telefonieren, die dasselbe antworten. Nicht freiwillig, privat. Vielleicht hat die Person am anderen Ende der Leitung das Telefon nur laut gestellt. Das wird es sein. Nur warum dann die Zeitverzögerung, denkt Amina. Aber wenn ich Ihnen doch sage, sagt die Stimme aus der anderen Ecke des Abteils. Der Typ selbst scheint gar nicht zu bemerken, dass jemand im Abteil mit seiner Stimme telefoniert. Er sitzt mit weit gespreizten Beinen auf dem Sitz, ein Bein ragt weit auf den leeren Platz neben ihm, ein sehr langes Bein, das in einer schwarzen Anzughose steckt.Das andere schwarze Bein lehnt kauernd an der Zugwand. Das Knie berührt fast das Fenster. Nein, das ist falsch, sagt er und diesmal ist es wieder er selbst, der spricht. Immerhin ist seine Hose nicht zerrissen wie ihre eigene. Nein, nicht freiwillig und auch nicht Pflicht. Und schon ertönt die Stimme aus der anderen Richtung, irgendwo schräg hinter ihr: Nein, das ist falsch. Einige Mitreisende kichern ungeniert vor sich hin, der Mann scheint nun doch etwas zu bemerken. Amina kann an seinen flackernden Augen sehen, dass er irritiert ist, aber er will sich auch nicht unterbrechen lassen. Aber wenn ich Ihnen doch sage, der Mann ist privat versichert.

Amina fängt jetzt selbst an zu denken: Aber wenn ich Ihnen doch sage, der Mann ist privat versichert. Die Sache fängt an, ihr ein kleines bisschen Spaß zu machen. Sie hat immerhin schon seit fünf Minuten nicht mehr darüber nachgedacht, wie sie in diesen Zug gelangt ist. Jetzt lassen sie doch den Quatsch, sagt eine laute Frauenstimme irgendwo weiter hinten. Nein, nicht freiwillig und auch nicht Pflicht. Nein, das ist falsch. Wie sich die Stimme des Mannes am Ende des Satzes immer ein bisschen überschlägt, wie er sich überhaupt unsympatisch anhört. Dieses Quengeln. Und alle können es hören. Und der Mann kann hören, was die anderen hören, er kann hören, wie unsympathisch sich seine Stimme anhört, wie sie sich immer ein bisschen überschlägt am Ende des Satzes. Der Hai ist tot, der Hai ist tot. Amina hat plötzlich so etwas wie Mitgefühl mit dem Hai. Und mit dem Mann. Vielleicht weil sie ihm gegenüber sitzt, weil sie sich einen Sitzbereich teilen. Oder weil das, was da gerade passiert, eine alte, tiefe Angst in ihr selbst ist. Das war ihr bisher gar nicht klar. Es ist ihr auch jetzt nicht klar. Im Abteil ist es plötzlich ganz leise. Der Mann sieht beschämt aus. Die Leute haben aufgehört zu kichern und wenden sich wieder ihrer Zeitschrift zu oder schlafen. Der Hai ist tot, der Hai ist tot, denkt Amina schon wieder. Amina sieht eine Frau ein paar Gangplätze weiter, die gerade die Augen schließt. Sie lächelt zufrieden und Amina sieht, wie der Schaffner das Abteil betrifft. Und da fällt ihr ein, dass sie wahrscheinlich gar kein Zugticket besitzt.

Kilometer 273

Doppelsitz

Ich muss mal, sagt Denise und steht auf und Deniz sieht sie besorgt an und steht auch auf, sie quetscht sich an den Mitreisenden vorbei, viele haben ihre Beine im Flur liegen, viele behaarte Männerbeine liegen in kurzen Hosen im Busflur herum. Denise steigt die Treppe hinunter zum Klo, es sind ein paar Sitzplätze noch frei, ganz vorne sogar ein Doppelsitz, Deniz, könnte sie sagen, es ist so heiß und oben wird mir schlecht, ich setze mich nach unten, ich hoffe, du bist mir nicht böse. Aber schon befehlen ihr die Lichtheiler wieder nach oben zu gehen.

Kilometer 90

Staub

Lenis Vater hat angerufen, vor ein paar Tagen, du bist ihre Freundin, könntest du sie zum Flughafen fahren, ginge das, hat er gesagt, und Louise hat genickt, und Lenis Vater hat gesagt: Louise? Ja, hat Louise ins Telefon gehaucht, sie hatte schon immer Angst vor diesem Vater, aber mittlerweile ist ihr klar geworden, dass ihre Angst gerechtfertigt war, was muss der Typ für eine Macht haben, dass er Leni da rausgehauen hat. Sogar die vagen Hinweise auf Leni im Liveticker waren schon ein paar Stunden nach der Veröffentlichung kommentarlos gelöscht. Als habe es sie nie gegeben. Und schon bald wird Leni auch aus Louises privatem Liveticker verschwunden sein, als habe es sie nie gegeben. Ich möchte dich bitten, dass ihr voneinander Abschied nehmt, hat Herr Sollinger am Telefon gesagt. Seine Stimme hörte sich freundlich und normal an. Aber gerade das fand Louise ja so beunruhigend. Wie kann man so freundlich und normal sein, wenn man davon ausgehen muss, dass die einzige Tochter eine Massenmörderin ist. Dennoch hat Louise vor Leni, die im Auto neben ihr sitzt, keine Angst. Immerhin sind sie Blutsschwestern. Louise setzt den Blinker und fährt kurz vor dem Flughafen auf einen Parkplatz. Dicht aneinandergereiht stehen die Lkw, die Kabinenfenster mit Vorhängen verdeckt. Leichter Morgennebel hängt über dem Picknicktisch, an den Louise und Leni sich setzen. Leni holt eine Schachtel Zigaretten heraus. Als Louise ihr Feuer gibt, schauen sie sich einen Moment lang tief in die Augen. Mehr gibt es nicht zu sagen.

Kilometer 100

Wagen 27

Ohne jegliche Vorwarnung knallt es und knirscht es, und eine unsichtbare Kraft greift nach allem, was sie zu fassen bekommt. Eine Kraft, die einen Höllenlärm verursacht. Keiner der Fahrgäste hat jemals so etwas gehört. Als ob mit einer ungeheuren Druckwelle eine zweite Welt sich über die erste stülpt. Leute rutschen durch den Großraum, stürzen über Koffer und Taschen, Gepäck verstreut sich über den Boden und schlittert gegen die Abteiltüren. Krisa hat ihren Rolli wie immer an der Bande festgeschnallt, sie spürt die Kraft, die an den Gurten zerrt, Krisa schließt die Augen, ihr Vertrauen schwindet, in die Gurte, in sich selbst, in alles. Am Ende halten die Gurte stand.

Der Zug kommt zum Stehen. Es ist laut und leise zugleich. Krisas Buch liegt auf dem Boden, zwei Meter von ihr entfernt. Es liegt da, als schliefe es. Es hat einen heftigen Aufprall gegeben, irgendetwas hat den Zug gestoppt, irgend, denkt Krisa, was. Dem Kellner ist ein Becher mit Kaffee aus der Hand geflogen, auf dem Gang liegen zwei Kinder. Ein Mann greift sich an die Brust. Krisa starrt auf das Buch und versucht sich zu erinnern, was sie zuletzt gelesen hat. Eine dunkle Flüssigkeit bewegt sich auf den blauen Einband zu.

Kilometer 298

Orgelmusik

Willst du außen sitzen, fragt Deniz, wenn es dir nichts ausmacht, sagt Denise. Deniz macht es nichts aus. Die Frau vor ihnen hat ihre Beine auf der Kopfstütze des Vordersitzes abgelegt, sie ragen in die Höhe wie ein paar Ski, sehr lang, sehr dünn und vollkommen unbehaart.

Sie haben sich nach zehn Jahren Ehe scheiden lassen. Aber, sagt Deniz, wir verstehen uns gut. Die Kinder sind gut geraten. Yasmin ist mit den Kindern in die ehemalige Wohnung der Eltern gezogen, ihr Vater lebt im Pflegeheim. Sie besucht ihn zweimal die Woche und kümmert sich rührend um ihn, obwohl er noch immer kein gutes Haar an ihr und an den Kindern lässt. Die Kids sind so unterschiedlich, sagt Deniz und lacht und Denise lacht auch. Hülya hat ein Kopftuch auf, seit sie zehn ist, Tarik ist trans, sagt Deniz, und trans sagt er, als würde er noch nicht genau wissen, ob das Wort von ihm ausgesprochen werden möchte, und Senay, sagte Deniz und strahlt, ist die beste Schülerin der Oberstufe, sie liebt griechische Sagen. Und Orgelmusik. Denise lacht noch mehr. Echt? Was soll man machen, es sind Kinder, sagt Deniz.

Kilometer 0

Akne

Olga sitzt auf ihrem Balkon und liest in dem Dossier, das sie in den letzten Tagen über Hagen Bert angelegt hat. Im Radio berichten sie von einem Zugunglück. Ein Porsche ist an einer Bahnschranke mit Höchstgeschwindigkeit in einen ICE gerast. Die Newsportale schreiben von erweitertem Selbstmord, auf Twitter schreibt @bookmark, der Suizid sei dem Selbstmörder völlig entgleist, und @häuslich findet, dass das eine Sauerei sei.

Das Bewerbungsgespräch ist perfekt gelaufen. Du bist die Richtige für uns, Olga, hat Laura, die Personalleiterin, gesagt. Ich liebe es, dass du Schauspielerin warst. Wenn du möchtest, kannst du am Dienstag anfangen.

Oder gleich am Montag?, fragt Olga.

Montag ist Franchise-Treffen in Dortmund, da ist Silke, unsere Shopmanagerin, nicht da. Ist es ein Problem für dich?

Dienstag ist ok, ich freue mich, hat Olga gesagt und Lauras schlanke, weiche Hand geschüttelt. Sie hat sich immer eine Tochter gewünscht, die wie Laura ist, aber plötzlich ist sie sich nicht mehr sicher, und eine große Sehnsucht nach Lucy überrollt sie. Nach ihrer faulen, schlecht gelaunten Tochter, die jeden Morgen vor dem Spiegel wegen ihrer Akne weint. Heute Abend rufe ich zuhause an, denkt Olga jeden Nachmittag. Aber sie tut es nicht, das Wort Zuhause entgleitet ihr.

Kilometer 465

Die nächste Abfahrt

Du lieber Himmel, wie furchtbar, sagt Rosi. Die armen Leute. André sagt nichts, er muss Autofahren. Im Radio haben sie vom Unglück berichtet. Ein Porschefahrer ist mit seinem Auto direkt in die Lok gerast, mit hoher Geschwindigkeit. Der ICE ist entgleist. Die Nachrichten melden in regelmäßigen Abständen den aktuellen Stand, doch das Einzige, was sich alle paar Minuten ändert, ist die Anzahl der Toten. Man kann quasi mitzählen, man könnte sogar, wenn man besonders zynisch wäre, mitraten. Aber weder Rosi noch André sind zynisch. Das muss hier irgendwo in der Nähe sein, sagt André. Wir könnten von der Autobahn runter und vorbeifahren. Rosi sagt nichts. Sie schauen beide eine Weile nach vorne, der Stau hat sich zum Glück aufgelöst, man kann wieder im dritten Gang fahren und sogar vorsichtig in den vierten schalten. Frida raschelt auf der Rückbank und sagt Ah. Rosi dreht sich um und streichelt über die kleinen Füßchen. Guten Morgen, meine Süße. Frida weiß nicht, ob sie lächeln soll. Vielleicht doch lieber weinen. Sie verzieht den Mund versuchsweise nach oben, dann versuchsweise nach unten, entschließt sich dann aber, neutral zu bleiben. Wir müssen sowieso mal raus mit ihr, sagt Rosi, und André fährt an der nächsten Abfahrt raus.

GEGEN DEN RAUM

Man könne nicht gegen den Raum arbeiten, sagt die Künstlerin, als sie gefragt wird, wie sie mit dem Raum arbeitet, ich akzeptiere den Raum, wie er ist. Ich arbeite mit Wahrnehmung, im Allgemeinen beschäftigen mich Frequenzen. Der Kern eines Kristalls beginnt ad hoc zu wachsen, sagt die Künstlerin und einer der Besucher nickt, als habe sie etwas ausgesprochen, worauf er schon lange gewartet hat. Als habe er schon immer gewusst, dass irgendwann dieser Satz fallen würde und dieser Satz etwas bestätigte, was er, der Besucher im viel zu warmen Pullover mit grünen geometrischen Formen, schon immer geahnt habe. Skulpturale Komplexitäten. Transparenz, die von Sensoren gemessen werden kann. Und um diese Transparenz geht es, um nichts anderes. Die Künstlerin hat eine ästhetische Entscheidung getroffen, auch das Publikum hat eine ästhetische Entscheidung getroffen.

Der Kurator ist froh darüber. Die Sensoren zur Messung von Transparenz wurden von der Firma Sollinger gespendet, sie sind eine Maßanfertigung für diese Ausstellung. Der Chefreporter ist anwesend, der über Kunst, Sport oder Benefizveranstaltungen schreibt, und grundsätzlich über alles, bei dem die Firma Sollinger mit von der Partie ist. Er wird nicht bezahlt von den Sollingers, es ist einfach so, er ist irgendwie besessen von den Sollinger-Sensoren, so wie andere Menschen besessen von Lady Gaga oder Manchester United sind. Außerdem ist er entfernt verwandt mit dem Firmengründer, der schon über 90 Jahre alt ist. Allerdings wird der Journalist geschnitten von den Sollingers, er weiß nicht, warum, irgendetwas ist in der Vergangenheit vorgefallen, da war er noch zu klein, um etwas zu verstehen. Um diese Art von Transparenzen zu verstehen. Der Ausschluss einzelner, in der Regel entfernter Verwandter, ist Teil der Familientradition und Traditionen sind wichtig, denn die Firma beeinflusst die Familie und die Familie die Firma. Das Publikum applaudiert der Künstlerin und ihrem Kurator und später geht es durch die Ausstellung und trinkt Wasser aus schönen Glasflaschen, an denen blaue Etiketten kleben, sie passen zur Ausstellung, die mit akustischen Quanten brilliert, auch das Wasser brilliert, nichts wünscht sich das Publikum mehr als Brillanz.

Es ist stickig und heiß im Bus, obwohl es draußen nur knapp über null Grad hat. Im Sommer dagegen waren die Klimaanlagen kaputt und liefen entweder gar nicht oder kühlten auf 14 Grad herunter, viele waren erkältet, auch Tahire, sechs Wochen lang. Im Herbst ist Tahire aufs Land gezogen, sechzig Kilometer weg von der Stadt, seitdem hat sie Sehnsucht. Einmal ist sie zum Bahnhof, hat sich ein Ticket gekauft und ist in die Stadt gefahren, wo sie den ganzen Tag herumgelaufen ist. Es fing an zu regnen, sie wollte in ein Café gehen, einen Tee trinken, sich aufwärmen. Aber sie hat sich nirgendwo hineingetraut. Wovor sie eigentlich Angst hat, weiß sie nicht genau. Irgendwie ist es ihr peinlich, in ein Café zu gehen, so zu tun, als sei es ganz normal, sich einen Tee zu bestellen. Alle schauen sie an, denkt sie, wenn sie die Tür öffnet und hineingeht. Man sieht ihr schließlich an, dass sie nicht von hier ist. Man sieht ihr auch an, dass sie keine Touristin ist. Also ist sie zum Einkaufszentrum gefahren und einfach nur durch die Geschäfte gegangen, hat in Tausende Gesichter geschaut, tausend Stimmen gehört – keine einzige war ihr vertraut. Die Stadt könnte überall und nirgendwo sein. Und dennoch hat sie Sehnsucht oder gerade deshalb. Sie denkt ständig an die Stadt, stürz dich in meine Arme, Tahire, ruft die Stadt in Tahires Träumen. Das ist komisch, denn noch nie hatte sie Sehnsucht nach einem Ort, sie hatte Sehnsucht nach ihrer Mutter, nach dem Großvater, nach den Freundinnen. Sie hatte Sehnsucht nach der Kuh der Nachbarn, die eine Kugel mitten in die Stirn traf, und Sehnsucht nach einem Jungen, den sie einmal kannte, eine Nacht lang und dann nicht wieder. Das ist lange her.

Silvana soll nicht mehr am Zeisingplatz sitzen. Es ist zu ihrem eigenen Schutz! Eine Sozialarbeiterin hat sie besucht, zusammen mit einer Übersetzerin, die Silvana auf Ukrainisch vorschlägt, in ein Frauenwohnheim zu ziehen, nur dass es da noch keine barrierefreien sanitären Anlagen gebe, aber man werde eine Lösung finden, und Silvana, die weder auf Deutsch noch auf Englisch noch auf Ukrainisch das Wort barrierefrei kennt, zuckt lustlos mit den Schultern. Was soll sie den ganzen Tag in einem Wohnheim sitzen? Das weiß die Übersetzerin nicht und die Sozialarbeiterin weiß es auch nicht. Hier bleiben kannst du aber nicht, sagt die Übersetzerin, also auf Dauer nicht, und die Sozialarbeiterin sagt, nur bis wir etwas anderes gefunden haben, aber das übersetzt die Übersetzerin nicht, sondern fragt stattdessen, ob sie vielleicht irgendeinen Wunsch habe, und Silvana, die das letzte Mal zu ihrem fünften Geburtstag nach einem Wunsch gefragt worden ist, sagt: Häkelzeug. Häkelzeug, fragt die Übersetzerin und Silvana nickt. Vielleicht kann sie ja hier sitzen bleiben, wenn sie häkelt, denkt sie, andere Frauen sitzen auch irgendwo und häkeln. Es gäbe dann auch kein Problem mehr mit dem Nicht-Aufschauen. Wer häkelt, kann gar nicht aufschauen, und es ist etwas anderes, es nicht zu können als es nicht zu dürfen. Jetzt zuckt die ukrainische Übersetzerin die Schultern und übersetzt das Häkelzeug der Sozialarbeiterin, die freudig lächelt und lächelnd nickt und froh ist, dass sie etwas tun kann. Häkeln ist der erste Schritt in die Integration.

Dass zwei Geraden parallel zueinander sind, bedeutet nichts anderes, als dass sie in derselben Ebene liegen und keine gemeinsamen Punkte haben, es bedeutet nicht, dass sie überall den gleichen Abstand haben.

Wochenlang hat der Junge das Haus beobachtet. Vor einem Monat ist eine neue Mieterin eingezogen. Ihre Möbel sehen aus, wie er sich die Möbel eines guten Menschen vorstellt: hell, einfach, ein bisschen abgenutzt. Es war ein hässliches Haus, die Mieter haben es verdient. Er hat alle erschossen, nur die neue Mieterin verschont er.

Mit dem Fahrrad in den Schrebergarten sind es nicht mehr als zwei Kilometer. Jeden Mittwochabend fährt Luis hin und

und mäht die Wiese, es sei denn, es regnet oder es hat geregnet. Nasses Gras soll nicht gemäht werden, es entschärft die Messer, hat er einmal gelesen, das ist zwanzig Jahre her. Seine Frau hat immer die Fernsehzeitung *Auf einen Blick* gekauft, manchmal hat sie ihm daraus vorgelesen, wenn sie dachte, das Thema könne ihn interessieren. Autos, Rasen, Versicherungen. Solche Themen. Sie selbst hat immer den *Abgeschlossenen Liebesroman,* die Rubrik *Sie fragen, Frau Irene antwortet* sowie *Die wahre Geschichte* gelesen. Am liebsten wäre ihm aber gewesen, sie hätte ihm auch die wahren Liebesgeschichten vorgelesen. Sie hatte eine schöne Vorlesestimme, er fühlte sich immer ganz geborgen darin. Er hat sich aber nie getraut, sie darum zu bitten. Manchmal hat er diese Rubriken heimlich gelesen, doch hat er immer ein schlechtes Gewissen dabei gehabt, er weiß nicht, warum. Kann doch seiner Frau egal sein, was er liest! Ausgelacht hätte sie ihn sicher nicht, sie war keine Frau, die andere auslacht. Eines Abends hatte sie sich bereits hingelegt, er blätterte noch lange in der Fernsehzeitung. Das Glas Bier, das er jeden Abend trank, war schon seit einer Stunde leer. Er stand auf, trug das Glas in die Küche, wusch es mit klarem Wasser aus und stellte es zum Trocknen neben die Spüle. Er dachte über die Geschichte nach, die er in der *Auf einen Blick* gelesen hatte. Es ging um eine Frau und um einen Mann. Sie bauten einen Unfall. Sie hassten sich. Später waren sie Chefin und Bewerber. Da erkannten sie, dass sie sich doch nicht hassten. Er hätte gerne mit seiner Frau darüber gesprochen. Als er ins Schlafzimmer kam, lag sie auf dem Rücken. Sie starrte mit offenen Augen an die Decke. Judith, sagte er. Judith. Aber sie antwortete nicht. Sie wurde nur 54 Jahre alt. Manchmal glaubt er, er hätte sie retten können, wenn er an diesem Abend nicht so lange in der Fernsehzeitung gelesen hätte. Aber er weiß, dass das Unsinn ist. Aber, fragt er sich, wenn nicht das, was dann hätte sie retten können? Neulich hat die Nachbarin ihm erzählt, dass man sehr wohl nassen Rasen mähen kann. Das stand im Internet. Nur solle man einen Auffangkorb benutzen und das nasse Gras vorher nicht betreten. Seitdem hat er nie wieder die *Auf einen Blick* gelesen.

Der Bus hält direkt vor der Tür, hat Aylin erzählt, als Tahire sie zum letzten Mal gesehen hat. Das ist so krass da, es gibt drei Stockwerke, im oberen ist es immer leer, da sind die Handys, Elektro und Steine. Was für Steine, hat Tahire gefragt, aber Aylin hat die Schultern gezuckt, keine Ahnung, irgendwelche Steine halt. Und unten ist es immer voll, da sind die Sachen, die jeder braucht, Lebensmittel, Süßkram und Sonderangebote, da kaufen die Leute so viel Sonderangebote, wie sie tragen können, aber die taugen nichts und nächste Woche müssen sie wieder neue Sonderangebote kaufen.

Und in der Mitte?, hat Tahire gefragt und gelacht, Aylin ist immer so kritisch, überkritisch und genau, eine Streberin, haben sie in der Schule immer gesagt. Tahire mochte Aylin vom ersten Tag an, gerade das Streberhafte mag sie.

In der Mitte kannst du Kaffee aus Kapseln trinken, das ist jetzt total in, Kaffee mit Erdbeergeschmack oder Cola oder Vanille. Es gibt sogar Kaffee mit Whiskeygeschmack, ist das nicht krank?

Das Geschäft mit den Whiskeykapseln hat Tahire nicht gefunden, aber das mit den Steinen, das stimmt. Im dritten Stock ist tote Hose.

Ich lese gerne, aber im Alltag komme ich oft nicht dazu, sagt Siri, es geht ihr nicht anders als den anderen, sie mag es im Grunde, wenn es ihr wie den anderen geht.

In Jaroslavs Wohnung riecht es in letzter Zeit nach Parfüm, wenn er nach Hause kommt, er selbst benutzt keins, es muss also woanders herkommen. Er muss aber zugeben, dass er das Parfüm sehr gerne riecht; am ersten Abend dachte er noch, es komme von der Nachbarin, die gegenüber wohnt, dass der Wind ihren Duft von Balkon zu Balkon und dann in seine Wohnung geweht hat, er sah förmlich den Weg, den das Parfüm genommen hatte, über die Geranien, die kleine Palme, den Tisch und dann durch die geöffnete Balkontür, da bin ich. Nur dass die Nachbarin, wie sich herausstellt, seit ein paar Tagen schon im Krankenhaus ist. Jaroslav schnuppert an seiner Kleidung, manchmal fängt die Kleidung ja auch fremde Gerüche ein und konserviert sie, eigentlich auch irgendwie schön, denkt er, aber ganz wohl ist ihm dabei nicht. Nach einer Woche aber, als er abends nach Hause kommt, strömt ihm der Geruch gleich entgegen wie ein kleiner Hund, der den ganzen Tag allein war. Es muss jemand in Jaroslavs Wohnung gewesen sein. Auf dem Sofa ist ein seltsamer Fleck, der gestern noch nicht da war. Jemand hat die Salami im Kühlschrank aufgegessen. Die Verpackung liegt noch auf dem Küchentisch. Jaroslav hört, wie der Wasserhahn im Bad tropft. Es ist das einzige Geräusch in der Wohnung.

Dass nicht nur Menschen, sondern auch Tage tot sein können, wusste der Junge bisher nicht. Nur dass Menschen erst leben müssen, um tot zu sein, bei Tagen ist das Gegenteil der Fall. Wären sie nicht tot, gäbe es sie überhaupt nicht. Ihre eigentliche Nichtexistenz macht sie so wertvoll. Der Junge wohnt jetzt in der Wohngruppe in Haus 11. Er darf das Gelände nicht verlassen. Einen wie dich lassen sie nie wieder raus, hat Norger aus Haus 8 gesagt, beim Sport. Seitdem geht der Junge nicht mehr zum Sport. Der Junge geht in die Bibliothek und liest Bücher über Sonne, Mond und Sterne. Über die Welt und über die Zeit. Der Junge wusste nicht, dass die Zeit so lange angepasst werden musste, bis sie passte. Dass sie in Intervalle eingesperrt wurde, damit die Menschen sie sehen können. Die Zeit wurde eingesperrt, damit sie über die Menschen regieren kann, wie Marie Antoinette in Versailles. Sowohl Marie Antoinette als auch die Zeit sind keine besonders guten Herrscherinnen. Wie viele Mondphasen passen in 365 Tage? 1,03 Tage. Aber wenn jeder Tag 1,03 Tage wäre, dann würde manchmal die Sonne erst mittags aufgehen oder abends oder mitten in der Nacht. Das bringt alle durcheinander.

Auch den Jungen. Eigentlich hätte er lieber die Zeit getötet als die Menschen im Hochhaus. Aber er wusste ja nicht wie.

Draußen ist es dunkel, fast schwarz. Erika steht auf und öffnet das Fenster. Dann zieht sie ihren Morgenrock an, der ist noch von Boris. Komisch, sie kann sich kaum mehr an sein Gesicht erinnern oder an seine Stimme. Aber kaum hat sie den braunen Morgenrock mit den lilafarbenen Streifen angezogen, weiß sie sofort wieder, wie Boris gerochen hat. Obwohl sie den Morgenrock schon zigmal gewaschen hat, seit Boris gegangen ist. Boris hat gerochen, wie ein Mann riechen muss, nach dichten drahtigen Brusthaaren und olivbrauner Haut. Von ferne hört sie einen Hund bellen. Es wird bald Morgen, sie hört es an der Art, wie der Hund bellt. Hasso heißt er. Ein komischer Köter. Erika hält sich von ihm fern, obwohl sie Hunde mag. Sie öffnet die Schlafzimmertür und geht zur Toilette. Als sie auf dem Rückweg das Licht im Flur ausmacht, sieht sie den Fernseher durch die Glastür flackern. Sie weiß, dass sie den Fernseher ausgemacht hat, weil sie ihn immer ausmacht. Und senil ist sie noch nicht, das wüsste sie.

Wenn Channa Syed keine bezahlten Online-Kommentare für Visuals of London schreibt, versucht sie sich – unbezahlt – auf ihren Bachelor vorzubereiten. Sie findet es ein bisschen unfair, dass im Gegenzug der Bachelor sich nicht auf sie vorbereitet, warum muss alles immer so eingleisig ablaufen. Seit der Frühen Neuzeit bricht das hierarchische Gesellschaftsmodell zusammen, angeblich, nur ist das noch nicht in Channa Syeds Leben angekommen, warum eigentlich nicht. Und wieso eigentlich Frühe Neuzeit? Channa findet es der Neuzeit gegenüber unfair, sie bereits jetzt, wo sie noch nicht einmal zu Ende ist, in Frühe, Jüngere und Neueste Neuzeit einzuteilen. Was wenn die Neuzeit noch ewig dauert – was durchaus wahrscheinlich ist, denn welche Zeit soll der Neuzeit bitte noch folgen? Es ist schon siebzehn Uhr, und Channa hat erst zwei Seiten Fachliteratur gelesen, und noch keinen einzigen Satz geschrieben, abgesehen von den beiden Sätzen auf der Produktseite von Visuals of London. Waschen muss sie auch noch. Abgabeschluss ist in vier Wochen. Einerseits ist die Zeit ewig, zumindest die Neuzeit, andererseits rast sie.

Noch nie hat Esma etwas anderes empfunden als Leere. Er empfindet sogar absolute Leere. Aber das ist nichts Schlimmes, da er diese Leere ohne besonderen Anlass empfindet. Nur wenn man absolute Leere als Ausweg empfände, wäre Leere schlecht, davon ist Esma überzeugt. Wenn Esma sagt, dass er nichts als absolute Leere empfindet, sieht er, wie sich diese von ihm empfundene Leere in den Augen seiner Freunde widerspiegelt. Das fasziniert ihn. Wobei er sich fragt, wie es möglich ist, absolute Leere zu empfinden und von der Spiegelung der Leere fasziniert zu sein. Schließen sich Leere, Spiegelung und Faszination nicht aus? Offenbar liegt hier ein Fühlfehler vor.

Moni hat ein Geheimnis, und sie kann sich nicht vorstellen, dass es irgendeinen Menschen auf der Welt gibt, der ein ähnliches oder sogar das gleiche Geheimnis hat, sie hätte sich selbst niemals vorstellen können, dass sie jemals ein solches Geheimnis haben würde. Es ist nichts Schlimmes oder Böses oder Peinliches, es ist einfach nur so, vielleicht ist intim das richtige Wort, aber Moni versteht unter intim etwas anderes, und schon weil sie nicht weiß, wie sie es nennen soll, kann sie es niemandem erzählen. Was gut ist, weil sie es sowieso niemandem erzählen möchte. Und das ist in gewisser Weise ein Schutz, denn über was man sprechen kann, über das spricht man normalerweise auch, irgendwann, obwohl das Gegenteil manchmal besser wäre. Es ist nämlich so: Das, was Moni mit der Welt verbindet, ist weniger als eins, aber mehr als null. Die Welt und ihr Körper befinden sich durchaus auf einer Ebene, aber sie berühren sich nicht. Ihre Körper ist der Kreis, die Welt sind die Ecken des Quadrats, die über den Kreis hinausgehen. Der Kreis ist Teil des Quadrats und das Quadrat ist Teil des Kreises, aber es ist nicht dasselbe und es wird nie dasselbe sein. So wie das Kind Teil der Mutter ist und die Mutter Teil des Kindes, aber dennoch sind die Mutter und das Kind grundverschieden. Es ist, als ob du vor deiner Haustür stehst, du holst den Schlüssel aus der Tasche, der Schlüssel passt, du drehst den Schlüssel, der Schlüssel dreht sich im Schloss, aber die Tür geht nicht auf. Der Schlüssel ist nur Teil des Schlosses, aber nicht Teil des Raumes. Ach, es ist zum Verrücktwerden. Moni seufzt, und das Geheimnis seufzt auch.

Irgendwie ist es ja auch richtig, sagt Zola, aber andererseits ist es so ein Drama, sagt Zola und Cornelia fragt, was denn, na das Mädchen, von dem ich dir erzählt habe, das immer vor dem Einkaufszentrum sitzt, ach das, sagt Cornelia. Wir wissen nicht wohin mit ihr, am Zeisingplatz darf sie nicht mehr sitzen, wegen des Amoklaufs neulich, und ins Wohnheim möchte sie nicht. Wieso darf sie da nicht mehr sitzen, fragt Cornelia, es wird ja nicht jede Woche ein Amoklauf geplant sein. Die Wahrscheinlichkeit, dass in genau diesem Einkaufszentrum noch ein Amoklauf stattfindet, ist doch sehr gering, oder? Wer weiß, sagt Zola, vielleicht gibt es ja Nachahmer und außerdem wurde der Täter noch nicht gefasst. Wahrscheinlich ist das aber nicht, sagt Cornelia. Zola hasst diese Rechthaberei, ist doch scheißegal, wie wahrscheinlich etwas ist. Generell ist es ärgerlich, dass Menschen auf Straßen sitzen und betteln, das muss ja nicht sein. Gibt es dafür nicht Behindertenwerkstätten, fragt Cornelia, ja schon, aber dafür musst du von einer Institution vorgeschlagen werden, und die Krankenkasse muss es bewilligen, aber sie hat ja gar keine Krankenkasse. Wer soll das also bewilligen. Gibt es keine Möglichkeit, fragt Cornelia. Ja schon, Zwangseinweisung, sagt Zola. Aber dafür müsste sie ihr eigenes oder das Leben eines anderen du weißt schon.

Sie steht im Flur und lauscht, sieht den Fernseher in der Dunkelheit jäh aufleuchten und spürt, wie ganz kurz die Panik in ihr aufsteigt. Erika stützt sich an der Garderobe ab. Aber die Situation ist anders als damals. Im Flur stehen ihre Kisten und Schränke mit all den Sachen, die sie im Laufe eines halben Jahrhunderts gesammelt hat. In den Regalen stapeln sich kleine Figuren, Bücher, Fotorahmen. Was soll ihr schon passieren? Es ist sicher alles ganz harmlos. Vielleicht schaut der Fernseher allein fern, während sie schläft. Sie drückt leise die Klinke der Wohnzimmertür herunter. Auf der Couch sitzt eine große, schlaksige Frau mit dunklen, halblangen Haaren. Schwarzes T-Shirt, schwarze Jeans. Sie schaut nicht auf. Sie ist ganz versunken in den Film. Es ist ein Stummfilm in Schwarzweiß. Oder sie hat den Ton ausgestellt. Ein Mann redet auf eine Frau ein, die ihn mit aufgerissenen Augen anschaut. Offenbar ist das, was der Mann sagt, aufregend oder beängstigend. Aha. Beängstigend. Die Frau auf dem Sofa hat Erika mittlerweile bemerkt, sie wirft ihr einen Blick zu und legt dann den Finger auf den Mund. Offenbar möchte sie nicht gestört werden. Erika geht in die Küche und kocht für sich und die fremde Frau einen Tee. Es kommt ihr plötzlich so vor, als wäre die Frau schon immer da gewesen, in ihrer Wohnung, in ihrem Leben. Auch wenn nichts an der Frau sie an sie selbst erinnert. Erika ist eher klein, blond und vom Typ her fülliger. Vielleicht, denkt Erika, wenn ich eine Tochter gehabt hätte. Mit Boris. Vielleicht sähe die so aus. Als der Tee fertig ist, stellt sie die Kanne, eine Zuckerdose und zwei Tassen mit passenden Untertassen aufs Tablett. Zur Feier des Tages holt sie zwei Silberlöffel aus der Schublade, die benutzt sie normalerweise nur an Weihnachten und an Boris' Geburtstag.

Das Jahr muss 365 Tage haben, aber es hat, wenn es nach den Mondphasen und den Sonnenauf- und Sonnenuntergängen ginge, nur 354 Tage. Es geht aber nicht nach den Mondphasen und den Sonnenauf- und -untergängen. Es fehlt Zeit und die Zeit, die fehlt, wird hinzugefügt. Die fehlende Zeit ist tote Zeit. In manchen Zeitsystemen sind es zwölf tote Tage. In anderen fünf oder vier, liest der Junge. Meistens sind es zwölf. Zwölf Epagomene. Auch der Schalttag ist ein Epagomen. Im

Revolutionskalender der Französischen Revolution nannte man die toten Tage Sansculottiden. Die Sansculottiden sind nach den Sansculottes benannt, das sind Menschen, die keine Kniebundhosen tragen können, weil sie keine Adeligen sind, deshalb sind sie Menschen ohne Kniebundhosen. Kniebundhosen sind culottes, ohne sind sie sans. Um die Kontrolle über die Mondphasen zu erlangen, haben die Revolutionäre den Jahren die zusätzlichen Tage angezogen, und plötzlich hatten die Jahre lange Hosen an, wo sie vorher ohne lange Hosen waren, wo sie vorher nur Kniebundhosen anhatten. Die Sterblichkeit der Sansculottes war hoch, vielleicht so hoch wie die der Sansculottiden. Einer wie du kommt hier nie wieder raus, denkt der Junge.

Sie weiß nicht, wer sie ist. Sie wird es nie erfahren. Es ist Nacht, sie hat Hunger, vor ein paar Tagen ist sie aufgewacht aus einer langen Dunkelheit, warm war es und still. Seit sie wach ist, hat sie Angst, vor den Lichtstrahlen, die in ihr Versteck dringen, vor dem Poltern, vor der Unruhe. Außerdem ist es irgendwie feucht. Sie hasst Feuchtigkeit, ohne zu wissen, was Feuchtigkeit ist. Sie will weg hier. Doch die Angst vor der Ungewissheit ist stärker. Sie gewöhnt sich an das Zittern, und als nach ein paar Tagen noch immer nichts passiert ist, hört sie auf zu zittern. Und dann kommt der Hunger. Hunger ist schlimmer als Angst, Feuchtigkeit und Licht. Als es wieder dunkel wird, läuft sie los.

Erika und die Frau haben gemeinsam den Film bis zum Ende angeschaut. Der Mann überlebt, die Frau nicht. Wie bei Boris und mir, denkt Erika, nur andersrum. Das Bild wackelt ein bisschen, dann kommt die Tagesschau. Die Frau schaltet den Fernseher aus. Branka, sagt sie. Danke für den Tee. Erika nickt. Sie nippt an ihrer Tasse, der Tee ist schon fast kalt. Könnten Sie, fragt Branka und räuspert sich. Könnten Sie jemanden gebrauchen, fürs Haus oder so. Erika zuckt die Achseln. Was soll sie darauf antworten? Sie hat Angst, etwas zu sagen. Sie hat Angst, dass, wenn sie etwas sagt, die Situation kippen könnte. Sie weiß nicht, warum. Nur so ein Gefühl. Ich kann das Dach reparieren, sagt Branka. Oder mal was kochen. Erika sagt nichts. Sie braucht niemanden, der ihr Dach repariert, das Dach ist vollkommen in Ordnung. Kochen kann sie selber. Sie hat nichts gegen die Frau, aber sie möchte, dass sie jetzt wieder geht. Als ob Branka ihre Gedanken gelesen hat, sagt sie, ich weiß nicht, wohin. Erika steht auf. Sie legt die Silberlöffel auf die Untertassen und die Untertassen mit den passenden Tassen und den Silberlöffeln auf das Tablett neben die Zuckerdose. Branka hat ihren Tee ohne Zucker getrunken, Erika auch. Sie trägt das Tablett in die Küche. Sie spült das Geschirr, trocknet es ab und räumt alles zurück in den Schrank. Die Silberlöffel legt sie wieder in die Schublade zum Silberbesteck. Als sie ins Wohnzimmer zurückkehrt, steht Branka vor ihr. Sie ist wirklich sehr groß. Über das schwarze T-Shirt hat sie eine grüne Lederjacke gezogen. Sie riecht nicht gut, ein bisschen säuerlich, wie kleine Welpen, wenn sie von der Mutter getrunken haben und aufstoßen. Blöde Alte, sagt Branka und schubst Erika ein bisschen zur Seite. Erika plumpst aufs Sofa. Branka tritt zum Abschied mit dem Fuß in die Glastür, so konzentriert und gezielt, als habe sie die ganze Zeit nur auf diesen einen Moment gewartet. Dann geht sie. Kalte Luft strömt in die Wohnung. Erika hört den Storch klappern, der wohnt bei den Nachbarn auf dem Dach. Erika wartet ein paar Minuten, dann steht sie auf, geht zurück ins Schlafzimmer und legt sich hin. Den Morgenrock von Boris behält sie an.

Frühstück auf der Terrasse, frische Luft, Ruhe, Kühe, Pferde, Rehe, Vögel, Spaziergänge. Siri freut sich seit Wochen auf den Urlaub. In den Wochen vor dem Urlaub schaut sie sich fast täglich die Fotos von ihrer Unterkunft an, es ist ein Hotel mitten in der Natur. Nur Natur und Hotel und Hotelterrasse. Sie hat Halbpension gebucht, tagsüber will sie unterwegs sein, die Gegend erforschen, ein bisschen Sport treiben. Und lesen. Sie hat sich einen Stapel Bücher gekauft, zwei Krimis, ein Ratgeberbuch und einen Roman von Kristine Bilkau, in dem es um die 1960er

Jahre geht. Siri wünscht sich manchmal zurück in diese Zeit, die sie selbst gar nicht erlebt hat, das Leben damals kommt ihr viel beschaulicher vor als heute. Im Rückblick sieht natürlich alles immer kompakter aus, das ist Siri schon klar. Für Frauen war es nicht immer angenehm, aber diese Überforderung wie heute, die gab es nicht. Schon was den Straßenverkehr angeht. Siri wünscht sich ein Leben, das sie quasi im Rückblick erleben kann. Wer wünscht sich das nicht? Als sie mit der Reisegruppe ankommt, sieht es genau so, wirklich ganz genau so aus wie in den Prospekten. Eigentlich sogar noch schöner, weil die frische Luft und das Vögelgezwitscher, das hat sie auf den Bildern nicht sehen können.

Heute ist so ein Scheißtag, erst regnet es, dann ist es zu warm, die Leute sind geizig, und dann hat Silvana sich auch noch verhäkelt, statt einer Mütze häkelt sie einen komischen Deckel mit lappenartigen Blättern, die sich bereits an den Seiten zu kräuseln beginnen, als würden sie verfaulen, sie war so in ihren zornigen Gedanken versunken, dass sie vergessen hat, nur in jeder zweiten Reihe zwei Maschen aufzunehmen, stattdessen hat sie rundherum neue Maschen gehäkelt, in vorhandene Maschen hinein hat sie weitere Maschen und somit ein vollkommen unnützes Gebilde produziert. Silvana will alles wieder auftrennen, aber bringt es nicht übers Herz, das Unnütze aufzutrennen und stattdessen ein Nützes zu häkeln. Im Gegenteil, das unnütze Gebilde ist von einer seltsamen Attraktivität, es ist sogar von einer seltsamen Wahrheit, deshalb häkelt Silvana einfach weiter und schaut, was passiert, eigentlich schaut sie gar nicht, sie macht einfach weiter, ohne, wie immer, irgendwohin zu schauen.

Marion freut sich am Montag schon auf den Freitag. Am Donnerstag aber freut sie sich nicht auf den Freitag, ganz im Gegenteil! Der Freitag steht ganz im Zeichen des bedrohlich nah gerückten Montags. Worauf soll sie sich also am Freitag freuen? Auf die kommende Woche? Nein danke. Schon der Samstag hinterlässt einen unangenehmen Geschmack in Marions Zungenpapillen, die direkt mit dem Zentrum für Vorfreude verknüpft sind. Der beste Tag ist eigentlich Mittwoch. Noch zwei Tage bis Freitag, das ist überschaubar.

Bald wird die, denkt Irma, Mutter sterben, kann ich am Wochenende schon mal den Keller ausräumen, dann muss ich nachher nicht alles auf einmal machen. Ich weiß ja nicht, wie das werden wird, wahrscheinlich ist es mit dem Tod einer Mutter so wie mit der Geburt eines Kindes, du weißt vorher einfach, denkt Irma, nicht, wie es sein wird, weil du es dir nicht vorstellen kannst. Kein Mensch kann sich das Fehlen eines Menschen vorstellen, der bisher ja nicht gefehlt hat. Und kein Mensch kann sich das Vorhandensein eines Menschen vorstellen, der ja vorher nicht vorhanden war.

Sie fährt stapelweise alte Reifen zum Reifenhändler, was wollte, denkt sie, Mama bloß mit den ganzen Reifen? Die sind in einem sehr guten Zustand, aber niemand will Autoreifen, selbst wenn sie wie neu sind. Profil und alles top. Ja, wenn es alte Möbel wären, sagt der Reifenhändler, er hat gut lachen, er verdient an Mamas Autoreifen über 100 Euro. Die Reifen, das ist Irma irgendwie klar, müssen irgendetwas mit einem Mann zu tun haben. Es durchzuckt sie: mit unserem Vater vielleicht. Vielleicht war, denkt Irma, er Reifenhändler, und sie denkt sofort an den Reifenhändler, der das mit den alten Möbeln sagte. Vom Alter her könnte es passen. In Wirklichkeit war Irmas und Krisas Vater natürlich kein Reifenhändler, aber das werden die beiden nie erfahren. Der Vater weiß selbst nicht, was er beruflich gemacht hat. Er lebt noch, am liebsten sitzt er an einer Bushaltestelle, an der nie ein Bus vorbeikommt.

Das Mädchen steht auf dem Sims im 14. Stock. Sie hat es immer gehasst, im 14. Stock zu wohnen, die anderen immer so: Aber die Aussicht, die Aussicht, herrlich, die ganze Stadt zu deinen Füßen. Ja toll, die Stadt liegt zur ihren Füßen, ja und, interessiert sich diese Stadt denn für ihre Füße oder für irgendetwas anderes an ihr? Das ist es ja, dass die Stadt sich eben überhaupt nicht interessiert für sie oder für irgendjemanden. Auch sie interessiert sich nicht für die Stadt, interessiert sich eigentlich für nichts und niemanden, sonst stünde sie jetzt nicht im 14. Stock barfuß und mit aufgeschrammten Knien und müsste schimpfen, auf diese Ungerechtigkeit, die man ihr beigebracht hat, man hat ihr ja nichts anderes beigebracht, als die Ungerechtigkeit zu sehen, nichts anderes, nichts Schönes, nichts Frohes. Sie kennt nur die Stadt mit ihren hässlichen Häusern und hässlichen Häuserschluchten und hässlichen Straßen und hässlichen Bäumen. Von da oben sind die Bäume am hässlichsten, das Grün ist schäbig, die Stämme und Zweige unförmig, verwachsen, nichtssagend. Straßen sind wenigstens gerade oder fließen, passen sich an, aber Bäume stehen nur herum und lassen sich fällen, dumm wie Brot, würde Lela sagen, dumm wie Brot. Wie kann man Bäume gut finden? Ginge es nach ihr, würden Bäume abgeschafft werden. Und sie selbst, sie gehört auch abgeschafft, findet das Mädchen, das Branka heißt. Wenn du sonst nichts kannst, kannst du dich immer noch selbst abschaffen, das hast du den Bäumen voraus, die müssen warten, bis irgendein Depp kommt und sie abholzt, weil irgendein anderer Depp es ihm befohlen hat, holz den Baum ab, Depp, welchen, na den hässlichsten, mit dem hässlichsten fängst du an, dann den zweihässlichsten und so weiter. Hepp, hepp, hepp, hört Branka die Schläge am frühen Morgen, wenn die Gärtner in den noch leeren Straßen ihre Fahrzeuge abstellen, die Leitern ausfahren und die Äste abhauen. Um sieben schmeißen sie die Motorsägen an. Im Frühling wacht Branka davon auf, wenn sie nicht sowieso schon wach ist, und freut sich, dass auch andere Geschöpfe leiden. Dass sie nicht die Einzige ist.

Du bist die Beste im Rechnen, sagt der Vater, deine Lehrerin ist sehr zufrieden mit dir. Lisa strahlt. Du darfst dir morgen ein Spielzeug aussuchen, sagt der Vater. Der Lehrer hat gesagt, man müsse sie loben, bevor man sie zur Kinderpsychologin schickt.

Lisa will aber kein Spielzeug, sie will lieber vor dem Schlafen länger rechnen. Am liebsten mag sie negative Zahlen, deren Farben sind intensiver als die der positiven. Sie mag auch hyperbolische Räume, das sind Räume mit konstanter negativer Krümmung. Wenn Kugeln sich in einem hyperbolischen Raum befinden, sieht das wahnsinnig schön aus, die Kugeln, sagt Lisa, sehen mal größer und mal kleiner aus, aber sie sehen nur so aus, sie sind immer gleich groß. Das liegt an der negativen Krümmung. Lisa ist nicht nur die Beste im Rechnen, sie hat leider auch Wahrnehmungsstörungen. Sie soll mehr spielen und weniger ins Internet. Nach dem Gespräch mit dem Vater weint Lisa, sie will kein Spielzeug, sie will lieber Kugeln in hyperbolischen Räumen beim Kollidieren in 3D anschauen und über ihre Metrik nachdenken.

Cornelia hat sich überlegt, dass sie andere Zielgruppen erschließen möchte, hätte aber nie gedacht, dass es Zielgruppen wirklich gibt, dass Zielgruppen etwas Reales sind, aber seit die Bettlerin vor dem Museum sitzt, kommen mehr Besucher:innen als vorher. Ob diese neuen Besucher:innen wirklich aus Zielgruppen stammen, weiß sie nicht, aber immerhin, es sind deutlich mehr als vorher. Vielleicht weil sie häkelt, vielleicht denken die Leute, das ist eine Kunstaktion.

Soziale Kompetenz ist Siri unglaublich wichtig. Glücklicherweise sind die Mitreisenden von Siri äußerst freundlich, interessiert und vor allem sozial kompetent. Es entspinnt sich schon bald ein reges Gespräch über alternative Medizin, Wandern und das einfache Leben. Alle sind sich einig, dass das einfache Leben das wahre Leben ist, alles andere ist Ablenkung und Sublimierung, und Sublimierung braucht heute ja keiner mehr.

Eine Frau am Tisch, sie heißt Marion, schüttelt einmal den Kopf, ganz unauffällig, fast heimlich, kurz darauf verabschiedet sie sich und geht zu Bett. Sie erinnert Siri an eine Frau, die sie einmal gekannt hat, aber sie hat nur noch ein sehr vages Bild von dieser Frau. Sie kannte sie nicht besonders gut. Siri trinkt noch ein Glas Wein mit zwei anderen Frauen und einem äußerst charmanten Herren, er ist um die 50 und Musiklehrer in Bayern. Es wird spät, sie verzichtet aufs Duschen, schminkt sich nur ab und putzt sich die Zähne, öffnet das Fenster und schlägt eins der neu gekauften Bücher auf. Es ist ein Krimi von Sebastian Fitzek. Spannend, aber auf Seite 10 fallen ihr die Augen zu, sie löscht das Licht und schläft sofort ein. Sie träumt von einer Frau, die Arie Shiwong heißt.

Wenn wir alt auf die Welt kommen würden und unser Leben daraus bestünde, jung zu werden, wären wir dann nicht unsterblich, denkt Silvana, wir würden ja immer gesünder werden, und die Wahrscheinlichkeit, nicht geboren zu werden, würde immer geringer, bis die Wahrscheinlichkeit eines Tages genau null wäre. Ist es Zufall, dass wir alt sterben, anstatt jung und unsterblich zu werden? Wahrscheinlich, denkt Silvana, während die Dinge in ihrer Hand sich selbst häkeln, wahrscheinlich geht es nicht, weil wir nicht so viel Platz haben. Weil der Raum nicht unendlich ist. Oder ist der Raum doch unendlich? Vielleicht, denkt Silvana und hebt eine Masche auf, vielleicht gab es ja, vor Millionen oder Billionen oder Billiarden Jahren oder gestern, eine Zeit, in der die Zeit tatsächlich rückwärts ging, nur hieß es nicht rückwärts, sondern irgendwie anders, nur reichte dann blöderweise der Platz nicht für alle Unsterblichen und alle waren unsterblich, weswegen alle immer dünner werden mussten, so dünn, bis sie nicht mehr da waren. Die Gebilde, die Silvana häkelt, werfen Welle auf Welle und sie liebt es, wenn sie Wellen werfen. Und schließlich hat das Universum so lange herumprobiert, bis es die optimale Lösung für uns gefunden hat.

Oder, denkt Silvana und schütttelt ihre Hände aus, bevor sie den nächsten Knäuel in Angriff nimmt, der aus blauer, glatter Baumwolle ist und von der Frau mit den Kordröcken stammt, oder die Zeit hat mehrere Richtungen, nicht nur vor und zurück, sondern längs, quer oder diagonal, und die Erde ist zwar eine Kugel, aber die Zeit ist ein hyperbolisches Konstrukt und wir kreisen um das Nichts, aber wir kreisen nicht im Kreis, sondern in einer Spirale. Oder in einem Möbiusband. Wer weiß das schon. Natürlich denkt Silvana nicht hyperbolischer Körper oder Möbiusband, sondern denkt sich in sie hinein, aber es kommt dasselbe heraus.

In der Nacht, in der Jade geboren wird, schickt Jades Mutter Jades Vater aus dem Zimmer: Geh mal einen Kaffee trinken, sagt sie, ich will aber hierbleiben, sagt Jades Vater, bitte, sagt Jades Mutter. Es ist ein bisschen so, wie manche Menschen sterben, nämlich genau in dem Moment, in dem sie nicht überwacht werden von den Angehörigen, und in dem Moment, in dem Jades Mutter allein ist mit sich und der noch ungeborenen Jade, geschieht es: Der Muttermund öffnet sich von sieben auf zehn Zentimeter in nur drei Minuten, es folgen zwei Presswehen, der Schmerz ist so heftig, dass Jades Mutter einen Moment lang etwas fixiert, das wie eine Pforte aussieht, und als sie wieder normal sehen kann, liegt Jade da, patschnass und sehr rosa, sie quiekt und Jades Mutter sagt, da bist du ja. Sie hat im selben Moment ein Déjà-vu, sie hat diesen Satz schon einmal gesagt, sie hat dieses Kind schon einmal geboren.

Sie legt sich Jade auf die Brust und Jade schläft sofort ein, denn die Geburt hat sie wirklich angestrengt. Jades Mutter schaut ungefähr fünf Minuten lang auf den blutig schimmernden Nagel ihres großen Zehs und denkt, das nächste Mal gebär ich allein im Wald. Es ist sehr still im Zimmer und Jades Mutter fühlt sich leer, auf eine angenehme Art leer.

Jades Vater ist ein bisschen beleidigt, dass er aus dem Kreißsaal geschickt wurde, er hat überhaupt keine Lust auf einen Kaffee, doch Gebärende soll man nicht verärgern, denkt er und fragt die Nachtschwester nach dem Kaffeeautomaten. Die Nachtschwester hat freundliche Augen und einen großen, gut durchbluteten Mund. Den Gang runter, um die Ecke, sagt sie, sie hat es leider eilig. Jades Vater dreht sich noch einmal nach ihr um und findet es irgendwie schön, wie sie sich bewegt, ihr Hintern und alles und wie ihre Haare auf den Rücken fallen. Er zieht sich einen Cappuccino am Kaffeeautomaten, nippt einmal kurz daran und als er mit dem Pappbecher in der Hand zurück zum Kreißsaal geht, passt er auf, dass er nichts verschüttet.

Er tritt in den Kreißsaal und stellt erschrocken fest, dass auf dem Körper seiner Frau ein fremdes Kind liegt. Sie heißt Jade, sagt Jades Mutter. Jades Vater nickt und schaut das fremde Kind schüchtern an. Er hat irgendwie das Gefühl, sofort sterben zu wollen. Zieh dein Hemd aus, sagt Jades Mutter. Oh Gott, sagt Jades Vater. Jade mag die warme Haut ihres Vaters, sie sieht zufrieden aus. Nie hat es einen glücklicheren Tag in Jades Vaters Leben gegeben. Jades Mutter trinkt den Becher mit dem lauwarmen Kaffee in einem Zug aus.

Die Mutter ist wieder schwanger, schwanger sein ist schön, der Mutter ist immer warm und sie hat immer Hunger. Ist sie nicht schwanger, leidet sie unter Appetitlosigkeit und weil sie nichts isst, friert sie. Da ist schwanger sein eindeutig besser.

Wenn nur die Kinder nicht wären! Es ist wahnsinnig anstrengend, zwei Körper zu sein, und nicht zu wissen, welcher Körper man gerade ist, und zwei weitere Körper queren dich wie eine Doppelhelix. Die Kleine ist schon wach, sitzt im Bett und lacht, immer lacht sie; komischerweise geht das Lachkind der Mutter mehr auf die Nerven als das immer unzufriedene Brüderchen, dessen Schreien die Mutter bis in den Schlaf verfolgt. Oft weiß sie gar nicht: Träumt sie vom Schreien oder wacht sie auf davon? Irgendwie verschafft ihr das Geschrei aber eine gewisse Befriedigung, als wäre es ihr eigenes, als könne der Kleine besser ausdrücken als sie selbst, was die Welt ist. Das ständige Lachen seiner Schwester dagegen, vielleicht ist sie gestört, denkt die Mutter.

Es ist stockdunkel im Zimmer, weil es auf dem Land immer stockdunkel ist, es gibt keine Lichtreklamen und keine Scheinwerfer, die um drei Uhr morgens aufleuchten, weil Frau Kaplan vom ersten Stock im gegenüberliegenden Haus zum Frühdienst fährt. Siri dreht sich auf die andere Seite, da bemerkt sie, dass mit ihrem Gesicht etwas nicht stimmt. Sie hat den Eindruck, dass es gewachsen ist. Siri schüttelt über sich selbst den Kopf, etwas unwillig, wie diese Marion gestern beim Abendessen. Mit den Händen berührt sie vorsichtig die Wangen, die Haut fühlt sich an wie ein frisch gespanntes Betttuch und sehr heiß. Siri macht das Licht an, eine große braune Motte fliegt erschreckt durchs Zimmer und landet auf dem dunkelblauen Vorhang, Siri steht auf und geht ins Bad. Sie starrt ihr Gesicht im Spiegel an: Es ist tatsächlich riesengroß und glänzt, die Haut über den Wangen und über den Lippen ist geschwollen. Siri beruhigt sich, sie sagt sich, dass sie wahrscheinlich noch träumt, geht wieder ins Bett und schläft weiter, aber sehr viel unruhiger als zuvor.

Jörgs Kurzzeitgedächtnis ist nicht mehr das beste. Er ist alt. Und geistig auch nicht mehr richtig fit. Nur körperlich funktioniert er noch ganz gut. Noch als 70-Jähriger hat er seine erwachsene Tochter gevögelt. Die war da auch schon gut über 40. Es war der letzte Sex, an den er sich erinnern kann. Wenn Jörg daran denkt, wird ihm warm uns Herz. Einmal hat er der Tochter sogar ein Kind gemacht, das ist aber schon lange her. Es ist sein Kind und gleichzeitig sein Enkelkind, das ist irgendwie schön. Leider ist das Enkelkind-Kind im Kopf nicht ganz richtig; das kam vom Zeckenbiss und der Gehirnhautentzündung, die dann folgte. So schnell kann es gehen. Seine Tochter möchte ihm gerne verzeihen, kann aber nicht. Das hat sie ihm gesagt. Er weiß nicht, was es da zu verzeihen gibt.

Im Programmheft stand, es gehe heute um den Lorentzfaktor und um die Zeitdilatation, doch der Referent ist letzte Woche verstorben, weshalb das Thema Rössler-Attraktor vorgezogen wurde. Linus war ein wenig enttäuscht, denn über den Rössler weiß er bereits viel, über Lorentz aber noch wenig. Allein durch die Betrachtung einer Bonbonknetmaschine hat Rössler seltsame, nichtlineare Terme erkannt, die dem Möbiusband ähneln, deshalb ist der seltsame Attraktor nach ihm benannt worden. Wobei sicherlich der seltsame Attraktor älter ist als der Herr Rössler selbst, und es ist ein bisschen so, als würden das DNA-Material, aus dem wir gemacht sind, nach uns benannt werden, wo ja eigentlich wir nach ihm benannt werden müssten. Aber egal. Was man Herrn Rössler allerdings zugute halten muss, er war in der Lage, aus dem Kneten von Bonbons Schlüsse zu ziehen, die nicht nur etwas über Bonbons aussagen. Das ist wirklich stark, findet Linus.

Nur dauert der Vortrag Linus schon viel zu lange, im Programm stand 60 Minuten und jetzt sind es schon 80. Der Referent redet und redet und Linus kommt es so vor, als habe er ein Bonbon im Mund, das einfach noch nicht fertig geknetet worden ist. Es gebe nach Veranstaltungsende zu essen und trinken in lockerer Runde, hat es geheißen. Linus' rechter Fuß, der auf dem linken Knie liegt, wackelt beständig hin und her, anfangs nur ein bisschen, dann immer heftiger. Er merkt selbst gar nicht, dass er mit dem Fuß wackelt, die Frau, die neben ihm sitzt, bemerkt es jedoch, und als Linus es selbst merkt, weiß er nicht, ob die Frau, die es vermeidet, ihn anzusehen, oder der wackelnde Fuß es war, der ihn darauf aufmerksam machte, dass mit ihm etwas nicht stimmt. Dass seit 10 Minuten sein Fuß wackelt wie ein Wackeldackel auf der Hutablage. Linus ist das Fußwackeln so peinlich, dass er so tut, als bemerke er es selbst nicht, was aber bedeutet, dass er weiterwackeln muss. Es ist aber ein anderes Wackeln als das, als es noch von ihm unbemerkt war. Es ist viel anstrengender. Es ist sinnlos, so zu tun, als ob, denkt Linus, und als er etwas beschließen möchte, ist die Veranstaltung endlich zu Ende. Er steht sofort auf und holt sich ein Glas Wein. Die Frau neben ihm holt sich ebenfalls Wein. Sie unterhält sich mit verschiedenen Personen, unter anderem mit dem Referenten, der eine schwarze Krawatte trägt, wie Linus seltsamerweise erst jetzt auffällt, und verlässt dann die Veranstaltung. Linus ist sehr erleichert, er weiß nicht warum, aber plötzlich hofft er, dass dieser Frau etwas Schreckliches zustößt. Doch es stößt ihr nichts zu. Sie wird im Gegenteil sehr alt werden, deutlich älter als Linus.

An den Samstagen freut sich Celine schon am frühen Morgen auf das Wasser. Sie freut sich auf die Möwen und die Wellen und sogar auf die Touristen. An den Samstagen arbeitet sie immer mit Mounir, den sie so mag, sein Gesicht mag sie und ganz besonders mag sie seine Waden. Er hat nämlich ganz ungewöhnliche Waden, kräftig, aber nicht protzig, es sind Muskeln, die einfach da sind, wie absichtslos, und das Ungewöhnliche besteht darin, dass sie an ihrer Rückseite nicht behaart sind, obwohl sonst an Mounir eigentlich alles behaart ist.

An den Samstagen mit Mounir fällt Celine alles leicht, das Meer schaukelt ihre finsteren Gedanken in eine freundliche Skepsis hinein, es schaukelt die Sorgen, die Wehmut, schaukelt hin und her; davon gehen die Sorgen nicht weg, aber sie werden beweglich.

Bewegung ist Hoffnung, hat Mounir gesagt, das ist ein schöner Satz, findet Celine, ein Satz, der gut zur Schifffahrt passt. Wenn sie auf dem Meer ist, hat Celine keine Angst mehr vor ihren Sorgen, auch vor dem Meer hat sie keine Angst, selbst wenn es hohe wütende Wellen schlägt, als wolle es jeden verjagen, wie ein großes Tier, das die Fliegen verscheucht. Aber Celine hat keine Angst, selbst dann nicht, als der Horizont in den Fenstern nicht mehr zu sehen ist, nur noch Blau und Gischt und Tobsucht.

Die Fahrgäste kotzen, sie haben für eine schöne Bootsfahrt gezahlt, nur hat das Meer nichts von dem Geld bekommen und versprochen hat es auch nichts. Das wäre die beste Erfindung aller Zeiten, wenn man das Meer korrumpieren könnte, denkt Monsieur Marcier, der Besitzer des Fährschiffs. Und obwohl auch seine Schifffahrtsgesellschaft nichts versprochen hat, schreiben die Fahrgäste böse Kommentare auf Google und Tripadvisor. Das Geld für die Überfahrt hätte ich auch einem Clochard in den Rachen stopfen können, schreibt ein Beamter aus Köln, dann hätte wenigstens ein anderer für mich gekotzt.

Der Wecker klingelt um acht. Normalerweise steht Siri gegen halb sieben auf, im Urlaub darf es ruhig ein bisschen später sein. Schon beim Aufstehen weiß sie, dass sie sich ihr entstelltes Gesicht nicht eingebildet hat, es fühlt sich aufgedunsen an. Ihr rechtes Auge brennt. Im Badezimmerspiegel springt ihr das geschwollene Gesicht mit einem feuerroten Auge entgegen. Jetzt nur nicht panisch werden. Sie untersucht ihren Körper, alles normal, nur am Knie hat sie einen fetten Mückenstich. Sie wäscht sich notdürftig, putzt die Zähne, zieht sich eine leichte Hose und eine kurzärmlige Bluse an und geht hinunter. Ein junger Mann kommt ihr auf dem Flur entgegen, er schaut weg, als sie an ihm vorbeigeht.

Arschloch, denkt sie. Die Rezeptionistin wirkt sehr besorgt und ruft gleich die Hausärztin des Hotels an, Frau Dr. Zariab. Geht das heuer noch früher los, murmelt Dr. Zariab. Siris Krankheit ist hier wohlbekannt: eine Allergie gegen die Härchen des Eichenprozessionsspinners. Vor Eichen sollst du weichen, sagt Dr. Zariab, sie hat einen österreichischen Akzent.

Mit zwei Fingern schiebt sie Siris oberes Augenlid nach oben und das Unterlid nach unten. Dann fummelt sie ihr mit einem Wattestäbchen das Härchen der Eichenprozessionsspinnerraupe aus dem Auge.

Haben wir den Übeltäter! Sie nimmt Siri Blut ab, um festzustellen, wie allergisch sie gegen das Gift der Raupe ist, gibt ihr den Rat, das Auge in jedem Fall in Ruhe zu lassen, auch wenn es juckt wie verrückt, und verschreibt ihr ein Antibiotikum gegen Bindehautentzündung und mindestens drei Tage nicht nach draußen gehen. Wie bitte? Nicht nach draußen gehen soll sie? Nur bis das Ergebnis der Blutuntersuchung feststeht, sagt die Ärztin. Nicht, dass Sie mir noch einen Allergieschock bekommen.

Die Mutter hat Möhrenbrei mit Bio-Truthahn im Vaporisator heiß gemacht. Das Baby sitzt im Hochstuhl und haut mit tollpatschigen Händen auf die Essfläche. Das ist die Vorfreude. Die Mutter muss ausnahmsweise selbst lachen, es sieht einfach zu drollig aus. Da ertönt schon das Geschrei aus dem Kinderzimmer, das Brüderchen ist jetzt auch wach. Die Mutter läuft zum Geschrei, das Brüderchen in seinem Bettchen bebt vor Zorn. Aus der Küche hört die Mutter die Kleine krähen. Nicht einmal richtig schreien kann sie, denkt die Mutter. Sie wartet, bis die Kleine zu weinen beginnt, aber nichts. Sie kräht einfach munter vor sich hin.

Und dann passiert es doch: Die Fähre kentert; Celine wird Mounir nicht wiedersehen, und auch zwei der Kinder, die mit ihrer Mutter auf dem Schiff waren, wird sie nicht wiedersehen.

Vor ein paar Minuten haben sie noch gelacht, weil die Wellen ihnen wie im Spiel entgegenspritzten, es aber nur bis zur Scheibe schafften, was haben diese Kinder gelacht vor Überraschung und Übermut! Ein paar Minuten später sind sie tot. Schrecklich! Auch Celine hat es beinahe nicht überlebt, wäre beinahe erfroren im kalten Wasser. In der Zeitung steht, dass ein kleiner Hund vermisst wird. Auf dem Foto sehen seine Augen gelb und seine Ohren spitz aus, es sind die Augen und Ohren eines Hundes, der zum Zeitpunkt der Veröffentlichung bereits ertrunken ist.

Die Mutter setzt das sich hin- und herwindende Brüderchen auf den Hochstuhl. Das Baby hat aufgehört zu krähen und lächelt den Bruder kumpelhaft an. Der hat aber keinen Sinn dafür. Die Mutter nimmt den Jungen wieder aus dem Stuhl und setzt ihn neben dem Bären auf den Boden. Endlich Ruhe. Der Junge packt den Bären am zottigen Fell und schleudert ihn in die Ecke. Das Baby kichert. Der Junge läuft zum Bären und tritt ihn, das Baby gluckst, der Junge nimmt den Bären und drischt ihn gegen die Wand. Das Baby klatscht in die Hände. Die Kinder sind beschäftigt, die Mutter geht aufs Klo. Sie ist im achten Monat, der Fötus drückt auf die Blase.

Lotte Bodenweg geht jeden Morgen zum Briefkasten, seit vielen Jahren macht sie das, es sind so viele Jahre, dass sie gar nicht weiß, ob sie überhaupt noch so weit zählen kann. Wann hat sie das letzte Mal bis unendlich gezählt, sie weiß es nicht mehr. Als Kind wahrscheinlich, jedes Kind zählt irgendwann einmal in seinem Leben bis unendlich und dann nie wieder. Lotte öffnet zweimal am Tag ihren Briefkasten, einmal morgens um 8, einmal am späten Nachmittag gegen 16.30 Uhr. Es befindet sich meistens Werbung oder Information (Pizza, Wochenblatt, Telefonrechnung, Info einer Produktionsfirma über einen Film, der demnächst in der Straße gedreht wird) darin oder eben auch Müll, wobei Lotte den Ausdruck Unrat vorzieht. Der Unrat besteht zum Beispiel aus halb gerauchten Zigarettenkippen, Kaugummi- und Bonbonpapierchen oder auch dem Verpackungsmaterial asiatischer Tütensuppen, sogar ein paar trockene Nudeln findet sie regelmäßig im Kasten. Würde sie die gefundenen Nudeln sammeln, könnte sie sich alle zwei bis drei Monate eine kleine Nudelsuppe kochen. Zum Glück ist Lotte nicht darauf angewiesen, ihr Mann (leider verstorben) hatte eine gute Position in einer Firma, die Organza hergestellt hat. Lotte wohnt direkt neben einer Gesamtschule, die Schüler stehen in den Pausen, vor und nach dem Unterricht vor der Tür des Mehrfamilienhauses, indem sie wohnt. Sie rauchen. Sie essen die trockenen Nudeln zusammen mit den Instant-Pulver roh aus der Verpackung. Keine Erziehung, denkt Lotte, aber ihr kann es ja egal sein. Neulich hat sie einen knallroten Lippenstift im Briefkasten gefunden, den sie ausnahmsweise aufgehoben hast und sogar heimlich benutzt. Aber nur in der Wohnung. Bevor sie einkaufen geht, schminkt sie sich sorgfältig ab.

Es regnet und Silvana sitzt unter ihrem Regenschirm und betrachtet abwechselnd die Tropfen, die von den Regenschirmstangen rutschen, und ihr Häkelzeug. Sie arbeitet heute an einer Strampelhose für Babys, die sie schon als Kind gerne gehäkelt hat, denn das Besondere an dieser Strampelhose ist, dass sie an einem Stück gehäkelt wird, zuerst ein Schlauch, das ist das erste Beinchen, dann ein breiteres Etwas zum Hineinschlüpfen, dann das zweite Beinchen, ein zweiter Schlauch. Ein paar Meter vor ihr stehen seit mindestens zehn Minuten zwei Paar Turnschuhe, Silvana hat nicht aufgesehen, aber sie weiß, dass die Turnschuhe sie beobachten. Polizei oder Ordnungsamt kann es nicht sein, Polizei oder Ordnungsamt tragen immer schwarze Schuhe.

Celine hat sich immer gefragt, wie sie sich im Fall einer Katastrophe verhalten würde, würde sie hysterisch und panisch werden oder cool und aufopfernd? Würde sie Heldin oder Opfer sein oder sogar Heldin und Opfer? In Gedanken hat sie natürlich an ihrem Heldentum gestrickt, manchmal sogar in ihren Träumen. Es kann sogar sein, dass sie sich ein Unglück insgeheim gewünscht hat, damit sie, vor allem was Mounir angeht, sich als Heldin beweisen könnte.

Als es dann aber soweit ist, hat sie gleich, nachdem das Schiff gekentert war, das Bewusstsein verloren, sie knallt mit dem Kopf gegen die Spindtür, noch Jahre später wird sie manchmal, wenn das Wetter umschlägt, Kopfschmerzen bekommen. Ihre Ohnmacht rettet ihr paradoxerweise das Leben, während Mounir ertrinkt, weil er vor lauter Panik die Rettungsweste falsch angelegt hat. Weil Celine ohne Bewusstsein ist, kann sie auch nichts falsch machen; einer der Passagiere, ein 60-jähriger Mann, der erst vor ein paar Monaten seinen Segelschein gemacht hat, legt ihr die Rettungsweste an und zieht sie auf das Rettungsboot. Währenddessen ist eines der beiden Kinder in den Wellen untergegangen, noch bevor ihm klar wird, dass dies hier das Leben und kein Spiel mehr ist. An das andere Kind kann sich später keiner der Überlebenden mehr erinnern, nur Celine besteht darauf, dass es da war, das zweite Kind.

Wer kann schon von sich sagen, er sei ein glücklicher Mann, Matthies kann das von sich sagen, denn Matthies wird von allen geschätzt und auch ein bisschen geliebt, er sieht auf eine lässige Art gut aus, hat Humor und sagt manchmal Sätze, die zeigen, dass er einen guten Überblick hat. Im Großen und Ganzen muss er gar nicht viel sagen, er hat diese Ausstrahlung von Leuten, denen man einiges zutraut, ohne sie näher zu kennen. Er ist der geborene Chef, ohne darauf herumreiten zu müssen. Er spricht mit allen, nicht nur mit den Wichtigen. Neulich hat er mal wieder einen Termin dazwischengeschoben, obwohl sein Terminkalender schon mehr als voll war. Aber man hat ihn gebeten, wie soll er da nein sagen, und außerdem zahlt sich alles irgendwie aus, wenn auch nicht sofort. Bei diesem Termin aber war ein Mädchen, das offenbar nicht wusste, wer er ist, sie hat ihn zweimal nicht ausreden lassen. Auch ihr Mitarbeiter hat ihm widersprochen und am Ende des Termins kommt es ihm so vor, als hätten ihn die beiden verhöhnt. Als er danach im Taxi sitzt, um zum Abendempfang einer Ministerin zu fahren, hört er die beiden über ihn lachen, kaum dass er den Besprechungsraum verlassen hat. Es bricht ihm das Herz über sich selbst. Sein Ich fällt in einen langen, tiefen Schacht, dort ist es kalt und die Wände sind glatt. Er weiß nicht, wie er es da jemals wieder herausholen soll, das Ich. Er gibt ein gutes Trinkgeld und als er aussteigt, gerät er unter einen SUV. Den Fahrer trifft keine Schuld.

Die Mutter schließt die Tür. Der Junge hebt den Bären auf und bringt ihn dem Baby, das noch immer im Hochstuhl sitzt. Es schaut den Bär mit ungläubigen Augen an. Von diesem Bären kann nichts Gutes kommen. Es wirft ihn auf den Boden. Der Bruder hebt den Bär wieder auf. Das Baby brüllt jetzt ein lautes Kriegsgeschrei, es will dem Bruder zeigen, was es drauf hat. Der Bruder lacht. Er reißt dem Bären ein Büschel goldgelber Haare aus, die ihm aus den Ohren kommen. Er hält sie dem Baby hin, das Baby stopft sie sich gierig in den Mund. Weil man nicht gleichzeitig krähen und kauen kann, wird es ganz still im Zimmer.

Die Mutter kommt herein und streicht ihren beiden Kleinen über den Kopf. Sie hat schon wieder Hunger.

Er war der beste Sohn, sagt Margot. Sie sitzt wie jeden Morgen bei ihren Gästen und erzählt von Udo. Seit Monaten spricht sie nur noch Dialekt; seit Udo tot ist, hat sie den Versuch aufgegeben, hochdeutsch zu sprechen. Die Feriengäste verstehen nur die Hälfte, spüren aber, dass man Margot jetzt nicht unterbrechen darf; sie haben Mitgefühl, nur wollen sie halt auch ihre Ferien in Ruhe verbringen, ein bisschen entspannen und den Alltagsstress vergessen, bekocht werden und es schön finden, dass jemand die

Betten macht und aufräumt. Die Winters aus Raum 18 sind heute morgen vorzeitig abgereist, ein dringender Notfall zuhause, es tut uns leid, dass wir nicht bleiben können. Margot ist traurig, die Winters haben ihr immer so empathisch zugehört. Frau Winter hat sie in den Arm genommen und ihr übers Haar gestreichelt. Sie hat nach verbranntem Holz gerochen, und Margot hat sich in Frau Winters Arme geschmiegt, sie fühlte sich geborgen wie lange nicht mehr. Am liebsten hätte sie Frau Winter nie wieder losgelassen. Wir müssen dann mal, sagt Herr Winter und Frau Winter öffnet die Arme und Margot friert sofort, kaum dass sich der Holzgeruch von Frau Winter entfernt hat. So einen Sohn kann jeder sich nur wünschen, sagt Margot und winkt den Winters hinterher.

Arnold ist Koch, sieht aber aus wie ein Arzt aus einer Arztserie. Genauer gesagt sieht er aus wie der Chefarzt Dr. Blazej aus *Das Krankenhaus am Rande der Stadt,* er ist jung, begabt, gutaussehend, gleichzeitig aber charakterlos und verschlagen, jederzeit bereit, seine Kollegen und Kolleginnen auf dem Altar seiner Eitelkeit zu opfern. Trotzdem ist er ein Sympathieträger, und das ist es, was Arnold am meisten fasziniert. Als Kind hat Arnold diese Serie im Internet angesehen, sie kommt schon lange nicht mehr im Fernsehen, sie ist noch old school. Arnold mag old school, damals hatten die Serien und die Serienfiguren noch Charakter. Sie hatten Charakter und waren dennoch Sympathieträger. Manchmal sagt Arnold, dass *Das Krankenhaus am Rande der Stadt* die Mutter aller Krankenhausserien war, dann schauen ihn die anderen komisch an, wer interessiert sich bitte für Krankenhausserien? Arnold sieht nicht nur genau wie Dr. Blazej aus, er ist auch so. Es ist selten, dass das Aussehen eines Menschen seinen Charakter so detailgetreu spiegelt, wie es bei Arnold und Dr. Blazej der Fall ist. Wobei man natürlich bedenken muss, dass Dr. Blazej eine Kunstfigur ist, die so sein muss, wie sie aussieht, sonst wäre sie keine Kunstfigur. Arnold ist dagegen keine Kunstfigur, er weiß noch nicht einmal, was das sein soll, eine Kunstfigur, wofür auch, er ist Koch, er muss wissen, was ein

Schnitzel ist und eine Panade, eine Rösche und eine Tranche, wie man ziseliert oder eine Crème Brûlée zubereitet. Und das muss man Arnold lassen, er weiß das, er weiß es sogar sehr gut.

Die Mutter hat die Kinder ins Bett gebracht und stößt einen tiefen Seufzer aus. Sogar die Nachbarn zwei Häuser weiter hören den Seufzer. Dabei sind die Kinder heute ohne Widerstand ins Bett gegangen. Der Sohn hat die ganze Zeit gegrinst. Nur das Baby ist in sich gekehrter als sonst. Es hat aufgehört zu strahlen. Seine großen braunen Augen glänzen. Die braunen Augen hat es vom Vater, die Mutter hat blaue, der Sohn hat auch blaue. Die Mutter schüttet den Rest Kaffee aus der Kanne in einen Becher, sie öffnet das Küchenfenster und holt tief Luft. Der Kaffee ist schon wieder kalt geworden. Sie braucht jetzt eine Zigarette, nur eine einzige. Auf dem Boden liegt der Bär. Die Mutter gibt ihm einen Tritt, es hat zum Glück keiner gesehen, der Vater kommt erst am Dienstag nach Hause.

Dass der Bub ein Trauma hat, kann man sehen, kann jeder sehen, und Margot kann nicht anders, als ihren Enkel mit den Augen der anderen zu sehen, wie er rumläuft, mit schwarz umränderten Augen, schwarzen Klamotten, die Haare hängen so komisch ins Gesicht wie bei einem Shetlandpony, nur viel dünner. Er nennt sich jetzt Billie. Nur Margot nennt ihn noch immer Bastian, aber er reagiert nicht mehr auf Bastian, er will jetzt Billie genannt werden, sagt Irina am Telefon, sie sagt es traurig und herrisch gleichzeitig, und Margot schüttelt den Kopf, sie kann ihn nicht einfach Billie nennen. Sie möchte dem Unglück nicht auch noch einen Namen geben. Ihr ganzes Glück hat sie einmal in ihm gesehen, ihr Glück, eine solche Familie zu haben, einen solchen Sohn und einen solchen Enkelsohn. Nichts ist davon übrig geblieben, und dieses Nichts heißt jetzt Billie.

Am Morgen wacht die Mutter von selbst auf. Ein Specht klopft rhythmisch gegen einen Baum, er muss ganz in der Nähe sein. Im Bett liegen und einen Specht hören, denkt sie. Das ist so wunderbar. Das erste Mal seit Ostern hat sie mehr als vier Stunden am Stück geschlafen. Das Mädchen schläft noch, der Junge ist schon wach, als sie ins Zimmer kommt. Er will gleich auf ihren Arm. Sonst brüllt er gerne vor Zorn über sein Wachsein, heute ist er ganz brav. Er deutet auf das Bettchen, wo das Mädchen schläft. Psst, sagt die Mama, sie will es nicht wecken. Das Gelächele wird ihr noch früh genug auf die Nerven gehen. Sie geht mit dem Jungen in die Küche und macht ihm einen Kakao. Er sieht sie mit seinen großen blauen Augen dankbar an. Sie hebt ihn hoch und drückt ihn ganz fest an sich. Der Junge quietscht vor Glück. Sie setzt ihn wieder auf den Stuhl, er sagt Mama Bussi. Mehr kann er noch nicht sagen.

Steffi weiß nicht warum, aber sie liebt den Wald, die Tiere, die Pflanzen, selbst die giftigen Pilze liebt sie, ihr Herz weitet sich, wenn sie einen Wald betritt, und die Stille macht etwas mit ihr, und zwar einen neuen Menschen. Wenn sie von ihren Spaziergängen zurückkommt, versucht sie noch lange, dieser neue Mensch zu sein, muss aber hilflos zusehen, wie er mehr und mehr verblasst, je länger die Zeit zwischen Wald und Nicht-Wald vergeht. Am Abend sitzt sie dann vor der Glotze und isst Chips statt ein neuer Mensch zu sein. Erst am Sonntag kann sie wieder im Wald sein und einen weiteren Versuch starten. Einmal sieht sie einen Fuchs. Er sitzt auf einer Lichtung und sieht sie an, ohne sie zu sehen. Ein Sonnenstrahl trifft den Fuchs und macht sein Fell noch röter. Es sieht sehr schön aus. Der Fuchs sieht aus wie ein Heiliger. Doch dann sieht der Fuchs, dass Steffi da steht und ihn ansieht, und läuft davon. Es ist komisch mit den Tieren, dass sie es nicht gut mit einem meinen. Dass sie einen als feindlich betrachten und nicht als Freund. Für mich ist der Fuchs ein Freund, warum ich nicht für ihn?

Das Fernsehen hat angerufen, sie wollen Silvana filmen und Cornelia hat ja gesagt und eine Übersetzerin für Silvana angefordert, sie soll bitte etwas sagen, nur dass dann keine Übersetzerin verfügbar war und Silvana sowieso am meisten sagt, indem sie häkelt, wie sie immer häkelt, und die Journalistin und die Kameraleute bewundern die Kunstobjekte, die Silvana nur mir ihrer Häkelnadel hergestellt hat, sie sind mittlerweile riesengroß geworden und schillern in allen möglichen Farben, denn Vorbeigehende haben Silvana nicht nur Geld in die Keksdose geworfen, sondern ihr auch Wollreste gebracht, die sie verhäkelt hat, und manchmal kommen die Leute noch einmal vorbei, nach ein paar Tagen, um zu sehen, wie ihre alten Wollreste in Silvanas gehäkelten Werken aussehen. Cornelia hat alles aufgenommen mit dem Handy und alles sofort auf dem Instagram-Kanal des Museums geteilt und gleich innerhalb der ersten Stunde haben über 2000 Menschen das Video geliket und viele haben angefragt, wo es diese Kunstwerke zu sehen gäbe und was sie bedeuten, und jemand sagte, es seien Korallenriffe, denn es hat einmal eine Bewegung gegeben, die Korallenriffe gehäkelt hat, um auf die Zerstörung der Meere aufmerksam zu machen. Eine Userin namens Gülsen kommentiert, dass es sich um den seltsamen Lorentz-Attraktor handele und ob eine Häkelanleitung zum Download bereitstehe. Ein anderer Follower hat die Exponate bereits in einer Ausstellung im MoMa in New York gesehen, und zwar vor zwei Jahren schon, vielleicht war es auch das Guggenheim. Silvana wohnt jetzt in der ehemaligen Wohnung des Museumswärters, Museumswärter gibt es nicht mehr, ein Sicherheitsdienst hat die Aufgaben übernommen, dessen Mitarbeiter in Mietwohnungen am Stadtrand wohnen. Silvana freut sich über die Wohnung, einzige Bedingung ist, dass sie tagsüber vor dem Museum sitzt und häkelt. Für Silvana kein Problem, was soll sie auch sonst tun? Den ganzen Tag in der Museumswärterwohnung sitzen? Nein danke. Dann lieber nützlich sein und Unnützes produzieren, das schön ist und gerade dadurch nützlich wird, dass es unnütz ist. Und seltsam, ein seltsamer Attraktor. Nur wo Jakub ist, weiß sie nicht, sie macht sich langsam Sorgen.

Ein Häuschen im Grünen, wie schön, sagen die Freunde und Gabrièle sagt es auch, und ein bisschen Neid schwingt da mit, über diese Erbschaft, nur dass Reimer ausgerechnet dieses Häuschen immer gehasst hat; er ist darin aufgewachsen, seine Kindheit war so naja. Vieles, was so naja war, hat Reimer zum Glück vergessen, was er in gelegentlichen Gesprächen mit Gabrièle gerne betont. Vieles habe ich zum Glück vergessen, sagt Reimer. Ein bisschen sagt er es so, als sei er stolz darauf, es vergessen zu haben, als sei Vergessen eine besondere Gabe.

Gabrièle fragt sich, ob man über etwas, das man vergessen hat, überhaupt sagen kann, dass man es vergessen hat. Bedeutet vergessen, fragt Gabrièle nun ganz konkret Reimer, dass das angeblich Vergessene nur verschwommen ist, nicht mehr ganz so deutlich, dass es, nicht mehr ganz so realistisch vor Augen, quasi als Ahnung über dem Jetzt schwebt? Oder bedeutet es, dass man sich an das Erlebte durchaus erinnern kann, vielleicht sogar so deutlich wie in einem Film, aber eben rein dokumentarisch, so, als ob es eine dritte Person erlebt habe, ohne sich an das Gefühl, welches das Erleben begleitet hat, zu erinnern? Oder ist mit Vergessen tatsächlich gemeint, dass die Erinnerung so weit weg ist, dass man von dem Erlebten rein gar nichts mehr weiß, nur noch aus Erzählungen Dritter (Eltern, Freunde, Geschwister) erfahren hat, dass man es erlebt hat? Ohne Qualia quasi, sagt Gabrièle. Ohne was, fragt Reimer. Ja, was ich gerade gesagt habe, sagt Gabrièle, ach egal.

Wie kann man wissen, fragt Gabrièle, der das alles keine Ruhe lässt und die deshalb das Gespräch am Abend wieder aufnimmt, dass man einmal wusste? Reimer hört Gabrièles Fragen geduldig zu, er kann sie nicht beantworten, er hält es sowieso für zwecklos, Fragen wie diese zu beantworten. Das sind ja ganz subjektive Fragen, sagt Reimer. Er aber weiß, was er weiß und dass er sich eben an vieles nicht erinnern kann.

Siri hat den Vormitttag im Hotelzimmer verbracht, das Zimmer ist sehr schön, aber das hilft ihr jetzt auch nicht weiter. Sie ist nicht wegen des Hotelzimmers in den Urlaub gefahren. Es macht Siri verrückt, untätig herumzusitzen. Um sich abzulenken, versucht sie zu lesen, aber das Auge ist entzündet, sie bekommt nach wenigen Minuten Kopfschmerzen. Sie kann nicht schlafen, weil ihr Gesicht spannt, das Antibiotikum hat noch nicht angeschlagen. Ihre Mitreisenden, die sie beim Frühstücksbüffet getroffen hat, haben ihr Bedauern ausgesprochen, sich aber ziemlich bald zurückgezogen, um sich für den bevorstehenden Ausflug fertig zu machen. Eine mehrstündige Kahnfahrt auf der Spree steht an. Mit Aufenthalt in einem romantischen Strandrestaurant. An eine Teilnahme ist für Siri nicht zu denken. Wird die Fahrt wiederholt in den nächsten zwei Wochen?, fragt sie an der Rezeption. In der Gruppe leider nicht, sagt man ihr. Gute Besserung! Siri ist so fertig, dass sie noch nicht einmal wütend wird.

Der Vater liest die Nachricht mehrmals hintereinander. Es ist etwas passiert, warum kann sie nicht einfach schreiben, was passiert ist. Nur dass etwas passiert ist, schreibt sie. Trotzdem fährt er sofort los. Vor dem Haus steht ein Krankenwagen. Ein großer bulliger Mann in einem weißen Kittel trägt ein kleines Kind auf dem Arm. Sieht aus wie Jean Reno in *Leon der Profi,* denkt der Vater. Da fängt sein Herz plötzlich an wie verrückt zu klopfen, am liebsten würde er sich in den Krankenwagen legen und sich verarzten lassen. Was ist mit meiner Tochter, fragt er den bulligen Mann. Sie können mitfahren, sagt Leon, der Profi. Warum sagt er nicht, was passiert ist. Die Tochter hat die Augen geschlossen, aber sie sieht nicht gesund aus. Ihre Haut ist aus Porzellan.

Es war ein ganz normaler Tag, sagt Margot, wir konnten ja nicht wissen, dass dieser Tag ein anderer sein würde, dass unser Leben danach ein anderes sein würde. Ach, hätten wir es nur gewusst, wir hätten es vielleicht verhindern können. Das ist das Schlimmste, dass wir nicht wissen, ob wir es verhindern hätten können, wenn wir gewusst hätten wie. Wir wussten aber nicht wie. Und wir wissen auch nicht ob. Unser Leben war danach eigentlich kein richtiges mehr. Leben kann man das nicht nennen, sagt Margot, was wir danach erlebten. Dass er sich gleich umbringt!, sagt Margot. Manche Gäste haben Tränen in den Augen. Und dann so. Am Geburtstag seines Sohnes. Am 13. Geburtstag seines Sohnes, der Bastian heißt, der seitdem aber nicht mehr Bastian heißen möchte. Der das Unglück nach sich selbst benannt hat.

Wissen Sie, als hättte er damit irgendetwas sagen wollen. Keinen Abschiedsbrief, nichts. Nur das Datum. Als wäre da was gewesen. Aber die Irina sagt, sie weiß nichts. Sie versteht es selbst nicht. Auch an sie kein Abschiedsbrief, sagt Margot, keine Erklärung. Nichts. Wie kann man damit leben.

Nach ein paar Jahren Ehe lässt sich Gabrièle von Reimer scheiden. Was ist das überhaupt für ein Name, Reimer, fragt ihr neuer Freund. Für seinen Namen kann er nichts, sagt Gabrièle, es ist schön, Reimer auch einmal verteidigen zu können. Auf Wikipedia steht, Reimer sei ein zweigliedriger germanischer Männername. Reimer sei im Mittelalter ein sehr beliebter Name in Deutschland gewesen, würde heute allerdings nicht mehr so häufig vergeben. Na siehste, sagt Gabrièles neuer Freund.

Gabrièle bezweifelt, dass auch diese Beziehung lange halten wird, aber sie findet, dass der Neue besser im Bett ist als Reimer.

Der Grund für die Trennung ist natürlich nicht der zweigliedrige Vorname, sondern dass Gabrièle einfach Reimers unlogische Schlussfolgerungen über sich selbst nicht mehr ertragen kann. Sie weiß, dass Reimers Vergangenheit und Kindheit und der ganze Scheiß sie gar nichts angehen. Aber was soll sie machen, sie kann es einfach nicht mehr.

Der Vater ruft die Mutter auf dem Handy an. Die Mutter steht am Fenster und gestikuliert. Er gestikuliert ebenfalls. Seine Gesten sagen etwas anderes als das, was er ins Telefon sagt. Alles wird gut, sagt er. Du kannst nichts dafür. Sie weiß, dass sie nichts dafür kann, warum sollte sie etwas dafür können? Er steigt in den Krankenwagen, zusammen mit dem Arzt und der Tochter, und winkt noch einmal unbestimmt Richtung Fenster hin. Die Mutter starrt ihnen nach, der Sohn kaut an seinem Daumen auf dem Arm der Mutter. Sie öffnet das Fenster und zündet sich eine Zigarette an. Mama Bussi, sagt das Kind und küsst sie auf den Mund. Die Mutter küsst zurück. Dann seufzt sie und spürt das Seufzen wie einen Stich im Zwerchfell. Wie Seitenstechen, nur nicht von der Seite, sondern von innen. Die Zigarette drückt sie nach zwei Zügen auf dem Fensterbrett aus. Eine Böe wird diesen Stummel fortwehen, so viel ist sicher.

Aus Spaß hebt Steffi einen Ast auf und wirft ihn dem Fuchs hinterher. Spielverderber, sagt sie und lacht gutmütig. Steffi hatte im Werfen immer eine schlechte Note, doch diesmal wirft sie weiter als sie weiß, dass sie werfen kann. Sie wirft bis zum Fuchs. Sie trifft ihn. Der Fuchs wird langsamer, bis er zum Stillstand kommt und sich auf den bemoosten Waldboden setzt. Er sieht so erschöpft aus wie Steffis Onkel, der die Schaufensterkrankheit hat und nach drei Schritten ausruhen muss. Er sieht, wie Steffi näherkommt, und weicht zurück. Trotz der Entfernung kann Steffi seine traurigen Augen sehen. Ich hatte Recht, sagen die Augen des Fuchses. Er macht sich keine Illusionen. Wegen eines Astes, das gibts doch nicht, sagt Steffi. Irgendwas war wohl mit dem Winkel.

Wer weiß, sagen die Feriengäste, was mit dieser Irina ist. Was da war. Da muss ja was gewesen sein, wenn der Udo ausgerechnet am 13. Geburtstag von seinem eigenen Kind. Das glaubt Margot eigentlich auch, dass die Irina mehr weiß als sie; sie will das aber nicht laut aussprechen. Aber widersprechen will sie auch nicht. Vielleicht, sagt sie. Da ist vielleicht schon was dran, irgendwie.

Genau, sagen die Feriengäste, die bald wieder abreisen.

Von dem Gerede kommt der Udo auch nicht zurück, sagen die Nachbarn, die nicht abreisen. Es ist einfach zu viel Schmerz für einen Menschen allein; der Schmerz geht über die Ränder von Margot hinaus, läuft über, läuft auf die andere Straßenseite, über den Bürgersteig, in die Vorgärten. Und wenn deine Haustür auch nur einen kleinen Spalt offen steht, dann läuft der Schmerz direkt zur Haustür rein. Deshalb müssen die Nachbarn jetzt gut darauf achten, dass sie nicht versehentlich die Türe zu weit offen stehen lassen.

Der Mitarbeiterausweis ist grünsilbern und auf dem Bild sieht Olga jünger aus, sie hat den Ausweis gerade im Personalbüro abgeholt, die Dame, die ihn ihr ausgehändigt hat, hat gesagt, nett, dass Sie jetzt bei uns arbeiten. Olga ist irgendwie froh, und als sie durch eine Tür im Verwaltungsbereich (Staff only) geht, kommt ihr ein Mann entgegen. Einen Moment lang denkt Olga, es ist Hagen Bert. Sie erkennt aber an dem Lächeln, das er aufsetzt, als er ihr die Tür aufhält, dass er es nicht sein kann. Um ganz sicherzugehen, dreht sie sich noch einmal um, und in diesem Moment dreht der Mann sich ebenfalls um. Er ist es doch.

Das Haus hat Reimer endlich vermietet, seine Einnahmen durch drei Mietparteien sind beträchtlich, dabei ist die Miete noch nicht einmal besonders hoch. Reimer betrachtet die Miete als Schmerzensgeld für all das, was das Haus ihm angetan hat. Natürlich war es nicht das Haus, sondern etwas anderes, allerdings ziemlich Vages. Das Haus, würde Gabrièle sagen, dient nur als Projektionsfläche.

Nachdem Gabrièle sich scheiden lassen hat und mit dem neuen Freund zusammengezogen ist, erhöht Reimer die Miete. Zwei Mieter ziehen prompt aus, was Reimer bedauert, es waren gute Mieter, nie gab es Ärger. Aber erpressen möchte er sich auch nicht lassen, das ist doch verständlich. Reimer investiert in eine aufwändige Renovierung, um den Wert des Hauses zu steigern und guten Gewissens die Miete um das Doppelte erhöhen zu können. Ein Jahr später zieht ein Kieferorthopäde ein, mit Familie. Die zweite Wohnung wird von einer dynamisch aussehenden Unternehmerin und ihrem Ehemann angemietet. Der Mann sitzt im Rollstuhl, er kümmert sich um den Haushalt und den Hund. Nach den Sommerferien zieht der Kieferorthopäde aus, seine Frau ist ohne Kinder aus dem Urlaub zurückgekommen. Auch die Unternehmerin hat etwas Besseres gefunden, sie lässt Mann und Hund im Haus zurück. Schon bald kann der Mann die Miete nicht mehr bezahlen, der Hund bellt nachts, die Nachbarn rufen Reimer an. Nichts als Scherereien hat er. Am schlimmsten aber sind die Mieter, die trotz Mieterhöhung nicht ausgezogen sind.

Linus arbeitet in einer Fabrik für Bewässerungsanlagen, es ist die letzte Produktionsstätte dieser Art in Deutschland. Linus liebt die Anlagen, vor allem die Hippodrome, er findet, sie sehen schön aus, schon der Name! Er hatte mal eine Freundin, die sagte immer, na, wat machen die Flusspferde? Er hat eine Zeit lang gar nicht kapiert, was sie damit meint, und als er es endlich verstand, hatte er kurz vorher Schluss gemacht wegen einer jungen Frau, die Leni hieß und die künftige Erbin eines Firmenimperiums war, irgendwas mit Laser. Die nahm ihn am Wochenende manchmal zu konspirativen Treffen mit, wo die Frauen in altertümlicher Kleidung um ein Lagerfeuer saßen und die Männer gegeneinander im Schießen antraten. Am Abend wurden die erlegten Hasen und einmal auch ein Fuchs gegrillt. Leni wischte ihm ständig irgendwelche Brösel vom Pulli. Lass das, sagte er. Da sah sie ihn irritiert an: Ich bin doch jetzt für dich zuständig.

Die Beziehung hielt nicht lange.

Noch jahrelang trauert er dagegen der Freundin mit den Flusspferden nach, der Satz, den er erst im Nachhinein verstanden hat, rührt ihn so sehr, dass ihm manchmal sogar die Tränen in die Augen schießen, wenn er an sie denkt. Es kommt ihm so vor, als sei sie die Einzige, die ihn jemals verstanden hat. Und er hat das nicht erkannt! Was ist er nur für ein Hornochse, ein Rindvieh, ein Flusspferd! Die Erinnerung an sie wächst sich zu einer ikonischen Verehrung aus, dabei weiß er kaum mehr, wie sie in Wirklichkeit aussah. Würde er ihr auf der Straße begegnen, er würde sie womöglich gar nicht erkennen.

Am liebsten geht Herr Bert mit dieser einen Kollegin essen, er vergisst immer, wie sie heißt, sie hat so einen kryptischen Namen. Schon am Sonntagabend überlegt er, was er ihr am Montag erzählen wird, er bereitet sich vor, wie er sich sonst auf Konferenzen vorbereitet. Heutiges Thema: Safari in Namibia, Safari überhaupt, ein Superthema, ein Thema, wo nicht jeder mitreden kann. Er wird von den Farben sprechen, vom Licht, vom Himmel. Davon, dass die Bewohner Namibias die Farbe des Himmels als schwarz bezeichnen. Und warum, wird er fragen. Sie wird es nicht wissen. Weil im Schwarz alle Farben enthalten sind. Abgesehen davon ist Safari das Beste, was es gibt. Es ist gefährlich, aber nicht so gefährlich, dass sich nur Selbstmörder darauf einlassen können. Der Ranger, sagt Herr Bert, sichert die Gruppe ab, ohne Ranger darf man die Nationalparks nicht betreten. Maximum 7 Personen pro Gruppe, aus aller Herren Länder, England, Frankreich, Neuseeland. Eine Sicherheit von 100 Prozent gibt es natürlich nicht, kann es nicht geben. Beim letzten Mal, es war der dritte Tag, erzählt Herr Bert, sehe ich plötzlich, wie der Ranger stehen bleibt, er sagt nichts, er legt sein Gewehr an, noch bevor jemand von uns wirklich kapiert, was los ist, schießt er. Mitten in den Kopf! Unfassbar!

Was war es, fragt sie, als er nicht weitererzählt.

Leopard, sagt Herr Bert und schüttelt leicht den Kopf, als habe er nie aufgehört, den Kopf zu schütteln seitdem. Wunderschönes Tier. Hatte gerade zum Sprung angesetzt.

Oder, sagt er, die Sache mit der Klapperschlange. Das war vor fünf Jahren, oder war es 2012? In Mexiko, in Afrika gibt es ja keine Klapperschlangen.

Ach so, sagt sie, sie betont die letzte Silbe so, dass nicht ganz klar ist, ob es nicht vielleicht auch eine Frage war.

Ja, antwortet Herr Bert. Es gibt ein Foto, wie sie uns anstarrt, den Kopf einen halben Meter hochgereckt, in Angriffstellung.

Herr Bert scrollt in seinem Handy.

Oh, sagt sie.

Und wieder bleibt er in der Erinnerung hängen, wie in einem Netz, in dem seine Sprache sich verfangen hat.

Zusammen schweigen können, mit einem anderen Menschen, ist etwas ganz Besonderes. Sie isst ihr Dessert auf.

Es ist wirklich die schönste Art zu reisen, so nah an den Tieren dran, sagt er dann. So nah kommt man ihnen ja normalerweise nicht. Außer im Zoo, aber das ist kein Vergleich. Zoo ist eher so, als wären die Tiere schon tot.

Wirklich toll, sagt sie. Das will ich auch schon lange mal machen, eine Safari. Ich liebe Tiere.

Ja, wenn man Tiere liebt, ist es wirklich – hier, ich habe es gefunden, sagt Herr Bert, das Foto von der Klapperschlange, und hält ihr sein Handy hin.

Immer wieder taucht dieser kurze Moment in Veroniques Gedanken auf, als sie das kleine Stück Haut im Sand gefunden hat, einen Fetzen Haut, den sie mit nach Hause genommen hat. Irgendetwas daran wollte sie behalten, sie weiß nicht mehr was. Erst kürzlich hat sie den Fetzen wieder entdeckt. Er lag in einer kleinen Schachtel, in der Fotos, ein Ring, ein Stein, ein paar Muscheln, eine Tube Alleskleber und ein Bleistift lagen. Er war steinhart geworden. Dass sie ihn überhaupt mitgenommen hat, überrascht sie noch heute. Sie fragt sich, ob sie das, was sie daran behalten wollte, behalten hat.

Seit einem Monat ist Hannes krank. Er traut sich nicht aus dem Haus, da sein Chef ihn sehen könnte. Einmal am Tag geht er einkaufen, geht ja nicht anders. Außerdem muss er auch mal raus, er wird sonst noch irre. Am liebsten isst er Thunfisch aus der Dose, dazu einen alten Apfel. Der Arzt hat ihm viel frische Luft verordnet, aber wie kann er an die frische Luft gehen, wenn er seinem Chef begegnen könnte? Hannes ist keiner, dem man etwas glaubt, auch wenn es die Wahrheit ist. Alle Menschen lügen, es ist ihr Wesen. Am schlimmsten aber lügen die Frauen, Hannes hat große Angst vor ihnen, fast noch mehr als vor seinem Chef. Außerdem kann er einfach das Wort Bronchitis nicht mehr hören.

Nie hätte Cornelia gedacht, dass sie jemals den Schlüssel zu einem Museum besitzen würde. Nie hätte sie gedacht, dass sie jeden Montagabend nach dem Kunst-statt-RTL-Workshop ein Museum zusperren würde, Gute Nacht, blauer Mohn, zum Museum sagen würde, dann nach Hause, schminken, schick anziehen und ab in den Himmel, wo die anderen schon warten. Der Himmel hat seit Neuestem auch montags auf, seitdem gehen sie montags, da ist es nicht ganz so voll wie sonst.

Sie hätte auch nie gedacht, jemals Freundinnen zu haben, mit denen sie sich im Himmel trifft. Freundinnen, die nicht bei KiK arbeiten wie ihre Schwester. Freundinnen, die in Redaktionen arbeiten, als Ärztinnen, Anwältinnen, Leiterinnen von IT-Abteilungen; eine ist zwar nur Erzieherin, aber dafür ist ihr Mann Professor für Germanistik. In letzter Zeit fehlt sie meistens, der Mann ist schwer traumatisiert und braucht sie. Er war Zeuge eines Amoklaufs, jemand ist neben ihm gestorben, er selbst ist nicht gestorben, seitdem kann er nicht mehr allein sein. Auf der Stirn der Freundin erscheinen Sorgenfalten, wenn sie davon erzählt. Aber auch so etwas wie Genugtuung, vielleicht darüber, dass dieser selbstständige Mensch endlich sie mehr braucht als sie ihn. Können wir etwas tun für euch, hat Cornelia neulich gefragt. Danke, Liebes, hat die Freundin gesagt. Man muss einfach abwarten.

Linus ist meistens in Halle 4 eingesetzt, wo die Löcher für die Schraubverbindungen an den Querstreben gestanzt werden. In Halle 5 werden die Querstreben mit den Spans verbunden. Dort hilft er manchmal aus. Im Frühling fährt er zu den Landwirtschaftsbetrieben und hilft beim Aufstellen der Bewässerungsanlagen mit, und während der Sommerferien, wenn die Geschäftsführung Kurzarbeit anordnet, wird er hin und wieder im Außendienst eingesetzt. Dort kennen sie den Ausdruck Hippodrome nicht und schauen ihn immer ganz verdattert an.

Sie denken bei Hippodrom an Radrennen und Linus sieht, wie in ihrem Großraumhirn Männer in eng anliegenden Trikots im Kreis herumfahren, und außerdem denkt er schon wieder an seine Exfreundin, die das mit den Flusspferden immer gesagt hat. Den ganzen Juli lang ist Linus mit Wartungsarbeiten beschäftigt und im August sind die empfindlichen Beregnungsdüsen verstopft; einmal schlägt der Blitz ein, es müssen zerstörte Streben durch Ersatzteile ausgewechselt werden. Die Schalttürme sind aus feuerverzinktem Profilstahl, entsprechend teuer ist die Anschaffung; glücklichweise sind sie fast unverwüstlich, denn mit den Steuerungssystemen kennt er sich nicht aus, er ist kein Mechatroniker.

Marion wäre gerne Übersetzerin geworden.

Stattdessen macht sie was mit Menschen. Und die Menschen machen was mit ihr, aber irgendwie ist es nicht mehr so wie früher. Marion sagt, dass das Leben sie hart gemacht hat und dass Bücher die besten Freunde der Menschen sind. In letzter Zeit tun ihr oft die Augen weh. Wenn sie von der Arbeit kommt, schaut sie fern. Eine Zeit lang schaut sie nur noch fern. Dann schaut sie auch nicht mehr fern.

Ahri Shiwon heißt Ahri, ahri heißt schön, aber Ahri ist weder schön noch will sie schön sein; deshalb das Shiwon, das Shiwon neutralisiert Ahri, ohne es zu schwächen, das hat ihre Großmutter gesagt, sie hat es nachdenklich gesagt, als wolle sie Ahri Shiwon nach ihrer Absicht fragen, und Ahri Shiwon hat ja gesagt, ja, das war meine Absicht. Ihre Großmutter hat sie seit vielen Jahren nicht mehr gesehen, sie weiß nicht, ob sie noch lebt. Ahri Shiwons Familie ist vom Norden in den Süden geflohen und Ahri Shiwon weiß nicht, ob es ihr hier besser gefällt. Eigentlich gefiel es ihr weder im Norden noch jetzt im Süden. Nur dass sie im Süden gar nichts mag, im Norden mochte sie ihre Großmutter. Und Äpfel. Ahri Shiwon liebt Äpfel. Nordkorea ist einer der größten Äpfelexporteure der Welt. Als Ahri Shiwons Familie noch im Norden lebte, gab es jeden Tag Äpfel.

Wann immer Lotte Bodenweg in den letzten Jahren außerhäusig war, hat sich die Zahl der Fliegen in ihrer Wohnung rasant vermehrt. Denn die Fliegen nutzen die Abwesenheit von Lotte gnadenlos aus. Es ist deshalb für alle Beteiligten, auch für die Fliegen selbst, besser, Lotte behält die Kontrolle über die Insekten und ihre Vermehrungssucht.

Mach dir keine Sorgen, sie sind nicht gefährlich, hat Otto erklärt, sie nisten in den Blumenkästen, weil du sie mit feuchtem Kaffeesatz fütterst. Kaffeesatz ist Dünger für die Blumenerde, hat Lotte gesagt. Und für die Fliegen, sagt Otto. Lotte lächelt wissend, hat aber gar nicht zugehört. Sie denkt an einen Verehrer, den sie einmal hatte, er hieß Boris und war Russlanddeutscher. Wahrscheinlich ist er längst tot und liegt unter irgendeiner Erde. Ob die Fliegen auch auf den Friedhöfen wohnen? Wahrscheinlich nicht, denn die Friedhofsgärtner düngen nicht mit Kaffeesatz, sondern mit Industrie-Dünger aus dem Bauhaus.

Annes Mann hat einmal einen totgefahren. Sie war dabei; und am nächsten Tag hat es in der Zeitung gestanden. Das Auto stand vor der Tür, als sie die Zeitung morgens hereinholte. Der Mann ließ das Unfallauto in Frankreich reparieren. Die Frau ernährte die Familie und wurde mit Drillingen schwanger. Man kann einen Vater von Drillingen nicht verlassen. Das war heute vor 23 Jahren. Der Mann hat sich dann aber doch noch totgesoffen. Die Kinder haben schon immer etwas geahnt. Sie gehen nicht zum Friedhof.

Frau Brinkhoff ist krank, aber sie weiß es selbst nicht, und dass sie es selbst nicht weiß, ist Teil ihrer Krankheit. Manchmal hat Frau Brinkhoff eine Ahnung von ihrer Krankheit, aber da sie weiß, dass die Krankheit, die sie ahnt, mit Uneinsichtigkeit verbunden ist, vergisst sie die Ahnung schnell wieder. Es ist eine Krankheit, die nicht besonders weh tut.

Sie erinnert sich noch an den Tag, an dem sie ihren Vater zum letzten Mal vom Geldautomaten weggeholt hat. Sie erinnert sich an Mathilda, die in einer Tour quengelt, sie will nicht ins Einkaufszentrum, sie will süßen Pudding essen und einen Zeichentrickfilm anschauen, sie ist ein Kind und Kinder sind eben so, Moni kann sie aber auch nicht allein zuhause lassen, also nimmt sie Mathilda mit. Zwanzig Minuten irren sie durch das Einkaufszentrum, ehe sie ihn finden und überreden können, mit nach Hause zu fahren, was heißt überreden, er hat kein Geld mehr und Moni lässt sich nicht mehr erweichen. Komm mit nach Hause, Papa, ich habe kein Geld, du hast alles verspielt. Du verlogenes Stück Scheiße, sagt der Papa zu ihr, du hast schon immer gelogen wie gedruckt.

Wie soll es weitergehen, denkt Moni, als sie im Auto sitzen, wie soll das weitergehen mit ihm, ich halte es nicht mehr aus. Anfangs hat sie ihm noch Geld gegeben, das von der Schleckerabfindung, es war nicht gerade wenig, 8000 Euro. Davon hätte sie mit Mathilda verreisen können, hätte ihr einen Kinderlaptop kaufen können und ein Computerspiel, Mathilda liebt Computerspiele. Moni könnte das Geld zurückverlangen, aber es ist schwer, vom eigenen Vater Geld zurückzuverlangen, sie kann so etwas nicht. Beim letzten Mal hat er ihr einen Schuldschein gegeben, der liegt jetzt in der Kommode im Flur, oberste Schublade. Moni weiß natürlich, dass das Geld verloren ist. Wenigstens wird sie das Haus erben, irgendwann.

Frau Brinkhoff hat sich einen Anwalt genommen, mein Mann führt eine illegale Spielhölle, ich möchte mich scheiden lassen. Der Anwalt glaubt, dass es Spielhöhle heißen muss, aber Frau Brinkhoff ist sich sehr sicher. Auch wegen dem Zusatz illegal. Herr Brinkhoff will seine Frau für verrückt erklären lassen, er kann nachweisen, dass er weder eine illegale Spielhölle noch eine illegale Spielhöhle führt, aber er kann nicht nachweisen, dass seine Frau eine Gefahr für ihr eigenes oder das Leben anderer darstellt. Ich zähle nicht, oder was, schreibt Herr Brinkhoff dem Anwalt seiner Frau.

Ethisch gesehen schon, juristisch nein, schreibt der Anwalt. Er setzt die Scheidung durch, denn Frau Brinkhoff kann sich scheiden lassen, von wem und so oft sie möchte. Herr Brinkhoff muss aus der gemeinsamen Wohnung ausziehen. Warum muss ich denn ausziehen, ich bin es doch nicht, der sich scheiden lassen möchte. Soll sie doch ausziehen! Sie sehen doch, dass Ihre Frau nicht in der Lage ist, sich um eine neue Wohnung zu kümmern. Sie ist nicht mehr meine Frau, sagt Herr Brinkhoff. Er wünscht sich zu diesem Zeitpunkt sehr, in der Vergangenheit eine illegale Spielhölle geführt zu haben. Das Leben ist so ungerecht. Frau Brinkhoff heiratet ein Jahr später den Onkel ihres Anwalts. Er ist Versicherungskaufmann a.D. und kommt mit Frau Brinkhoff eigentlich gut zurecht.

Otto bringt jetzt immer Backpulver mit, wenn er Tante Lotte besucht, das streicht er auf die Erde ihrer Topfpflanzen, wo die Fliegen wohnen. Aber nicht mehr lange, sagt Otto, denn Backpulver ist schlecht für Fliegen, sie ersticken, und wer erstickt, vermehrt sich nicht mehr. Es sind wirklich weniger geworden, stellt Lotte erfreut fest. Deine Idee war sehr gut.

Dann können wir ja jetzt auch wieder rausgehen, schlägt Otto vor. Lotte schüttelt den Kopf. Die Fliegen, du weißt ja.

Aber dagegen gibts doch das Backpulver.

Ach Otto, das Risiko ist einfach zu hoch.

Wer nicht wagt, der nicht gewinnt.

So geht es eine Weile hin und her. Na gut, sagt Lotte irgendwann, weniger aus Überzeugung als aus Erschöpfung. Aber du übernimmst die Verantwortung.

Lotte und Otto verbringen einen schönen Nachmittag, sie gehen sehr langsam spazieren und kehren in einer Gaststätte ein, wo sie sehr langsam ein Kännchen Kaffee und ein Stück Kuchen verzehren. Als sie in die Wohnung zurückkehren, muss selbst Otto zugeben, dass Lotte Recht behalten hat. Die Wohnung ist voller Fliegen, man könnte fast sagen, die Fliegen haben die Kontrolle über die Wohnung übernommen.

WELTLINIEN

2020

Stricken

Wenn Silvana häkelt, stellt sie sich vor, dass die Maschen, die sie häkelt, schon da waren, bevor sie ihnen eine Struktur verleiht, dass die Maschen herumliegen und darauf warten, von Silvana verhäkelt zu werden. Was strickst du denn, fragen manche Passanten, sie bleiben stehen und schauen ihr zu und dann gehen sie weiter, sie wissen nicht, dass stricken nicht häkeln ist und häkeln nicht stricken, und Silvana zuckt die Schultern. Sie kann es nicht erklären, was nicht nur an der Sprache liegt. Wenn sie es erklären würde, würde sie es ja nicht häkeln. Sie ist aber froh, dass sie lieber häkelt als erklärt, Erklären ist nur ein Moment, Häkeln für die Ewigkeit. Zumindest hält es eine Weile.

2019

Nein

Seit Irma denken kann, plant sie ein großes Ding. Das große Ding, das kein Mensch ihr je zugetraut hätte. Auch sie selbst hätte es sich nicht zugetraut. Vor allem, weil sie bisher ja nie das große Ding geplant, geschweige denn umgesetzt hat. Es war nicht nötig. Aber plötzlich ist es nötig. Sie möchte diesen Job jetzt einfach behalten. Natürlich könnte sie auch bei, denkt Irma, Lidl oder Primark im Einkaufszentrum anfangen. Das ist eh gleich gegenüber, es würde sich nicht viel ändern, außer den Arbeitszeiten vielleicht. Statt Nachrichtenmeldungen würde sie Lebensmittel, T-Shirts oder Teetassen sortieren. Aber was dann? Dann käme die nächste Demütigung. Sie würde möglicherweise wieder den Erwartungen nicht entsprechen und gekündigt werden. Was dann? Es würde immer so weitergehen. So leicht möchte Irma nicht aufgeben, das heißt, sie würde eigentlich schon gerne so einfach und leicht aufgeben, aber etwas in ihr sagt nein. Das Nein ist stärker, das Nein ist meistens stärker. Das ist das Wesen des Neins, stärker sein zu wollen. Das Ja will einfach sein, das Nein will stärker sein. Zumindest will es lauter sein. Keine Ahnung. Jedenfalls hat Irma schon eine Idee.

2018

Halle 4

Die Arbeit in Halle 4 ist im Grunde Akkordarbeit. Nur dass Linus ein festes Gehalt bezieht. Einmal im Jahr kann er wählen, ob er pauschal oder leistungsbezogen bezahlt werden möchte. Was ich hab, das hab ich, sagt er und lässt sich jeden Monat 2200 Euro auf sein Konto überweisen. Er hat Kollegen, die verdienen bis zu 5000. Manche kommen aus dem Rechnen gar nicht mehr heraus, Geiz und Stress frisst sie auf, das eine bedingt das andere. Linus hat ein Hobby: Er fotografiert. Er fotografiert lieber statt dauernd nachzurechnen, ob er auch genug Geld für seine Arbeit erhält. Am liebsten fotografiert er die halbfertigen, Hippodrome genannten Beregnungsmaschinen für Kreisbewässerung, die Stanzmaschinen oder sich selbst, vor allem seine Hände, bei der Arbeit. Obwohl das strengstens verboten ist. Wegen Industriespionage und so. Als ob sich jemand für Bewässerungsanlagen interessieren würde. Einmal schickt er sogar eins seiner Fotos an den Hilla-Becher-Fotoaward der Stadt Potsdam. Er gewinnt den 3. Preis. 1000 Euro. Jeden Tag wartet er auf seine Entlassung. Doch nichts passiert. Niemand aus seinem Betrieb interessiert sich für das Foto und niemand aus der Jury interessiert sich für seine Arbeit in der Produktion. Von dem Preisgeld leistet er sich den ersten Urlaub seit Langem. Er fährt nach Thailand und verliebt sich in zwei 14-Jährige, es sind Zwillinge. Er macht ihnen Geschenke, er fotografiert sie, er sieht etwas in ihnen, er sieht sich selbst. Er sieht sie und gleichzeit sieht er sie nicht. Immer seltener denkt er an das Mädchen mit den Nilpferden, er ist jetzt über sie hinweg.

2019

Schuppen

Seit ein paar Wochen sind Sandro und Irma ein Paar. Keiner in der Redaktion weiß davon, sie wollen es geheim halten. Was sie eigentlich voreinander geheimhalten, ist, dass sich beide nicht vorstellen können, für länger zusammenzubleiben, geschweige denn auf immer und ewig. Sandro denkt zwar von Irma, dass sie in ihn verliebt ist, und Irma denkt von Sandro sogar, dass er unsterblich in sie verliebt ist, gerade weil er sie anfangs nicht mochte, was ihr durchaus aufgefallen war. Und weil es immer die sind, die sich unsterblich verlieben, die am Anfang gar nicht verliebt waren. Die schützen sich nämlich nicht, weil sie gar nicht glauben, dass es irgendwie gefährlich werden könnte. Irma kennt sich damit aus, sie war mal mit einem zusammen, der Ben hieß; er neigte zu Schuppen, er warb lange um sie, sie ließ es geschehen, weil ihr langweilig war und sie ihre Mutter vermisste. Damals vermisste sie ihre Mutter noch.

2018

Schachzug

Auf diesen Anruf hat Frederic schon so lange gewartet, doch als er aufgelegt hat, ist alles wie immer, er spürt eigentlich gar nichts, keine Freude, keine Genugtuung, keine Befriedigung, er spürt nur diese Professionalität, die ihm sagt, was er als nächstes zu tun habe, diese Professionalität, die wie ein implantiertes Computerprogramm genau analysiert, wie er den nächsten Schachzug vorbereiten muss. Dieses implantierte Computerprogramm namens Professionalität hat ihm sogar vorausgesagt, dass es in diesem Monat passieren wird. Wenn der erste Hegdefondsmanager anruft, ist er durch. Es ist jetzt nur noch eine Frage der Zeit. Und dann, denkt Frederic und streicht sich durchs Haar und streicht es zu einem Schweif zusammen und dreht es zu einer Spirale und lässt es wieder los. Und dann. Jetzt ist er doch ein bisschen aufgeregt. Was dann, weiß er noch nicht, aber das ist auch mal ein schönes Gefühl, etwas nicht zu wissen. Das ist nämlich etwas, was ein implantiertes Computerprogramm namens Professionalität nicht kann: etwas nicht wissen.

2000

AKEE

Marion ist mit einer Reisegruppe nach Nepal gefahren. Wandern. Als die anderen ihren Proviant auspacken und sich gegenseitig beim Essen fotografieren, sitzt Marion abseits und löst Kreuzworträtsel. Fluss in Nordrhein-Westfalen ist ERFT. Einbauen, einfügen ist INTEGRIEREN. Nationalfrucht von Jamaika: Es ist nicht KLEE, aber so ähnlich. Immer wieder vergisst sie diese Frucht, es ist zum Verweifeln. Sie könnte die Mitreisenden fragen, aber sie möchte das Rätsel allein lösen.

2016

Macau

Als IT-Spezialistin kann Patricia sich aussuchen, wo sie arbeitet, und weil sie es hasst, Entscheidungen zu treffen, überlässt sie die Entscheidung der Adresse, an der ihr künftiger Arbeitgeber gehostet ist. Die Willkür der Namensgebung führt sie von Zürich nach Lasslingen, wo es eine Hilbertstraße gibt, und Hilbert ist ihr Lieblingsmathematiker, er hat nämlich das Hotel mit der unendlichen Anzahl von Zimmern erfunden, um zu erklären, was Unendlichkeit bedeutet. Was bedeutet denn Unendlichkeit, hat eine Frau namens Edithe neulich auf einer Party gefragt, und Patricia hat gesagt, stell dir vor, du bist auf der Durchreise und brauchst ein Hotelzimmer und im Internet wirbt ein Hotel damit, unendlich viele Zimmer zu haben, und als du ankommst, sagt der Portier: alle besetzt. Aber Sie schreiben doch, es gäbe unendlich viele Zimmer in ihrem Hotel. Ja schon, sagt der Portier, aber ich habe auch unendlich viele Gäste. Edithe und ein Junge, der sich nicht mit Namen vorgestellt hat, lachen, und dann sagt der Junge, das ist mir auch mal passiert, das war in Paris, und es gab kein einziges Zimmer, und Edithe sagt, ich war mal in Macau und die Hotels waren so teuer, dass ich die ganze Nacht durch den Regen gelaufen bin. Und dann hat sich Edithe mit dem Jungen unterhalten und der Junge hat sich mit Edithe unterhalten, sie haben sich über das Reisen unterhalten, dagegen hatten Patricia und die Unendlichkeit keine Chance. Zuhause hat sie gegoogelt, wie oft es in Macau regnet, und tatsächlich, es regnet in Macau allein im Juli 350 Stunden, das sind mehr als 11 Stunden am Tag. Dennoch ist Patricia eine Woche lang geknickt, so wird das nie was mit der Unendlichkeit, wenn noch nicht einmal Leute auf Partys sich dafür interessieren.

2013

Jeans

Es regnet in Strömen, Feuchtigkeit zieht den Trauergästen unter die Kleidung, Mathilda weint, die Strumpfhose klebt an der Haut, es kratzt, Mama, sagt Mathilda unter Tränen, und alle Trauergäste können hören, dass Mathildas Strumpfhosen kratzen, während der Opa beerdigt wird, und Moni ist nah dran, das Kind ins Auto zu setzen, damit endlich Ruhe ist. Hätte sie sie in der Jeans zur Beerdigung gehen lassen sollen? Das kann sie ihrem Vater nicht antun, es wäre eine Respektlosigkeit, da sind sich Moni und der Vater ausnahmsweise einig. Sein Tod kam überraschend mit 61 Jahren, Herzinfarkt, keine Vorerkrankungen, es fehlte ihm nichts, haben die Ärzte gesagt, außer das Spielen am Spielautomaten, denkt Moni, vielleicht ist er am Entzug gestorben. Es hat sich nicht mehr gelohnt für ihn zu leben, es hat sich noch nie gelohnt für ihn, wollte er das sagen? Ihr Bruder ist auch da, er sieht aus wie jemand, der ein zufriedenes Leben führt. Moni weiß, dass das nicht stimmt, ärgert sich aber trotzdem. Mathilda kratzt sich die ganze Zeit am Oberschenkel und Moni muss sich jetzt echt beherrschen.

2018

Maisonette

Seit sie arbeitslos ist, arbeitet Jill drei Tage die Woche ehrenamtlich, sie liest in einem Seniorenstift die Zeitung oder ein Buch vor. Sie ist Lesepatin und die Alten heißen Patenkinder, obwohl sie viel älter sind, Jill fragt sich, ob aus Ironie oder Zärtlichkeit. Wenn sie nicht vorliest, langweilt sie sich ein bisschen und wartet, bis Christian nach Hause kommt. Er kommt oft erst nachts, wahrscheinlich hat er eine Geliebte. Jill weiß nicht genau, ob sie das wirklich stört, und solange sie es nicht weiß, kann sie ihn nicht damit konfrontieren. Letzten Monat ist eine neue Familie eingezogen in eines der Zweifamilienhäuser gegenüber. Die neue Familie wohnt unten, im Erdgeschoss, mit Zugang zum Garten; die Familie besteht aus einer Frau, die meistens raucht, und ihrem Sohn, und oben drüber wohnt noch immer der Mann, der im Rollstuhl sitzt, mit seinem Hund. Er wohnte dort schon, als Jill und Christian gegenüber eingezogen sind, er verlässt nie das Haus, zumindest hat Jill noch nie gesehen, dass er es verlassen hätte. Vielleicht gibt es keinen Aufzug im Haus, denkt Jill. Abends ist auch eine Frau da, sie führt den Hund spazieren. Seit die Familie unten eingezogen ist, verläuft eine unsichtbare Stromleitung mitten durch das Haus, Jill kann sie natürlich auch nicht sehen, sie weiß nicht genau, was das Problem ist, aber sie spürt, dass etwas im Gange ist, es ist nur eine Frage der Zeit, wann die Leitung reißt und der Strom sich entlädt. Wann immer sie auf dem Balkon ihrer Maisonettewohnung sitzt und den neuen und den alten Nachbarn beim Leben zuschaut, spürt sie das aufziehende Gewitter. Es ist ein bisschen wie Serie schauen. Nur einerseits interessanter, weil echt, andererseits weniger spannend, denn das wahre Leben zieht sich.

1985

Epagomene

Von den sieben Büchern, die Siri nach dem Ende ihrer Schullaufbahn der Bibliothek des Marie-Curie-Gymnasiums schenkt, handeln sechs von Weltrekorden und eins von Sonnensystemen, Lichtgeschwindigkeiten und warum die Zeit nur in eine einzige Richtung vergehen kann. Solche Sachen. Das Buch ist kindgerecht geschrieben, wird aber dennoch nur zweimal ausgeliehen, einmal von einer Schülerin der 10b namens Gülsen und einmal von Wanja aus der 9c, dessen Lieblingsfach Erdkunde ist. Beide lesen das Buch in einer astronomischen Geschwindigkeit durch und werden erst spät, etwa im Alter von Mitte 30, lernen, dass die überwiegende Mehrheit ihrer Mitmenschen keine Ahnung von astrophysikalischen Zusammenhängen hat. Weder Gülsen noch Wanja werden jemals den Wunsch verspüren, die Ahnungslosen aufzuklären. Sie brauchen doch nur das Buch zu lesen, denken sie, unabhängig voneinander, denn die beiden haben sich zwar jahrelang auf dem Schulhof gesehen, aber keinerlei Berührungspunkte. Gülsens Lieblingskapitel ist das über die Epagomene, und die Tatsache, dass bereits die Ägypter mit Schalttagen operierten, bestärkt sie in der Überzeugung, dass sicherlich jeder Mensch schon darüber nachgedacht hat, wie man das Problem Zeit mit dem Problem Nacht in Einklang bringt. Wanjas Lieblingskapitel ist das über die schwarzen Löcher, in denen die Zeit verschwindet. Einmal versucht er seinem Banknachbar Jens den Unterschied zwischen einem Wurmloch und einem Schwarzen Loch zu erklären; das Gespräch endet damit, dass Wanja Jens' Federmäppchen aus dem Fenster wirft. Danach sind sie keine Freunde mehr. Weil das Buch so selten ausgeliehen wird, sortiert es der Schulbibliothekar aus und spendet es der Bibliothek einer Jugendpsychiatrie.

2015

20 Prozent

Ahri Shiwon wacht auf von der Musik, sie liebt diese Melodie, diese süße Melodie, die ihr Herz froh und traurig zugleich macht. Es ist ihr Lieblingslied und der Morgen ist ihre Lieblingstageszeit und heute ist auch ihr Lieblingstag, weil sie nicht zur Arbeit muss. Ahri hat Glück, denn heute soll der heißeste Tag des Jahres werden, ohne Regen oder zumindest mit einer Wahrscheinlichkeit von nur 22 Prozent, weswegen sie nun ihr Bettzeug nimmt und sich auf den weichen Boden hinter das Haus legt. Ahri Shiwon liebt es, wenn die Sterne am Himmel langsam verblassen und die Sonne sich unter die Wolken schiebt. Viele der Sterne, die sie am Himmel sieht, sind längst erloschen. Sie existieren gar nicht mehr. Genau genommen existieren sie in ihrer eigenen Zeit nicht mehr und Ahri Shiwon fasziniert der Gedanke, dass auch sie selbst in ihrer eigenen Zeit nicht mehr existiert, aber noch sichtbar ist für andere Wesen, für Wesen, die in ihr einen Stern am Himmel sehen. Solange du ein Stern am Himmel bist, existierst du noch.

Ahri Shiwon beschließt, diesen poetischen Satz gleich nach dem Frühstück aufzuschreiben, aber dann schläft sie wieder ein, und der Satz erlischt wie ein Stern am Himmel.

1995

[Vorderseite]

1 Kilo Äpfel (Gala)
1 Salami
1 Säckchen Zwiebeln
4 Gurken
¼ Kilo Speck
3 Möhren
1 Lauch
3 Flaschen Roten
2 Packungen Butter
7 Joghurt (Kirsch-Banane)
2 Packungen Klopapier
1 Pfund Rind

2019

Doktor journ.

Der Amoklauf neulich lief, denkt Irma, wirklich saugut. Überhaupt läuft jeder Ticker saugut, egal zu was. Man braucht keine Filme mehr anschauen, wenn die Realität aufbereitet wird wie ein Spielfilm, nur dass der Spielfilm von Anfang an unter Kontrolle ist, die Realität aber nicht. Keiner kennt den Schluss. Drehbuchautor, Regisseur, Schauspieler, das war einmal. Du musst nichts erfinden, du musst nur mitschreiben. Wie bei einem Ereignisprotokoll. Und es ist so easy, so ein Ding zu schreiben, das hat Irma praktischerweise im Studium schon trainiert, Onlinejournalismus, 7. Semester, FH, nur einen Doktor kann man natürlich nicht machen, obwohl das gut aussehen würde. Dr. journ. onl. Irma Novak. Wobei das onl. blöd aussieht. Dr. journ. reicht vollkommen. Irma hätte gerne einen Doktor gemacht, sie wäre die Erste in der Familie, Krisa wäre stolz auf sie.

2014
Pinakothek

Seit Frederic Bonta dabei ist, geht es aufwärts. Susana weiß gar nicht, wer ihn angeschleppt hat, aber er hat etwas in die Gruppe eingebracht, das wichtiger ist als politische Überzeugung und Leidenschaft, und dieses etwas heißt: Mathematik. Frederic hat Ahnung von Zahlen. Er schreibt an einer Masterarbeit über den Lorentz-Attraktor, nie gehört, hat Susana gesagt, was ist das? Frederic hat sie ein bisschen ungläubig angesehen, als könne er nicht glauben, dass es einen Menschen auf der Welt gibt, der den Lorentz-Attraktor nicht kennt, und als er sich damit abgefunden hat, lehnt er sich im Stuhl zurück und verschränkt die Arme hinter dem Kopf und streicht durch seine Haare und streicht sie zu einem Zopf zusammen und sagt: Aber vom Schmetterlingseffekt hast du schon mal gehört, oder?, und zwingt Susana ja zu sagen, und leider kann man, und auch Susanna nicht, auf solche Fragen nicht anders antworten als kleinlaut, selbst wenn man eigentlich alles andere als kleinlaut ist. Natürlich hat sie schon mal vom Schmetterlingseffekt gehört. Na siehst du, sagt Frederic und dreht seine Haare zu einer Spirale und sagt, und den kann man ausrechnen und dann weiß man, wo auf der Welt welche Ernten zu erwarten sind, und kann den Leuten bei der Landwirtschaft helfen. Und wie? Indem man ihnen sagt, was sie wo und wann auf keinen Fall anbauen sollen, und mit viel Glück sogar was stattdessen. Aha, sagt Susana und findet, dass sich das leider ziemlich gut anhört.

Und obwohl Susana den Typ nicht leiden kann, setzt sie sich dafür ein, dass er in der Gruppe bleiben wird, denn Susana geht es um das Inhaltliche und nicht um Emotionen. Emotionen muss man sich leisten können, aber die Welt kann sich keine Emotionen leisten, nicht, wenn sie nicht untergehen will. Und wie anders soll man Hungersnöte und Missernten verhindern, wenn nicht strategisch, und um strategisch handeln zu können, muss man rechnen können. Blöd nur, dass sie selbst sich mehr für Kunst als für Mathematik interessiert, und sie muss daran denken, wie Carlo sie immer mit ins Deutsche Museum schleppen wollte, sie aber lieber Bilder und Gemälde in der Alten Pinakothek anschauen wollte. Gut, denkt Susana, dass man älter wird und lernt, sich für beides zu interessieren, für Mathematik und für Kunst. Nur beides zusammen kann die Welt retten. Wobei die Weltrettung an sich natürlich unwahrscheinlich ist, aber solange man nichts Genaueres weiß, sollte man es wenigstens versuchen. Und du schreibst über die Wahrscheinlichkeit von Missernten, fragt Susana ihn und Frederic sagt, nein, ich schreibe über aussterbende Textilgattungen wie zum Beispiel Krawatten, aber meine Rechenmodelle kann man auch auf Missernten übertragen. Ah, sagt Susana. Demnächst, sagt Frederic, dessen Haare jetzt in der Spirale verschwunden sind, und holt seine langen Arme langsam wieder aus ihrer erhobenen Position herunter, gründe ich ein Start-Up und da biete ich euch eine Zusammenarbeit an.

1996

Kürzel

Ein Jahr nach der Beerdigung findet Luis den Zettel. Er erkennt sofort Judiths Handschrift. Der Zettel liegt in einer Schublade, als habe sie ihn erst vor einer Stunde geschrieben, nur dass sie keine Buchstaben geschrieben hat, sondern Stenographiekürzel, die sie immer dann benutzt hat, wenn sie in Eile war. Vielleicht war sie in Eile und hat ihm eine letzte Botschaft hinterlassen.

2019

Superkaninchen

Ronnie hat kein Handy, er hatte noch nie eins. Er kann sich nicht erinnern, wann es anfing, dass die anderen eins hatten, er kann sich auch nicht erinnern, wann es damit anfing, dass die anderen Jobs hatten, Kinder, Familien, Autos. Es gab keinen bestimmten Punkt, an dem er sich gegen das Handy oder gegen das Leben, das die anderen führen, entschieden hätte. Es ist eher so, dass sich das Leben, das die anderen führen, gegen ihn entschieden hat. Auch das Handy hat sich gegen ihn entschieden. Als Ronnie vor vielen Jahren, wahrscheinlich 1982, in die Schule kam, hatte er einen Freund, der nie zu Kindergeburtstagen eingeladen wurde. Das hatte einen Grund, bei Ronnie aber hat die jetzige Situation keinen Grund. Es gibt keinen roten Faden von den Kindergeburtstagen zum Handy in Ronnies Leben. Niemand hätte seine jetzige Situation für möglich gehalten, weder die Eltern noch die drei Brüder noch Ronnie selbst, denn auf jeden Geburtstag und später auf jede Party war Ronnie eingeladen. Er war sehr beliebt. Ronnie ist so beliebt, hieß es oft, er erinnert sich, dass das oft über ihn gesagt wurde und dass er nie ganz verstanden hat, was die Liebe im Wort beliebt zu suchen hatte. Er war, erinnert sich Ronnie, während er eine Papiertüte mit einer Quarktasche aus dem Mülleimer fischt, auf jeden Scheißkindergeburtstag eingeladen, dabei wollte er irgendwann gar nicht mehr auf diese Scheißgeburtstage, auf denen immer dieselben Spiele gespielt, immer dieselben Lieder gesungen, immer dieselben Geschenke geschenkt wurden. Sein Freund Rudi, der nie zu Kindergeburtstagen eingeladen war, hatte eine Hasenscharte, das sagte man damals und Ronnie sagt es noch immer, weil ihn niemand eingeladen hat, es nicht mehr zu sagen; Rudi wurde ständig gehänselt, die Eltern der Geburstagskinder waren überfordert von seinem Aussehen und die Geburtstagskinder waren überfordert von der Überforderung ihrer Eltern. Nur Ronnie mochte Rudi mit der Hasenscharte, der noch ein echtes Kaninchen in einem echten Stall im Garten hinterm Haus hatte. Das Kaninchen hieß Dudl. Ronnie hat Rudi nie wieder gesehen, wer weiß, ob er überhaupt noch lebt. Auch Dudl hat er nicht wieder gesehen, das Kaninchen ist mit Sicherheit tot, außer es ist ein Superkaninchen. Auch seine Eltern, die einmal so stolz auf ihn waren, hat Ronnie nie wieder gesehen. Er hat vergessen, wie sie aussehen, er würde sie auf der Straße nicht mehr erkennen. Wahrscheinlich würden auch sie ihn, ihren eigenen Sohn, auf der Straße nicht erkennen. Ronnie weiß nicht, wann es aufgehört hat, dass sie stolz auf ihn waren.

2018

Erster Teich

Gleich nach ihrem Einzug beginnen die neuen Nachbarn den Garten umzugraben. Mittlerweile hat sich auch ein Mann zu der Mutter mit dem Kind gesellt, ein Mann, der offenbar Zahnarzt ist, denn er kam mit einem Auto, auf dem der Name einer Zahnarztpraxis stand. Jill hat den Zeitpunkt verpasst, seit dem Zahnärzte auf ihren Zahnarztautos Werbung für ihre Praxen machen dürfen. Kaum ist jedenfalls der letzte Vorhang aufgehängt, wird im Garten ein kleiner Teich angelegt. Jill steht fast den ganzen Tag in der Nähe des Fensters und beobachtet die Bauarbeiten. Sie fragt sich, warum Christian und sie nie auf die Idee gekommen sind, einen Teich zu bauen. So ein Teich ist wirklich etwas Besonderes. Und noch etwas ist passiert: Aus dem einzelnen Kind sind plötzlich zwei Kinder geworden. Unfassbar. Wo kommt das bitte her, so plötzlich? Am Abend steht die neue Familie um den Teich und prostet sich mit O-Saft zu. Alle sehen sehr stolz aus. Es ist wahrscheinlich ihr erster Teich.

2019

Die Zukunft

Es fällt Sandro echt schwer, es nicht allen zu erzählen, seinen Kumpels, den Kollegen und auch seinen Eltern, der Satz fühlt sich so gut an. Ich habe eine Freundin. Jetzt muss es nur noch mit der Festanstellung bei der Zeitung klappen, dann kann es losgehen mit dem Leben, dann kann es losgehen mit dem Andersleben als seine Eltern und als seine Geschwister. Aber das weiß Sandro auch, dass er bei Valentina ganz oben auf der Liste derer steht, die sie als Erste feuern wird, wenn Mr. Mchay ihr nur den kleinsten Wink gibt, und das Mitarbeitergespräch hatte genau das zum Inhalt, dass er sich etwas anderes suchen muss, über kurz oder lang, wie Valentina sich ausgedrückt hat. Dem Verlag geht es zwar gut, aber damit es ihm auch auf Dauer gut geht, werden wir einsparen müssen, Sandro, hat Valentina gesagt und ist mit dem Fuß gegen irgendein Ding gestoßen, das unter ihrem Schreibtisch war. Es hörte sich an wie etwas aus leichtem Holz, eine Salatschüssel zum Beispiel. Keine Salatschüssel, wie seine Mutter sie benutzt, vom Ein-Euro-Laden aus giftgrünem Plastik, sondern irgendwas aus Bambus oder aus Olivenholz. Und dann werden wir nur wenige Mitarbeiter übernehmen können, denn wie gesagt, alles soll automatisiert werden, der Transport von Agenturmeldungen und Print geht dann automatisch, da haben dann letztlich alle was davon.

Sandro verschränkt die Arme hinter dem Kopf und sagt, aber ein paar Mitarbeiter werdet ihr schon noch brauchen, alles kann ja nicht über die Agenturen gehen, oder? Ja, sagt Valentina und verschwindet kurz unter dem Schreibtisch. Er hört sie klappern, dann taucht sie wieder auf, öffnet die Schreibtischschublade und schließt sie wieder. Ja schon, aber ganz ehrlich, da würde ich mir nicht so große Hoffnungen machen, das sind nur ganz wenige Stellen, die dann ausgeschrieben werden. Wenn ich dir etwas raten darf, such dir eine Festanstellung bei einem kleinen Unternehmen, irgendein Start-up oder vielleicht einen Verein, irgendwas mit Sport könnte ich mir bei dir super vorstellen.

Du meinst Pressearbeit, sagt Sandro. Valentina sagt gar nichts, sie weiß, was jetzt kommt, da müssen sie beide durch.

Ich würde lieber bei der Umschau bleiben, sagt Sandro dann, leiser als üblich, und nimmt die Hände weg vom Kopf und legt sie vor sich in den Schoß und fühlt sich irgendwie erschöpft.

Pressearbeit ist irgendwie nichts für mich.

Ist aber wahrscheinlich die Zukunft, sagt Valentina und steht auf. Sie zieht empathisch die Schultern hoch und nickt ihm zu. Eine Weile kannst du sicher noch als Freier Mitarbeiter bleiben.

2017

Rio de Janeiro

Kaprun klingt nach einer Stadt in Vietnam. Marek denkt an die schwüle Hitze und den Regen, eine Hauptstraße voller Schlaglöcher, Menschen und Fahrzeuge, viele Tiere, viele Soldaten, viele Kriegsversehrte. Man schleppt sich dahin, zeigt seine Wunden, man trinkt viel. Man sieht aus dem Fenster eines einsamen Hotelzimmers auf die Straße, neben sich eine Flasche Whiskey, um die Schmerzen in den Griff zu bekommen. Kaprun, das muss der Name der Stadt sein, von der Tom Waits einmal gesungen hat. *Waltzing Mathilda,* nur dass der Song gar nicht *Waltzing Mathilda* hieß, es ist nämlich einer dieser Songs, die anders heißen als das, was naheliegend wäre. So wie manche Länder Hauptstädte haben, auf die nie jemand gekommen wäre. Brasilia zum Beispiel. Oder Canberra.

In der Signatur der Hotelmanagerin steht Kaprun, Österreich. 4000 Euro brutto soll Marek bekommen für zwei Monate im Skihotel bei freier Kost und Logis. Trinkgeld darf er behalten. Mit herzlichen Grüßen, Sabrina Edelhart. Mit dem Geld wird er vielleicht fünf Monate lang über die Runden kommen. Sehr geehrte Frau Edelhart, schreibt Marek und sagt zu.

2020
Jakub
Im Nachhinein kann Silvana gar nicht mehr sagen, seit wann Jakub fort ist. Ob sie da noch vor dem Einkaufszentrum am Zeisingplatz saß oder schon vor dem Museum. Nur, dass er schon verschwunden war, bevor sie in das ehemalige Museumswärterhäuschen gezogen ist, das weiß sie bestimmt. Eigentlich kann sie gar nicht sagen, ob er wirklich fort ist oder ob er es nur ist, weil es ihr aufgefallen ist. Ob sie schuld ist an Jakubs Fortbleiben. Ob es das Häkeln ist oder das Fernsehen oder das Museum. Oder dass sie jetzt sesshaft ist. Und was bedeutet es, dass er nicht mehr zum Zeisingplatz kommt und die Keksdose leert? Wenn sie Jakub nicht auf diese verrückte Art vermissen würde, wäre er wahrscheinlich noch da, denn dann wäre er irgendwo und nirgends, und irgendwo und nirgends ist auf jeden Fall etwas anderes als tot.

Silvana nimmt sich vor, das Gesicht von Jakub zu häkeln, aber nicht jetzt. Irgendwann vielleicht, wenn sie sein Gesicht aus der Erinnerung auswendig kann. Vielleicht kann er, wenn sie es schafft, sein Gesicht mit ihrer Erinnerung zu verschränken, seine eigene Zerstörung überleben.

2011

Bäckereikette

Aislinn und Flynn arbeiten oft zusammen. Sie stehen hinter der Theke und verkaufen Brötchen, Croissants, Puddingteilchen, Eiweißbrot und Kaffee to go. Die Kunden sind nett, man beißt nicht in die Hand, die einen füttert. Aislinn schaut Flynn oft von der Seite an, wenn er Brötchen in die Tüte zählt und die Kunden anlächelt. Er sieht so professionell und sympathisch aus. Wie seine Frau ihn wohl ansieht, fragt sie sich. Die beiden haben gerade ein Baby bekommen, das einen komischen Namen hat. Wie eine Seife. War bestimmt ihre Idee, denkt Aislinn. Flynn weiß, wie seine Frau ihn ansieht, und er weiß auch, wie Aislinn ihn ansieht. Beiden schaut er gerne auf den Hintern.

1987

Kot Pun

Nach der Premiere gehen alle feiern, sie feiern vor allem Olga, sie hat Kot Pun, das Blumenmädchen, gespielt, es war nicht einfach. Es war wirklich nicht einfach, erstens weil *Das Blumenmädchen* eigentlich eine Oper ist, und zweitens, weil die Stadt keine Förderung geben wollte für die Inszenierung nordkoreanischer Agitation. Aber sie haben es geschafft. Volker und Olga haben das Stück umgeschrieben, am Ende ist es eine Liebegeschichte geworden. Aus der Liebe zur blinden Schwester wurde die Liebe zum epileptischen Nachbarsjungen, für den Kot Pun Medikamente besorgen muss. In der Auseinandersetzung mit dem gierigen Grundbesitzer – der nicht nur aussieht wie Mr. Scrooge, sondern auch dessen Sätze zitiert – erkennt sie den Wert der Liebe. Es ist ein Revolutionsstück über die Liebe, das steht im Förderantrag, und am Schluss haben sie doch einen Zuschuss bekommen, wenn auch nicht so hoch wie erwartet. Dabei, hat Solveig gesagt, ist die Liebe doch das Revolutionärste überhaupt.

Olga kann noch gar nicht glauben, dass sie es wirklich geschafft hat. Dass sie *Das Blumenmädchen* durchgesetzt hat. Volker ist zuerst dagegen gewesen, aber das Ensemble dafür. Geil, eine Revolutionsoper. Solveig hat schließlich ein Machtwort gesprochen. Wir brauchen mal was Neues, Volker, hat sie gesagt. Warum nicht eine nordkoreanische Oper? Weil, sagte Volker, es genügend Opern und Theaterstücke gibt, die keiner menschenfeindlichen Ideologie folgen. Dann schreib es um, Herrgott, lass dir was einfallen. Am Ende verliebt Olga sich sogar in Volker, der ziemlich lustige Einfälle hat. Nur Volker verliebt sich nicht in Olga, er ist gerade Vater geworden, er hat einfach keinen Nerv, sich zu verlieben. Weil der Zuschuss zur Revolutionsoper so niedrig ist, spricht Olga mit dem Vermieter und überredet ihn, die Miete für zwei Monate auszusetzen. Er wohnt nämlich im selben Haus wie Olga und ist ein Fan von Revolutionsopern. Olga, du hast uns gerettet, sagt Solveig und stößt ihr Sektglas gegen Olgas und Olga glüht vor Freude. Revolution!

2013
Notre-Dame
Gehen wir zur Nebelglocke, sagt Didus, und Wanja sagt ok, obwohl ihm die Nebelglocke egal ist. Aber der Großvater ist stolz auf die Glocke, die sogar schon mal in Notre-Dame geschlagen hat. Die Franzosen mussten sie uns wieder zurückgeben, sagt der Großvater stolz, als habe er höchstpersönlich mit Napoleon dem Dritten verhandelt. Dabei ist Didus noch keine 60 Jahre alt, und seit er denken kann, hängt die Glocke an ihrem Platz. Er kann sich sogar noch erinnern, wie die Glocke bei Nebel stundenlang geschlagen hat, um den Schiffen der Schwarzmeerflotte den Weg durch den Nebel zu weisen. Aber Wanja glaubt, dass der Großvater sich nur erinnern möchte, er muss noch sehr klein gewesen sein, als die Glocke stillgelegt wurde. Der Großvater aber besteht darauf. Wie hat sich das denn angehört, fragt Wanja zum Spaß. Die Babusya grinst und man kann die schöne Lücke zwischen den beiden Vorderzähnen sehen. Und der Großvater

tönt so inbrünstig Donggggg donngggggg, dass sein Kehlkopf vibriert. Wanja kann sich nicht vorstellen, dass auch nur ein Schiff auf diese Weise die Orientierung wiedergewonnen hätte, aber egal, sie gehen jetzt trotzdem zur Glocke und die Babusya packt noch ein paar Blaubeerblinis ein. Der Großvater sperrt das Tor zum Freiluftmuseum auf und dann sitzen sie zwischen den beiden Mauern, direkt unter der Glocke, und hören dem Meer zu und den Möwen und Wanja hört außer den Möwen und den Wellen auch das Donnggggg donngggg des Großvaters, und es kommt ihm vor, als bewege sich die Glocke ganz leicht im Wind. Notre-Dame, sagt Wanja zur Großmutter, hat ihre eigene Glocke, die braucht unsere nicht.

Auf Wikipedia kann man die vier Notre-Dame-Glocken hören, Wanja spielt sie den Großeltern vor, aber Didus winkt ab. Viel zu modern. Nur die Glocke Emmanuel gefällt ihm; die ist aus dem Jahr 1685. Sie ertönt nur an Feiertagen, und wenn der Papst stirbt.

2019

Wochenenddienst

Sandro will Irma eigentlich nicht von seinem Gespräch mit Valentina erzählen, andererseits erfährt sie es ja eh irgendwie, alle hatten schon ihr Gespräch mit Valentina und lügen will Sandro auch nicht, lügen ist eine schlechte Voraussetzung für eine Beziehung, denkt Sandro, vor allem, wenn es am Ende rauskommt.

Was hältst du von Pressearbeit, fragt er deshalb, als sie zusammen Wochenenddienst schieben. Nichts, sagt Irma und ahnt schon, dass es um das Gespräch mit Valentina geht, dass sie ihm irgendwas in der Art angeboten hat, vielleicht einen 450-Euro-Job in der Presseabteilung oder bei den Anzeigen, irgendwo am Ende des langen Ganges. Vielleicht darf er die Clippings auswerten oder potentielle Werbepartner anrufen. Irma könnte jetzt locker von der Agentur erzählen, deren Telefonnummer Valentina ihr gegeben hat, aber sie tut es nicht. Erstens, weil sie selbst noch nicht angerufen hat, zweitens, weil sie ahnt, dass Sandro die Nummer nicht bekommen hat, drittens, weil sie eigentlich gar nicht mit ihm teilen möchte. Irma möchte etwas anderes von Sandro, als mit ihm eine Telefonnummer zu teilen.

Das ist aber die Zukunft, sagt Sandro.

Was – dass sich alle ihre, sagt Irma, Nachrichten selbst schreiben? Und Sandro denkt, dass sie ihre schnippischen Kommentare doch mal in den Konfis loswerden soll und nicht immer nur bei ihm.

Meinung gegen Meinung, sagt Sandro und Irma sagt, du Sandro, ich hab da so eine Idee, die wollte ich mal mit dir besprechen.

2012

Quitzow

Das letzte Mal hat Ronnie seine Familie in Berlin bei der Hochzeit von Rosi gesehen; seine Brüder haben ihn auf Geheiß des Vaters vor die Tür gesetzt, weil Ronnie voll mit Meskalin, Tabletten und Schnaps war und mit den Händen gegessen hat und die Hälfte ist auf dem Boden gelandet, und die Hälfte von der anderen Hälfte auf Ronnies sowieso schon nicht mehr ganz sauberer Jeans. Er hat gegessen, was ihm in die Finger kam, er hatte kein Geschenk für Rosi, an die er sich kaum erinnert, nur ein paar Bruchstücke an gemeinsam verbrachte Ferien sind da noch, in einem brandenburgischen Dorf namens Quitzow, wo auch Angela Merkel mal gewohnt hat, und das sagt Ronnie auch, wenn er gefragt wird, wo er herstammt, aus der Gegend, wo die Kanzlerin aufgewachsen ist, wir sind quasi Nachbarn. Nur dass er zwanzig Jahre jünger ist als die Kanzlerin, aber das spielt ja keine Rolle, Zeit spielt für Ronnie überhaupt keine Rolle. Komm wieder, sagt Ronnies Bruder, wenn du clean bist, und schiebt ihm 20 Euro in die Tasche, als brauche es nur 20 Euro, um clean zu werden. Was soll das überhaupt sein, clean? Der andere Bruder gibt ihm wortlos einen Tritt, das ist Ronnie irgendwie sympathischer als die verschissenen 20 Euro.

2019

Die Touristin

Menkan lebt in Italien, in den Bergen, im Sommer ist es sehr warm, im Winter kalt. Vor drei Jahren kam er aus Lesotho, dort gibt es auch Berge, die Drakensberge, sie sind etwas höher als die Alpen. Er spricht mehrere Sprachen und Dialekte, er hat die Wörter, die er für Schnee kennt, nicht gezählt. Trotzdem denken die Leute in Südtirol, ein Afrikaner und Schnee, das passt nicht zusammen. Sie denken, alle Afrikaner leben in der Wüste oder in der Savanne und jagen Tiere. Im Geografie-Unterricht haben sie von vielen Ländern der Welt nur die Hauptstädte durchgenommen. Von manchen nicht einmal die. Heute hat er von einer Touristin fünf Euro bekommen. Er stand am Eingang des Supermarkts und wartete auf seine Nachbarin, die ihn gefragt hat, ob er ihr bitte den Kasten Wasser ins Auto heben könnte. Er stand da und schaute zu den Bergen hoch und dachte an nichts. Etwas berührte seine Hand. Er erschrak und ließ den Schein fallen, die Touristin ging schnell weiter. Sie war noch ziemlich jung und trug eine riesengroße Sonnenbrille. Gucci. Ihre schwarzen Haare glänzten glatt in der matten Sonne.

2008

Oxytocin

Ben holt Irma oft mit seinem Auto ab, es ist ein Audi, sie fahren mit dem Audi aufs Land, manchmal gehen sie auf einen Bauernmarkt oder fahren durch Birkenalleen, weil Ben aus einer Gegend stammt, in der es Birkenalleen gibt. Wenn Ben aussteigt, fliegen die losen Schuppen aus seinen Haaren wie Kraniche, die im Herbst in den Süden fliegen. Sie schwirren durch die Luft und legen sich auf den Fahrersitz oder aufs Lenkrad oder auf die Armaturen. Irma findet diese Schuppen irgendwie rührend in ihrer Kleinteiligkeit. Sie fragt sich, ob es ein Lebewesen gibt, aus dessen Perspektive Ben und sie ebenfalls so etwas wie Schuppen sind, die sich auf die Armaturen legen. Nimm Handtuch und Bikini mit, sagt Ben, ich will dir etwas zeigen. Er zeigt ihr einen

Badesee, mitten im Wald. Idyllisch. Kein Mensch außer ihnen. Das ist der schönste Ort, an dem ich jemals, sagt Irma, war. Es ist der schlimmste Ort, sagt Ben, an dem ich jemals war. Dann weint er.

Ben hat in diesem See seinen kleinen Bruder verloren, den er sehr geliebt hat. Er hätte an diesem Tag auf ihn aufpassen sollen, doch stattdessen hat er sich mit seinen Kumpels zum Onlinedart getroffen. Damals waren wir süchtig nach Onlinedart, sagt Ben, du kannst dir nicht vorstellen, wie sehr ich dieses Spiel hasse. Wegen Onlinedart musste mein kleiner Bruder sterben. Irma streichelt seinen Rücken und sie streichelt seinen Nacken und dann küssen sie sich. Sie schläft mit Ben am Ufer des kleinen idyllischen Weihers, anfangs hat er noch feuchte Augen, später fängt er sich. Ein paar Enten quaken. Von fern ist ein Specht zu hören. Als sie erschöpft nebeneinander liegen, sagt Ben, sein kleiner Bruder habe 24 Minuten im kalten Wasser gelegen, bevor er starb. Jetzt muss Irma weinen, so traurig ist Bens Geschichte und vor allem die 24 Minuten machen sie irgendwie fertig. Andererseits fühlt sie sich durch Bens tragische Vergangenheit irgendwie getröstet. Auch andere Menschen haben Schlimmes erlebt, nicht nur Irma. Und weil Irma ein schlechtes Gewissen hat, sich durch Bens tragische Vergangenheit getröstet zu fühlen, verliebt sie sich in ihn. Sie gibt den inneren Widerstand auf, den jeder Mensch instinktiv gegen das Verlieben hat. Das Oxytocin, das beim Sex freigesetzt worden ist, tut sein Übriges.

2018
Cola
Bei den Nachbarn gibt es Streit. In der Facebookgruppe des Viertels wird diskutiert, es gibt ein Für, ein Wider für den Gartenteich der neuen Nachbarn, ein Habt-ihr-keine-anderen-Probleme, insgesamt aber viel Empathie für beide Seiten. Kurz nach der Einweihung des Teiches hat der Nachbar aus dem zweiten Stock angerufen und verlangt, dass der Teich wieder zugeschüttet wird.

Der Nachbar heißt Williams, er sitzt im Rollstuhl und kümmert sich um Hund und Haushalt. Der Hund, ein Labrador namens Cola, beginnt zu winseln, wenn er Wasser sieht. Er beginnt und hört nicht mehr auf. Lässt Herr Williams den Hund ins Wasser, ist der Hund nass und Herr Williams darf alles saubermachen – keine leichte Sache, wenn man im Rollstuhl sitzt. Lässt er Cola nicht in den Teich, muss er sich den ganzen Tag das Betteln und Flehen des Tieres anhören, es ist nicht zum Aushalten. Er kommt sich schon vor wie ein Tierquäler. Der Teich hat ihm den Hund vollkommen entfremdet. Kommt seine Frau abends nach Hause, kann er von nichts anderem mehr reden. Der Hund und der Teich gefährden die Ehe. Den Hund kann er nicht abgeben, da seine Frau sehr an ihm hängt. Sie hat ihn aus dem Tierheim, es war Liebe auf den ersten Blick. Der Teich muss weg.

2015

Daten

Heimlich ist Ahri Shiwon in einen Mann verliebt, den sie einmal im Fernsehen gesehen hat, sie hat ihn nur ganz kurz gesehen, vielleicht zehn Sekunden lang, doch nie zuvor und auch nicht mehr danach war ihr Herz so sehr berührt wie vom Bild dieses Mannes. Der Mann tat nichts anderes, als an einem Rechner zu sitzen und mit unbewegter Miene auf den Bildschirm vor ihm zu starren, während seine schlanken, aber kräftigen Finger auf der Tastatur lagen und sich mit großer Geschmeidigkeit darauf bewegten. Ahri Shiwon hatte noch nie so sportliche Finger gesehen, sie spürte, wie sich in ihrem Schoß etwas zusammenzog und gleichzeitig öffnete, in einer einzigen Bewegung. Der Mann sah aus wie ein Kriegsgott, nur dass er keine Waffen trug. Er gab Daten in einen Rechner ein. Um welche Daten es sich handelte, konnte Ahri nicht sehen, dafür konnte sie ein paar Sekunden lang das Profil des Mannes studieren. Ahri stellte sich vor, dass der Mann ein Leben lang auf diese unbewegliche Weise konzentriert sein würde und sie würde nie erfahren worauf. Nie würde er lachen oder weinen, weder schreien noch flüstern. Sein Gesicht wäre ein stummer Kommentar, sprechen würde sie allein mit seinen Händen und seine Hände mit ihren. Auch Ahris Hände sind schlank und kräftig. Sie hat ab sofort vier Hände. Den Mann nennt sie Puma. (In Wirklichkeit heißt er Wanja.)

1987
Das Blumenmächen
Am Anfang war es nur ein Blumenstrauß, dann ein Blumenstrauß pro Woche und jetzt jeden Tag eine einzelne langstielige Rose. Zuerst waren es rote Rosen, doch mittlerweile sind aus den roten Rosen schwarze Rosen geworden und von dem aufregendem Gefühl, einen heimlichen Verehrer zu haben, ist nicht viel geblieben. Eigentlich gar nichts. Stattdessen Übelkeit. Übelkeit beim Aufwachen, Übelkeit beim Zähneputzen, Übelkeit bei den Proben, Übelkeit, wenn Olga abends nach Hause kommt und wieder eine Aufmerksamkeit, einen Zettel mit einem Kalenderspruch, eine ominöse Nachricht vorfindet. Einmal ist die Fahrradkette, die ihr am Wochenende gerissen ist, wie von Zauberhand repariert worden, ein anderes Mal hängt ihre Wäsche, die sie tags zuvor im Waschhaus aufgehängt hat, getrocknet und gebügelt in einer Ikeatasche an ihrer Wohnungstür. Obenauf ihre Slips. Spätestens da ist Olga klar, woher die Übelkeit kommt. Sie ist nicht schwanger von Volker, ihr ist wirklich übel.

2019
Achtertisch
Seit Irma und Sandro sich besser kennen, sitzen sie beim Wochenenddienst am Achtertisch einander gegenüber, nicht mehr wie früher schräg auseinander, als Irma direkt am Flur und Sandro am Fenster auf Nicks Platz saß.

2018
Geheimnisse
Der einzige Mensch, den Silvana anschauen darf, ist Jakub. Sie ist ihm von Herzen dankbar dafür. Jeder muss mindestens einen

Menschen anschauen können, sonst wird er verrückt. Offenbar weiß Jakub das. Und Silvana weiß, dass eine verrückte Silvana kaum acht Stunden vor dem Einkaufszentrum sitzen könnte und betteln. Und was würde dann mit ihr geschehen? Das weiß niemand, am ehesten weiß es vielleicht noch Jakub. Am Abend studiert sie sein Gesicht, während er die Keksdose leert, und er lächelt ein bisschen in sich hinein. Manchmal glaubt sie, er würde ihr gerne sein Geheimnis verraten, dann träumt sie nachts von einem schönen großen Geheimnis, das durchsichtig ist und aus einer bunt schillernden Oberfläche besteht, so etwas können nur Geheimnisse.

1987
Kalenderspruch
Wir können keine großen Dinge vollbringen – nur kleine, aber die mit großer Liebe. (Mutter Theresa)

2019
Flugangst
Was soll denn das sein, so etwas Ähnliches wie ein Amoklauf, fragt Sandro und schaut aus dem Fenster, als ginge die Antwort irgendwo da draußen spazieren. Naja, wie gesagt, etwas, das kein Amoklauf ist, weil zweimal Amoklauf hintereinander ist ja, sagt Irma, die auf der anderen Seite des Achtertisches sitzt und genervt ist, weil Sandro immer aus dem Fenster schaut, unwahrscheinlich, oder? Absolut, sagt Sandro und schaut weg vom Fenster, hin zu Irma. Also etwas Ähnliches wie ein Amoklauf, hm? Ein Überfall vielleicht? Allerdings – bis der Überfall bekannt wird, ist er schon wieder vorbei. Für einen Ticker nicht so gut. Eine Entführung, das wärs! Nur dass eine, sagt Irma, Entführung zu lange dauert, und dazwischen passiert nichts. Bis die Entführung zu Ende ist, sind hunderttausend andere Sachen passiert. Außer, sagt Sandro, man schreibt die Entführung aus Sicht des Opfers. Dann müssten wir aber irgendwie Kontakt zum Opfer haben, aber wie, es ist ja der, sagt

Irma, Sinn einer Entführung, den Kontakt zur Außenwelt zu unterbinden. Stimmt, sagt Sandro, obwohl es ihn ärgert, dass Irma recht hat. Aber jetzt geht es eben gerade mal nicht ums Rechthaben. Jetzt geht es um das gemeinsame Projekt, um das große Ding. Super, wenn man eine Freundin hat, mit der man das machen kann. Wie Bonnie und Clyde, denkt Sandro, nur online. Wir sind die Zukunft.

2009

Onlinedart

Eine Woche nach dem Ausflug mit Ben zum Badesee ist Irma so verknallt, dass sie bereit ist, ihn auf der Stelle zu heiraten und Mutter seiner Kinder zu werden und seine Schuppen zu therapieren. Doch kaum offenbart sie Ben ihre Liebe, verlässt er sie. Er sei noch nicht bereit für eine Beziehung, seine Verlustängste seien zu groß. Es täte ihm sehr leid, sie sei eine tolle Frau.

2018

Peak

Nach zwei Wochen Nachbarschaftsfernsehen ist Jill an dem Punkt angekommmen, an dem sie das Essen mit auf den Balkon nimmt, weil sie es sich nie verzeihen würde, wenn sie den Peak versäumen würde, dabei weiß sie nicht einmal genau, wo das Wort Peak jetzt plötzlich herkommt, und auch nicht, was es genau bedeutet; irgendwas mit Höhepunkt. Neulich hat Christian das Wort erwähnt, im Zusammenhang mit einer ständig nach oben zeigenden Kurve, die eine Höchstleistung beschreibt. Jill fragt sich seitdem, was hinter der Kurve kommt.

Die Betreuerin von Frau Germ ruft an. Frau Germ sei untröstlich gewesen, man möge das nächste Mal doch bitte vorher rechtzeitig absagen. Die alte Dame habe sich so aufs Vorlesen gefreut. Dass die Betreuerin man möge zu ihr sagt, versetzt Jill einen Stich. Sie kann da nie wieder hingehen.

2019

Lüneburger Heide

Samstagabend, und Margit ist verabredet mit diesem Kerl, den sie auf Dating Cafe kennengelernt hat, er ist zwar kein Beamter wie die neue Bekanntschaft von Siri, aber er scheint nett zu sein. Sieht nett aus, schreibt nett, nett ist ein anderes Wort für scheiße, hat sie neulich auf Facebook gelesen; sie hat dort ein Konto, um Louises Posts zu verfolgen, nur dass Louise schon lange nichts mehr postet, außer neulich Fotos von sich selbst und wie irgendjemand – Margit kann noch nicht einmal erkennen, ob es Frauen- oder Männerhände sind – ihre Haare flechtet und das dann am Ende schön aussieht. Keine Ahnung, was das soll, Margit hofft, dass es vielleicht deswegen ist, weil Louise von ihrem reaktionären Denken abgekommen ist, aber etwas in ihr weiß natürlich auch, dass das nicht stimmt. Sie muss dringend auf andere Gedanken kommen. Aber blöderweise haben alle Gedanken, wenn auch nur entfernt, mit Louise zu tun und enden schließlich wieder da, wo alles angefangen hat.

Margits Eltern waren Campingplatzbetreiber in der Nähe von Lünen, heute will da keiner mehr hin, außer Familien mit vielen Kindern, die sich einen anderen Urlaub nicht leisten können. Denn in Lünen ist nichts außer der Lüneburger Heide, und im Grunde ist auch in der Lüneburger Heide nichts. Die Lüneburger Heide ist nichts als ein vielversprechender Name. Und mittlerweile kann sich jeder und jede, die noch nie da war, genau so viel darunter vorstellen, um nicht unbedingt selbst hinzumüssen und sich zu vergewissern, dass Vorstellung und Realität übereinstimmen. Im Grunde ist es total egal, ob Vorstellung und Realität übereinstimmen. Wer will das wissen?

2012

Bauchcreme von Visuals of London

Ich bin so unglaublich stolz auf meinen Babybauch. Die paar Schwangerschaftstreifen sind ein Klacks für meine Stretchmark Belly Cream. Channa Syed, 22 Jahre alt

2018
Sojamilch
Jill geht nicht mehr ins Seniorenstift zum Vorlesen, nur nachts träumt sie manchmal von Frau Germ. Am nächsten Morgen versucht sie sich zu erinnern, Christian ist schon wach und macht sich Frühstück, ein Brot mit veganem Aufstrich, eine Tasse Kaffee mit Sojamilch, einen Apfel. Sie geht in die Küche und streicht ihm über die kurzen Haarstoppeln, er brummt. Sie küsst ihn auf den Kopf und geht wortlos ins Badezimmer; als sie sich die Haare shamponiert, hört sie die Haustür ins Schloss fallen. Sie beeilt sich, holt sich eine Tasse und schenkt sich Kaffee aus der Kanne ein, setzt sich auf den Balkon. Sie nimmt sich ein Buch, anfangs hat sie wirklich noch vor, es zu lesen, *Die Herrschaft der Dinge,* über 1000 Seiten, superinteressant. Sie ist auf Seite 212, aber die Nachbarn sind leider interessanter als die Geschichte des Konsums im 18. Jahrhundert, und nachdem Jill ein paar Seiten überflogen hat, beobachtet sie, wie die beiden Kinder in den Garten gehen, und ist noch immer fassungslos, dass sie zwei Wochen lang beide Kinder für ein einziges Kind gehalten hat. Ein paar Tage lang war sie nicht einmal sicher, ob am Tag der Gartenteich-Einweihung ein oder zwei Kinder im Garten standen. Vielleicht hat sie schon Ausfallerscheinungen von zu viel Serie gucken. Die Kinder sind fast nie zusammen zu sehen – außer heute. (Und bei der Gartenteich-Einweihung.) Jedenfalls hat sie beide Kinder für das ältere Kind gehalten.

1987
Kalenderspruch
Glück entsteht oft durch Aufmerksamkeit in kleinen Dingen, Unglück oft durch Vernachlässigung kleiner Dinge. (Wilhelm Busch)

2014
Ölpreis
Die Babusya hat ihm eine Mail geschrieben, es geht ihm schlecht, deinem Großvater, schreibt sie. Hier gehts drunter und drüber,

die Touristen sind weg, Didus macht sich Sorgen. Die Tavricheskiy hat seit Wochen geschlossen. Er hat Angst, die Glocke könnte wieder gestohlen werden, du weißt schon, wie 1856. Dann fahren wir eben zusammen nach Paris und besuchen sie, schreibt Wanja. Im Ernst, kommt doch zu mir, bis alles vorbei ist. Aber wann ist vorbei, will die Babusya wissen. Die Araber sind schuld, sagt der Großvater. Die haben den Ölpreis in die Höhe getrieben mit ihrem Scheißfrühling und jetzt spielt der Westen uns gegeneinander aus. Dabei geht es am Ende nur um unser Erdgas. Wanja denkt an die Lücke der Großmutter zwischen den beiden Schneidezähnen. Und an die Blinis mit Blaubeerfüllung. Für den Krieg ist immer genug Geld da, schreibt die Babusya zurück.

2009

Onlinedart

Ben und Branka fahren zum Badesee. Branka ist nicht besonders redselig, außerdem mag sie keine Insekten, und am Badesee gibt es sehr viele davon, vor allem Mücken. Am Badesee herrschen Mückenverhältnisse wie in Finnland. Um Branka abzulenken, erzählt Ben ihr von seinem kleinen Bruder. Es ist eine tragische Geschichte, an dessen Ende der Bruder stirbt, weil Ben Onlinedart spielt statt auf den Bruder aufzupassen. Branka hat selbst keine Geschwister, findet aber, dass Ben ein ziemliches Arschloch ist. Sie mochte ihn schon vorher nicht besonders, aber die Geschichte mit dem Onlinedart gibt ihr den Rest. Warum erzählst du mir so einen Schrott, sagt Branka und zieht die Nase hoch. Ben sagt, du bist echt herzlos. Branka lacht ihn aus. Die Lage eskaliert.

2008

Schublade

Es ist erst Mitte April, aber das Gras im Schrebergarten steht schon hoch, es muss gemäht werden. Sonst sind die Halme zu lang und knicken um, bevor die Schneideblätter sie erfassen können. Luis steht mitten auf dem Rasen, der Rasenmäher rotiert, es ist laut und wenn es laut ist, kommen ihm oft die verrücktesten Gedanken. Sein verrücktester Gedanke an diesem Tag im April ist eine Frage, die er sich seltsamerweise nie gestellt hat, in all den Jahren: Warum er Judiths Zettel erst ein Jahr nach ihrem Tod gefunden hat. Hat er wirklich die Schublade erst nach einem Jahr geöffnet? Oder hat er den Zettel ein Jahr lang einfach nicht gesehen? Oder der Zettel ist erst nach ihrem Tod in die Schublade gelegt worden. Aber von wem? Oder, fragt sich Luis, war alles anders? Aber wie? Die Nachbarin winkt ihm zu, ist alles ok, Luis?

2018

1. FC Adidas

Es liegt gar nicht an ihr, da ist Jill sich inzwischen sicher. Keine Ausfallerscheinungen. Es liegt daran, dass der kleinere Junge ein unsichtbares Kind ist. Obwohl Jill ihn mittlerweile schon ein paar Mal gesehen hat, könnte sie nicht sagen, wie er aussieht. Sie könnte noch nicht einmal beschreiben, was er zehn Minuten vorher, beim Spielen im Garten, anhatte. Sie kann gar nichts über ihn sagen. Das ist bei dem älteren Jungen anders. Er ist vollkommen versunken in das, was er tut, dann steht er plötzlich auf und läuft ins Haus oder eine Runde im Garten und dabei singt er laut. Manchmal schreit er auch laut. Jill weiß nicht, was der kleinere Junge in der Zeit tut. Sie weiß auch nicht, was er vorher oder nachher tut. Der ältere Junge trägt fast immer eine blaue Jogginghose, auf deren Längsseite 1. FC Adidas steht. Jill findet das irgendwie originell. Sie wäre auch gerne versunken in dem, was sie tut. Sie wäre gerne selbstvergessen. Sie wäre auch gerne laut, wenn sie nicht gerade selbstvergessen wäre. Es wäre schön, wenn man nur zwei Zustände hätte, in denen man sich gerade befindet: Selbstvergessenheit und Lautsein. Vor ein paar Tagen hat sie sogar versucht herauszufinden, wo es diese Sporthosen gibt, aber Google spuckt kein einziges Ergebnis aus. Möglicherweise ist die Hose selbstgeschneidert. Vielleicht sogar von der Mutter, die auf eine schöne Art immer ein bisschen schlampig aussieht. Sie raucht auf der Terrasse und telefoniert und wenn sie nicht telefoniert, singt sie. Jill kennt die Melodie, kommt aber nicht drauf. Irgendeine Oper.

2011
Bäckereikette
Heute ist Flynn etwas später gekommen, er musste mit dem Baby zum Kinderarzt, es hat die U3 bekommen. Heute ist etwas Lustiges passiert, sagt Aislinn, als Flynn den Verkaufsraum betritt, während er sich die Verkaufsschürze mit dem großen Q umbindet, die obligatorisch zu tragen ist, denn die Bäckereikette setzt auf Wiedererkennung, wozu sonst sollte eine Kette eine Kette sein. Flynn hasst es, dass Aislinn immer gleich losplappert, ohne hallo und wie gehts zu sagen und ohne ihm die Gelegenheit zu geben, erstmal anzukommen. Also, es war eine Kundin da, die wollte irgendein Teilchen kaufen, ich frage, was für ein Teilchen, und ich zähle auf, was wir so als Teilchen da haben, Croisssant, Plunder, Quarktasche, Donauwelle, und da sagt sie, ein Teilchen kann keine Welle sein, und ich sage, doch, und sie sagt nein, das ist gegen jede Physik, und ich sage, es mag gegen jede Physik sein, aber bei uns gibt es sehr wohl Wellen, die Teilchen sind. Achja?, sagt sie schnippisch, und ich sage, die Wahrscheinlichkeit des Ortes ist zum Beispiel ein Teilchen, das eine Welle ist, und sie schaut mich mit großen Augen an. Max Born, sage ich. 1954 Nobelpreis für Physik. Flynn seufzt. Jade zahnt, sagt er.

2019
Mexiko
Sandro ist schnell Kaffee holen und Irma schreibt eine Meldung über einen Unfall mit zwei Bussen, drei Verletzte, zwei schwer, einer leicht, alle kommen ins Krankenhaus. In Gedanken ist Irma noch immer bei der Entführung. Die Entführer könnten natürlich den Ticker füttern, aber warum sollten sie das tun? Oder wir sind die Entführer, aber wen sollten wir entführen, oder wir arbeiten mit den Entführern zusammen, nur gabs das alles schon, das endet nur in einer Rüge vom Presserat. Aber

könnte, denkt Irma, während sie ein passendes dpa-Bild für den Busunfall sucht, allerdings nur eins findet, das in Mexiko aufgenommen wurde, der Entführung nicht eine Geiselnahme vorausgehen? Geiselnahmen sind lang und qualvoll. Wenn im Fernsehen eine Geiselnahme kommt, schaltet Irma immer um und schaut sich etwas über wilde Tiere in Sibieren an. Sie hasst Geiselnahmen. Dennoch: Geiselnahmen sind wie geschaffen für einen Liveticker. Die meisten Menschen hassen Geiselnahmen nicht, außer sie sind selbst die Geiseln. Das schwerste Busunglück, liest Irma, die noch immer kein geeignetes Symbolbild gefunden hat, geschah 1999 im indischen Karnataka. 94 Tote. Puhh, sagt Irma. Da kommt Sandro mit dem Kaffee. Er sieht ganz anders aus als vorher. Nicht anders, aber verändert. Ich habs, sagt er triumphierend und stellt Irmas Kaffee auf dem Achtertisch ab: Was hältst du von Geiselnahme?

1987

Kaffeemaschine

Hallo Hagen, sagt Olga, und Hagen strahlt und sagt, komm rein. Olga zögert einen Moment, was, wenn er zudringlich wird. Ihm ist alles zuzutrauen. Ich hab nicht so viel Zeit, sagt sie. Aber das ist ein schlechter Anfang, denn wenn eine so wichtige Sache keine Zeit wert ist, kann sie ja nicht so wichtig sein. Ich wollte, also, sagt Olga und hört eine laut vor sich hinbrodelnde Kaffeemaschine in Hagens Wohnung. Wie sie dieses Geräusch hasst. Hagen lächelt entschuldigend und sagt: Das ist die Kaffeemaschine. Also, sagt Olga, danke wegen dem Fahrrad. Wieso?, fragt Hagen. Du hast es doch repariert. Ach so, das, sagt Hagen. Ich hatte noch eine Kette im Keller, ist nicht der Rede wert. Danke jedenfalls, sagt Olga. Willst du nicht doch reinkommen, fragt Hagen, ich hab gerade Kaffee aufgesetzt. Nein, sagt Olga. Du Hagen, das ist nett mit der Kette, aber weißt du, es ist auch irgendwie gespenstisch. Hagen sieht unglücklich aus. Kannst du bitte damit aufhören? Hagen zieht die Nase kraus und sieht irgendwie ganz nett aus. Tut mir leid, sagt er und dann fragt er nochmal nach: Womit denn aufhören, ist sie schon wieder kaputt? Nein, sagt Olga, ich meine nicht nur die Kette, ich meine auch das andere. Das andere, fragt Hagen und seine Nase sieht wieder normal und Hagen nicht mehr ganz so nett aus. Du weißt schon, sagt Olga. Ich weiß nicht, was du meinst, sagt Hagen.

1987
Kalenderspruch
Freiheit bedeutet … dass man nicht unbedingt alles so machen muss wie andere Menschen. (Astrid Lidgren)

2017
Après-Ski
Im echten Kaprun gibt es tatsächlich eine Hauptstraße; eine Après-Ski-Bar reiht sich an die andere, dazwischen Hotels, Ski- und Snowboardschulen, Wintersportverleih, Kutschenfahrten Alois Mayer, eine Haltestelle mit Wartehäuschen, an der der Skibus hält. Das einsame Hotelzimmer im ersten Stock mit Blick auf die Straße gibt es natürlich nicht. Es gibt noch nicht einmal Schlaglöcher. Stattdessen ein 8-Bett-Zimmer im Keller ohne Fenster. Es riecht nach alten Socken und Kamillentee. Die Lüftung ist so laut, dass kein Mensch sein eigenes Wort versteht. Wer sein eigenes Wort nicht versteht, versteht gar nichts oder alles. Marek kann keinen Gedanken zu Ende denken, weil die Lüftung röhrt. Eines Tages ist die Lüftung kaputt, der Gestank im Zimmer wird unerträglich.

Zwei Monate lang scheint fast ununterbrochen die Sonne. Die Schneekanonen sind morgens und abends in Betrieb. Marek arbeitet bis 23 Uhr, am Wochenende bis 2 Uhr morgens. Frühstück gibt es von sieben bis halb zehn. Die Schicht beginnt um 14 oder 18 Uhr. Er ist Zimmermädchen, Portier, Kellner, je nach Einteilung. Am liebsten ist er Kellner, das gibt am meisten Trinkgeld. Portier ist am schlimmsten, man muss sich beschimpfen lassen und erhält kein Schmerzensgeld. Ein Mädchen schläft beim Bettenmachen im Zimmer einer englischen Familie ein. Die Familie verlässt wutentbrannt das Hotel, man habe sich geekelt vor dem fremden Körper in ihrem Bett, heißt es. Das Hotel zieht dem Mädchen den entgangenen Umsatz vom Lohn ab, die Höhe der Summe macht ersichtlich, was das Hotel an den Gästen verdient und was für die Angestellten davon übrig bleibt. Du musst das nicht bezahlen, nimm dir einen Anwalt, sagen die Saisonarbeiter zu dem Mädchen. Das Mädchen ist blass und winkt ab. Allein das Wort Anwalt überfordert sie. Eines Tages ist sie verschwunden. Ihr Gesicht und auch die Gesichter der anderen hat Marek bald wieder vergessen. Die Namen hat er sich erst gar nicht gemerkt. Nur einen Namen wird er nicht vergessen: Ole.

2018
Zigaretten
Jill kommt vom Einkaufen und sieht die Nachbarin im Garten stehen und Unkraut vom Gemüsebeet zupfen. Als Jill vorbeigeht, blickt sie hoch, genau in dem Moment! Sie sagt hallo und Jill sagt auch, ach hallo. Wie automatisch zieht die Nachbarin eine Schachtel Zigaretten aus dem Kapuzenpulli hervor, und bietet Jill, die stehen bleibt, eine Zigarette an.

2019
Terrakotta
Was Irma sieht, ist, dass irgendetwas anders ist, aber sie weiß natürlich nicht, dass Sandro, der jetzt Clyde heißt, dem Pförtner eins über den Schädel gezogen hat; ungeplant natürlich, es war eine spontane Idee, Sandro ist schließlich kein Krimineller. Seine kriminelle Energie bewegt sich, wie die der meisten Menschen, in einem Mittelbereich, das heißt, die Wahrscheinlichkeit, eine Entscheidung zu treffen, die eine kriminelle Handlung nach sich zieht, liegt zwischen 35 und 55 Prozent, und leider betritt Sandro genau in dem Moment, in dem die Skala kurzzeitig 55 anzeigt, die Rezeption durch die angelehnte Tür und findet sich unmittelbar hinter dem Pförtner wieder, der gerade in die auf dem Tisch ausgebreitete Bild-Zeitung vertieft ist und einen Ar-

tikel über einen geheimen Drogenstrich in Dortmund liest; und schon holt Sandro mit einem Terracotta-Untertopf, der fahrlässig auf der Fensterbank ohne Blumentopf herumsteht, aus und zieht ihn dem Pförtner über den Hinterkopf. Er bereut es im selben Moment, in dem der Pförtner wie ein kaltes Tier vom Stuhl fällt, ohne einen Laut von sich zu geben. Die Zeitung rutscht vom Tisch und kommt nebem dem Körper des Pförtners zum Liegen, es ist ein zierlicher und gleichzeitig kompakter Körper, der eigentlich nicht so aussieht, als würde er so schnell zu Boden gehen, und fast wirkt es nun so, als habe die Zeitung den Pförtner niedergeschlagen und nicht der Terrakotta-Untertopf, der noch immer vollkommen unbeschadet in Sandros Hand liegt. Sandro, der erst kürzlich seinen Führerschein gemacht hat und vom Erstehilfekurs her noch weiß, dass man bei Unfallopfern als Erstes den Puls fühlen soll, fühlt als Erstes den Puls und der ist ok, und noch bevor er weiß, was er als Nächstes tun soll, hört er vor dem Fenster Stimmen; er läuft zurück in die Eingangshalle und versteckt sich in einer der Nischen bei den Aufzügen. Sein Herz klopft so heftig, dass er die Schläge bis in die Schilddrüse spürt.

1987
Kalenderspruch
Der beste Weg, einen Freund zu haben, ist der, selbst einer zu sein. (Ralph Waldo Emerson)

2019
Faltbox
Margit hat sich fürs Kino verabredet, ein Liebesfilm, der im Prag der 1940er Jahre spielt. Nur, wer um 19:15 Uhr nicht wie verabredet vor dem Kino steht, ist Karlo. Sie kauft sich eine Karte und Popcorn und ein alkoholfreies Bier, sie wartet bis kurz vor Beginn an einem Stehtisch, sie wartet nicht nur auf Karlo, sondern auch damit, Popcorn und Bier vor dem Film zu konsumieren, sie möchte nicht den Eindruck einer gierigen oder sonstwie bedürftigen Person erwecken. Vielleicht findet Karlo

es sowieso unmöglich, im Kino Popcorn zu essen, das machen nur ungebildete Menschen, gebildete gehen ins Kino, weil sie sich für den Film interessieren und nicht weil sie einen Vorwand brauchen, im Dunkeln Popcorn zu knabbern und Bier zu trinken. Aber andererseits, wenn er so denkt, passen sie sowieso nicht zusammen, und Margit greift nun doch in die Faltbox mit den Popcorn, mittlere Größe, gesalzen.

2019

Blackberry RIM

Ronnie und Yalcin laufen über die Hilbertstraße und schauen wie jeden Tag durch das Fenster, um zu checken, welcher Pförtner heute arbeitet und wie ihre Chancen auf eine kleine Pause im Foyer stehen, als sie sehen, wie ein zierlicher und dennoch kompakter Körper auf dem Boden liegt, es ist der Pförtner, der sie manchmal ins Gebäude lässt, abends oder am Wochenende, wenn niemand von den Chefs da ist. Herzinfarkt, denken sie. Schlaganfall, Überfall, Schwächeanfall. Yalcin meint sogar, Unfall, aber Ronnie sagt Quatsch, was denn für ein Unfall? Sie hätten sofort den Krankenwagen rufen können oder die Polizei, ohne das Gebäude zu betreten, aber Ronnie und Yalcin haben ja noch nicht einmal ein Handy, beziehungsweise Yalcin hat durchaus ein Handy, aber eins, auf dem er nur angerufen werden kann, keins, mit dem er selbst anrufen oder Nachrichten schreiben kann, von internetfähig ganz zu schweigen. Es ist ein aufklappbares Blackberry RIM 8220 Flip von seiner Schwester, die ihn manchmal anruft, wenn ihr Mann und ihre Kinder nicht da sind. Dafür hat Yalcin das Handy, damit Kader ihn anrufen kann, das weiß jeder, der an der Hilbertstraße sein Quartier aufgeschlagen hat, weil Yalcin jeder und jedem von Kader, seiner Schwester, erzählt, manchmal auch mehrmals, wie soll er sich merken, wem er was erzählt hat. Yalcin kennt sehr viele Menschen, wahrscheinlich mehr, als Kader in ihrem ganzen Leben gesehen hat, obwohl Kader studiert hat, Medienwirtschaft irgendwo im Norden, und weil Yalcin so viele Menschen kennt, ist es nicht überraschend, dass so viele von diesem Blackberry RIM 8220 Flip wissen, das Yalcin hütet wie ein Heiligtum und das nur dreimal im Jahr klingelt, denn würde es jeden Tag klingeln, wäre es ja kein Heiligtum mehr.

2017
Braunschweig
Ole hat sehr schöne Haare, sehr gepflegt, braun mit blonden Strähnen, der Nacken ist ausrasiert, der Pony fällt ihm über die Augen. Die Saisonarbeiterinnen finden ihn süß, aber nur solange sie ihn nicht betrunken erleben. Er ist mit vier Kumpels da, sie sind aus Braunschweig, Braunschweig ist die geilste Stadt der Welt, sagen sie, mit den geilsten Mädchen und dem besten Bier. Heinrich, der Löwe, sagen sie, und Stadt der Wissenschaften. Die fünf trinken jeden Abend und sie sind jeden Abend die letzten Gäste, sie bestellen unaufhörlich Bier und Jagertee, Willi und Feigerl. Marek kann es nicht fassen, dass Menschen so viel trinken können. Mit 30 werden sie an Leberzirrhose oder Nierenversagen oder an was weiß ich sterben. Marek fragt seinen Chef, ob man das abendliche Besäufnis nicht stoppen kann. Nix da, sagt der Chef, was gehts dich an, was die saufen. Die Fünf machen sich gern über die Angestellten lustig, am liebsten über Marek. Er soll mittrinken, er will nicht. Stell dich nicht so an, sagen sie. Er hat Angst vor uns, sagen sie. Ole sagt nicht viel, aber er lacht am lautesten. Wenn er lacht, hört es sich an, als scheppert etwas in seinem Inneren. Samstagnacht ist es besonders schlimm. Es ist schon fast drei Uhr, aber sie wollen noch immer nicht gehen. Wir schließen, sagt Marek.

Ole sieht ihn aus kleinen roten Augen zornig an. So zornig hat ihn noch nie einer angesehen, noch nicht einmal seine Mutter, wenn sie ihn Rage war. Ihr war dann alles zuzutrauen. Da hat Marek eine Idee. Er holt eine Flasche Strohrum aus dem Regal. Die geb ich euch mit auf den Weg. Gejohle. Schulterklopfen. Wussten wir es doch. Ole drückt ihm einen feuchten Kuss auf die Wange. Sein Atem riecht nach Abflussreiniger. Marek schließt die Tür auf, dichter Schnee fällt, in den stolpern die fünf hinein.

Als sie endlich weg sind, räumt Marek auf, er spült die Gläser, wischt den Tisch ab, hängt einen liegengebliebenen Schal an der Garderobe auf. Er fegt den Gastraum und poliert die Gläser. Morgen beginnt seine letzte Woche. Die wird er noch durchhalten. Durchs Fenster flackert blaues Licht. Ein Polizeiwagen fährt lautlos vorbei. Im 8-Bett-Zimmer riecht es nach faulen Bananen.

Als Marek frühstückt, ist Ole schon ein paar Stunden tot. Er ist betrunken über eine Absperrung geklettert und 200 Meter in die Tiefe gestürzt. Ganz leise ist er auf dem frisch gefallenen Schnee bis zum Abgrund gelaufen, ausgerutscht und gleich gestorben. Am Abend funktioniert die Lüftung wieder. Marek denkt an Oles Lachen, das ihn jetzt ganz deutlich an das Röhren der Lüftung erinnert, und daran, wie das alles zusammenhängt, aber er kann den Gedanken nicht zu Ende denken; es ist einfach zu laut.

2019
Subito
Der Mann hinter dem Empfangstresen der Lasslinger Umschau liegt einfach nur da, sonst nichts. Er blutet nicht, er sieht, findet Yalcin, eigentlich ganz friedlich aus, fast so, als sei er mit allem einverstanden, mit dem Schlag, der Ohnmacht, mit allem, was noch kommen wird. Ronnie meint, stabile Seitenlage, und sie drehen ihn auf die Seite, und Yalcin schiebt die Hand in seinen Mund und holt seine Zunge heraus und legt auch sie in die stabile Seitenlage, weil er einmal gelesen hatte, man müsse die Zunge herausholen wegen der Erstickungsgefahr. Er hat auch immer gedacht, es sei irgendwie eklig, die Zunge eines anderen Menschen anzufassen, aber es ist gar nicht ekelig, es ist ungefähr so, wie ein feuchtes Geschirrtuch anzufassen. Yalcin würde das Anfassen der fremden Zunge sofort wieder vergessen, wenn er nicht wüsste, dass es kein Geschirrtuch, sondern die Zunge eines Menschen ist, nur das Wissen darum macht das Zungeanfassen zu etwas Besonderem, das Anfassen selbst nicht. Er wird es jedenfalls nicht vergessen, solange er lebt, was er aber nicht weiß, ist, dass er sowieso nicht mehr allzulange lebt. Ronnie ruft einen

Krankenwagen von der Telefonanlage aus, die auf dem Hausmeisterschreibtisch vor dem Tresen steht. Ein Verletzter in der Hilbertstraße, bei der Zeitung, schreit er ins Telefon, schicken Sie einen Arzt vorbei, aber subito. Dann legt er auf und die beiden gehen durch die Tür hinter dem Empfangstresen, mal schauen, ob sie etwas Brauchbares finden.

2020

Zeisingplatz

Jeden Nachmittag spielt Akos auf dem Flügel, der auf dem Zeisingplatz steht. Er spielt besser als sagen wir 99 Prozent seiner Zuhörer. Aber das entscheidende eine Prozent schlechter. Akos hängt sich voll rein, weil man weiß ja nie. Wenn irgendwann einmal irgendwo ein Genie ausfallen sollte, wird Akos zur Stelle sein. Der Flügel ist total verstimmt, er hat mehrmals bei der Stadt angerufen, kein Geld, sagt man ihm. Ein anderes Mal: die Witterung, dagegen können wir auch nichts tun. Andererseits gibt die hörbare Verstimmung des Instruments seinem leidenschaftlichen Spiel eine tragische Note. Wenn Akos fertig ist, klatscht keiner. Alle spüren, dass er keinen Beifall will. Akos weiß nicht, was er will, und verneigt sich vor dem Publikum.

2018

Riesling

Louise studiert im ersten Semester Onlinejournalistmus, und das mit gerade einmal 17 Jahren. Sie ist eine sehr gute Studentin, nur ärgert sie, dass sie einfach nicht diszipliniert genug ist. Sie träumt davon, es von ganz unten nach ganz oben zu schaffen. Bottom-up, aber das, denkt Louise, geht nur, wenn du gute Gene hast, und ich habe gute Gene. Ich habe gute Gene. Auch Leni hat gesagt, Louise, du hast gute Gene, das sehe ich dir an. Woran siehst du das, hat Louise gefragt, es ist einfach alles, deine Intelligenz, dein Aussehen und dass du bescheiden und ehrlich bist. Aber ich bin zu ehrgeizig, sagt Louise. Wer sagt das denn? Mama. Quatsch, wer gute Gene hat, darf ehrgeizig sein. Von mir aus könntest du noch viel ehrgeiziger sein, sagt Leni, und Louise übernachtet bei Leni, die sturmfreie Bude hat, nur der Großvater ist da, aber der hört eh kaum noch etwas. Er lebt in seiner eigenen Welt. Auch Leni und Louise leben in ihrer eigenen Welt, sie sitzen auf der Terrasse, trinken Riesling und hören den Fröschen am Seerosen-Teich zu. Natur, sagt Leni. Natur ist das Beste, sagt Louise. Sie trinken auf ihre guten Gene.

2019
Heizung
Geiselnahme ist super, genau das habe ich mir auch gerade überlegt, als du, sagt Irma, Kaffee holen warst, echt?, sagt Sandro und strahlt und Irma strahlt auch, es kann alles so einfach sein, wenn man sich einig ist. Und in dem Moment betreten Ronnie und Yalcin das Großraumbüro und steuern auf den Achtertisch zu, weil er der einzige Tisch ist, an dem Menschen sitzen, und Menschen zieht es immer zu den Menschen hin. Sandro sagt geistesgegenwärtig, das sind übrigens unsere Geiselnehmer, und Irma sagt hä? Und Ronnie und Yalcin sagen nichts, sie müssen erst einmal die Lage checken. Alle schauen einander an. Was geht hier ab, sagt Ronnie dann doch, und Yalcin schaut, wo er sich hinlegen kann, da hinten vielleicht in der Ecke, neben der Heizung.

1987
Kalenderspruch
Statt zu klagen, dass wir nicht alles haben, was wir wollen, sollten wir lieber dankbar sein, dass wir nicht alles bekommen, was wir verdienen. (Dieter Hildebrandt)

2019
Whatsapp
Irma: Was soll das??? wo kommen die jetzt her?
Sandro: Ist doch genial, besser kanns gar nicht laufen
Irma: Hast du sie reingelassen? Hätte es bssr gefunden wir hätten das vorher abgesprochen.

Sandro: Wollte nur DEINE Idee umsetzen. Passt jetzt auch wieder nicht oder was?
Irma: du hättest es mm absprechen sollen.
Sandro: bist du jetzt die Projektleiterin?
Irma: ja wer sonst
Sandro: haha
Irma: so etw sollte durchdacht sein
Sandro: Es IST durchdacht!! Geiselnahme minus Geiselnehmer = keine Geiselnahme
Irma: aha- und wenn die durchdrehen?
Sandro: Die sind viel zu fertig um durchzudrehen die wollen sich einfach nur ausruhen
Irma: du spinnst ja
Sandro: es war dein plan
Irma: ganz bestimmt NICHT
Irma: was wenn di aggro werden?
Sandro: umso glaubwürdiger
Irma: wir ziehen da zwei total unschuldige rein
Sandro: ach solange es dein plan war hast du kein problem mit schuld oder was? Ich bin auch unschuldig
Irma: nicht lustig
Sandro: Wir improvisieren! Was soll passieren, geht doch nur um ZAHLEN. hast du selbst gesagt. Und Zahlen liefern wir.

2019

Regeln

Olga weiß jetzt, wo Hagen Bert arbeitet. Das ist schon mal gut. Allein es zu wissen, macht sie so, sie weiß nicht wie, es erinnert sie vage an ein Gefühl, vor langer Zeit, als sie jung war und auf dem Weg, eine gute Schauspielerin zu werden. Karriere zu machen. Olga war nämlich die Erste in Deutschland, die das Blumenmächen Kot Pun gespielt hat. Und bis heute die Einzige, zumindest im Theater. Es war der Beginn einer Revolution. Dann kam Hagen Bert und hat dafür gesorgt, dass sie nicht mehr schlafen, nicht mehr essen und noch schlimmer, nicht mehr denken, und am allerschlimmsten: nicht mehr spielen konnte.

Vielleicht ist es das, denkt Olga, das Gefühl, dass alles möglich ist. Dass du es nicht eilig hast. Dass die Zeit für dich spielt. Die Zeit spielt für Olga, weil Olga die Einzige ist, die die Spielregeln kennt. Und sie ist die Einzige, die diese Regeln jederzeit ändern kann. Vorerst lauten die Regeln: Beschattung von Hagen Bert. Er hat sie nicht erkannt bei der kurzen Begegnung an der Drehtür, kein Wunder, sie sieht vollkommen anders aus als damals. Ihr Gesicht ist anders, ihr Körper ist anders, ihre Haare sind anders, ihre Zukunft eine andere. Sogar ihre Vergangenheit ist eine andere als die vor dreißig Jahren. Sie kann Hagen Bert soviel beschatten, wie sie will, er wird sie nicht erkennen. Als erstes wird Olga herausfinden, wie sie ihm schaden kann. Und dann, wie sie ihm schaden wird.

2019
Blumen und Vögel

Kaum sitzt Yalcin auf dem frisch gewienerten Parkettboden im Newsdesk, da sieht er, wie ein kleiner Hund am Fenster vorbeiläuft, der Hund ist gelb, und das Fenster ist viel zu hoch, als dass Yalcin den Hund sehen könnte, aber er sieht ihn trotzdem, und das ist ein Wunder, wie es nicht viele gibt, manchmal aber doch. Yalcin sagt niemandem, dass er einen gelben Hund am Fenster vorbeilaufen sieht, sein Mitteilungsbedürfnis ist, was solche Dinge angeht, nicht sehr ausgeprägt. Meistens lässt er eh Ronnie reden. Ronnie hat die Welt gesehen und weiß alles. Zumindest hat Ronnie seine eigene Welt gesehen, er hat sie abgeschritten, Schritt für Schritt, wie ein König, der jeden Morgen eine Runde durch sein Königreich dreht, vor dem Frühstück noch, manchmal auch nach dem Frühstück. Er kennt jeden Vogel, jeden Stein, jede Blume. Vögel, die er nicht kennt, verjagt er, ansonsten ist er aber tolerant, Steine und Blumen dürfen bleiben. Ein bisschen Leben ist schön. Nicht jeder kann von sich sagen, dass er sich in seinen eigenen vier Wänden auskennt. Yalcin wünscht sich manchmal auch eine Behausung, aber er weiß nicht, ob er in einer solchen Behausung auch gelbe Hunde sehen würde, man muss sehr aufpassen, was man sich wünscht, das weiß er aus Erfahrung. Ronnie versteht so etwas nicht, es ist müßig, es ihm zu erklären. Ronnie dagegen würde gerne verstehen, warum die beiden Kids sie nicht verjagen, normalerweise haben sie keinen Zutritt zum Redaktionsgebäude, man braucht eine Einladung als Gast oder einen Mitarbeiterausweis, Gäste müssen Formulare ausfüllen, einmal hat Ronnie ein solches Formular ausgefüllt, da er gerne in der Kantine eine warme Mahlzeit essen wollte, aber ein Security-Typ verwies ihn freundlich, aber bestimmt des Gebäudes. Wie Ronnie diese arrogante Freundlichkeit hasst. Noch nicht einmal ihren Ekel zeigen diese Spießer. Der Security-Typ hätte sein Sohn sein können, falls Ronnie einen Sohn hätte. Beziehungsweise falls er von ihm wissen würde, denn tatsächlich hat Ronnie einen leiblichen Sohn, von dem er nichts weiß. Und tatsächlich sieht dieser leibliche Sohn ein bisschen aus wie der Security-Mann mit der arroganten Freundlichkeit. Nur dass Ronnies Sohn Alternative Antriebstechnik studiert und in den Semesterferien in einer Bäckerei aushilft, um sich sein Studium zu finanzieren. Er hat keinen Vater, der ihm den väterlichen Anteil des Unterhalts zahlen könnte. Yalcin hat diesen Sohn sogar schon einmal gesehen, aber ohne zu wissen, dass es Ronnies Sohn ist. Dieser Sohn, der Linus heißt, hat ihm einmal eine Breze geschenkt. Das ist aber jetzt auch schon wieder fünf Jahre her. Da kannte er Ronnie noch gar nicht. Yalcin denkt, dass Linus ein schöner Name für einen Sohn wäre, und er wird nie erfahren, wie nahe er der Realität in Wirklichkeit gekommen ist.

2018

Mähfaden

Jill versucht es so einzurichten, dass sie einkaufen geht, wenn die Nachbarin, die Stella heißt, im Garten ist. Manchmal zupft Stella Unkraut, manchmal gießt sie die Beete oder die drei Bäume, einen Apfelbaum, eine Koreanische Blütenkirsche und eine Birke. Neulich hat sie den Rasen gemäht, mit einem Gerät, das ein bisschen aussieht wie ein elektrischer Wassersucher. Freischneider heißen die Dinger, hat Christian beim Abendessen erklärt. Vor allem der neongrüne Mähfaden fasziniert Jill, der mit seiner Umdrehungsstärke von 8500 Umdrehungen in der Minute eine Schärfe entwickelt, dass das Gras nur so wegspritzt. Zu gern würde sie selbst mal mit so einem Gerät den Rasen trimmen. Aber Christian und sie haben Kunstrasen, der ist weniger anfällig. Allerdings ist er auch ein bisschen langweilig, was Jill erst auffällt, seit sie arbeitslos ist.

Wenn Jill am Zaun vorbeigeht, stoppt Stella ihre Arbeit und bietet Jill eine Zigarette an. Jill lehnt jedes Mal ab; dass sie Nichtraucherin ist, scheint Stella sich nicht merken zu können. Oder sie rechnet damit, dass sich das jederzeit ändern könnte, was ja nicht zu bestreiten ist.

Endlich kommt der Tag, an dem Stella vom Nachbarschaftsstreit erzählt. Ich kann ihn ja verstehen und er tut mir auch leid, aber was soll ich machen, ich kann den Kindern doch ihren Teich nicht wegnehmen wegen dem ollen Köter, sagt sie und zieht an ihrer Zigarette. Jill ist beeindruckt, dass Stella die Sache so differenziert wahrnimmt. Einerseits Mitgefühl, andererseits knallhart auf dem eigenen Recht bestehen. Der Konflikt ist im Grunde unlösbar, sagt Stella und Jill nickt. Dann ist Juli und am ersten Tag der Sommerferien fahren Stella und die beiden Jungs nach Südfrankreich.

2019

EIL: Lasslinger Umschau von Unbekannten besetzt

Das Verlagsgebäude der Lasslinger Umschau ist am Samstagmittag von Unbekannten besetzt worden. Es befinden sich noch Mitarbeiter in den Redaktionsräumen. In Kürze mehr.

2012

Frösche

Das Mädchen sitzt auf den Steinblöcken neben dem Schwimmerbecken und raucht. Es sitzt da seit einer halben Stunde, es raucht eine Zigarette nach der anderen. Seine langen, sehr dünnen nackten Beine hat das Mädchen übereinandergeschlagen, sie enden in Hot Pants, die mit einem nietenbesetzten Ledergürtel eng geschnürt sind. Den schmalen Rücken hält es leicht gekrümmt, die dünnen Arme ragen aus einem giftgrünen Top, es raucht mit der linken Hand, der rechte Arm liegt lässig auf dem Oberschenkel.

2019
Kreuzfahrt
Valentina hat sich nochmal hingelegt, weil sie schon seit fünf Uhr morgens wach ist. In letzter Zeit geht sie immer ganz früh ins Bett, sie wusste bisher gar nicht, dass sie gerne früh ins Bett geht, spätestens um zehn lieg ich in der Falle, sagt sie, wenn ganz allgemein über Schlafgewohnheiten gesprochen wird. Schönheitsschlaf, sagt Rudi und zwinkert, aber Valentina hasst es, wenn Rudi Schönheitsschlaf sagt und zwinkert, kann aber nicht richtig erklären, warum sie es hasst, zumindest nicht so, dass Rudi es versteht, was ihrer Meinung nach an Rudi liegt, Rudis Meinung nach aber an Valentina.

Du bist doch schön, sagt Rudi dann, und Valentina atmet tief ein und tief aus und sagt ganz langsam und entspannt, ob sie denn seiner Meinung nach weniger schön sei, wenn sie keinen Schönheitsschlaf halte, und wenn sie Schönheitsschlaf sagt, betont sie jeden einzelnen Buchstaben, ob also das Schlafen mit ihrer Schönheit zu tun habe, deiner Meinung nach, und Rudi sagt, du bist jedenfalls die Schönste, egal, wie viel du schläfst, für mich bist du die Schönste und das werde ich doch noch sagen dürfen, sagt Rudi und versucht ihr einen versöhnlichen Kuss zu geben, wenn ich aber, sagt Valentina, nun nicht schön wäre, dann, du bist aber schön, wenn aber nicht, wenn ich durch einen Unfall entstellt wäre, bohrt Valentina, dann auch, sagt Rudi und Valentina sagt, und außerdem schlafe ich nicht, um schön zu sein oder zu bleiben oder was auch immer, sondern ich schlafe einfach, weil ich schlafe wie jeder andere auch, aber Rudi hört schon gar nicht mehr hin, weil er an die neue Platte denkt, die er im Sommer produziert hat und mit der er im Winter auf Tournee geht, und Valentina ist froh, dass er bald wieder unterwegs ist, er merkt noch nicht einmal, wie old school der Spruch mit dem Schönheitsschlaf ist und wie old school auch seine neue Platte und Kreuzfahrten ganz generell sind, und Rudi ist irgendwie verletzt, obwohl er gar nicht mehr über den Streit nachdenkt und über den Schlaf und über die Schönheit, sondern über die neue Platte. Etwas in ihm ist verletzt, das möglicherweise sogar unabhängig vom restlichen Rudi existiert, und dieses Etwas ist, auch wenn das niemand glaubt, verletzt, weil Valentina noch nie gesagt hat, Rudi, du bist schön. Rudi weiß nicht einmal selbst, ob er schön ist, sich schön findet oder ob irgendjemand auf der Welt ihn schön findet, er hat noch nie ein Gespräch über seine Schönheit oder Nicht-Schönheit geführt, während Valentina ständig Komplimente für ihre Schönheit bekommt, auch von ihm. Das Einzige, was seine Mutter zu Rudi übers Rudi Körper je gesagt hat, war, wasch dich vor dem Essen, du bist dreckig, und sein Vater hat einmal gesagt, setz dich bitte woanders hin, du riechst ein bisschen aus dem Mund.

2016
Einfamilienhaus
Willi hat ein seltenes Hobby. Er lässt sich gerne wickeln, am liebsten von einem Ehepaar. Für sein Hobby fährt Willi durch halb Europa; es gibt nämlich nicht viele Ehepaare, die 60-Jährige trockenlegen, pudern und wickeln. Sexuell erregend findet er das auch, aber das ist nicht das Wichtigste. Von einem Paar wurde er einmal in den Keller des Einfamilienhauses gesperrt und an Nachbarn und Kollegen vermietet. Von irgendetwas müsse man ja die Windeln und die Fläschchen bezahlen, sagten sie. Dabei war der Mann Filialleiter bei Rewe. Hannes, ein Nachbar, hatte schließlich Mitgefühl und verhalf ihm zur Flucht. Auf der Arbeit hat Willi gesagt, dass er einen Unfall in Spanien hatte.

2019

Internet

Wieso geht Yalcin nicht ans Telefon, Kader macht sich langsam Sorgen, normalerweise geht er sofort dran, als würde er auf nichts anderes warten als auf ihre, Kaders, Anrufe. Sie schickt ihm eine SMS, kann dich nicht erreichen, rufe in einer halben Stunde nochmal an, dann schickt sie ihm noch eine SMS mit demselben Inhalt, dann schickt sie ihm mehrere SMS, er solle bitte dran gehen, er solle ein Lebenszeichen von sich geben. Doch Yalcin reagiert nicht und geht auch nicht ans Telefon. Sie ärgert sich über ihn und sie ärgert sich über sich selbst, dass sie ihm kein internetfähiges Handy geschenkt hat, sodass sie nun sehen könnte, ob er ihre Nachrichten wenigstens empfangen habe. Dazu müsste er erst einmal Internet haben, sagt Dogan, ihr Mann, der sich ebenfalls Sorgen macht, und heute, so scheint es Kader, verachtet Dogan Yalcin etwas weniger als normalerweise, was sie als schlechtes Zeichen wertet.

2019

Bruststimme

Das Telefon klingelt. Sandro schaut Irma an, Irma schaut Sandro an. Beide schauen in den großen hellerleuchteten Raum. Die Jalousien sind heruntergefahren. Es hat eine elend lange Zeit gedauert, bis der Ton der herunterfahrenden Jalousien wieder verstummt war. Irma schluckt. Hallo?

Es ist Mr. Mchay, der sich über die Überschrift beschwert. Er beschwert sich tatsächlich über die Überschrift. Wortwörtlich sagt er, bitte, seien Sie so nett und ändern Sie die Überschrift. Irma ist so fassungslos, dass sie nur stammelt. Mr. Mchay diktiert ihr die neue Überschrift. Und schreiben Sie, dass der Hausmeister schwer verletzt ist und in ein Krankenhaus gebracht werden musste. Den Rest kriegen Sie selber hin, sagt er. Einen schönen Nachmittag noch. Ja, sagt Irma, aber da hat Mr. Mchay schon aufgelegt. Seine Stimme ist noch in ihrem Ohr, er hat eine schöne Stimme. Eine Bruststimme, die jeden Raum füllen kann, und dabei muss Mr. Mchay sich noch nicht einmal anstrengen. Wenn er spricht, wirkt er immer so, als würde er erzählen, was er gerade geträumt hat. Er ist noch nie laut geworden, er hat noch nie schlecht gelaunt ausgesehen. Dennoch haben alle Angst vor ihm. Irma ändert die Überschrift.

2018
Wotan
Louise könnte die Beste sein, aber sie ist nicht die Beste. Das macht sie wahnsinnig, diese Differenz zwischen dem, was sein könnte, und dem, was ist. Natürlich sind ihre Bedingungen schlechter als die der anderen, das muss Louise bei aller Selbstkritik zugeben. Zum Beispiel Leni oder Owen mit ihren stinkreichen Eltern, die wohnen in einem Haus mit Swimmingpool und Sauna. Die müssen nicht noch zusätzlich in einer Online-Redaktion für 70 Euro am Tag schuften. Allein das Wohnzimmer bei Owen geht über zwei Stockwerke. Und alles voller Pflanzen. Die reinste Natur. In so einer Umgebung lernt es sich leichter, alles ist entspannter. Auch weil immer jemand da ist, der alles wegräumt, was man gerade nicht brauchen kann. Besonders liebt Louise die Tiere, Lenis Papagei Jimmi und die drei Rassekatzen mit dem schönen Fell und dem arroganten Blick. Sie sind so erhaben. Und sie liebt Wotan, die schwarz-weiß-gefleckte Dogge. Ein Hund verlässt dich nie, außer er stirbt vor dir.

2019
Blaulicht
What the fuck, sagt Sandro, und Irma sagt, das ist der Hammer, oder? Was, sagt Sandro, na, der Typ hats voll gecheckt, was wir hier machen, der gibt uns Rückendeckung, checkst du das nicht? Der macht keine halben Sachen und wir machen jetzt auch keine halben Sachen. Und Sandro hat einen Geistesblitz und schaut zu den Geiselnehmern und flüstert: Nur die Sache mit dem Hausmeister gefällt mir nicht. Und Irma sieht ihn komisch an und einen Moment lang denkt er, sie wisse Bescheid über ihn

und den Hausmeister, aber dann sagt sie, zum Glück sind die jetzt erstmal beschäftigt. Yalcin hat gerade den linken Ärmel hochgekrempelt und zieht eine Spritze auf. Ronnie schaut weg, er kann keine Spritzen sehen, er kann nicht verstehen und wird es nie verstehen, wie man sich freiwillig etwas in die Adern spritzt, ihm tut schon alles weh, wenn er nur daran denkt.

Hey, schreit er, bestellt mal Pizza, ich will Pizza und eine Pulle Wein, ja klar, um die Uhrzeit, sagt Irma, was denkst du denn, du Nutte, schreit Ronnie und sieht den Blick nicht, den Irma ihm zuwirft, interessiert ihn nicht, wie die Weiber schauen, wenn man sie beleidigt, er schaut durch die Ritzen des Rollos aus dem Fenster, wo das Blau des Polizeilichts flackert, es hat etwas Gemütliches, denkt Ronnie, irgendwie was Warmes, obwohl Blau eine kalte Farbe ist, eigentlich, aber irgendwas Warmes ist da, ist da mit drin. Yalcin hat sich hingelegt, er hat sich aus den Jacken und einem grünen Schal, der über einem der Stühle hing, ein Lager gebaut, ein Lager, auf das ein Tropfen Blut aus seinem Arm fällt.

2019

Heidelberger Druckerpresse

Rudi liebt dich für deine Schönheit und gleichzeitig hasst er dich dafür, hat Susana zu Valentina gesagt. Und das ist der Grund, weshalb er dir nichts gönnt, was über deine Schönheit hinausgeht, gönnen kann, noch nicht einmal deinen Schlaf gönnt er dir in Wirklichkeit, und wenn du ehrlich bist, Valentina, weißt du das alles ja selbst. Ihr solltet mal miteinander reden, Valentina, hat Susana gesagt, sie weiß natürlich, dass das nie der Fall sein wird, deshalb hat sie gut reden, und tatsächlich ist Susana ganz froh, dass die beiden nie miteinander reden werden, zumindest nicht über solche Dinge. Rudi hat nicht gelernt, über seine Gefühle zu sprechen, hat Valentina gesagt, ich selbst habe ja auch nicht gelernt, über meine Gefühle zu sprechen, glaubst du, bei uns wurde über so etwas gesprochen?

Als Valentina aufwacht, registriert sie, dass weder Susana noch Rudi noch sonst irgendjemand da ist, dass sie aber Zwie- und

Trigespräche geführt hat, im Traum, und ist sofort total erleichtert, als sie merkt, dass sie alleine auf dem Riesensofa in ihrem Loft liegt, in dem noch vor hundert Jahren Original Heidelberger Druckerpressen hergestellt wurden, und als sie sich umdreht, um weiterzudösen, nimmt sie aus den Augenwinkeln das lässige Blinken ihres OnePlus 8 Pro wahr und macht den großen Fehler nachzuschauen, was sich, während sie schlief, getan hat, sie tut es mehr aus Gewohnheit denn aus Neugierde. Sie legt die linke Zeigefingerkuppe in die Mulde der Handyverkleidung und schon springen ihr sieben Anrufe entgegen, alle von Mr. Mchay.

2013
Blutsschwestern
Schon dreimal ist Louise aufgestanden, um ihren Tampon zu wechseln. Blutest du, fragt Leni, die im Bett gegenüber liegt. Ja, flüstert Louise. Ich auch. Obwohl es dunkel ist, sieht sie, wie Leni lächelt. Weißt du was, sagt Leni, wir könnten Blutsschwestern werden. Ok, antwortet Louise nach einem kurzen Zögern.

Leni ist ganz warm, sie fühlt sich gut an, als zweiter Körper unter der Bettdecke. Sie spürt Lenis Finger an ihrem Mund. Das kommt überraschend, ist aber nicht unangenehm. Sie beginnt an Lenis Finger zu saugen, es schmeckt metallen, aber da ist noch ein anderer Geschmack. Jetzt du. Die Flüssigkeit umschließt ihren Finger, sie spürt, wie das Blut unter den Fingernagel sickert. Ohne die Bettdecke zu berühren, führt sie den Finger wieder an die Luft. Hier, sagt sie und hält ihn Richtung Leni. Leni schleckt das Blut sorgfältig von Louises Finger. Als gäbe es Eiscreme umsonst. Es kitzelt, Louise kichert, Leni kichert auch. Wir Mädchen haben es gut, sagt Leni. Wir müssen uns nicht gegenseitig in die Finger stechen.

2012
Frösche
Walther beobachtet das Mädchen von seinem Tisch aus; dort sitzt er immer, wenn wenig los ist im Schwimmbad. Er sieht aus wie

ein normaler Badegast, nur trägt er kurze Hosen und ein Hemd. Wenn es nach ihm ginge, müsste es den Badegästen verboten sein, sich nur mit Badehose bekleidet an den Tisch zu setzen. Zum Essen muss man angezogen sein, schmeckt sonst nicht, so hat er es gelernt, von zuhause aus. Er schaut das Mädchen an, dann schaut er seine Frittenbude an, als betrachte er sie das erste Mal. Was für eine lausige Bude, denkt er. Nur Marys Verschlag neben seiner lausigen Bude sieht noch schlimmer aus. Dann räuspert er sich und schaut sich um, als habe er Angst, dass man ihm seine Gedanken anmerken könne. Bei Mary kann man nämlich nie wissen, kein Wunder, die glotzt ihn ja den ganzen Tag an, die studiert ihn regelrecht.

2019

EIL: Lasslinger Umschau von Unbekannten angegriffen

Das Verlagsgebäude der Lasslinger Umschau ist am Samstagmittag von zwei Unbekannten angegriffen worden. Der Hausmeister wurde niedergeschlagen, zwei Mitarbeiter wurden als Geiseln genommen. Die Gründe für die Geiselnahme sind noch unklar. In Kürze mehr.

2019

Hundetrenngitter

Hagen Bert wohnt nicht mehr in dem Haus, in dem er und Olga damals wohnten. Wie oft hat Olga auf Google dieses Haus angesehen, nach Anzeichen von Hagens Anwesenheit gesucht. Aber außer einem silbernen SUV, der auf allen drei Fotos in der Nähe des Hauses zu sehen ist, gab es keinen Hinweis, den Olga irgendwie mit Hagen Bert in Verbindung bringen konnte. Ein SUV würde zu ihm passen, dachte sie, denkt sie noch immer. Die Wahrscheinlichkeit, dass er dort wohnt, erscheint ihr seltsamerweise auch jetzt noch immer genauso hoch wie die, dass er dort nicht wohnt. Überhaupt erschien ihr in den letzten Jahren das Wahrscheinliche zunehmend gleich real wie das Reale. Oder das Reale genauso wahrscheinlich wie das Wahrscheinliche. Was, wenn sich diese Ebenen überlagern?, fragt sich Olga, sie weiß, dass sie auf diesen Punkt zusteuert. Dass vielleicht nicht nur sie auf diesen Punkt zusteuert. Aber noch überlagert sich nichts, zumindest nicht vor dem Haus, in dem sie einmal wohnte.

Denn seit sie ihn live beschattet, weiß sie, dass Hagen Bert keinen SUV, sondern einen metallicblauen BMW fährt, normal groß. Kein Kindersitz, kein Hundetrenngitter oder sonst etwas. Gepflegt, ein Auto, das jedem gehören könnte in seiner Position. Olga geht an Hagen Berts Auto vorbei, wann immer sie kann. Das Auto ist ihr ein Gegenüber geworden. Sie freut sich, wenn sie es sieht. Hagens Auto ist real. Das Auto ist ihr ausgeliefert, sie könnte jederzeit das Auto attackieren, den strahlend blauen, in der Sonne glänzenden Lack mit einem Schlüssel zerkratzen, im Internet herausfinden, wie man eine Bremsleitung durchschneidet und es dann tun. Sie könnte nachts am Auto vorbeigehen und eine Scheibe einschlagen. Aber Olga hat keine Lust, sich kurzfristig Befriedigung zu verschaffen. Sie möchte ihre Rache genießen, sie möchte die Vorfreude genießen, wie sie schon einmal die Vorfreude genossen hat, die Vorfreude auf ihr Leben und die vielen realen Wahrscheinlichkeiten, die ein Leben bereit hält. Bereit gehalten hat.

2015

Kwas

Das Jahr, in dem sein Bafög gestrichen wird, beginnt mit einem heftigen Regenguss, den Wanja auf seinem Balkon mit einer Flasche Kwas aus dem Intermarkt erlebt, er schaut auf einen kleinen hässlichen Hügel, der vollständig mit Häusern bedeckt ist, weiße Häuser mit roten Dachziegeln und Garagen davor, und Wanja glaubt, dass er den Anblick nicht noch ein Jahr aushalten kann. Aber er wird den Anblick sogar noch zwei Jahre aushalten, nur weiß er das an diesem düsteren 1. Januar nicht. Die Großeltern sind in Sewastopol, die Großmutter schreibt selten, Wanja weiß nicht, was er machen soll. Im Bafög sind keine Kosten für Heimreisen enthalten. Sind Sie EU-Bürger, hat der Mann vom

Bafög-Amt ihn gefragt, ich nicht, aber meine Eltern, sagt Wanja, was stimmt, denn die Großeltern sind polnische Staatsbürger, auch wenn sie dort schon lange nicht mehr leben, aber sie sind immer noch Polen, und weil er selbst keine Eltern mehr hat, aber das interessiert den Mann vom Bafög-Amt gar nicht, er tippt die Daten aus Wanjas Pass in den Rechner ein und druckt zwei Formulare aus, die Wanja seine Großeltern ausfüllen lassen soll. Wanja füllt die Formulare selbst aus und unterschreibt für die Großeltern und lässt ein paar Wochen verstreichen, in denen die Formulare einmal durch Europa und zurück nicht reisen, und reicht dann alles ein. Doch am Ende hat er das Bafög doch unrechtmäßig erhalten, nicht wegen der gefälschten Unterschriften, sondern weil die Großeltern nicht in Deutschland wohnen und arbeiten. Aber auf unser Erdgas seid ihr schon scharf, denkt Wanja. Im Februar bewirbt er sich bei einer Agentur, die Models für Hände suchen. Du hast schöne Hände, bewirb dich doch da, hat seine Kommilitonin gesagt, die Anja heißt und sich schon mehrmals begeistert über die Namensähnlichkeit geäußert hat, was Wanja nicht versteht, weil Namensähnlichkeiten in seiner Muttersprache keine Seltenheit sind. Ruvim, Maxim, Vadim, zählt Wanja auf, aber Anja lässt die bloße Endsilbe nicht gelten. Auch bei Vitali, Nuri, Vasili und Merkurji zuckt sie nur traurig mit den Schultern.

1935

Ludwig Hohl (Original)

Das Arge ist: Die Zeit hätten, sehen nicht die Tragik; die sie sehen, sind mitten drin und haben keine Zeit.

1989

Junkernberge

Es ist der Sommer 1989, Margit und Karl lernen sich auf dem Campingplatz Junkernberge zwischen Hamburg und Hannover kennen. Karl heißt Karlo und Margit Maggie, englisch ausgesprochen, wer will schon Karl und Margit heißen? Karlo ist mit seinen Kumpels zelten, Maggie ist mit ihren Eltern da, den Eltern gehört der Campingplatz und alle beneiden sie, weniger um die Eltern, mehr um den Campingplatz. Sie lernen sich gleich am ersten Abend der Sommerferien kennen, knutschen und halten Händchen, rauchen und singen am Lagerfeuer, gehen zusammen in der Heide spazieren, schlafen in einem Schlafsack zum ersten Mal miteinander. Übrigens nur ein einziges Mal, weil Maggie Angst hat, schwanger zu werden. Einmal ist keinmal, sagt Maggie, die jetzt endlich eine Frau ist. Schwanger, na und, sagt Karlo, der jetzt endlich ein Mann ist, dann musst du mich heiraten und wir trennen uns nie wieder. Maggie will auf keinen Fall heiraten, ihre Eltern streiten den ganzen Tag und mindestens einmal am Tag fällt der Satz, ich bin nur wegen der Kinder mit dir zusammen. Sie kann es kaum erwarten, erwachsen zu werden und nicht mehr das Kind zu sein, wegen dem ihre Eltern zusammenbleiben.

2019

Yoga

Valentina steht vom Sofa auf und putzt sich die Zähne und mit der elektrischen Zahnbürste im Mund läuft sie vom Bad ins Schlafzimmer und überlegt, was sie nur anziehen soll in so einem Fall, so einen Fall gab es noch nie, gleichzeitig schämt sie sich mit ihrer Zahnbürste im Mund, dass sie an nichts Wesentlicheres als an ihre Kleiderauswahl denken kann, immerhin sind ihre Kollegen, ihre Mitarbeiter in Gefahr, in größter Gefahr sogar, es ist sehr ernst, hat Mr. Mchay am Telefon gesagt. Wenn das stimmt mit der Geiselnahme, und natürlich stimmt es, sowas denkt sich ja keiner aus, dann macht irgendein Honk ein Foto oder ein Filmchen von ihr und stellt es ins Internet, damit alle darauf herumreiten, was sie anhatte, ob sie dem Anlass entsprechend gekleidet war und was man aus dieser Kleidung an gesellschaftspolitischen Aussagen herauslesen kann. Und am Ende geht es nur noch darum, dass sie, Valentina, ausgesehen habe, als käme sie gerade vom Yoga, während ihre Mitarbeiter den Kopf hinhalten für die Zeitung, und wieder einmal alle außer den Verantwortlichen den Kopf hinhalten müssen. Über die Klamotten von Mr. Mchay schreiben sie nichts, weil das eh keine Sau triggert. Was für eine Scheiße, denkt Valentina und zieht sich viermal um und ist kurz davor, sich einfach wieder hinzulegen.

2019

Pizzaselfie

Novak, sagt Irma, Kriminalkommissar Jaroslav Glasmann, sagt jemand am anderen Ende der Leitung, Frau Novak, können Sie sprechen? Irma sagt nichts, sie holt Luft, hallo, Frau Novak, ist alles in Ordnung, sagt der Kriminalkommissar, ich soll Sie, sagt Irma so leise wie möglich, fragen, was Sie wollen. Ich möchte gerne mit einem der Geiselnehmer sprechen, sagt Jaroslav Glasmann und Irma wartet wieder einen Moment. Es gibt keine, sagt sie, Geiselnehmer. Gut, sagt Jaroslav Glasmann. Können Sie uns sagen, wie viele Personen sich in der Redaktion aufhalten, und Irma sagt, vier insgesamt. Also mein Kollege Sandro Hartmann und ich und zwei Herren, die sich nur, sagt Irma, etwas ausruhen möchten. Das ist gut, sagt Jaroslav Glasmann noch einmal, dann hat die Meldung mit den Geiselnehmern also nichts zu bedeuten? Nein, sagt Irma, Herr … äh …, Glasmann, sagt der Kriminalkommissar, Herr Glasmann, wäre es wohl möglich, Pizza zu bestellen für vier Personen? Natürlich, sagt Jaroslav Glasmann, wir kümmern uns darum. Und eine Pulle Wein, sagt Sandro, und eine Pulle, sagt Irma, Wein. Ich gebe das weiter, sagt Jaroslav Glasmann, der Pizzadienst meldet sich bei Ihnen. Danke, sagt Irma und legt auf. Sieht so aus, als klappts mit, sagt Irma, der Pizza, und Ronnie hört Pizza und schreit, wo bleibt denn jetzt meine Pizza, du Nutte! Sehr gerne, sagt Irma, was möchten Sie auf die Pizza? Ronnie ist schon sehr lange nicht mehr gesiezt worden, er muss das kurz verarbeiten, deshalb fragt er erst Yalcin, Alter, was möchtest du drauf? Was, sagt Yalcin mit einem sehr sanften Ton in der Stimme, die Pizza, sagt Ronnie, was du drauf haben möchtest.

Bin dabei, sagt Yalcin nach einer Weile.

Ronnie will auf seine Pizza Schinken, nur Schinken, und für Yalcin irgendeine Pizza, scheißegal, und Sandro sagt leise zu Irma, die alles aufschreibt, und wenn der Pizzaservice ein Bulle ist und die anfangen, hier rumzuballern? Glaub ich zwar nicht, weil die wissen ja, dass die Typen gefährlich sind, aber, sagt Irma, wer weiß. Vielleicht gerade deshalb, sagt Sandro und hat wieder Angst, Irma könnte alles durchschauen, aber Irma denkt nach und Sandro denkt auch nach, nur über etwas anderes, und Yalcin ist eingeschlafen.

1992
Lasslingen
Karlo und seine Kumpels sind wieder in Junkernberge, es ist das letzte Mal, bevor der Ernst des Lebens beginnt und Bruno zum Bund muss und Jan in die USA geht, für ein Jahr, um Erfahrungen zu sammeln. Nur Karlo hat keine Lust, Erfahrungen zu sammeln, wenn es nach ihm ginge, würden sie lieber weiterhin in den Ferien zelten gehen und Mädchen kennenlernen, so wie er das Jahr davor die Tochter der Campingplatzbesitzer kennengelernt hat. Die wohnt hier aber nicht mehr, sagt Maggies Mutter und im Unterton sagt sie: Frag nicht. Karlo fragt nicht und lernt Ingi kennen. Er zieht zur ihr nach Lasslingen, wo Ingi eine kleine Tochter hat. Susana. Ein Jahr alt und so süß. Ohne weiter darüber nachzudenken, wird er Susanas Vater. Manchmal, wenn er die Kleine anschaut, denkt er an Maggie, dann fühlt er so etwas wie Trotz. Und Stolz, eine Mischung aus beidem.

2019
Pizzaschachtel
Was ist jetzt mit der Scheißpizza, ihr Wixer, sagt Ronnie und seine Stimme hört sich so verändert an, dass Irma einen Moment lang glaubt, es sei noch eine dritte Person im Raum. Sie schaut hinüber zu ihm, aber Ronnie weiß gar nicht mehr, was er gerade noch, vor zwei Sekunden, gesagt hat, er fixiert etwas, das gar nicht da ist. Etwas, das mit seiner letzten Pizza zu tun hat, die

er gegessen hat, sie lag auf einer Bank in der Fußgängerzone, in einer Pizzaschachtel, die noch warm war.

Lies bitte nochmal drüber, bevor wir es veröffentlichen, sagt Sandro, und Irma liest nochmal drüber und sagt: Wie kann man nur Wilko heißen.

2020

Gnade

Schwerkraft versus Licht heißt die Ausstellung, es war Cornelias Idee, sie hat im Urlaub ein Buch aus dem Bücherschrank gezogen, es standen Bücher aus aller Welt in dem Bücherschrank, Bücher von Menschen aus aller Welt, und einer dieser Menschen hat ein Buch von Simone Weil in den Schrank gelegt, von der Cornelia noch nie etwas gehört hat, es geht um Gnade, und weil Cornelia nur Sachbücher über Konkrete Kunst mit in den Urlaub genommen hat, aber momentan nicht so richtig in Stimmung ist, sie zu lesen, und sie hat ja Urlaub, da ist Stimmung wichtig, während sie im Alltag nicht so wichtig ist, hat sie das Buch über die Gnade mitgenommen und angefangen zu lesen, es sind immer nur kurze Gedanken, aber die haben es in sich. Zwei Mächte herrschen über die Welt, heißt es da: das Licht und die Schwere. Krass. Außerdem würden die Menschen mehr Ehrgeiz aufbringen, niedere Ziele zu verfolgen als hohe. Beispiel: Sie wären eher bereit zu leiden, um ein Ei zu kaufen, was Cornelia ins 21. Jahrhundert mit neues iPhone binnenübersetzt, als um ein Menschenleben zu retten. Und in Gedanken sieht Cornelia zwei Schlangen Menschen anstehen, eine lange Schlange vor dem Apple-Store im Einkaufszentrum und parallel dazu keine Schlange vor einem Geschäft, auf dem *Jetzt Menschenleben retten sofort* steht. Seltsam, dass ich darüber nie nachgedacht habe, denkt Cornelia. Aber es stimmt.

2019

Drehbücher

Vielleicht ist sowieso immer nur das, was man sich selbst gerade ausmalt und vorstellt, das, was existiert, und zwar das Einzige, was existiert, es existiert einfach nur das, sonst nichts, und jedes Gehirn baut sich eine eigene Geschichte zu dem, was es sich gerade ausgemalt hat, sodass, denkt Valentina, jeder etwas vollkommen anderes erlebt als die anderen und jeder etwas vollkommen anderes versteht, als das, was die anderen sagen, aber ohne dass es ein Missverständnis wäre, sondern es ist von vorneherein so angelegt, dass das, was die anderen sagen und tun, ins eigene Drehbuch passt. Und jeder hat ein Drehbuch, das sich von den Drehbüchern der anderen komplett unterscheidet. Also, was solls, denkt Valentina, ich zieh einfach einen Anzug von Rudi an und ein T-Shirt von Rudi, ich tu so, als wär ich Rudi und alles wäre mir scheißegal.

1935
Krampf
Das Leben hat wirklich viel von einem Traum, der Tod ist eine unwesentliche Kleinigkeit wie ein kleiner Krampf beim Aufwachen.
(Ludwig Hohl)

2018
Schäferhund
Louise hätte so gerne einen Hund. Es muss ja keine Deutsche Dogge sein, erstens wäre so ein Wotan wirklich zu groß für die Zweizimmer-Wohnung, in der sie mit Mama wohnt, und zweitens will sie ja nicht einfach alles nachmachen, was Leni macht, sie will ja keine zweite Leni werden, sie will durchaus Louise bleiben, wenn auch eine bessere Louise als die, die sie momentan ist. Ein Deutscher Schäferhund wäre cool. Sie würde ihn Krambambuli nennen. Aber Mama ist mal wieder engstirnig, wie es typisch für sie ist: Und wer muss sich dann am Ende um das Tier kümmern? Ich kümmere mich doch, Mama, hat Louise gesagt. Du?, hat Margit geantwortet. Du weißt ja noch nicht einmal, wie man die Spülmaschine öffnet. Natürlich weiß ich das, sagte Louise, und neulich hab ich sogar die komplette Wäsche gewaschen, deine Wäsche auch, vergiss das bitte nicht. Aber es hilft alles nichts.

Ihre Mutter möchte einfach keinen Hund und schon gar keinen Schäferhund. Immer diese Angst, dass sie zu viel Arbeit haben könnte. Zuerst sucht sie sich dieses Leben aus und dann lässt sie ihren Frust an Louise aus.

2019

Die Welt verlassen

Plötzlich sind wir andere als zuvor, denkt Irma, vorher waren wir so, jetzt sind wir anders. Es ist nicht mehr rückgängig zu machen. Es ist kein Entwicklungsroman, es ist aber auch kein Anti-Entwicklungsroman, weil es gar kein Roman ist. Es ist das Leben, das nicht mehr rückgängig zu machen ist. Irgendwie banal, denkt Irma und denkt an sich selbst zurück vor noch einem halben Jahr, als noch nichts festgelegt war, und sie sich so sehr gewünscht hat, es sei endlich etwas festgelegt. Und Irma denkt, so fühlt sich das also an, wenn man durch etwas durchmuss, und vor lauter Durchmüssen vergisst sie ganz, holprig zu denken.

2019

Alpha

Auf Mr. Mchays Nachtkästchen aus weißem Ahorn liegt das läutende, vibrierende, violett aufleuchtende Xiaomi Mi MIX Alpha, doch keiner nimmt ab. Mr. Mchay ist nirgendwo zu sehen, es hat den Anschein, als habe er sein Telefon zurückgelassen im Schlafzimmer, was ungewöhnlich ist, denn Mr. Mchay ohne Telefon kann sich kaum einer vorstellen, nicht einmal nachts schaltet er es aus. Mr. Mchay hat drei Powerboxen für sein Alpha, die er abwechselnd benutzt und an acht verschiedenen Aufladestationen auflädt.

2017

Pizzaschachtel

Morgen ist ein Feiertag, die Fußgängerzone ist voll mit Menschen, die vor dem Feiertag noch schön shoppen wollen, es ist warm, und Ronnie mag diese Tage vor den Feiertagen, das, was da in der Luft liegt, das mag er. Er sitzt am Zeisingplatz, er hat die ganze Zeit eine Mutter mit zwei Kindern beobachtet, die eine Pizza gegessen haben. Ronnie wartet noch ein paar Sekunden, vielleicht hat die Frau mit den beiden Kindern die Pizza nur vergessen und kehrt gleich zurück, nur zu lang darf er nicht warten, sonst schnappt sie ihm jemand anderes weg. Es ist seine Pizza, die drei haben sie extra für ihn übriggelassen, haben von Anfang an vorgehabt, sie mit ihm zu teilen. Und tatsächlich, sie ist noch warm, und sie schmeckt einfach wunderbar, nach Tomaten und Schinken und so einem wilden Gewürz – und am wunderbarsten schmeckt die Unschuld, mit der die Pizza auf der Bank gelegen war.

2019
Kraut und Rüben
Sorry, dass ich dich störe, aber kannst du mich BITTE anrufen – dringend!!! V

Drei Ausrufezeichen, typisch für Valentina, hat sie wieder schlecht geträumt oder fühlt sie sich einsam und macht sich deshalb Sorgen um Rudi, weil der sich mal wieder nicht gemeldet hat, denkt Susana, der ist doch kein Kind mehr, hat sie vor zwei Wochen zu Valentina gesagt, was hat das denn damit zu tun, hat Valentina geantwortet und hörte sich dabei so an, als sei sie gerade mit etwas anderem beschäftigt, weil du dir um ihn Sorgen machst wie um ein Kind, um einen erwachsenen Mann macht man sich doch keine Sorgen, außer du bist seine Eltern, hat Susana gesagt, du hast keine Ahnung von Beziehungen, hat Valentina gesagt und war jetzt wieder voll da, wieder voll konzentriert, warum rufst du dann nicht jemanden an, der Ahnung hat, sagte Susana und legte auf.

2012
Frösche
Das Mädchen hat lange Finger, alle außer Daumen und Zeigefinger sind beringt, die Ringe tragen Totenköpfe aus Messing, silberne Käfer, schwarze Steine. Das Mädchen sieht aus, als habe es ein Leben lang nur Zigaretten zu essen bekommen.

2019

Wahrscheinlichkeit

Sandro und Irma haben beschlossen, dass Sandro die Pizzaübergabe macht, weil bei einer Frau könnten sie vielleicht auf die Idee kommen, wenigstens sie zu retten; die Wahrscheinlichkeit, dass sie dich für mich opfern, ist jedenfalls geringer, sagt Sandro, und Irma verdreht ein bisschen die Augen, du könntest dir, sagt Irma, ein Schild umhängen, auf dem steht *Ich darf nicht mit Ihnen sprechen,* und Sandro weiß wieder nicht, ob Irma einen weirden Witz macht oder einfach nur nicht ganz zurechnungsfähig ist. Der Kriminalkommissar hat Irma eine Whatsapp-Nummer gegeben, sie schreibt ihm, meine Kollege nimmt die Pizza entgegen, er kommt zur Pforte, und es wäre sicherer für mich, wenn er wieder zurückkäme. Der Kriminalkommissar schreibt: Das ist selbstverständlich, und denkt, das ist nicht meine erste Geiselnahme, was denkt die sich.

2019

Alpha

Das Display des Xiaomi Mi MIX Alpha leuchtet mittlerweile grün, als habe es einen Quantensprung vollzogen, doch noch immer geht Mr. Mchay nicht dran.

2019

Schrebergarten

Susana beschließt, einfach nicht zurückzurufen, aber die Möglichkeit, Valentinas Stimme zu hören, und zwar jetzt gleich, macht sie verrückt. Eigentlich wollte sie heute den ganzen Tag im Schrebergarten verbringen, sie war beim Baumarkt und hat Erde und Dünger gekauft, die Beete müssen neu gemacht werden, die Nachbarn haben sich schon beschwert, wie es aussieht bei ihr, wie Kraut und Rüben. Ja, wo ist eigentlich das Problem mit Kraut und Rüben in einem Garten, hallo? Aber sie verkneift sich den Spruch und verspricht stattdessen, sich baldmöglichst darum zu kümmern. Eigentlich ist es Karlos Garten, aber er kann nicht viel damit anfangen. Die Nachbarn, ein Paar, ungefähr so alt wie Susana, sind irritiert, mit Susanas sofortigem Einlenken haben sie nicht gerechnet. Ok, sagt der Mann. Danke. Und der andere Mann nickt zweimal. Susana macht sich einen Tee und geht vollkommen unvorbereitet auf die Umschau.de-Seite und erahnt schon angesichts des Aufmachers die ganze Katastrophe.

2013

Jeans

Zur Testamentseröffnung hat Moni ihre schönsten Sachen angezogen, eine hellgrüne Seidenbluse, den schwarzen Rock und den schwarzen Blazer, lauter Sachen, die sie sich extra für die Beerdigung und für die Testamentseröffnung gekauft hat, die teuersten Sachen, die sie sich jemals gekauft hat, aber das ist sie dem Papa und das ist sie der Erbschaft schuldig. Sie ist jetzt Hausbesitzerin, das Geld, das sie dem Papa geliehen hat, die Schleckerabfindung, er wird ihr alles zurückzahlen mit Zins und Zinseszins, er hat es versprochen und sie hat ihm immer wieder Geld gegeben. Sie stellt sich vor, wie sie nach dem Termin beim Notar nach Hause kommen wird, wie sie in ihrem schwarzen Rock und dem schwarzen Blazer und der hellgrünen Bluse nach Hause kommen wird, wo Mathilda wartet, wie sie endlich nach Paris ins Disneyland fahren werden, dann weiter ans Meer, nach Spanien oder sogar nach Portugal, ein Appartement direkt am Meer, eine Luftmatratze für sie und einen Delfin zum Aufblasen für Mathilda, wie sie Pizza essen und Eis, wie es warm ist und die Sonne scheint. Sie sieht ihr eigenes glückliches Gesicht und sie sieht Mathildas glückliches Gesicht und als der Notar fertig ist und sie voller Mitgefühl ansieht, kämpft sie mit ihrem Gesicht, das gerade noch strahlte und das jetzt nicht weiß, wie es dieses Strahlen abschalten soll, und nicht weiß, wie es schauen soll. Du verlogenes Stück Scheiße, hat er zur ihr gesagt, sie hat ihm verziehen, weil er krank war, aber wie soll sie ihm jemals sein Testament verzeihen, jetzt wo er nicht mehr krank ist, sondern tot.

17:41 EIL Terror in Lasslingen Geiselnehmer bestellen Pizza Am Samstagmittag haben schwer bewaffnete Männer die Redaktion der Lasslinger Umschau überfallen und zwei Mitarbeiterinnen (23 und 24 Jahre) als Geiseln genommen. Die Täter sind schwer einzuschätzen und gelten als unberechenbar. Die Polizei schließt einen terroristischen Hintergrund nicht aus.

18:06 Die Täter haben Kontakt zur Polizei aufgenommen, wie wir aus sicheren Quellen erfahren haben, fordern sie Pizza und Wein.

18:10 Kommissar Glasmann geht weiterhin von der Möglichkeit aus, es könne sich bei den Tätern um Terroristen handeln. Es werde in alle Richtungen ermittelt. Noch sind keine Forderungen gestellt worden, abgesehen von den Lebensmitteln.

18:25 Ein Pizza-Lieferdienst hat vier Pizzen in die Redaktion gebracht, Mitarbeiter Sandro Hartmann hat sie an der Tür entgegengenommen. Um seine Kollegin Irma Novak nicht zu gefährden, verzichtete der erst 24-Jährige auf eine mögliche Flucht. Die Polizei wartet zur Stunde darauf, dass die Geiselnehmer ihre Forderungen formulieren. Vor dem Verlagsgebäude stehen drei Krankenwagen, aber auch ein einsatzfähiger Fluchtwagen für die Geiselnehmer bereit.

18:53 Chefredakteur Mr. Mchay appelliert noch einmal an die Geiselnehmer: Bitte lassen Sie meine Mitarbeiter frei. Es sind junge Menschen, die nichts getan haben außer ihren Job. Sollten Sie Kritik an unserer Zeitung haben, wählen Sie bitte den friedlichen, zivilisierten Weg der verbalen Auseinandersetzung. Dafür stehe ich mit meinem Namen, dafür steht auch diese Zeitung. Für ein Gespräch, auch in einem öffentlichen Rahmen, stehe ich jederzeit zur Verfügung. Bitte rufen Sie mich unter meiner Mobilfunknummer 0179-6594383 an.

18:49 Ein Getränkelieferant rückt mit 1 Kasten Bier, 3 Flaschen Wasser und 1 Flasche Wein an. Die Getränke wurden gesponsert von einer namhaften Brauerei. Mitarbeiter der Polizei tragen die Sachen ins Gebäude. Die Aktion soll innerhalb der nächsten zehn Minuten über die Bühne gehen.

19:18 Die Übergabe der Getränke verzögert sich um wenige Minuten.

19:42 Polizisten haben die Getränke vor dem Büro des Chefredakteurs Wilko Mchay abgestellt und das Gebäude unverzüglich danach wieder verlassen. Die beteiligten Polizisten mussten sich selbst während der Aktion filmen und via WhatsLive, einer App für Androidhandys, an die Geiselnehmer im Redaktionsbüro streamen. Das Videostreaming von der Getränkeübergabe können Sie hier einsehen.

Empfohlener externer Inhalt
An dieser Stelle finden Sie einen externen Inhalt von Twitter, der den Artikel ergänzt und von der Redaktion empfohlen wird. Sie können ihn sich mit einem Klick anzeigen lassen und wieder ausblenden.

19:49 Leserkommentar von Padre Padre
Ist nicht Euer Ernst, oder? Wer schreibt denn eigentlich diesen Tiker? Die Geiseln etwas? Die schrieben über Ihre eigene Geiselname?

2019
Pizza Dolorosa
Sandro isst seine Pizza (Tomate, Mozzarella, Oliven, Pinienkerne) so schnell, dass er fertig ist, noch bevor Ronnie ins zweite Viertel seiner Thunfischpizza beißt. Da ist aber einer hungrig gewesen, sagt Irma, die sich Spinat mit Knoblauch bestellt hat, aber jeden Bissen mit mindestens 36-mal Kauen einspeichelt. Sie weiß oft nicht, ob sie sich mehr fürs Einspeicheln oder für ihre gelegent-

lichen Fressattacken, denen sie mit dem Einspeicheln vorbeugen möchte, schämen soll. Irgendwann wird ihr auffallen, dass bisher noch keinem einzigen Menschen außer ihr aufgefallen ist, dass Irma zu Fressattacken neigt und enervierend lange ihr Essen kaut, dass sie sich also ein Leben lang vollkommen umsonst geschämt hat. Ist Scham überhaupt da, wenn keiner sie bemerkt? Sandro zum Beispiel isst nur deshalb so schnell, weil ihm der Appetit vergeht, wenn er anderen beim Schmatzen und Kauen und Herunterschlucken zuzuhören gezwungen ist. Am meisten zuwider ist ihm das Geräusch, welches entsteht, wenn Ober- und Unterkiefer aneinanderstoßen. Sandro könnte töten, um dieses Geräusch nicht mehr hören zu müssen. Statt zu töten, würgt er aber lieber sein Essen so schnell wie möglich herunter und lenkt sich mit irgendetwas ab. Während Irma, Yalcin und Ronnie sich gemächlich über ihre Pizzen hermachen, macht Sandro, weil er ja nicht einfach den Raum verlassen kann, sich über sein Handy her und setzt den nächsten Tweet ab.

2019
@sandrontwitter
Das Arge ist: Die Zeit hätten, sehen nicht die Tragik; die sie sehen, sind mitten drin und haben keine Zeit.

2019
Geburtstag
Der Tweet war natürlich ein Fehler, wie Sandro allerdings erst später aufgehen wird, zu spät, um ihn ungeschehen zu machen. Eigentlich wollte er nur einen sozialkritischen Kommentar zum gesamtgesellschaftlichen Geschehen abgeben und hat einfach nicht darüber nachgedacht, dass die Polizei auch gegen Irma und ihn ermittelt, zumindest gegen ihre Social Media Aktivitäten (Irma: 0, Sandro: Twitter, auf Facebook und Insta kann er verzichten.) Nur dass die Welt (die neben seinen Followern auch aus Polizei, LKA und Staatsanwaltschaft besteht) nun unwiederbringlich damit beschäftigt ist, den Inhalt von Sandros Tweet zu

entschlüsseln. Dass es sich um ein Ludwig-Hohl-Zitat handelt, ist eine der frühen Erkenntnisse der LKA-Profiler. Aber wer sind die, die Zeit haben? Welche Tragik sehen sie nicht?

2019

Arg

Während sie Sandross Tweet liest, denkt Valentina, dass sie dieses Wörtchen arg schon lange nicht mehr gehört oder gelesen hat, schon arg lange nicht mehr sozusagen. Zuletzt als die schwäbische Verwandtschaft väterlicherseits zu Besuch war, und das ist mindestens fünf Jahre her, irgendein Geburtstag von Papa wahrscheinlich. Es war aber nicht irgendein Geburtstag, es war der letzte Geburtstag ihres Vaters, bevor er ein paar Wochen später bei Glatteis gestürzt, vom Bürgersteig auf die Straße gerutscht und von einem Auto angefahren worden ist. Es hat ihm den Boden unter den Füßen weggezogen, buchstäblich, hatte der Polizist ihr erklärt, das habe ein Zeuge ausgesagt.

2014

Onkel Paula

Noch in fünf Jahren wird Valentina sich an diesen Tag erinnern können, wenn auch nur in Bruchstücken. Sie wird sich daran erinnern, wie alle Verwandten schon um halb zwölf Uhr Bier und Wein getrunken hatten. Nur Onkel Paula trinkt ausschließlich grünen Tee, seine weiße Tasse sticht hervor unter den Wein- und Biergläsern der Trauergesellschaft. Valentina weiß nicht, worüber sie sprechen, sie nimmt an, sie sprechen über das, worüber sie immer sprechen, wie es läuft im Geschäft und im Büro und wie man am besten sein Geld anlegt oder wofür man es ausgeben soll. Statt sich an den Tischgesprächen zu beteiligen oder sich um die Mutter zu kümmern, die blass und traurig auf ihrem Stuhl sitzt, führt Valentina seit Stunden intensive Zwiegespräche mit dem Vater. Noch ein paar Wochen zuvor, als er noch lebte, hat sie kein Sterbenswörtchen über die Lippen gebracht über ihre schlaflosen Nächte, ihre Einsamkeit, ihre Verzweiflung darüber, dass sie niemanden hat, der ihr den Rücken stärkt. Kaum ist der Vater gestorben, ist er plötzlich da für sie und tut genau das: ihr den Rücken stärken. Valentina weiß nicht, ob ihr schlechtes Gewissen oder ihre Freude und Überraschung überwiegt. Freut sie sich etwa über seinen Tod? Sie muss zugeben, dass der tote Vater ihr mehr bedeutet als der lebendige, dass sie ihn aber gerade deswegen vermisst und seinen Tod betrauert. Rudi ist auf einer Kreuzfahrt, irgendwo im Atlantik, in Praia oder in Walvis Bay oder ist er schon in Port Elizabeth, manchmal schreibt er ein paar Tage lang nicht, weil das Leben auf dem Kreuzschiff anstrengend ist, und dann der Zeitunterschied und überhaupt der Unterschied zwischen seinem Leben im Atlantik und ihrem hier bei der Trauerfeier. Valentina ist eigentlich ganz froh, dass sie allein ist mit dem Vater. Dein Vater war ein Guter, sagt Onkel Paula und hebt seine weiße Tasse.

2015

Missernten

Heute Abend ist Frederic bei den Sollingers eingeladen, er hat Gudrun Sollinger neulich bei einer Vernissage getroffen und ist mit ihr ins Gespräch gekommen über den Verein Digitalise Africa e.V. Was machen Sie genau, hat Gudrun Sollinger gefragt und Frederic hat dargelegt, wie er mit dem Lorentz-Attraktor arbeitet, und über seine Masterarbeit gesprochen und wie er Missernten in Mali verhindern will, und sie war sehr interessiert, fast könnte man sagen involviert. Woher haben Sie die Daten, die Sie für Ihre Berechnungen benötigen, hat sie gefragt und das war für einen Smalltalk auf einem Kunstevent eine ziemlich intelligente Frage, dabei sieht Gudrun Sollinger weder besonders intelligent noch besonders, nunja, distinguiert aus, eigentlich eher wie eine Nutte, wie eine ziemlich reiche Nutte, findet Frederic und spielt mit seinen langen glänzenden Haaren, die er zu einem Seitenzopf geflochten hat, weil das ein bisschen verrückt aussieht, verrückter als hip jedenfalls. Frederic hasst hip. Auch die Sollingers hassen hip, das sieht man sofort. Wir Sollingers sind eine Technikerfamilie, sagt Gudrun Sollinger, wir sind nicht nur alle furchtbar technisch talentiert, wir investieren auch in innovative Ideen. Kommen Sie doch mal zum Essen, sagt sie und lächelt ihn an und sieht ein bisschen aus, als würde sie gerade unter ihrer dicken Schminkschicht erröten, sehr, sehr gerne, Frau Sollinger, sagt Frederic und ein paar Tage später ruft er die Nummer auf der Visitenkarte an, die sie ihm übergeben hat bei der Vernissage, und Gudrun Sollinger nennt ihm einen Tag und eine Uhrzeit. Und dieser Tag und diese Uhrzeit ist heute. Frederic legt den Finger auf das Touchpad, das direkt am Eingangstor befestigt ist, und gibt den Code ein, den Gudrun Sollinger durchgegeben hat.

1988

Dienstfrei

Seit Stunden sitzt Hagen Bert im Flur, sitzt auf der Treppe, sitzt einfach nur auf der Treppe und wartet, dass Olga die Tür aufmacht. Irgendwann muss sie die Tür ja aufmachen, das Klo ist außerhalb der Wohnung, wenn sie aufs Klo muss, muss sie auf den Flur und dann kann Hagen Bert ihr sagen, wie sehr er sie liebt. Und ob sie ihn nicht auch ein bisschen lieben könnte. Aber Olga geht nicht aufs Klo. Sie sitzt seit zehn Stunden auf ihrem Bett im Schlafzimmer und weiß nicht, was sie machen soll außer den Geräuschen im Flur zu lauschen. Sie weiß, wie es sich anhört, wenn Hagen die Treppe zu seiner Wohnung hochgeht, die Tür aufschließt und den Riegel vorschiebt. So wie Olga auch den Riegel vorschiebt, damit keiner in die Wohnung kommt, niemand, auch Hagen nicht, vor allem Hagen nicht. Sie könnte Volker oder Solveig anrufen, aber dann müsste sie den Belagerungszustand erklären. Wie soll sie den Belagerungszustand erklären, wenn ihr noch nicht einmal das Wort Belagerungszustand einfällt? Ihr fällt nur ein, dass Hagen auf der Treppe sitzt, seit 9 Uhr morgens. Er ist noch nicht einmal betrunken. Nur geschlafen hat er nicht. Er hat sich so in seine Liebe zu Olga hineingesteigert, dass er nicht mehr schlafen kann. Olga, ich kann nicht mehr schlafen, hat er gesagt. Wegen dir. Wie kannst du mir das nur antun? Sie könnte noch einmal den netten Polizisten anrufen, aber was soll der machen? Außerdem hat er jetzt bestimmt dienstfrei und liegt in seinem Bett und schläft. Und rein rechtlich kann Herr Bert so lange auf der Treppe sitzen, wie er möchte. Niemand kann ihm seine Liebe verbieten, noch dazu im eigenen Haus. Ab und zu steht Olga auf und schaut durch ihren Spion auf den Flur. Hagen Bert sitzt auf den Stufen und schaut ihre Tür an. Und Olga pinkelt in ihren Putzeimer. Sie wäre so gerne der nette Polizist und hätte dienstfrei.

2018

@sandrontwitter

Das Leben hat wirklich viel von einem Traum, der Tod ist eine unwesentliche Kleinigkeit wie ein kleiner Krampf beim Aufwachen. Sandro hat 40 Likes bekommen, auf Twitter, sogar eins von Irma, wie ihm jetzt auffällt, aber irgendwie ist ihm das unangenehm, gleichzeitig freut er sich total, und das ist das eigentlich Unangenehme, dass er sich so freut, dass er nicht einfach cool bleibt, innerlich, noch dazu, weil er diese Irma gar nicht näher kennt. Vielleicht steht sie auf ihn, wobei es ihm deutlich lieber wäre, wenn Kimberley, die neue Politik-Redakteurin, auf ihn stehen würde.

1996

Kürzel

Luis hat die Nachbarin gefragt, die war in ihren jungen Jahren Sekretärin bei Hertie, sie müsste Judiths stenographierte Botschaft entziffern können. Er bringt ihr den Zettel an einem Dienstagnachmittag. Die Katze entwischt, als er in der Haustür steht, die Nachbarin läuft auf Socken hinterher und fängt sie wieder ein, Luis sieht ihr reglos dabei zu. Hier ist der Zettel, sagt er. Die Nachbarin wirft einen Blick darauf und sagt, hm, da muss ich mich erst reinfuchsen.

Die ganze Nacht liegt Luis wach, Wörter und Sätze ziehen an seinem inneren Auge vorbei, letzter und Wille und ewig sind dabei und eine Ahnung, dass Judith ein Geheimnis hatte, das sie ihm zu Lebzeiten nicht sagen konnte. Erst als es schon dämmert, fällt er in den Schlaf.

2012
Frösche
Das Mädchen raucht noch immer. Wenn sie so weiterraucht, denkt Walther, wird sie bald vor Marys Theke stehen und eine neue Packung kaufen wollen. Dann würde Mary sie fragen, wie alt sie sei. An die unter 18 darf man weder Alkohol noch Tabak verkaufen. Das Mädchen ist nicht älter als 15, das sieht er sofort. Nach dreißig Jahren Freibad macht dir keiner mehr etwas vor.

2019
Tante Antje
Adrian hat Sandros Twitteraccount ausfindig gemacht und liest nun den Tweet, der vor zwei Minuten abgesetzt worden ist, und das kommt Adrian wie ein Hilferuf vor. Du wirst als Geisel genommen und setzt heimlich einen Tweet ab, schöner gehts nicht. In dem Tweet springt ihm das Wort Arge ins Auge, das da gar nicht steht, weil ihm ein e fehlt, aber Adrian, der lange arbeitslos war, liest Arge und stürzt sich gedanklich sofort auf die Arbeitsagentur wie die Elster auf den goldenen Ehering von Tante Antje, den sie Jahre später unter der Tanne wiederfand, auf dem die Elstern viele Sommer verbracht hatten. Adrian kann sich im Nachhinein die fehlerhafte Recherche nur so erklären, dass das Wort Arge ihn getriggert hat. Er hat nie darüber nachgedacht, er hat mit dieser Zeit abgeschlossen, das hat er geglaubt, doch jetzt kommt alles wieder hoch.

2019
Paris
Komm her, sagt Susana und nimmt Valentina in den Arm, ganz lange hält sie sie umschlungen und streichelt ihr mit der Hand über das Schulterblatt und mit der anderen Hand über

das andere Schulterblatt. Es ist eine schwesterliche Umarmung, eine Mischung aus professioneller Distanz und unprofessioneller Vertrautheit zwischen zwei Menschen, die irgendwie im selben Boot sitzen und irgendwie auch nicht. Es ist eine Umarmung, die signalisiert, dass größte Gefahr droht und es in naher Zukunft größtes Leid zu verarbeiten gilt, weswegen die Umarmung nun in vorauseilendem Wille zum Trösten gewährt wird. Und schon versucht Valentina sich Susanas Armen zu entziehen, doch Susana ist keine zaghafte Trösterin, sie hat sich entschlossen, für Valentina da zu sein und nichts kann ihre Entschlossenheit ins Wanken bringen, schon gar nicht Valentinas Unbehagen. Danke, dass du gekommen bist, sagt Valentina, der jetzt schlagartig bewusst wird, dass es ein Fehler war, Susana um Hilfe zu bitten, die SMS war ein Fehler, die nächtlichen Telefonate, die drei Tage, die Susana in ihrer (und Rudis) Wohnung verbracht hatte, die Knutscherei auf der Weihnachtsfeier im letzten Jahr. Nur das besoffene Wälzen auf dem Parkett bereut Valentina nicht, sie kann es nicht bereuen, es hat sich so richtig angefühlt, so richtig, denkt Valentina, wie das erste Mal in Paris sein und es regnet, oder wie das erste Mal einen Hirschkäfer sehen und fasziniert sein. Wie komme ich jetzt auf Hirschkäfer, denkt Valentina und schafft es endlich, sich aus Susanas Armen zu befreien. Willst du wirklich in die Redaktion fahren, fragt Susana und Valentina weiß es angesichts Susanas besorgtem Gesichtsausdruck nicht mehr, sagt aber, ja, das ist wohl am besten, und vorher muss ich Mr. Mchay anrufen.

2019

Chemie

Der Einzige, der mit dem Tweet von Sandro etwas anfangen hätte können, wenn er ihn gelesen hätte, wäre Mr. Mchay gewesen. Nur dass sich Mr. Mchay null für Twitter interessiert. Er hatte zu der Zeit, in der er noch Wilko (von den Lehrern), Willy (von seiner Mutter) oder Kao (von seinen Schulkameraden im Schweizer Internat) gerufen wurde, einen Chemielehrer gehabt, der wie der Schriftsteller und Philosoph Ludwig Hohl geheißen und eine

Vorliebe für seinen Namensvetter gefasst hatte. Ständig zitierte er ihn, sodass in den Köpfen der Schüler sukzessive die Person des Lehrers mit der des Schriftstellers verschmolz. Wilko Mchay, zu dessen schlechtesten Fächern neben Latein auch Chemie gehörte, weshalb er einen Großteil seines Abiturs einer Banknachbarin namens Mary zu verdanken hatte, wurde eines Tages, als Marie krank war, von Ludwig Hohl mit den Worten *Es gibt kein System für das Leben, das die Intelligenz überflüssig machte* abgekanzelt.

2012

Frösche

Wenn die Luft so klamm und feucht ist, wollen die Leute etwas Warmes, dann kommen sie zu Walther in die Frittenbude. Nur an den richtig heißen Tagen scharen sie sich um Marys Stand. Hundstage nennt man diese Tage. In der Zeitung haben sie geschrieben, das komme vom Sternbild Großer Hund. Seit er das gelesen hat, wartet Walther auf einen großen zotteligen Hund mit gelben Augen, der bei Mary ein Eis kauft. Der Gedanke hat sich in ihm festgesetzt. Es ist gut, dass Marys Laden neben seinem ist. Man kann sich gegenseitig vertreten, wenn einer einmal eine Pause braucht. Wobei Mary ihn öfter vertritt als er sie. Sie will ja auch was von ihm, kann er ja nichts dafür.

2006

Kapuzinergasse 26

Ich möchte Widerspruch einlegen, teilt Adrian dem Mann an der Infotheke der Arbeitsagentur mit. Widerspruch einlegen, wiederholt der Mann und schaut in seine Liste. Auf einen Zettel schreibt er etwas auf und reicht ihn Adrian über die Theke. Raum 545. Nach einem sehr kurzen Gespräch, in dem es um den Widerspruch geht, der eine reine Formsache ist – reine Formsache sind die Worte des Arbeitsberaters, ein dunkelhaariger, gutaussehender, junger Kerl mit Pausbacken, großen braungrünen Augen und vollen Lippen -, steht der Arbeitsberater auf, geht zum Fenster, öffnet es, schwingt sich auf das Fensterbrett, schwingt seine

Beine nach oben, und dic Schuhe, es sind schwarze Vans, streifen leicht den Fensterrahmen, bevor der Mann in die Tiefe stürzt beziehungsweise einfach aus Adrians Blickfeld verschwindet. Adrian wird sich noch Jahre später an das Gefühl erinnern, wie seine Beine zittern, als er aufsteht und zum Fenster geht. Wie sie aufhören zu zittern, als er das Fenster schließt, als habe er Angst, in geöffnetem Zustand könne es auch ihn dazu verleiten hinunterzuspringen. Dann verlässt er Raum 545. Der Flur ist leer, erst als er am Aufzug steht, kommen vom Treppenhaus zwei Männer, die hastig die Tür aufstoßen und dann den Flur entlanglaufen, Richtung Raum 545. Adrian nimmt das Treppenhaus, sorgfältig steigt er Stufe um Stufe hinunter, hält sich am Lauf des Treppengeländers fest, das Gehen beruhigt ihn, und als er merkt, dass es ihn beruhigt, verlässt er das Treppenhaus im vierten Stock wieder und spaziert den Flur hinunter, biegt an einem Durchgang ab, spaziert einen weiteren Flur hinunter, geht an Büros vorbei, an Erfrischungsräumen, an Technikräumen *Nur für Mitarbeiter,* an Konferenzräumen und Toiletten. Durch das Treppenhaus geht er in den dritten Stock, dort schreitet er wieder alles ab, er spürt sein Herz schlagen, eine Angestellte, die ihm auf dem langen Flur entgegenkommt, fragt ihn freundlich, ob sie ihm helfen könne, ja, sagt er, er suche den Ausgang, und sie geht ein Stück mit ihm und bringt ihn zum Aufzug. Sie drückt sogar den Knopf für ihn, der aufleuchtet und nach unten zeigt. Sie verabschiedet sich, er bedankt sich, und schon hält der Aufzug und öffnet die Tür. Adrian steigt ein, im Spiegel sieht er ein Gesicht, es sieht aus wie immer, was ihn erstaunt; unten kommen ihm Sanitäter mit großen Taschen entgegen.

2019
Mantelkragen
Die Tomatensoße läuft über Yalcins Kinn und tropft direkt in seinen Mantelkragen, was ihm nicht auffällt. Irma versucht sich einen Zustand vorzustellen, in dem sie nicht merkt, dass ihr Tomatensoße in den Mantelkragen läuft. Sie schaut auf ihre Bluse,

keine Soße, kein Fleck, nichts, sie kratzt sich am Hals, sie kann es sich nicht vorstellen. Beim besten Willen nicht. Der andere Typ schaufelt selig seine Schinkenpizza in sich hinein. Seine Bewegungen haben sich verändert, irgendwie weicher, harmonischer, selbst seine Augen leuchten. Die Flasche Wein hat er noch gar nicht angerührt. Die hatten einfach Hunger, denkt Irma, und wer Hunger hat, ist aggressiv, nur dass der Hausmeister auch nichts dafür kann; aber gut, solange wir ihnen was zu essen geben, sind sie friedlich. Sie will gerade was zu Sandro sagen, doch der steht plötzlich auf und verschwindet in der Teeküche.

2020
Interview: Der Apfelbaum-Traum (2):
Warum brauchen wir die Traumanalyse?

Unser Traumverhalten gibt nicht nur Aufschluss über die Person, deren Träume wir analysieren. Je mehr Träume wir analysieren, desto mehr können wir sagen über den unbewussten Zustand, in dem sich eine Gesellschaft befindet.

Was ist der Unterschied von bewusstem und unbewusstem Zustand unserer Gesellschaft?

Man könnte sagen, das Bewusste ist lediglich das, von dem wir denken, dass wir es denken und fühlen. Das Unbewusste hingegen ist die Blackbox. Darin enthalten ist all das, wonach Menschen sich wirklich sehnen, wovor sie sich fürchten, was sie erhoffen und was sie ablehnen. Das Unbewusste enthält das Wahrscheinliche, doch das Wahrscheinliche schließt die Wirklichkeit nicht aus, sondern ist ein wesentlicher Bestandteil von ihr. Ein Traumarchiv gibt zuverlässiger Einblick in die Wirklichkeit, als jede Wahlprognose es könnte. Träume sind, wenn Sie so wollen, weniger korrumpierbar als eine Meinung.

Können Sie ein Beispiel nennen?

Wenn Sie beispielsweise gefragt werden, wovor Sie sich am meisten fürchten, antworten Sie vielleicht: vor einem Autounfall. In der Regel werden Sie damit meinen, dass Sie Angst haben, unverschuldet Opfer eines Verkehrsunfalls zu werden. In Ihren Träumen aber sitzen Sie in einen metallic-blauen BMW und verfolgen einen Flüchtenden. Ihre Ängste basieren also weniger auf inneren Motiven als auf Bildern, zu denen Sie angestiftet wurden.

Was meinen Sie mit angestiftet?

Dass selbst unser Unterbewusstsein Motiven, die von außen kommen, stärker vertraut als den inneren Bildern. Das liegt daran, dass wir die Motive, die von außen kommen, mit anderen teilen. Wir fühlen uns also über diese kollektiven Ängste mit anderen verbunden. Nur den wenigsten Menschen gelingt es, ihre eigenen inneren Bilder zu teilen und andere dazu anzustiften, sie als Motive zu übernehmen.

Welchen Schluss lässt das zu?

Dass die Motive in unserem Kopf für den Zustand einer Gesellschaft relevanter sind als unsere tatsächlichen Ängste. Deshalb sind diese Bilder, die Sie in Ihren Träumen erzeugen, wahrscheinlich aussagekräftiger als die Ängste, die Sie im Wachzustand formulieren. Eine große Datenmenge könnte dabei helfen, aussagekräftige Diagnosen über unsere Motive zu treffen und künftige Verhaltensweisen vorherzusagen.

Wie definieren Sie Zukunft – sprechen wir von den nächsten fünf Jahren oder von den nächsten fünfzig Jahren?

Wir sprechen von allem, was jenseits von heute ist.

Mehr dazu erfahren Sie unter www.archiv-der-traeume.com
Lesen Sie hier den ersten Teil des Interview

Dieser Artikel könnte Sie auch interessieren:
Krieg, Tiere, Sex: Was diese Traummotive bedeuten
Schlafforschung: Warum Schlafen so wichtig für unser Leistungsvermögen ist
Hund, Katze, Vogel: So viel Schlaf braucht ihr Haustier

2019

Doppelgänger

Der niedergeschlagene Pförtner wacht im Alexander-Krankenhaus auf und kann sich –, er denkt, er kann sich nicht erinnern, aber das stimmt natürlich nicht, der Körper erinnert sich an alles, es geht nichts verloren. Der Portier heißt Enric. Er wurde niedergeschlagen, erzählt man ihm, als er aufwacht, es geschah, als er seine Mittagsrunde durch das Gebäude der Lasslinger Umschau drehte, es befanden sich, das weiß er noch, weil er es vorschriftsmäßig in seine Liste geschrieben hat, zu diesem Zeitpunkt zwei Personen im Haus, das Mädchen mit den kurzen braunen Haaren, das trotz Lederjacke schüchtern wie ein Grundschulkind aussieht, und der junge Mann, der wie ein Doppelgänger seinem Sohn gleicht, den er seit über einem Jahr nicht mehr gesehen hat, genauer gesagt, seit Enric die Unterhaltszahlungen eingestellt hat, weil er nicht mehr unterhaltspflichtig ist. Unterhaltspflichtig bist du nur Kindern gegenüber, die sich in der Ausbildung befinden, ein abgebrochenes Studium ist keine Ausbildung, hatte Cathrin gesagt, Enric, jetzt können wir endlich mal an uns denken und auf die Kanaren fahren, und Enric hatte die Unterhaltszahlungen eingestellt und sie fuhren auf die Kanaren, es war sehr schön. Als Enric im Krankenhaus wieder aufwacht, sitzt Cathrin auf einem Stuhl am Fenster. Sie lächelt ihn an. Sie ist ganz weit weg und ihr Gesicht ist noch immer braun gebrannt.

2006

Lela Müller

Fünf weitere Mitarbeiter der erst neu formierten Arge haben sich innerhalb eines einzigen Jahres umgebracht, Adrians Sachbearbeiter war der Erste. Ein weiterer Mitarbeiter wird mutmaßlich von einem Kunden, wie die Antragsteller mittlerweile genannt werden, niedergestochen und in seinem Büro liegen gelassen, wo er langsam verblutet, weil niemand von den Wartenden auf die Idee kommt, das Büro des Sachbearbeiters zu betreten, ohne namentlich aufgefordert zu werden. Es dauert 45 Minuten, ehe eine Kollegin, die eine Akte sucht, zufällig den Mann findet, der kurz darauf stirbt, ohne noch einmal das Bewusstsein zu erlangen. Der Mörder kann ungehindert flüchten und wird 30 Jahre später, ebenfalls zufällig, gefasst werden; kein Zeuge, keine Zeugin kann sich an ihn erinnern oder an irgendjemanden, der der Mörder hätte sein können, denn es hätte jede und jeder gewesen sein können. Laut Kundenliste hat zur Tatzeit eine Frau Lela Müller einen Termin, sie ist aber an diesem Tag noch in Rom bei Verwandten, weswegen ihr der Hartz IV-Satz für drei Monate gekürzt wird. Eigentlich sollte sie längst wieder zurück sein zu ihrem Termin, aber ihre Tante ist krank geworden, es sieht ernst aus und Lela Müller beschließt zwei Tage vor dem Termin, in Rom zu bleiben. Wer statt ihr ins Büro des Sachbearbeiters gerufen worden ist, kann nicht ermittelt werden. Es stand in der Akte, aber die ist zusammen mit der Akte, nach der die Kollegin, die den Mann fand, suchte, verschwunden.

2019
Monte Christo
Yalcin stirbt, wie er immer sterben wollte. Er hat etwas Gutes gegessen (Pizza Calzone), ihm ist warm, er ist nicht allein, aber es nervt ihn auch niemand, er hat sich einen Schuss gesetzt, er hat keine Angst gehabt, da er, in dem Moment, in dem er schließlich starb, gar nicht wusste, dass er sterben würde. Er hat gedacht, alles wird gut, aber das denkt er meistens, nachdem er sich den Schuss gesetzt hat. Er ist einfach dagelegen und hat an Jack gedacht, seine Cousine, sie hatte einen Esel, der Monte Christo hieß, sie konnte schneller laufen als Monte Christo, komm Yalcin, ruft sie und hinter ihr Monte Christo, mit seiner kurzen grauen Mähne, der

ihn aus sehr netten Augen ansieht. Jacks Stimme vermischt sich mit der Stimme der jungen Frau Irma, sie hat eine etwas raue Stimme, in dieser Stimme schwingt etwas Holpriges mit, das ihn zum Nachdenken bringt, wie ein Gedanke, der aus einem Traum entstanden ist und nach dem Aufwachen noch da ist, den man aber nicht zu fassen bekommt, und als er dem Gedanken hinterherrennt, läuft er mitten hinein in seinen Tod.

2006

Fernstudium

Nie wieder stellt Adrian einen Antrag auf Arbeitslosengeld, sondern arbeitet jahrelang im Hotel hinter dem Bahnhof als schlecht bezahlter Nachtportier, wo er Krimis liest und Bücher über Profiling und Graphologie. Er ist schon über dreißig, als er ein Fernstudium Psychologie abschließt und schließlich Profiler beim LKA wird.

2019

Pizza-Zombie

Irma hat ihre Pizza gegessen und muss ein paar Mal aufstoßen, es geht nicht anders, der Körper macht, was er will. Was ist mit, denkt Irma, mir schon wieder los, aber sie denkt es wie in einem Nebensatz, den sie sofort wieder vergisst, weil in dieser Sekunde Mr. Mchay anruft und mit seiner schönen, tiefen und ruhigen Stimme sagt, das war keine gute Idee mit der Pizza, Sie machen damit alles kaputt, was Sie sich vorher erarbeitet haben, sind Sie sich dessen bewusst? Beenden Sie die Sache umgehend. Irma weiß nicht, was sie sagen soll, und da sie selten weiß, was sie sagen soll, macht ihr die Ratlosigkeit an sich nicht viel aus; was ihr aber etwas ausmacht, ist, dass Mr. Mchay ihr jegliche Zustimmung, die sie insgeheim als Zuneigung gedeutet hat, entzogen hat, wie wenn man einem Junkie das Heroin wegnimmt, und Irma wird in diesem panischen Augenblick, in dem irgendetwas in ihrer Brust anfängt zu brennen, klar, dass ein einziger Schuss reicht, um süchtig zu werden. Und außerdem hat sie keine Ahnung, wie sie aus dieser Sache wieder herauskommen soll, sie hat eigentlich gedacht, dass Mr. Mchay sie an die Hand nehmen und wieder zurück in ihre Umlaufbahn führen wird, nur wird er das nicht, stattdessen erwartet er, dass Irma selbst dafür sorgt; sie ist jetzt verantwortlich, ist verantwortlich für den Ticker, für Sandro, für die beiden Typen, die ihr wie Aliens vorkommen, und da draußen weiß niemand, dass es hier drinnen außerirdisches Leben gibt. Oder vielleicht auch nicht mehr gibt, denn eigentlich wirkt zumindest der eine unfassbar friedlich, beziehungsweise, denkt Irma, fast wirkt er, als ob er schon tot wäre, und schämt sich sofort für ihren Gedanken, als ob allein ein solcher Gedanke den Tod eines Menschen, der ein Alien ist, herbeiführen könnte. Und wer weiß, was es mit dieser Friedlichkeit auf sich haben könnte, es gibt ja auch Tiere, die sich, denkt Irma, tot stellen, nur um danach umso härter zuzuschlagen, vielleicht ist er ein Zombie und frisst uns alle auf, wie er seine, denkt Irma, Pizza isst, wie ein Pizza-Zombie in einer seltsamen Kombination aus langsam und gierig. Und dann – wie die beiden riechen, von diesem Geruch geht etwas aus, das ihren Körper in Angst versetzt, vielleicht muss sie deshalb, denkt Irma, aufstoßen, und muss gleich wieder aufstoßen und das Aufgestoßene riecht auch irgendwie aufgestoßen, von ihrem Körper ab- und ausgestoßen, vielleicht werden wir, der Sandro und ich, auch Zombies, sind wir schon Zombies und riechen nach Friedhof, wobei, denkt Irma, Friedhof nicht wirklich riecht, man denkt zwar, man weiß, wie Friedhof riecht, aber es ist nur die Assoziation von Friedhof, die eine Assoziation von Friedhofgeruch hervorruft, und da kommt schon wieder eine Meldung der @PolizeiLasslingen auf Twitter in ihrer Timeline und ein paar Sekunden später auch als Pressemitteilung per Mail an, sie baut sie in den Ticker ein. Und als sie den Artikel nach unten scrollt und nach Rechtschreibfehlern scannt und Formatverstößen, fallen ihr die beiden Leserkommentar auf.

2018

Kanaren

Enrics Sohn Max ist ein dermaßen treuer Charakter, selbst in den schlimmsten Zeiten, in denen Enric und Max wegen diverser Meinungsverschiedenheiten so gut wie gar nicht mehr miteinander sprechen, kommt er jeden zweiten Donnerstag vorbei und isst mit Enric und Cathrin zu Abend. An Weihnachten, Geburtstagen oder sonstigen Jubiläen und auch mal außer der Reihe ruft er an und fragt, wie es geht, erzählt Neuigkeiten, meistens natürlich keine wirklichen Neuigkeiten, sondern das, was Kinder auf die Frage ihrer Eltern Gibts was Neues? erzählen. Doch dann lässt er von einem Tag auf den anderen nichts mehr von sich hören, weder am Donnerstag noch am Freitag noch am Samstag. Cathrin hat Enric absichtlich nicht darauf hingewiesen, sie will ihn nicht unnötig in Sorge setzen, für den Fall, dass ihm Max' Wegbleiben gar nicht auffällt. Enric aber hat es sofort bemerkt, weil er damit gerechnet hat, die ganze Zeit hat er damit gerechnet, es befürchtet, die ganzen Jahre hat er diesem Tag entgegengebangt, und als Max tatsächlich an jenem Donnerstag nach der ersten nicht getätigten Unterhaltszahlung nicht vorbeikommt, weiß Enric, dass ihm nicht etwa etwas zugestoßen ist, sondern dass alles so passiert, wie er es sich in seinen schlimmsten Träumen ausgemalt hat. Aber was soll er tun, Max ist 25, man kann ihn nicht zwingen, den Kontakt zu seinem Erzeuger, wie Enric sich selbst bezeichnet, aufrechtzuerhalten, und erst ein Jahr später, als Enric nach einem Überfall in eine Rehaklinik kommen wird, wird er sich fragen, was, wenn Max damals tatsächlich etwas zugestoßen ist.

2013

Co-abhängig

Man kann nicht enterbt werden, sagt der Notar. Aber man kann dem Sohn schon vor Jahren alles geschenkt haben und sich von der Tochter immer weiter Geld leihen, das man ausgibt und ausgibt und ausgibt, sodass am Ende nichts mehr übrig ist – außer einem Haus, das aber schon lange dem Bruder gehört, wovon man allerdings nichts wusste. Demselben Bruder, der immer gesagt hat, du bist ja co-abhängig. Wobei schon irgendwie klar war, dass Reimer nicht selbst auf die Diagnose gekommen war, sondern seine Ex-Frau. Wenn du ihm kein Geld geben würdest, könnte er es auch nicht verspielen, hat Reimer, der gerne praktisch denkt, immer wieder gemahnt. Dann würde er das Haus verspielen, hat Moni gesagt. Ach das Haus, hat Reimer gesagt, das ist doch sowieso nichts wert.

2019
Bullen
Keiner bemerkt, dass Yalcin gestorben ist. Irma ist mit dem Ticker beschäftigt, Sandro friert und Ronnie ist schlecht von der Pizza geworden, am liebsten würde er kotzen, aber irgendwie hat er mitbekommen, dass es draußen von Bullen nur so wimmelt, er weiß nicht genau, was die wollen und woher die wissen, dass er und Yalcin hier sind, obwohl sie nicht hier sein dürften, weil sie keine Mitarbeiterausweise besitzen. Seine feinen Sensoren, die sich im Laufe der letzten zehn Jahre auf der Straße herausgebildet haben, sagen ihm, dass es besser ist, nicht allein zur Toilette zu gehen, dass es unklug wäre, aber er geht trotzdem, so übel ist ihm.

1986
Österreich
Vesna und Alma haben immer alles gemeinsam gemacht, sie sind zusammen in die Schule gegangen und zusammen haben sie eine Lehre gemacht und sind Schlosserinnen geworden, sie haben zusammen gestreikt und auf die da oben geflucht und dann haben sie ihre Sachen gepackt und sind zusammen nach Wien gezogen. Es gibt in Österreich keine Jobs für Schlosserinnen, es gibt nur Jobs für Schlosser. Alma findet schließlich eine Stelle als Serviererin im Hotel und Vesna arbeitet in einer Bar und wird schwanger vom Barbesitzer, der ihr tausend Schilling gibt für eine Abtreibung, und dann arbeitet eine Zeitlang nur Alma, weil Vesna schwanger ist und Lela bekommt. Sie kümmern sich

zusammen um Lela, die zu Vesna Mama und zu Alma Teta sagt, und das reicht eigentlich schon aus für ein Kind.

2012
Frösche
Der Walther träumt schon wieder, denkt Mary. Wovon der immer träumt. Wie er das Mädchen vorhin angeglotzt hat. Das arme Ding. Sieht so verlassen und verloren aus, wie die da sitzt und raucht. Und er denkt nur an das Eine. Kein Gefühl, dieser Kerl. Hats nie anders gelernt. Wie das Mädchen da seit einer geschlagenen Stunde sitzt und raucht, eine nach der anderen. Direkt unheimlich könnte es einem werden.

2019
Maschinen
Was, denkt Irma, um etwas gegen die Panikwelle zu denken, soll denn schon passieren, vor allem, was soll uns passieren; wenn es schief geht, werden wir gekündigt und das wars dann halt, was ja bedeutet, dass das Schlimmste, was passieren, sagt die vernünftige zur panischen Irma, kann, das ist, was sowieso passiert, nämlich, dass wir entlassen werden, der Sandro und ich, na und, wir werden einen neuen Job finden, einen, der wahrscheinlich weniger, denkt Irma, stressig und dafür besser bezahlt ist, ich sollte mich über jeden Fehler, denkt Irma, freuen, den ich mache, ich sollte, noch viel, viel mehr Fehler machen, damit sie mich rausschmeißen und ich keinen Job mehr machen muss, den eine Maschine eh besser machen würde, und mittlerweile spricht sie gar nicht mehr mit der panischen und auch nicht mit der inneren Irma, sondern mit Valentina. Ich muss noch viel destruktiver werden, damit das alles aufhört, und beide Irmen, die panische und die innere, sehen, wie sich die Bürostühle und Schreibtische, die Raumtrenner und Monitore und Telefone und auch die beiden Typen und Sandro und sie selbst sich in den Fenstern spiegeln, vor denen die Jalousien mittlerweile blickdicht geschlossen sind, selbst wenn sie draußen Scheinwerfer auf uns gerichtet haben

wie im Stadion, könnten wir es nicht sehen und die da draußen können uns nicht sehen, wir sind wie ein unberechenbares Hirn für die, und die sind wie ein unberechenbares Hirn für uns, aber nicht erst seit heute Nacht, sondern schon vorher, seit, denkt Irma, wann eigentlich, wann hat das angefangen? Und selbst im Spiegel des Fensters und im Neonlicht sieht der eine Typ, der friedliche, dermaßen blass aus, und da sagt der Sandro, irgendwas war mit der Pizza.

2019

Spätfolgen

Es stellt sich heraus, dass Max in der Tat etwas zugestoßen ist, dass sein ausbleibender Anruf gar nichts mit den ausbleibenden Unterhaltszahlungen zu tun hatte, dass er stattdessen mit Lungenentzündung im Krankenhaus gelegen ist, während Enric und Cathrin auf den Kanaren Urlaub machten. Aber jetzt ist es zu spät. Dass sein Vater, wie Max seinen Erzeuger nennt, ihn nicht besucht und gleichzeitig die Unterhaltszahlungen eingestellt hat, ohne ein Wort der Erklärung, das kann Max ihm nicht verzeihen, erst viel später, und als er ihm endlich verzeihen kann, ist eine Versöhnung unmöglich geworden, denn Enric hat durch den Schlag auf den Kopf Spätfolgen erlitten und wird frühzeitig dement und so spielt er in Max' Erwachsenen-Leben tatsächlich nie etwas anderes als die Rolle des Erzeugers, der eines Tages aus seinem Leben wieder verschwindet. Im Pflegeheim wird Max ihn nie besuchen.

1991

Dragica Grahovac

Als Lela Müller zehn ist, bricht der Jugoslawienkrieg aus und Alma geht auf die Straße und Vesna geht mit einem Herrn Müller nach Deutschland und wird seine Frau und Lela wird seine Adoptivtochter. Alma, die nie gläubig war, fühlt sich so einsam, dass sie jeden Sonntag in die Kirche im 3. Gemeindebezirk geht und zum heiligen Sava betet. Die Gebete und auch die Kirchengesänge sagen ihr nichts, aber sie muss einfach mit jemandem sprechen, mit Vesna und Lela hat sie serbokroatisch gesprochen und Vesna und Lela haben mit ihr serbokroatisch gesprochen und Alma braucht das einfach. In der Kirche lernt sie Dragica Grahovac kennen, die ein Hotel in Rom führt und sie überredet, zu ihr nach Rom zu ziehen. Alma wird ihre Assistentin und Dragica Grahovac lässt mehrere Stapel Visitenkarten drucken, auf denen Almas Name und der Name des Hotels, die Adresse des Hotels und der Name von Dragica Grahovac stehen. Alma hat es zu etwas gebracht, wie Vesna es ausdrückt, sie ist jetzt Managementassistentin und wohnt in der Nähe einer berühmten Treppe. Manchmal besucht sie Lela und Vesna in Deutschland. Nur dass Alma eben jetzt Serbin ist und Vesna Kroatin und plötzlich gibt es etwas, das sie trennt, etwas, das es vorher nicht gegeben hat, denn, sagt Alma, wieso sind wir überhaupt nach Wien gegangen, wenn das so wichtig ist, ich weiß auch nicht, sagte Vesna, du warst ja die, die plötzlich demonstriert hat gegen die Kroaten, sagt Vesna und Alma sagt, aber doch nicht gegen dich, sondern gegen die Spaltung. Aber da ist es schon zu spät, da ist die Spaltung schon da. Lela träumt insgesamt dreimal, dass nicht Vesna, dass Alma ihre Mutter ist, sie kann sich den Traum nicht erklären, aber sie kann es auch niemandem sagen, weder Alma noch Vesna, nicht in dieser Situation. Kann ich dich mal besuchen, in Rom, fragt Lela.

2019

Nina

Marius fasst sich ein Herz und schreibt Irma eine Whatsapp und hofft, dass sie den Benachrichtigungston ausgestellt hat, nicht, dass sich die Entführer wegen seiner SMS provoziert fühlen. Doch falls Irma etwas zustößt in dieser Nacht, wirklich etwas zustößt, soll sie nicht sterben, ohne zu wissen, was Marius für sie empfunden hat. Seine echte Sorge um die echte Irma kämpft mit seinen romantischen Gefühlen für die projizierte Irma, was er selbst natürlich nicht ganz so differenziert wahrzunehmen in der Lage ist. Er ist ja erst 22 Jahre alt, ein normaler, netter, etwas pummeliger Rimbaud, der ein bisschen überfordert ist, aber insgesamt so resilient, dass er alles gut überstehen wird. In dieser Nacht also beschließt Marius, dass die projizierte und die reale Irma einander endlich begegnen müssen, und als er hektisch in sein Galaxy 7 tippt: Hallo Irma, habe gelesen, was passiert ist, wie geht es dir, kann ich etwas tun, drückt er vor Aufregung zu schnell auf Senden und bemerkt gar nicht, dass seine automatische Textkorrektur aus Irma eine Nina gemacht hat, und so ist es kein Wunder, dass Irma ihm nicht antwortet.

2015
Zahntechnik
Bei uns daheim musste jedes Kind ein Musikinstrument lernen, damit wir als Kammerorchester die Verwandtschaft und die Geschäftspartner unserer Eltern beglücken konnten, ach, wie haben wir das gehasst, erzählt Frau Sollinger nach dem Essen. Sie nippt an ihrem Wein. Was für ein Wein, denkt Frederic und trinkt ebenfalls einen Schluck. Er mag dieses Synchron-Nippen, es verbindet in subtiler Nebensächlichkeit. Und da wir Sollingers eine Technikerdynastie sind, haben wir alle einen technischen Beruf lernen müssen. Bis auf meine Schwester Elisabeth, aber das ist eine andere Geschichte. Ich war ursprünglich Zahntechnikerin, ich habe es gehasst und heimlich habe ich nebenher Zahnmedizin studiert.

Respekt, sagt Frederic und beißt sich sofort auf die Lippen, wie kommt er dazu, Frau Sollinger zu loben, das steht ihm doch gar nicht zu. Das ist gar nicht so schwer, sagt Frau Sollinger, wenn man Zahntechnikerin ist, die Grundlagen sind da. An der Uni habe ich dann meinen Mann kennengelernt, er leitet mittlerweile die Uniklinik. Frederic lächelt anerkennend Richtung Andreas Sollinger, der eine weitere Runde Merlot einschenkt. Wieso heißt der eigentlich Sollinger, wenn er gar kein geborener Sollinger ist, fragt sich Frederic, und aus den Augenwinkeln registriert er, wie beide Sollingers ihn verstohlen anschauen, als wüssten sie, dass er sich in exakt diesem Moment exakt diese Frage stellt. Sie haben natürlich Erfahrung mit dieser Frage, nur Frederic hat mit dieser Frage keine Erfahrung. Vielleicht sind sie auch Cousin und Cousine, denkt er. Tenuta Luce von 2017, sagt Andreas Sollinger und verkorkt die Flasche, bevor er sie zurück auf den Beistelltisch stellt. Haben Sie Geschwister, Frederic, fragt Gudrun Sollinger und hält ihm wie beiläufig das Weinglas hin, zum Anstoßen.

2012

Frösche

Wie sie immer mit den Kindern redet, das traut man ihr gar nicht zu, so wie sie aussehen tut, denkt Walther. Eigentlich mag er die Mary, er mag an ihr nur nicht, dass sie so vernarrt in ihn ist. Er versteht nicht, was sie an ihm findet. Er ist ein alter Knacker, das weiß er selber. Er stinkt aus dem Maul, er stinkt aus dem Arsch, was bitte will die von ihm? So blöd ist er doch nicht, zu denken, dass die wirklich in ihn verliebt ist. Das wüsste er nämlich. Die wollen alle nur seinen Laden. Aber die Bude wird er nie und nimmer aufgeben, um nichts in der Welt. Weder für Geld noch für eine Frau.

2019

Kalter Kaffee

Ronnie weint. Wie lange er schon weint, kann Sandro nicht sagen, möglicherweise schon eine Weile. Sandro schaut zu Irma und erkennt an ihrem Gesicht, dass sie das Weinen ebenfalls bemerkt hat. Warum tröstet sie ihn nicht, soll Sandros Blick sagen, warum sollte ich jemanden trösten, der Nutte, soll Irmas Blick sagen, zu mir sagt, ich habe gar nichts gegen Nutten, aber der Typ hat etwas gegen Nutten und wenn er Nutte sagt, hat er etwas gegen mich, das ist Sandro klar, und gleichzeitig, auf einer anderen Ebene, nicht klar, er selbst würde natürlich auch niemanden trösten, der ihn als Nutte beschimpft, allerdings wurde er noch nie als Nutte beschimpft, und er hat sowieso auch nichts gegen Nutten. Sandro tröstet Ronnie allerdings auch nicht, aber nicht, weil er Nutte gesagt hat, sondern obwohl er Nutte gesagt hat, er tröstet ihn nicht, weil er gar nicht weiß, wie trösten geht, nimmt aber an, dass Irma es weiß, dass alle Frauen es wissen, auch alle Nutten wissen es. Nur: Irma weiß es auch nicht. Ronnie schluchzt vor sich hin und erwartet keinen Trost, erstens weil er gar nicht weiß, wie getröstet werden geht, und zweitens, weil es keinen Trost gibt. Trost ist wie eine Tasse kalter Kaffee im Winter, denkt Irma, und sieht Sandro zu, wie er aufsteht, in die Teeküche geht und Wasser in den Boiler laufen lässt.

2018
Idee
Den ganzen Nachmittag sitzt Margit schon an diesem Tisch, fast ohne irgendetwas gesprochen zu haben, außer zu Beginn, hallo, ich bin Margit, und dann nochmal, ich habe eine Tochter, die arbeitet bei der Zeitung, um zur Unterhaltung beizutragen. Es ist ein Tisch, an dem nur Singles sitzen, es gibt einen Tisch mit fünf Singlefrauen und einen Tisch mit einem einzigen Singlemann, einer einzigen Singlefrau und einem Pärchen, das sich gerade streitet, und Margit ist froh, dass sie bei den Singlefrauen sitzt, sie will nicht beim Streiten zuhören und sie will auch nicht verkuppelt werden. Sie hört lieber entspannt den Gesprächen der anderen Singlefrauen zu, die sich untereinander gut zu kennen scheinen und anfangs noch versuchen, sie einzubeziehen, aber Margit findet keinen Zugang zu ihnen, vielleicht finden die anderen Frauen auch keinen Zugang zu ihr; zunehmend wirken sie irritiert, weil Margit an ihren intimen Themen teilhat, jedoch nicht teilnimmt. Margit hat zwar keinen Zugang zu den Tisch-Themen, aber durchaus zu den unausgesprochenen Gefühlen ihr gegenüber, und als es Abend ist, fühlt sie sich wie ein Fremdkörper, ohne Berechtigung und ohne Distanz und völlig gelähmt. Ein paar Mal geht sie zur Toilette oder ans Büffet, um einfach irgendetwas anderes zu tun, sie lässt ihre Blicke durch den Raum schweifen, auf der Suche nach einem besseren Platz, doch es gibt keinen besseren Platz. Es gibt nur fröhliche Gesichter, ins

Gespräch zu zweit, zu dritt, in Gruppen vertieft, es gibt Lachen und Rufen, es gibt vitale Körper, die sich im Takt der Musik wiegen, Popmusik aus den letzten vierzig Jahren, Madonna, David Bowie, Kylie Minogue, sogar AC/DC und Kiss und dann wieder Leonard Cohen und Jethro Tull. Sie könnte tanzen, aber sie kann nicht tanzen, sie hasst tanzen. Vielleicht hasst sie alles und vielleicht hat sie schon immer alles gehasst. Jedes Mal kehrt sie zurück an den Tisch mit den drei Frauen, die ihr zunächst noch höfliche Blicke zuwerfen, sie schließlich aber vollkommen ignorieren. Um 21 Uhr geht sie nach Hause, sie steht einfach auf, als habe ein Wecker geklingelt, dem sie folgt, sie sagt nichts, sie sagt nicht Wiedersehen, auch nicht der Gastgeberin, die sich nicht um sie gekümmert hatte und die Jahre später sagen wird, aber du hast dich doch prächtig amüsiert mit meinen alten Schulfreundinnen. Als sei sie nur als Idee da gewesen.

1995

[Rückseite]

Fleisch klopfen, Rouladen auf Brett legen, mit Dijon einstreichen, Speckscheiben, Zwiebeln und Saure Gurken, Gurken in die Mitte, salzen, pfeffern, rollen. 1 Meter Band über Kreuz pro Roulade. Butterschmalz, Roulade mit Schnittfläche nach unten, rundherum anbraten, in Bräter legen, Wurzlgemüse drauf, 1,5 Stunden bei 160°

2000

Achtzehn

Teta Alma schreibt Lela jeden Geburtstag und jedes Weihnachten einen Brief mit ihrer Adresse in Rom und dass sie lernen soll und brav sein und wenn sie achtzehn sei, könne sie sie besuchen, und dann ist Lela volljährig und bucht sofort eine Reise nach Rom. Vesna ist ein bisschen traurig, aber auch ein bisschen froh, weil sich Herr Müller und Lela null verstehen und es ständig Spannungen gibt, sie gibt Lela Geld für die Reise und Herr Müller schenkt ihr sogar einen großen grauen Koffer mit Rollen und nimmt sie beim Abschied versöhnlich in den Arm, was Lela eigentlich ganz nett von ihm findet, trotz allem. Alma holt sie in Rom vom Flughafen ab. Es ist erst sieben Uhr morgens, aber es ist so warm, dass Lela ihre Jacke auszieht und sie sich über den Arm legt, wie die Dame, die im Flieger ein paar Sitze vor ihr gesessen hat. Nie wäre Lela selbst auf diese Idee gekommen, die Jacke fühlt sich gut an, wie sie über ihrem Arm hängt, schützend und kühl zugleich, und die Haltung, die Lelas Körper dadurch wie von selbst einnimmt, fühlt sich richtig an.

Ihr Koffer ist der zweite auf dem Rollband, Lela kann es nicht fassen, und dann steht Teta Alma am Gate und strahlt und breitet die Arme aus und es ist wie im Fernsehen, eigentlich sogar noch schöner, weil man ja nicht damit rechnet, dass es wie im Fernsehen sein wird. Lela trägt ihre Jacke über dem Arm und sagt nicht mehr Teta Alma, sie sagt nur noch Alma. Eigentlich will sie gleich da bleiben, in Rom, wo es viel schöner ist und die Leute viel schneller sprechen, nicht so lahmarschig wie die Deutschen, aber Alma findet, sie solle erstmal Abitur machen und studieren.

2019

Boiler

Das Wasser im Boiler kocht, Sandro steht auf und kommt mit einer Tasse Zitronentee wieder, es ist die Tasse des Sportredakteurs Thomas, der ein Fußballfan ist, weswegen ein roter Kreis mit der Aufschrift seines Lieblingsclubs auf der Tasse prangt, und dann steht auf der Tasse noch Thomas' Name. Sandro stellt die Tasse neben Ronnie auf den Boden und sagt leise, hör bitte auf zu flennen, und dann sieht er erst die ganze Katastrophe, dass Yalcin nämlich nicht blass ist oder leichenblass, sondern tatsächlich tot ist. Tot.

Das muss man sich mal vorstellen. Sandro hat noch nie einen Toten gesehen und es bringt ihn vollkommen durcheinander, es bringt auch seine Gefühle vollkommen durcheinander, denn er fühlt nichts von dem, von dem er dachte, dass er es fühlen würde, wenn er dem Tod eines Tages begegnen würde. Aber doch nicht so begegnen würde! Deshalb trifft ihn nicht nur der Tod, sondern auch der erste und vor allem der zweite Impuls vollkommen unvorbereitet. Und Sandros erster Impuls ist eine gewisse Ungläubigkeit und der zweite, nachdem der erste abgeklungen ist: Stolz. So in die Richtung: mein erster Toter. Sandro versucht das Gefühl des Stolzes zu verdrängen, aber es funktioniert nicht, denn er denkt den Rest der Nacht und auch später noch oft: Ich habe sofort gesehen, dass er tot ist, wieso habe ich das erkannt, ich habe dem Tod ins Auge geblickt, das kann mir keiner mehr nehmen.

2018

Polizisten

Margit meldet sich bei Dating Cafe an, ein Portal, von dem neulich eine der Frauen an ihrem Tisch erzählt hat, Siri hieß die. Die hat einen Polizisten gedatet, der schönste Polizist, den ich jemals gesehen habe, was für ein Arsch! Das fand Margit irgendwie überzeugend, auch wenn sie persönlich nicht auf Polizisten steht. Margit kann sich gut vorstellen, dass Siris Profilbild Männer anzieht, schwarze Haare sind einfach cool. Es sei denn, sie sind gefärbt. Gefärbte schwarze Haare gehen gar nicht. Bestimmt kann die sich vor Zuschriften gar nicht mehr retten. Margit stellt ein Foto von sich ein, auf dem sie aussieht, wie sie aussieht, wie jemand, der nicht in der Lage ist, sich zu verkleiden.

1988

Verzaubert

Da hast du aber jemanden verzaubert, sagt Solveig. Ist doch schön, so ein Verehrer, sagen die Kolleginnen. Was spricht dagegen, sagt Volker, der einfach nur hofft, dass Olga aufhören würde, in ihn verliebt zu sein und ihn an das Kind zu erinnern, das sie abgetrieben hat. Sein Kind. Es war zwar nicht so, dass er gerne ein Kind mit Olga gehabt hätte. Er wollte das Kind mit Olga auf keinen Fall. Es geht auf keinen Fall, hat Volker gesagt, der gerade Vater eines ehelichen Kindes geworden ist. Es ist eher etwas Grundsätzliches. Er möchte einfach grundsätzlich nicht, dass Kinder mit seinem Erbgut abgetrieben werden. Am liebsten wäre ihm gewesen, Olga hätte das Kind zur Adoption freigegeben. Er hätte das Kind lieber in Sicherheit als tot gewusst. Aber das konnte er natürlich nicht verlangen von Olga. Er hat es auch gar nicht versucht.

Wir leben ja nicht in einer Diktatur, sagt Volker, wenn Olga wieder mit dieser Geschichte mit dem Hagen anfängt. Sie muss ihn ja nicht reinlassen. Sie muss noch nicht einmal die Tür öffnen. Und wenn der Typ jeden Tag hundertmal bei ihr anruft, sie muss ja nicht ans Telefon gehen, sie hat die Freiheit, das Telefon leise zu stellen.

2002
Dante
Lela Müller ist einundzwanzig und Alma geht es jeden Tag schlechter, sie hat Lungenkrebs wie Dragica Grahovac, die daran vor zwei Jahren gestorben ist, und Lela bucht einen Flug nach Rom, obwohl sie einen Termin beim Arbeitsamt hat. Seit Alma sie nicht mehr unterstützen kann, hat Lela ihr Studium abgebrochen und arbeitet in einem Pflegeheim. Es gibt nur befristete Zeitverträge und Lela wechselt ständig zwischen Job, Arbeitsamt, Trainingsmaßnahmen, Neueinstellung und Jobcenter; ihr Arbeitsberater ist so alt wie Lela und versteht nicht, warum Lela ständig gekündigt wird. Wieso gekündigt, fragt Lela, der Vertrag war doch befristet, aber der Arbeitsberater findet, das sei im Prinzip dasselbe. Lela denkt, du kannst mich mal, und überlegt, ob sie nicht doch irgendwie weiter studieren soll, schon allein aus Rache an diesem unfähigen Arbeitsberater. Stattdessen fährt sie Hals über Kopf nach Rom und schläft auf der Gästecouch in Almas Wohnzimmer und jeden Abend liest sie ihr aus der *Göttlichen Komödie* von Dante vor, und zwar aus dem dreizehntem Gesang. An dem Tag, an dem der Anruf kommt, sind sie gerade an der Stelle mit der inneren Hölle, die vom Minotaurus höchstpersönlich bewacht wird. Alexander der Große, Dionysios von Syrakus, Attila der Hunnenkönig, alle kochen sie im Blut

der Mörder, und wollen sie flüchten, werden sie von Kentauren zurückgetrieben. Was sind Kentauren nochmal, fragt Lela. Das sind Mischwesen aus Menschen und Pferden. Nicht Stiere, fragt Lela, wegen Taurus, nein, Pferde, sagt Alma und streichelt über Lelas Handrücken, ihre Hand ist warm und feucht. Lies weiter. Doch in dem Moment klingelt das Telefon, und Vesna ist dran, die Polizei hat angerufen, sie denken, du hast deinen Sachbearbeiter umgebracht, und Lela denkt noch jahrelang an diesen Satz, an die Ungeheuerlichkeit dieses Satzes, du hast deinen Sachbearbeiter umgebracht. Am nächsten Tag meldet sie sich bei der römischen Polizei, die ganz cool und freundlich ein Protokoll für die Kollegen in Hannover aufnehmen und sich nicht weiter für den Fall und auch nicht für Lela interessieren. Lela bleibt so lange in Rom, bis sich herausstellt, dass Alma an Tuberkulose und nicht an Lungenkrebs leidet und schleunigst in Quarantäne muss. Lela fliegt zurück nach Deutschland und steckt mindestens vier Leute an. Alma liest die *Göttliche Komödie* alleine zu Ende. Sie schreibt noch monatelang E-Mails, in denen sie euphorisch von Dante und den Höllenfeuern berichtet.

2012

Veilchen

Walther kauft Blumen für Mary, Mary hat Geburtstag, sie mag keine Blumen, nur weiß Walther nicht, was er sonst für sie kaufen soll. Zum Geburtstag verschenkt man nun mal Blumen, Mary soll sich bloß nicht so anstellen.

Was darf es sein, fragt die Blumenhändlerin.

Blumen für ein Geburtstagskind.

Welche Sorte mag es denn besonders gern?, fragt die Verkäuferin, die Augen voller Begeisterung. Eigentlich mag sie gar keine Blumen, sagt Walther. Es ist ihm jetzt doch etwas unangenehm, auch der Blumenhändlerin gegenüber. Er versucht sich nichts anmerken zu lassen und schiebt die Unterlippe zwei Millimeter weiter nach vorne. Das macht er zwar unbewusst, aber die Blumenhändlerin kennt das schon. Sie kann damit sehr gut umgehen.

Nehmen Sie doch Veilchen, sagt sie. Die meisten Menschen mögen die.

Gut, sagt Walther. Letztes Jahr hat er Mary gar nichts geschenkt, da sind Veilchen doch besser.

2019

Melancholie

Als Ronnie wieder von der Toilette kommt, trifft ihn die Erkenntnis, dass Yalcin gestorben ist, wie ein dumpfer seitlicher Schlag auf den Kopf, vielleicht ist Yalcin sogar in dem Moment gestorben, in dem Ronnie seine Pizza gegessen hat, mit dieser Glückseligkeit, von der er nicht mehr gewusst hat, dass sie existiert. Nur dass Yalcins zeitgleiches Sterben diese Glückseligkeit vollkommen entwertet. Die Erinnerung lässt es nicht zu, dass man selbst glücklich ist, während ein anderer stirbt, zumindest nicht, wenn es im selben Raum geschieht. Deshalb ist Ronnie auch ein bisschen sauer, erstens, dass die Erinnerung verdorben ist, zweitens, dass Yalcin nichts gesagt hat, dass er sich nicht retten hatte lassen wollen. Ronnie hätte ihn gerne gerettet, er weiß gar nicht, warum, er weiß gar nicht, ob ihm an Yalcin so viel gelegen hat; seit er ihn kennt, ist er eher genervt von ihm, von seiner unglaublichen Passivität und Melancholie, in die er sich vollkommen schamlos hineinfallen lassen hat, von der er sich vollkommen vereinnahmen ließ und die ihn, und da war Ronnie sich sehr sicher, letztlich getötet hat. Eigentlich hat er den leblosen Körper schon gesehen, bevor er zur Toilette gelaufen ist, aber da war er zu sehr mit seinem eigenen Körper und seiner eigenen Übelkeit beschäftigt gewesen, am ganzen Körper war ihm schlecht geworden, vom Bauch aus in die Gedärme, in die Genitalien, in die Beine, in die Füße und in die Brust, die Schultern, selbst in den Armen, den Händen, im Hals, im Gesicht war ihm schlecht und in den wenigen Haaren, die er noch hat. Was er mit Yalcins totem Körper nun tun soll, weiß er nicht, er hat das Gefühl, ihn anfassen zu wollen, aber die Scham hält ihn zurück. Die Scham hält ihn auch davon ab, den Ort zu verlassen, er fühlt sich verantwortlich, Yalcin wenigstens im Tod noch beizustehen. Gleichzeitig spürt er, dass diese Trauer auch eine Falle ist, sie macht ihn vollkommen bewegungsunfähig, als sei das Einzige, das Yalcin ihm hinterlassen habe, seine Passivität und Melancholie, was sollte er ihm auch sonst hinterlassen, er hatte sonst nichts. Ronnie tastet mit den Augen die Leiche ab, die zerfledderten Schuhe, die zerrissene, vor Dreck starre Hose, den verschlissenen Pullover, dessen Farbe undefinierbar geworden ist, irgendetwas zwischen rot, braun und grün, die Jacke mit den Löchern, als ob ein Vogel einzelne Flicken herausgepickt hätte, um sich ein Nest zu bauen, die dreckigen Haare, die dreckigen Hände, das dreckige Gesicht, dessen Haut von Minute zu Minute fahler wird.

2016
Kuscheln
Richards Frau ist schon wieder schwanger. Richard findet ihren Bauch hässlich, aber der Gedanke, dass er das Kind in diesen hässlichen Bauch gemacht hat, ist ein schönes Gefühl. Es ist sein eigenes Fleisch und Blut. Seine Frau war einmal viel schöner als er, das gibt er neidlos zu. Ich liebe deinen Bauch, sagt er, wenn sie sich nachts an ihn kuschelt. Er schläft nicht mehr mit ihr in diesem Zustand, sie darf ihm aber einen runterholen. Es ist dunkel im Schlafzimmer, die Kinder schlafen, er denkt an nichts. Er seufzt kurz auf, dann schläft er ein. Morgen ist auch wieder ein Tag.

2019
Zitronenteegranulat
Ronnie sieht die Kids an ihren seltsamen Schreibtischen sitzen, wie Kinder, die Erwachsensein spielen, sie tippen und telefonieren und streiten leise miteinander und er wundert sich wieder, dass er hier sein darf, ja, er hat sogar das Gefühl, die wollen, dass er hier ist. Und obwohl Ronnie die ganze Zeit schon weiß, dass etwas nicht stimmt, hat er nicht die Kraft, das Gebäude zu ver-

lassen, weg von der Heizung, weg von den leeren Pizzakartons. Weg von der Stille, die von Yalcins Körper ausgeht. Er will nicht mehr hinaus, dorthin, woher er gekommen ist, wo etwas lauert, von dem er nicht genau weiß, was es ist, nur wie es sich zeigt. Er meint nicht das Ordnungsamt oder die Bullen, er meint das, wovor er geflüchtet ist, was er nicht benennen kann, was niemand benennen kann. Möglicherweise wird ihm das alles zum ersten Mal klar, als er zu weinen beginnt. Und als Sandro ihm die Tasse mit dem heißen Zitronentee hinstellt, weint Ronnie noch mehr. Und Irma schüttelt den Kopf, als sie den Zitronenduft riecht, das Zitronenteegranulat, das im Schrank der Teeküche steht, ist seit 2013 abgelaufen, nur ist niemand in diesem Haus in der Lage, es einfach mal wegzuwerfen. Es gehörte wahrscheinlich jemandem, der, denkt Irma, vor 2013 entlassen worden ist.

2018

Basilikum

Kaum hat Margit ihr Profil online gestellt, ploppt schon das Nachrichtenfenster auf – es hat ihr einer geschrieben. Margit läuft vor Aufregung in die Küche und schenkt sich ein Glas Wasser aus der Karaffe ein, das Wasser schmeckt nach Pfefferminz, eigentlich hasst Margit Pfefferminzgeschmack, aber seit sie im Supermarkt aus Versehen Minze statt Basilikum gekauft hat, die nun auf ihrem Fensterbrett wächst und gedeiht und sich auf schönen Linien der Sonne entgegenstreckt, haben sich ihre Gefühle ins Gegenteil gewandelt. Nichts beruhigt sie mehr, als vom eigenen Pfefferminzstrauch ein paar Blätter abzuschneiden, sie in die Glaskaraffe zu werfen und schon nach einer halben Stunde den erfrischenden Minzgeschmack zu genießen. Herrlich! Mit dem Glas Minzwasser in der Hand läuft Margit zu ihrem Rechner zurück und öffnet die Nachricht. Ein Lars schreibt ihr. Er sieht gut aus, soweit Margit das auf dem Foto erkennen kann. Hallo, schreibt Lars. Ich bin Lars, was machst du gerade? Ich trinke ein Glas Wasser mit Pfefferminze, schreibt Margit zurück und Lars antwortet: Ich liebe Minze. Von meinem Balkon, schreibt

Margit. Ich habe auch einen Balkon, schreibt Lars und sie beschreiben sich in leidenschaftlicher Ausführlichkeit gegenseitig die Balkone.

2016

Wellen

Zum Nachtisch gibt es Zabaione, aber nicht jeder mag Zabaione, deshalb hat Leni, die Tochter des Hauses, Teilchen aus der Bäckerei besorgt. Sie kann heute Abend nicht dabei sein, leider, sagt Gudrun Sollinger, und sie sagt es so beiläufig, dass Frederic, der auf diese Dinge achtet, weil man immer mehr erfährt, wenn man auf solche Dinge achtet, sofort denkt: aha aha. Gudrun Sollinger sagt nicht, warum Leni nicht dabei sein kann, denn dann hätte sie ja auch erklären müssen, warum sie überhaupt dabei sein sollte, Frederic hat keine Ahnung. Mögen Sie lieber Teilchen oder Zabaione, fragt Andreas Sollinger, der aufgestanden ist und das benutzte Geschirr auf ein Tablett stellt, und Frederic überlegt, was für seine Zähne wohl besser ist, denn er möchte auf keinen Fall never von Andreas Sollinger in der Zahnklinik behandelt werden, warum weiß er auch nicht, der Mann ist nicht unsympathisch, vielleicht deshalb. Vielleicht möchte man lieber von unsympathischen Zahnärzten behandelt werden. Was sind es denn für Teilchen, fragt Frederic, und Gudrun Sollinger sagt, es sind Donauwellen. Und Andreas Sollinger lacht, während er das Tablett anhebt, und weil er lachen muss, stellt er das Tablett wieder auf den Tisch und schaut zuerst seine Frau und dann Frederic an: Teilchen sind Teilchen, und Wellen sind Wellen. Frederic lächelt ein unbestimmtes Lächeln, er will es sich weder mit Gudrun noch mit Andreas Sollinger verscherzen. Manchmal können Teilchen auch Wellen sein, sagt Gudrun und lächelt synchron zu Frederics unbestimmtem Lächeln ebenfalls ein unbestimmtes Lächeln, das in krassem Gegensatz zu Andreas Sollingers sehr bestimmtem Lächeln steht.

2019

Lasslinger Umschau von Unbekannten angegriffen

Am Samstagmittag haben mehrere bewaffnete Männer das Verlagsgebäude der Lasslinger Umschau gestürmt und eine Mitarbeiterin (24) und einen Mitarbeiter (23) in ihre Gewalt gebracht. Was die Täter wollen, ist unklar. Die Polizei schließt einen terroristischen Hintergrund nicht aus. Die Polizei hat die Anwohner aufgefordert, in ihren Häusern zu bleiben. Wie sich die Lage entwickelt, berichten wir in unserem Liveticker.

12:55 Ein Notruf geht bei der Polizei ein, eine Mitarbeiterin der Lasslinger Umschau erklärt, im Gebäude befänden sich mehrere Personen, die sich soeben Zutritt zu den Redaktionsräumen verschaffen würden. Der Hausmeister sei niedergeschlagen worden.

13:23 Die Hilbertstraße ist von beiden Seiten gesperrt. Die Polizei umstellt zur Stunde das Gebäude. Die Bevölkerung wird gebeten, in den Häusern zu bleiben bzw. das Gebiet weiträumig zu umfahren.

14:05 Polizeisprecher: Bitte verzichten Sie umgehend darauf, die Geschehnisse im und vor dem Verlagshaus zu filmen, sie geben damit den Tätern Hinweise und gefährden unseren Einsatzplan.

14:19 Der Hausmeister konnte aus dem Gebäude fliehen, er wurde schwer verletzt in ein Krankenhaus verbracht. Laut Polizei ist er noch nicht vernehmungsfähig.

14:29 Polizeisprecher: Das Filmen und Liveschalten einer Straftat ist strafbar und und kann das Leben der Geiseln sowie der Beamten gefährden. Wir ermitteln gegen jeden, der unsere Arbeit behindert.

14:51 Das Verlagsgebäude ist umstellt. Die Hilbertstraße ist bis auf Weiteres zwischen Franz-Josef-Strauß-Straße und Gartenweg gesperrt. Der Bus der Linie 17 fährt die Haltestellen Lilienthaler Straße und Gartenplatz nicht an, sondern wird wie der restliche Autoverkehr über die Hansemann-Allee umgeleitet.

15:12 Die Polizei versucht, Kontakt zu den Geiselnehmern über das Redaktionstelefon herzustellen.

15:26 Der Chefredakteur der Lasslinger Umschau Mr. Wilko Mchay konnte für eine Stellungnahme bisher nicht erreicht werden.

15:28 Eine Stellungnahme von Mr. Wilko Mchay zu den Geschehnissen wird in Kürze erwartet.

15:55 Kein Lebenszeichen dringt aus dem Verlagsgebäude. Die Rollos zur Straße hin sind blickdicht heruntergelassen. Einsatzkräfte des LKA beobachten das Haus. Vier Rettungswagen und zwei Notärzte stehen bereit. In fast allen Wohnungen mit Blick auf die Hilbertstraße 34 sind die Fenster geöffnet, die Menschen schauen auf die Straße. Ihre Gesichter spiegeln eine dunkle Vorahnung wider. Der Himmel über Lasslingen ist heute bewölkt, laut Wetterbericht soll es aber nicht regnen. Es ist mild bei 13 Grad Celsius.

16:17 Chefreporter Gabor Thiele hat Menschen interviewt, die den Anschlag auf das Oktoberfest überlebt haben. Damals war ein Einzeltäter für die grausame Tat verantwortlich. Insgesamt 211 Menschen wurden zum Teil schwer verletzt, viele leiden bis heute unter den Folgen, verloren Gliedmaßen oder sind bis heute traumatisiert.

Dieser Artikel könnte Sie auch interessieren:
Bewölkt, aber mild und trocken: Wetterbericht für den 21. März 2019
Oktoberfest-Anschlag vor 40 Jahren: Der Mann mit der Plastiktüte

17:00 Kommentar von Chefredakteur Mr. Wilko Mchay
Liebe Leserin, lieber Leser,
heute ist unsere größte Angst Wirklichkeit geworden, eine Angst, die wir schon lange hegen: die Angst, dass unsere Zeitung Opfer eines Angriffs, womöglich eines terroristischen Angriffs werden könnte. Mit Entsetzen habe ich heute von der Polizei erfahren müssen, dass nicht nur die Zeitung und der Verlag, sondern auch Mitarbeiter unserer Zeitung Ziel einer solchen Attacke geworden sind. Eine junge Frau und ein junger Mann sind stellvertretend für uns alle – die Kolleginnen und Kollegen, die Geschäftsführung, das Konsortium – als Geiseln genommen worden. Und wir, die Chefredaktion und die Geschäftsführung, werden alles tun, was in unserer Macht steht, dass sie unverletzt an Körper und Seele aus diesem Albtraum befreit werden.

Eine der Forderungen der Täter lautet: Liveberichterstattung über alles, was heute Nacht geschieht. Kein Abschalten der Server. Eine authentische Stellungnahme der Chefredaktion. Alles soll weiterlaufen, als würden wir über ein externes Geschehen berichten. Wir wissen nicht, was die Täter damit erreichen wollen, wir wissen nur, dass wir das Leben unserer Mitarbeiter nicht aufs Spiel setzen wollen. Deshalb werden wir alle Forderungen erfüllen. Dies ist nicht nur ein Angriff auf unsere Zeitung, es ist auch ein Angriff auf Sie, die Bürgerinnen und Bürger von Lasslingen. Ich appelliere an die Geiselnehmer: Bitte lassen Sie die Geiseln frei. Ich biete mich hiermit selbst zum Austausch an.
Zutiefst erschüttert

Ihr Wilko Justin Mchay

17:32 Die Täter haben offenbar Kontakt zur Polizei aufgenommen. Dies ist aus Polizeikreisen bekannt geworden. Angeblich fordern die Täter Pizza und Getränke.

17:36 Die beiden Geiseln sind wohlauf. Es handelt sich um die 24-jährige Irma Novak und den 23-jährigen Sandro Hartmann, beide deutscher Staatsangehörigkeit. Irma Novak studiert noch und ist freie Mitarbeiterin der Umschau, Sandro Hartmann hat sein Studium der Germanistik und Politikwissenschaften abgeschlossen und arbeitet als Aushilfskraft bei dieser Zeitung. Die Eltern der beiden sind benachrichtigt, haben sich bisher aber nicht geäußert.

17:59 Es soll in Kürze zu einer Übergabe von Lebensmitteln kommen. Die Polizei befindet sich in höchster Alarmbereitschaft.

Dieser Artikel könnte Sie auch interessieren:
GSG9-Experte: Warum es bei einer Geiselnahme auf exaktes Timing ankommt
Angstlähmung: Wie wir unsere Blockaden in den Griff bekommen

18:21 Die Polizei hält weitere Informationen über die Geiselnahme unter Verschluss, um das Leben der Geiseln nicht zu gefährden.

18:47 Die Polizei appelliert an Schaulustige, hinter den Absperrbändern zu bleiben. Bitte bleiben Sie zuhause und gefährden Sie nicht das Leben der Geiseln, so Polizeisprecher Jaroslav Glasmann.

19:02 Leserkommentar von Siebenrot
Die haben da doch eh nur Praktianten sitzen. Richtige Redaktere können die sich doch gar nicht mehr leisten.

19:09 Leserkommentar von Padre Padre
Ich glaube fast, es sind die Herren Redakteure höchstpersönlich, die sich so einen Schmarrn ausdenken. Ein Praktikant würde sich so etwas nicht trauen.

19:14 Leserkommentar von Siebenrot
Oder die kein Deutsch beherschen.

19:15 Leserkommentar von Padre Padre
@Siebenrot, ich habe noch keine Rechtschreibfehler gefunden. Sie?

19:14 Leserkommentar von Siebenrot
.

19:51 Die Geiselnehmer in der Hilbertstraße haben leere Pizzaschachteln und eine leere Bierflasche aus dem Fenster geworfen.

Empfohlener externer Inhalt
An dieser Stelle finden Sie einen externen Inhalt von Twitter, der den Artikel ergänzt und von der Redaktion empfohlen wird. Sie können ihn sich mit einem Klick anzeigen lassen und wieder ausblenden.

Es wurde niemand verletzt. Auf den Innenseiten eines der Kartons hat die Polizei mit einem blauen Edding geschriebene Notizen gefunden – ob diese mit den Ereignissen in der Lasslinger Umschau zu tun haben, ist unklar.

20:23 Die Notizen auf der Pizzaschachtel werden derzeit von Spezialisten der Polizei untersucht.

Dieser Artikel könnte Sie auch interessieren:
Graphologie: Was unsere Handschrift über uns aussagt

22:04 EIL Mann stirbt, Geiselnehmer geben auf
Die Geiselnahme in den Redaktionsräumen der Lasslinger Umschau ist von der Polizei gegen 21:45 Uhr beendet worden. Einer der Geiselnehmer ist tot, sein Komplize wurde in eine Psychiatrische Klinik verbracht. Die beiden Geiseln sind unverletzt, werden aber von Seelsorgern der Johanniter betreut. Woran der Geiselnehmer gestorben ist, ist unklar.

22:49 Wie die Polizei mitteilt, sind die beiden Mitarbeiter der Umschau frei. Sie sind unverletzt, werden zur Stunde aber von Seelsorgern versorgt. Sie wurden notärztlich untersucht. Den Liveticker betreut Umschau-Redakteurin Susana Kranz.

23:16 Das LKA hat den Fall übernommen, Tathergang und Motiv der Täter würden zur Stunde untersucht, sagt die leitende Staatsanwältin Marlene Herlemann. Chefredakteur Wilko Mchay äußerte sich erleichtert über den glimpflichen Ausgang der Geiselnahme. Wie es zur Befreiung kam, geben die Behörden derzeit aus ermittlungstechnischen Gründen nicht bekannt.

23:22 Ein terroristischer Hintergrund kann weiterhin nicht ausgeschlossen werden. Wie jetzt bekannt wurde, kannte das LKA die Identität eines der beiden Täter bereits vor dem Ende der Geiselnahme. Der 54-jährige Ronnie S., der aus Ostdeutschland stammt, ist den Behörden bisher allerdings nur wegen kleinerer Delikte (Einbruch, Drogen, sexuelle Nötigung) aufgefallen.

23:34 Über den zweiten Geiselnehmer Yalcin Ü., der bei der Tat starb, ist bisher nur bekannt, dass er in Gars am Inn aufwuchs. Seine Eltern haben seit Jahren keinen Kontakt mehr zu ihrem Sohn. Yalcin Ü. war 29 Jahre alt. Im Obdachlosenmilieu von Lasslingen war er offenbar unter dem Spitznamen „Jackie“ bekannt. Polizeilich ist er bisher noch nicht in Erscheinung getreten. Woran Yalcin Ü. gestorben ist, wird derzeit ermittelt.

23:44 Leserkommentar von Loreley
guten Abend, noch wer wach?

23:54 Leserkommentar von Siebenrot
Schöne Frau, ereinsparziert, guten Abend!

23:56 Leserkommentar von Loreley
:-)

23:58 Leserkommentar von Siebenrot
so spät noch auf – und so gnz allein unterwegs ;-)

23:59 Leserkommentar von Loreley
Jetzt ja nicht mehr. Und selbst?

00:00 Leserkommentar von Siebenrot
Seit Stunden warte ich auf angeneme Gesellschaft!! :-) Meine Gebete sind erhöhrt worden !!

00:04 Leserkommentar von Siebenrot
Fräulin Lorelei?

00:07 Leserkommentar von Siebenrot
Sind sie noch da?

00:15 EIL Zweiter Geiselnehmer Ronnie S. auf dem Weg in die Psychiatrie gestorben

00:25 EIL Geiselnahme beendet Wir mussten tun, was sie verlangten
Umschau-Mitarbeiterin Irma Novak hat sich noch in der Nacht zur Geiselnahme geäußert. Sie berichtet, wie die beiden Männer gegen Mittag in der Redaktion aufgetaucht seien und sie bedroht hätten. Sie seien mit Messern und einer Spritze bewaffnet gewesen und hätten sie und ihren Kollegen Sandro Hartmann bedroht. „Wir wussten nicht, was sie wollten, taten aber alles, was sie von uns verlangten." Die Geiselnehmer hätten darauf bestanden, dass sie und ihr Kollege Sandro Hartmann „ihren Job tun".

Irma Novak sagte aus, die beiden Täter hätten ausgesehen wie Zombies, vor allem der jüngere. In Ermangelung weiterer Meldungen hätten sie und ihr Kollege sich darauf verständigt, den Ticker zu beginnen, den sie mit Polizeimeldungen fütterten. „Das war eine ganz spontane, verzweifelte Idee." Polizeisprecher Jaroslav Glasmann lobte die Geistesgegenwart der jungen Journalisten. Die Polizei konnte über die Meldungen und den Ticker mit den Geiseln und indirekt auch mit den Geiselnehmern kommunizieren. Kontakt sei das Wichtigste bei einer Geiselnahme, egal wie, sagte Glasmann weiter.

Sandro Hartmann ist indes noch nicht vernehmungsfähig. Der 23-Jährige klagt über Magenkrämpfe und Durchfall. Ob die Beschwerden mit dem Überfall zu tun haben, ist unklar, Hartmann wird momentan von Ärzten untersucht.

2019
Wärme
Gehts wieder, sagt Valentina und legt Irma die Hand auf die Schulter, wir müssen das nicht machen, wenn du nicht möchtest. Wichtig ist allein, dass es dir gut geht, sagt Valentina. Und auch Susana nickt Irma zu, es soll ein warmes Nicken sein, aber das ist allen dreien, also auch Susana, klar, dass man nicht absichtlich warm nicken kann. Die Wärme entsteht dadurch, dass man es möchte. Susana ist sich nicht sicher, ob sie das möchte, bewundert aber Valentina für ihre Feinfühligkeit, bewundern trifft es nicht genau, lieben trifft es besser. Da ist nichts Berechnendes an ihr, das ist, denkt Susana, der Grund, warum wir sie alle so lie… verehren, wahrscheinlich verehrt sogar Mr. Mchay sie, dieses vollkommene Fehlen von Falschheit. Und dabei kein Schaf sein.

2017
Kraft
Die Sollingers haben ihm das Geld tatsächlich gegeben, sie haben ihn gefragt, wohin sie es überweisen sollen, und Frederic wusste gar nicht, was er sagen sollte, soll er auf mein Konto, wohin sonst sagen? Am Ende haben sie die 225 000 Euro an die KfW-Bank überwiesen als Aufstockung des Eigenanteils um 45 Prozent auf den Kredit von einer halben Million Euro, und seitdem ist alles sehr schnell gegangen, die Webseite ist fertig und Frederic hat die ersten Satellitendaten gekauft und die Sollingers haben ihm sogar einen Kunden vermittelt, einen von EU-Mitteln geförderten

Verein für Landwirtschaftliche Entwicklungshilfe in Afrika, wo denn in Afrika, hat Frederic gefragt und Frau Sollinger hat am anderen Ende der Telefonleitung verblüfft geschwiegen, als wüsste er nicht, was Afrika ist. Das wird sich herumsprechen wie ein Lauffeuer, hat sie stattdessen geantwortet, und im Hintergrund hat Frederic Andreas gehört, der Buschfeuer gesagt hat, es ist so fantastisch, Frederic, wir glauben an dich, hat Gudrun gesagt, und Andreas hat nichts mehr gesagt, aber vielleicht war er auch nicht mehr im Hintergrund, sondern im Garten.

Der Verein in Kamerun ist zu diesem Zeitpunkt bereits operativ tätig, die EU-Gelder sind schon bewilligt, er braucht nur noch einen Vertrag aufsetzen und dabei hilft ihm die Anwältin der Sollingers, eine Freundin von Gudrun.

Frederic schreibt seinem Vater vom Kredit der Sollingers, er schreibt natürlich nicht Sollingers, sondern Business Angels, und der Vater will wissen, was das für Leute sind. Er ist Musiker und kein Betriebswirt, im Grunde verachtet er die Betriebswirtschaft oder vielleicht auch nur Frederic, und Frederic verachtet den Vater und seine Musik mit aller Kraft zurück. Das gibt ihm Kraft, und dem Vater gibt es auch Kraft.

1988

Weltatlas

Olga hat entdeckt, dass man das Telefonkabel einfach ausstecken kann und immer wenn sie telefonieren will, kann sie es wieder einstecken, und mit der Zeit will sie immer weniger telefonieren. Sie kann auch Hagens Briefe, die er unter ihrer Tür durchschiebt, einfach in den Müll werfen, niemand zwingt sie, sie zu lesen. Aber Olga weiß, dass sich da draußen etwas zusammenbraut. Sie hätte vielleicht die Polizei einfach nicht anrufen sollen. Sie hätte dem netten Beamten nicht sagen sollen, rufen Sie bitte bei einem gewissen Hagen Bert an und sagen ihm, er soll aufhören, mich zu belästigen. Er soll einfach nur damit aufhören. Ich will ihn nicht anzeigen, ich will ihm nicht schaden. Nur, ich kann einfach nicht mehr. Das verstehe ich, hat der Beamte gesagt, der sehr nett war. Er hatte einen väterlichen Ton. Finde ich nett von Ihnen, sagte er, dass Sie ihm nicht schaden wollen. Verlieben kann sich ja jeder mal. Kaum hat Olga den Hörer aufgelegt, ruft Herr Bert wieder an. Hagen, sagt Olga, tu mir einen Gefallen. Jeden, sagt Hagen. Ruf doch mal bitte die nächsten zehn Minuten nicht an. Und dann, sagt Hagen. Lass dich überraschen, sagt Olga. Ok, sagt Hagen. Weil du es bist. Danach ruft Hagen nicht mehr an. Seitdem campiert er auf der Treppe. Sie muss sich seinen Blicken aussetzen, wenn sie einkaufen will oder aufs Klo muss oder zur Arbeit ins Theater geht. Sie muss ihn wahrnehmen, dann lächelt Hagen Bert, nicht dass er triumphierend lächelt, so ist Hagen nicht. Er lächelt gequält. Als würde Olga ihn absichtlich mit ihrer Person konfrontieren, um ihn fertig zumachen. Vielleicht stimmt das ja. Vielleicht will Olga ihn ja auch fertig machen. Olga spürt jetzt immer häufiger die Härte des Blumenmädchens in sich. Vielleicht war es falsch, unbedingt Kot Bun spielen zu wollen und sich voll und ganz der Sache hinzugeben. Vielleicht ist sie dadurch innerlich verhärtet und hat damit Typen wie Hagen Bert angezogen, die sich bemüßigt fühlen, sie zu retten. Was ist los mit dir, fragt Solveig bei den Proben. Du bist gar nicht richtig bei der Sache. Hagen lauert mir auf, sagt Olga. Sie sagt es leise, aber Solveig sagt ziemlich laut, ach die Geschichte, verschon mich bitte. Und Olga verschont Solveig, sie verschont auch Volker. Und bald wird Olga auch Hagen verschonen. Am nächsten Tag sucht sie in ihrem alten Dierckes Weltaltas nach kleinen und mittleren Städte in Deutschland, die mindestens 500 Kilometer entfernt liegen.

2018

Karlo

Zwei weitere Männer schreiben Margit auf Dating Cafe an, der eine will ficken, der andere heißt Karlo. Margit ist in einem Alter, in dem sie sofort an die Panzerknacker denken muss, wenn sie den Namen Karlo hört. Zum Glück macht Karlo keinen blöden Witz über seine vermeintlichen Fähigkeiten als Gangsterboss. Sie schreiben sich und Margit hat das Gefühl, dass sie sich schon lange kennen.

2016

Ostasiatische Großdrachen

Siri hat Klage gegen die Reisegesellschaft eingereicht. Von einem Eichenprozessionsspinner war keine Rede gewesen, weder im Reiseprospekt noch auf der Webseite. Vera hat ihr letzten Winter geraten, die Sache vor Gericht zu bringen. Ich vertrete dich, sagt Vera. Umsonst natürlich, ist schließlich Familie. Siri fühlt sich das erste Mal in ihrem Leben beschützt, und das ist ein schönes Gefühl. Vera ist fünf Jahre älter und Anwältin, sie ist befreundet mit vielen wichtigen Leuten, Geld spielt bei ihr keine Rolle. Keine Rolle mehr. Sie übernimmt nur noch Fälle, die sie interessieren, oder die ihr Pflichtgefühl wecken. Siri hat immer zu ihr aufgeschaut, die ganze Familie hat zu Vera aufgeschaut. Vielleicht sogar im Bewusstsein, eines Tages von ihr beschützt zu werden. Siri kann es kaum erwarten, Vera in ihrer Robe zu sehen und meine Cousine zu denken.

Am Tag der Verhandlung ist Vera aber kurzfristig wegen einer anderen Gerichtssache verhindert. Die Verhandlung ist eine Banalität, sagt Vera am Telefon, da brauche ich eigentlich nicht dabei zu sein. Du schaffst das auch allein. Ja, sagt Siri, bricht aber gleich zu Beginn der Verhandlung in Tränen aus, als der Richter sie fragt, warum sie sich nicht vorab über den Eichenprozessionsspinner informiert habe. Der Gerichtssaal ist quadratisch und sehr hell, die Tische sind weiß und die Fensterbänke staubig. Siris Tränen sind allen peinlich, dem Richter, der Staatsanwältin, dem Vertreter des Reisebüros; und am peinlichsten sind sie Siri selbst. Es ist der schlimmste Tag meines Lebens und das werde ich dir nie verzeihen, dass du mich hängen lässt, schreibt sie auf Whatsapp an Vera, und Vera antwortet nicht. Noch während der Verhandlung sieht Siri, dass Vera ihre Nachricht gelesen hat. Es schüttelt sie vor Kummer. Der Sachverständige reicht ihr eine Packung Tempotaschentücher, lieber hätte er in ihrem

Sinne ausgesagt, aber jetzt ist es zu spät. Der Richter entscheidet: Eichenprozessionsspinner sind eine höhere Macht. Vergleichbar mit Mücken in Finnland (Urteil vom 17. August 2013, AZ: 133 C 31/13) und Ostasiatischen Großdrachen in Japan (Urteil vom 16. Mai 2015, AZ: 61 C 12/15).

2021

4,92 Quadratmeter

Silvana hat einen 2,63 Meter mal 1,87 Meter großen Lorentz-Attraktor gehäkelt, der im Zentrum der Ausstellung steht, die anderen Exponate sind nach einer zufälligen und gleichzeitig genau kalkulierten Anordnung im Raum aufgestellt und werden stündlich verändert. Wer genau hinsieht, kann auf dem 4,92 Quadratmeter großen Lorentz-Attraktor Buchstaben erkennen, und diese Buchstaben ergeben einen Sinn, zumindest einen semantischen, wenn auch kaum jemand ahnt, was dieser Sinn bedeutet.

Wie befreit man sich von der Schwerkraft? Anderen Böses tun! Die Schwerkraft ist das Gegenteil von Licht. Wie können wir uns von der Schwerkraft befreien? Die Leere in sich berühren. Die Schwerkraft des Geistes lässt uns nach oben fallen. Im Ausstellungskatalog heißt es, Simone Weil sei im Alter von 34 Jahren an Magersucht und Tuberkulose gestorben. Medizinisch gesehen ist das Unsinn, man kann nicht an beidem sterben, eins von beidem muss die Todesursache sein, sagt Rudi, der Mann von Valentina, und Cornelia sagt nichts. Sie ist jetzt eine gefragte Kuratorin.

1989

Zwischen den Jahren

Die Ferien sind zu Ende, sie schreiben sich Briefe, doch dann bleiben die Weihnachtsgrüße und -küsse, die Maggie an Karlo geschickt hat, zwischen den Jahren hängen. Sie hängen dort noch immer.

2020

Freddy

Diese Leute haben Vorstellungen, es ist nicht zu fassen. Was glauben sie, womit Frederic sein Geld verdienen soll, unter anderem, um den Privatkredit der Sollingers abzubezahlen? Letzte Woche haben sie ihn noch gefeiert, weil er innerhalb von vier Jahren mehr als Dreiviertel der geliehenen Summe abbezahlt hat, sie haben ihn sogar zum Gründer des Jahres vorgeschlagen. Frederic wollte gar nicht, aber Andreas Sollinger ist unter anderem im Hauptausschuss der Industrie- und Handelskammer und beruft die Jurymitglieder des Gründerpreises. Letzte Gelegenheit, Freddy, sagte Andreas, der Frederic ungefragt Freddy nennt, und leider hat der Erfolg Freddy noch nicht gelehrt, wie man sich gegen solche Übergriffigkeiten zur Wehr setzt, er wird es aber noch lernen, in den nun folgenden Jahren. Gründer des Jahres kann man nur innerhalb der ersten fünf Jahren nach Gründung werden. Die Chance willst du dir doch nicht entgehen lassen, Freddy, sagt Andreas, und wie soll man als Vorzeige-Startup-Entrepreneur auf diese Frage mit Nein antworten. Am besten gar nicht, was Andreas Sollinger als Zustimmung wertet, die er übrigens gar nicht gebraucht hätte, weil heutzutage jeder jeden für alles vorschlagen kann, also schlägt Andreas Sollinger Freddy Bonta und die Perimeter GmbH den von ihm berufenen Jurymitgliedern vor und tatsächlich hat Freddy es auf die Shortlist geschafft. Die Preisverleihung findet am Donnerstag statt, an wen der Preis geht, ist noch geheim.

Du verkaufst die Daten an Hedgefonds, sagt Andreas, als er an einem windstillen Vormittag im Büro anruft, ohne Begrüßung, ohne joviales Freddy. Ohne Zorn in der Stimme. Es ist einfach nur eine sachliche Feststellung. Frederic schweigt, was soll er sagen? Er dreht seine Haare zu einer halben Spirale, aber irgendein sperriges Haar ziept in seinem Nacken. Nein wäre gelogen und Ja nur die halbe Wahrheit.

1990
Liebeskummer
Maggie schreibt zwei Briefe, den ersten zart, den zweiten zornig. Karlo antwortet nicht. Es ist der erste große Liebeskummer in Margits Leben, und es wird der große Liebeskummer in Margits Leben bleiben, er dauert ein halbes Jahr und sie erholt sich nie so ganz von ihm. Sie kann den Schmerz nicht vergessen, der sich in ihr festgebissen hat und der sich bei jedem Versuch, sich von ihm zu befreien, nur noch tiefer in ihr Herzfleisch eingräbt. Nie wieder wird sie den Zweifel an sich selbst vergessen, der unweigerlich die Frage nach dem Sinn des Lebens nach sich zieht, die Frage nach der Daseinsberechtigung.

Es muss ein Sinn des Lebens her, um dieser Frage etwas entgegenzusetzen. Es muss etwas Größeres als der Schmerz her, etwas, das größer ist als Margit und ihre Existenz.

2019
Breakfast at Tiffany's
Es ist ja, sagt Irma, nichts passiert, sie sagt es, als dürfe sie kein Wort zu viel sagen, und Valentina und Susana spüren, dass ihre Sachlichkeit absolut angemessen ist, denn Irma ist ja wirklich nichts passiert und gleichzeitig ist ihr das Schlimmste passiert, was man sich vorstellen kann, davor haben alle Angst, es ist eine latente Angst. Ein Albtraum, hat Valentina noch vor ein paar Minuten zu Susana gesagt, noch bevor sie mit Irma in Valentinas gemütlichem Büro zusammengekommen sind, um ein paar O-Töne von Irma zu bekommen für Online.

Du stehst unter Schock, sagt Susana, wahrscheinlich, ich glaube, sagt Irma, eigentlich nicht, es war halt eine seltsame Begegnung. Ziemlich seltsam, fügt sie hinzu und fragt sich, worin genau der Unterschied zwischen seltsam und ziemlich seltsam besteht. Seltsam ist immer ziemlich, denkt Irma, seltsam, und ärgert sich ziemlich über das Ziemlich, das ihr entwischt ist. Wie sahen die denn aus, fragt Valentina und ihre Stimme ist plötzlich einen Halbton tiefer, als habe sich eine schnurrende

Katze um ihren Hals gelegt, und Susana denkt, sie spricht wie Audrey Hepburn in *Breakfast at Tiffany's,* wie eine Audrey Hepburn des 21. Jahrhunderts. Wie Zombies, sagt Irma nach einem kurzen Moment des Nachdenkens und Susana lächelt unwillkürlich, Valentina verzieht den Mund zu einem Kichern, und auf einmal fühlt Irma sich besser als in den letzten Monaten, deutlich besser, sie hat sich, wenn sie ehrlich ist, schon während der Geiselnahme besser gefühlt, vielleicht ist, denkt sie, das ja tatsächlich der Schock.

2015

Treppenhaus

Schon früh am Morgen steht der Paketdienst vor der Tür, es ist noch nicht einmal richtig hell draußen. Leonie ist heute dreißig geworden. Drei Pakete, sagt der Bote, und schiebt seinen Fuß in die Tür. Leonie bleibt nichts anderes übrig, als die Tür ganz zu öffnen. Der Bote sieht aus wie die Hauptfigur eines Films, den sie vor ein paar Tagen gesehen hat. Der Film hieß *Helden* und handelte von einem Mann, der einsieht, dass er seine Träume begraben muss, wenn er noch irgendetwas von seinem Leben haben möchte. Es geht um eine Frau. Am Ende bekommt der Held die Frau, wenn auch eine andere als die, die er eigentlich wollte. So ist das Leben. Es kommt immer anders, als man denkt. Bitte unterschreiben, sagt der Held an Leonies Tür und hält ihr den Scanner hin für die elektronische Unterschrift und einen Stift, wo denn, fragt Leonie, denn der Scanner zeigt nichts an. Wahrscheinlich ist der Akku leer. Kaputt. Passt schon, sagt der Bote, dreht sich um und geht. Erst als er weg ist, sieht Leonie, dass die Pakete gar keine Geburtstagsgeschenke für sie enthalten, sondern an ihre Nachbarn adressiert sind. Das kleinste, es ist für Kader Azgün, macht Leonie gleich nach dem Frühstück auf. Beim Auspacken spürt sie, wie eine nie erlebte Spannung von ihr Besitz ergreift, die ihr ganz unbekannt vorkommt; sie ist sich sicher, dass sie dieses Gefühl noch nie hatte. Eine Erregung, die vielleicht der eigentlichen Besitzerin des Päckchen gehört. Leonie wird heute dreißig und kann sich kein schöneres Geschenk vorstellen als die fremde Erregung von Frau Azgün. Das Paket leistet Widerstand, Leonie holt eine Schere, schneidet die Klebstreifen an den Rändern und Seiten auf, dann zerrt sie an der Kartonage.

2020

Evakuierung

Seit Tagen regnet es, noch nie hat es seit den Aufzeichnungen einen Juni gegeben, in dem es so viel geregnet hat. Die Flüsse haben Hochwasser, im Fernsehen und im Internet werden Evakuierungen in Dauerschleife gezeigt. Wer betroffen ist, kommt im Fernsehen und auf Instagram, wer nicht betroffen ist, fährt mit einem Schlauchboot auf den überfluteten Straßen und macht Selfies oder postet Berichte über die Betroffenen, auf allen Kanälen laufen Bilder und Filme mit Betroffenen, die bis zum Bauch im Wasser stehen, die Betroffenen bestehen zu 90 Prozent aus Wasser und vorbeischwimmendem Besitz, aus durchnässten Schlafzimmern, zerstörten Wohnungen, verschwundenen Gärten und Garagen, aus Elektrogeräten, die kaputt sind, ohne vorher Stromschläge ausgelöst zu haben, und aus Elektrogeräten, die kaputt sind und, während sie kaputt gingen, noch schnell Stromschläge ausgelöst haben, als wollten sie bei ihrem letzten Gruß noch aufbegehren, nur weiß keiner, gegen was ausgerechnet Elektrogeräte aufbegehren wollen. Ein Kind kommt ins Krankenhaus mit schweren Verbrennungen. Unter den Bewohnern spielen sich Szenen ab, Frauen jeglichen Alters, ungeschminkt und unfrisiert, stehen in Küchen und weinen, Männer in Unterhemden stehen vor Fernsehern und Sofatischen, ebenfalls weinend, manche schimpfen auf die Regierung, die zu wenig oder zu spät oder gar keine Hilfe angeboten hat, sie sagen, wir haben alles verloren.

2018

Schrebergarten

Karlo ist in der Stadt aufgewachsen. Ohne Garten. Susana ist auch in der Stadt aufgewachsen, mit Garten, weil Karlo fand, dass Kinder mit einem Garten aufwachsen sollten. Nur waren sie dann doch eher selten in Karlos Garten, der zwei Beete mit Kopfsalat aufweisen konnte, außerdem noch eins mit Zierkürbissen und eins mit Tomatenstauden. Die Tomaten schmeckten so verstaubt wie sie aussahen. Einmal wollte Karlo einen Teich im Garten ausheben, damit Susana darin baden konnte, aber kaum war ein genügend großes Loch ausgehoben, kam die Schrebergartenverwaltung und verbot den Teich. Das Loch musste wieder zugeschütttet werden. Susana hatte keine emotionale Beziehung zu der Teichidee aufgebaut, sie ist eh keine Wasserratte, meistens ist Wasser ihr einfach zu kalt. Nur Karlo fluchte und schimpfte auf die Schrebergartenverwaltung, während er die aufgetürmte Erde in das ausgehobene Loch zurückschaufelte, bis vom Teich nur noch ein ebenerdiger, dunkelbrauner Fleck übrigblieb, den sie das Grab nannten. Dann hat Susana etwas über Urban Gardening gelesen, und das Grab fällt ihr wieder ein. Karlo gibt ihr den Schlüssel und sagt Garten ist nicht gleich Garten. Susana fragt nicht, was er damit meint. Seitdem gärtnert sie und bringt alles auf Vordermann. Es grenzt an ein Wunder, dass sich die Schrebergartenverwaltung nur über das Grab beschwert hatte, aber nicht über die wuchernden Brombeersträucher und den Löwenzahn, das Efeu und die vielen kleinen Eichen, die jeden Frühling aus dem trockenen Moosboden sprossen, weil Eichhörnchen ihre Verstecke vom Vorjahr nicht mehr gefunden haben und Karlo es nicht übers Herz brachte, einen jungen Baum zu vernichten. Für Karlo ist ein junger Baum nichts anderes als ein Eichhörnchen oder ein kleiner Hund. Man tötet sie einfach nicht. Zumindest nicht einfach so. Susana verbringt den Frühling und den Sommer im Gartenhaus, sie putzt die Küchenzeile, wirft die alten Gartenmöbel auf den Müll und die verblichenen Deckchen und Kissenbezüge in die Altkleidersammlung, sie streicht die Türen, es sind nur zwei, und ihre Rahmen mit Grundierung und Türlack, nachdem sie auf Youtube gelernt hat, wie man Türen und ihre Rahmen streicht. Sie legt Beete an, reißt mitleidslos junge Bäume aus, stutzt alte Bäume zurecht und legt sich mit dem Brombeergestrüpp an, das die Hälfte des Grundstücks in Besitz genommen hat. Vom Grab ist nichts mehr zu sehen.

2019

Onlinezahlen KW 45/2019

Liebe Kolleginnen und Kollegen,
wir haben eine tragische Woche hinter uns. Irma Novak und Sandro Hartmann sind bei der Arbeit überfallen und als Geiseln genommen worden. Nur ihrem Mut und ihrer Moral ist es zu verdanken, dass sie überlebt haben – wir sind zutiefst dankbar, dass die beiden die schrecklichen Ereignisse überstanden haben. Trotz aller Tragik gibt es auch gute Nachrichten: Sandro kann voraussichtlich schon nächste Woche aus dem Krankenhaus entlassen werden, die Geschäftsleitung hat unserem Vorschlag zugestimmt, ihm eine großzügige Sonderzahlung zu gewähren, um als freier Mitarbeiter seine Fehltage zu kompensieren. Auch Irma hat einen Bonus erhalten, um sich freizunehmen und sich von den traumatischen Erlebnissen zu erholen. Wer sich am Geschenk für die beiden beteiligen möchte, wendet sich bitte an Susana.

Und hier kommen nun die Zahlen der letzten Woche: Den unfassbar hohen Klickzahlen vom Samstagabend, die sich in den folgenden Tagen – zwar mit leichtem Rückgang, aber immer noch im absolut überdurchschnittlichen Bereich – fortgesetzt haben, sind dem Liveticker von Sandro und Irma geschuldet. Die beiden haben sensationelle Arbeit geleistet. Sogar die New York Times hat über uns berichtet und auf den Liveticker verlinkt. Nun ist es an uns, dafür zu sorgen, dass wir das Niveau, wenn nicht halten, so doch dauerhaft höher als bisher halten.

Die Zahlen im Einzelnen

1. Liveticker	1.407.366 Klicks
2. Was wir bisher über die Geiselnahme wisse	1.121.400 Klicks
3. Kommentar von Chefredakteur Wilko Mchay	911.204 Klicks
4. Offener Brief von Chefredakteur Wilko Mch	911.552 Klicks

5.	Ronnie S. auf Weg in die Psychiatrie verst	676.898 Klicks
6.	„Wir mussten tun, was sie verlangten“	498.097 Klicks
7.	Der Mann mit der Plastiktüte	11.967 Klicks
8.	Wie wir unsere Blockaden in den Griff beko	45.485 Klicks
9.	Der Apfelbaum-Traum (Teil 1)	36.002 Klicks
10.	Wetterbericht für den 21. März 2019	32.412 Klicks

2015

Dreißig

Was, bitte, soll sie mit einem Blackberry RIM 8220 Flip anfangen? Ein Handy hat sie selber und wenn sie keins hätte, würde sie sich bestimmt kein Blackberry zulegen. Dass es die überhaupt noch gibt. Dabei sieht die Nachbarin eher nach Oppo oder LG aus. Vielleicht auch Huawei. Nur nach Apple sieht sie nicht aus. Und bestimmt nicht nach einem alten, verschrammten Blackberry. Sie packt alles wieder ein, klebt das Päckchen zu und wartet, bis ihr Geburtstag vorbei ist. Dann legt sie es der Nachbarin vor die Tür. Leonie ist jetzt unwiderruflich dreißig. Das Alter kennt keine Gnade.

2020

Eulengebirge

Arthur Bonk, den aber alle nur Herr Bonk nennen, weil sich das irgendwie gut anhört, arbeitet auf dem Bau, tagsüber, und nach Feierabend arbeitet er auf einem anderen Bau. Auf dem Bau hört sich an, als sei er ein Dachs, aber er ist kein Dachs, denn Dachse sind nachaktiv, Herr Bonk aber nicht. Irgendwann muss er ja schlafen. Er arbeitet für die Familie und für die Verwandtschaft, für den Fernseher, für das Samsung Galaxy a50 Panzerglas und das Black Shark 2 Pro mit Flüssigkeitskühlung. Auch fürs MacBookPro 2019 arbeitet er sowie für das MacbookPro air, das hat er der Ilona geschenkt. Er arbeitet für das Auto, mit dem er zur Verwandtschaft fährt, ins Eulengebirge. Die Verwandtschaft klopft ihm auf die Schulter und dem Auto auf die Kotflügel. Es ist ein BMW, der kann das vertragen. Zuhause hat er noch einen Ford Puma stehen. Mit Fahrer-Assistenzsystem, sagt Herr Bonk. Ilonas Bruder Karel nickt, er nickt auf eine sehr gekonnte Art wissend, das macht ihm keiner nach. Nur Ilona verdreht die Augen, wenn Karel so nickt. Herr Bonk bräuchte von sich aus keine Fahrer-Assistenzsysteme, er parkt lieber selbst ein. Aber du kannst in Deutschland gar kein Auto mehr kaufen ohne das. Schnick-Schnack, sagt Herr Bonk. Er sagt es vor allem zu Karel. Ilona nippt an ihrem Kaffee und lächelt. Einmal sagt sie: Ecoboost hat er auch. Karel nickt: Das ist Öko-Hybrid-Antrieb. Da lädst du direkt an der Steckdose auf! Aber Herr Bonk sagt: Quatsch mit Soße, Steckdose! EcoBooooost, verstehst du, da wird der Motor automatisch aufgeladen. Beim Bremsen und Ausrollen. Wie ausrollen? Na, vor der Ampel. Du lässt ihn vor der Ampel ausrollen und schon lädt die Batterie auf. Ist eine Hybridbatterie.

2019
Fortschritt
Was ist Perimeter GmbH?
Perimeter hat eine lebende Karte der weltweiten Lebensmittelversorgung entwickelt, die Entscheidungen der Bauern und Landwirte auf der ganzen Welt sowie agronomische Parameter wie Kulturarten, Pflanz- und Erntetermine per Satellit scannt. Per künstlicher Intelligenz können wir die Auswirkungen landwirtschaftlicher Praktiken direkt aus dem Weltraum analysieren und bewerten. Die so gewonnenen Informationen kombinieren wir mit Wetter- und anderen historischen Daten und lassen sie durch ausgeklügelte Vorhersagealgorithmen laufen. Auf diese Weise entwickeln wir ein System, das nicht nur zufällige Daten, sondern fundierte Erkenntnisse über das globale Lebensmittelsystem sammelt. Der Unterschied zwischen Daten und Informationen ist dabei entscheidend: Daten sind nichts anderes als Zahlenmaterial, Informationen dagegen beinhalten bereits Erkenntnisse, die wir aus den Daten gewinnen konnten. Auf diese Weise prognostizieren wir Ernteerträge noch weit vor der Ernte. Die Satellitendaten ermöglichen uns, den Fortschritt der Ernten täglich zu über-

wachen. Wir generieren somit Erkenntnisse über das globale Lebensmittelsystem. Landwirte und Käufer auf der ganzen Welt profitieren während der gesamten Saison davon und erhalten wertvolle Informationen, um existenzielle Entscheidungen für ihr Unternehmen fällen zu können. (www.bonta.com/de/whoweare)

2019

Der Kreis

Sandro liegt mit ausgepumptem Magen im Krankenhaus und blättert sein Ludwig-Hohl-Buch nach geeigneten Notizen durch; sein letzter Tweet, der mit dem Argem, wurde 15-mal geliket. Ich hasse den Kreis, twittert Sandro, doch noch bevor er das komplette Zitat zu Ende geschrieben hat, muss er aufs Klo. Er drückt auf Absenden und läuft aus dem Krankenzimmer.

1988

Snoopy

500 Kilometer sollten es mindestens sein, denkt Olga, sie kann sich nicht vorstellen, dass Hagen Bert ihr bis ans andere Ende des Landes folgen wird; er ist kein Abenteurer. Sie glaubt auch nicht, dass seine Liebe echt ist. Sie glaubt eher, dass es Langeweile ist. Dass Hagen mit sich selbst nichts anzufangen weiß. Dass sie, Olga, einfach nur eine willkommene Abwechslung von seinem trostlosen Dasein ist. Sie entscheidet sich für Oldenburg. Der Zug geht morgens um vier Uhr dreißig. Weil es mittlerweile November geworden ist und im Flur zu kalt zum Schlafen, hat Olga zwischen Mitternacht und sieben Uhr morgens dienstfrei. Weniger zwar, als gesetzlich vorgeschrieben ist, aber besser als gar nichts. In Olgas dienstfreier Zeit packt sie, was sie in ihrem Tramperrucksack und in einem kleinen Koffer mitnehmen kann. Sie lässt ihre Bücher zurück, ihre Platten und ihre Musikkassetten, ihren Plattenspieler und ihr Kassettendeck, ihren Wasserkocher, ihre Möbel, eine Couchgarnitur und die Bettwäsche aus Satin, die sie gekauft hat, als Volker das erste Mal bei ihr übernachten wollte. Ihr Geschirr. Nur die Snoopy-Tasse nimmt sie mit und

drei Teller und ein Besteckset. Sie lässt ihren Teppich zurück und ihre Schreibmaschine und alle Briefe, die sie von Hagen Bert noch besitzt. Die meisten hat sie weggeworfen, nur die letzten vier hat sie aufbewahrt, sie weiß nicht, warum, vielleicht um ihn zu konfrontieren. Vielleicht wird er, sollte er die Briefe irgendwann einmal lesen, selbst merken, dass es sich nicht um Liebe handelt. Auch ihre Hutsammlung lässt Olga zurück. Und ihre Karriere. Das schmerzt am meisten. Sie schließt die Tür hinter sich zu und geht. Sie zwingt sich, nicht zurückzublicken, sie könnte zur Salzsäule erstarren.

2017

Busbahnhof

Bis vor Kurzem hat Edithe bei Ronja, Amelie und Gerald gewohnt, nun hat sie ihre erste eigene Wohnung. Es fühlt sich komisch an, alleine zu frühstücken, zu kochen, einzukaufen, fernzusehen. Aber sie mag alles, was sich komisch anfühlt. Sie fühlt sich zuhause, wenn alles ungewohnt ist, Gewöhnung kommt ihr vor wie Selbstbetrug. Sich am Busbahnhof zwischen Bussen, Reisenden und Wartehäuschen aufzuhalten, fühlt sich richtig an. Edithe checkt die ankommenden Busse auf der App, der Bus aus Bukarest hat Verspätung, sie weist ihm seinen Halteplatz zu und ruft den Wartenden die Ankunft zu, das Gate, in das der Bus jetzt einfährt, und die neue Abfahrtszeit. Edithe denkt an den Lateinunterricht, da gab es diese Ausruferinnen, wie hießen die nochmal. Vielleicht hat sie schon einmal gelebt und war Ausruferin im Alten Rom, und sie schaut dem Ort und der Zeit zu, wie sie durcheinandergeraten, nur dass damals, als sie schon einmal gelebt hat, die Busse von Pferden gezogen wurden und die Straßen aus Granit waren und nicht aus Asphalt. Und wie im Alten Rom gibt es auch an Edithes Busbahnhof keine elektronischen Anzeigetafeln, denn man hat sich nicht einigen können, wer sie aufstellen und finanzieren muss, die Stadt oder die Busunternehmen, und bevor dieser Streit nicht beigelegt ist, kann die Installation nicht beginnen. Der Bus aus Bukarest ist eingeparkt und Edithe fällt das lateinische Wort wieder ein. Zalatores hießen die.

2019

Bots

Adrian durchsucht Twitter, um irgendetwas über die Geiselnahme bei der Zeitung herauszufinden. Eine der Geiseln im Krankenhaus, beide Täter tot, es wird schwierig herauszufinden, was überhaupt passiert ist. Klar ist, dass es so, wie es in diesem Ticker stand, nicht abgelaufen sein kann. Das Vorgehen passt zu keinem Täterprofil, weder zu einem gezielten Vorgehen noch zu einer Zufallstat. Vielleicht kann er mit Sandro per Twitter ins Gespräch kommen, vielleicht packt er aus. *Ich hasse den Kreis,* hat er gerade getwittert, was auch immer das bedeuten soll. So etwas twittert ja niemand, der unschuldig ist. Auf jeden Fall wird Adrian ihm erst einmal ein paar zusätzliche Follower verschaffen, fürs Erste werden 200 Bots reichen, dann ziehen die echten User sowieso nach. Wer beliebt ist, ist bei allen beliebt. Auf Sandro, der wenig Freunde hat, zumindest wirkt er so, wird das schon bald eine starke Wirkung haben: Er, für den sich bisher nie jemand interessiert hat, ist plötzlich ein gefragter Mann, er wird Antworten geben, weil er Antworten geben muss, wenn er nicht zurück in den grauen Käfig der Unsichtbarkeit gesteckt werden will. Wer keine Antworten geben will, denkt sich welche aus, und die sind meistens nah an der Wahrheit, es sei denn, dieser jemand ist ein notorischer Betrüger, aber das ist dieser jemand nicht. Sondern nur ein 23-jähriger Student, der nicht richtig verwurzelt ist in der Welt. *Man muss jeder Spur nachgehen,* der Satz steht über einer Zeichnung, die in Adrians Büro hängt, abgebildet ist ein etwas tapsiger Polizeihund, der einer an einer Angel befestigten Wurst hinterherhechelt. Adrian liebt den Hund. Die Zeichnung hat ihm Roxanne geschenkt. Adrian liebt Roxanne.

2015

Body Scrub

Die Vervielfältigung der Perspektiven, liest Channa Syed, die sich noch immer auf den Bachelor vorbereitet, begann mit der Erkenntnis, dass die Welt kein abgeschlossenes System ist. Dass die Zukunft nicht vorbestimmt war, sondern vor allem eins: unsicher. Stimmt irgendwo schon, denkt Channa und dann fällt ihr ein, dass sie noch zehn Kommentare unter die Produkte von Visuals of London schreiben muss. Die Kommentare sollten persönlicher Natur sein, das steht in der Tätigkeitsbeschreibung ihres Werkvertrags. Unter *Body Scrub, Peeling aus Meeressalz* schreibt Channa: *Ich habe mir das Peeling nach einer dieser Nächte gekauft, ihr wisst schon. Es war wie eine Auferstehung.* Channa Syed, 24 Jahre alt.

2020

Ford Reh

Ilona steht auf dem Balkon und raucht. Sie hört Karels und Arthurs Stimmen, aber nicht, was sie sagen. Es ist schön, den Wald so nah zu sehen. Da ist so eine Ruhe. Die Äcker sind noch grau und beige, aber die Bäume tragen schon ein zartes Grün. Bald geht es los mit der Natur, dann blüht und sprießt hier alles. Sie schaut bis nach Polen. Sie sieht ein Reh, nein, zwei Rehe, sie rennen über die Wiese, einfach so. Keiner hält sie auf. Einen Ford Reh, denkt Ilona, müsste es geben.

1998

Kondom

Noch Jahre später hat Margit an das Kind gedacht, das sie mit Karlo nicht bekommen hat. Weil sie selbstsüchtig und kindisch gewesen ist. Nach acht Jahren Selbstsüchtigkeit wird sie schwanger; und von dem Erstbesten, mit dem das Kondom reißt, bekommt sie das erstbeste Kind, das sie mit Karlo nicht bekommen hat. Louise. Kein Wunder.

2019

Das Nichtmögliche

Irma wacht auf und lächelt. Mit offenen Augen lächeln ist Unsinn, wenn kein, außer ihr selbst natürlich, anderer Mensch sich in ihrer Nähe befindet, den sie anlächeln könnte, damit er zurücklächelt, also lässt sie die Augen zu, dann kann alles passieren, das Mögliche und das Nichtmögliche. Das Nichtmögliche ist sicheres Terrain, wenn du, denkt Irma, mit dir allein bist, was Irma im Moment tatsächlich ist. Nur der Ticker ist da, und der hat, denkt Irma, gesessen. Was für eine, denkt sie, Nacht! Klar, mit dem Sandro, das ist suboptimal, aber wenn sie ganz ehrlich sein soll, und warum sollte sie nicht mit sich selbst ehrlich sein, ist es ihr eigentlich auch egal. Selber schuld, was muss er auch die Pizza so hinunterschlingen. Und die beiden Typen, gut, der eine, da empfindet sie nicht gerade Schadenfreude, aber, denkt Irma. Na gut, jetzt ist er tot, Friede seiner Asche, wobei der wahrscheinlich noch gar nicht Asche ist. Den anderen mochte sie, wie man eben jemanden mögen kann, den man nicht kennt, mögen im Sinne von nichts gegen ihn haben, im Sinne von, dass man hofft, dass er irgendwie glücklich gestorben, denkt Irma, ist, falls das überhaupt möglich ist, glücklich sterben.

2017

Montreal

Ronja kommt vorbei. Edithe freut sich, aber gleichzeitig ist sie gestresst, sie hat jetzt einfach überhaupt keine Zeit für Ronja, die ihr dringend etwas erzählen will und, weil Edithe nie zurückruft, einfach spontan vorbeigekommen ist. Während Edithe versucht, zwei gleichzeitig ankommende Busse in ihre Haltestellen einzuweisen, ruft Ronja ihr zu, dass sie nächstes Jahr nach Kanada gehen wird. Nach Montreal! Da gibt es, schreit sie in Edithes Ohr, eine unterirdische Stadt, da kann man einkaufen und ins Kino gehen, essen gehen und auf Ausstellungen, aber Edithe muss jetzt den Bus von Dresden nach Paris ausrufen. Sie könnte sagen, Ronja, siehst du nicht, dass ich jetzt keine Zeit habe, komm doch morgen in meiner Mittagspause vorbei oder wir treffen uns abends auf ein Bier, aber sie sagt es nicht, denn Edithe kann momentan einfach keinen festen Zeitpunkt ausmachen, weder mit Ronja noch mit irgendwem. Das Einzige, was sie ausmachen kann, sind Arbeitszeiten. Alle anderen Zeitformen sind flüchtig wie der Nebel, der sich manchmal morgens über den Busbahnhof legt, nur ist das schwer, Ronja zu erklären, sie versteht es einfach nicht. Sie ist viel zu pragmatisch. Kanada stellt sich Edithe, die dem Busfahrer winkt, damit er auf dem richtigen Parkplatz eincheckt, auch ziemlich pragmatisch vor. Ronja steht da und nagt an ihrer Unterlippe, sie wird gleich bluten, und Edithe wird es nicht bemerken.

1996

Vagina

Louise ist ein schönes Kind. Ihr Vater, ein ok aussehender, ok intelligenter Typ, studiert im 15. Semester Jura, verbringt aber deutlich mehr Zeit in den Kneipen als in Hörsälen und Bibliotheken. Er heißt Walther. Obwohl er meistens betrunken ist, ist er ein passabler Liebhaber, woraus Margit gute Gene schließt. Nach dem Sex schläft er meistens sofort ein. Eines Nachts fehlt das Kondom an seinem Penis, der schlaff und nackt in seiner Leiste liegt, während Walther selig lächelt und erste Schnarchlaute ertönen lässt. Margit zieht ein nasses Kondom aus ihrer Vagina. Schuster, bleib bei deinen Leisten.

2019

Garten

In den ersten Jahren hat Frederic die Daten wie vereinbart ausschließlich an NGOs und Regierungen verkauft, und das tut er noch heute, aber eben nicht mehr ausschließlich, die Regierungen geben die Daten nicht immer weiter an die Landwirte, auf diese Weise kommen unzuverlässige Faktoren zustande, die auf die ausgerechneten Wahrscheinlichkeiten Einfluss nehmen, und das ist der Grund, warum die gesamte Datenlage schief wird. Soll er seine Daten unbrauchbar werden lassen, weil diese Regierungen keinen Bock haben, mit ihm und ihren Landwirten zusammenzuarbeiten? Perimeter GmbH braucht Käufer, die die Informationen verlässlich nutzen, es muss ein ständiger Fluss der Daten, der Informationen, der Wahrscheinlichkeiten, der Wirklichkeiten und der aus den Wirklichkeiten wiederum entstehenden Daten gewährleistet sein. In seinem Vertrag mit den Sollingers steht, dass er die Daten an lokale Landwirtschaftsinitiativen in Kamerun, dem Kongo und Nigeria zu einem sehr viel geringeren Preis abgeben muss als an Regierungen und Unternehmen, damit hat er null Problem. Er ist froh, wenn er helfen kann. Er möchte, dass es allen Menschen besser geht auf dieser Welt, auch in Afrika. Aber die Datennutzung ist zu sehr beschränkt auf die jeweiligen Regionen. Auf diese Weise nimmt sie zu wenig Einfluss aufs Geschehen. Daten, die keinen Einfluss aufs Geschehen nehmen können, sind keine relevanten Daten. Perimeter braucht nicht nur Käufer, er braucht Kooperationspartner, die mit dem Kauf den Markt beeinflussen; nur mit Regierungen und lokalen Initiativen kann man kein Geld verdienen, also verkauft er die Daten eben auch an die Hedgefonds. Die sind auf ihn zugekommen, nicht er auf sie. Hätte er nein sagen sollen, nein, ich gebe euch meine Daten nicht. Dann hätten sie die Daten woanders gekauft. Außerdem sind sie der Garant dafür, dass die Daten in Bewegung bleiben. Sie machen etwas damit, nämlich Gewinne, und je mehr Gewinne sie machen, desto wertvoller werden die Daten. Nicht, dass es Frederic ums Geld geht, er braucht ja nicht viel, ein paar Räume für seine Mitarbeiter, einen Kicker und einen Stillraum für seine geniale Programmiererin, und privat leistet er sich einen E-Scooter, aber ehrlich gesagt, er hat noch nicht mal ein Auto und in Urlaub fährt er auch nicht gerne. Was soll er da. Pool und Pferd hat er zuhause, und im Internet abhängen kann er auch in seinem Garten. Davon verstehst du nichts, Andi, sagt Frederic, und es ist das erste Mal, dass er Andi sagt zum Andreas Sollinger.

2020
Orangensaft
Du hast nichts falsch gemacht, Mama, sagt Louise. Der Einfluss der Erziehung wird überschätzt, glaub doch nicht alles, was irgendwelche hippen Psychologen dir vorbeten. Louise will später mal eine ebenso gute Mutter werden wie Margit, aber nicht nur von einem, sondern von fünf Kindern. Mindestens, sagt Louise. Bis es soweit ist, zieht sie aber erst einmal nach Neuseeland. Richtig gehört, Neuseeland, sie hat dort nämlich einen Job als Sales Manager für eine Orangensaft-Marke gefunden. Ich will einfach weg aus Deutschland, sagt Louise. Gut, sagt Margit. Sie kratzt ihr ganzes Geld für den Flug, die erste Monatsmiete und die Kaution der neuen Wohnung in Auckland zusammen, in der Hoffnung, dass aus Louise doch noch etwas wird. Wer einmal etwas ist, ist zumindest nicht mehr rechtsradikal, findet Margit. 5000 Euro, mehr hat sie nicht. Damit komm ich schon klar, sagt Louise. Ich verdiene ja gut als Sales Manager. Dann zahl ich dir alles zurück, du wirst sehen. Margit winkt ab, brauchst du nicht. Im Oktober gehts los.

1988
Medea
Wenn sie erst in Oldenburg ist, in Sicherheit, dann würde sich schon alles ergeben, hat Olga gedacht. Sie ist im Reinen mit sich, sie ist stolz auf ihren Abgang. Sie hat es geschafft, sie hat es wirklich geschafft, alles hinter sich zu lassen! Sie stellt sich vor, wie alle in Aufruhr geraten, wie Solveig und Volker sich fragen, warum sie nicht zur Probe kommt, wie sie bei ihr anrufen, wie in der Wohnung mit den Platten und Büchern, mit dem Kassettendeck und dem Geschirr niemand ans Telefon geht, wie sie an ihrer Wohnungstür klingeln, wie sie schließlich bei Hagen Bert klingeln, der ganz nervös wird. Wie sie seine Nervosität bemerken und die Polizei rufen. Vielleicht erinnert sich der nette Polizist an sie. Sie finden die Briefe, die Hagen unter ihrer Tür hindurchgesteckt hat, vielleicht sind es sogar noch mehr geworden. Der

nette Polizist nimmt Hagen fest und verhört ihn. Wir verdächtigen Sie des Mordes. Sagen Sie uns, wo sie ist. Wo haben Sie sie vergraben? Vielleicht, denkt Olga, wird sich diese existentielle Erfahrung sogar auf ihr Spielen auswirken. Werden der Schmerz und die Einsamkeit, die Angst und die Wut, wird ihr Widerstandsgeist sich in den Rollen, die sie spielen wird, nun deutlicher bemerkbar machen. Wird ihrer Antigone, ihrer Medea, ihrer Kassandra Tiefe geben, wird sie mit Melancholie umgeben. Und irgendwann noch einmal ihrer Kot Bun, dem Blumenmädchen. Nur, es ergibt sich nichts. Außer dass Olga einen Job bei einer schäbigen kleinen Agentur findet, wo sie jeden Morgen Artikel aus Zeitungen ausschneidet und auf vorgedruckte Formulare mit den Namen verschiedener Unternehmen klebt, die bei der Agentur Kunde sind. Sie fängt um vier Uhr an, sie hat viereinhalb Stunden Zeit. Dann kommt ein Kurier und holt die Formulare ab. Um Punkt neun wollen die Kunden ihre Zeitungsausschnitte auf dem Schreibtisch haben, sie wollen wissen, was über sie geschrieben wird. Einmal die Woche geht Olga ins Theater, doch die Art, wie inszeniert wird in dieser Stadt, was inszeniert wird und warum eigentlich, bleibt ihr fremd. Alles ist nicht wirklich, als sei sie, Olga, gar nicht in einer Stadt namens Oldenburg; als bilde sie sich die Stadt und das Theater und dass sich nichts ergibt nur ein. Nur wenn sie um halb vier Uhr morgens ihre Wohnung verlässt, um zur Agentur zu fahren, ist alles real. Ihre Flucht ist real und dass sie Hagen Bert entkommen ist.

2017
Stellenausschreibung
Edithe ist jetzt meistens heiser. Zalator ist so ein schönes Wort, in Wirklichkeit aber Drecksarbeit für die Stimme. Edithe wüsste gerne, ob die Ausruferinnen damals auch solche Probleme mit der Stimme hatten, aber dafür reichen ihre Lateinkenntnisse nicht aus. Ein Lateingoogle müsste es geben, denkt Edithe. In der Stellenausschreibung hieß es Junge Frau / Junger Mann mit kräftiger Stimme gesucht. Weitere Skills: Abitur oder Fachabi-

tur, gutes Koordinationsvermögen, gute bis sehr gute Fitness, Fremdsprachenkenntnisse, Englisch und gerne auch Türkisch, Russisch und Spanisch. Sie sollten in der Lage sein, mindestens zweieinhalb Stunden am Stück stehen zu können.

2016

Frösche

Regelmäßig erscheint das grauhaarige Paar im Freibad, um die 60 sind sie, vielleicht auch jünger. Sie haben einen Stammplatz, den sie schon früh am Tag besetzen, wenn die Kinder in der Schule sind oder am Wochenende die Familien noch am Frühstückstisch sitzen. Sie kommen gegen acht Uhr, kurz nachdem die Badeanstalt geöffnet hat. Der Mann zieht seine Unterhose aus, er steht auf einem Bein, kann sich aber kaum halten und fällt beinahe hin – nur spontane Verrenkungen verhindern dies. Wenn der Mann sich so verrenkt, zieht sich sein After einen kurzen Moment auseinander. Man kann dann direkt in den Mann hineinschauen. Nur sieht man eigentlich nichts Besonderes, Walther schaut schon lange nicht mehr. Der Mann hält sich an der Schulter der im Gras sitzenden Frau fest, gut, dass sie in Reichweite ist, wenn man sie braucht. Die Frau lächelt, sie wirkt angespannt. Immer wirkt sie angespannt, Walther nervt das irgendwie. Endlich ist der Mann nackt, die Frau reicht ihm die Badehose, die er schnell überstreift. Er geht wippenden Schrittes dem Wasser entgegen, schon voll und ganz konzentriert auf das Element, in das er sich gleich stürzen wird. Die Frau bleibt angezogen im Gras sitzen, sie angelt sich die achtlos hingeworfene Unterhose des Mannes, kehrt sie mehrfach um, um sie vom Sand zu befreien, auch seine Hose wird sorgfältig von Sand und Dreck gereinigt, sie faltet die Kleidungsstücke des Mannes zusammen, sie legt sie sauber und ordentlich auf ihre Oberschenkel. Diese Oberschenkel sind die Kommode des Mannes. Sie sitzt unbewegt, sie wartet, blickt starr auf das Becken, in dem ihr Mann plantscht und schwimmt und taucht. Wenn er erfrischt aus dem Wasser kommt, werden seine Hosen bereits auf ihn warten. Er bleibt lange weg, einmal winkt seine Kommode ihm zu, aber er sieht sie nicht. Vielleicht würde er winken, wäre die Frau nicht so angespannt.

2019

Lieblingshandtuch

Während Irma die Dusche anschmeißt und ihren Schlafanzug auszieht, muss sie nun doch lachen, obwohl sie allein ist, obwohl: wer weiß, vielleicht gibt es ja doch einen Heiligen Geist, aber dann wohl eher einen, denkt Irma, der stets verneint, und das mit Recht, denn da, wo Irma der Umschau eigentlich schaden wollte, hat sie ihr plötzlich, völlig unbeabsichtigt genutzt, und Respekt muss man, denkt Irma, sagen, Mr. Mchay hat das sofort kapiert. Aber was sie selbst erst gar nicht, denkt Irma und stellt sich unter die warme Brause, kapiert hat, ist, dass sie sich selbst auch genutzt hat, das ist ihr gestern Abend erst klar geworden, als sie mit Valentina und Susana das Interview geführt hat, und wie die beiden mit ihr geredet haben, das ist Kapitalismus und, denkt sie, außerdem habe ich wahrscheinlich verdammtes Glück gehabt. Vielleicht ist es eh unmöglich, dem Laden zu schaden. Was sich im Übrigen reimt. Und als sie aus der Dusche steigt und sich zur Feier des Tages mit ihrem frisch gewaschenen Lieblingshandtuch, grasgrün, soft, aber sehr saugfähig, zwei Meter zehn mal ein Meter fünfzig groß und breit, abtrocknet, ist die Kapitalismus-Melancholie schnell verflogen, denn auf ihrem Handy sind schon neunzehn Nachrichten, sieben auf Whatsapp, acht auf Instagram und drei auf Facebook und eine SMS, die ist von Marius, der mag keine Messenger und auch kein Whatsapp.

2020

Walther

Hannes zieht unter seiner Jacke eine Pistole hervor, die in seinem Hosenbund steckt. Es ist eine Walther PK380, die Backup-Waffe eines Polizisten, der noch schnell nach Dienstschluss zu Intersport gegangen war, um sich eine neue Jogginghose zu kaufen.

Die alte ist zu eng geworden. Er hat die Pistole in der Umkleide samt Gurt vergessen, den Verlust aber erst bemerkt, als er zuhause die Uniform gegen die Jogginghose wechseln wollte. Das gibt Ärger, verdammt! Der Vorgesetzte kennt kein Pardon bei solchen Schludereien.

Hannes hat die Waffe zufällig gefunden, er weiß gar nicht mehr, wo; seit er krank ist, streift er einmal am Tag durchs Einkaufszentrum, und sollte er seinem Chef begegnen, wird er sagen, er wolle zur Apotheke, das hat er sich so zurechtgelegt. Nur hoffentlich fällt es ihm dann auch ein, wenn er den Chef wirklich trifft. Hannes ist so vertieft in den fiktiven Dialog mit seinem Chef, dass er die Waffe zuerst gar nicht sieht, dann aber doch. Sie liegt neben dem Schemel in einer Umkleide, in die Hannes sich zurückzieht, einfach so, um irgendwo zu sein. Und als er wieder aufsteht, sieht er sie, samt Gurt. Ohne nachzudenken, hebt er sie auf und steckt sie in seinen Rucksack.

1997

Lanugohaar

Louise hat blaue Augen und dunkle, fast schwarze Haare, als sie auf die Welt kommt. Die Haare gehen zwei Wochen nach der Geburt wieder aus, sie sind lediglich ein Relikt aus einer embryonalen Reifephase, hat die Hebamme erklärt: das Lanugohaar.

1995

Emaille

Ein Jahr nach ihrer Flucht geht Olga zum ersten Mal abends aus. Sie geht mit Rainer ins Kino. Seine Schreinerei ist gegenüber der Agentur; jeden Morgen, wenn Olga fertig ist mit der Arbeit, schließt Rainer das Tor der Schreinerei auf und schaut hinüber zu Olga und lächelt sie an. Eines Tages nimmt er sich ein Herz und fragt sie, ob sie gerne ins Kino geht. Sie nickt. Kein Wort, dass sie lieber ins Theater geht. Kein Wort zu ihm, niemals. Rainer ist ein netter Mann, er spricht nicht viel, er will nicht viel, er stellt Möbel her, und Möbel, auf denen Olga sitzen kann, sind real.

Von Rainer bekommt sie drei Kinder, alle zwei Jahre eins; in keinem erkennt sie das abgetriebene Kind wieder, worüber sie gleichzeitig froh und traurig ist. Manchmal denkt sie noch an Volker, an seinen Körper, an seinen Mund, an die klugen und lustigen Sachen, die Volker sagen konnte. Sie denkt an Solveig, an das Blumenmädchen und wie die Zeitungen über sie berichtet haben. Uns ist ein Star geboren, hieß es in dem Artikel über die Premiere. Dann denkt Olga, wie schön es wäre, noch ein einziges Mal in ihrem Leben Zeitungsausschnitte auszuschneiden, in denen ihr eigener Name steht.

Doch schon bald steht ihr Name an einer Wohnungstür im Westen der Stadt. Sie heißt jetzt mit Nachnamen wie Rainer und sie wohnen im zweiten Stock. Rainer und Olga steht auf einem Holzbrett und nach jeder Geburt schnitzt Rainer einen neuen Namen in das Brett. Lucy, Lucas, Liliane. Daneben ist ein Blumenstrauß aus Emaille befestigt, der ist von den Schwiegereltern, ein Geschenk zur Hochzeit. Nur ein einziges Mal hat Olga ernsthaften Streit mit Rainer, als es um den Namen des zweitgeborenen Kindes geht. Der Junge soll wie Rainers kürzlich verstorbener Vater Herbert heißen. Olga beendet den Streit, indem sie am Tag nach der Geburt ins Standesamt marschiert und ihren Sohn unter dem Namen Lucas registrieren lässt.

2017

Verspätung

Jemand fragt Edithe alle zwei Minuten, wo der Bus nach Barcelona hält. Edithe überlegt, ob sie die Polizei rufen soll. Etwas stimmt nicht, etwas stimmt ganz und gar nicht. Aber was soll die Polizei da machen?

MILDE HYPERTONIE

145 / 94 mmHg

Die Angst ist nicht zurückgekehrt. Seit Denise Zimmer 45 im vierten Stock bezogen hat, kann sie sich gar nicht mehr erinnern, wovor sie eigentlich Angst gehabt hat. Auch die Lichtheiler haben sie bisher nicht besucht. Denise stellt zu ihrer Verwunderung fest, dass sie die Lichtheiler nicht vermisst. Obwohl sie noch vor ein paar Tagen für sie durch die Hölle gegangen wäre. Aber das hätten die Lichtheiler gar nicht von ihr verlangt. Wie auf einem fremden Stern ist es hier in Zimmer 45 im vierten Stock und wenn Denise aus dem Fenster sieht, kann sie in einiger Entfernung die Lichtpakete sehen, die sie aus dem All an sie schicken. Denise hätte nie gedacht, dass alles so einfach ist, und erst jetzt versteht sie, dass die Lichtheiler genau das versucht haben, ihr klarzumachen. Dass alles einfach ist. Mit diesem Gedanken schläft Denise jeden Abend ein und mit diesem Gedanken wacht Denise jeden Morgen auf. Und mit dem Geruch von Kaffee und nach Gesundheit duftendem Krankenhausbett.

138 / 90 mmHg

Noch nie war Herr Brinkhoff so unglücklich. Nicht einmal damals, als sie ihm sein Bein abnehmen wollten. Seine Frau war ihm beigestanden, hatte sich um alles gekümmert, hatte mit der Ärztin gesprochen, hatte ihm frisch gewaschene Schlafanzüge mitgebracht und eine Sportzeitung. Und Schokolade. Ferrero Rocher, die liebt er. Und als das Bein dann doch gerettet werden konnte, freute sie sich mit ihm. Vielleicht freute sie sich sogar noch mehr als Herr Brinkhoff selbst. Denn, wenn Frau Brinkmann eins konnte, dann sich freuen. Diesmal ist es nicht halb so schlimm um ihn bestellt. Er hat eine Infektion gehabt, Verdacht auf Sepsis, da wollte man auf Nummer sicher gehen, aber der Verdacht bewahrheitete sich nicht. Nicht einmal auf der Intensiv war er. Eigentlich ist er schon fast wieder gesund, aber wegen des Keims darf er noch nicht entlassen werden. Herr Brinkhoff will gar nicht entlassen werden. Zuhause wartet niemand auf ihn, noch nicht einmal ein frisch gewaschener Schlafanzug.

124 / 83 mmHg

Marius hat Sandro im Krankenhaus besucht, obwohl er Sandro nicht leiden kann, aber darum geht es jetzt auch gar nicht. Vielleicht wird er ja zufällig Irma in Sandros Krankenzimmer antreffen. Zwischen den beiden gibt es eine unklare Verbindung, einen unsichtbaren Knotenpunkt, für den Marius keinen Namen und noch nicht einmal ein konkretes Gefühl hat. Der Knotenpunkt ist ortlos, genauso wie irgendwie alles ortlos ist, auch Marius' Gefühl für Irma. Ein Ort muss dringend her, ein Ort, an dem er Irma treffen könnte, damit sich alles wie von selbst zwischen ihnen beiden ergibt, und dieser Ort hat mit Sandro zu tun, es ist mysteriös. Möglicherweise, so Marius' Hoffnung, heißt dieser Ort Elisabeth-Krankenhaus, Ost-Flügel, Zimmer 26 im ersten Stock. Er stellt sich eine Szene vor, in der Irma mit feuchten, fast glasigen Augen voll hilfloser Tränen am Bett des sterbenden Sandro sitzt, mit dem sie kollegiale, geschwisterliche Gefühle verbindet. Marius tritt hinter sie und berührt sanft ihre Schulter und lässt seine Hand auf dieser warmen Schulter liegen und spürt, wie seine Hand und Irmas Schulter miteinander verschmelzen, als würden sie schon immer zusammengehören. Nach einer Weile wird Irmas Schluchzen weniger – und dann passiert es: Irma legt ihre große Hand auf seine, sie ist wirklich sehr groß, diese Hand, und sehr warm. An dieser Stelle fällt Marius jedes Mal auf, dass er vergessen hat, wie Irmas Hand, die an jenem Morgen nach der Weihnachtsfeier seinen Penis umklammert hielt, in Wirklichkeit aussieht. Er kann sich komischerweise nicht erinnern. Fast so, als ob Irmas Hand ein Ereignis wäre, deren Aussehen vollkommen egal ist, wie auch bei olfaktorischen Ereignissen das Aussehen der Duftquelle ja ebenfalls egal ist, zumindest dem Gefühl egal ist, das ausgelöst wird. Und an diesem Punkt seiner Überlegungen, an dem Marius versucht, sich an Irmas Hand zu erinnern, die jetzt breit und schwer auf seiner liegt, ohne zu wissen, ob das überhaupt wichtig ist für das, was nun kommt, nämlich sich mit eben jener Hand, die mit Irmas Schulter, Irmas Arm und letztlich auch Irmas Hand verbunden ist, einen runterzuholen, ruft seine Mutter an, er hört es am Klingelton, den er eigens für sie eingerichtet hat, damit er erkennt, dass sie es ist.

129 / 84 mmHg
Die Patientin auf Nummer 17 ist irgendwie besonders, sagt Yasmin, und Margit sagt, wieso. Ich weiß nicht, sagt Yasmin. Ich mag sie und ich mag, wie sie aussieht, so zerbrechlich irgendwie. Zerbrechlich, echt? Wie Schneewittchen? Schneewittchen, sagt Yasmin, die Schneewittchen nicht kennt, eher nicht wie Schneewittchen.

165 / 100 mmHg
Kurieren Sie sich in aller Ruhe aus, Hannes, hat der Chef gesagt. Krank ist krank, wenn Sie krank sind, können Sie nicht arbeiten gehen, da hat keiner was davon. Fast ein bisschen ärgerlich hörte er sich an, der Chef, und Hannes hat einen richtigen Schrecken bekommen. Er will auf keinen Fall, dass der Chef sauer auf ihn ist. Nur hat er gar nicht richtig verstanden, was denn nun von ihm erwartet wird – krank sein oder gesund sein.

Vor ein paar Tagen kam die Schwester mit einem Fresskorb ins Zimmer, die Kollegen hatten ihn geschickt. Wurst, Käse, Obst, Schokolade, sogar ein Bier waren unter der Folie zu sehen. Und eine Karte, auf der viele Namen stehen. Auch der Chef hat unterschrieben. Aber Hannes traut dem Braten nicht.

112 / 69 mmHg
Zutritt nur für medizinisches Personal! Daneben ein Strahlenwarnzeichen, das Jutta an ihre Kindheit erinnert. Je länger sie wartet, desto deutlicher werden die Erinnerungen. An Wackersdorf und Brokdorf und unzählige Demonstrationen, zu denen sie mit ihrem Vater gefahren ist. Gelbes Dreieck mit schwarzem Rand und drei schwarze Rotorblätter eines Propellers. Lange Zeit dachte sie, das Zeichen wolle auf die Hubschrauber hinweisen, die über den demonstrierenden Massen kreisten. Sie wusste nicht, ob die Hubschrauber auf ihrer Seite waren oder zum Großkapi-

tal gehörten. Angst hatte sie nicht. Papa wusste, was er tat. Sie bewunderte ihn, seine Entschlossenheit, seinen Humor und sein gelbes Dreieck auf dem Militärrucksack, aus dem sie sich oft ein ganzes Wochenende lang ernährten. Wenn es nach ihr gegangen wäre, hätten sie ruhig zuhause bleiben können, Scrabble spielen oder schwimmen gehen und am Abend Rudi Carell gucken wie die anderen Kinder in der Klasse. Aber es ging nicht nach ihr und sie liebte Papa. Die Tür des Röntgenraums geht auf. Sie können jetzt hereinkommen. Die Frau im weißen Kittel reicht Jutta einen grauen Röntgenschutzumhang und hilft ihr, ihn anzuziehen. Die Schwester hat wahnsinnig schöne Finger, ihre Nägel sind akkurat gefeilt und von rosafarbenem Lack überzogen, so fein, als schwebe er über den Fingern. Wer so exakt Nagellack auftragen kann, macht keine Fehler, denkt Jutta. Sie lächelt die Schwester an, die ihr einen Mundschutz reicht und sie bittet, ihr Kinn in die dafür vorgesehene Armatur zu legen. Die Augen der Schwester starren sie an, sie sind pure Konzentration.

139 / 94 mmHg
Wie kommt es eigentlich, dass man Tote verbrennt und die Asche in den Wind verstreut, fragt sich Herr Brinkmann, seit er diese Sendung im Fernsehen gesehen hat, aber noch bevor er die Antwort erfahren hat, ist er eingeschlafen, und seitdem befindet er sich in einer Endlosschleife mit der Frage.

130 / 85 mmHg
Es ist weiß und hell. Vor dem Fenster steht eine Birke, ihre Zweige passen auf, dass die Lichtpakete nicht auf den Boden fallen. Birken sind die Giraffen unter den Bäumen. Denise liebt die Birken. Denise liebt das Licht. Denise liebt es, in frischer Bettwäsche zu schlafen. In den ersten drei Tagen hat sie fast nur geschlafen und große Mengen Sauberkeit eingeatmet. Denise ist betäubt von diesen großen Mengen Sauberkeit, Hygiene, Weißheit, vielleicht ist das schon das Leben danach, denkt sie manchmal. Es wäre nicht schlecht, da es ein sehr angenehmer Zustand ist.

128 / 85 mmHg

Das Höchste hat stürmische und unstürmische Strecken des Weges, schreibt Sandro nach dem Frühstück auf Twitter. Obwohl, eine Strecke kann ja eigentlich nicht stürmisch sein, nur das Wetter, während man sich auf der Strecke befindet, und wieso eigentlich das Höchste, es gilt ja nicht nur für den Weg nach oben, sondern auch für den nach unten, in die Hölle. Vielleicht, denkt Sandro, kann man deshalb so wenig einschätzen, ob es bergauf oder bergab geht, weil es in beide Richtungen stürmische und unstürmische Strecken gibt, und er findet, dass sein Resümee eigentlich klüger ist als die Ausgangsbemerkung von Ludwig Hohl, aber er weiß nicht, wie er das denken soll, ohne dass es einfältig wirkt. Am schlimmsten ist ja die Einfalt gegen sich selbst, weil man als der, der ihn denkt, den einfältigen Gedanken zweimal ertragen muss, einmal als Denkender, ein zweites Mal als der, der ihn zu denken bekommt. Es klopft an der Tür, aber noch bevor Sandro sich gemeint fühlen und herein sagen kann, geht die Tür auf und Anna kommt herein, die Lebensgefährtin seines Vaters, er hat sie vorher nur wenige Male gesehen, hätte gar nicht gewusst, wer sie ist, hätte sie nicht gestern angerufen. Hier ist Anna, wie geht es dir, ich würde dich gerne besuchen. Sie habe den Ticker gelesen und alles mitverfolgt. Sandro fragt sich, was sie mit alles meint, was alles hat sie mitverfolgt? Jetzt ist sie da und er weiß nicht, was sie sich von dem Besuch versprochen hat, sie sitzt an seinem Bett, als sei er ein Schwerverletzter, sie hat Orangensaft mitgebracht, ein Stück Kuchen und eine Banane. Sie fragt, ob er finanzielle Unterstützung brauche, sie habe seinem Vater versprochen, ihm zu helfen, wenn Not am Mann sei, und dies sei ja nun so ein Fall, und ob seine Mutter sich gemeldet habe bei ihm. Sandro winkt ab, mein Arbeitgeber kümmert sich um mich, sagt er und weiß, dass sich das komisch anhört. Das finde ich sehr schön, sagt Anna, dass du in guten Händen bist. Sandro bedankt sich für den Kuchen, es ist ein Marmorkuchen, und die Banane. Ich rufe dich an, wenn ich raus bin, sagt er, und beide denken das Gleiche.

141 / 89 mmHg
Margit wäscht sich die Hände und zieht einen frischen Kittel an. Sie hat Kopfschmerzen. Am Morgen hat Louise angerufen. Hast du meinen Artikel gelesen, Mama. Nein, sagt Margit, welchen Artikel. Meine Reportage über den Unfall.

Nein, sagt Margit.

Er ist gut geworden, sagt Louise.

Ich habe jetzt keine Zeit, sagt Margit, ich muss zum Dienst.

Ok, sagt Louise.

Ach so, könnte ich vielleicht am Wochenende vorbeikommen und mein Rad abholen?

Dein Rad? Das ist doch kaputt.

Ja, aber man kann es ja reparieren.

Am Wochenende bin ich gar nicht da, sagt Margit.

Ok, Mama, sagt Louise. Dann ein anderes Mal.

132 / 91 mmHg
Es ist gar nicht so einfach, den Namen des Keims auswendig zu lernen, von dem ihr Herr Brinkhoff erzählt hat. Bis Staphylo schafft Siri es problemlos, kokken kriegt sie auch noch hin (seit Mittwoch), aber irgendwie will das toxin nicht an den kokken hängenbleiben. Es ist wegen der vielen Os, denkt Siri. Die stoßen sich gegenseitig ab. Als Kind hatte sie das beste Kurzzeitgedächtnis der Schule. Einmal im Jahr gab es einen großen Wettbewerb, der sich über mehrere Wochen hinzog. Zuerst traten alle Kinder einer Klasse einzeln gegeneinander an. Die Lehrerin servierte auf einem Tablett zwanzig Gegenstände. Nach einer halben Minute mussten sich die Kinder umdrehen und alle Gegenstände aufzählen, an die sie sich erinnern konnten: Uhr, Blatt, Nagelfeile, Hut, Bild, Legofigur, Nuss, Münze, CD, Schnur, Pinsel, Tasse, Batterie, Schuh, Buch, Stein, Schlüssel, Apfel, Schere, Kabel. Die Beste der Klasse (Siri) trat gegen die Beste der Parallelklasse an, die Siegerin (Siri) gegen die Siegerin der Klasse über ihrer mit demselben Buchstaben (b). Und so weiter. In allen Jahren, in denen Siri am Marie-Curie-Gymnasium war, gab es immer

nur eine Siegerin (Siri), die für ihre jeweilige Klasse den Pokal gewann. Sie bekam für ihre Leistung jedes Jahr ein Sachbuch, aber Siri erinnert sich nicht daran, eins dieser Bücher jemals gelesen zu haben. Es ging meistens um Weltrekorde.

134 / 87 mmHg

Eine zweite Patientin wird in Zimmer 45 gerollt. Die Hälfte ihres Gesichts ist in einen strahlend weißen Verband gewickelt. Ein Bein ist eingegipst, es liegt in einer Schiene, die wie ein Förderband nach oben führt. Es sieht aus, als ob das Bein ganz alleine zur Zimmerdecke hochmarschieren möchte. Der Rest des Körpers ist unsichtbar. Obwohl Denise nichts von der Patientin erkennen kann, weiß sie, dass es eine junge Frau ist. Woher weiß ich das, fragt sich Denise.

161 / 97 mmHg

Schwester Yasmin nimmt den Fresskorb mit, den Hannes ihr geschenkt hat. Er ist sich sicher, dass er vergiftet ist.

Er ist vergiftet, hat er zu Schwester Yasmin gesagt.

Schwester Yasmin hat seine Hand getätschelt und gesagt, wir können das prüfen.

Die Arme, sie ist sehr naiv. In der Welt, aus der sie kommt, gibt es offenbar keine Verschwörungen. Woher kommen Sie, Schwester Yasmin, hat Hannes gefragt, und Schwester Yasmin hat gesagt, aus Herne.

Wenn Sie den Fresskorb prüfen möchten, bitte schön. Nehmen Sie ihn mit. Ich möchte ihn nicht wiederhaben. Vielleicht wollen sie ihn fürs Schwesternzimmer. Falls er nicht vergiftet ist, meine ich. Fügt Hannes hinzu.

Er weiß, dass er es sich mit Schwester Yasmin ein für allemal verscherzt hat. Er kann sie sogar verstehen. Das ist es ja: Er kann alles verstehen, aber das nützt ihm ja nichts. Der Korb ist trotzdem vergiftet, aber das Gift kann nur ihm etwas anhaben. Wie soll jemand, der aus Anatolien kommt, das verstehen?

140 / 94 mmHg
Soll ich dir beim nächsten Mal etwas mitbringen, fragt Marius Sandro, als er sich verabschiedet, sie haben über Fußball gesprochen, ein bisschen über Politik und die meiste Zeit über die Onlinezahlen, die sich seit dem Ticker deutlich verbessert haben, eigentlich ist der Besuch ganz erträglich gewesen, findet Sandro, der, obwohl er schwule Typen wie Sandro insgeheim verachtet, weil er nicht weiß, welche Haltung er sonst haben soll, sich ein wenig geschmeichelt fühlt bei dem Gedanken, Marius könne sich für ihn interessieren. Es geht dabei weniger um Marius, sondern vielmehr darum, dass ihm endlich die Bewunderung entgegengebracht wird, die er verdient hat. Marius war nur der Anfang! Begeistert legt Sandro los, über die Zeitung und die beiden Typen, die plötzlich in der Redaktion aufgetaucht waren, und wie der Ticker (der seine Idee gewesen ist, wie er durchblicken lässt, Irma, wir müssen mit der Polizei irgendwie in Kontakt treten) entstanden ist, und über Mr. Mchay, und er versucht, sich seine Ambivalenz gegenüber Mr. Mchay nicht anmerken zu lassen und so ironisch wie möglich zu sein, und Marius hängt an seinen Lippen, und hört ihm auf eine Art und Weise zu, wie er sich schon immer gewünscht hat, dass andere ihm zuhören. Noch bevor sie sich verabschiedet haben, freut sich Sandro auf Marius' nächsten Besuch. Nein danke, sagt er, ich brauche eigentlich nichts.

128 / 86 mmHg
Siri sitzt immer am selben Platz in der Cafeteria, direkt vor dem Blumengesteck, das auf dem Raumteiler steht, ein Sideboard aus glänzendem Mahagoni; es sieht aus, als stamme es noch aus dem Jahre 1923. Da ist das Krankenhaus eröffnet worden, das steht auf der Tafel am Eingang, aber Siri hat die Tafel gar nicht selbst gelesen. Sie weiß es von Ruth Berendtz, die den ganzen Tag im Pelzmantel am Haupteingang steht, direkt neben dem Aschenbecher. Würde das Krankenhaus schließen, könnte man das als Erstes daran erkennen, dass Ruth Berendtz nicht davorstünde, um sich eine anzuzünden.

Alle lieben Ruth, die Patientinnen und die Schwestern und vielleicht auch die Ärztinnen und Ärzte, sie hat eine melancholisch-tiefe Stimme, wie es sich für eine Raucherin gehört, aber wenn sie lacht, streut ihr Lachen Perlen wie bei einem jungen Mädchen. Neulich hat Ruth Berendtz erzählt, dass sie als Kind heimlich zu den Männern gegangen ist. Welche Männer, fragt Siri. Na, die da hingen, direkt da vorne, wo jetzt die U-Bahn-Station ist. Siri weiß nicht, was sie sagen soll. Es war, sagt Ruth, kein schöner Anblick. Aber als Kind habe es ihr eigentlich nichts ausgemacht. Und später, sagt Ruth Berendtz, nach dem Krieg, als es ihr wieder eingefallen ist, als ihr wieder einfiel, wie sie da als Kind immer hingegangen ist, um die hängen zu sehen. Da ist es ihr plötzlich ganz anders geworden. Ruth Berendtz zieht an ihrer Zigarette und Siri sieht die Männer da hängen. Und würde jetzt am liebsten auch rauchen. Aber sie raucht nicht mehr.

141 / 96 mmHg
Der Patient auf der Sieben hat schon wieder gefragt, wieso man Tote eigentlich verbrennt und die Asche in den Wind verstreut, also dieser Brauch, hat er gesagt, woher kommt der eigentlich, irgendwann muss das ja entstanden sein, und Margit hat gesagt, weil das hygienischer ist, vor allem im Sommer, aber der Patient hat ihr nicht geglaubt, das hat Margit ihm angesehen. Immerhin hatte sie diesmal eine Antwort parat. Yasmin hat ihr den Tipp gegeben mit der Hygiene, Hygiene, hat Yasmin gesagt, ist immer ein Argument.

108 / 63 mmHg
Wie wars bei Mama, fragt Krisa. Sie war sauer, sagt Irma, wieso sauer, na weil du, sagt Irma, hier drinliegst und nicht ich, du kennst sie doch. Ach Irma, das redest du dir ein, ich, sagt Irma, rede mir das bestimmt nicht ein und wenn du weiterhin Besuch möchtest, dann rede mir das, sagt Irma, nicht ein, dass ich mir das einrede. Da müssen beide lachen, wie nur Schwestern lachen können. Krisa sieht Irma zärtlich an und Irma streichelt Krisas

Fuß, was Krisa zwar nicht spürt, aber sie spürt die Geste. Die Krankenschwestern haben das erst, sagt Krisa, gar nicht verstanden, dass ich gelähmt bin und außerdem einen gebrochenen Fuß habe, und der Anästhesist wollte mir trotzdem eine Vollnarkose geben, und die Chirurgin hat mich, glaube ich, für verrückt gehalten, aber am Ende haben sie nachgegeben.

Und wie, fragt Irma, war das, ich hätte das nicht gekonnt, ich meine, die schneiden dein Bein auf, da kommt doch Blut raus, dein Blut, Krisa, hast du nicht Angst gehabt zu verbluten? Erstens, sagt Krisa, war das gar nicht so viel Blut, zweitens, wenn ich blute, blute ich eh viel mehr, und drittens habe ich nur einmal kurz hingeschaut, die Ärztin hat es mir verboten, wegen Blutdruck und Kreislaufschock, weil auch, wenn mein Körper, hat sie gesagt, nichts spürt, mein Hirn spürt es doch und gerät in Panik. Du bist der Hammer, sagt Irma. Beste Schwester, sagt Krisa.

102 / 53 mmHg
Er liegt jetzt meistens einfach nur da. Einfach nur daliegen ist eine Kunst. Es funktioniert am besten, wenn man etwas beobachtet, das sich außerhalb abspielt. Außerhalb des Krankenhauses, außerhalb seiner selbst. Viele schauen fern, weil fern und außerhalb verwandt sind. Aber, findet Joachim, es ist eben nicht dasselbe. Fern interessiert ihn nicht, fern ist zeitlich zu weit weg. Außerhalb interessiert ihn. Heute hat er zum Beispiel sehr lange auf ein Haus geschaut, das gegenüber seinem Fenster liegt. Das Haus hat einen Anbau mit Dachterrasse und der Wind hat die Markise kräftig durchgerüttelt. Manchmal hat sich der orange-beige Stoff aufgebläht, als habe die Markise Bauchweh. Joachim empfand Mitgefühl, das war schön. Später hat sie sich beruhigt und ist selbstvergessen im Wind geflattert. Auch Joachim hat sich beruhigt. Vielleicht ist er in seinem nächsten Leben eine Markise.

129 / 84 mmHg
Siri glaubt, dass sie die Krankenschwester schon mal irgendwo gesehen hat, aber sie traut sich nicht zu fragen. Ist ja auch egal. Es

ändert nichts. Dennoch hat sie jedes Mal, wenn sie die Schwester sieht, Lust zu sagen, wir kennen uns, oder? Hallo, sagt Schwester Margit, gut geschlafen? Ja, danke, sagt Siri. Sie schaut die Schwester erwartungsvoll an. Schwester Margit bemerkt ihren Blick und sagt, Frühstück dauert noch.

120 / 80 mmHg
Sie hat Rinderrouladen gekocht, Mathildas Lieblingsessen, aber als Moni im Krankenhaus ankommt, darf sie die Rinderrouladen nicht mit auf die Intensivstation nehmen, sie muss einen Kittel anziehen, blau, sich eine Maske über das Gesicht ziehen, blau, über die Schuhe Überzieher aus Plastik, alles in blau, wieso gerade blau, fragt sich Moni, als sie von der Schwester ins Zimmer geführt wird. Mathilda ist an mehreren Geräten angeschlossen, durch ihre Nase läuft ein Schlauch, sie sieht aus, wie sie als Kind ausgesehen hat, als sie sich einen Kinderlaptop gewünscht hat, ein bisschen resigniert, ein bisschen wütend. Solange sie wütend ist, denkt Moni, lebt sie noch. Schade ist es nur um die Rinderrouladen. Moni setzt sich an das Krankenhausbett, auf dem Mathilda wie eine weiße Königin thront, und berührt ganz leicht den Zeigefinger ihrer Hand. Sie streichelt über die kleinen Rillen an Mathildas Zeigefingergelenk, sie weiß nicht, was sie sonst tun soll. In der Zeitung hat sie gelesen, man solle mit Kranken reden, egal was, also redet Moni, weißt du noch, Mathilda, wie wir die Rinderrouladen gekocht haben. Wie wir immer die Einkaufszettel gesammelt haben. Als du von der Schule nach Hause gekommen bist und einen Zettel auf der Straße gefunden hast, auf dem Zettel stand das Rezept für Rinderrouladen und auf der Rückseite standen die Zutaten. Können wir das kochen, Mama, hast du gefragt, Ideen hattest du immer, sagte Moni, die die Idee eigentlich ganz lustig fand. Auch die Schrift auf dem Zettel hatte ihr gefallen, oben liefen die Buchstaben oval zu und unten rund, überhaupt wirkten die aufgeschriebenen Wörter wie aus einem Guss, fast so als hätten sich die Buchstaben von allein geschrieben. Am Nachmittag waren sie ins Einkaufszentrum gegangen,

hatten die Zutaten gekauft und dann das Rezept nachgekocht, und es hatte beiden sehr gut geschmeckt. Von da an haben sie Einkaufszettel gesammelt, Mathilda und sie, Einkaufszettel, die auf der Straße lagen, auf dem Parkplatz oder im Einkaufswagen, oder auf dem gefliesten Boden im Supermarkt, Einkaufszettel, die verloren gegangen waren oder weggeworfen. Und an jedem Weihnachten und an jedem Geburtstag kocht Moni seitdem die Rinderrouladen, die auf dem allerersten Zettel gestanden waren. Moni tätschelt die Hand ihrer Tochter, aber Mathilda rührt sich nicht, nur die Geräte rühren sich.

126 / 83 mmHg
Wenn du etwas lernst im Krankenhaus, dann Demut, findet Siri. Demut und Geduld. Sie hat sich den Satz lang überlegt, aber als sie ihn dann sagt, am Telefon zu Valentina, hört er sich irgendwie belanglos an. Wie auswendig gelernt.

Und Valentina sagt auch nur, ja, das glaub ich dir, du Arme. Dabei hat sich Siri gar nicht beschwert. Ist doch eigentlich schön, etwas zu lernen, denkt sie und schaut aus dem Fenster und einem Eichhörnchen zu, das den Baum hochjagt. Die ruckartigen Bewegungen erfüllen Siri irgendwie mit Unbehagen. Als würde das Eichhörnchen nur so tun, als ob, wobei Siri noch nicht einmal sagen könnte, was es da genau tut auf dem Baum.

Soll ich dich besuchen kommen, fragt Valentina.

Siri lehnt ab. Über was soll sie eine Stunde lang mit Valentina sprechen?

Brauchst du was? Ich könnte es dir vorbeibringen.

Aber Siri braucht nichts.

Bis bald dann, ich melde mich am Wochenende wieder.

Machs gut, Valentina, sagt Siri.

152 / 98 mmHg
Seine Söhne besuchen ihn alle zwei Wochen im Krankenhaus und sprechen ihm Mut zu. Wenn er nicht hinschaut, tauschen sie Blicke, die eindeutig gegen ihn gerichtet sind. Wenn Joachim

morgens endlich aufgestanden ist und in den Spiegel sieht, sieht er nicht sich, er sieht die Söhne. Er zwingt sich jeden Morgen zum Lachen und seit einiger Zeit zwingt er sich auch jeden Abend zum Lachen. Sechzig Sekunden sind ausreichend, aber am Stück, damit der Lachmuskel auf die Stelle im Gehirn drückt, die Glückshormone produziert. Joachims Gesicht tut, was Joachim ihm befiehlt: Es lacht. Das Gehirn lacht auch. Nur die Söhne lachen nicht. Würde er nicht im Krankenhaus liegen, würde er sie noch seltener sehen. Sie kommen immer zu zweit, nie allein. In Wahrheit haben sie Angst vor Joachim, wissen aber nicht genau, warum eigentlich. Joachim ist ein guter Vater, er ist offen für alles und verständnisvoll. Er hat Humor und einen Facebook-Account. Er lobt seine Söhne oft. Doch alles, was sie anpacken, misslingt, als gäbe es ein Gesetz, dass nur für die beiden Söhne von Joachim gilt. Er hat jetzt jeden Tag mehr Schmerzen als am Tag zuvor.

130 / 87 mmHg

Yasmin freut sich auf den Dienst mit Margit. Margit hat immer irgendwelche Geschichten auf Lager, aus ihrem Leben, von ihren Freunden, von ihrer Vergangenheit. Es gab sehr viele Männer in Margits Vergangenheit, von denen sie sehr ironisch und lustig erzählt. Nur dass jedem, der Margit länger zuhört, klar ist, dass sie ein Geheimnis hat, sie spricht ununterbrochen um dieses Geheimnis herum. Yasmin hat keine Ahnung, was es sein kann, dieses Geheimnis, aber sie ahnt, dass es nie jemand erfahren wird, auch sie nicht.

Auch Yasmin hat Geheimnisse, aber da sie sowieso nicht viel erzählt, ist es etwas anderes, findet sie. Du machst alles mit dir selbst aus, sagt Margit. Das stimmt. Yasmin macht alles mit sich aus. Sie jammert nicht, aber es gibt auch wenig, über das sie sich freuen kann. Sie kann sich über die Kinder freuen. Wenn sie gute Noten nach Hause bringen. Oder wenn sie beim Mittagessen lachen. Warst du sehr verliebt in Baba, fragt Hülya, während sie die Spüle mit der Präzision einer Maschine poliert.

122 / 83 mmHg

Am Mittwochnachmittag kommt Susana zu Besuch. Mit einem Blumenstrauß, einem wirklich schönen Blumenstrauß, mit bunten Feldblumen, soweit Sandro das beurteilen kann, keine Rosen oder Nelken oder Tulpen, sondern eben bunte Blumen, wie sie auf Wiesen wachsen, zumindest auf den Wiesen, die sie im Fernsehen zeigen, andere kennt Sandro eigentlich nicht. Im Namen der Kollegen, sagt Susana und streicht sich die Haare hinter die Ohren, wie sie sich in Onlinekonferenzen manchmal die Haare hinter die Ohren streicht, wenn sie einen Vorschlag macht, und Susanas Vorschläge werden immer ernst genommen. Gute Besserung, sagt sie und überreicht die Blumen und Sandro hält die Blumen fest und schnuppert an ihnen, weil er nicht weiß, was er sonst mit ihnen machen soll. Susana stellt ihren Fjällräven-Rucksack auf den Besucherstuhl und holt verschiedenene Sachen heraus, die sie auf seinem Bett ausbreitet, eine Hör-CD von Martin Suter, eine XXL-Tafel Nougat-Schokolade und die besten Genesungswünsche der ganzen Abteilung, sagt sie noch einmal. Danke, sagt Sandro, der das Gefühl hasst, auf weiches Nougat zu beißen, aber das kann Susana ja nicht wissen. Mit dem Blumenstrauß auf dem Bauch schaut er als Erstes nach, ob auf der Karte, auf deren Vorderseite in roten Großbuchstaben *Held der Arbeit* gedruckt steht, auch Mr. Mchay unterschrieben hat. Er ist enttäuscht, als er weder den ausgeschriebenen Namen noch die charakteristischen Initialen gefunden hat, aber gleichzeitig auch erleichtert, denn die Aufmachung der Karte sieht aus wie Wahlwerbung von der SPD, bei der sein Vater Mitglied gewesen ist; es gibt kaum etwas, das Sandro mehr verachtet als die SPD.

139 / 94 mmHg

Die Schachtel ist schon wieder fast leer und jetzt geht auch das Feuerzeug nicht mehr, haben Sie, fragt Ruth den Mann, der einen großen Koffer hinter sich herzieht. Ich rauche nicht, sagt er, aber ich müsste Streichhölzer haben. Er legt den Koffer auf den Boden und zieht ihn am Reißverschluss auf, ein einziges Chaos befindet sich in diesem Koffer, offenbar hat dieser Mann noch nie zuvor einen Koffer selbstständig packen müssen, denkt Ruth. Die Streichhölzer findet er dennoch sofort. Er erhebt sich wieder. Heute entlassen worden, sagt er. Ruth wartet mit der Zigarette im Mund auf das Entflammen des Streichholzes. Es klappt gleich beim ersten Mal. Der Mann sieht ihr zu, wie sie den ersten Zug nimmt, und fragt sie nach irgendwelchen Toten, die man verbrannt hat und warum man ihre Asche im Wind verstreut, aber Ruth weiß es auch nicht. Gute Frage, denkt sie und schaut dem Mann nach, der mit seinem Koffer zu den Taxis geht.

119 / 70 mmHg
Beim Zusammenstoß mit dem Kleinlaster hat Lars sich das Bein gebrochen. Der Arzt zeigt ihm auf dem Röntgenbild den Bruchspalt und die Splitter im Gewebe. Offene Femurschaftfraktur, proximal heißt die Verletzung. Lars findet das medizinische Vokabular beruhigend, was so heißt, kann auch repariert werden. Lars glaubt an das Prinzipielle von Reparaturen. Nur sein Rad kann er wegschmeißen. Das Vorderrad hätte er noch auswechseln können, aber der Rahmen ist so verzogen, das hat er schon gesehen, als er von den Sanitätern in den Krankenwagen getragen wurde. Aus den Augenwinkeln. Kurz darauf begann der Schmerz, er kann sich nicht erinnern, jemals so einen Schmerz empfunden zu haben. Die Schläge seines Vaters waren nichts dagegen. Die Notärztin gab ihm eine Spritze und strich ihm mit der Hand über die schweißnasse Stirn. Er fand die Geste unnötig, aber die Spritze tat ihre Wirkung und er schlief ein.

145 / 92 mmHg
Was, fragt Krisa, fehlt dir eigentlich?

Denise will sagen, was ihr fehlt, als ihr einfällt, dass sie gar nicht weiß, was ihr fehlt. Denise denkt, dass sie es einfach nur vergessen hat und dass sie, wenn sie einfach anfängt zu sprechen, der Mund, die Zunge, der Kehlkopf von sich aus wissen, welche Laute sie produzieren müssen, damit Krisa erfährt, was ihr, Denise, fehlt.

Aber es kommt nichts. Krisa wartet ein bisschen, Denise wartet auch ein bisschen. Dann zuckt Krisa die Achseln und sagt, morgen besucht mich meine Schwester wieder, und Denise sagt, freust du dich? Und Krisa: Ja. Ich glaube schon. Denise lacht, weil das Ich glaube schon mit Verzögerung kommt und sie beide wissen, was das bedeutet und was es nicht bedeutet und dass das, was dazwischen ist, die wahre Bedeutung ist. Denise legt den Kopf auf das Kopfkissen, sie will sowieso nicht wissen, was ihr fehlt.

133 / 86 mmHg
Sandro wird heute nach Hause entlassen und Marius hat sich nicht mehr gemeldet, also kann Sandro ja auch mal selbst den ersten Schritt tun.

130 / 87 mmHg
Die Berentz ist gestorben, sagt Margit zur Begrüßung, und Yasmin zieht ihre Jacke aus und sagt, och nö, bitte nicht. Doch, leider, sagt Margit. Yasmin seufzt und Margit seufzt auch. Yasmin denkt, dass es keinen Menschen auf der Welt gibt, mit dem sie öfter zusammen geseufzt hat als mit Margit. Sie seufzen zusammen, wenn Patienten etwas Seltsames sagen, wenn jemand Schmerzen hat, die nicht weggehen, wenn jemand entlassen wird, den sie mochten, und manchmal auch, wenn sie jemanden nicht mochten. Wenn jemand keine Ruhe gibt, obwohl er Ruhe geben könnte. Und wenn jemand einfach stirbt, obwohl er noch locker ein paar Jahre hätte leben können. So wie Ruth Berentz. Gut, sagt Margit und schenkt Yasmin Kaffee ein und wirft zwei Stück Würfelzucker hinterher, sie war super alt und sie hat geraucht, als gäb es kein Morgen. Wenn sie nicht geraucht hätte, sagt Yasmin und rührt mit ihrem Löffel den Kaffee um, wäre sie bestimmt 110 geworden. Wie der Bruder meines Vaters, also mein Onkel, er ist 111 Jahre alt geworden. Echt, sagt Margit und schaut auf ihr Handy, das auf dem Tisch liegt und vibriert, das hast du mir nie erzählt. Louise, schon wieder. Immer ruft sie während ihrer Arbeitszeit an. 111 Jahre, krass, das ist ja fast Weltrekord. Die

Berentz war aber erst 86. An was ist sie eigentlich gestorben, weiß man das, fragt Yasmin.

131 / 85 mmHg
Die Tasse. Die Tasse fällt Mathilda als Erstes ein, die Tasse ist kaputt, beziehungsweise kaputt ist das falsche Wort, sie ist jetzt in einem anderen physikalischen Zustand und dieser andere Zustand ist wahrscheinlicher als der einer intakten Tasse, gemessen an den 1:40 Millionen Möglichkeiten, die die Atome einer Tasse haben. Nur Mathilda ist einigermaßen intakt, was an ein Wunder grenzt. Komischerweise kann Mathilda sich an keine Einzelheiten erinnern, nur dass es den Unfall als solches gab. Wie kann das sein, fragt sie sich, besteht nicht alles aus seinen Einzelheiten? Wie geht es Ihnen, fragt die Nachtschwester und misst ihren Puls. Sie hat so warme Hände. Wie gern hätte Mathilda eine Mutter mit warmen Händen gehabt. Aber was soll man machen gegen schlechte Durchblutung. Sie lächelt die Schwester an und die Schwester sagt 131 zu 85, gerade noch ok; mit einem verschmitzten Lächeln, als habe Mathilda etwas angestellt, aber was, das ist schon vergessen.

53 / 07 mmHg
Weil der Körper zu Geist wird und der Geist verschwindet und warum verschwindet er? Weil er verschwinden kann.

FREIE WEGLÄNGEN

1.
Neuzeit

a.
Irma hat vier Wochen bezahlten Sonderurlaub erhalten, nach all den Monaten, in denen sie nicht einen einzigen Tag Urlaub hatte. Sie ist aufgestiegen von einem Urlaubskontingent von nichts zu einem Urlaubskontingent von etwas und sie merkt schon jetzt, dass das etwas mit ihr macht, das mit Fürsorge zu tun hat, Irma wäre es lieber, dass es nichts mit ihr machen würde; auf einmal ist sie wichtig und wer wichtig ist, bekommt Fürsorge, was soll man machen? Sie kann ja schlecht sagen, ich möchte die vier Wochen bezahlten Sonderurlaub lieber nicht. Sie bekommt jetzt ständig Nachrichten aus der Redaktion, sehr sehr nett gemeinte Nachrichten, wie gehts dir Irma, wenn du was brauchst, brauchst du was, können wir uns treffen, vergiss meine letzte SMS, vergiss sie doch nicht, wollen wir uns sehen, wann kommst du wieder, kann ich dich unterstützen? Danke, es geht langsam besser, der Arzt hat mir Ruhe verschrieben. Und Schlaf. Bis bald, schreibt, ohne die Inhalte der Nachrichten zu lesen, Irma, sie verschickt diese Nachricht serienmäßig und unterschreibt neuerdings mit einem großen eingeklammerten [I], das I steht für Irma oder für Ich oder für Jod, oder vielleicht hat es sogar eine andere, nur [I] weiß nicht, welche Bedeutung, und keine Ahnung, was die Klammern sollen, gerade das macht das [I] so besonders, dass sie nicht weiß, was es genau bedeutet, für was es steht, und dass sie noch weniger weiß, wo es plötzlich herkommt. Nicht wissen ist das, denkt [I], die den ganzen Tag im Schlafanzug rumläuft und Quark mit Kartoffeln, Marmelade, Zucker oder Fischstäbchen isst, Beste überhaupt. Die Tage vergehen und [I] langweilt sich kein bisschen und hofft täglich, dass nichts passieren wird, in diesen 22 Tagen plus Wochenenden, weswegen sie ihren Schlafanzug ausziehen muss.

Und als ob Marius, den sie seit einem gemeinsamen etwas seltsamen Kantinenessen nicht mehr gesehen hat, geahnt, nein gewusst hätte, wie sie sich gerade fühlt, schickt er ihr per Post ein Buch, eine Graphic Novel, und sie liest es nur, weil er in dem Brief, der dabeiliegt, und den sie im Unterschied zu den digitalen Nachrichten liest, schreibt, sie soll bitte entschuldigen, wegen Nina, es gäbe keine Nina, es habe einfach nur an der automatischen Textkorrektur gelegen, die aus Versehen Nina geschrieben habe, sie solle bitte nicht sauer sein und sie solle ihn anrufen, weswegen [I), die keine Ahnung hat, wer Nina ist, davon ausgeht, dass es sich bei dem Brief und dem Päckchen um eine Verwechslung handelt, neugierig wird, was eine Person, die mit ihr verwechselt wird, denn so geschenkt bekommt.

Ein Stellvertretergeschenk sagt für Irma einfach mehr aus als ein Geschenk, das direkt an sie gerichtet gewesen wäre. Das Buch heißt Gespenster und es geht um Gespenster und [I) denkt gleich an das Buch über die Schatten, das sie neulich gelesen hat, nur neulich kommt ihr vor wie ewig. Es, denkt [I), gibt sie wirklich, die Gespenster. Oder meint sie Schatten? Dann klingelt das Festnetztelefon – das nie klingelt, weil niemand [I)s Festnetznummer hat – und Krisa ist dran, sie weint.

b.

Es ist auf den Tag genau sieben Jahre her, dass Channa Syed ihr Studium begonnen hat und gleichzeitig hat sie auch ihren Job als Produktkommentatorin begonnen. Sie weiß jetzt alles über den modernen Roman, über konstruktiven Skeptizismus und Wahrscheinlichkeitstheorien im Zusammenhang mit der Realitätsverdoppelung des Fiktiven. Und sie weiß so gut wie nichts über die Produkte, die sie kommentiert. Wenn sie dieses Semester ihre Bachelorarbeit über die Literatur der Neuzeit wieder nicht abgibt, und wie soll sie sie je abgeben, sie ist einfach noch nicht fertig, es gibt noch so viele Ebenen, die sie noch nicht berücksichtigt hat, denn wann immer Channa eine Ebene berücksichtigt hat, kommt eine ganze Milchstraße von neuen Ebenen hinzu, wenn sie also nicht so tut, als wäre die Literatur der Neuzeit und damit auch die Neuzeit selbst, vor allem aber die Neueste Zeit, nun endgültig einmal abgeschlossen, dann wird sich ihr Studium automatisch selbst abschließen. Offenbar muss die Neuzeit durch pure Willenskraft abgeschlossen werden. Diese Willenskraft bringt Channa nicht auf. *Leute, mit diesem Duftkerzenset kriegt ihr jeden rum. Und ich bin wirklich nicht besonders schön oder klug. Sehr gut finde ich, dass man es nachfüllen kann. Ist auf Dauer nämlich nachhaltiger. Ole findet das übrigens auch.* Channa Syed, 28 Jahre alt.

c.

Frederic ist nun wirklich nicht angewiesen auf die Sollinger-Kohle, er ist jetzt selbst ins Geschäft eingestiegen, Susana hat ihm da so eine Adresse vermittelt. Er ist nach Arad gefahren, in Rumänien werden sie ihn mit offenen Armen empfangen, er ist ihre letzte Rettung, sie sind umzingelt von Investoren, sie kommen von überall her, aus Russland und China, aus dem Libanon und Indien, aus Deutschland und Schweden, sogar eine niederländische Bank ist dabei, sie zwingen die Kleinbauern zum Verkauf und legen die Pachten fest, sie zahlen jeden Preis, sie machen alles mit, was der Markt ihnen vormacht. Aber jetzt ist ja Frederic da und kann helfen, nur, dass Frederic selbst Investor ist, denn wer investiert, ist nun mal Investor, was soll man machen. Paula und er treffen sich zum ersten Mal auf einem Feld, das nennen sie hier schwarzen Boden, weil es so fruchtbar ist, keine Ahnung, was da angebaut wird, Spargel vielleicht, vielleicht auch Kartoffeln oder Mais, Paula trägt Gummistiefel und ein Schürzenkleid, sie gefällt ihm und er hört sich alles an, was sie ihm zu sagen hat, auch, als sie erklärt, die Amis seien im Grunde schuld, weil sie Lebensmittelspekulationen Tür und Tor geöffnet haben, sie stützt sich auf den Spaten, mit beiden Händen, und wenn sie den Spaten loslassen würde, würde er fest in der Erde stehen bleiben, und Frederic bewundert verstohlen ihre Oberarmmuskulatur, es ist keine Oberarmmuskulatur, die im Fitnessstudio entstanden ist, es ist eine Oberarmmuskulatur, die bei der Arbeit entstanden ist, eine braungebrannte Oberarmmuskulatur, gesprengelt mit

Sommersprossen, die aussehen wie hingeregnet. Frederic schaut nach oben in den Banat-Himmel, es sind keine Regenwolken in Sicht. Mittlerweile ist Paula bei den Russen angelangt, die reich geworden sind, weil die Lebensmittelspekulationen Hungersnöte auf der arabischen Halbinsel hervorrufen, die wiederum den Ölpreis hochschießen lassen, und wer profitiert davon? Na eben, die Russen. Und die kommen dann hierhin und kaufen von ihrem Reichtum unsere Felder, um noch mehr spekulieren zu können, und zahlen gut, nicht wirklich gut, aber so gut, dass die rumänischen Arbeiter nicht nach Deutschland fahren zum Spargelstechen oder zur Erdbeerenernte, nur für die rumänischen Bauern bleiben keine Arbeiter mehr übrig, aber jetzt kommt Frederic doch noch ins Spiel und bietet seine Daten an. Und Geld hat er auch mitgebracht, er würde dann halt Anteilseigner werden, und während er Anteilseigner sagt, halten die Sommersprossen auf Paulas Arm sich ganz schnell die Ohren zu. Paula hält sich nicht die Ohren zu, sie schaut Frederic an und dann schaut sie in den Himmel, als erwarte sie von dort etwas. Aber wie gesagt, der Himmel ist blau.

2.
Whiskey in Maßen

Marius und Sandro treffen sich jetzt dauernd, eigentlich ohne dass Marius das wirklich möchte. Irgendwo ist er falsch abgebogen und Sandro direkt in die Arme gelaufen. Es gibt Freundschaften, gegen die kannst du nichts tun, die sind stärker als du. Es ist der Wunsch nach Freundschaft, der stärker ist als die Freundschaft selbst. Das Seltsame ist, dass der Wunsch des einen und die Unlust des anderen sich nicht gegenseitig aufheben, sondern im Gegenteil sich aneinander hochschaukeln. Es geht nicht um Differenzen, es geht um Potenzierung. Hätte Marius das nur früher gewusst. Auch im Hinblick auf Irma. Dann wäre sicher noch etwas gegangen! Marius hatte bisher nur freiwillige Freundschaften, aber mittlerweile ist er sich gar nicht mehr sicher, ob das echte Freundschaften sind.

Er muss nur Sandro anschauen, der richtig aufgeblüht ist, seit sie sich so oft treffen. Er redet stundenlang auf Marius ein, der ihm zuhört. Seitdem zockt Sandro auch nicht mehr im Internet und Whiskey trinkt er nur noch in Maßen, seine neue Droge heißt Marius' Aufmerksamkeit.

3.
Glückskatze
Der gelbe Hund hat eine lange freie Weglänge zurückgelegt, die für einen Hund ungewöhnlich ist. Die freie Weglänge ist von der Materialdichte des Hundes und seinem Wirkungsquerschnitt abhängig, wovon der Hund allerdings nichts weiß. Normalerweise legen Hunde nur kurze freie Weglängen zurück. Sie wollen es nicht anders. Dieser Hund aber will es anders beziehungsweise er weiß nicht, ob er es anders will oder ob alles nur zufällig zu seiner Zufriedenheit so geworden ist, wie er es wollte. Erst als es anders wurde, wusste er, wie er es nicht wollte. Er ist lange unterwegs gewesen, ohne auf irgendetwas zu stoßen, das ihn gestoppt hätte. Er riecht jetzt Dunkelheit, er schmeckt Feuchtigkeit. So hat sein Leben einmal begonnen. In seinem siebten Hundejahr hat er die Farben einer Glückskatze angelegt.

4.
Realitätsverdoppelung

a.
Es ist so ruhig im Haus, so ruhig war es wahrscheinlich noch nie in diesem Haus, und Olga sitzt alleine am Küchentisch und trinkt zwei Kannen Kaffee. Sie hat sich auf dem Rückweg vom Bäcker eine Schachtel Zigaretten gekauft, sie weiß nicht warum, der Wunsch war auf einmal da. Rainer ist auf ein Filmfestival gefahren, Liliane ist mitgefahren, Lucas hat jetzt einen Freund, bei dem er das Wochenende verbringt, und Lucy ist bei der Oma. Olga hat immer gedacht, es wäre furchtbar, eines Tages wieder alleine zu sein, aber es ist gar nicht furchtbar. Es ist wunderbar. Es

ist wunderbar, alleine Kaffee trinken zu können und zu rauchen, und auf einmal weiß Olga, dass sie jetzt sofort losfahren kann, in die Stadt, in der sie einmal studiert hat, in ihre Vergangenheit, denn auch nach 25 Jahren ist die Vergangenheit in dieser Hunderte von Kilometern entfernten Stadt noch so präsent in ihr, als habe sie sie erst gestern verlassen. Sie ist präsenter geblieben als alles andere, präsenter als Oldenburg, als Rainer, Lucy, Liliane und Lucas, präsenter als das Haus und das Emailleschild mit den Namen aller Familienmitglieder. Die Vergangenheit führt ein geheimes Leben in Olga, sie bewohnt Olga, füllt einen großen Teil ihres Daseins aus, wie eine Conus-Schnecke, die sich in einer Muschel einnistet und nach und nach selbst zur Muschel wird. Olga trinkt ihren Kaffee aus, holt ihre Tasche und ihre Jacke, steckt die Zigaretten ein und fährt das Auto aus der Garage, es ist der Familienwagen, ein 2er BMW Gran Tourer, sie fährt die 560 Kilometer innerhalb von drei Stunden, nur einmal fährt sie raus zum Tanken und um im Raststättenshop eine Fanta Orange und eine Breze zu kaufen; an der Kasse grinst ein riesengroßer seltsam aussehender Bär sie an, sein Anblick macht sie aggressiv, irgendwie.

b.

In der Stadt angekommen, parkt Olga den BMW auf dem Parkgelände des Einkaufszentrums im Westen der Stadt. Mit dem Bus fährt sie weiter zu dem Theater, an dem sie damals spielte, es heißt noch immer so, aber auf den Plakaten, die im Eingang hängen, erkennt sie niemanden mehr von der alten Truppe. Keine Solveig, kein Volker, keine Kader. Die Namen sagen ihr nichts. Das Theater ist geschlossen, die nächste Vorstellung ist erst wieder übermorgen. Sie wäre sowieso nicht hingegangen. Als nächstes geht sie zu Fuß zu ihrer alten Wohnung. Sie hat die Hausnummer vergessen, eine Zeitlang steht sie vor der Nummer 27, dann fällt ihr ein, dass die Wohnung nur zwei Fenster zur Straße hin hatte, nicht drei. Es muss die 29 gewesen sein, komisch, dass ein so wichtiger Ort nicht in ihrem Gedächtnis gespeichert ist, was ist da schief gelaufen. Auf den Klingelschildern steht niemand mehr, der Hagen Bert heißt, weder unter Nummer 27 noch unter der 29. Vielleicht ist er tot, denkt Olga. Sie hofft aber, dass er nicht tot ist, sie weiß nicht, warum. Sie denkt manchmal darüber nach, wie es wäre, ihm gegenüberzustehen, ihn zu konfrontieren mit seiner Zudringlichkeit, dass er sie verjagt hat, aus ihrem eigenen Leben verjagt. Aber sie weiß, dass sie keine Worte hätte, wie sie schon damals keine Worte hatte. Er würde lächeln, gequält lächeln, als habe er gelitten und nicht sie.

c.

Olga geht zurück zum Einkaufszentrum, sie weiß nicht, was sie sich von der Fahrt versprochen hat. All die Jahre hat sie ein Bild herumgetragen von sich selbst, von dieser Stadt, eine Vorstellung von sich selbst und dem Leben, das hätte sein können. Sie hätte nicht hierhin kommen dürfen. Sie hat sich aus ihrer eigenen Vorstellung verjagt.

d.

Das Einkaufszentrum heißt Europa. Bevor sie zurückfährt, will sie noch einen Kaffee trinken und ein belegtes Brötchen kaufen für die lange Tour, etwas Obst und etwas Süßes. Sie kommt an einem Geschäft vorbei, das ausschließlich Textilien aus Kaschmir führt, sie probiert zwei Pullover an, sie kauft keinen von beiden. Sie geht weiter. Vor dem Eiscafé Diana sieht sie eine junge Frau, die ein Gewehr um den Körper trägt, sie denkt, hä? Ist das echt oder eine Marketingaktion? Sie weiß nicht warum, aber sie geht einfach hinter dem Mädchen her. Das Mädchen legt das Gewehr an und zielt auf Menschen, es sagt bumm. Bumm bumm. Die Menschen laufen weg, das Mädchen lacht und sagt bumm. Das Mädchen ist vielleicht so alt wie Liliane. Vielleicht hat sie Liebeskummer, keine Ahnung. Olga kann sich plötzlich vorstellen, dass Liliane mit einer Maschinenpistole durch ein Einkaufszentrum läuft. Olga hat das Gefühl, sie könne rechtzeitig eingreifen, bevor das Mädchen anfängt, wirklich zu schießen. Sie hat plötzlich Lust, eine Heldin zu sein. Noch einmal Kot Pun zu sein. Die Gänge leeren sich, eine Durchsage fordert alle Kunden zum Verlassen des Einkaufszentrums auf.

e.

Plötzlich steht Hagen Bert vor dem Mädchen. Er ist es! Olga ist sich ganz sicher. Das Mädchen sagt Bumm bumm. Olga hält den Atem an, doch Hagen Bert zieht dem Mädchen in einer einzigen schnellen Bewegung die Maschinenpistole vom Körper; das Mädchen sieht ihn verblüfft an, es wehrt sich nicht. Hagen Bert sagt, haben wir dich. Er lächelt gequält. Und dann hält er mit der Pistole auf das Mädchen, als hielte er nicht zum ersten Mal eine Pistole in den Händen. Es ist eine MP5, äußerst anwendersicher, einfach in der Handhabung, modular im Aufbau, extrem präzise und im Schuss außerordentlich gut kontrollierbar. Olga weiß das deshalb, weil Lucy vor noch nicht allzu langer Zeit ein Referat über die Bundeswehr geschrieben hat, nur registriert das Mädchen offenbar gar nicht, was das zu bedeuten hat. Niemand sagt Bumm bumm. Hagen Bert wartet, bis das Mädchen anfängt zu verstehen, dass sich seine freie Weglänge in den letzten Sekunden deutlich verkürzt hat. Oder vielleicht auch nicht, denn Olga hat sich einen mittelgroßen Stein aus der Umrandung eines Wasserbeckens, in dem ein Springbrunnen plätschert, geschnappt und drischt mit diesem Stein Hagen Bert frontal ins Gesicht. Hagen Bert fällt um, die Maschinenpistole zu Boden. Olga hebt sie schnell auf, sie kennt das von Filmen, dass man Maschinenpistolen schnell aufheben muss, jeder kennt das von Filmen. Und es funktioniert wirklich. Die Pistole ist jetzt in Olgas Besitz, sie kann damit machen, was sie will. Das Mädchen läuft weg, der Rucksack hoppelt auf seinem Rücken wie ein großes Kaninchen. Das Mädchen und das Kaninchen sind weg. Niemand ist da. Aus Hagen Berts Nase läuft eine gelbe Flüssigkeit, er versucht aufzustehen, er schaut Olga an. Olga sagt: Ich esse mein Steak gerne blutig, wo kommt dieser Satz plötzlich her, Olga weiß es nicht, der Satz ist einfach da, was soll man machen? Vielleicht isst Kot Pun gerne blutige Steaks. Hagen Bert sagt, tun Sie mir bitte nichts. Kot Pun sagt noch einmal: Ich esse mein Steak gerne blutig. Hagen Bert steht wieder auf und sagt, kennen wir uns, wir kennen uns doch. Er schwitzt stark und aus seiner Nase läuft jetzt hellrotes Irgendwas, aber Kot Pun sieht ihm an, dass er noch immer glaubt, er könne die Kontrolle über die Situation behalten. Kot Pun sagt noch einmal, ich esse mein Steak am liebsten blutig. Hagen Berts Gesicht ist nass, es wird sekündlich nasser, und er sagt etwas, vielleicht dasselbe, vielleicht etwas anderes, seine Stimme ist schon im Verschwinden begriffen, er versucht seine Krawatte zu öffnen, und je mehr er an der Krawatte zieht, desto dunkelroter wird sein Gesicht. Hagen Berts Atem pfeift komisch. Kot Pun lächelt gequält. Sie schaut ihm zu, wie er keine Luft bekommt und erneut zu Boden sinkt. Er schaut sie an. Sie fragt sich, ob er sie erkannt hat. Ob er weiß, dass sie das Blumenmädchen ist. Vielleicht, wenn er sie erkannt hätte. Es ist schön, jemandem beim Sterben zuzusehen, den man hasst.

f.

Olga wacht auf und etwas kitzelt ihre Nase, es ist ein Geruch, der Geruch nach Chlor, vielleicht bin ich in einem Schwimmbad, denkt Olga und schläft wieder ein. Beim zweiten Mal liegt etwas Warmes auf ihrem Arm, und ohne es zu sehen, weiß Olga, es ist Lilianes warme, klebrige Hand. Olga schlägt die Augen auf und es ist Lilianes warme, klebrige Hand. Lucas sagt Mama, wie gehts dir. Und Rainer sagt: Du hattest einen Schwächeanfall, Liebes. Nur Lucy sagt nichts, sie steht etwas abseits und schaut aus dem Fenster. Olga folgt ihrem Blick, aber da ist nichts, nur eine orange-beige Markise am Haus gegenüber.

5.

Fiktion

Alle Wahrscheinlichkeiten zusammen ergeben 1. 1 ist die Zukunft.

10.
Adamantx

a.
Auf dem Konferenztisch mit der elegant geschwungenen Arbeitsplatte aus Adamantx liegt ein unbekleideter Mann. Er liegt auf dem Tisch, als habe er, einem verrückten Impuls folgend, seine Arbeit beiseite und stattdessen sich selbst auf das glänzende Material gelegt. Seine Brille, aus der er mit weit aufgerissenen Augen starrt, hat er aufgelassen. Er ist ein gewissenhafter Mann. Er war ein gewissenhafter Mann. Denn der Mann ist tot, obwohl wir es ihm von Weitem nicht ansehen. Wir wissen es, wenn wir direkt über ihm stehen und in seine Augen blicken.

b.
Alles an dem Mann ist klein. Die schwarze mattschimmernde Brille ist schmal, die Nase, auf der die Brille sitzt, ist schlank und kurz, wie bei einem heranwachsenden Jungen, der gerade damit anfängt, nachts an sich herumzuspielen. Die Augen sind fast wimpernlos, wie kleine Murmeln, die auf der blanken Erde liegen. Die Augenhöhlen des Mannes sind nicht sehr ausgeprägt. Auch seine Wangenknochen sind nicht sehr ausgeprägt. Er hat ein rundes Kinn, das weder Begeisterung noch Zorn ausdrücken kann. Ein Kinn, das bereits zu Lebzeiten nichts ausdrücken konnte. Manche können allein durch ihr Kinn Gefühle ausdrücken, dieser Mann konnte es nicht.

c.
Auch die Ohren des Mannes sind klein, fast winzig. Wenn man die Ohren des Mannes ansieht, kann man sich vorstellen, wie er als kleiner Junge in der Schule saß und verzweifelt an seinem Bleistift kaute. Wenn der Lehrer kam, um ihn an den Ohren zu ziehen, flutschte ihm das Ohr manchmal unter der dicken Lehrerpratze weg, so zart war das Ohr, als der Mann klein war. Der Rest des Körpers scheint nur unter Protest gewachsen zu

sein, als wolle er ewig ein 11-Jähriger sein. Man kann sich kaum vorstellen, dass der Mann jemals Muskeln hatte. Weder an den Oberarmen noch am Bauch noch an den Oberschenkeln. Er hat übrigens X-Beine, die regungslosen Füße zeigen aufeinander, als wollten sie sich gegenseitig beschuldigen. Seine Finger sind normal lang, aber feingliedrig, der Handballen flach. Der Mann hat fünf Finger an beiden Händen, sie sehen alle merkwürdig unberührt aus, vor allem die Daumen. Alle Finger sind frisch manikürt.

d.

Der Penis des Mannes steht in einem seltsamen Gegensatz zu seinem Körper: Er ist zwar sehr klein, aber auch sehr dick. Wie eine frisch geschlüpfte Feldmaus, die sich im rosafarbenen und vollkommen unbehaarten Hodensack des Mannes versteckt hält, bläht sich der Penis über dem Schambein des Mann als letzte Geste gegen den Tod. Nur eins ist an dem Mann nicht klein: die Poren seiner Haut. Als würden darin Insekten wohnen, die ihm bei Nacht aus der Haut huschten, auf seinem Körper ihr Unwesen treiben, um beim Morgengrauen wieder im Inneren zu verschwinden. Die überdimensionierten Hautporen machen den Eindruck, als stünden sie in einem Zusammenhang zu der geringen Körpergröße des Mannnes. Als würden die Poren den Körper nach und nach verschlingen und zersetzen. Man könnte es mit der Angst bekommen, wenn der Mann nicht schon tot wäre.

e.

Sandro schüttelt sich und denkt: Scheiße, warum muss ausgerechnet ich ihn finden? Das Telefon, das normalerweise in der Mitte des Konferenztisches steht, ist verschwunden. Es liegt auch nicht unter dem Tisch, komisch, wer lässt ein analoges Telefon mitgehen? Sandro geht ins Vorzimmer, wählt die Nummer der Polizei. Seine Hände zittern, auch wenn er sich daran später nicht mehr erinnern wird, er wird sich nur noch an seine Entschlossenheit erinnern. Versehentlich wählt er die Nummer der Pressestelle, die hat er so abgespeichert in seinem Hirn, weil er die ja deutlich öfter wählt als die 110. Als er es merkt, legt er schnell auf. Um die Uhrzeit ist da sowieso noch keiner. Dann wählt er den Notruf, beantwortet alle Fragen professionell, legt auf und geht hinunter zum Pförtner. Der ist neu, den hat er hier noch nie gesehen. Der Pförtner blickt von seiner Zeitung auf und sieht ihn stirnrunzelnd an. Sandro zuckt zusammen. Der Typ sieht haargenau so aus wie sein Vater früher, den man auch nie am Frühstückstisch ansprechen durfte.

f.
Mr. Mchay ist tot, sagt Sandro und das Stirnrunzeln des Mannes weicht nun einem Ausdruck großer Ungläubigkeit, vermischt mit Angst.

Tot? Wieso denn tot?

Weiß ich doch nicht, sagt Sandro. Polizei ist verständigt, ich soll hier auf die warten.

g.
Kaffee?, fragt der Pförtner nach einer Weile, mit so einer blöden Sanftheit in der Stimme. Da schreckt Sandro auf. Scheiße, er war kurz vorm Einschlafen. Wie kann er denn jetzt schlafen. Hat er sich etwa schon an den Tod gewöhnt? Vor dem Fenster blinkt es blau, die Polizei ist da, mit Riesenschritten laufen zwei Polizistinnen die Treppe hoch, klopfen an die Scheibe.

h.
Sandro zeigt den Polizistinnen den Weg in Mr. Mchays Büro. Haben Sie etwas angefasst, nein, er hat nichts angefasst, nur das Telefon im Vorzimmer, um den Notruf anzurufen. Warten Sie hier, sagt die Polizistin, die offenbar das Sagen hat, und Sandro wartet im Vorzimmer, er würde sich gerne hinsetzen, aber das sieht vielleicht seltsam aus, wenn er sich einfach hinsetzt, Mr. Mchay würde es sicherlich komisch finden, wenn Sandro einfach so auf dem Stuhl seiner Sekretärin sitzen würde, während er selbst

untersucht wird in diesem entwürdigendem Zustand. Sandro muss plötzlich an den Junkie denken, der ein paar Zimmer weiter gestorben ist, mit diesem seligen Lächeln auf den Lippen, das war deutlich würdevoller, denkt Sandro, und ob es in einem anderen Universum wohl eine andere Hierarchie gibt als hier, eine, die etwas mit der Haltung zu tun hat, mit der du stirbst, wahrscheinlich, denkt Sandro, oder es gibt gar keine Hierarchie. Oder es gibt kein anderes Universum.

i.

Den haben sie kalt gemacht, denkt Sandro. Der Ausdruck kalt gemacht gefällt ihm irgendwie, auch wenn er sich wundert, dass er in so einer Situation wirklich genau diesen Ausdruck denkt. Wie der Typ da gelegen hat, wie eine Nachspeise, die man in den Kühlschrank stellt. *Immer sinnend, dass des Menschen Wesen nicht ist, sich gegen Elefanten zu stemmen,* hat er zuletzt getwittert. 146 Likes.

11.

Leserkommentare

04:47 Leserkommentar von Siebenrot
Klar, verstehe. Fallst es dir noch anders überlegst: Es gibt da ein nettes Café, das ein ganz vorzügliches Frühstück anbietet. Einladung! Würde mich freuen …

04:47 Leserkommentar von Sabrina E.
Ja. Schlafen.

04:42 Leserkommentar von Siebenrot
Schon was vor nach Schichtende?

04:32 Leserkommentar von Siebenrot
Ach, man gewöhnt sich an alles.

04:32 Leserkommentar von Sabrina E.
Das hoffe ich auch. Schlafen Sie gut (vielleicht klappts ja noch).

04:26 Leserkommentar von Siebenrot
Hoffe, es bleibt so.

04:26 Leserkommentar von Sabrina E.
Bis 6 Uhr. Ist aber recht ruhig heute.

04:26 Leserkommentar von Siebenrot
Ah Krankenschwester? Wie lange musste denn noch?

04:26 Leserkommentar von Sabrina E.
Nö. Also doch, aber ich darf nicht, ich hab Nachtschicht.

04:25 Leserkommentar von Siebenrot
Sabrina E.?

04:23 Leserkommentar von Siebenrot
Kannst du auch nicht schlafen?

04:23 Leserkommentar von Siebenrot
tRAumtänzer

04:23 Leserkommentar von Sabrina E.
Ein Schlafwandler?

04:22 Leserkommentar von Siebenrot
Wsa'n das für ein Spinner?

04:21 Leserkommentar von Ahri Shiwon
Wir gehen in das Gebäude, es ist eine Versicherung, wohin, fragt der Rezeptionist, wir möchten zu Herrn, äh, sagst du, Müller, sage ich, Meier, sagst du, Müller-Meier, fragt der Rezeptionist, einen Augenblick, bitte. Er wählt eine Nummer, er drückt mit seinen

dicken Rezeptionistenfingern auf die Tasten seines Telefons: Drei, neun. Sieben. Acht. Fünf, zwei, fünf, drei. Seine Stimme ist klar und hell. Sie können, sagt er, dritter Stock. Wir steigen in den Aufzug, er ist aus Gold, ganz golden, der Spiegel im Aufzug sagt, ihr seid die Schönsten im ganzen Land, du spinnst, sagst du und ich sage, ist doch schön. Im dritten Stock hält der Aufzug an, die Fluren öffnen sich golden, wir treten in den Flur, alles ist hellgelb und gelb, aber das könnte auch eine Falle sein. Müller-Meier, sagt eine Frau im hellgelben Kostüm, Herr Müller-Meier ist eine Frau, sie könnte unsere Mutter sein. Herr Müller-Meier bittet uns in ihr Büro, sie bietet uns Kaffee und Quarktaschen an, wir nehmen vom Kaffee, aber nicht von der Quarktasche, der Linie wegen, sagst du, aber du meinst Gift.

04:08 Leser-Kommentar von Siebenrot:
Ohne Worte!!

04:08 Kommentar der Online-Redaktion
Die Werbung ist aufgrund technischer Probleme nun ausgeschaltet. Wir möchten uns für vorausgehende Störungen entschuldigen.

04:07 Kommentar von Padre Padre
Jetzt schaltet doch mal diese unsägliche Werbung nach jedem Kommentar au

04:06 Antwort der Online-Redaktion
ANZEIGE WERBEPARTNER
Was träumen Sie? Berichten Sie uns von Ihrem schönsten, originellsten, gruseligsten oder lustigsten Traum und gewinnen Sie eine Traumreise in den Schwarzwald. Schreiben Sie in das Formularfeld Leserkommentar oder mailen Sie uns an traumarchiv@umschau.org.

04:05: Leserkommentar von Siebenrot
Sagt mal, pennt Ihr??!!1!

03:52 Antwort der Online-Redaktion
ANZEIGE WERBEPARTNER
Was träumen Sie? Berichten Sie uns von Ihrem schönsten, originellsten, gruseligsten oder lustigsten Traum und gewinnen Sie eine Traumreise in den Schwarzwald. Schreiben Sie in das Formularfeld Leserkommentar oder mailen Sie uns an traumarchiv@umschau.org.

03:51 Leserkommentar von Sabrina E.
Was soll das werden? Handelt es sich um einen makaberen Scherz der Redaktion, oder was steckt dahinter? Geht gar nicht.

03:46 Antwort der Online-Redaktion
ANZEIGE WERBEPARTNER
Was träumen Sie? Berichten Sie uns von Ihrem schönsten, originellsten, gruseligsten oder lustigsten Traum und gewinnen Sie eine Traumreise in den Schwarzwald. Schreiben Sie in das Formularfeld Leserkommentar oder mailen Sie uns an traumarchiv@umschau.org.

03:44 Leserkommentar von Ahri Shiwon
Der Traum beginnt damit, dass ich eine Leiche finde. Ich befinde mich in einem großen Haus, einem Bürohaus. Vielleicht eine Versicherung oder eine Behörde. Es ist niemand da außer mir und der Leiche. Ich wähle die Nummer der Polizei. Eine Automatenstimme sagt, ich solle alle W-Fragen beantworten. Ich weiß zwar, was W-Fragen sind, aber im Traum fallen sie mir plötzlich nicht mehr ein. Die Automatenstimme sagt ständig: Bitte wiederholen Sie Ihren Namen und Ihre Adresse. Ich lasse den Hörer neben dem Telefon liegen und gehe zu einem Kasten aus Glas, da sitzt ein Pförtner und liest Zeitung. Es ist mein Vater, der es hasst, wenn man ihn am Frühstückstisch anspricht.

Der Chef ist tot, sage ich, der Vater sieht mich ungläubig an und fragt: Tot? Wieso denn tot? Weiß ich doch nicht, sage ich. Polizei ist verständigt, ich soll hier auf die warten. Mein Vater will nachschauen, ob das mit der Leiche auch stimmt, aber ich sage, da darf jetzt keiner rein und ich habe die Verantwortung. Mein Vater fragt mich, ob ich der Mörder bin, ich sage nein, aber er glaubt mir nicht. Davon wache ich auf und fühle mich schuldig. P.S.: Meinen echten Vater habe ich im richtigen Leben schon seit sechs Jahren nicht mehr gesehen. Er ist mit seiner neuen Familie nach Tobego ausgewandert und betreibt dort ein Hotel.

03:14 Kommentar der Online-Redaktion
ANZEIGE WERBEPARTNER
Was träumen Sie? Berichten Sie uns von Ihrem schönsten, originellsten, gruseligsten oder lustigsten Traum und gewinnen Sie eine Traumreise in den Schwarzwald. Schreiben Sie in das Formularfeld Leserkommentar oder mailen Sie uns an traumarchiv@umschau.org.

12.

Aus dem Traumarchiv

Du gehörst ins Bett, sagt die Mutter, Fieber, sagt der Vater, und ich sitze ganz allein auf der Schaukel und weine. Es ist die einzige Schaukel weit und breit, eine Bürgerinitiative hat sie ermöglicht, inmitten der belebten Fußgängerzone, in der Nähe des Bahnhofs. Kinder brauchen Schaukeln e.V. heißt die Bürgerinitiative, unsere Kinder müssen und dürfen schaukeln können, aber nie schaukelt ein Kind auf dieser Schaukel, Fußgängerzonen in der Nähe des Bahnhofs sind keine Orte für Kinder. Am heutigen Tag aber gibt es eine Premiere, ein Kind sitzt auf der Schaukel und saust mit großem Schwung den Dächern entgegen, seine kleinen Füße mit Schuhgröße 32 berühren fast das Rathaus, und mit voller Kraft geht es nun zurück, und der vorbildlich nach hinten gestreckte Kopf des schaukelnden Kindes reicht fast bis an das einzige verbliebene Jugendstil-Gebäude der Stadt, alle anderen wurden bereits 1965 und 1966 abgrissen und durch funktionale Quaderbauten ersetzt. Auf dem Balkon stehen drei Redakteure, eine Redakteurin und ein Praktikant und rauchen und sehen das Mädchen auf der Schaukel und freuen sich über die gelungene Premiere. Wie das Mädchen heißt, wissen sie nicht, aber vielleicht machen sie eine Story über die Schaukel. Und über das Mädchen, das unter ihren Blicken so hoch schaukelt, dass sie das Freibad sehen kann, auf dem 10-Meter-Turm steht ein schmaler Junge und setzt zum Sprung an, und in der Ferne kann das Mädchen sogar die Alpen erkennen. Und München. Zumindest denkt sie, es sei München, es ist aber eine andere Stadt. Aus dieser Entfernung sehen alle Städte gleich aus. Was das Mädchen noch sieht: ihre Mathematiklehrerin beim Betreten eines Sportgeschäfts; ihre Schulfreundin Edithe, die sie seit ein paar Wochen schon nicht mehr gesehen hat, weil Edithe seit 1. August in ein Internat geht; einen kleinen gelben Hund, der sich am Hinterteil kratzt; einen rostbraunen Koffer, der neben der Schaukel steht; das Fenster zu ihrem Kinderzimmer, dessen Rollo zur Hälfte heruntergelassen ist. Licht ist schlecht bei Fieber, hat ihr Vater gesagt.

13.

Schon wieder!

Irma hat eine Kündigung geschrieben, aber sie hat diese Kündigung noch nicht abgeschickt. Sie wird diese Kündigung auch nicht abschicken, ich werde diese, denkt sie, Kündigung in der Hinterhand behalten, wie eine Lebensversicherung. Sie weiß selbst nicht genau, inwiefern das Kündigungsschreiben so etwas wie eine Lebensversicherung sein könnte. Es ist ja eher das Gegenteil. Ohne Job kein Leben. Andererseits: Ohne Selbstachtung auch kein Leben. Selbstachtung ist wichtiger als ein, denkt Irma, Job, oder? Andererseits, viele haben erst dann ein Problem mit der Selbstachtung, wenn sie keinen Job mehr haben. Keinen Job muss man sich erstmal leisten können. Irma weiß nicht, ob sie es sich leisten kann, keinen Job zu haben. Solange sie es nicht weiß und solange der Job ihre Selbstachtung nur angreift, aber nicht vernichtet, wird sie die Kündigung für sich behalten. Sie ist meine, denkt Irma, Lebensversicherung. Da, schon wieder! Schon wieder denkt sie, es sei dasselbe. Dann muss ja etwas dran sein. Irma liest das Kündigungsschreiben wieder und wieder, es gefällt ihr auch nach dem zwanzigsten Lesen, sie ist froh, dass sie es hat. Es ist wie eine, denkt sie, nicht schon wieder, denkt sie.

14.

Interview: Der Apfelbaum-Traum (3)

Als Neurowissenschaftlerin ist es Ihnen gelungen, einen intimen Einblick in unsere Gedanken zu erhalten, zumindest wenn wir schlafen. Wie sehen eigentlich unsere Träume aus?

Bunt. Damit meine ich nicht die Traumvielfalt oder dass wir meist in Farbe träumen, sondern das Sehen von Träumen funktioniert so ähnlich, wie das menschliche Auge Farben wahrnimmt. Was wir als blau, grün oder gelb wahrnehmen, ist Projektion. Farbe ist ein subjektiver Eindruck. Er entsteht, wenn unser Sehsystem den Sinnesreiz verarbeitet, der durch Licht verschiedener Wellenlängen auf der Netzhaut des Auges ausgelöst wird. Ähnlich ist es auch mit dem Bewusstsein unserer Probanden, das wir uns anschauen. Jeder Traum erzeugt andere Wellenlängen, in diesem Fall Gedankenströme, die Netzhaut entspricht der Traumumgebung, von der wir vorhin gesprochen haben.

Das heißt, Sie können Gedanken lesen?

So könnte man es tatsächlich formulieren. Auch Lesen ist etwas Subjektives, das aber auf einer objektiv wahrnehmbaren Oberfläche beruht. Aus Tempo, Rhythmus, Intensität der digitalen Aufzeichnungen sowie aus den Messungen körperlicher Reaktionen entcoden wir, was eine Person in etwa denkt oder fühlt. Das funktioniert allerdings nur, solange sie nicht selbst eingreift, also absichtsvoll denkt. Dies ist der Fall bei schlafenden Probanden, bei Probanden, die unter massivem Alkohol- und Drogeneinfluss stehen, und auch bei denen, die sich im Zwischenstadium von Schlaf und Wachsein befinden. Dann nämlich sind die sogenannten Theta-Wellen des menschlichen Bewusstseins aktiv; im Gegensatz zu den etwas schnelleren Alpha-Wellen sind sie langsam genug, um sie mit einem speziell entwickelten Decoder zu entziffern.

Wie erhalten Sie Zugang zu diesen Wellen?

Entweder die Probanden sind an unsere Geräte im Traumlabor angeschlossen oder wir haben Zugriff über die App. Dazu muss das Handy natürlich an sein.

Eine Frage, die uns viele Leser gestellt haben: Wissen die Probanden, dass Sie Zugang zu ihren Gedanken haben?

Selbstverständlich. Das Erfassen der Theta-Wellen ist momentan nur über einige wenige hochsensible Geräte möglich. Mit dem Kaufvertrag unterschreiben Sie, dass Sie über die besonderen Möglichkeiten des Gerätes Bescheid wissen. Selbstverständlich können Sie die entsprechende Funktion ausschalten, wenn Sie nicht möchten, dass Ihre Träume wissenschaftlich und selbstverständlich anonymisiert ausgewertet werden.

Was muss ich tun, damit ich Ihre Probandin werde?

Entweder Sie kommen zu uns ins Labor oder Sie kaufen sich ein Handy der Marke Theta2 und lassen es über Nacht an. Aber auch, wer diesen sehr direkten Zugang zu seinen Träumen nicht möchte, kann dabei sein: Über die App Traumarchiv können Sie anonym Ihre Träume hochladen und mit den Träumen anderer Menschen vergleichen. Auf diese Weise tragen Sie zum Aufbau des größten Traumarchivs in Europa bei.

Was geschieht mit dem Traumarchiv?

Das Traumarchiv hilft uns dabei, den wahrscheinlichen Verlauf der näheren Zukunft zu errechnen. Natürlich kann niemand in die Zukunft sehen. Aber wenn wir wissen, welche Träume geträumt werden, wissen wir auch, welche Geschichten erzählt werden, und können somit errechnen, welche Geschichten auch künftig erzählt werden werden und welche eher nicht.

Mehr dazu erfahren Sie unter www.archiv-der-traeume.com
Lesen Sie hier den zweiten Teil des Interviews
Lesen Sie hier den ersten Teil des Interview

Dieser Artikel könnte Sie auch interessieren:
Schlafforschung: Warum Schlafen so wichtig für unser Leistungsvermögen ist
Hund, Katze, Vogel: So viel Schlaf braucht Ihr Haustier
Krieg, Tiere, Sex: Was diese Traummotive bedeuten
Hygiene: Zehn Gründe, warum Sie am Abend Ihre Zähne putzen sollten!
Regenschirm oder Sonnencreme: So wird das Wetter morgen

∞

06:45 Uhr: Wir schließen nun den Mitternachtsticker und verweisen auf unseren **Sonderticker** Zum Tod von Wilko Mchay. Dieser Artikel könnte Sie auch interessieren: **Wilko Mchay (†)** Nachruf auf eine feste Größe. Es ist nicht möglich, irgendetwas zu verstehen, aber es ist ein Unterschied, ob man es ernsthaft versucht oder gar nichts verstehen will. Es gibt, sagt Louise, verschiedene Qualitäten des Nicht-Verstehens, verstehst du? Owen nickt. Er weiß nicht, ob sie den Gedanken selbst formuliert oder nur zitiert hat, und wenn, dann wen zitiert hat, er fragt aber nicht nach, weil Nachfragen die Distanz zwischen ihnen zerstört hätte, die er benötigt, um sie später im Hotelzimmer zu begehren. Oder damit sie ihn begehrt, vielleicht ist es ja das. Sie wirkt in diesen Tagen sehr glücklich, aber Jahre später, als sie längst verheiratet sind, wird sie ihm sagen, dass sie so schrecklich unkonzentriert war, in jenem Sommer in Auckland. Tom spricht Menschen in der Fußgängerzone an. Sie sollen ein paar Cents oder einen Euro spenden, weil er Hunger hat. Den meisten ist es unangenehm, dass er Hunger hat. Viele hassen ihn dafür, dass er Hunger hat. Manche haben Mitleid mit ihm. Er weiß nicht, warum er selbst wiederum die, die Mitleid haben, am meisten hasst. Er sagt danke und hasst sie. Was die Sache mit dem Traumarchiv soll, hat eigentlich keiner so richtig verstanden. Aber Mr. Mchay ist begeistert gewesen. Und kaum ist Mr. Mchay begeistert, ist auch Valentina begeistert, und Susana und Sandro und Marius sind es auch, nachdem das Projekt in der Konferenz vorgestellt worden ist. Irma faselt etwas von Gespenstern, von denen wir umgeben, sagt sie, seien und die es gelte, sichtbar zu machen. Das Gespenstische öffne eine Pforte zu unseren Ängsten, vor allem nachts seien wir empfänglich. Da gab es doch mal diese Sendung, die nur daraus bestanden hatte, dass, sagt Irma, Menschen wie du und ich einem Moderator ihre Probleme anvertrauten. Sie sagt wie du und ich und alle setzen sich gerade hin, weil sie nicht gemeint sein wollen. Da ging es um, sagt sie, schmutzige und traurige Geschichten, Gewalt, Sex, Familiengeheimnisse. Sowas fehle, deshalb, sagt Irma, wollen sie und

Sandro mit dem Traumarchiv ein neues Format schaffen, und als Sandro seinen Namen hört, zuckt er leicht zusammen. Mr. Mchay sagt während der ganzen Konferenz kein einziges Wort, nur am Ende dankt er Irma für ihr Bekenntnis zum Fortschritt. Und Valentina sagt gleich ihre größtmögliche Unterstützung zu, für dieses einzigartige Projekt, das genau zur richtigen Zeit komme: Über den Liveticker von der Geiselnahme haben alle berichtet, die zuvor noch nie von Lasslingen gehört haben, sogar die New York Times, die Hürriyet und die Prawda. Was die Welt brauche, sagt Valentina, sei weg vom Sensationsjournalismus hin zur Partizipation. Das sei nicht nur der richtige Weg, um mit den Lesern ins Gespräch zu kommen, sondern auch eine Möglichkeit, die eigene Mitmenschlichkeit wiederzuentdecken. Dafür sei das Internet irgendwann geschaffen worden. Zurück in die Zukunft!, sagt sie, und ihr Sagen geht ein bisschen in Richtung Ausrufen wie bei einer Zalatorin, so nannte man die im Alten Rom, und Mr. Mchay nickt wieder und sagt: Danke, Valentina. Dann gehen alle auf ihre Plätze und sehen sich vielsagend an und wundern sich. In seiner Kindheit war da vielleicht mal ein Freund, aber daran kann Keanu sich eigentlich nicht erinnern. Wenn er versucht, sich zu erinnern, sind da seine Mutter, seine Schwester, ein schemenhafter Vater. Weihnachten, Abendessen, morgens in die Schule, seine Schwierigkeiten in Mathe, Fußballverein, Besäufnis, Kirche. Seine Erinnerungen dauern nicht länger als eine halbe Minute. An einen Freund erinnert er sich nicht. Bis vor einer Woche war ihm das auch egal, er hat nichts vermisst. Sein Leben ist in Ordnung, wie das anderer Menschen auch. Er ist gesund, er hat einen Job, eine Familie, sein Auskommen. Er hat Rebecca, seine Frau. Aber neulich erwähnte ein Kollege in einem Nebensatz seinen besten Freund Mick. Ohne Mick hätte er seine Ehekrise nicht überwunden. Was Mick für ihn getan habe, das würden nur Freunde für dich tun, das sei unbezahlbar. Es war die Falte um seinen Mund, die Keanu fasziniert hat, wie diese Falte sich verändert hat, als dieser Kollege von Mick erzählte. Wie sich die Haut um die Lippen herum veränderte, wie sie beweglich und weich wurde, wie sie tanzte. Keanu hätte das nicht für möglich gehalten. Seitdem fragt er sich, wie sich sein Gesicht verändern würde, wenn er einen Freund hätte, von dem er sprechen könnte. Er geht mit anderen Augen durch die Welt. Überall sieht er Männer, die die Köpfe zusammenstecken, wie Jungs, die etwas aushecken. Viele Männer haben Freunde. Sie hauen sich auf die Schultern, sie lachen, manche küssen sich sogar auf die Wangen, umarmen einander. Das würde er nicht wollen. Trotzdem wünscht er sich einen Mick als Freund. Dabei hat er gar keine Ehekrise. Damals war Olga geflüchtet, weil sie Hagen Bert auf keinen Fall mehr begegnen wollte, nun hält sie Ausschau nach ihm. Sie findet sein Konto bei LinkedIn, sie klickt auf Vernetzen, er wird sie nicht erkennen. Ihr Profilfoto ist das einer unbekannten Frau, das sie von irgendeiner Internetseite heruntergeladen hat, sie weiß noch nicht einmal, von welcher. Nur dass das neutrale Aussehen der Frau ihr gefallen hat. Auch ihr Nachname wird Hagen nichts sagen, es ist der ihres Mannes und ihrer Kinder. Vielleicht wird er kurz zögern, wenn er ihren Vornamen liest. Olga. Vielleicht wird er an eine Olga denken, die er einmal kannte. In seinem Profil steht, dass er 1991 Filialleiter geworden ist, erst bei einem Getränkehandel, dann bei Kaufhof und jetzt ist er Geschäftsführer des Europazentrums. Bei Topkenntnisse steht nichts. Jemand hat ihm dafür eine Empfehlung geschrieben: I worked together with Hagen for a few years, it has always been a pleasure. Hagen was a reliable and professionell colleague with a great passion for sustainable relationship and intrinsically tied to his duties. I can recommandate this guy ;-) Das war am 17. August 2010. Geschrieben von Solveig G., CEO Mindmarketing GmbH. Innerlich war Mr. Mchay schon lange hinüber, denkt Valentina. Pelin kann es noch immer nicht fassen, wie schnell sie Instagram-Star geworden ist. Wegen einer Katze! Aber Pelin hat Sokak kızı nicht nur deswegen ins Herz geschlossen. Sondern auch, weil diese Katze einfach Persönlichkeit hat und schlau ist; sie hat sofort kapiert, wie die Sache läuft, und findet die besten Spots im Laden selbst. Sie kuschelt sich gemütlich in die Kopftücher, versteckt sich hinter den Hidschabs, sodass nur noch ein Auge und ein Ohr zu sehen sind, sie putzt sich vor dem schönsten Paar Schuhe, türkisfarbenen Ballerinas mit Strass verziert. Die Kombination aus Katze, Stoff und Laden schreit geradezu danach, auf Insta vermarktet zu werden, Pelin hat nicht umsonst Marketing studiert. Ich weiß schon, was ich mache, hat sie zu Selim gesagt. Aber dass es so abgehen würde! 10.000 Fans innerhalb von einer Woche. Und Selim ist jetzt ihr größter Fan. Er hat sogar sich selbst als Modell angeboten, denn für einige XL-Modelle hat Pelin niemanden gefunden, der darin posen möchte. Sieht man doch eh nicht, wer unter der Burka steckt, und Pelin hat eingewilligt. Owen ist das erste Mal in Auckland, er sitzt in einem Café, dort lernt er Louise kennen und fühlt sich gleich zu ihr hingezogen, sie trägt orangefarbenen Lippenstift und so ist sie auch, sehr orange in allem, was sie sagt. Und wie sie lacht. Orange, orange. Nur wenn er ihr zu nahe kommt, ist sie plötzlich ein anderer Mensch. Green or blue or red, something like that. Er weiß nicht, ob es daran liegt, dass er sie auf Distanz halten möchte, dass das, was er an ihr begehrt, für ihn nur außerhalb eines gewissen Radius' zu spüren ist, dass sich sein Begehren vielleicht verliert. Oder ob es an ihr liegt. Weil sie sich in Nuancen anders verhält, wenn sie eine längere Zeit miteinander sind. Aber vielleicht liegt es auch an etwas ganz anderem, niemand kann in andere Menschen hineinschauen und am allerschlechtesten können Menschen in sich selbst hineinschauen, ohne sich den Hals zu verrenken. Einer der Esel hieß Monte Christo, sagt Kader, der andere Mussolini, einer war eine Eselin, ich weiß aber nicht mehr, welcher. Wahrscheinlich Mussolini, sagt Dogan. Sehr witzig, Dogan, sagt Kader und ärgert sich, sie wollte eigentlich etwas ganz anderes erzählen. Immer wenn sie etwas erzählen will, wird das Vorhaben von Dogans sarkastischen Bermerkungen durchkreuzt. Was ist denn nun mit diesem Monte Christo, fragt Dogan. Aber Kader schaut aus dem Fenster. Jeden Tag denkt sie an Yalcin und Jack, wie sie neben Monte Christo herlaufen, sie weigern sich, auf ihm zu reiten, sie behandeln ihn, als wäre er einer von ihnen. Die drei sind unzertrennlich, und in Kaders Erinnerung mischt sich ein dumpfer, eifersüchtiger Schmerz. Sie nennen sich Black, Jack und Grey. Sie erinnert sich, wie sie insgeheim froh ist, als Jack aus dem Türkeiurlaub nicht zurückgekehrt ist, sie erinnert sich auch, dass es Yalcin das Herz bricht. Monte Christo ist schon alt und kommt auf einen Gnadenhof nach Schleswig-Holstein, und was aus Mussolini wird, weiß sie nicht mehr. Salami wahrscheinlich. Yalcin läuft ein paar Jahre später von zuhause weg, da ist er sechzehn. Eine Zeitlang ist es so, als wären alle drei gestorben, Jack, Yalcin und Mussolini, und nur sie ist übrig geblieben, sie und Monte Christo. Was gibt es zum Abendessen, fragt Dogan, nichts, sagt Kader. Louise schreibt, sie hat Owen kennengelernt, sie wollen heiraten. Er ist musisch begabt und er spricht mehrere Sprachen. *Arbeit geht von selbst dahin, wo sie keine mehr ist,* schreibt Sandro noch schnell auf Twitter, während er auf dem Klo sitzt und scheißt. Er denkt immer noch an Mr. Mchay und schüttelt den Kopf. Neulich, als sie den ersten Ticker geschaltet hatten und dieser nervige Junkie vor seinen Augen gestorben ist, da war ihm schon klar, dass er Teil von etwas ganz Großem geworden war. Dass immer dann etwas ganz Großes geschieht, wenn Leute dafür sterben müssen, vor allem dann, wenn es Unschuldige sind. Deshalb ist auch immer die Rede von unschuldigen Opfern, weil das unschuldig ein Indikator dafür ist, dass gerade etwas Großes und Wichtiges passiert. Unschuld und Weltgeschichte hängen zusammen, keine Ahnung, woher Sandro das weiß, von Ludwig Hohl jedenfalls nicht, da ist er ganz von alleine drauf gekommen. Und jetzt Mr. Mchay, der, wie jeder weiß, an ganz vielem schuld war, und dass er jetzt tot ist, nimmt diese ganze Schuld mit einem einzigen Hauch von seinem Körper, eine Leiche kann nicht schuldig sein. Irgendwie geil, dass das passiert ist und er mitten drin, und wieder denkt Sandro daran, dass das eine Erfahrung ist, die ihm niemand nehmen kann, genauso wie vor ein paar Jahren, als er das erste Mal gefickt hat, zwar hat er alles falsch gemacht und fühlte sich hinterher irgendwie unwohl, als habe er zwei Tafeln Schokolade hintereinander gegessen, aber er wusste jetzt Bescheid, er gehörte dazu, und das war etwas, das konnte er so wenig fassen wie die Begegnung mit den Toten. Und alles, was er nicht fassen konnte, war gut. War einfach gut. Selim zieht die Burka an. Unter den Stoffmassen riecht es ganz anders als draußen, es riecht nach Stoff und nach ihm selbst, nach seinem eigenen Geruch und dem Duschgel, das er heute morgen benutzt hat, mit der Geschmacksrichtung Hang out, und dann ist da noch ein anderer Duft, etwas Zartes irgendwie. Er hört Pelin kichern, sie zuppt an ihm herum und schiebt den Stoff über dem Gesicht zurecht. Dann kehrt plötzlich eine Ruhe ein, Pelin schaut ihn an und er spürt, wie Pelin ihn ansieht. Wie Pelin ihn ansieht, aber eigentlich sieht sie nichts, nur seine Pupillen. Selim dagegen sieht alles, aber er selbst kann nicht gesehen werden. Wie ein Tarnumhang, sagt Selim. Owen hat sich für den ersten gemeinsamen Urlaub eine neue Kamera gekauft, er spürt, dass er seine Art wahrzunehmen ändern möchte, bedingt durch Louise, beeinflusst durch ihre Aura und dieses Spiel zwischen ihnen, von dem er gar nicht weiß, ob es wirklich zwischen Louise und ihm ist oder nur zwischen ihm und seiner Projektion. Manchmal fotografiert er sie; wenn er auf den Auslöser drückt, hat er das Gefühl, etwas Wichtiges festzuhalten, als sei er ein investigativer Journalist und sie eine Mata Hari. Er versucht eine Antwort zu finden, eine Wahrheit, doch er findet keine Wahrheit. Er glaubt, dass sie weiß, was in ihm abläuft, und dass sie ihn wegen seiner verzweifelten Versuche, den Dingen auf die Spur zu kommen, insgeheim auslacht. Am letzten Tag fällt ihm die Kamera plötzlich aus der Hand, als sie vor dem War Memorial stehen, er weiß nicht, warum ihm das passiert, orange, orange. Er hat einfach nicht aufgepasst. Die Linse ist zersprungen, auch das Objektiv ist im Eimer. Die Kamera war teuer; Louise legt ihm die Hand auf die Schulter und bedauert ihn wortreich, er aber grämt sich nicht wegen des Geldes, sondern weil sie ihn für einen Trottel halten muss. Er kann ihr unmöglich sagen, dass seine Familie steinreich ist, dass er sich Hunderte dieser Kameras leisten könnte, wenn er wollte. Er will aber gar nicht und darauf kommt es an, denkt er. Es war an einem Mittwochnachmittag, als André Schluss gemacht hat. Keine Angabe von Gründen. Rosi hat schon lange damit gerechnet, keine Ahnung, warum, nur so ein Gefühl. Auf ihre Intuition kann sie sich verlassen, was in diesem Fall aber auch nicht weiterhilft. Eigentlich hat ihr die Intuition selten weitergeholfen, im Gegenteil: Meistens verursacht sie Rosi ein Schuldgefühl; sie hat die Dinge geahnt, aber trotzdem nicht verhindert. Das eine hat mit dem anderen nämlich nicht viel zu tun, eigentlich gar nichts. Am Morgen nach der Trennung ist alles wie immer. Die Sonne scheint, ein Vogel schreit. Ein erster Mai. Am Nachmittag soll es regnen. Rosi wartet auf heftige Gefühle, aber da ist nichts. Keine Wut, keine Trauer, keine Angst. Noch nicht einmal Langeweile. Vielleicht stehe ich unter Schock, denkt Rosi. Aber auch Stunden später, als es schon hagelt und stürmt, empfindet sie nichts als eine milde Leere. Sie beschließt, schwimmen zu gehen. Nach dem Schwimmen, der Sauna und wieder zuhause isst sie Tiefkühlpizza und trinkt ein Glas Rosé. Sie hat kein einziges Mal an André gedacht. Jetzt ist es soweit. Sie haben es im Radio gesagt. Fast ist es wie eine Erlösung, denkt Ahri Shiwon, weiß aber nicht, ob sie das denken darf, und hält sich vorsorglich die Hand vor den Mund, damit die Gedanken nicht ihr Inneres verlassen. Sie läuft ins Bad, um sich die Zähne zu putzen, jetzt ist es noch wichtiger, sich ganz normal zu verhalten, das zu tun, was sie immer tun, keine Abweichungen, das haben sie im Radio durchgesagt. Ahri Shiwon weiß schon jetzt, dass nichts mehr so sein wird wie immer. Vielleicht putze ich das letzte Mal meine Zähne, denkt sie, als sie ihre Zähne putzt, vielleicht verlasse ich das letzte Mal das Haus, vielleicht fahre ich zum letzten Mal Zug. Vielleicht, denkt Ahri Shiwon, als sie an der Sungyang-Akademie aussteigt, steige ich zum letzten Mal aus dem Zug aus und gehe zu Fuß zur Sonjuk-Brücke. Vielleicht ist die Brücke morgen schon zerstört. Ahri Shiwon versucht, traurig zu sein, aber sie weiß nicht, ob Traurigsein das richtige Gefühl ist, mit der Situation umzugehen. Seit Mr. Mchay tot ist, hat sich alles zum Schlechteren gewendet, auch wenn wir gehofft hatten, ja eigentlich sicher waren, dass unsere Chance gekommen war! Mr. Mchay hat Platz gemacht, wo vorher kein Platz war. Für Neues, haben wir gedacht! Aber es kam nicht das Neue, es kam das Alte. Das System kennt keine freien Plätze, es kennt nur Rahmenbedingungen. Mr. Mchay war so eine Rahmenbedingung, an der wir uns orientiert, an der wir uns abgearbeitet haben. Wenn dann die Rahmenbedingungen nicht mehr gültig sind, ist jede Anstrengung für die Katz gewesen, wir haben die Katz zusammen mit Mr. Mchay in einem Eichensarg beerdigt. Jetzt sind wir leer und ausgepumpt, wir wissen nicht mehr, wo wir stehen, und ertappen uns dabei, dass wir gerne an Diktaturen glauben würden. Gerechtigkeit ist nur etwas für Leute mit den richtigen Rahmenbedingungen. An Mr. Mchays Stelle ist ein mehr oder weniger offener Krieg ausgebrochen, ein Krieg zwischen denen, die mehr wollen, als sie bisher hatten, und denen, die nichts abgeben wollen. Es werden Wunden aufgerissen, von denen wir dachten, sie seien längst geheilt. Der frische Eiter, der aus unseren Öffnungen quillt, spricht andere Bände. Und wir mitten drin, unfähig einzugreifen, unfähig, auszusteigen, jede Kampfhandlung endet im Kampf gegen uns selbst. Wir sitzen auf unseren Gesundheitsstühlen vor unseren Ultra HD Monitoren und wischen uns die Wut aus den Augen und fragen, wann die Kantine aufmacht. Sie haben die Fotos hochgeladen, und dann hat Pelin Selim zum Essen eingeladen, beim Libanesen am Zeisingplatz; schon als Kinder sind sie mit ihrem Vater hingegangen, teuer ist es da, aber Pelin kann sich den Libanesen jetzt leisten, sie hat ein Umsatzplus von 125 Prozent seit letztem Februar. Pelin, ist das ein Kerl da unter der Burka, schreibt eine Followerin und Pelin überlegt kurz, dann postet sie: Ja ;-). Margit hat Louise in Auckland besucht. Owen ist wirklich sehr nett, nur spricht er leider kein Deutsch und Margits Englisch und Spanisch sind gerade mal so A1-Plus-Niveau. Sie wird auch von ihm nicht erfahren, was sie bei Louise eigentlich falsch gemacht hat. Louise und Margit wissen kaum, wie sie miteinander sprechen sollen. Das wird schon wieder, hat Lars gesagt, als sie geskypet haben. Mein Vater und ich waren auch wie Hund und Katz. Louise und ich sind aber nicht wie Hund und Katz, hat Margit gesagt. Es ist eine schöne warme Nacht, als sie skypen, die Zikaden zirpen. Die Verbindung ist gut. Zikaden, sagt Lars. Ja, sagt Margit, schön, nicht wahr? Mr. Mchay ist tot, und alle wissen es und sind entsetzt, nur Susana wusste es nicht, bis gerade eben, ist aber immer noch nicht entsetzt. Warum sollte sie entsetzt sein, dass der Arsch tot ist? Wird sie nie verstehen, dass die Leute gestern noch geschimpft haben, aber heute … Es ist immer dasselbe, aber gut, das ist nicht ihr Problem. Das gehört eben auch dazu, zum Arbeiten, dass nicht nur schöne Sachen passieren, dass man nicht nur schöne Sachen schreibt und dafür viele Klicks bekommt. Mr. Mchay hat das gekannt. Der war glücklich, denkt der Sandro. Und jetzt ist er tot. Gehört aber auch dazu. Hat immerhin ein schönes Leben gehabt, obwohl der Sandro, wenn er an die Mr.-Mchay-Leiche denkt, das überhaupt nicht zusammenbringt, im Kopf. Nackte und tote Leiche auf dem Schreibtisch hier, schönes und glückliches Leben da. Wie soll das gehen? Auch wenn Sandro weiß, dass das durchaus geht, kapieren sagen wir mal 90 Prozent seines Körpers nicht, wie das funktioniert haben soll. 90 Prozent sagen, das kann nicht so gewesen sein. 90 Prozent sagen, glückliches Leben bedeutet abends schön im Bett einschlafen, was Angenehmes träumen, morgens aufwachen und tot sein, aber gar nicht merken, dass man tot ist, weil man ja eben nicht mehr aufwacht. Und das Aufwachen, um zu merken, dass man tot ist, das ist nur so eine gedachte Zwischenstation, um beim Denken etwas zustande zu bringen. Eine Denkkrücke, die man, wenn man den Satz zu Ende gedacht hat und wirklich kapiert hat, um was es geht, wieder weglassen kann. Es klopft an die Toilettentür, eine Stimme, die einem Michael oder Christian gehört, ruft: Alles ok bei dir? Ja, klar, sagt Sandro und er hört, dass es so klingt, wie es klingen soll, lässig und verwundert. Alles gut. Er putzt sich den Hintern ab, zieht ab und wäscht sich die Hände. Er schaut in den Spiegel. Sieht er irgendwie anders aus? Also nicht äußerlich, sondern irgendwie von der Ausstrahlung her? Als Kind hat er gelesen, dass Menschen, die einen Toten sehen, die Fähigkeit erhalten, verborgene Dinge zu erkennen, die andere nicht erkennen können. Sandro schaut sich im Spiegel an und fragt sich, ob er seit dem toten Junkie andere Dinge sieht. Und ob sich das an seinem Aussehen schon bemerkbar gemacht hat. Obwohl – das zeigt sich ja sicherlich nicht im Aussehen. Eigentlich komisch, denkt Sandro, dass das, was man selbst sieht, nicht direkt mit dem zusammenhängt, was ein anderer oder man selbst, wenn man sich selbst im Spiegel sieht, sieht, wenn er einen ansieht. Vielleicht, denkt Sandro, ist das der eigentliche Grund, warum man sterben muss. Weil das Innen etwas anderes ist als das Außen und das auf die Dauer nicht gut gehen kann. Sonst wäre nämlich Subjekt gleich Objekt. Und wenn Subjekt gleich Objekt wäre, dann gäbe es ja gar keine zwei … wie sagt man … Jekts? Dann gäbe es nur Subjekt. Und das wäre dann das Gleiche. Dann könnte man zum Beispiel nicht getötet werden. Oder von einer Krankheit dahingerafft werden. Man könnte zwar sterben, aber das Sterben wäre eine Art Tätigkeit. Etwas, das man selbst erledigt, ohne aber sich selbst dabei zu töten; denn das würde einen ja gleich wieder zum Objekt machen. Oder man wäre nur Objekt. Dann hätte man aber keine Meinung dazu, dass man sterben muss, dann wäre sterben immer ermordet oder überfahren oder vergiftet werden und das fände man ok, das wäre absolut in Ordnung so. Heute streiken die scheiß Verkehrsbetriebe, es ist zum Kotzen, Lars sitzt seit einer Stunde im Stau fest, ohne dass es vorwärts noch rückwärts geht, die Radfahrer haben sich etwas besonders Perfides ausgedacht, sie blockieren nicht mehr mit dem Rad die Straße, sondern sind auf Lastwagen umgesattelt, im wahrsten Sinne des Wortes. Sie kaufen alte Lastwagen auf oder mieten sie an, sie rufen auch andere Radfahrer dazu auf, Lastwagen, Busse, sogar Traktoren zu mieten und damit die Straßen zu blockieren, auf Knien soll man sie anflehen, doch wieder aufs Fahrrad umzusteigen, sie erwarten öffentliche Kniefälle, so radikalisiert sind sie schon, nur hinter welchem Lkw-Fahrer nun ein protestierender Radfahrer steckt und hinter welchem selbst ein potentieller Radfahrerhasser, weiß keiner, nur bei den wenigen Frauen, die plötzlich hinter den Lkw-Steuern sitzen, ist es wahrscheinlich, beweisen kann er nichts, das ist es ja, sie haben das Recht auf ihrer Seite. Über die Uferallee kann er nicht fahren, sie ist seit Wochen überflutet, der Obere Ring ist gesperrt wegen einer Baustelle. Wenn sie wenigstens hupen würden. Aber sie verhalten sich ganz leise. Sie verhalten sich, als hätte es sie immer schon gegeben. Als sei alles wie immer. Es ist gespenstisch. Herr Zork ist der designierte Nachfolger von Mr. Mchay. Zuletzt war er Geschäftsführer einer Kosmetikkette, Visuals of London. Gerade hat er noch mit seinem Zahnarzt über Mr. Mchay gesprochen. Keiner weiß, was genau passiert ist. Woran er gestorben ist. Nur dass er gestorben ist. Von der giftigen Muschelschnecke erfährt Valentina zufällig, als sie am Nachmittag ihren Australien-Urlaub bucht, Rudi geht nächste Woche in Sydney an Land, sie wollen sich treffen, ein paar Tage zusammen verbringen, bevor das Schiff wieder ablegt, es heißt löschen, schreibt Rudi via Whatsapp, von mir aus löschen, schreibt Valentina zurück, die keine besondere Lust auf Australien hat, aber nicht weiß, wie sie das begründen soll. Eventuell mit den giftigen und wilden Tieren, die dort leben, aber das weiß auch Rudi, dass Valentina keine große Angst vor Spinnen und Schlangen und Kängurus hat, wo soll sie diese Angst plötzlich herhaben. Trotzdem googelt sie einen Nachmittag lang giftige Tiere in Australien, um vielleicht doch noch eine überzeugende Geschichte zu finden, und dann findet sie die Schnecken, die in Muscheln wohnen, so lange wohnen, bis die Muscheln wie die Schnecken und die Schnecken wie die Muscheln heißen. Ihr Gift kann für Menschen lebensgefährlich sein. Valentina verbringt mehrere Stunden, um sich Bilder von den Cone Shells anzuschauen, wunderschöne Muscheln, in denen die Schnecken leben, die ihr Gift in einem hohlen Zahn verstecken und diesen hohlen Zahn wie eine Harpune nutzen, um ihre Beute zu erlegen. Valentina dagegen verbindet hohle Zähne mit von Zucker und Limonade heruntergewirtschafteten Milchzähnen, die irgendwann gezogen werden. Dass der beim Menschen wertlose hohle Zahn bei der Schnecke zum Mordinstrument wird, fasziniert sie, was man mit hohlen Zähnen alles treiben kann, denkt Valentina, bevor an diesem Tag Sandro zum Mitarbeitergepräch kommt und es so aussieht, als würde er die Stelle als Ressortleiter bekommen; Valentina hätte lieber Irma eingestellt, aber Mr. Mchay hat plötzlich darauf bestanden, dass Sandro die Stelle bekommt. Dabei hat er immer gegen den Sandro gelästert, während er Irmas Ideen unterstützt hat. Nie im Leben hätte Valentina gedacht, dass Mr. Mchay so bald aussterben würde. Und dann noch an Heroin. Wer hätte vermutet, dass Mr. Mchay drogenabhängig ist? Und dann passiert plötzlich der absolute Hammer, als Susana ein Einschreiben vom Nachlassgericht im Briefkasten findet: Sehr geehrte Frau Dubois, Sie kommen als Erbin des Nachlasses von Mr. Wilko Mchay in Betracht. Anbei finden Sie das Protokoll der Testamentseröffnung und eine Fotokopie des Testaments. Bitte teilen Sie uns bis zum 28. Juni 2019 mit, ob Sie das Erbe annehmen möchten … Informtationsblatt beiliegend … Wenn Sie das Erbe anfechten wollen … Hochachtungsvoll. Susana überlegt seltsamerweise als Erstes, ob sie das Erbe anfechten solle. Sie möchte auf keinen Fall etwas mit dem Nachlass von Mr. Mchay zu tun haben. Ihr zweiter Impuls ist, ihre Mutter anzurufen, natürlich weiß Susana, dass ihre Mutter vor zwei Jahren gestorben ist, Selbstmord aus heiterem Himmel, kein Mensch hat verstanden, warum, keine Depressionen, keine Schulden, keine unheilbare Krankheit, es gab überhaupt kein Motiv. Susanas Impuls ist stärker als ihr Bewusstsein, sie gibt ihm nach und ruft die Telefonnummer ihrer Mutter an, die sie nie aus ihrem Speicher gelöscht hat, und nun weiß sie plötzlich, warum: damit sie sie jederzeit anrufen kann. Am anderen Ende geht niemand dran, natürlich nicht, aber auch wenn die Mutter nie wieder dran geht, kann Susana sie dennoch jederzeit anrufen, darum geht es doch und um nichts anderes. Und wer das nicht kapiert, ist total verblödet, denkt

Susana, legt den Hörer auf. Sie geht ins Bad, ihre Augen schmerzen plötzlich, ihre Wangen sind rot, ihr Gesicht sieht aus, als könne es sich jederzeit auflösen. Susana lässt ihre Hand mit dem Kajal sinken und fängt an zu weinen und schafft es erst nach einer halben Stunde, wieder aufzuhören. Dann ruft sie Karlo an, ihren Papa, den sie Karlo nennt, und noch bevor er dran geht, hat sie verstanden, was sich jahrelang direkt vor ihren Augen abgespielt hat, was sie schon immer verstanden hat, aber nie verstehen wollte. Hier Karlo, sagt Karlo, und Susana sagt etwas, das sie noch nie gesagt hat, sie sagt Papa, ich bins, und da weiß auch Karlo, dass Susana alles verstanden hat, und er sagt, mein Mädchen, komm vorbei, ich mache uns was Feines zu essen. Marita trägt am liebsten einen roten Rock und oben rum was Grünes, dazu schminkt sie sich die Lippen rot. Einmal hält sie einen weißen Luftballon in der Hand und weiß, dass das vor allem von hinten sehr gut aussieht. Sie weiß es einfach und das ist ein seltsames Gefühl. Sie unterhält sich lange mit einem jungen Mann, der ein blaues Hemd trägt, den Namen hat sie vergessen. Er hat Pausbacken. Später bindet sie den Luftballon an einer Stuhllehne im Café fest, doch der Knoten löst sich, der Ballon steigt in die Luft und segelt zunächst etwas unsicher, dann aber zunehmend zielstrebig über die Straße, über den Platz mit dem Denkmal eines Dichters. Marita sieht das Denkmal zum ersten Mal. Einen Moment lang kämpft sie gegen das Gefühl an, etwas Wesentliches würde mit dem Ballon davonfliegen. Obwohl sie mit aller Kraft versucht, nicht an Mr. Mchay zu denken, denkt Valentina ständig an ihn, sie versucht sich zu erinnern, ob man ihm angesehen hat, dass er bald sterben würde. Sie weiß nicht, vor wem sie mehr Angst hat – vor dem lebenden oder vor dem toten Mr. Mchay. Louise war eine Art Zufallstreffer, Margit hat sich Walther nicht als Vater ausgesucht und wenig überraschend sah Louise beiden Eltern nicht besonders ähnlich, als sie klein war. Mit der Zeit ist Margits Erinnerung an Walther verblasst, doch manchmal, wenn Louise ihr besonders fremd ist, weil sie sich seltsam verhält oder zwischen ihnen, Mutter und Tochter, ein Abgrund klafft, meint sie in Louises zusammengezogenen Augenbrauen und asymmetrischen Mundwinkeln Walther zu erkennen und sieht sich selbst und Walther dabei zu, wie sie in jener Nacht gevögelt haben. Phil ist Maler, er ist in Gedanken immer bei seinen Gemälden. Seit 30 Jahren hat er kein einziges mehr gemalt, er hat sie sich nur vorgestellt. Wenn er über die Straße läuft, hält er den Kopf gesenkt, damit seine Konzentration nicht gestört wird. Nur wenn er essen geht, setzt er sich so, dass er in die Küche schauen kann. Der Kellner kennt ihn schon, er stellt ihm ein Glas Wasser hin, das er nicht bezahlen muss. Dann kommt das Essen. Mit gesenktem Kopf isst er, mit gesenktem Kopf zahlt er. Susana muss das erstmal verdauen, erstens dass Karlo nicht ihr Vater ist und zweitens dass ihr Vater Mr. Mchay ist. Mr. Mchay, ausgerechnet der! Was sie echt fertig macht, ist, dass ihre Mutter ihr nichts mehr über ihre Zeugung sagen kann. Auch Karlo weiß nichts. Sie war schwanger, als ich sie kennenlernte. Sie war die lustigste Schwangere, die es jemals gegeben hat auf dieser Welt, sagt Karlo. Susana sieht sich selbst im Bauch ihrer Mutter, sieht die Mutter lachen und den Bauch wackeln. Es ist eine komplizierte Innen-Außen-Ansicht, die Susana sich vorstellt, weshalb sie dabei etwas verkrampft aussieht. Karlo legt ihr die Hand auf den Arm und sagt, ich war auch noch sehr jung, noch nicht einmal 18, und ein Jahr später haben wir uns schon wieder getrennt. Ich glaube, sie hat diesen Typen, also deinen Vater, immer irgendwie geliebt, er war jedenfalls eine Art Idealmann für sie. Mr. Mchay! Ein Idealmann für Mama? Nie im Leben, sagt Susana. Wieso denn Mr. Mchay, welcher Mr. Mchay?, fragt Karlo. Da kapiert Susana erst, dass Karlo wirklich nicht sehr viel mehr weiß als sie selbst, außer natürlich, dass er eben nicht ihr Vater ist, wie denn, wenn er Mama erst kennenlernte, als sie schon schwanger war. Der Medien-Mr.-Mchay ist dein Vater, sagt Karlo, er sagt es wie einer, der endgültig einen Traum begräbt. Er rückt ein paar Zentimeter von Susana ab und sagt tonlos, na, gegen den konnte ich natürlich nicht anstinken. Susana rollt innerlich mit den Augen, aber das merkt sie selbst, dass sie schon anders über ihn die Augen rollt als noch vor einer Woche, als sie noch ganz selbstverständlich davon ausging, Karlo sei ihr leiblicher Vater, der einfach immer zu spät zu Verabredungen kommt, weil er halt so desorganisiert ist, da kann man nichts machen. Sie konnte ihm natürlich nie böse deshalb sein, er war ja ihr Vater und hat seine Gene an sie vererbt. Jetzt aber darf sie ihm böse sein, wann immer sie will, er hat ihr nämlich keineswegs seine Gene vererbt, und sie kommt eigentlich eh nie zu spät. Susana hat jetzt nichts mehr zu verlieren. Mein Gott, geht das schnell, denkt Karlo und sagt: Ich war bei deiner Geburt dabei, du warst das Kind, das ich zusammen mit deiner Mutter auf die Welt gebracht habe, lach bitte nicht, ich habe das immer so empfunden, und deshalb bin ich dein Vater. Und werde es bleiben, sagt Karlo. Susana lacht nicht. Jeden Tag lehnt das Mädchen an einem der Tische und raucht. Wie lange sie das schon macht, könnte Walther nicht sagen. Es ist ja nicht der Bademeister, die Badegäste gehen ihn nichts an. Obwohl es Zeiten gegeben hätte, da hätte er sonst was dafür gegeben, Bademeister zu sein. Einen anständigen Beruf auszuüben. Das Goldene Schwimmerabzeichen hat er, Rettungsschwimmer, Erste-Hilfe-Kurs, alles. Aber es hat eben nicht sollen sein. Und jetzt ist es eh zu spät, außerdem würde Walther, sollte er gefragt werden, gar nicht mehr wollen. Und wenn sie auf Knien anrutschen würden. Er hat seinen Kiosk und damit ist er zufrieden. Pommes im Freibad gehen immer, und Currywurst auch. Könnte sein Tod vielleicht mit dieser Kegelmuschel zu tun haben, sagt Valentina, die noch am Morgen eine spiralenförmig gemusterte Muschel aus dem Aquarium in Mr. Mchays Büro geholt und auf dem Schreibtisch platziert hat. Der Hausarzt runzelt die Stirn, schreibt Herzversagen in die Sterbeurkunde und dahinter in Klammern gesetzt möglicherweise ausgelöst durch eine australische Conus-Schnecke, weil er keine Lust hat, posthum auf den Drogenkonsum von Mr. Wilko Mchay hinzuweisen, das ist er dem Mann schuldig angesichts dessen, was der alles für ihn getan hat. Es ist bekannt, dass Mr. Mchay kleine Fische liebte und seltenes Meeresgetier und vor allem liebte er exotische Muscheln und warum also sollte in einer dieser Muscheln nicht eine giftige Schnecke gelebt haben? Was weder der Hausarzt noch Valentina wissen, was sie beim besten Willen nicht wissen können, ist, dass die Muschel, die Valentina aus dem Aquarium genommen hat, tatsächlich einmal eine Kegelschnecke beherbergt hat und zwar kurz, bevor Mr. Mchay sie im Pazifik in der Nähe von Seventeen Seventy gefunden hatte, wo einst James Cook an Land gegangen war, und dass diese Kegelschnecke einen gerade einmal zwei Tage alten Schwerthai getötet hatte. Danach passte sie nicht mehr in die Muschel und Mr. Mchay war möglicherweise bereits damals knapp seinem Tod entkommen, ohne es zu wissen. Hannes hat fest damit gerechnet, dass er es nicht schaffen würde, die Waffe gegen den Chef zu richten. Dass seine Hand zittern würde, dass der Chef lachen würde, dass er noch mehr zittern würde. Komm schon, Hannes, sagt der Chef. Das bringst du doch eh nicht fertig. Dinge ändern sich, erwidert Hannes und zu seinem Erstaunen ist seine Stimme ganz fest, fast gelassen. Er spricht langsam und in seiner normalen Stimmhöhe. Als würde er seit Jahren mit Todgeweihten sprechen. Er hat keinen Zweifel mehr, weder über sich selbst noch über irgendetwas. Er spürt plötzlich seinen Rücken und da wird ihm klar, dass er seinen Rücken sonst nie spürt. Alles fühlt sich plötzlich richtig an. Hannes, mach kein Scheiß, sagt der Chef. Vielleicht, wenn er Angst bekommen hätte, vielleicht wäre dann alles anders gekommen. Aber so. Keiner hat etwas von Irmas Eileiterschwangerschaft gemerkt, sie muss wahnsinnige Schmerzen gehabt haben, aber sie war schon immer hart im Nehmen und ist einfach verblutet, ohne irgendjemandem etwas zu sagen. Scheiße, mit wem soll Krisa nun über alles sprechen. Irma, du Arsch, sagt Krisa. Rudi, ich komme nicht nach Sydney. Ich bleibe hier. Ich liebe nämlich Susana. So, jetzt weißt du es. Liebe Grüße, Valentina, tippt Valentina in ihr Handy, aber sie tippt es nur einfach so, um mal zu sehen, wie die Worte aussehen, wenn sie da stehen, in dem kleinen grünen Fenster auf ihrem Handy, und natürlich will sie es gleich wieder löschen, aber aus Versehen drückt sie auf Senden.

19:06 Uhr

Dank

Ich möchte mich bei allen bedanken, die dazu beigetragen haben, dass *Spukhafte Fernwirkung* nun endlich erscheinen kann. Zuallererst bei Kristina Pöschl und Eva Bauernfeind, die beiden Verlegerinnen des *lichtung verlag,* die auch großartige Lektorinnen sind!

Ohne die Förderungen, die ich erhalten habe, wäre dieser Roman nie fertig geworden. Nachdem ich den Brief mit der Zusage von der *Kunststiftung NRW* geöffnet hatte, musste ich vor Freude weinen. Beim *Dieter-Wellershoff-Stipendium der Stadt Köln* lief ich glückbeduselt gegen eine Laterne. Schreibintensive Aufenthalte im Broumov, Meran und Québec-City verdanke ich dem *Goethe-Institut Prag* in Kooperation mit dem *Tschechischen Literaturzentrum,* der *Franz-Edelmaier-Residenz für Literatur und Menschenrechte* sowie dem *Bayerischen Staatsministerium für Wissenschaft und Kunst* in Kooperation mit dem *Conseils des Arts et des Lettres du Québec (CALQ).* Mein Dank fürs Kümmern gilt namentlich Bettina Fischer, Dagmar Fretter, Monica Loderova, Michèle Minelli, Elisabeth Donoughue, Élise Glueck und Catherine Lefrançois.

Dieses Buch wäre nicht entstanden ohne die nimmermüde Ermutigung von Wolfgang Cziesla und seinen unerschütterlichen Glauben an Gerechtigkeit, die nur die Literatur herzustellen vermag. Und wie hätte ich die letzten Jahre ohne meine hochgeschätzten Kolleg:innen Sibylle Luithlen, Doris Konradi und Martin Mandler überstanden, denen – genau wie der Schreibgruppe *Außer Konkurrenz* in Essen – mein tiefer Dank für freundschaftliche und kollegiale Begleitung gebührt. Und nicht zuletzt: Großer Dank an Bela und Rynek für Gegenrede und praktische Unterstützung.

Und dann bedanke ich mich bei allen Figuren, die in *Spukhafte Fernwirkung* mal widerspenstig, mal kooperativ mitgemacht haben. Ihr habt mich zum Lachen und zum Weinen gebracht, wenn ihr auch ausnahmslos fiktiv seid. Oder gerade deshalb.

Ulrike Anna Bleier

ULRIKE ANNA BLEIER

Foto: Anja Schlamann

Ulrike Anna Bleier wurde in Regensburg geboren und lebt in Köln und in der Oberpfalz. Ihr Debütroman „Schwimmerbecken" stand 2017 auf der Hotlist der zehn besten Bücher aus unabhängigen Verlagen. 2018 erschien „Bushaltestelle".

SCHWIMMERBECKEN

Roman, lichtung verlag 2017, 160 S., 16,90 Euro,
ISBN 978-3-941306-30-1

Luises beschauliches Leben auf dem Land wird auf den Kopf gestellt. Fünf lange Jahre hat sie nichts von ihrem Zwillingsbruder gehört. Nun ist er zurück, doch Luise findet keinen Zugang mehr zu ihm. Sein mysteriöses Verhalten gibt Rätsel auf: In der Familie gibt es ein Geheimnis, dem Luise nun auf der Spur ist.

BUSHALTESTELLE

Roman, lichtung verlag 2018, 224 S., 17,90 Euro,
ISBN 978-3-941306-76-9

Elkes Leben beginnt mit einem Desaster. Für Theresa, ihre Mutter, ist die Geburt traumatisch, sie kann die Tochter nicht annehmen und ignoriert sie fortan. Als Elkes Bruder geboren wird, konzentriert sich die Fürsorge der Mutter ganz auf ihn. Elke leidet still unter ihrer Bedeutungslosigkeit und verschwindet eines Tages.